친화력

친화력

초판 1쇄 발행 2011년 9월 30일
초판 6쇄 발행 2022년 12월 30일

지은이 요한 볼프강 폰 괴테
옮긴이 오순희

펴낸곳 서울대학교출판문화원
주소 08826 서울 관악구 관악로 1
도서주문 02-889-4424, 02-880-7995
홈페이지 www.snupress.com
페이스북 @snupress1947
인스타그램 @snupress
이메일 snubook@snu.ac.kr
출판등록 제15-3호

ISBN 978-89-521-1471-6 04850
978-89-521-1192-0 94000 (세트)

SNUPRESS 동서양의 고전 16

친화력

요한 볼프강 폰 괴테 지음 · 오순희 옮김

서울대학교출판문화원

Die Wahlverwandtschaften

by Johann Wolfgang von Goethe, Tr. by Soon-Hee Oh

머리말

《친화력》은 네 명의 주요 인물들이 벌이는 사랑이야기다. 각각의 인물은 이성적인 존재다. 그런데 이들이 한데 모임으로써 생겨나는 사랑이야기는 그렇지 못하다. 이는 이들의 '이성'이 지니는 한계 때문일까? 아니면 '사랑'이라는 것이 원래 이성과는 상치되기 때문일까? 이처럼 이성적인지, 맹목적인지 분명하게 구분되지 않는 사랑이야기를 시대적 배경과 결부시켜 보여주는 작품이 《친화력》이다.

철학의 역사에서 이성의 중요성이 강조되지 않은 적은 없지만, 괴테가 살았던 시대처럼 '이성의 합리성'이 두드러지게 강조되었던 시대도 없다. 괴테의 문학에서도 인간의 이성적 특성은 — 초기의 대표작인 《젊은 베르터의 슬픔》에서 만년에 완성되는 《파우스트》에 이르기까지 — 매우 중요한 문제 중의 하나다. 그렇다고 해서 이성의 역할이 절대시되지는 않는다. 한편에서는 인간의 이성적 특성이 옹호되면서도 다른 한편에서는 이성의 한계도 끊임없이 지적된다. 《친화력》에서는 후자가 보다 두드러진다. 여기서 중요한 역할을 하는 것이 '낭만적 사랑'의 모티브다.

19세기에 발전했던 '낭만적 사랑'의 담론은 '결혼'이라는 제도와 밀접하게 결부되어 있다. 제도로서의 '결혼'은 '사랑이 어느 정도로 이성적이어야 하는가'에 대한 그 사회의 통념을 보여주는 지표가 된다. 《친화력》에서도 '결혼'에 대한 다양한 관점들이 등장하는데, '검은 머리 파뿌리 될 때까지' 결혼의 엄숙함을 지켜야 한다는 고전적 입장이 있는가 하면, '결혼의 최적주기는 5년'이라고 주장하는 파격적 계약결혼 모델도 있다. 그러므로 처음에는 단순히 괴테시대의 사랑이야기처럼 생각되지만 거듭해 읽어 나갈수록 우리시대의 사랑이야기도 반추하게 만드는 작품이 《친화력》이다. 역자가 이 작품의 번역에 매달리게 된 것도 바로 이 때문이었고, 번역을 하면서 가장 신경 쓴 부분도 이러한 현대성을 어떻게 하면 잘 드러낼까 하는 문제였다.

역자가 이 작품의 초벌번역을 완성한 후로 약 10년이 흘렀다. 초벌번역을 수정하는 도중에 다른 역자들의 번역본이 출간되는 것을 보면서 일단 미루기도 했고, 다른 일 때문에 한동안 손을 놓기도 했다. 늦게 나오는 번역인 만큼, 그러한 지각을 만회할 만한 무엇인가를 담아 내야 한다는 부담도 컸다. 무엇보다도 이 작품의 현대성이 역자 자신의 오독에 근거하는 것일지도 모른다는 불안감 때문에 텍스트의 맥락을 계속해서 재검토하기도 했고, 이로 인해 중간에 포기하고픈 생각이 여러 번 들었을 정도로 수정작업은 더디게 흘러갔다. 이제 마지막으로 원고를 읽어 보면서 돌이켜 보니 그동안 도움을 주셨던 많은 분이 떠오른다. 맨 먼저 기억되는 분들은 괴테독회 회원이다. 역자가 괴테독회의 회원으로 다시 《친화력》을 같이 읽기 시작했을 때, 본인의 번역은 일차적으로 완성된 상태였다. 그러니 본인의 원고가 제때 출간되었더라면 어느 정도의 시차를 두고 괴테독회 이름으로 된 《친화력》 번역본이 출판되었을 수도 있다. 이 점에 대해 역자는 괴테독회 회원들에게 감사하고 미안할 따름이다. 역자가 번역해 놓은 것을 다시 수정하는 과정에서도 괴테독회의 도움을 많이 받았다. 이 지면을 빌려 다시 한 번 진심으로 감사의 마음을 드리고 싶다.

끝으로 이런저런 이유로 계속 늦어지는 원고를 인내심을 갖고 기다려준 서울대출판문화원에도 감사드린다.

2011년 9월

옮긴이 씀

차례

일러두기

이 번역은 1996년 독일 뮌헨의 C. H. Beck'sche Verlagsbuchhandlung 출판사에서 발행한 *Die Wahlverwandschaften* (In: Goethes Werke. Hamburger Ausgabe in 14 Bänden. Bd. 6: Romane und Novellen, S. 242-490)을 텍스트로 사용하였다.

친화력

친화력

제1부

제 1 장

에두아르트 — 남자로서는 한창 나이에 있는 어느 부유한 남작을 이렇게 부르기로 하자 — 는 싱싱하게 보존된 접지를 어린 대목(臺木)에 접붙이면서 아름다운 사월 오후의 시간을 묘판에서 보냈다. 이제 막 그의 작업이 끝났다. 공구들을 공구함에 집어넣고, 뿌듯한 마음으로 오늘 작업의 성과를 감상하는데 정원사가 다가왔다. 정원사는 주인께서 정원 일에 관심을 두고 몸소 돌보는 모습이 보기 좋았다. 에두아르트가 떠날 채비를 하며 정원사에게 물었다. "집사람을 보지 못했나?"

"저쪽에 조성 중인 공원부지에 계시던데요." 정원사가 대답했다. "성(城)의 맞은편 암벽 위에 건설 중인 이끼정자[1]가 오늘 중으로 완성될 겁니다. 마무리가 아주 잘 되었으니까, 주인님께서도 한번 가서 보시면 틀림없이 만족하실 겁니다. 전망이 특히 좋습니다. 아래로는 마을이 보이고 약간 오른쪽으로는 교회도 보일 뿐만 아니라, 그 교회의 첨탑 너머까지도 훤히 보입니다. 그야말로 시야가 탁 트인 곳이죠. 그 맞은편에는 궁성과 정원들이 있고요."

1 '이끼정자'는 '이끼로 덮인 오두막'이라는 의미의 독일어 'Mooshütte'를 옮긴 것이다. 겉부분에 이끼로 덮어 자연스러운 느낌이 나도록 지은 정자를 말하는데, 이 소설의 공간적 배경인 공원과 마찬가지로 주인공의 심리상태나 작품의 분위기를 공간적으로 암시하는 역할을 한다. 가려진 정자는 탁 트인 공원과 대조적으로 '보호받음' 또는 '숨겨짐'에 대한 동경을 공간적으로 상징하고 있다.

"맞아. 여기서 몇 발자국 떨어진 곳에서 그 사람들이 일하는 모습을 볼 수 있었어." 에두아르트가 대답했다.

"그다음에는" 정원사가 하던 말을 계속했다. "오른쪽으로 골짜기가 펼쳐집니다. 나무들이 울창한 숲 너머로 저 멀리까지 환하게 보이죠. 암벽 위로 올라가는 오솔길은 또 얼마나 예쁘게 깔아 놨는지 모릅니다. 마님은 대단하신 분이십니다. 그분 밑에서 일하면 즐겁지요."

"내 아내에게 가서, 내가 그리로 갈 테니 기다려 달라고 해주게. 그녀가 만드는 그 새 작품을 감상하고 싶어한다고 말이야." 에두아르트가 말했다.

정원사는 서둘러 그 자리를 떠났고, 에두아르트도 곧 그 뒤를 따라갔다.

이제 그는 테라스를 내려가고 있었다. 지나가는 길에 온실과 종묘 밭 등도 유심히 관찰했다. 그러다가 드디어 물가에 다다랐고, 좁은 다리를 지났다. 길은 여기서 두 갈래로 나뉘어 새로 조성 중인 공원부지로 향하고 있었다. 첫 번째 길은 교회묘지만 지나면 바로 암벽 쪽으로 곧장 올라가게 되는 직선코스였는데, 에두아르트는 이쪽을 놔두고 두 번째 길을 택했다. 이 길은 왼쪽으로 약간 돌아가면서 아름다운 관목 숲을 거쳐 완만하게 암벽 쪽으로 올라가는 길이었다. 갈림길이 하나로 합쳐지는 곳에 이르렀더니 그곳에 적당하게 벤치 하나가 만들어져 있는 것이 보였다. 에두아르트는 여기에 잠시 앉았다가, 암벽을 향해 본격적으로 올라가는 오르막길로 들어섰다. 때로는 더 가팔라졌다가 다시 완만해지곤 하는 이 좁은 길 위에는 갖가지 계단과 계단참이 설치되었고, 이것들을 지났더니 어느덧 정자에 도달했다.

정자의 문가에서 샤를로테가 남편을 맞이했다. 그녀가 남편을 앉힌 자리는 여러 개의 문으로 보이는 바깥 풍경이 마치 여러 개의 액자 속에 든 풍경화처럼 한눈에 죽 내다보이는 자리였다. 봄이 되면 이 풍경도 훨씬 더 풍요로워지고 활기를 띠겠지, 이런 생각을 하며 남편도 경치를 감상했다. "다 좋은데, 딱 한 가지가 걸리네." 그가 말했다. "이 정자가 좀 좁은 것 같아."

"우리 둘한테 이 정도면 충분하지 않나." 샤를로테가 대답했다.

"그야 그렇지." 에두아르트가 말했다. "한 사람쯤 더 와도 자리는 충분할 거 같아."

"그럼." 샤를로테가 대답했다. "네 사람이 돼도 충분할걸. 사람들이 더 많이 오면 다른 장소를 마련하면 되고."

"그런데, 지금은 아무도 없고 우리 둘만 있으니까 하는 말인데" 에두아르트가 말했다. "마음도 아주 편하고 기분도 좋고 해서, 당신에게 고백하고 싶은 게 하나 있어. 얼마 전부터 마음에 담아 두고 있던 이야기지. 당신한테 말하지 않으면 안 되는 이야기고, 이제껏 털어놓고 싶었는데 그러지 못했어."

"나도 그런 느낌은 받았지." 샤를로테가 대답했다.

"정말 솔직히 말할게." 에두아르트가 이어 말했다. "만약 우편배달부가 내일 아침 급하게 와야 하는 상황이 아니라면, 다시 말해 우리가 오늘 중으로 어떤 결정을 내려야만 하는 상황이 아니라면, 앞으로도 한동안은 이 이야기를 꺼내지도 않았겠지."

"대체 무슨 일인데?" 샤를로테가 다정하게 물었다.

"우리 친구인 대위와 관련되는 일이야." 에두아르트가 대답했다. "그 친구가 아무런 잘못도 없이 딱한 처지가 되었다는 것은 당신도 알지. 살다 보면 가끔 겪게 되는 일이지만 말이야. 그래도 그렇게 대단한 지식과 재능과 능력을 갖춘 사람이 자기가 하는 일이 아무것도 없다는 생각을 할 때 그 자신은 얼마나 괴롭겠어? 게다가 — 아무튼 나는 그 친구 문제에 관해 내가 계획한 일을 더 이상 미루고 싶지 않아. 당분간 그 친구를 우리 집에 와있게 했으면 좋겠어."

“그런 일이라면 잘 생각해 봐야 하지 않을까. 어떤 한 측면만 생각할 게 아니라 여러 측면을 고려해야 하겠지.” 샤를로테가 대답했다.

“일단 내 생각을 말해 보면 이래.” 에두아르트가 대답했다. “그 친구가 지난번에 보낸 편지를 보면, 비록 그 친구가 대놓고 말하는 것은 아니지만, 지금 그 친구의 기분이 얼마나 안 좋은지 분명히 드러나거든. 그 친구에게 뭔가가 부족해서 그런 게 아니야. 그 친구는 물질적인 면에서는 철저히 자제하면서 살 수 있는 친구지. 꼭 필요한 것은 내가 다 마련해 주었어. 내게서 뭔가를 받는다는 사실 때문에 그 친구가 부담스러워할 정도도 아니고. 그 친구와 나는 지금까지 살아오면서 서로 너무 많은 빚을 지고 살아와서 서로에게 받을 것이 얼마고 갚을 것이 얼마인지 계산하는 것 자체가 무의미하지 — 지금 아무런 할 일도 없다는 것, 바로 이것이 그 친구에게는 정말 고통스러운 것이야. 다양하게 계발해온 자신의 능력을 다른 사람에게도 유용하게끔 매일 매시간 이용하는 것, 이런 것이야말로 그가 즐기는 일이고 진심으로 좋아하는 일이거든. 그런데도 그런 친구가 손을 완전히 놓고 아무 일도 하지 않고 있어야 할까? 아니면 이런저런 능력이나 계속 연마하면서 지내야 하는 걸까? 그 친구가 이미 완벽하게 갖춘 능력도 제대로 발휘할 수 없는 참인데? — 이쯤 이야기하기로 하고, 샤를로테, 정말 그 친구 처지가 딱해. 게다가 그 친구는 혼자라서 그 고통을 두 배, 아니 세 배로 느껴.”

“그런데” 샤를로테가 말했다. “내가 알기엔, 여러 곳에서 그분을 위한 일자리 제의가 있었지. 나도 활동 중인 몇몇 친구에게 그분을 좀 도와달라는 편지를 썼고. 그런 것이 아무 효과도 없던 것은 아닌 것으로 아는데.”

“당신 말이 전적으로 옳아.” 에두아르트가 답변했다. “하지만 그런 여러 기회나 일자리라는 것이 그에게는 오히려 새로운 고통과 불안만 가져다주고 있는 거야. 그중에 어떤 것도 그에게 맞는 일이 아니거든. 그의 능력을 발휘할 수가 없는 그런 일만 제공된단 말이야. 시간도 희생해야 되고, 자기 방식대로 살겠다는 신념도 희생해야 될 그런 일만 제공되는데, 어떻게 그런 일을 받아들이겠어. 그런 사정을 보면 볼수록, 그 친구의 사정이 어떤지 분명하게 느끼면 느낄수록, 그만큼 더 그를 우리 집에 데려오고 싶다는 내 소망도 간절해질 수밖에 없는 거야."

"당신은 정말 마음씨도 아름답고 사랑스러운 사람이야. 친구의 처지에 대해서 그렇게 관심을 두고 걱정하다니." 샤를로테가 대답했다. "그렇지만 나는 당신이 당신 생각도 좀 하고, 우리 생각도 좀 해주었으면 좋겠어."

"해봤지." 에두아르트가 그녀에게 말했다. "그 친구를 우리 곁에 둘 때 우리에게 생기는 것은 이익과 즐거움뿐이야. 비용에 대해서는 언급하고 싶지 않아. 그가 우리한테 옮겨와서 생기는 비용이라는 것은 어쨌건 크지는 않을 테니까. 또 그가 와있다고 해서 우리 생활이 불편해질 이유는 조금도 없다는 것도 생각해 보면 더 말할 나위도 없고. 성(城)의 오른쪽 날개부분에 그가 살면 되지, 그러면 나머지 일은 다 잘될 거야. 그렇게만 되면 그에게도 정말 대단한 도움이 될 것이고, 우리도 그와 교제함으로써 많은 일이 편해질 거야. 그로 인한 이익도 아주 많을걸! 나는 오래전부터 장원과 그 주변을 측량해 보고 싶었어. 그 친구가 오면 그 일을 도맡아서 지휘할 거야. 당신은 지금 소작인들과의 계약기간이 끝난 다음부터는 그 장원의 부지도 당신이 직접 관리하겠다고 생각하지. 그게 얼마나 위험한 생각인데! 그 친구는 우리가 그런 일에 필요한 사전지식을 갖추는 데도 많은 도움을 줄 거야! 정말 그 친구 같은 사람이 곁에 없다는 것이 얼마나 아쉬운지 몰라. 시골사람들은 올바른 지식을 가지고 있기는 하지. 하지만 그들이 알려 주는 내용은 명확하지 않을뿐더러 솔직하지도 않아. 대학에서 공부한 도시인들은 일을 분명하고 제대로 하긴 하지만 일에 대한 직접적인 통찰력이 없고 말이야. 그 친구한테는 그 두 가지를 모두 기대할 수 있어. 거기에서 또 무수히 많은 장점이 파생되어 나올 거라는 상상만 해도 나는 기뻐. 그리고 그것은 당신과도 관련되는 일이잖아. 좋은 일이 많이 생길 거야. 자, 내 이야기는 이쯤 하기로 하지. 내 말을 잘 들어줘서 고마워. 이제는 당신도 이야기를 해봐. 하고 싶은 이야기가 있으면 정말로 허심탄회하게, 숨기지 말고 다 털어놔. 도중에 말을 끊지는 않을 테니까."

"좋아." 샤를로테가 대답했다. "일단 일반적인 이야기부터 시작해 보기로 하지. 남자들은 개별적인 일, 지금 당장의 일을 우선 생각하는 경향이 있어. 옳은 태도야. 왜냐하면 남자들은 천성적으로 행동하도록, 능력을 발휘하도록 정해져 있으니까. 그에 반해 여자들은 삶 전체에서 서로 연관되는 부분들을 좀 더 많이 생각하는데, 이것도 마찬가지로 옳은 태도야. 여성 자신과 그 가족의 운명이 바로 그러한 연관관계에 달려서이기도 하고, 그처럼 생활의 여러 측면을 연관시키는 일이야말로 여성에게 요구되는 것이기도 하니까. 그러니까 우리의 현재와 과거 생활을 한번 생각해 보는 게 어떨까. 그러면 당신도 그 대위를 불러오는 일이 우리의 의도나 계획, 우리의 처지에 전적으로 부합하는 것은 아니라는 걸 인정하게 될 거야.

우리 옛날 일을 다시 한번 생각해 봤으면 좋겠어! 청춘시절의 우리는 정말로 서로 사랑했지만 헤어졌었어. 당신이 나와 헤어진 것은 당신 아버지가 밑도 끝도 없는 돈 욕심으로 당신을 당신보다 훨씬 나이 많은 부잣집 여자와 결혼시켰기 때문이고, 내가 당신과 헤어진 것은 다른 대안도 없는 처지에서 부유한 남자가 구혼해 오는 것을 뿌리칠 수가 없었기 때문이었지. 나는 그분을 존경하기는 했지만 사랑하지는 않았어. 그러다가 우리는 다시 자유로운 몸이 되었지. 당신이 좀 더 빨랐어. 당신에게는 어머니 같은 역할을 했던 당신 부인이 당신에게 대단한 재산을 유산으로 남겨 주면서 세상을 뜨는 바람에 그랬던 것이지만 말이야. 나는 당신보다 늦게 자유로운 몸이 되었어. 당신이 여행에서 돌아오던 바로 그 무렵이었지. 그래서 우리가 서로 다시 만나게 된 거잖아. 우리는 옛날을 즐겨 회상했고 그러한 회상을 좋아했지. 이제는 우리가 아무런 방해도 받지 않고 같이 있을 수 있게 되었으니까. 당신은 결혼하자고 청혼했지만, 나는 그 청혼을 바로 받아들이지는 않았어. 우리는 비슷한 나이여서, 나는 아내로서 나이가 많아 보였지만, 당신은 남편으로서 그렇지는 않았으니까. 하지만 나와의 결혼이 당신에게는 유일한 행복처럼 보였기 때문에 그것을 거절할 생각은 없었어. 당신은 궁정과 군대생활, 그리고 여행하면서 겪었던 그 모든 불안으로부터 벗어나서 내 곁에서 원기를 회복하고, 생각을 다시 가다듬어, 삶을 즐기고 싶어했어. 하지만 오로지 나와 단둘이서만 그렇게 하고 싶다는 것이었지. 그래서 나는 하나뿐인 내 딸도 기숙학교에 보냈어. 물론 그 애는 시골에서 쌓아 나갔을 교양보다는 훨씬 더 다양한 교양을 그곳에서 쌓아 나가고 있지. 그 애 혼자만 보낸 것이 아니라 사랑스러운 조카 오틸리에도 그곳으로 보냈어. 어쩌면 오틸리에는 나의 지도를 받으면서 집안관리를 도와주는 여성으로 성장하는 것이 가장 좋은 일이었을지도 모르겠지만 말이야. 이 모든 일은 당신이 동의해서 그렇게 된 거야. 오로지 우리 둘만의 생활을 영위해 보기 위해서였어. 우리가 그토록 일찍이 원했던 행복, 그리고 드디어 늦게나마 얻은 그 행복을 방해받지 않고 만끽하기 위해서였지. 그렇게 해서 우리는 시골 생활을 시작했던 거잖아. 나는 집안일을 맡았고 당신은 전체적으로 바깥일과 관련되는 일을 맡았지. 나는 오로지 당신에게 잘하기 위해, 오로지 당신만을 위해 살기 위해 집안을 꾸려 왔어. 그러니까 얼마 동안만이라도 이런 식으로 계속 살아 보면서 우리가 서로에게 맞는 존재인지 시험해 봤으면 좋겠다는 것이 내 생각이야."

"당신 말대로 서로 연관되는 부분은 여성이 잘 알아서 하는 것이니까" 에두아르트가 응답했다. "당신들의 이야기를 끝까지 들어 봐야 할 필요도 없고, 당신들의 말이 옳은지 어쩐지 정하고 말고 할 것도 없어. 지금까지는 당신 말이 옳다고 치자. 우리가 지금까지 이루어온 생활의 터전도 훌륭해. 그런데 그 터전을 더 높이 쌓아 나가면 안 되나? 그것을 더는 발전시키면 안 돼? 내가 정원에서 하는 일이나 당신이 공원에서 하는 일이 오로지 세상과 동떨어져 사는 사람들을 위해서만 해온 건가?[2]"

"당신 말이 옳아!" 샤를로테가 대답했다. "지당해! 다만 우리 생활을 방해하거나 이질적인 요소는 들여오지 말아야 한다는 거야! 우리가 세운 계획은, 설령 그것이 단순한 오락거리라도, 어느 정도는 우리 둘만의 공동생활을 위한 것임을 잊지 말았으면 좋겠어. 맨 처음에 당신이 짠 계획은 당신 여행일지를 정리해서 나에게 알려 주겠다는 것이었어. 당신은 이 기회에 그와 관련된 많은 서류도 정리하겠다고 했고, 뒤죽박죽으로 된 귀중한 노트나 종이도 전체적으로 정리해서 하나로 묶어 내어 우리뿐만 아니라 다른 사람에게도 즐거움을 줄 수 있는 것으로 만들 것이니까 나더러 열심히 도와달라고도 했잖아. 나도 정서 작업을 돕겠다고 약속했어. 우리는 함께 다니며 볼 수 없던 세상을 회상 속에서라도 함께 두루두루 여행할 수 있는 이 작업이야말로 정말 우리 기분을 좋게 해주고, 아름답고, 아늑하고, 또 은밀한 즐거움을 줄 거로 생각했던 거지. 그래, 이미

2 이 소설의 주요 공간은 샤를로테가 만들고 있는 '공원(Park)'과 에두아르트가 좋아하는 '정원(Garten)'이다. 독일어 'Garten'은 마당의 작은 정원에서 드넓은 공원에 이르기까지 다양한 의미로 사용되므로, 일률적으로 '정원'이라 번역하기는 어렵고, 맥락에 따라 '공원'이라고 번역하기도 했다.

시작된 거야. 당신은 저녁마다 플루트를 꺼내 와서, 내 피아노 반주에 맞춰 연주를 하지. 이웃에서 손님이 오거나 이웃을 방문하는 일도 우리 생활에 없어선 안 되는 부분이야. 적어도 나는 이런 식으로 이번 여름을 즐길 생각이었어. 내 인생에서 기분 좋게 즐기기로 작정한 최초의 여름이니까."

"나는 말이지" 에두아르트가 이마를 문지르며 말했다. "당신이 아무리 사랑스럽고 조리 있게 그 모든 이야기를 되풀이해도, 대위가 와서 방해될 것은 아무것도 없을뿐더러 오히려 모든 일이 빨라지고 새로운 활력을 얻게 되리라는 생각을 떨칠 수가 없어. 그 친구도 부분적으로는 나와 여행을 같이 했어. 그 친구도 많은 것을 관찰하면서 메모해 놓았지. 그것도 다양한 의미에서 말이야. 나는 이런 것도 우리가 같이 이용했으면 좋겠어. 그래야만 우리의 여행기도 비로소 전체적으로 아름다운 모양이 될 거야."

"정 그렇다면 내 생각을 솔직하게 말해야겠네." 샤를로테가 다소 성마른 어조로 말했다. "이 계획은 왠지 마음에 걸려, 뭔가 좋지 않은 결과를 가져올 것 같은 예감이 든다고."

"아마도 이래서 당신네 여자들은 이겨볼 도리가 없는 것 같아." 에두아르트가 대답했다. "처음에는 논리적으로 나와서 반박하기 어렵게 만들어. 사랑스럽게 나오면서 기꺼이 져주고 싶게 만들고. 그러고는 예민한 모습을 보임으로써 저러다 마음이 상하면 어쩌나 하는 걱정을 불러일으키지. 그러다가 예감이니 어쩌니 하면서 듣는 사람을 오싹하게 만들거든."

"나는 미신을 믿지 않아." 샤를로테가 말했다. "그런 어두운 예감이 생기더라도 그것이 그저 예감만으로 그치는 것이라면 신경도 쓰지 않을 거야. 하지만 그런 예감은 대개 우리 자신이나 남들의 행동에서 체험했던 결과에 대해 그것이 좋았건 나빴건 무의식적으로 기억하고 있다는 거야. 어떤 관계에서든 가장 신경 써야 하는 것은 제삼의 요소가 끼어드는 순간이야. 내가 아는 친구나 형제자매, 연인, 부부 중에도 새로운 인물이 우연히, 의도적으로 선택되어, 끼어드는 바람에 관계가 전적으로 바뀌고 처지가 완전히 뒤집히는 경우를 본 적 있어."

"그런 일도 다분히 생길 수 있지." 에두아르트가 대답했다. "멀리 내다보지 못하고 그날그날 살아가는 사람들에게는 말이야. 하지만 이미 경험을 통해 자의식이 생기고, 자신을 좀 더 잘 아는 사람에게는 그런 일이 생기지 않아."

"자의식이라는 것은 말이지, 여보, 결코 충분한 무기가 못 돼." 샤를로테가 대답했다. "심지어 그것을 내세우는 사람에게 위험한 것이 될 수도 있어. 그러니까 이 모든 사정을 고려해 보면 적어도 우리가 너무 서둘러서는 안 된다는 결론이 나오는 거야. 나에게 며칠만 더 시간을 줘. 지금 결정하지 말고!"

"지금 상황으로 보자면" 에두아르트가 말했다. "며칠 후에도 지금과 마찬가지로 너무 서두르지는 말자는 결론이 나오겠는걸. 찬성하는 이유가 뭔지, 반대하는 이유가 뭔지에 대해서는 다 이야기했어. 지금은 결단을 내리는 것이 중요한 시점이야. 이럴 때는 제비로 결정하는 것이 최선이지 않을까."

"내가 잘 알지." 샤를로테가 말했다. "당신은 확신이 서지 않을 때면 제비를 뽑거나 주사위 던지기를 좋아한다는 걸. 그렇지만 이처럼 중요한 일을 두고 그런 식으로 결정하는 것은 잘못이라고 생각해."

"그럼 대위한테는 뭐라고 써서 보내라는 거야?" 에두아르트가 소리쳤다. "지금 당장 책상머리에 앉아서 편지를 써야 한단 말이야."

"침착하고 조리 있게 위로하는 편지를 써봐." 샤를로테가 말했다.

"그런 편지는 쓰나마나야." 에두아르트가 응수했다.

"그래도 경우에 따라서는" 샤를로테가 말했다. "편지를 아예 쓰지 않는 것보다는 아무 내용 없는 편지라도 쓰는 것이 더 낫고 친절한 것일 수 있어."

제2장

에두아르트는 어느덧 자기 방에 혼자 있었다. 살아 오면서 겪었던 일들이 샤를로테의 입을 통해 반복되고, 두 사람의 상태와 계획에 대해서도 다시 분명하게 거론되었으므로 그의 활달한 성격이 기분 좋게 흥분되어 있었던 것이다. 샤를로테와 함께 있으면서 그녀와 이야기를 나눌 때만 해도 에두아르트는 너무 행복했다. 그래서 애정이 깃들었지만 특별한 내용은 없는 담담한 편지를 써서 대위에게 보내도 괜찮을 것 같았다. 그러나 책상으로 가서 그 친구의 편지를 집어들고 다시 읽어 보는 순간, 이 뛰어난 친구의 서글픈 처지가 그의 뇌리를 스쳐 갔다. 요사이 그를 괴롭혔던 모든 감정이 되살아났다. 그래서 이런 친구를 그처럼 불안한 상태에 있도록 내버려둘 순 없다고 생각되었던 것이다.

어떤 일을 스스로 체념하는 것은 에두아르트에게 익숙지 않았다. 어릴 때부터 부유한 양친의 외아들로 응석받이처럼 자란데다, 양친의 권유로 자신보다 훨씬 나이 많은 부잣집 여성과 유별나지만 꽤 이익 되는 결혼을 했고, 이 아내 또한 남편의 사랑스러운 태도에 최대한 후하게 보답하고자 남편이 어떤 면에서도 부족함을 모르도록 해주었던 것이다. 얼마 안 있어 아내가 죽은 후로는 모든 일을 완전히 혼자 결정하면서 여행도 마음껏 하고, 뭐든지 바꾸고 싶으면 바꾸고, 변화시키고 싶으면 변화시킬 수 있는 처지가 되었다. 어떤 일을 과도하게 하는 편은 아니었지만, 많은 일을 다양하게 하는 것을 좋아했고, 솔직하고, 선의를 베풀기도 하고, 용감하고, 경우에 따라서는 겁이 없다 싶은 삶을 살아온 그였다. 그러니 이 세상 그 무엇이 그의 소원을 거스를 수 있었겠는가!

지금까지는 모든 것이 그의 뜻대로 되어 왔다. 집요하고도 정말 소설에서나 있을 법한 충정을 바쳐 가며 샤를로테를 차지하는 일도 결국에는 해냈다. 그런데 인제 처음으로 자신이 하는 일이 반대에 부딪힌 느낌, 처음으로 방해를 받았다는 느낌이었다. 그것도 자신의 죽마고우를 불러들이고 그와 더불어 자신의 삶 전체를 완성하려는 이 시점에 말이다. 그는 불쾌하기도 하고 초조하기도 해서 몇 번이나 펜을 들었다가 다시 내려놓곤 했다. 뭐라고 써야 할지 마음의 갈피를 잡을 수 없었기 때문이다. 아내가 바라는 것을 거스르고 싶지는 않았지만 아내 요구에 따를 수도 없었다. 아내 요구에 따르자면 그의 마음이 아무리 불안하더라도 침착하게 편지를 써야 했다. 그러나 그의 성격상 그렇게 하기란 불가능해 보였다. 지금으로서는 미루는 것이 상책이었다. 그는 친구에게 요즈음 편지를 못 보내서 미안하지만 지금도 자세한 내용을 쓰지 못할 형편이니 양해해 달라는 이야기를 짤막하게 쓴 후에 다음번에는 더 알찬 내용으로 위로가 되는 편지를 보내겠다고 약속했다.

샤를로테는 다음날 같은 장소로 산책하는 중에 기회를 잡아서 다시 그 이야기를 꺼냈다. 아마 어떤 결심을 무디게 하는 가장 확실한 방법은 그 일을 되도록 자주 거론하는 것이라는 확신에서였을 것이다.

이 이야기가 반복되는 것은 에두아르트로서도 바라던 바였다. 그는 나름대로 친절하고 편안하게 자신의 의견을 말했다. 그는 민감한 성격이라 쉽게 확 타오르고, 어떤 것에 대한 욕심이 강할 때는 매우 집요해지며, 고집부릴 때는 사람을 짜증나게 할 정도지만, 이럴 때조차도 상대방의 기분이 상하지 않도록 배려하느라고 부드러운 표현만 쓰기 때문에, 상대방은 그를 다루기 어려운 사람이라고 느끼면서도 동시에 호감도 느끼지 않을 수 없게 된다.

그는 이날 아침에도 그런 방식으로 일단은 샤를로테의 기분을 최고로 띄워 놓고, 그다음엔 대화를 우아하게 바꾸면서 그녀를 완전히 넋이 나가게 했다. 그리하여 결국 그녀는 이렇게 외치지 않을 수가 없었던 것이다. "당신은 남편의 입장에서 말했다가 거절당한 것을 이제는 애인의 입장에서 받아내겠다는 것이구나!"

"하지만 여보" 그녀는 말을 계속했다. "적어도 이것만은 당신이 알아야 해. 내가 당신의 그러한 희망을 들으면서도, 게다가 당신이 이토록 다정하고 쾌활한 태도로 그 희망을 말하는 모습을 보면서도 아무 감동도 안 받고 아무런 동요도 느끼지 않은 것은 아니야. 당신의 그런 태도를 보니까 나도 지금까지 당신에게 숨겨온 이야기가 있다는 것을 고백하고 싶어. 당신과 비슷한 상황인데, 그동안 억지로 참아온 거야. 그래서 당신도 나처럼 그렇게 참아줄 거라 기대하는 것이기도 하고."

"그 이야기가 뭔지 듣고 싶어." 에두아르트가 말했다. "부부는 가끔 싸워야 한다는 것을 알 것 같아. 그래야 서로에 대해 뭔가를 좀 더 잘 알게 되거든."

"그러면 내 이야기를 해볼까." 샤를로테가 말했다. "나와 오틸리에의 관계는 당신과 그 대위의 관계와 같아. 나도 이 사랑스러운 아이가 기숙학교 생활을 굉장히 힘들어하고 있다는 이야기를 들을 때마다 정말 기분이 안 좋거든. 그에 반해 내 딸 루치아네는 이 세상에서 살아 나가기에 적절한 성향을 타고난 아이라서 그곳에서도 세상 사는 데 필요한 교양을 잘 쌓고 있대. 악보만 보고도 음정과 변주곡들을 바로 연주해 내는 사람처럼, 언어나 역사, 그 밖에 그 애에게 주어지는 지식을 빨리 습득할 뿐 아니라, 천성이 활달하고 기억력이 뛰어나서, 뭐랄까, 모든 것을 까먹었다가도 금방 다 기억해 낸다고 말할 수 있을 정도라는군. 행동도 자유롭고 춤출 때는 우아하며 대화할 때도 당황하지 않고 세련되게 할 줄 알아서 누구보다도 돋보이는 애라는 거야. 통솔력도 타고나서 작은 사교계의 여왕 같은 위치를 차지하다 보니, 이 애가 다니는 학교의 교장선생님은 애를 마치 어린 신이라도 되는 양 생각하실 정도지. 교장선생님은 이런 아이가 이제 자신의 지도를 받게 됨으로써 비로소 본격적인 빛을 발휘할 것이며, 그리면 자신에게도 명예가 될 것이고, 학교에 대한 신뢰도 높여 주어 다른 젊은이들이 그 학교로 쇄도하게 될 거라 하셔. 그분이 쓴 편지들과 월말보고서의 처음 몇 쪽은 항상 이 아이의 우수함에 대한 찬가들로 차 있어. 물론 내가 그 찬가들을 그대로 믿는 것은 아니지만 말이야. 그런데 이와 반대로 오틸리에에 대해서 교장선생님이 하시는 이야기는 항상 '유감입니다' 아니면 '죄송합니다'로 끝나는 이야기뿐이야. 다른 면에서는 그토록 예쁘게 잘 자라고 있는 이 처녀가 학업에서는 제대로 발전하지도 못하고, 어떠한 능력이나 재주도 보이려고 하지 않는다는 거야. 이 아이에 대해 약간의 이야기도 덧붙이고 있는데 나는 그게 왜 그런지도 다 짐작할 수 있어. 이 사랑스러운 처녀에게는 그 애 엄마의 성격이 그대로 나타나고 있기 때문이지. 나는 그것을 알아볼 수가 있어. 그 애 엄마는 나의 가장 친한 친구였고 나와 함께 자랐으니까. 만일 내가 그 애의 교사나 감독자 역할을 해줄 수만 있다면 그 애도 틀림없이 훌륭한 사람으로 키워 보고 싶기는 해.

하지만 그렇게 하는 것이 우리의 계획과는 맞지 않는 데다가, 주어진 형편에서 너무 많은 것을 억지로 쥐어짜려 하거나 항상 뭔가 새로운 요소를 첨가하려고 하면 안 되기 때문에, 차라리 나는 지금의 상황을 그냥 받아들이려고 하는 거야. 오틸리에의 처지가 전적으로 우리에게 달려 있다는 것을 잘 아는 내 딸은 자기의 우월한 처지를 오틸리에한테 과시하며 오만하게 굴고 결국 그런 식으로 우리의 선의도 다소 망쳐놓고 있지. 그런 것을 보면 정말 기분 상하기도 하지만, 그래도 꾹 참는 중이야.

하지만 자신의 우월함을 어쩌다가 심하게 과시한 적이 단 한 번도 없을 만큼 제대로 수양 쌓은 사람이 누가 있겠어. 또 가끔 그런 압박을 받으면서 괴로워할 필요가 전혀 없을 정도로 고고한 삶을 살 수 있는 사람이 누가 있겠어. 오틸리에도 그런 시련을 겪으면서 자신의 가치를 높여 가는 거겠지. 하지만 그 애의 상황이 얼마나 힘든지를 확실히 파악하게 된 후로는 어디 다른 집에라도 있게 해야겠다 싶어 여기저기 문의해 오던 중이었어. 당장에라도 답장만 오면 더 이상은 망설이지 않을 거야. 지금 내 처지가 이래, 여보, 이제 알겠지. 우리 두 사람은 서로 똑같은 걱정거리를 품고 있었던 거야. 똑같이 진실하고 똑같이 서로를 생각하는 마음속에 말이지. 이제부터는 함께 우리의 걱정을 짊어지고 나갔으면 좋겠어. 두 문제가 서로 상충하는 것은 아니니까."

"우린 신기한 사람들이야." 에두아르트가 웃으며 말했다. "어떤 걱정거리가 있어도 그것을 눈에 보이지 않는 곳으로 내보내기만 하면 그것으로 이미 걱정거리가 해결된 것처럼 생각하니 말이야. 전체적으로 볼 때는 커다란 것도 희생하면서, 개별적으로는 작은 것도 포기하지 못하는 경우들이 있잖아. 우리 어머니가 그러셨어. 내가 유년기와 성장기에 어머니와 함께 살았을 때는 어머니는 매사에 걱정이셨어. 내가 말 타고 소풍을 나갔다가 늦기라도 하면 꼭 불행한 일이 생겼음이 틀림없다는 식이셨거든. 내가 소나기를 맞고 흠뻑 젖기라도 하면 영락없이 열병에 걸린 사람 취급을 하셨어. 그러다 집을 나와 어머니에게서 떨어져 나오니까, 그때부터는 나를 식구도 아닌 것처럼 대하시더라고."

"좀 더 정확히 보자면" 그가 말을 이었다. "우리 둘 다 미련하고 무책임하게 행동하고 있는 거야. 그토록 고귀한 두 사람, 우리 마음에 그토록 중요한 자리를 차지하는 두 사람이 그렇게 힘들어하고 스트레스를 받고 있는데도 우리는 그저 우리 자신만 편하자고 그 둘을 그냥 내버려두고 있는 거잖아. 이런 것을 이기적이라고 하지 않는다면 도대체 뭐가 이기적인 걸까! 당신은 오틸리에를 데려오도록 해, 그리고 대위는 나에게 맡겨. 결과는 하늘에 맡기고 일단은 일을 한번 벌여 보자고!"

"그런 모험도 한번 해볼 수는 있겠지." 샤를로테가 생각에 잠기며 말했다. "위험이 우리에게만 닥친다면 말이야. 그런데 대위와 오틸리에를 한 식구로 살게 하는 것이 정말 현명한 일이라고 생각하는 거야? 대충 당신 또래의 남자라면 — 이런 아부를 대놓고 하자니 쑥스럽긴 하지만 — 이제 비로소 사랑할 능력과 사랑받을 자격이 생기는 나이인데, 그런 나이의 남자를 오틸리에처럼 빼어난 처녀하고 같이 있게 하는 것이 괜찮은가 하는 거야."

"나로선 이해가 안 되네, 어째서 당신이 그렇게 오틸리에를 높이 평가하는 건지!" 에두아르트가 대답했다. "아무래도 그 애 어머니에 대한 호감이 그 애에게도 이어지는 모양인가 보군. 그 애가 예쁘기는 해. 그건 사실이야. 그리고 그것도 기억나는군. 내가 그 애에게 관심을 갖게 하려고 대위가 애썼던 것 말이야. 작년에 대위와 내가 여행에서 돌아와 당신 숙모 댁에서 당신을 만났을 때였지. 그때 당신이 그 애를 데리고 나왔어. 그 애는 예뻐. 특히 눈이 아름답지. 하지만 그 애에게서 조금이라도 특별한 인상을 받았던 것 같지는 않은데."

"당신은 그런 점이 좋아." 샤를로테가 말했다. "사실 그때 당신이 그랬던 것은 나 때문이었어. 그 애가 나보다 훨씬 어리기는 하지만, 당신은 나이 많은 나와의 교제에 빠져 있던 터라 한창 자라나고 피어나는 그 애의 아름다움을 제대로 보지 못했던 거지. 그런 성격도 당신다운 점인 것 같아. 또 그런 점 때문에 내가 당신과 인생을 함께하고 싶은 것이기도 하고."

샤를로테는 마음을 솔직히 털어놓는 것처럼 보였지만 사실 뭔가를 숨기고 있었다. 그 당시 샤를로테가 여행에서 돌아온 에두아르트에게 오틸리에를 보여 준 것은 생각이 있어서였다. 다름 아니라, 이 사랑스러운 양녀에게 훌륭한 배필을 마련해 주고자 했던 것이다. 그녀는 자신이 에두아르트와 맺어질 수도 있다는 것은 더 이상 생각하지 않고 있었다. 대위가 에두아르트의 관심을 오틸리에에게 돌리려고 했던 것도 샤를로테가 그렇게 부탁했기 때문이었다. 그러나 샤를로테에 대한 첫사랑을 고집스레 간직해온 에두아르트는 이도 저도 보려 들지 않았다. 그토록 간절히 원했건만 이런저런 사건으로 영원히 차지할 수 없을 것만 같던 행복이 이제 드디어 다가온다는 느낌에 그저 행복할 따름이었기 때문이다.

부부는 이제 새 공원 부지를 내려가서 궁성 쪽으로 가려던 참인데, 한 하인이 부부 쪽으로 서둘러 올라오면서 입가에 웃음을 머금고 아래에서부터 들릴 정도로 큰 소리로 외쳤다. "주인님 어서 빨리 이리로 내려오세요. 미틀러 씨가 말을 타고 성 안마당에 들어오셨습니다. 우리 모두를 소리쳐 불러 모으시더니 주인님을 찾아서 별일 없는지 여쭤 보시랍니다. '별일 없는지!' '알겠나? 어서 가서 여쭤봐라, 어서!' 하시면서 우리 뒤에다 대고 고래고래 소리치시던걸요."

"그분도 괴짜야." 에두아르트가 말했다. "정말 때맞춰 오시는군. 안 그래 샤를로테? — 어서 빨리 돌아가서 말씀드려라." 그는 다시 하인에게 명령했다. "별일이 있다고, 그것도 아주 심각하다고 말이다. 어서 말에서 내리시라고 말씀드리고, 그분의 말도 돌봐 드리도록 해라. 그리고 홀까지 모셔다 드리고 아침식사를 차려 드리도록. 우리도 곧 갈 테니까."

"우린 지름길을 택하기로 하지." 그는 이렇게 아내에게 말하고는 평소에는 다니기를 꺼리던 교회묘지를 통과하는 길을 택했다. 그러나 샤를로테가 이곳에서도 자신의 마음을 잘 배려해 놓았다는 것을 알고는 얼마나 놀랐던지! 그녀는 오랜 묘비들을 될 수 있으면 보호하면서도 모든 것들이 서로 어울리게 정돈할 줄 알았다. 그리하여 사람들의 시선을 끌면서 상상력을 자극하는 쾌적한 공간이 조성되어 있었던 것이다.

그녀는 아무리 오래된 묘비라도 그것이 지닌 고유의 명예를 훼손하지 않도록 했다. 묘비들은 연도순으로 남벼락을 따라 세워지거나 틈새 같은 곳에 끼워지기도, 벽에 붙여지기도 했다. 이 때문에 교회의 높은 주춧돌도 다양하게 장식된 듯한 인상을 주었다. 에두아르트는 작은 문을 통해 묘지 안으로 들어서자마자, 샤를로테가 이 특별한 준비를 해둔 것은 자기에게 예상치 못한 기쁨을 선사하기 위해서였다는 느낌이 들었다. 그는 샤를로테의 손을 지그시 잡았다. 눈에는 눈물이 고여 있었다.

그러나 곧이어 그 괴짜 손님인 미틀러가 나타나는 바람에 그의 눈물도 쑥 들어가고 말았다. 이 손님은 성에서 조금도 쉬지 않고, 즉각 말에 올라타서는 마을을 지나 교회묘지의 정문까지 내달려 오다가 지금 멈춰 서서는 친구들을 향해 이렇게 외쳐 댔던 것이다. "자네들, 나를 놀리려는 것은 아닐 테지? 정말로 무슨 일이 있다면 점심때까지만 여기 머물겠네. 더 이상은 붙잡지 마. 나는 오늘 할 일이 많아."

"그렇게 먼 길을 힘들여 오셨는데" 에두아르트가 그를 향해 외쳤다. "여기 이 안쪽까지 들어오세요. 우리가 이 엄숙한 장소에서 만나게 되었는데 말이죠. 샤를로테가 이 슬픈 장소를 얼마나 아름답게 꾸며 놓았는지 좀 보세요."

"거기 그 안쪽으로는" 미틀러가 말을 탄 채로 말했다. "말을 타건,

마차를 타건, 걸어서건 들어갈 생각이 없어. 그곳에서 평화롭게 영면하고 있는 사람들에 대해서 내가 상관할 일은 없으니까 말일세. 그 사람들이 언젠가 내 발을 잡아끌면서 나도 그 안쪽으로 끌고 들어간다면 그거야 하는 수 없는 일이지만. 그래 심각한 일인가?"

"그래요." 샤를로테가 외쳤다. "정말 심각한 일이랍니다. 저희 신혼부부가 이렇게 난처하고 혼란스러워 보기는 처음이에요. 어떻게 하면 여기서 빠져나올 수 있을지 모르겠어요."

"그렇게 보이진 않는데." 그가 대답했다. "하지만 그 말을 믿기로 하지. 만약 나를 가지고 장난하려 들 생각이라면, 앞으로 자네들한테 어떤 어려운 일이 있어도 내버려둘 거야. 그럼 어서 따라와. 내 말도 좀 쉬는 것이 좋을 테니까."

곧이어 세 사람은 홀에 모였다. 음식이 들어왔고, 미틀러는 오늘 그가 한 일들이며 이후 계획들에 대해 이야기했다. 이 희한한 사나이는 예전에는 성직자였다. 쉬지 않고 활동하면서 집안일이건 이웃 일이건 가릴 것 없이, 처음에는 주민들의 일에서 시작하더니 나중에는 전체 교구의 일과 여러 장원소유주들의 일에 이르기까지 모든 분쟁들을 해결하고 처리할 줄 아는 능력을 발휘함으로써 그의 직업에서 남다른 두각을 나타냈다. 그가 복무하는 동안에는 이혼한 부부가 한 쌍도 없었고, 주(州) 법률위원회도 그 주에서 올라오는 분쟁이나 소송으로 시달린 적이 없었다. 그는 자기에게 법률지식이 얼마나 유용한 것인지를 일찍이 깨달았다. 그는 오로지 법률공부에 매달렸고, 곧이어 자신이 최고 변호사들과 필적하는 수준에 이르렀음을 느꼈다. 그의 영향권은 놀라울 정도로 커졌다. 드디어는 사람들이 그를 영주가 있는 수도로 천거함으로써 그가 아래 위치에서 시작한 일을 윗자리에서 완성할 수 있게 해주려는 참이었는데, 그때 거액의 복권에 당첨되었던 것이다. 그는 적당한 토지를 사들여 임대한 뒤, 그곳을 활동의 중심지로 만들었다. 중재하거나 도와줄 일이 없는 가정에는 절대 머물지 않는다는 것이 그의 확고한 생각이었다. 아니 어쩌면 확고한 생각이라기보다는 그저 오랜 습관이나 경향 때문에 그러는 건지도 모를 일이었다. 이름의 의미를 미신적으로 믿는 사람들은 미틀러라는 이름[1] 때문에 그가 이처럼 희한한 사명을 택하게 된 것이라고 주장하기도 했다.

후식이 나오자 이 손님은 진지한 표정을 지으며 자기는 커피만 마시고 곧 가야 하니까 할 이야기가 있으면 어서 빨리 털어놓으라고 주인들에게 재촉했다. 주인 부부는 자신들의 문제를 그에게 자세히 털어놓았다. 그러나 그는 사정을 파악하자마자 벌컥 화를 내며 자리에서 일어나 창가로 휙 달려가더니 말에 안장을 얹으라고 명령하는 것이었다.

"자네들이 나라는 사람을 몰라서" 하고 그가 외쳤다. "나를 이해하지 못하고 있거나, 자네들이 아주 못된 사람들이거나, 둘 중 하나야. 도대체 이곳에 무슨 분쟁거리가 있지? 도대체 이곳에 내가 도와줄 일이 뭐가 있느냐고? 내가 상담이나 하려고 이 세상에 존재한다고 생각하나? 그런 것은 인간이 할 수 있는 일 중에서 가장 멍청한 일이야. 각자 곰곰 생각해 보고 정 안 할 수 없겠다 싶은 일은 그냥 하면 되는 거야. 그래서 잘되면 자신의 현명함과 행운을 기뻐하는 것이고, 잘못되면 그땐 내가 도와줄 수도 있어. 골치 아픈 일에서 벗어나고자 하는 사람이라면 자기가 뭘 원하는지도 스스로 알 것 아닌가. 자기가 가진 것보다 더 나은 것을 바라는 사람이야말로 완전히 눈먼 사람이지. — 그래, 그래, 그렇게 웃으셔. — 자네들처럼

[1] 미틀러(Mittler)는 '중재하는 사람'이라는 뜻으로 그의 직업이 변호사인 것과도 연관될 수 있다. 이 소설의 주요 인물들은 성이 없이 이름만으로 — 에컨대 에두아르트, 오틸리에, 샤를로테처럼 — 불리는 경향이 있고, 주변 인물들은 이름이 없이 사회적 위치나 직업적 특성만으로 — 예를 들면 백작과 남작부인, 영국귀족과 동행인, 건축사, 의사 등으로 — 지칭되는 경우가 많다. 주인공들의 경우에는 그의 이름처럼 '개성'이 보다 중요한 역할을 하는 것이고, 주변 인물들의 경우에는 그가 속한 지위나 신분의 특성을 전형적으로 대변하는 역할이 더 중요하기 때문이다.

그렇게 술래잡기나 하다 보면 언젠가는 뭔가를 붙잡을지도 모르지. 그런다고 그 결과가 특별히 대단할까? 그냥 자네들 하고 싶은 대로 해. 결과는 마찬가지야. 그 친구들을 불러들이고 싶으면 불러들이고, 내보내고 싶으면 내보내. 어차피 그게 그거야. 나는 대단히 현명한 계획이 실패로 끝나는 것도 보았고, 정말 한심한 일이 잘되는 것도 보았어. 골머리 썩일 필요 없다니깐. 설령 이러저러해서 일이 잘 안 풀린다고 해도, 그 일로 자네들이 망가지는 것도 아니잖아! 그때는 나를 불러, 그러면 자네들을 도와줄 테니까. 그때까지 소생은 물러감세!"

그리고 그는 커피도 기다리지 않고 말 위에 훌쩍 올라탔다.

"이제 알겠지만" 샤를로테가 말했다. "가장 가까운 두 사람이 서로 균형을 못 잡고 있을 때는 어떤 제삼자가 오더라도 별로 도움이 되지 않는 거야. 지금 우리 상태가 전보다 훨씬 더 혼란스럽고 불안해진 건 아닌지 모르겠네."

지난번 에두아르트가 보낸 편지에 대한 대위의 답장이 도착하지 않았다면 두 부부는 그런 식으로 한동안 더 동요하고 있었을 것이다. 대위는 두 군데서 일자리를 제의받았는데, 그중 어느 것도 그에게 맞지는 않지만, 둘 중 하나를 받아들이기로 했다는 것이다. 그리하여 그는 지체 높고 부유한 사람들과 함께 지내며 그들의 권태를 공유하게 될 판국이었다. 물론 높은 사람들은 대위가 자신들의 권태를 몰아내줄 것이라고 믿고 있었겠지만 말이다.

에두아르트는 전체적인 상황을 확실히 파악했고, 그에 대해 구체적으로 묘사하며 이야기했다. "우리 친구가 이런 처지에 놓여 있는데도 가만히 지켜보고만 있어야 할까?" 하며 그가 흥분했다. "샤를로테, 설마 당신이 그렇게까지 모진 사람은 아니겠지."

"우리의 미틀러 씨는 희한한 분이긴 하지만" 샤를로테가 대답했다. "결국 옳은 이야기를 한 거야. 이런 계획들은 전부 도박이나 다름없는 거야. 그것이 어떤 결과가 될지는 아무도 예측 못 해. 그런 새로운 상황들은 행복을 가져올 수도 있고 불행을 가져올 수도 있어. 그렇다고 해서 그게 딱히 우리 때문에 그렇게 된 거라고 말할 수도 없을 테고. 아무래도 나는 당신에게 계속 반대할 만큼 강한 인간은 못 되는가 봐. 한번 그렇게 해보기로 하자! 다만 당신에게 딱 한 가지 부탁이 있어. 잠시 동안만 그렇게 하자는 거야. 나도 지금까지보다 더 열심히 그분을 위해 애써 보겠어. 내가 힘쓸 수 있거나 부탁할 만한 관계들을 부지런히 이용하면서 그분이 보기에도 어느 정도는 만족할 수 있는 자리를 마련해 볼게."

에두아르트는 자기가 아내에게 얼마나 감사하는지를 아주 극진하게 표현했다. 그는 이제 홀가분하고 즐거운 기분으로 친구에게 이런저런 제안을 하는 편지를 서둘러 쓰기 시작했다. 그는 샤를로테에게도 그녀 또한 남편과 마찬가지로 그 제안에 동의하고 있으니 대위가 이 제안을 들어줄 것을 진심으로 바란다는 내용의 추신을 직접 써넣도록 했다. 그녀는 숙련된 필체로 공손하고 정중하게 쓰긴 했지만 평소의 습관과는 달리 다소 서둘렀다. 그러다가 결국 편지지를 잉크얼룩으로 더럽히고 말았다. 그녀는 기분이 상했다. 얼룩을 지우려고 했지만 얼룩은 그럴수록 더 커지기만 했다. 평소의 그녀에게는 쉽게 일어나지 않았을 일이 일어난 것이다.

에두아르트는 이를 가지고 놀려댔다. 그리고 아직은 쓸 자리가 남아 있어서, 두 번째의 추신을 덧붙였다. 대위로서는 이러한 흔적만 보더라도 이곳에서 자기를 얼마나 초조하게 기다리고 있는지를 알아야 할 것이고 이 편지가 급하게 쓰인 만큼 대위도 서둘러 여행을 준비해야 한다는 내용이었다.

편지 심부름꾼이 떠났다. 에두아르트는 자기와 동시에 샤를로테도 오틸리에를 기숙학교에서 데려와야 한다고 거듭 주장하는 것만이 샤를로테에 대한 감사의 마음을 가장 확실하게 표현하는 것이라고 생각했다.

하지만 샤를로테는 그 일은 좀 미뤄 달라고 했다. 이날 저녁 샤를로테는 에두아르트를 부추겨 음악 연주를 즐기는 시간을 낼 수 있었다. 샤를로테는 피아노를 매우 잘 연주했지만 에두아르트는 플루트를 그만큼 능숙하게 연주하지 못했다. 그도 한동안 많은 노력을 들였지만, 그러한 재능을 형성하는 데 필요한 인내심이나 지구력이 없었기 때문이다. 그 때문에 그가 자기 파트를 연주할 때는 음이 매우 들쭉날쭉했다. 어떤 소절은 잘하기도 했지만, 때로는 속도가 너무 빨랐고, 자기에게 익숙지 않은 소절에서는 연주를 멈추기도 했다. 그러니 누구라도 그와 이중주하는 일을 어렵게 여겼을 것이다. 그럼에도 샤를로테는 그와 보조를 맞출 줄 알았다. 그녀는 그가 연주 중에 헤매면 자신도 일단 연주를 멈추었고, 다시 그가 시작하면 그때 따라 했다. 그런 식으로 해서 설령 매 소절 박자가 맞는 것은 아니지만 전체적으로는 항상 균형이 잡히도록 하는 의무, 다시 말해 좋은 지휘자이자 현명한 주부라는 이중의 의무를 그녀는 수행해 내고 있었던 것이다.

제3장

대위가 왔다. 그가 도착하기 전에 보낸 편지는 대단히 설득력 있는 내용이어서 샤를로테도 아무 걱정이 없었다. 대위가 자기 문제에 대해서 확실한 입장을 가지고 있고, 자신이나 친구들의 형편도 분명하게 파악하고 있어서 앞으로 그와 함께 지내는 일도 명랑하고 즐거울 것 같았던 것이다.

한동안 만나지 못했던 친구들 사이에서 흔히 그렇듯이, 처음 몇 시간 동안의 담소는 활기가 넘쳤고, 이야기꽃이 피어났다. 저녁 무렵이 되자 샤를로테는 새 공원부지를 산책하자고 했다. 대위는 그 지역이 매우 마음에 들었다. 어떤 아름다운 풍경은 새로 만든 길 때문에 비로소 눈에 띄게 되었다는 것들도 대위는 매번 알아보았다. 그는 숙련된 안목을 지니고 있었지만 까다롭지는 않았다. 흔히 그렇듯이 자기 소유의 영지를 여기저기 구경시켜 주는 사람에게 사정이 허락하지 않는 것을 요구한다든지, 전에 다른 곳에서는 이보다 훨씬 더 완벽한 것도 봤다는 이야기를 끄집어내어 구경시켜 주는 사람의 기분을 상하게 하는 사람도 있지만, 대위는 설령 어느 부분을 어떻게 고치면 지금보다 더 나아질지 확실히 알고 있을 때에도 그 장소를 보여 주는 사람의 기분이 상할 정도로 무례한 발언을 하지는 않았다.

그들이 정자에 이르러 보니, 정자는 아주 재미있게 장식되어 있었다. 비록 조화와 노루발풀로만 꾸며지기는 했지만, 사이사이에 야생 밀이며 여타 농작물과 나무열매 등을 매우 아름답게 엮은 다발들이 배열된 모습은 그것을 장식한 사람들의 미적 감각이 보통이 아님을 말해 주고 있었다.

"제 남편은 생일이나 작명일에 잔치하는 것을 좋아하지 않지만, 오늘은 좋은 일이 삼중으로 있는 날이라는 것을 축하하는 의미에서 제가 이 약소한 화환들을 바치는 것까지 나무라지는 않겠죠."

"삼중이라고?" 에두아르트가 외쳤다.

"그럼!" 샤를로테가 대답했다. "우리 친구분이 오셨으니 당연히 축하해야 할 일이고. 또 두 분께서는 아마 기억을 못 하시는 것 같은데, 오늘이 두 분 다 작명일이잖아. 두 분 다 오토라는 이름이 아니던가?"

두 친구는 작은 탁자 위로 서로의 손을 잡았다.

"그래." 에두아르트가 말했다. "당신이 우리 유년기에 있었던 우정의 징표를 생각나게 해주는군. — 우리 둘 다 어렸을 때는 이름이 그랬지. 그런데 우리가 기숙학교에서 함께 지내게 되면서 이름 때문에 혼동이 생길 때가 잦다 보니, 내가 자발적으로 그 아름답고 간결한 이름을 저 친구에게 양보했지."

"하지만 그때 자네가 뭐 그렇게 지나칠 정도로 인심을 썼던 것은 아니었어." 대위가 말했다. "나는 지금도 뚜렷하게 기억하고 있는데 말이야, 자네는 에두아르트라는 이름을 더 좋아했거든. 발음 좋은 사람이 그 이름을 부르면 유달리 아름답게 들린다는 이유였지."

그런데 지금 이들 세 사람이 둘러앉아 있는 탁자는 샤를로테가 이 손님이 오는 것에 대해서 열심히 반대론을 폈던 바로 그 탁자였다. 에두아르트는 지금 상태가 만족스러워서 아내에게 그때의 이야기는 상기시키지 않으려고 했지만, 결국에는 참지 못하고 이야기를 꺼내고 말았다. "네 번째 사람이 와도 자리가 충분하겠는걸."

바로 이 순간 성에서 호른 소리가 들려왔다. 그것은 마치 여기 모여 있는 친구들의 생각과 소망이 얼마나 훌륭한지를 승인하고 북돋아 주려는 소리 같았다. 그들은 조용히 귀를 기울였고, 각자 상념에 잠겼다. 그리고 이토록 아름다운 우정으로 각자의 행복도 두 배로 커진 것 같은 느낌이었다.

이 조용한 휴식을 처음으로 깬 사람은 에두아르트였다. 그가 자리에서 일어나 정자 앞쪽으로 나갔던 것이다. 그는 샤를로테에게 이렇게 말했다. "이제 저 친구를 데리고 제일 높은 정상으로 올라가자. 이 제한된 골짜기만이 우리의 재산이자 체류지라고 저 친구가 생각하지 않도록 말이야. 위에 가면 전망도 더 좋고 가슴도 확 트일 거야."

"그러면 이번까지는, 좀 걷기 어려운 옛 오솔길로 올라가야 해. 하지만 다음에는 지금 조성 중인 계단과 오르막길이 완성될 테니까 그쪽으로 해서 가면 맨 꼭대기까지 편하게 올라갈 수 있을 거야." 샤를로테가 대답했다.

그리하여 이들은 바위를 오르고 덤불과 관목을 지나 드디어 정상에 다다랐다. 이곳은 평지는 아니었지만 계속 뻗어 나가면서 풍요로운 등성이를 이루고 있었다. 뒤쪽에 있는 마을들과 성채는 더 이상 보이지 않았다. 아래쪽에는 드넓게 펼쳐진 호수가 보였고, 저 건너편에는 그들이 지나온, 초목으로 덮인 언덕들이 보였다. 마침내 가파른 바위들도 모습을 드러냈는데, 수직으로 솟은 바위들로 호수 테두리가 뚜렷한 윤곽을 드러냈고, 수면 위에는 기묘한 바위들의 그림자가 드리워 있었다. 개천의 물살이 세게 흐르다가 호수 쪽으로 합류하는 저편 골짜기에는 물방앗간 하나가 반쯤 가려진 채 있었는데, 주위와 어우러져서 아늑한 쉼터처럼 보였다. 이곳은 전체를 훤히 내다볼 수 있는 반원형 지형으로, 곳곳에 저지대와 고지대, 촘촘한 덤불과

울창한 숲이 다양하게 번갈아가며 모습을 드러냈고, 이제 막 푸르러지는 신록은 앞으로 이 지역의 전망이 더없이 풍성해질 것임을 약속하고 있었다. 군데군데 개별적으로 자란 나무군락들도 보는 사람의 시선을 끌었다. 이러한 풍경을 내려다보고 있는 이 친구들의 발치 쪽에는 약간 큰 호수가 보였고 그 주변에서도 유독 돋보이는 것은 포플러와 플라타너스들이었다. 무럭무럭 자라고 있는 이 나무들은 싱싱하고 건강하게 사방팔방으로 가지를 내뻗으며 우뚝 솟아 있었다.[1]

에두아르트는 친구들에게 특히 이 나무들을 눈여겨보도록 했다. “이 녀석들은 말이지” 그가 외쳤다. “내가 어린 시절에 직접 심은 거야. 선친께서 어느 여름에 성채의 정원을 확장하는 공사를 하셨는데 그때 그 구간에 있는 나무들은 다 베어내 버리도록 하셨어. 그때 내가 구제해준 어린나무들이 바로 이 녀석들이지. 그러니 이 녀석들은 올해도 틀림없이 감사하는 마음으로 새순을 내보내면서 자라날 거야.”

일행은 만족스럽고 명랑한 기분이 되어 성채로 되돌아갔다. 손님에게는 성채 오른쪽 날개부분에 있는 아늑하고 널찍한 숙소가 제공되었다. 손님은 즉시 자신의 책과 서류와 도구들을 비치하고 정리했다. 평소 해오던 일을 여기서도 계속하기 위해서였다. 그러나 처음 며칠 동안은 에두아르트가 그를 가만히 놔두지 않았다. 때로는 말을 타고, 때로는 도보로, 사방팔방 그를 데리고 다니며 그 지역과 영지를 보여 주었다. 그러면서 자신이 이곳을 더 잘 파악하고 더 유익하게 이용하기 위하여 오래전부터 어떤 계획을 품어 왔는지도 들려주었다.

“첫 번째로 해야 할 일은” 대위가 말했다. “이 지역을 자침으로

1 플라타너스가 자라는 호수는 이 소설의 주요 무대인 동시에, 이 소설의 주요한 주제인 죽음을 암시하는 복선의 역할도 한다.

재는 일이야. 쉽고도 재밌는 일이지. 완벽하게 정확히 잴 수 있다는 보장은 없지만, 해두면 유용한 일이고, 일을 시작하면 기분이 좋아. 무슨 대단한 보조금을 받아야만 할 수 있는 것도 아니야. 그리고 일이 끝났다는 것도 확실히 알 수 있지. 그래도 언젠가는 좀 더 정밀한 측량을 해보고 싶다면, 그에 대한 조언도 구해볼 수 있을 거야."

대위는 이러한 측량방식에 아주 숙달된 사람이었다. 필요한 도구들도 가져왔기에 바로 작업이 시작되었다. 그는 자기 일을 도와줄 에두아르트와 몇몇 사냥꾼, 농부들에게도 작업방식을 가르쳐 주었다. 낮 시간은 작업하기에 유리했다. 저녁과 이른 아침에는 애벌 그림을 그리고 음영선을 넣으며 보냈다. 음영부분을 엷은 수채물감으로 한 번 칠해준 후에 전체적으로 채색하는 일도 신속하게 진행되었다. 에두아르트는 마치 새로운 창조물이 탄생하듯이 그 도면에서 그의 소유물이 선명하게 모습을 드러내는 것을 보았다. 그는 이제야 비로소 자신의 소유물을 제대로 알아 나가는 것 같았다. 이제야 비로소 자신의 소유물들이 문자 그대로 자신의 소유물로 되는 듯했다.

그 지역과 공원부지에 대해서도 논의할 기회가 있었는데, 이 공원 부지를 완성하려면 전체적인 전망을 세우고 작업해 나가는 것이 그때그때 우연한 인상에 따라 자연의 여기저기를 건드려 보는 식으로 작업하는 것보다는 훨씬 나은 방법이라는 이야기도 나왔다.

"이 사실은 아내에게도 확실하게 말해 줘야겠군." 에두아르트가 말했다.

"그러면 안 돼!" 대위가 대답했다. 대위는 자신의 확신 때문에 다른 사람의 확신이 사라지는 것을 좋아하지 않았고, 인간의 견해란 아무리 이상적인 생각에 근거하더라도 단 한 가지 관점으로 모으기에는 너무도 다양하다는 것을 경험으로 알고 있었던 것이다. "그러면 안 된다고!" 그가 외쳤다. "그러면 십중팔구 자네 부인이 혼란만 느낄 거야. 그저 애호가적인 차원에서 이런 작업을 하는 사람들이 그렇듯이 자네 부인도 어떤 일이 제대로 행해지고 있다는 사실보다는 자기가 뭔가 중요한 일을 하고 있다는 사실이 더 중요한 거야. 그런 사람은 자연을 여기저기 조심스레 건드려도 보고, 이리저리한 장소에 대해서는 애착도 느끼지. 하지만 장애물들을 감히 치워버리지도 못하고, 뭔가 희생할 만큼 대담하지도 못해. 무엇이 나올지 미리 상상하지 못하니까 그런 거야. 시험 삼아 해보면 잘되기도 하고 안 되기도 하지. 어떤 것은 바꿔 보기도 하지만, 어쩌면 그냥 놔두어야 할 것을 바꾸기도 해. 바꿔야 할 것은 그냥 놔두기도 하고 말이야. 그런 식으로 결국 작품 하나가 탄생하는 거야. 마음에도 들고 고무도 되긴 하는데 뭔가 만족스럽지는 못한 상태로 말이야."

"솔직하게 말해봐." 에두아르트가 말했다. "집사람이 만든 공원부지가 자네 마음에 들지 않는 것이군."

"기본 구상은 아주 좋은 편이니까, 그걸 철저히 실행만 한다면 지적할 사항도 전혀 없을 거야. 자네 부인은 저 바윗돌 옆을 지나 올라오느라고 아주 고생했어. 그리고 이제는, 이런 표현을 써도 될지 모르겠지만, 그녀를 따라 위쪽으로 올라오는 사람 모두를 고생하게 하고 있단 말이야. 옆으로 나란히 걷든, 앞뒤로 걷든 간에 자유롭게 걸을 수가 없게 돼있어서 그래. 걸음의 리듬이 매 순간 깨지거든. 하긴 그런 식으로 이의를 달자고 들면 뭐든 다 그렇지만."

"그렇다면 다른 식으로 했더라면 일이 쉬웠을까?" 에두아르트가 물었다.

"아주 쉬웠겠지." 대위가 대답했다. "저 바위 모서리를 제거하기만 하면 되었을 테니까. 그 바위 모서리는 자잘한 암석으로 이루어진 것이라 볼품도 없어. 그러면 위로 올라가는 예쁜 커브 길도 생기고,

파낸 돌멩이들도 덤으로 얻는 거지. 이 돌멩이들은 길이 좁으면서도 흉하게 손상된 곳을 메우는 데 쓰면 되는 거야. 하지만 이 말은 우리끼리만 한 것으로 하고 철저히 비밀로 하자고. 말이 새나가면 자네 부인이 당황하고 짜증나게 될 거야. 이왕 만들어진 거니 그대로 둬야지. 그래도 돈과 노력을 더 들이겠다면, 정자에서 위로 올라가는 곳과 정상의 몇몇 군데는 조금 손볼 수도 있을 거야. 그러면 여러모로 훨씬 편해지겠지."

두 친구는 이런 방식으로 현재에 몰두하는 경우도 많았지만, 옛날 일을 생생하고 유쾌하게 회상할 때도 많았다. 여기에는 샤를로테도 기꺼이 참여하곤 했다. 그리고 이들은 시급한 일만 일단 해치우고 나면, 여행기 작업에 손을 대 과거의 기억을 되살린다는 계획도 세웠다.

그런데 덧붙이자면 에두아르트는 샤를로테와 단둘이 할 이야깃거리가 별로 없었다. 특히 그 공원부지에 대한 대위의 비판을 마음에 간직하게 된 후로, 게다가 그가 보기에 그 비판이 전적으로 옳다고 생각된 후로는 더욱 그랬다. 그는 대위가 비밀을 전제로 털어놓은 사실에 대해서 오랫동안 누설하지 않고 지냈다. 그러나 자기 부인이 정자에서 정상으로 올라가는 곳에 다시 계단이며 오르막길들을 만드느라 바쁜 것을 보자, 더는 가만있을 수가 없었다. 처음에는 우회적인 표현으로 장황하게 이야기하다가 급기야는 직설적으로 자신의 새로운 견해를 드러내고 말았던 것이다.

샤를로테는 당황해하며 서있었다. 그녀는 명민했으므로, 남자들의 생각이 옳다는 것을 빨리 간파했다. 그러나 그녀가 해놓은 일은 그 반대였다. 일은 이미 벌어진 것이다. 그녀는 그렇게 하는 것이 옳다고, 바람직하다고 생각했었다. 심지어 지금 비난의 대상이 되는 것조차도 그녀가 보기에는 어느 모로 보나 사랑스러웠던 것이다. 그녀는 남자들의 생각을 받아들이려 하지 않았고, 자신의 작은 창조물들을 옹호했다. 그녀는 비난의 화살을 남자들에게로 돌렸다. 남자들은 단번에 거창한 일로 넘어서기를 좋아하고, 농담 한마디를 하다가도, 또는 어떤 가벼운 이야기를 하다가도 곧장 그것을 근거로 대단한 작품을 만들어 내려고 하며, 그러면서도 그런 식으로 확대된 계획마다 반드시 따라붙게 돼있는 비용에 대해서는 생각지도 않는다고 비난했다. 그녀는 마음이 동요되었고, 자존심도 상하고, 기분도 나빴다. 옛것을 그냥 포기할 수도 없었고, 새것을 전적으로 거부할 수도 없었다. 그러나 원래 단호한 성격이었던지라, 지금까지의 작업은 즉시 중단시켰다. 그리고 그 일에 대해서 충분히 시간을 두면서 숙고했고, 좋은 생각이 저절로 무르익을 때까지 기다렸다.

그녀가 이제는 예전처럼 일하는 즐거움이라도 있었으면 하는 마음으로 보내는 동안, 남자들은 점점 더 자주 모여 그들의 일을 해나갔다. 무엇보다 유원지와 온실을 열심히 돌봤고, 그러면서도 틈틈이 사냥하기도 하고, 말을 사거나 교환하고, 말을 조련하거나 마차 끄는 연습을 시키면서 보통 기사들이 하는 일을 계속했기 때문에 샤를로테는 날이 갈수록 외로워졌다. 그녀는 대위를 위해 해오던 편지쓰기도 더욱 열심히 해보았지만, 그래도 더러 고독할 때가 있었다. 그럴수록 그녀를 편하고 즐겁게 하는 것은 기숙학교로부터 받는 통지문들이었다.

여느 때와 마찬가지로 그녀의 딸이 얼마나 잘 크고 있는가를 즐거운 마음으로 장황하게 서술하고 있는 여교장의 편지에는 짧은 추신이 덧붙어 있었다. 그 외에도 남자조교가 쓴 편지가 동봉되어 있었는데, 이 두 글의 내용은 이렇다.

여교장의 추신

"존경하는 부인, 사실 오틸리에에 대해서는 지난번 보고서에 담긴 내용을 반복하는 도리밖엔 없을 것 같습니다. 오틸리에를 비난할 수는 없겠지만 만족하지도 못하겠군요. 오틸리에는 예나 지금이나 여전히 겸손하고 다른 사람에게 친절합니다. 하지만 이러한 겸양과 봉사정신이 제 마음에는 들지 않는다는 것이지요. 부인께서는 최근에 돈과 여러 물건을 그 아이 앞으로 보내셨지요. 그런데 그 아이는 그 돈에 손도 대지 않았거니와 물건들도 고스란히 남아 있습니다. 물론 그 애는 물건들을 아주 깨끗하게 유지하고 훌륭하게 간수하는 편입니다. 그런데 어쩌면 그 애는 오로지 그런 목적으로만 옷도 갈아입는 것이 아닌가 생각될 때가 있습니다. 그 애가 먹고 마시는 일을 대단히 절제하는 것도 저로서는 칭찬해 주기가 어렵습니다. 저희는 상다리가 부러질 정도로 잘 차려 주지는 못합니다만, 맛있고 건강에 좋은 음식을 주고 있고, 그것을 아이들이 배불리 먹는 것을 볼 때처럼 기쁜 일도 없지요. 저희가 심사숙고한 끝에 자신 있게 식탁에 내놓는 것은 아이들이 남기지 말고 다 먹어야 한다고 봅니다. 그런데 오틸리에는 도저히 그렇게 안 되는군요. 사실 그 애는 하녀들이 일을 소홀히 하는 바람에 생긴 빈틈까지도 메워 보려고 뭔가를 하는 아이입니다만, 이렇게 하는 이유도 오로지 그 시간에 음식이나 디저트를 거르기 위해서랍니다. 이 모든 사실에도 정말 걱정되는 바는, 저도 나중에야 들어서 알게 된 것입니다만, 가끔 그 애가 왼쪽에 편두통을 앓고 있다는 것입니다. 비록 일시적으로 나타나기는 합니다만, 어쩌면 고통스럽고 심각한 것일지도 모르겠습니다. 그 밖에는 예쁘고 사랑스러운 아이입니다. 이 정도로 글을 마치겠습니다."

조교의 동봉편지

"훌륭하신 우리 교장선생님께서는 제자들에 대해서 관찰한 바를 부모나 후견인에게 알리는 편지를 쓰실 때마다 대개는 저에게 읽어보게 하십니다. 저도 교장선생님이 부인께 보내는 편지들은 항상 두 배로 주목하고 두 배로 기쁜 마음으로 읽습니다. 세상에서 출세하는 데 필요한 모든 품성을 다 갖춘 것 같은 따님을 두신 행복에 대해 축하를 드리게 되기도 합니다만, 이에 못지않게 오틸리에 같은 양녀를 얻으신 것에 대해서도 행복한 분이라 칭송하지 않을 수가 없기 때문입니다. 이 아이는 다른 사람이 평안하고 만족할 수 있도록 태어난 아이처럼, 그렇게 해서 다소 자신도 행복을 느끼도록 태어난 아이처럼 보입니다. 하지만, 오틸리에는 저와 존경하는 교장선생님의 의견이 일치하지 못하는 거의 유일한 학생이기도 하죠. 활동적인 교장선생님께서는 자기가 공들인 결과가 겉으로 분명하게 나타나기를 원하십니다. 저도 이에 대해 결코 나쁘게 생각하지 않습니다. 하지만 열매들 중에는 비록 지금은 닫혀 있지만 정말 좋은 자질을 갖췄고 속도 단단히 영글어서 조만간 더 좋아지고 더 아름답게 커나가게 될 열매도 있는 법입니다. 부인의 양녀가 바로 그런 경우지요. 제가 그 애를 가르칠 때마다 확인하게 되는 것입니다만, 그 애는 항상 같은 보조로 천천히 나아가는 학생입니다. 천천히 나아가지요. 그러나 결코 퇴보하는 법은 없습니다. 어린 사람을 가르칠 때는 항상 첫 단계부터 시작해야 한다는 말은 바로 이 아이에게 들어맞는 이야기입니다. 먼저 어떤 것이 있었고 그 결과 이런 것이 나왔다는 식이 아니면 이 아이는 이해하지 못합니다. 쉽게 이해할 수 있는 것도 어떤 연관관계가 파악되지 않으면 그 앞에서 속수무책이 되거나 심지어 뻣뻣이 굳어 버립니다. 하지만 앞뒤 연관관계를 찾아내 분명하게 보여 주기만 하면 아무리 어려운 것이라도 이해합니다.

그 애의 학습속도가 이처럼 느리다 보니까 동급생들보다 진도가 많이 처지는 편입니다. 동급생들은 그녀와는 완전히 다른 능력으로 앞으로 나아가며 서로 연관관계가 없는 것도 쉽게 이해하고 기억도 잘합니다. 그리고 이를 다시 응용하는 것도 쉽게 해내지요. 그에 반해 오틸리에는 그런 식으로 배워 나가기 때문에 진도를 빨리 나가는 수업에서는 아무것도 하지 못합니다. 교사들 중에 능력이 뛰어나긴 하지만 급하고 참을성 없는 교사가 하는 수업일수록 그렇답니다. 그녀의 필체[2]에 대한 불만도 있었고, 그녀가 문법을 제대로 알고 있지 못하다는 불만도 나왔습니다. 저는 이런 불만들에 대해서도 좀 더 자세히 검토해 봤습니다. 과연 그렇더군요. 그 애는 글을 쓰는 속도가 느리고, 이런 표현을 해도 된다면, 글씨체가 유연하지 않습니다. 하지만 지나치게 미적거리는 것도 아니고 못 알아볼 정도로 악필이지도 않습니다. 비록 제 과목은 아닙니다만 불어를 그 아이에게 차근차근 가르쳐 봤더니 쉽게 터득하더군요. 다만 놀라운 사실은, 그 애가 아는 것도 많고 그것도 제대로 알고 있음에도, 질문만 받으면 아무것도 모르는 사람처럼 보인다는 것입니다.

종합적인 평가로 이 글을 마쳐야 한다고 한다면 이렇게 말씀드리고 싶습니다. 그 애는 교육을 받을 사람이 아니라 교육을 행할 사람의 입장에서, 말하자면 학생으로서 배우는 것이 아니라 장래의 여선생으로서 배우고 있습니다. 부인께는 이상하게 보일지도 모르겠습니다만, 저 스스로 아이들을 교육하고 가르치는 사람으로서, 어떤 사람을 저와 같은 부류의 사람이라고 선언하는 것이야말로 그 사람에 대한 최고의 칭찬이라고 생각합니다. 부인께서 저보다

2 오틸리에의 필체는 오틸리에의 내면을 보여 주는 중요한 소재이다. 그녀의 필체가 변해가는 과정은 그녀의 내면이 변해 가는 과정을 반영하고 있다.

더 잘 아시고 인간과 세상에 대한 지식도 더 깊으시므로 제가 잘 모르더라도 선의로 드리는 말씀이라 생각하시고 선의로 해석해 주시리라 믿습니다. 부인께서도 이 아이의 앞날에 기쁜 일이 많이 생길 것임을 확신하시게 될 것입니다. 이만 글월 줄이오며, 앞으로도 뭔가 중요하고 좋은 내용을 담게 되리라는 생각이 들면 곧바로 다시 글월 올리겠습니다."

샤를로테는 이 편지를 읽고 흐뭇했다. 그 내용이 그녀가 오틸리에에 대해 품고 있었던 생각과 아주 흡사했던 것이다. 학생의 장점을 알아본 교사들이 일반적으로 표현하는 관심을 훨씬 넘어서는 관심이 이 편지에 표현되고 있음을 보면서 샤를로테는 미소를 머금지 않을 수 없었다. 그러나 그녀는 쉽게 단정하거나 편견에 좌우되는 사람은 아니어서 이 사태도 다른 많은 일에서 그런 것처럼 일단 있는 그대로 내버려두었다. 그러면서도, 조교처럼 분별력 있는 남성이 오틸리에에게 관심을 가지는 것에 대해서는 높은 가치를 두었다. 무관심과 거부감이 훨씬 더 팽배한 이 세상에서 진정한 호감이라는 것이 얼마나 높이 평가받아야 마땅한 것인지는 이제껏 살아오면서 충분히 깨달을 수 있었기 때문이다.

제4장

상당히 큰 척도로 장원과 그 주변의 특징이 일목요연하게 펜으로 그려지고 그 위에 색이 칠해진 지적도가 금방 완성되었다. 대위는 두어 차례 삼각법을 이용한 측량을 거쳐 지적도의 기초를 확실하게 해놓을 수 있었다. 이 부지런한 남자보다 잠이 적은 사람은 거의 없을 정도였다. 그는 낮 시간은 항상 시급한 일에 바치고 저녁에도 항상 뭔가를 해냈기 때문이다.

"자 이제는," 그가 친구에게 말했다. "다른 일을 시작하는 게 어떨까. 농지대장 말이야. 사전작업은 이미 충분히 되어 있으니까 말이야. 농지대장을 근거로 나중에 소작지 견적이나 다른 일이 진척되는 거잖아. 단 한 가지 원칙만은 확실히 정해 놓고 일을 실행하는 게 좋겠어. 기본 성격상 사업이라고 불러야 하는 일과 일상생활은 서로 완전히 분리해야 한다는 거야. 사업에는 진지함과 엄격함이 요구되지만, 생활은 하고 싶은 대로 해야 하는 거니까 말이야. 사업에는 무엇보다도 철저한 수미일관성이 요구되지만 생활에는 종종 앞뒤가 맞지 않는 일도 필요하잖아. 사실 앞뒤가 맞지 않는 것일수록 사랑스럽고, 또 그런 것 때문에 생활이 즐거워지기도 하지. 자네가 사업을 확실하게 해놓을 수 있다면, 생활은 그만큼 더 자유로울 수 있단 이야기야. 그렇지 않고 두 가지가 뒤섞이게 되면 자유로운 생활이 확실한 사업을 내몰게 되는 법이지."

에두아르트는 이러한 제안이 자신에 대한 가벼운 힐난처럼 느껴졌다. 그는 비록 천성적으로 무질서한 편은 아니지만, 자신의 서류나 서랍들을 아직도 정돈하지 못하고 있었던 것이다. 그에게는 다른 사람들과 함께 처리해야 하는 일과 오로지 자기 혼자 알아서 해야 하는 일이 구별되지 않았다. 마치 사업과 일상적인 용무를 충분히 구분하지 못하고, 노는 것과 산만한 것을 제대로 구분하지 못하는 것처럼 말이다. 이제는 사정이 편해졌다. 친구가 그의 분신처럼 이러한 노력을 떠맡고 그러한 구분을 해주어서, 본래의 자아는 항상 그러한 구별을 하느라 자신을 분열시키지 않아도 되었기 때문이다.

그들은 대위가 머무르는 곳에 현재생활용 서류보관실과 과거생활용 기록물보관소를 설치하고, 각종 보관함이나 귀중품보관실, 장롱, 상자 등에 들어있던 기록, 서류, 소식지 등을 전부 그곳에 끌어모았다. 그다음에는 이 종잇더미들을 순식간에 쾌적하게 정돈하고, 각각 분류표를 붙여서 해당하는 함에 보관했다. 이제는 원하는 것을 예상보다 빨리 찾을 수 있었다. 이 점에서 늙은 서기는 많은 도움이 되었다. 이 사람은 낮 동안은 말할 것도 없고 심지어 밤에도, 책상에서 떨어지는 법이 없었다. 이전까지는 에두아르트에게 점점 더 불만을 품게 했던 사람이었는데 말이다.

"저 사람은 내가 알던 그 사람이 아니야." 에두아르트가 친구에게 말했다. "어쩌면 저렇게도 부지런하고 쓸모 있는 사람이 된 걸까?"

"그게 왜 그런가 하면 말이지" 대위가 대답했다. "일단 그에게 주어진 일을 그가 원하는 방식으로 끝내기 전에는 절대 새로운 일을 맡기지 않아서 그런 거야. 그러면 자네도 보다시피 그가 아주 많은 일을 해내지. 그가 일하는 도중에 간섭을 하면, 그는 그 즉시로 아무 일도 못해."

이런 방식으로 이 친구들은 낮 시간을 함께 보냈고, 밤에는 샤를로테를 규칙적으로 방문하는 것도 소홀히 하지 않았다. 이웃 마을이나 장원에서 사람들이 모일 때도 자주 있었고, 이러한 모임이 없을 때에는 대부분의 대화나 독서가 시민 사회의 복지와 이익, 편의를 증진하는 대상들에게로 집중되었다.

그렇지 않아도 현재의 여건을 활용하는 습관이 들어 있던 샤를로테는 남편이 만족해하는 모습을 보니 자신의 일도 더 잘 진행되는 것 같았다. 그녀가 오래전부터 바라긴 했지만 제대로 들여놓지 못했던 여러 살림살이도 대위를 통해 제대로 갖추어졌다. 지금까지는 몇 안 되는 약품뿐이던 가정의약품도 내용이 훨씬 풍부해졌고, 부지런하고 남을 잘 돕는 샤를로테의 성품도 이해하기 쉬운 책이나 상담을 통해서 지금까지보다는 훨씬 더 자주, 더 효과적으로 발휘될 수 있었다.

흔히 생기는 사고이지만, 그래도 번번이 사람을 놀라게 하는 사고들에 대한 대비책도 철저히 논의되었다. 그리하여 물에 빠진 사람을 구하는 데 필요하다고 생각되는 것들도 전부 갖추어졌다. 특히 여기저기 연못이나 개천, 저수지 주변에서 그런 사고가 자주 발생했기 때문에 그만큼 더 많은 응급조치용 물품들이 마련되었다. 대위는 이러한 물건들의 목록에도 세심하게 신경 썼다. 그런데 실제로도 그런 사고가 있었고, 그것이 대위의 인생을 백팔십도 바꾸어 놓았다는 이야기가 그만 에두아르트의 입에서 자기도 모르게 나와 버렸다. 그러나 대위가 아무 말도 안 하고 어떤 슬픈 기억을 떠올리지 않으려고 애쓰는 것처럼 보여서 에두아르트도 즉시 말을 멈추었다. 샤를로테도 그 일의 전반적인 사정은 에두아르트 못지않게 이미 어느 정도 들어서 알고 있었기에 못 들은 척 넘겼다.

"이처럼 세심하게 응급조치용 물품들을 갖춰 놓은 것은 잘한 일이라고 생각해." 어느 날 저녁 대위가 말했다. "그러나 지금 우리에게는 가장 필요한 것이 빠져 있어. 이 모든 것을 다룰 줄 아는 부지런한 사람이 없다는 거지. 이 점에서 나는 내가 잘 아는 사람이고 약간의 조건만 충족되면 데려올 수도 있는 어떤 군의관을 추천하고 싶어. 그는 자기 분야에서 뛰어난 사람이야. 내가 속이 무척 안 좋은 적이 있었는데, 그때마다 이 군의관이 해준 조처가 그 어떤 유명한 내과의한테 받은 조처보다 더 도움이 되곤 했어. 그리고 시골에서는 항상 제일 아쉬운 게 응급처치잖아."

이 사람을 부르는 초청장도 곧바로 작성되었다. 에두아르트와 샤를로테는 그들이 여유자금으로 남겨 놓은 목돈을 이처럼 가장 요긴한 일에 쓸 수 있게 되어 기뻤다.

샤를로테도 대위의 지식과 활동을 자신의 생각대로 활용했다. 이제는 그가 와있는 것에 완전히 만족했고 예상되는 모든 결과에 대해서도 안심하기 시작했다. 그녀는 대개 여러 가지를 미리 준비한 후에 대위에게 물어보곤 했다. 그리고 즐겁게 사는 것을 좋아해서 해로운 것이나 치명적인 것은 무엇이건 멀리하려고 애썼다. 예컨대 도자기에 입힌 납이나 놋그릇의 녹청 등은 진작부터 그녀의 걱정거리였다. 그녀는 이 분야에 대해서도 가르쳐 달라고 했고, 그러다 보니 이야기는 자연스럽게 물리와 화학의 기본개념들로 거슬러 올라가지 않을 수 없었다.

사람들 앞에서 낭독하기 좋아하는 에두아르트의 취향은 그러한 대화를 우연히 할 수 있게 해 주었고 그런 기회는 항상 환영받았다. 그는 매우 듣기 좋은 저음의 목소리를 가지고 있었다. 예전에는 문학작품이나 연설문을 생기 넘치고 풍부한 감정을 실어 가며 낭송해서 사람들의 호감을 사고 유명해진 적도 있었다. 현재 그가 관심을 두고 있는 대상은 예전과 다른 것이어서 그가 낭독하는 텍스트도 예전과는 달랐다. 특히 얼마 전부터는 물리나 화학, 기술 등을 내용으로 하는 텍스트들이 낭독 대상이었다.

아마 다른 사람도 별다르지 않겠지만, 에두아르트의 독특한 성격 중의 하나는 자신이 책을 읽을 때 누군가가 그 책을 들여다보면 몹시 싫어한다는 것이었다. 예전에는 낭독자가 시나 희곡이나 소설 등을 낭독할 때 자신이 시인이나 연극배우, 소설가가 된 것처럼 책의 내용을 생생하게 전달하고 싶어하다 보니 낭독자가 갑자기 청중을 놀라게 한다든지, 읽다가 잠시 쉰다든지, 어떤 기대를 갖게 하는 경우도 생겨나게 마련이었다. 그런데 제삼자가 그 내용을 알아서 눈으로 텍스트를 앞질러 가게 되면 낭독자가 의도한 효과는 나타나지 않는 것이다. 이 때문에 에두아르트도 낭독할 때는 아무도 그의 등 쪽에 앉을 수 없는 위치에 자리를 잡았다. 그런데 지금은 세 사람만 같이 있어서 이렇게까지 조심할 필요는 없었다. 게다가 이번에는 감정을 자극하거나 기상천외한 이야기를 하는 것이 목표가 아니어서 특별히 조심해야겠다는 생각을 하지 않고 있었다.

그런데 어느 날 저녁 그가 아무렇게나 자리를 잡고 앉았다가 샤를로테가 그의 책을 들여다보고 있는 것을 알게 되었다. 예전의 성마름이 되살아난 그는 다소 퉁명스레 그러지 말라고 했다. "그런 못된 버릇은 다른 좋지 않은 버릇과 마찬가지로 이 모임에 부담이 되니까 앞으로는 영원히 삼갔으면 좋겠군. 내가 어떤 사람 앞에서 낭독한다는 것은 내가 그 사람 앞에서 구두로 연기하는 것과 마찬가지 아니겠어? 내가 읽는 텍스트는 글로 쓰여 인쇄된 것이지만, 나의 생각과 마음을 대신하고 있는 거야. 그런데 내 마음을 들여다볼 수 있는 창문 같은 것이 내 이마나 가슴 앞에 붙어 있다면, 그래서 나는 내 생각과 감정을 하나하나 청자에게 전달해 주려고 하는데 그 사람은 이미 그 창문을 통해 내용을 다 알고 있다면 내가 낭독을 잘하려고 애써야 할 이유가 어디 있지? 내가 낭송하는 책을 누군가 들여다볼 때마다 항상 나 자신이 둘로 쪼개지는 것 같단 말이야."

샤를로테는 크고 작은 모임에서 어떤 불편한 말이나 격한 말이 나올 때, 심지어 이야기가 너무 시끄러워질 때도, 분위기를 가라앉힐 줄 알고, 이야기가 길어진다 싶으면 자를 줄 알며, 이야기가 끊긴다 싶으면 활기를 불어넣을 줄 안다는 면에서 자신의 능숙함을 입증해 왔던 터라 이번에도 그녀의 훌륭한 재능을 유감없이 발휘했다. "방금 내 마음속에 무슨 일이 벌어졌는지 당신에게 말해 주면 당신은 틀림없이 나를 용서하게 될 거야. 당신이 친화력에 관한 구절을 낭독하는 걸 들으면서 금방 내 친척, 몇몇 사촌이 생각났어. 요즘 그들 때문에 걱정이었거든. 그러다가 다시 당신이 낭독하는 내용으로 관심을 돌렸지. 들어 보니 무생물에 관한 이야기가 진행 중이어서, 다시 정신을 집중하기 위해 당신 책을 들여다보던 참이지."

"당신을 유혹하고 혼란에 빠지게 한 그 대목은 일종의 비유일 뿐이야." 에두아르트가 말했다. "실제로 이 책이 다루는 대상은 흙과 광물뿐이야. 그런데 인간이야말로 진짜 나르시시스트야. 어디서든 자신의 모습을 비춰 보고, 자기 거울로 세계 전체를 비춰 보려고 하거든."

"그렇다마다." 대위가 말을 이었다. "인간은 자신의 외부에 있는 모든 것을 그런 식으로 다루지. 인간은 자신의 현명함이나 어리석음, 의지나 자의(恣意) 등이 동물에도 있고, 식물에도 있고, 질료에도 있고, 신에게도 있다고 생각하거든."

"저는, 현재의 관심사에서 너무 멀리 벗어나고 싶지 않아서 드리는 말씀인데요, 여기서 말하는 선택적 친화력이란 본래 무엇을 의미하는지 간단히 가르쳐 주시지 않을래요?" 샤를로테가 응수했다.

"가르쳐 드리고말고요." 샤를로테의 시선을 받고 있던 대위가 대답했다. "제가 가르쳐 드릴 수 있는 한도 내에서 말이죠. 그러니까 제가 약 10년 전에 배우고 책에서 읽은 대로 가르쳐 드린다는 겁니다. 아직도 과학계에서는 그것에 대해서 그렇게 생각하는지, 최근의 이론에도 부합하는지에 대해서는 저도 자신 있게 말씀드리지 못하겠군요."

"정말 고약한 건, 평생 써먹을 수 있는 지식을 배우던 시대는 끝났다는 거야. 우리 선조들은 당신들이 어렸을 때 배운 것에 계속 의존해서 살 수 있었어. 그런데 지금 우리는 유행에서 완전히 뒤지지 않으려면 5년마다 한 번꼴로 재교육을 받아야 할 정도거든." 에두아르트가 말했다.

"우리 여자들은 그렇게 정확하게 따지지 않아. 솔직히 말하자면 나는 사실 그 단어의 의미만 알면 돼. 사람들이 모인 자리에서 가장 우스꽝스러운 것은 어떤 외래어나 조어를 잘못 사용하는 거지. 나는 이 표현이 바로 이러한 대상에는 정확히 어떤 의미로 쓰이는지 알고 싶을 뿐이야. 학문적으로 관련된 사항은 학자들에게 맡겨 두기로 하지 뭐. 말이 났으니 말이지만, 내가 관찰한 바로는 학자들도 어차피 의견을 일치하기는 어려울 것 같아." 샤를로테가 말했다.

"그렇다면 가장 빨리 핵심으로 들어가자면 어디에서부터 시작해야 할까?" 에두아르트가 잠시 뜸을 들인 후에 대위에게 물었는데, 대위는 약간 생각해 보다가 곧 이렇게 답변했다.

"상황이 허락한다면, 겉으로 보기에는 한참 돌아가는 것 같은 방식으로 설명하는 것이 가장 빨리 핵심에 도달하는 방식이지."

샤를로테는 자기가 들고 있던 것을 구석으로 밀어 놓으면서 말했다. "정말로 집중해서 들을 테니 안심하시고 말씀하세요."

그리하여 대위는 이야기를 시작했다. "우리가 자연물질을 지각하게 될 때마다, 맨 먼저 눈에 들어오는 것은 그 물질 스스로 자기 자신과 관계를 맺고 있다는 것입니다. 물론 이처럼 당연한 이야기를 마치 대단한 것인 양 말하면 이상하게 들릴 겁니다. 하지만 이왕 알고 있는 사실이더라도 우리가 그것에 대해 어떤 생각을 하고 있는지 완벽하게 이해한 후라야 아직 모르는 사실도 함께 탐구해

나갈 수 있거든요."

"내 생각엔 말이지" 에두아르트가 그의 말을 끊으며 말했다. "예를 들어 설명하는 것이 편할 것 같아. 가령 물이나 기름, 수은 같은 것을 떠올려 보자고. 그러면 그것을 이루는 부분들 간에 어떤 통일성이나 연관관계가 있다는 것을 알게 될 거야. 이런 통일성이 해체되려면 어떤 강제력이나 다른 조건이 주어져야만 해. 그리고 그런 강제력이 제거되면 다시 부분들은 서로 합쳐지는 법이고."

"당연하죠." 샤를로테가 맞장구쳤다. "빗방울이 모여서 강물이 되는 것을 좋아하듯이 말예요. 우리도 어린아이 때 수은이 작은 방울들로 갈라졌다가 다시 합쳐지게 하는 놀이를 하면서 신기해했었죠."

"그렇다면 한 가지 중요한 사실을 잠깐 말씀드리겠습니다." 대위가 덧붙였다. "요컨대 이처럼 완전히 순수한 결합방식은 액체의 성질로만 가능한데요, 그것은 단연코, 그리고 항상, 방울 모양으로만 나타난다는 것입니다. 떨어지는 물방울은 둥글지요. 수은방울에 대해서는 부인께서도 말씀하셨고요. 녹으면서 아래로 떨어지는 납조차도 완전히 굳을 수 있는 시간만 주어지면 아래에 도착했을 때는 방울 모양으로 되어 있을 겁니다."

"대위님께서 결론적으로 하시려는 이야기가 뭔지 제가 먼저 알아맞혀 보자면, 누구나 자신과 어떤 관계를 갖고 있는 것처럼 다른 것과도 어떤 관계를 갖는다는 것이네요."

"그리고 사물이 다양한 만큼이나 그 관계도 다양하게 나타나지." 에두아르트가 서둘러 화제를 이어나갔다. "어떤 사물들은 서로의 성질을 변형시키지 않아도 친구나 오랜 지인처럼 만나자마자 재빨리 합쳐지지. 마치 물과 포도주가 섞이는 것처럼 말이야. 반면에 어떤 것들은 나란히 있어도 서로 낯선 사람처럼 경직되어 있고, 기계로 뒤섞거나 마찰을 시켜도 절대로 결합되는 법이 없어. 예컨대 물과 기름을 휘저어 서로 뒤섞어놔도 곧 다시 분리되는 것처럼 말이지."

"그 정도만 해도 알 것 같아." 샤를로테가 말했다. "우리가 알고 있는 사람 중에서도 이런 단순한 형태를 보여 주는 경우가 있잖아. 하지만 이런 것들을 보면 우리가 몸담고 있는 사회 집단들이 먼저 떠올라. 이 세상에 살면서 서로 대립하고 있는 집단들, 예컨대 귀족과 제3신분, 군인과 민간인의 관계처럼 신분이나 직업 때문에 대립하는 사람들이야말로 이 생명 없는 물질들과 가장 비슷하니까 말이야."

"하지만 말이야" 에두아르트가 말했다. "그런 사람들도 관습이나 법으로 결합될 수 있듯이, 우리 화학 세계에도 서로 떨어져 나가려고 하는 것을 합치는 촉매라는 것이 있어."

"예컨대" 대위가 끼어들었다. "알칼리염을 이용해서 물과 기름을 결합하는 경우죠."

"강의 진도가 너무 빠르지 않았으면 좋겠어요." 샤를로테가 말했다. "제가 강의를 따라가고 있다는 것을 보여드릴 수 있도록 말예요. 이쯤 하면 이제는 친화력 문제를 거론할 때가 되지 않았나요?"

"바로 그렇습니다." 대위가 말했다. "이제 곧 친화력의 완전한 위력과 특성을 알게 될 겁니다. 같이 모이기만 하면 얼른 서로를 붙잡으면서 상호간에 영향을 끼치는 자연물질들을 가리켜 선택적 친화력이 있다고 합니다. 알칼리와 산은 비록 서로 대립하고는 있지만, 또 어쩌면 서로 대립한다는 바로 그 사실 때문에, 서로를 열렬히 찾고, 붙잡고, 변화시키면서, 함께 새로운 물체를 만드는데요, 이런 알칼리와 산의 경우에 친화력이 가장 두드러지게 나타나는 것이죠. 석회의 경우만 생각해 봐도 분명한데, 이 녀석은 산성이면 뭐든지 애착을 보이며 결합하고 싶어하지요. 제 화학수집품 상자가 도착하는 대로 다양한 실험을 통해 설명해 드리지요. 아주 재밌습니다. 그런 방식이 말이나 용어, 그 어떤 인위적인 명칭들을 가지고 설명하는 것보다 이해하기도 훨씬 쉽고요."

"제 생각을 말씀드려 보죠." 샤를로테가 말했다. "이 놀라운 성질을 가리켜 친화력이 있다고 말씀하신다면 그 친화력은 혈통적인 친화력이라기보다는 정신적, 영혼적인 친화력으로 보이네요. 사람들 사이에도 정말 중요한 우정이 바로 그런 방식으로 생겨날 수 있잖아요. 대립하는 속성들이야말로 정말 내적인 합치를 가능하게 하니까요. 저는 이제 대위님께서 그 신비스러운 작용과 관련해서 어떤 것을 제 눈앞에 보여 주실지 가만히 지켜보고 있을게요." 샤를로테는 에두아르트를 향해 몸을 돌리면서 말했다. "당신이 낭독할 때 이제 더는 방해하지 않을 거야. 그리고 더 많은 것을 알게 됐으니 그만큼 더 열심히 경청할 것이고."

"우리에게 일단 말을 시킨 사람이 당신인 이상 그렇게 쉽게 벗어나지는 못할걸." 에두아르트가 대답했다. "왜냐하면 본래 뒤엉킨 관계야말로 가장 흥미로운 법이거든. 이런 것을 지켜봐야 그 친화력의 정도가 가까운지, 강한지, 먼지, 아니면 사소한지 알 수 있는 거야. 물질 간 친화력은 그 물질들이 분리될 때 비로소 흥미로워지지."

"그 슬픈 표현은" 샤를로테가 외쳤다. "유감스럽게도 이 세상에서 너무 자주 듣게 되더라고. 그런데 그 표현이 자연과학에도 나와?"

"그럼!" 에두아르트가 대답했다. "예전엔 화학자들을 분리의 예술가라고 부르는 것이 그들을 우대하는 것이기도 했어."

"그러니까 지금은 그런 표현을 더 이상 쓰지 않는다는 거네." 샤를로테가 말했다. "그래야 옳지. 결합시키는 것이야말로 더 위대한 예술이고 더 위대한 공적이니까 말이야. 결합의 예술가라면 이 세상 어떤 분야에서도 환영받을 거야. — 자, 그러면 당신들도 기왕 설명을 시작했으니, 그런 경우도 몇 가지만 알려 주세요."

"그러면" 대위가 말했다. "우리가 이미 앞에서 거론하고 토론한 내용과 바로 이어지는 이야기를 시작해 보겠습니다. 예컨대 우리가 석회석이라고 부르는 것은 다소 순수한 석회토를 말하는데, 흔히 기체형태라고 알려진 어떤 부드러운 산과 내적으로 결합되어 있어요. 그런 석회토 한 조각을 황산에 집어넣으면 황산이 석회에 흡착되면서 석고가 됩니다. 반면 그 부드러운 기체형태였던 산은 휘발해 버리지요. 여기서 분리와 함께 또 하나의 새로운 결합이 나타나므로, 이제는 선택적 친화력이란 표현을 사용해도 된다고들 생각하는 거죠. 실제로 어떤 관계가 다른 관계보다 선호되고, 이 관계가 저 관계에 앞서 선택되는 것처럼 보이니까요."

"그렇다면 제가 이제 드릴 말씀에 대해서도 양해해 주세요." 샤를로테가 말했다. "저도 그 자연연구자들을 용서하고 있으니까 말예요. 저라면 거기서 어떤 선택이 이루어지고 있다고는 결코 생각하지 않을 것 같아요. 그보다는 오히려 어떤 자연의 필연성 같은 것을 생각하게 될 것 같네요. 그런 필연성도 거의 나타나진 않겠지만. 결국 기회에 달린 문제니까요. 기회가 상황을 만들어 내는 거죠. 말하자면 견물생심이랄까. 그리고 대위님께서 말씀하시는 그 자연물질의 경우에도 선택은 오로지 그 물질들을 합쳐 주는 화학자의 손에 달린 것처럼 보이는군요. 하지만 일단 같이 있게 되면, 다른 가능성은 생각할 수도 없네요! 지금 같은 경우도 그 기산 처지만 딱해요. 다시 그 무한한 허공을 떠돌아다녀야 하니까요."

"기산이 결정적인 역할을 하는 경우도 있습니다." 대위가 대답했다. "기산이 물과 결합하여 광천수가 되어 건강한 사람과 아픈 사람에게 생기를 북돋아 줄 것인가 말 것인가는 오로지 기산에게 달린 문제니까요."

"석고는 팔자가 좋군요." 샤를로테가 말했다. "자기는 이제 완성되었고, 하나의 물체로 존재하며, 부족한 것 없게 되었으니까요.

반면에 쫓겨난 기산은 다시 아래로 내려올 때까지 앞으로도 많은 어려움을 만나야 할지도 모르잖아요."

"내가 대단히 착각하고 있든가" 에두아르트가 웃으면서 말했다. "아니면 당신 말 속에 뭔가 짓궂은 의도가 숨어 있든가, 둘 중 하나야. 당신의 짓궂은 의도를 솔직하게 털어놓으시지. 결국 당신이 보기에 나는 석회인데, 일종의 유황산인 대위에게 붙잡히는 바람에 당신과의 우아한 관계에서 떨어져 나가면서 뻣뻣한 석고로 변하고 있단 말이군."

"그래도 양심에 찔려서" 샤를로테가 대답했다. "당신이 그런 관찰에 이르렀다면, 크게 걱정하지 않아도 되겠어. 이런 식으로 비유하는 것도 근사하고 재미있네. 하긴 자기랑 비슷한 사람들과 노는 것을 싫어할 사람이 어디 있겠어! 하지만 인간이란 그런 원소보다는 몇 단계나 높은 위치에 있잖아. 그리고 여기서 그런 선택이니 친화력이니 하는 아름다운 말들을 맘껏 써먹었으면, 다시 자신의 내면으로 돌아가는 것도, 이런 기회에 그런 표현들의 가치에 대해서 한번 제대로 생각해 보는 것도 나쁘지 않을 거야. 나로서는 유감스럽게도 어떤 두 존재가 결코 떨어질 수 없을 것처럼 친밀하게 결속되어 있다가 우연히 끼어든 제삼자 때문에 관계가 깨지고 예전에 그토록 아름답게 결속되어 있던 두 사람 중 한쪽은 막막한 세상으로 내몰리는 경우를 충분할 정도로 많이 알고 있거든."

"그 점에서 화학자들은 훨씬 인심이 좋은 편이지." 에두아르트가 말했다. "어떤 요소도 홀몸으로 나가는 경우가 없도록 제4의 요소를 붙여 주니까."

"그렇고말고!" 대위가 대답했다. "그런 경우야말로 가장 중요하고 주목할 만한 경우입니다. 이처럼 서로 끌어당기는 것, 친화하는 것, 떠나는 것, 합쳐지는 것들이 말하자면 십자가 형태로 서로 교차하는 것을 실제로 보여줄 수 있거든요. 지금까지는 각각 둘씩 짝지어 있던 네 존재가 서로 접촉하게 되면서 지금까지의 결합관계를 떠나 새로운 것과 연결되는 거죠. 이처럼 떠나보내고 붙잡고, 달아나고 찾고 하는 과정을 보면 정말 여기에는 보다 높은 섭리가 지배하고 있는 것 같습니다. 그런 존재들에도 일종의 욕구와 선택 능력이 있다고 생각되는 거죠. 그래서 친화력이라는 조어도 아주 적절하다고 생각되고요."

"그런 경우를 한 가지만 알려 주세요." 샤를로테가 말했다.

"그런 것은 말로 해서는 어렵습니다." 대위가 대답했다. "이미 말씀드렸다시피 제가 그런 실험을 직접 보여드리면 모든 게 좀 더 구체화되고 이해하기도 더 쉬울 겁니다. 지금은 이 끔찍한 전문용어들로 당신을 붙잡아야 할 형편이군요. 그런 표현은 아무리 들어 봐도 어떤 구체적인 감이 생기지는 않을 겁니다. 죽은 것처럼 보이지만 내적으로는 항상 활동할 준비가 되어 있는 그런 물질을 눈으로 확인해야 합니다. 그것들이 어떤 방식으로 서로를 찾고 끌어당기고 붙잡고 파괴하고 휘감고 부식시키는지, 가장 단단하게 결합되었던 관계가 어떤 방식으로 다시 갱신되어 새롭고 예기치 않은 모습으로 나타나는지를 주의 깊게 관찰해야 하고요. 그래야 비로소 그것들도 영원한 생명이 있고 심지어 감각과 오성도 있다는 것을 믿을 수 있을 겁니다. 왜냐하면 우리 자신도 느끼다시피, 우리 감각은 그런 것을 제대로 관찰할 수 있을 만큼 충분하지 못하지만, 우리 이성도 그런 것을 파악할 수 있을 만큼 충분하지 않으니까요."

"내가 생각하기에도" 에두아르트가 말했다. "직접 눈으로 본 게 아니라 개념을 통해 그 희한한 전문용어와 화해한 사람에게는 그 개념이 불만스럽게 생각될 수 있어. 심지어 우스꽝스럽게도 보이고 말이야. 그래도 문자를 이용해 설명하면 여기서 문제되고 있는 그 관계를 잠정적으로나마 조금은 쉽게 표현할 수 있지 않을까."

"제가 주제넘게 훈장 노릇 하려 든다고 생각하지만 않으신다면" 대위가 대답했다. "문자기호를 이용해서 간단히 요약해 드릴 수 있어요. 어떤 A라는 것이 있는데 A는 B와 결합되어 있고 어떤 수단이나 폭력을 아무리 가해도 B에서 떨어지는 법이 없다고 해보죠. 마찬가지로 어떤 C가 있는데, D와 똑같은 관계를 맺고 있다고 합시다. 이제 부인께서 이 두 쌍을 서로 접촉시켜 보시면, A는 D에게 붙고 C는 B에게 붙을 겁니다. 이 경우 누가 누구를 먼저 떠났는지, 누가 먼저 누구와 다시 결합했는지를 거의 알 수 없습니다."

"자 그렇다면" 에두아르트가 끼어들었다. "우리가 이 모든 것을 눈으로 볼 때까지는 이러한 공식을 하나의 비유로 간주하자고. 여기서 우리가 직접 사용할 수 있는 어떤 교훈을 끌어내게 될 거니까. 샤를로테, 당신이 A 역할을 하는 거야. 그리고 나는 당신의 B가 되는 것이고. 그도 그럴 것이 사실 나는 당신에게 달려 있고 B가 A를 따르듯이 나도 당신을 따르니까 말이야. C는 분명히 저 대위야. 이번에 나를 당신으로부터 어느 정도는 떨어지게 하고 있으니까. 그렇다면, 당신도 정처 없는 곳으로 떨어져 나가서는 안 되는 이상, 어떤 D를 마련해야 하는 것이 당연한 일이겠지. 그리고 그 D는 말할 것도 없이 사랑스러운 숙녀 오틸리에지. 그러니 그녀가 오는 것을 당신이 더 이상 막아서는 안 되는 거야."

"좋아!" 샤를로테가 대답했다. "내가 보기에 그 예는 우리 경우에 딱 들어맞는 것 같진 않지만, 우리 관심사가 오늘 완전히 일치하게 되었고, 이러한 자연적 친화력인지 선택적 친화력이라는 개념 때문에 우리 문제도 서로 더 빨리 이야기할 수 있게 되어 잘된 일 같아. 그러니 나도 솔직하게 이야기하지. 사실 오늘 오후부터 오틸리에를 불러와야겠다고 결심하고 있었어. 지금까지 충실하게 우리 집안을 가꾸고 관리해 왔던 여성이 결혼 때문에 떠나게 되었거든. 이번 결정은 내 입장에서 내린 것이고, 또 나를 위해 내린 거야. 오틸리에를 위해 이런 결정을 내린 이유가 있다면 그것이 무엇인지에 대해서는 이 편지에 나와 있으니까 이것을 소리 내어 읽어 주면 좋겠어. 당신이 읽는 것을 들여다보지는 않을 테니까. 물론 내가 그 내용을 알고 있기는 하지만 말이지. 어서 읽어줘. 어서!" 이 말과 함께 그녀는 편지 한 통을 꺼내 에두아르트에게 건넸다.

제5장

여교장의 편지

“오늘은 제가 편지를 아주 짧게 쓰더라도 용서해 주시기 바랍니다. 왜냐하면 지난해 우리 학생들에게 가르친 것에 대한 공식시험이 종료됨에 따라 학생들이 시험을 어떻게 보았는지 모든 학부모와 후견인께 알려 드려야 하기 때문입니다. 그리고 간단한 몇 마디만 가지고도 많은 이야기를 할 수 있으니까 짧게 써도 될 것 같습니다. 따님은 모든 의미에서 제일 우수한 학생임을 입증했습니다. 동봉하는 성적증명서들과 따님이 직접 쓴 편지를 보시면 안심하시고 충분히 기뻐하실 수 있을 겁니다. 따님 편지에는 그녀가 받은 상들이 어떤 상들인가 하는 내용도 들어 있고, 동시에 그렇게 좋은 결과를 얻고 어떤 기분인지도 서술되어 있습니다. 물론 그 정도로 훌륭하게 발전한 여성을 우리 곁에 붙잡아 놓아야 할 이유가 더 이상 없으리라 생각하니 제 즐거움도 줄어들고 있습니다만. 삼가 글을 맺으며 다음 편지에는 그녀를 위해 어떻게 하는 것이 최선인가에 대한 제 생각을 말씀드리고자 합니다. 오틸리에에 대해서는 저의 친절한 조교가 서신을 올릴 것입니다.”

조교의 편지

"저의 존경하는 교장선생님께서는 오틸리에에 대한 편지를 저더러 쓰라고 하십니다. 제가 여기서 말씀드리고자 하는 내용이 교장선생님의 사고방식으로는 말씀드리기가 난처한 내용이어서이기도 하고, 한편으로는 그분 자신이 사과드려야 할 일도 있는데, 이에 대해서는 차라리 제가 대신 말해 주었으면 하고 바라셔서이기도 합니다.

착한 오틸리에가 자신에게 들어 있는 것과 할 수 있는 것을 제대로 표현하지 못할 것임을 너무도 잘 알고 있는 저로서는 공식시험을 앞두고 어느 정도 걱정이 되었습니다. 그 시험은 전혀 미리 준비할 수 없는 시험이었거니와, 설령 그 시험이 보통 방식대로 치르는 시험이었다 하더라도 오틸리에가 좋은 성적을 받도록 준비시키는 것은 불가능해서 그만큼 걱정이 더했던 것입니다. 시험 결과는 제가 걱정하던 그대로 나타나고 말았습니다. 그 애는 아무런 상도 받지 못했고 어떤 수료증도 받지 못한 학생 중의 한 명이었습니다. 여기에 대해서는 저로서 뭐라 말씀드리기가 어렵습니다. 글쓰기에서도 다른 학생들은 오틸리에처럼 글자가 단정하지는 않았지만 훨씬 자유롭게 썼습니다. 계산문제는 오틸리에가 제일 느렸고, 그 애가 남들보다 좀 더 빨리 풀 수 있는 어려운 문제들은 시험에 나오지 않았습니다. 불어에서는 그 애보다 대화나 설명을 잘하는 학생들이 많았습니다. 역사에서는 이름과 연도를 능숙하게 외우지 못했습니다. 지리에서는 아쉽게도 정치적 영토분할에 대해 주의를 기울이지 않았더군요. 음악에서는 그녀가 어느 정도나마 연주할 수 있는 몇 안 되는 곡목을 연주했지만 시간도 부족했고 주위도 시끄러웠습니다. 미술에서는 그 애가 확실히 상을 탈 만했습니다.

기본구도도 선명하게 잡혀 있었고, 그것을 채워 나가는 방식도 대단히 신중하고 재치 있었습니다. 그러나 유감스럽게도 그 애는 너무 커다란 것을 계획한 나머지 그림을 완성하지 못했습니다.

다른 학생들이 물러가고 시험관들이 모여서 의논하면서 저희 교사들에게도 몇 마디 의견을 말할 수 있는 기회가 주어졌을 때, 오틸리에에 대해서는 아무 이야기도 없다는 것을 저는 느꼈습니다. 설령 있었다 해도, 불만을 나타내는 정도는 아니지만 냉담한 어조로 이야기되고 있었습니다. 저는 그 애의 방식 그대로를 터놓고 보여준다면 얼마만큼이라도 시험관들의 호의를 얻을 수 있으리라 기대했습니다. 그래서 그러한 호의를 얻어 내고자 열의를 배가해 가며 애써 설명했습니다. 제가 그렇게 했던 이유는 무엇보다도 제가 거기서 한 말들이 저의 확신에서 나온 것들이었기 때문이고, 저도 젊은 시절에는 그 애와 마찬가지로 슬픈 처지에 놓여 있었던 적이 있기 때문이었습니다. 사람들은 제가 하는 이야기를 주의 깊게 들었습니다. 그렇지만 제가 말을 끝냈을 때 앞에 앉아 있던 한 시험관이 친절하지만 과묵한 어조로 이렇게 말씀하시더군요. '가능성으로서의 능력은 누구에게나 전제되는 것입니다. 문제는 그러한 능력이 실질적인 능력으로 전화되는 것이겠죠. 이것이야말로 모든 교육의 목표이자, 학부모나 보호자들이 드러내 놓고 말하는 명백한 의도이며, 아이들 자신도 드러내 놓고 말하진 않지만, 어렴풋하게는 알고 있는 것입니다. 동시에 이것이야말로 시험의 대상이 되는 것이고 이 점에서 학생뿐만 아니라 교사도 함께 평가를 받는 것입니다. 지금 당신이 한 이야기에 따르면, 그 아이에 대해서도 앞으로는 좋은 희망을 가져볼 수 있겠군요. 어쨌건 당신이 학생들의 잠재적인 능력을 정확히 관찰하고 계신다는 것은 찬사받을 만합니다. 일 년 후에는 그러한 소질을 실질적인 능력으로 변화시켜 보시기 바랍니다. 그러면 당신과 당신이 총애하는 그 여학생에게도 박수를

보내지 않을 수 없게 될 것입니다.'

그다음에 나타날 결과에 대해서는 저는 이미 각오하고 있었습니다. 하지만 제가 각오하고 있던 것보다 더 나쁜 사태가 발생하리라고는 생각하지 않았지요. 그러나 곧이어 이런 사태가 발생하고 말았던 것입니다. 우리의 훌륭하신 교장선생님은 선한 목자가 그러하듯이 자기가 키우는 양들 중에서 한 마리라도 잃어버리거나, 또는 제대로 다듬어지지 않은 모습으로 나타나는 것은 보고 싶어하지 않으십니다. 그런데 이번 경우가 바로 그런 경우였던 것이죠. 그래서 그분은 그 신시들이 자리를 뜨자마자 자신의 불쾌감을 더 이상 숨기지 못하셨습니다. 그래서 그분은 다른 학생들이 자기가 받은 상에 대해 기뻐하고 있는 동안 아주 태연하게 창가에 서있던 오틸리에에게 이렇게 말씀하셨지요. '세상에, 말 좀 해봐요. 어쩌면 그렇게 바보같이 굴 수가 있지요? 정말로 바보가 아니라면 말예요.' 오틸리에는 아주 침착하게 대답하더군요. '용서하세요, 교장선생님. 저는 하필 오늘 또 두통[1]이 도졌어요. 그것도 아주 심하게요.' — '그걸 누가 어떻게 알겠느냐고!' 하면서 평소에는 그렇게 인자하신 이분이 화가 나서 몸을 돌리셨지요.

하지만 사실 그렇습니다. 그걸 누가 안단 말입니까. 왜냐하면 오틸리에는 얼굴색이 변하지도 않았고 저도 그 애가 한 번이라도 손을 관자놀이 근처로 가져가는 것을 보지 못했으니까요.

일은 그것으로 끝나지 않았습니다. 경애하는 부인, 부인의 딸은 평소에도 활달하고 자유분방합니다만 오늘은 승리감에 취해 완전히 감정도 풀어지고 오만해졌습니다. 그 애는 자기가 받은 상이며 수료증들을 들고 이 방 저 방으로 뛰어다니더니 그것들을 오틸리에의 코앞에 대고 흔들어 대기도 했습니다. 그러고는 큰 소리로

[1] 오틸리에의 두통도 그녀의 필체와 마찬가지로 오틸리에의 특성을 보여 주는 동시에 이 소설의 진행방향도 암시한다. 육체적 현상으로서의 두통을 넘어서서 이 소설에서 그녀가 겪게 될 정신적인 고뇌도 암시하고 있는 것이다.

'너는 오늘 죽 쑨 거야.' 하고 말하더군요. 오틸리에는 아주 태연히 대답했습니다. '오늘 시험이 마지막 시험은 아니잖아.' — '그래도 넌 항상 맨 꼴찌를 벗어나지 못할걸!' 하고 그 처녀는 외치더니 뛰어나갔습니다.

다른 모든 사람에게는 오틸리에가 태연하게 보였지만, 제게는 그렇게 보이지 않았습니다. 그 애가 마음속으로 불편한 감정의 동요를 억누르려고 애쓸 때는 안색이 고르지 않기 때문에 표가 나거든요. 오른쪽 뺨은 여전히 창백한데 왼쪽 뺨이 한순간 붉어지니까요. 이러한 징후를 보자 저는 동정심을 억제할 수 없었습니다. 저는 교장선생님을 구석으로 모시고 가서 이 사태를 진지하게 거론했습니다. 이 훌륭하신 분은 자신의 실수를 인정하셨습니다. 우리는 한참 동안 의논도 하고, 이야기도 했습니다. 부인께 더 이상 장황한 설명을 드리지 않고 저희의 결론과 부탁을 바로 말씀드리고자 합니다. 그것은 다름 아니라 오틸리에를 당분간 데려가 주십사 하는 것입니다. 이 이유들은 부인께서 직접 확인해 보심이 제일 좋을 것입니다. 그렇게 결정해 주신다면, 이 훌륭한 아이를 다루는 방법에 대한 말씀도 좀 더 올리겠습니다. 그렇게 된다면 귀하의 따님은 아마도 저희를 떠나게 되겠지만, 저희는 오틸리에가 다음에 다시 돌아오는 모습을 기쁜 마음으로 바라보게 될 것입니다.

혹시라도 나중에 잊어버릴 수 있을 것 같아 한 가지만 더 미리 말씀드리겠습니다. 저는 오틸리에가 어떤 것을 요구하거나 급하게 부탁하는 것을 본 적이 없습니다. 거꾸로 상당히 드문 경우이긴 합니다만 누군가 그 애에게 요구하는 것을 그 애가 거부하려고 하는 경우는 있습니다. 그 애가 그럴 때 취하는 몸짓의 의미를 일단 파악하게 되면, 결코 거기에 거역할 수 없게 됩니다. 그 애는 두 손을 공중에 올려 합장하고는 그것을 가슴에 가져갑니다. 동시에 고개를 약간 앞으로 수그리면서, 자기에게 뭔가를 시급하게 요구하는 사람을 쳐다봅니다. 그런 눈초리를 대하면, 부탁한 사람으로서는 자기가 요구하거나 희망하는 것이 무엇이건 간에 그런 부탁을 삼가는 것이 좋겠다는 생각을 하지 않을 수 없지요. 경애하는 부인, 부인께서 오틸리에를 다루시게 되면 아마 그런 일은 없을 것입니다만, 한 번이라도 그런 눈초리를 보시게 되면 제가 드린 말씀을 생각하시고 오틸리에를 아껴 주십시오."

에두아르트는 이 편지들을 읽으면서 빙그레 웃기도 하고 고개를 젓기도 했나. 그리고 해당인물들과 그 사태에 내한 언급도 빠뜨리지 않았다.

"이것으로 충분해!" 에두아르트가 마침내 외쳤다. "결정된 거야. 그 애는 이리로 오는 거야! 당신을 위한 일이 될 거야. 여보, 우리도 이제 우리의 제안을 진척시켜도 되겠어. 내가 대위가 있는 오른쪽 날개부분으로 어서 옮겨야만 할 것 같아. 같이 일하기엔 저녁시간과 아침시간이 최적이니까. 그 대신 당신은 당신과 당신 곁에 있을 오틸리에를 위한 가장 아름다운 공간을 갖게 되는 거지."

샤를로테는 이 제의를 순순히 받아들였다. 그리고 에두아르트는 앞으로의 생활방식에 대해서도 이야기했다. 그는 이러저러한 이야기를 하다가 이렇게 외치기도 했다. "하지만 그 조카는 정말 맘에 드네. 왼쪽에 약간의 두통이 있다니 말이야. 나는 오른쪽에 가끔씩 두통이 있거든. 만약 그 일이 한꺼번에 일어나서 말이야, 나와 그 애가 마주보고 앉아서 나는 오른쪽 팔꿈치를 괴고 그 애는 왼쪽 팔꿈치를 괴고 머리는 서로 다른 쪽을 향해서 손으로 받치고 있으면 정말 멋지게 대조되는 한 쌍이 되겠는걸."

대위는 그것이 위험한 일일 거라고 했다. 그러자 에두아르트는 그를 향해 큰 소리로 말했다. "경애하는 친구 양반, D에 대해서만 신경 쓰세요. 그런데 만약 C를 빼앗기게 되면 B는 어찌한다?"

"음, 제 생각엔" 샤를로테가 대답했다. "저절로 답이 나오는 거 같은데요."

"당연" 에두아르트가 외쳤다. "A에게로 되돌아가는 거지. 그의 알파이자 오메가에게로." 그는 자리에서 벌떡 일어나더니 샤를로테를 가슴에 꼭 끌어안는 것이었다.

제6장

오틸리에를 태운 마차가 도착했다. 샤를로테가 그녀에게로 갔다. 이 사랑스러운 아이는 서둘러 그녀 쪽으로 다가오더니 발치에 몸을 던지고는 그 무릎을 끌어안았다.

"왜 그렇게 굴종하듯 자신을 낮추니!" 다소 당황한 샤를로테가 말했다. 그러면서 오틸리에를 일으켜 세우려고 했다.

"굴종하는 뜻으로 이러는 건 아녜요." 오틸리에가 대답했다. 그녀는 여전히 자세를 바꾸지 않고 있었다. "저는 다만, 제 키가 아직 아주머니 무릎 위로 닿지 않았던 그 시절, 그리고 아주머니의 사랑을 그토록 확실하게 받았던 그 시절을 떠올리고 싶었을 뿐이에요."

오틸리에가 일어섰다. 샤를로테는 그녀를 따뜻하게 포옹했다. 그녀는 남자들에게 소개되었고 곧 특별한 관심을 받으며 손님으로 대접받았다. 미모는 어디서나 환영받는 손님인 것이다. 그녀는 대화에 주의를 기울이는 것 같기는 했지만, 끼어들지는 않았다.

다음날 에두아르트가 샤를로테에게 웃으며 말했다. "호감도 가고 이야기하기도 편한 아가씨야."

"이야기하기 편하다고?" 샤를로테가 웃으며 대답했다. "그 애는 입도 뻥긋하지 않았는데."

"그랬던가?" 에두아르트가 대답했다. 그러면서 그는 뭔가를 생각하는 것 같았다. "그렇다면 정말 신기한걸."

샤를로테는 이 신참인물에게 가사를 어떻게 해야 하는지에 대해서 극히 필요한 지시만을 했다. 오틸리에는 전체의 질서가 어떻게 돌아가는지를 빨리 이해했고, 사실 그 이상으로 몸으로 느끼고 있었던 것이다. 그녀는 여기 있는 사람 모두를 위해서 무엇을 신경 써야 하며, 개별적으로는 무엇을 특별히 신경 써야 하는지를 금방 파악했다. 모든 일이 정확히 진행되었다. 그녀는 일을 시키더라도 명령하는 것처럼 보이지 않게 할 줄 알았다. 그리고 누군가가 뭔가를 소홀히 하면 그녀는 곧 스스로 그 일을 처리했다.

그녀는 일하고도 남는 시간이 어느 정도인지를 알게 되자, 시간을 배분해서 일할 수 있게 해달라고 샤를로테에게 간청했으며, 이렇게 배분된 시간들은 정확히 준수되었다. 오틸리에가 자기 앞에 주어진 일을 처리하는 방식은 샤를로테가 조교에게서 들은 이야기 그대로였다. 그래서 샤를로테는 그녀가 하는 대로 내버려두었다. 다만 가끔씩 샤를로테가 그녀를 격려해 보는 것이 전부였다. 예컨대 샤를로테는 오틸리에가 가지고 있는 연필들 속에 끝이 무딘 연필들을 가끔 슬쩍 끼워넣곤 했다. 오틸리에의 필체가 보다 자유로워지게 하기 위해서였다. 그러나 이것들도 곧 다시 뾰족하게 깎여 있었다.

여성들은 자기네끼리만 있을 때는 불어로 이야기하도록 정해 놓고 있었다.[1] 특히 샤를로테가 그 원칙을 고집했다. 외국어연습이 의무처럼 되자 오틸리에는 독일어로 이야기할 때보다 외국어로 이야기할 때 말이 더 많아졌기 때문이다. 이럴 경우 오틸리에는 자기가 하고 싶은 것보다 더 많이 이야기하는 것 같았다. 샤를로테가 특히 흡족했던 것은 오틸리에가 우연히 기숙학교의 전체 사정을 정확하고도 사랑스럽게 이야기한다든가 할 때였다. 오틸리에는

[1] 괴테가 살았던 시대에는 불어가 상류사회의 주요한 사교언어였다. 프리드리히 대왕이 궁정사회에서 불어만 쓰게 한 것도 그 한 예이다.

샤를로테에게 사랑스러운 말벗이 되었다. 그리하여 샤를로테는 이 애가 언젠가는 모든 것을 믿고 털어놓을 수 있는 여자친구처럼 되기를 바랐다.

샤를로테는 그동안 오틸리에와 관련된 옛날 서류들을 다시 꺼냈다. 교장과 조교가 이 착한 아이에 대해서 내렸던 평가를 되짚어 그것을 그녀의 인성과 직접 비교해 보기 위해서였다. 그녀는 같이 살아야 할 사람의 성격에 대해서는 되도록 빨리 알아 두는 것이 좋다는 생각이었다. 그들에게 무엇을 기대할 수 있으며 그들에게 어떤 자질을 만들어줄 수 있을지, 어떤 짐은 영원토록 인정하고 용서해 줘야 할 것인지를 알기 위해서였다.

비록 이러한 조사에서 새로운 사실을 발견하지는 못했지만 기왕 알고 있던 몇몇 사실이 예전보다는 더 중요하게 생각되었고 눈에 띄었다. 예컨대 오틸리에가 먹거나 마시는 것을 과도하게 절제하는 습관은 이제 샤를로테에게도 진짜 걱정거리가 되었다.

여자들이 그다음으로 가장 많이 신경 쓰는 것은 의상이었다. 샤를로테는 오틸리에에게 좀 더 풍족하고 세련되게 골라 입고 오라고 했다. 그러자 이 착하고 부지런한 처녀는 당장 예전에 선물 받은 옷감을 직접 재단하더니, 다른 사람의 별 도움 없이도 빠른 시간에 아주 예쁘게 차려입을 줄 알았다. 유행에 맞는 새 옷들은 그녀의 자태를 한층 돋보이게 했다. 어떤 인간의 좋은 특성은 그 인간의 외모에도 번지는 것이어서, 그녀가 자신의 특성을 새로운 환경에 알리면, 그것을 보는 사람은 그만큼 더 그녀가 새로워 보이고, 점점 더 우아해지는 것처럼 생각되는 것이다.

그녀는 처음부터 점점 더 그래왔지만, 노골적으로 말하자면, 지금에 와서야 비로소 진정한 의미에서의 보는 즐거움을 주었다. 에메랄드가 그 아름다운 빛깔 때문에 시각에 좋은 영향을 주고, 심지어 고귀한 의미에서 어느 정도의 치유력도 발휘한다고 하지만, 인간의 아름다움은 외적인 감각뿐 아니라 내적인 감각에 대해서도 훨씬 강력한 영향을 끼치기 때문이다. 그러한 아름다움을 바라보는 사람은 불쾌감에 빠지지 않는다. 그는 자신은 물론이고 세상과도 조화로운 관계에 있는 것처럼 느끼는 것이다.

그러므로 오틸리에가 온 것은 이 모임에 여러모로 득이 되었다. 두 친구는 일하는 시간도 규칙적으로, 심지어 분초까지도 정확히 엄수했다. 식사 때나 차를 마실 때, 산책할 때에도 필요 이상으로 사람을 기다리게 하지 않았다. 특히 저녁에는 식사 후에 서둘러 나가 버리는 적이 없었다. 샤를로테도 이것을 대충 눈치채고, 두 사람을 유심히 관찰했다. 그녀는 둘 중에 누가 이러한 계기를 부여하는지 알아내고자 했다. 그러나 두 사람의 태도에는 아무런 차이도 없었다. 둘 다 전반적으로 훨씬 더 사교적인 태도를 보였다. 대화할 때 두 사람은 어떤 이야기가 오틸리에의 관심을 불러일으키기에 더 적절한지, 무엇이 그녀의 통찰력과 평소 지식에 더 적합한지 고려하는 것 같았다. 책을 읽거나 이야기할 때도 오틸리에가 자리를 뜨면 그녀가 다시 올 때까지 멈추곤 했다. 그들은 더 부드러워졌고 대체로 이야기가 더 많아졌다.

그에 대한 답례처럼 오틸리에의 봉사정신도 나날이 커져 갔다. 그녀는 이 집과 사람들, 그리고 여러 사정에 대해 더 많이 알게 되면 될수록 그만큼 더 열심히 일했고, 어떤 시선이나 동작, 심지어 하다 만 말이나 어떤 소리 등에 대해서도 그만큼 더 빨리 그 의미를 파악했다. 그녀의 평온하면서도 주의 깊은 태도는 여전히 변함없었고, 침착하면서도 부지런한 태도 역시 그대로였다. 그녀가 자리에 앉고, 일어나고, 가고, 오고, 무언가를 꺼내고, 가져오고, 다시 자리에 앉는 행위는 그 어떤 불안의 기색 없이 진행되었고, 영원히 변화하지만 영원히 기분 좋게 진행되는 운동 같았다. 게다가 그녀는 나갈 때 소리 없이 나가듯이, 들어올 때도 조용했다.

이처럼 오틸리에의 예의바른 봉사정신은 샤를로테에게 많은 기쁨을 가져다주었다. 단지 한 가지 사실만은 적절한 것이 아니어서 샤를로테는 이 점도 오틸리에에게 숨김없이 이야기했다.

"칭찬할 만한 주의력 중에는" 어느 날 그녀는 오틸리에에게 말을 꺼냈다. "누군가의 손에서 뭔가 떨어지면 재빨리 몸을 굽혀 그것을 얼른 집어 올리려고 하는 것도 포함되겠지. 우리는 그렇게 해서 말하자면 우리가 그 사람에게 봉사할 의무가 있다는 것을 고백하는 거야. 다만 좀 더 큰 사회에서는 그런 공손함을 누구에게 보여 줘야 할 것인가를 생각해 봐야 해. 여성에게 그렇게 한다면 그걸 가지고 뭐라 할 생각은 없어. 너는 아직 젊어. 그러니 윗사람이나 연장자에게 그렇게 하는 것은 네 의무야. 너와 비슷한 사람에게 그렇게 한다면 친절한 것이고, 너보다 어린 사람, 신분이 더 낮은 사람에게 그렇게 한다면 자신이 인간적이고 좋은 사람이라는 것을 보이는 것이지. 다만 남자에게도 그런 방식으로 복종을 표하고 봉사할 자세가 되어 있다는 것을 보여 준다면, 그런 태도는 여자에게 어울리는 것은 아니란다."

"그런 습관은 없애도록 노력하겠어요." 오틸리에가 대답했다. "하지만 제가 왜 그렇게 모자란 짓을 하게 되었는지 말씀드리면 아주머니께서도 저를 용서하실 거예요. 저희는 역사를 배운 적이 있었는데, 저는 제가 마땅히 외워야 할 내용을 다 외우지 못했어요. 그것을 어디에 써먹을 수 있을지 이해하지 못했으니까요. 단지 몇몇 사건은 제게도 아주 인상적이었는데 예컨대 이런 것이죠.

영국의 찰스 1세[2]가 이른바 그의 판관들 앞에 섰을 때 그가 들고 다니던 조그만 지팡이의 황금 손잡이가 아래로 떨어졌어요. 왕은

2 찰스 1세는 의회의 결정에 반하는 행동을 일삼다가 크롬웰이 이끄는 혁명군에 의해 사형당한 영국의 절대군주였다. 이러한 찰스 1세의 태도는 앞으로 전개될 에두아르트의 자기중심적인 태도를 연상시키며 찰스 1세의 이야기를 이해하는 오틸리에의 모습도 에두아르트에 대한 오틸리에의 감정을 간접적으로 드러내고 있다.

그런 경우에 누구나 할 것 없이 자기를 위해 애쓰는 것에 익숙해 있었죠. 그 때문에 그는 이번에도 주위를 둘러보면서 누군가가 그 작은 봉사를 해주리라고 기대하는 것 같았지요. 그런데 아무도 움직이지 않았어요. 그는 몸소 허리를 굽혀 손잡이를 집어 들었답니다. 저는 그 이야기를 들으며 마음이 너무 아팠어요. 그 후로, 그렇게 하는 것이 옳은 일인지는 모르겠지만요, 누군가의 손에서 뭔가가 떨어지는 것을 볼 때마다 저는 항상 몸을 굽히지 않을 수가 없었어요. 하지만 제 행동이 항상 적절한 것이라고 할 수도 없고, 게다가 제가" 그녀는 웃으면서 말을 계속했다. "매번 제 사정을 이야기할 수 있는 것도 아니니까 앞으로는 자제하겠습니다."

그동안 그 두 친구가 사명감으로 해온 훌륭한 프로젝트들은 쉼 없이 계속되고 있었다. 날마다 심사숙고하고 처리해야 하는 일들이 그들에게 주어졌다.

어느 날 그들은 함께 마을을 지나고 있었다. 그런데 터가 비싸서 주민들이 질서나 청결에 유난히 신경 쓰지 않을 수 없는 마을과 비교하면 이 마을이 질서와 청결 면에서 상당히 뒤떨어진 것을 보고 불쾌해졌다.

"자네 우리가 스위스를 여행할 때 피력했던 소망을 기억하겠지." 대위가 말했다. "이른바 전원적인 공원을 정말 제대로 아름답게 만들어 보자던 것 말이야. 저런 지형의 마을이라면 스위스식 건축양식에 부응하는 마을로 만들 게 아니라, 스위스식 질서와 청결에 버금가는 마을로 꾸며 보자는 거였잖아. 그래서 그것을 많은 사람이 누릴 수 있도록 말이야."

"예를 들면 이곳이야말로 그런 이야기가 잘 들어맞는 곳일 거야." 에두아르트가 대답했다. "저기 성이 있는 산은 아래쪽으로 내려오면서 앞부분이 곶[岬] 모양을 이루고 있어. 그와 마주하고 있는 마을은 대단히 규칙적으로 반구 형태를 이루고 있고, 그 사이에는 개천이 흐르는데, 개천이 범람하는 것을 막기 위해 어떤 사람은 돌을 쌓으려 하고, 또 다른 사람은 말뚝을 박으려 하지. 또 어떤 사람은 대들보 같은 것으로, 또 그 이웃은 목책으로 막으려고 들어. 하지만 아무도 다른 사람을 돕기는커녕 오히려 자신과 남에게 손해와 불이익만 가져온단 말이야. 그런 식으로 해서 저 길은 어정쩡하게 오르막이다가 곧 내리막이고 또 물가를 지나는가 하면 다시 돌더미 위를 지나고 있거든. 실행할 생각만 있다면 큰돈을 더 들이지 않아도 돼. 요 부분에 반원으로 방벽을 쌓아 올리고, 그 뒤로는 가옥들이 있는 곳까지 길을 높이고, 가장 아름다운 공간을 만들어 내이 청결하게 가꾸면 되거든. 한 번의 대규모공사로 자잘하고 하찮은 걱정거리들을 한꺼번에 해결하는 것이지."

대위는 그 지역을 눈으로 재보더니 신속하게 판단을 내리면서 이렇게 말했다. "우리가 그 일을 한번 해보자!"

"나는 시민이나 농부와는 관계하고 싶지 않아. 그들에게 명령을 내릴 수 있는 위치에 있지 않은 한." 에두아르트가 대답했다.

"그 말이 그렇게 틀린 말은 아니지." 대위가 말했다. "나도 지금까지 살아오면서 그런 일 때문에 불쾌한 경우를 이미 많이 겪었지. 어떤 것을 얻으려면 무엇을 어느 정도로 희생해야 하는가 하는 계산을 제대로 하기란 참으로 어려워. 목적을 지향하면서 수단을 우습게 아는 오류를 범하지 않는 것도 정말 힘든 일이고. 심지어 수단과 목적을 혼동하고는 목적은 염두에 두지도 않고 그 수단만 보고 좋아하는 사람도 많아. 모든 해악은 그것이 나타나는 지점에서 바로 제거되어야 하는데, 사람들은 그 해악의 본래의 출발점, 즉 화근이 작용하기 시작하는 그 지점에 대해서는 신경 쓰지 않거든. 그래서 특히 대중들하고는 상의하기가 어려운 거야. 그들은 평소 분별력이 있지만, 내일 이후에는 어떻게 될지 생각하지 않거든. 가령 공동의 시설 때문에 누구는 이익을 보고 누구는 손해를 보는 경우까지 생기면, 득과 실을 비교하느라 아무 일도 못해. 그러니까 근본적으로 따져 봤을 때 만인을 위해 선(善)이 되는 일이라면 황제의 절대 권력 같은 것으로 추진해야만 하는 거야."

그들이 그 자리에 서서 이런 말을 하는 동안, 가난하기보다는 오히려 뻔뻔스럽게 보이는 어떤 사람이 그들에게 구걸했다. 원치 않게 이야기가 중단되는 바람에 언짢아진 에두아르트는 두어 번 차분하게 거절했으나 효과가 없자 심하게 호통을 쳤다. 그러나 이 작자가 조금씩 멀어져 가면서 뭔가 중얼거리더니, 심지어 맞대놓고 욕까지 하면서, 거지도 다른 인간처럼 하느님과 공권력의 보호를 받고 있으므로 적선은 하지 않더라도 모욕을 해선 안 된다는 식으로 거지의 권리를 주장하자, 에두아르트는 완전히 이성을 잃고 말았다.

대위는 그를 진정시키려고 말했다. "이 사건에 대해서는 지방 경찰력을 이곳까지 확대해야 할 필요성을 보여 주는 것으로 해석하면 되지 않을까. 적선은 일단 해야 하는 거지만, 직접 주지는 않는 것이 나아. 특히 자기 고장에서는 그렇지. 모든 면에서 절제와 균형이 있어야 하는데, 선행을 하더라도 마찬가지야. 너무 많이 주면 거지를 떨어내는 게 아니라 오히려 불러들이는 격이 되지. 그 대신 여행 중이거나 어떤 곳을 지나는 중이라면 길바닥에 있는 어떤 가난뱅이한테 우연히 행운처럼 나타나서 갑작스러운 선물을 던져주는 정도야 해도 되겠지. 이 마을과 성의 지형을 보면 그러한 시설을 만들기가 아주 쉽게 되어 있어. 나는 이미 전에도 이런 생각을 한 적이 있어.

이 마을의 한쪽 끝에는 주막이 있고, 다른 쪽에는 선한 노부부가 살고 있어. 두 곳에 모두 자네가 약간의 돈을 맡겨 놓으면 되는 거야. 마을로 들어오는 사람이 아니라 마을에서 나가는 사람이 거기서 뭔가를 받는 것이지. 두 집 모두 성으로 통하는 길가에 있어서 뭐든지 성으로 올라가려면 두 지역을 지나야 하거든."

"가자." 에두아르트가 말했다. "그 일부터 당장 처리하자고. 자세한 것은 나중에 보충해도 되니까."

그들은 주막 주인과 노부부에게로 갔다. 그렇게 그 일은 해결되었다.

두 사람이 다시 성이 있는 산을 향해 올라가고 있었을 때 에두아르트가 말을 꺼냈다. "나는 세상 모든 일이 좋은 아이디어와 확고한 결심에 달려 있다는 사실을 잘 알고 있지. 그래서 자네도 내 아내가 만들고 있는 공원부지에 대해서 아주 정확한 평가를 했던 것이고, 그것을 어떻게 하면 개선할 수 있는가 힌트까지 주었던 거지. 그래서 털어놓는 이야기지만, 나도 아내에게 그 이야기를 즉시 알려 줬어."

"나도 짐작은 할 수 있었지." 대위가 대답했다. "하지만 동의할 수는 없었어. 자네는 자네 부인을 혼란스럽게 한 거야. 자네 부인은 모든 작업을 중단시켰어. 이 한 가지 일 때문에 우리와 맞서고 있는 거야. 자네 부인은 거기에 대해서는 언급조차 피하고 있고, 우리를 다시 그 이끼 덮인 정자로 초대한 적도 없잖아. 오틸리에하고는 시간 날 때마다 올라가면서도 말이지."

"그런다고 해서 우리가 겁먹을 것까지야 없지." 에두아르트가 말했다. "나는 어떤 좋은 일을 위해 어떤 일을 할 수 있고 해야만 하는가에 대해 확신이 서면, 그 일이 완성되는 것을 보기 전까지는 마음이 편치 않아. 그래도 우리에겐 일을 현명하게 시작하는 능력이 있잖아! 오늘 저녁에 그 동판화가 들어 있는 영국식 정원[3] 안내서를 화젯거리로 삼는 거야. 그러고는 자네가 그린 장원의 지도에 대해서

3 프랑스식 정원이 베르사유 궁전에 딸린 정원처럼 기하학적, 대칭적 균형미를 드러내는 스타일이라면, 영국식 정원은 마치 숲속에 생겨난 길처럼 자연스러운 느낌을 살리는 스타일인데, 18세기 중엽에 영국에서 발전하기 시작해서 독일에도 18세기 후엽에는 널리 알려졌다. 괴테 자신도 이러한 영국식 정원 스타일에 대해 관심이 많았다. 뮌헨에 있는 '영국식 정원'은 이름부터가 이 스타일대로 지어진 정원임을 알려 주는 것으로 1789년에 만들어졌다. 프랑스식 정원의 형식이 절제된 균형미를 추구하고 영국식 정원이 있는 그대로의 자연스러움을 추구한다는 점에서 프랑스식 정원은 고전주의적 정원으로, 영국식 정원은 낭만주의적 정원이라고 불리기도 하는데, 이 소설에서도 영국식 정원의 등장은 주인공들의 낭만적 사랑과 맞물려 있다.

도 이야기하는 거지. 일단 거기에 무슨 문제라도 있는 것처럼 한 다음엔 그저 농담이었다는 듯이 이야기해야 해. 그러다 보면 자연스럽게 진지한 이야기도 나올 거야."

이러한 약속에 따라 책들이 펼쳐졌다. 책장을 펼 때마다 매번 그 지역의 윤곽과 풍경이 원래의 가공되지 않은 자연 상태로 그려져 있는 것을 볼 수 있었고, 다른 장을 넘기면 그곳에 있는 모든 것을 이용하고 향상시키기 위해 조경술이 그 지역을 어떻게 변모시켰는가를 소개하고 있는 것도 볼 수 있었다. 사람들의 화제는 여기에서 출발해서 그들 자신의 소유와 환경에 대한 이야기로, 그리고 그것을 어떤 새로운 모습으로 만들 수 있을 것인가에 대한 이야기로 퍽 수월하게 넘어갔다.

이제부터는 대위가 작성한 지도를 근거로 삼아 이야기하는 것도 아주 유쾌한 일이었다. 다만 샤를로테가 그 일을 시작했을 때 가졌던 구상에서 완전히 벗어나기는 어려웠다. 하지만 이들은 결국 정상을 향해 더 편히 올라갈 수 있는 방법도 생각해 냈다. 위쪽 산비탈에 작고 우아한 숲이 있는데 그 앞에 별장을 하나 짓는 것이었다. 그리고 이것을 성과 연결한다는 생각이었다. 성의 창문에서도 별장을 조망할 수 있도록 하고, 별장에서도 성과 정원을 바라다볼 수 있게 한다는 것이었다.

대위는 그 모든 것에 대해서 이미 숙고도 했고 측량도 해본 상태여서 예의 그 마을길과 개천을 따라 나게 될 방벽, 그것을 채우는 재료 등을 화제로 올렸다. "위쪽으로 올라가는 편한 길을 만들면, 그 방벽을 세우는 데 필요한 돌들도 확보할 수 있을 겁니다. 처음 일과 나중 일을 연관시키기만 하면, 두 가지 모두 그만큼 비용도 덜 들고 속도도 더 빠르게 해낼 수 있지요."

"하지만 이제부터는" 샤를로테가 말했다. "제 걱정을 말씀드릴 차례군요. 그렇게 하려면 필연적으로 어떤 다른 것을 포기해야 하니까요. 그런 공사를 위해서 얼마나 큰 비용이 필요한지를 안다면 작업도 나누어서 해야 할 거라고 봐요. 주 단위로 하지는 않더라도 달 단위로는 나누어야죠. 회계는 제가 맡겠어요. 청구서도 제가 지불하고 부기도 제가 작성할 거예요."

"당신은 우리 능력을 각별히 신뢰하지는 않는 것 같군." 에두아르트가 말했다.

"임의대로 해나가는 일은 별로 신뢰하지 않아." 샤를로테가 대답했다. "임의를 제어하는 점에서는 우리 여자들이 당신들보다 더 잘하지."

준비가 마무리되고 일은 신속하게 시작되었다. 대위는 항상 현장에 나와 있었고, 샤를로테도 이제는 거의 매일 그의 생각이 얼마나 진지하고 확고한 것이었는지를 직접 두 눈으로 보고 있었다. 그도 그녀를 더 잘 알게 되었다. 두 사람이 협동하면서 어떤 일을 완수하는 것도 그만큼 더 쉬워졌다.

사업은 춤과 같은 것이다. 보조를 잘 맞추는 사람들은 서로에게 없어서는 안 될 존재가 되며, 거기서 필연적으로 상호간의 호의도 생겨난다. 그렇듯 샤를로테도 대위를 더 잘 알게 된 후로 정말 그에게 호의를 갖게 되었다. 이에 대한 확고한 증거가 하나 있다. 어떤 아름다운 정자는 그녀가 공사를 처음 시작했을 때부터 특별히 골라서 장식해 놓은 것이었지만, 그것이 대위의 계획에 맞지 않는 것으로 드러나자 그녀는 아무 거리낌 없이 정자를 허물도록 했으며 거기에 대해 추호의 불편함도 느끼지 않았던 것이다.

제 7 장

이제는 샤를로테가 대위와 공동의 일거리를 발견했고, 그 결과 에두아르트는 좀더 오틸리에와 어울리게 되었다. 그렇지 않아도 그의 마음속에는 얼마 전부터 그녀에 대한 은밀하고 다정한 애정이 싹트고 있었다. 그녀는 누구에게나 시중을 잘 들었고 호의적이었지만, 자기중심적인 그로서는 그녀가 자기에게 유독 잘해 주는 것 같았다. 이제는 의심의 여지가 없었다. 그녀는 그가 어떤 음식을 어떤 식으로 좋아하는지도 이미 정확하게 관찰했다. 그가 차를 마실 때 설탕을 얼마나 타는지도 눈여겨봤다. 특히 그녀가 신경쓴 것은 어떤 외풍도 들어오지 않게 하는 것이었다. 외풍에 대해서는 에두아르트가 지나칠 정도로 과민했고 그 때문에 부인과 때때로 대립하기도 했다. 부인은 환기하는 것을 무엇보다 중요시했기 때문이다. 오틸리에는 화훼정원에 대해서도 잘 알았다. 그녀는 그가 원하는 것이면 도와주려 했고 그를 짜증나게 하는 것은 피하려고 했다. 그리하여 그녀는 짧은 시간에 그의 친절한 수호신처럼 없어서는 안 될 인물이 되었고, 그녀가 없으면 그는 고통스러워지기 시작했다. 게다가 단둘이 만나면 그녀는 말수도 더 많아지고 더 자유분방해지는 듯했다.

에두아르트는 나이를 먹어 가면서도 뭔가 어린애다운 순진함을 간직하고 있었는데, 이것이 오틸리에의 젊은 마음에 부합했다. 그들은 서로 만나기 전의 시절들을 즐겨 회상했다. 이러한 기억은 에두아르트가 샤를로테에게 애정을 느꼈던 최초의 시절까지 거슬러 올라갔다. 오틸리에는 두 사람이 궁정에서 가장 아름다운 한 쌍이었던 것으로 기억한다고 주장했다. 에두아르트가 그러한 기억은 아주 젊은 시절의 것이어서 믿을 수 없다고 하면 그녀는 그래도 특히 어떤 사건은 아직도 완전히 생생하게 기억난다고 주장하는 것이었다. 예전에 에두아르트가 샤를로테의 성에 들어올 때 자기는 숨어 있었는데, 무서워서 숨었다기보다는 어린아이처럼 놀라서 그랬다는 것이다. 어쩌면 그녀는 이렇게 덧붙일 수도 있었을 것이다. 자기가 그랬던 것은 그가 자신에게 그토록 강렬한 인상을 주었기 때문이며 심지어 그가 너무도 자기 마음에 들었기 때문이었노라고.

이런 사정으로 에두아르트와 대위가 이전에 함께 계획했던 많은 일이 정체되었고, 이 때문에 그들은 다시 전체적으로 일을 검토하고 설계안도 몇 개 작성하며 편지도 써야 할 필요를 느꼈다. 그래서 집무실로 가보았더니, 늙은 서기가 하는 일 없이 한가하게 있는 것이었다. 그들은 일에 착수했고 곧이어 서기에게도 일감을 주었다. 그런데 그들은 의식하지 못했지만 평소라면 자신들이 스스로 해치우곤 하던 일 중에서도 몇 가지는 서기에게 떠넘겼다. 대위는 첫 번째 설계안 작성부터가 제대로 되지 않았고, 에두아르트도 첫 번째 편지부터 제대로 나가지 않았다. 그들은 한동안 초안을 잡고 그것을 수정하느라 애를 먹다가, 마침내 진도가 제일 더디던 에두아르트가 시간이 얼마나 흘렀는가 하고 물었다.

그러자 대위가 그의 정밀 초시계의 태엽을 감아 주는 것을 잊고 있었다는 사실이 드러났다. 수년 만에 처음 있는 일이었다. 이제 그들은 자신들이 시간에 무관심해지고 있다는 것을 확실히는 아니더라도 어렴풋이 느끼는 것 같았다.

이렇듯 남자들이 일을 태만히 하는 동안, 여성들의 활동은 오히려 늘어났다. 보통 가족생활방식은 정해진 사람들과 필요한 상황에서 성립되지만, 평소와는 다른 애정이나 열정이 새로 시작되면 그런 것까지 함께 담아낼 수 있는 커다란 통 같은 것이다. 그래서 이 새로운 요소가 수북할 만한 발효현상을 일으키고 거품을 뿜어내면서 통의 가장자리 너머로 넘쳐나기까지는 상당한 시간이 흐를 수 있는 것이다.

우리 친구들 경우에는 이제 생성 중인 상호간의 애정이 더없이 좋은 효과를 발휘했다. 사람들이 마음을 열게 되었고, 개별적으로 생긴 호의가 전체에 대한 호의로 발전했다. 각자 행복하다고 느꼈으며, 타인의 행복도 기꺼이 인정해 주었다.

그러한 상태는 사람의 마음을 넓혀 주어 정신도 고양시킨다. 그리고 사람이 행하고 계획하는 일들은 모두 무한히 뻗어 나갈 수 있다. 이 친구들도 항상 그들의 거주지에만 갇혀 있지는 않았다. 그들의 산책범위도 훨씬 넓어져서,[1] 에두아르트가 오틸리에와 함께 오솔길을 선택해서 길을 만들려고 앞서 서둘러 가면, 대위는 샤를로테와 함께 중요한 담소를 나누거나 새롭게 발견된 장소라든가 예기치 못했던 경치들을 즐기면서 서둘러 앞서 나간 사람들의 흔적을 유유히 뒤따르곤 했다.

어느 날 그들은 성의 오른쪽 날개부분에 나 있는 대문을 지나 아래쪽으로 여관거리까지 내려간 후 거기에서 다리를 건너 연못 쪽으로 산책을 했다. 그리고 여기서 물이 흐르는 쪽으로 계속해서 연못가를 걸었더니, 숲이 우거진 언덕이 나오고 더 나아가면 바위들도 나와 물가를 가두는 형세가 되어 더 이상 나갈 수 없는 지점에 이르렀다.

[1] 산책도 자주 등장하는 소재로 독자들에게는 주인공들의 내면 상태를 볼 수 있게 해주는 하나의 프리즘이다. 산책이 길어지거나, 산책에서 빨리 돌아오거나, 평소와 다른 산책코스를 찾거나 하는 것들이 주인공들의 심리상태에 상응하고 있다.

그러나 에두아르트는 사냥여행을 다니던 시절부터 이 지역을 잘 알고 있던 터라 오틸리에와 함께 풀이 무성하게 자란 길로 계속 산책을 강행했다. 조금만 더 가면 바위 사이에 숨겨져 있는 오래된 물레방아가 있다는 것을 잘 알고 있었기 때문이다. 그러나 사람들이 별로 다니지 않은 이 길은 곧 끊어졌고, 그들은 이끼 낀 바위들 사이로 관목이 빽빽하게 들어선 곳에서 길을 잃었다. 하지만 이 상태도 오래가지는 않았다. 곧이어 물레방아가 도는 소리가 들려와서 그들이 찾는 장소가 그 근처에 있음을 알게 되었던 것이다.

그들이 절벽을 따라 위로 올라가다가 보니, 지 아래에 낡고 시커멓고 형태도 이상한 목조건물이 가파른 바위들과 높은 나무들에 가려진 채 서있는 것이 보였다. 그들은 오래 생각할 것도 없이 이끼와 바위들의 폐허를 넘어 아래쪽으로 내려가기로 했다. 에두아르트가 먼저 내려갔다. 그러나 그가 내려가다가 위쪽을 올려다보니, 오틸리에가 가벼운 걸음걸이로 겁도 없고 두려움도 없이 대단히 아름답게 균형을 유지하며 이 돌에서 저 돌로 발을 옮기며 자신을 따라 내려오는 모습이 마치 천사가 자신의 머리 위를 떠도는 듯했다. 가끔씩 그녀의 위치가 불안해질 때 자신이 내미는 손을 그녀가 잡는다든지, 심지어 그의 어깨에 기대기라도 하면, 그는 자기 몸에 닿았던 그 어느 여성도 그토록 고혹적이지 않았다는 것을 부인할 수 없었다. 만일 그녀가 발을 헛디뎌 넘어지기라도 해서 자기의 두 팔로 그녀를 받아 가슴에 끌어안을 수 있다면 얼마나 좋았을까! 하지만 그는 어떠한 상황에서도 정말 그렇게 하지는 않았을 것이다. 거기에는 여러 가지 이유가 있었다. 그는 그녀를 모욕하거나 상처를 주게 될까 두려웠던 것이다.

이것이 무슨 말인지 우리는 곧 알게 될 것이다. 에두아르트는 이제 아래로 내려와서 커다란 나무 아래에 있던 시골풍의 탁자에 그녀와 마주 앉아 친절한 물방앗간 아가씨는 우유를 가져오도록 보내고 호의적인 물방앗간 청년은 샤를로테와 대위를 데려오도록 보낸 후에 다소 망설이다가 다음과 같이 이야기를 꺼냈기 때문이다.

"사랑하는 오틸리에, 부탁이 하나 있어요. 들어주지 않아도 좋으니 이렇게 부탁하는 것을 언짢게 생각하지 마요. 아가씨가 전혀 숨기지 않는 일이고, 또 숨길 필요도 없는 일이라서 말인데, 아가씨는 옷 안의 가슴에 작은 그림이 든 펜던트를 목걸이에 달고 다니죠. 그 그림은 아가씨 아버지의 초상이고. 그분은 용감한 남자였고 아가씨는 거의 알지도 못하겠지만 어느 의미로 보나 아가씨 가슴에 한자리를 차지할 만한 분이기는 해요. 그런데 이런 말을 해서 미안하지만, 그 초상은 너무 커서 어울리지가 않아요. 그리고 당신이 아이를 공중에 들어 올리거나 뭔가를 가슴 앞에 들고 갈 때, 마차가 흔들릴 때나 우리가 지금 바위에서 내려왔을 때 그랬던 것처럼 덤불 사이를 빠져나갈 때면 나는 그 금속 틀과 유리 때문에 얼마나 겁나는지 몰라요. 그 어떤 예기치 않은 충돌이나 사건, 접촉 때문에 당신이 다치거나 할 수 있단 생각만 해도 너무 끔찍해요. 제발 나를 위해서라도 그것을 떼어내 줘요. 기억에서 떼어 내라는 것도 아니고, 아가씨 방에서 떼어 내라는 것도 아닙니다. 오히려 아가씨 거처에서 가장 아름답고 성스러운 장소에다 그 그림을 간직하라는 거예요. 하지만 제발 당신 가슴에서만은 떼어 내요. 어쩌면 기우일지도 모르지만 그것이 가까이 있으면 당신에게 위험할 것 같아서 하는 말이에요!"

오틸리에는 그가 이렇게 말하는 동안 말없이 앞만 내다보고 있었다. 그러고는 서두르거나 망설이는 법 없이 에두아르트보다는 오히려 하늘 쪽으로 시선을 돌리더니, 목걸이를 끌러서 그림 펜던트를 떼어 냈고, 그것을 이마에 한 번 문지른 후 에두아르트에게 건네주면서 이렇게 말하는 것이었다. "우리가 집에 갈 때까지 그것을 보관해 주세요. 아저씨가 저를 위해 걱정해 주신다는 것을 제가 얼마나 잘 이해하고 있는지 보여 드리려면 그렇게 하는 것이 가장 좋은 방법인 것 같아요.”

에두아르트는 감히 그 그림을 입술에 갖다 대지는 못했지만, 그녀의 손을 맞잡더니 그대로 자기의 눈에 지그시 갖다 댔다. 이 손은 아마도 지금껏 맞잡았던 손 중에서 가장 아름다운 손이었을 것이다. 가슴에 맺힌 것이 확 풀리는 기분이었고, 자신과 오틸리에 사이에 드리워 있던 장막이 아래로 내려지는 기분이었다.

샤를로테와 대위가 물방앗간 주인의 안내를 받으며 좀 더 편한 길을 따라 내려왔다. 일행은 서로 인사하고 반가워하며 서로의 흥을 돋우었다. 이들은 똑같은 길로 다시 내려가고 싶지 않아서 에두아르트는 개천 저쪽 편에 난 바윗길로 가자고 제안했다. 이 길을 걷는 것은 약간 고생스러웠는데 가다 보니 호수들이 보였다. 이어서 다양하게 펼쳐진 숲을 지났고, 평지 쪽으로는 여러 크고 작은 마을과 영지를 비롯해 그 주변의 푸르고 비옥한 풍경도 보였다. 언덕배기 숲 한가운데 아주 평화롭게 서있는 농가가 먼저 눈에 들어왔다. 완만하게 비탈진 언덕 위에서 앞뒤로 펼쳐지는 풍경은 이 고장의 더할 나위 없는 풍요로움을 가장 아름답게 드러내고 있었다. 일행은 그곳을 출발하여 어느 흥미로운 숲에 이르렀고, 그 숲을 빠져나오면서 어느 바위 위에 서보니 어느덧 성을 마주 바라보는 곳에 와 있음을 알게 되었다.

다소 무심결에 그런 장소에 도착했던 것인 만큼, 그들이 느낀 기쁨이 얼마나 컸겠는가! 그들은 하나의 작은 세계를 돌아온 셈이었다. 그들이 선 곳은 새 건물이 들어설 자리였고, 이 자리에 서보니 다시 한 번 그들이 살고 있는 집의 창문 안까지 들여다보였던 것이다.

그들은 이끼 정자로 내려갔고, 처음으로 네 사람이 정자에서 자리를 함께했다. 오늘은 이 길이 시간도 많이 걸리고 다소 고생스러웠지만 앞으로 잘 닦이고 정비되어 더 빠르고 편하게 이 길을 걸으며 여럿이 함께 즐길 수 있으면 좋겠다는 소원이 이구동성으로 나온 것도 너무나 자연스러운 귀결이었다. 다들 나름대로 제안을 내놓았고 걷는 데 많은 시간이 걸렸던 그 길도 잘만 닦아 놓으면 한 시간 안에 성까지 도달할 수 있는 통로로 만들 수 있다는 계산도 나왔다. 이미 사람들 머릿속에는 물레방앗간 아래쪽 개천이 호수 쪽으로 흘러가는 곳에 다리를 하나 놓으면 거리도 단축되고 풍경도 더 아름다워지겠다는 상상이 진행되고 있는 참이었는데, 이때 샤를로테가 그러한 사업을 위해 비용이 얼마나 필요한지를 상기시키는 바람에 그 풍부한 상상의 나래에 다소 제동이 걸렸다.

"그 문제도 해결 방법은 있지." 에두아르트가 말했다. "숲에 있는 농장은 위치는 좋은 것 같지만 수확은 별로 없으니까 우리가 그것을 팔고 거기서 생기는 수익을 이 공사에 사용한다면 값진 산책을 하면서 잘 투자된 자본의 이익을 만족스럽게 즐길 수 있을 거야. 지난번 연말 결산에서 그랬던 것처럼 지금으로서는 보잘것없는 수익을 받아들고 기분만 상하고 있는 편이니까 말이야."

샤를로테도 훌륭한 가정 관리인으로서 거기에 반대할 만한 것을 많이 떠올릴 수는 없었다. 그 일은 이미 예전에 논의되었던 것이다. 그러자 대위는 그 토지를 숲의 농부들에게 분할하는 계획을 짜보고 싶어했다. 그러나 에두아르트는 좀 더 짧은 시간에 그리고 좀 더 편한 방식으로 그 일이 진행되기를 바랐다. 이미 구입 의사를 밝힌 현재의 소작인이 그것을 넘겨받아 할부로 대금을 지불하는 것으로 하고, 계획상의 공사도 거기에 맞춰서 한 구간 두 구간씩 착수하자는 것이었다.

그렇게 합리적이고 무리하지 않는 방식으로 공사를 진행하자는 이야기는 전적으로 호응을 얻을 수밖에 없었다. 그리하여 이미 사람들 각자의 머릿속에는 새 길이 곡선을 이루며 닦여 나가고 그 위와 주변에 더할 나위 없이 편안한 쉼터와 전망대가 생겨난 모습을 보게 되리라는 희망이 싹트고 있었다.

일행은 모든 것을 구체적으로 하나하나 마음속에 그려 보기 위해서 저녁에 집에 오자마자 즉시 새 지도를 꺼냈다. 그들은 자신이 걸어온 길을 훑어보면서 어쩌면 이런저런 곳에 좀 더 나은 길을 낼 수 없을까 살펴보았다. 이전의 모든 계획이 또다시 논의되었고, 새로운 계획이 추가되었다. 성 맞은편에 들어설 새 건물의 위치가 적절한지도 재확인했고, 그곳까지 길을 내어 모든 길을 순환도로처럼 연결되도록 하는 것도 결정했다.

오틸리에는 그 모든 일에 대해서 아무 말도 하지 않았다. 그러자 에두아르트는 지금까지 샤를로테 앞에 놓여 있던 계획안을 그녀 앞으로 밀면서 의견을 말해 보도록 권유했고, 그녀가 한순간 가만히 있자, 잠자코만 있지 말라고, 아직은 모든 것을 바꿔도 될 정도이며, 확정된 것은 없다고 다정하게 격려까지 하는 것이었다.

"저라면" 오틸리에가 손가락으로 언덕 맨 위의 평지 쪽을 가리키며 말했다.[2] "그 집을 여기에다 짓겠어요. 숲에 가려서 성을 볼 수는 없을 거예요. 하지만 마을이나 인가도 전부 감추어지게 될 테니까 또 다른 새로운 세계에 있는 것 같을 거예요. 거기서는 호수도 보이고, 물방앗간도 보이고, 언덕도, 산도, 평지도 보이는데, 얼마나 아름다운지 몰라요. 그곳을 지나오면서 알게 된 거죠."

"그 말이 맞네!" 에두아르트가 외쳤다. "왜 우리에겐 그 생각이 안 났을까! 그렇지, 오틸리에, 여기를 말하는 거지?" — 그는 연필을 집어 들고 언덕 위에 다소 길쭉한 사각형을 뚜렷한 선으로 북북 그려 넣었다.

2 이 소설의 줄거리가 진행될수록 성서의 이야기를 연상시키는 오틸리에의 행동들이 늘어나는데, 오틸리에가 건물이 지어져야 할 방향을 손가락으로 정확히 가리키는 이 장면도 마찬가지다. 옛날 태피스트리(여러 가지 색실로 그림을 짜넣은 직물) 중에는 사도 요한이 어떤 수도원이 어느 곳에 지어져야 할지를 손가락으로 가리키는 장면을 보여 주는 것도 있는데, 괴테도 이 태피스트리에서 모티브를 따왔을 것으로 추측된다.

대위는 이것을 보면서 마음이 쓰라렸다. 조심스럽게 깨끗이 그려 놓은 설계도가 이런 방식으로 더럽혀지는 것을 보는 것이 싫었기 때문이다. 하지만 그는 조금 툴툴거려 보다가 다시 마음을 가다듬고 오틸리에의 제안을 검토했다. "오틸리에 말이 맞군요." 그가 말했다. "커피 한 잔 마시려고 기꺼이 멀리까지 나가기도 하고, 집에서는 맛없는 생선을 맛있게 먹기 위해 멀리까지 나가기도 하잖습니까. 분위기를 바꾸거나 낯선 대상들이 필요한 거죠. 옛사람들이 이 성을 이곳에 지은 것은 합리적이었어요. 그 위치는 바람으로부터도 보호되고, 근처에서 일상적인 용무를 보기에도 좋으니까요. 반대로 주거공간보다는 사교공간으로 쓰일 용도가 더 큰 건물이라면 저곳에 있는 것이 적절할 것 같군요. 날씨가 좋은 계절에는 그런 곳에서 더없이 편안한 시간을 보낼 수 있을 겁니다."

이 계획에 대해서 이야기하면 할수록, 그것은 그만큼 더 유용한 계획처럼 보였고, 에두아르트는 오틸리에가 그 생각을 해냈다는 것에 대한 자부심을 숨길 수가 없었다. 그는 그녀가 마치 새로운 발명이라도 한 것처럼 자랑스러웠다.

제 8 장

대위는 즉시 그 다음 날 새벽부터 그 지역을 조사해 보고 일단 임시 설계도를 짜놓았다. 그리고 사람들이 현장에 와서 보고 그렇게 하기로 결정하자, 견적과 기타 필요한 모든 사항이 다 들어 있는 정확한 설계도를 작성했다. 필요한 준비작업도 빠지지 않았다. 농장을 매각하는 문제와 관련한 일들도 즉시 재개되었다. 남자들은 함께 일할 수 있는 새로운 계기를 발견했던 것이다.

대위는 초석 놓는 일을 샤를로테의 생일 축하행사로 만들면 근사할 것이며 사실 그래야 마땅하다는 것을 에두아르트에게 귀띔했다. 그런 잔치에 대해 에두아르트가 갖고 있던 오래된 거부감도 쉽게 해결되었다. 왜냐하면 그렇게 될 경우, 그 후에 올 오틸리에의 생일에도 마찬가지로 그렇게 성대하게 잔치를 벌일 수 있겠다는 생각이 동시에 그에게 떠올랐기 때문이다.

새로운 공사와 그에 부수될 작업들이 중대하고 심각하게, 심지어 거의 걱정스럽기까지 했던 샤를로테는 견적서 문제나 시간과 자금 분배 등을 다시 한번 혼자 심사숙고하느라고 바빴다. 사람들은 낮에 서로 얼굴을 보는 일이 드물어졌고, 밤에는 그만큼 더 그리워하는 마음으로 서로를 찾았다.

그러는 사이 오틸리에는 이미 완벽하게 가정을 관리하는 여주인이 되어 있었다. 그녀처럼 조용하고 확실한 태도를 보이다 보면 어떻게 그리되지 않을 수 있겠는가. 그녀의 감각도 세상의 일이나 가정 밖에서의 생활보다는 가정과 가정적인 일에 더 어울렸다. 에두아르트가 곧 알아차린 바로는, 사람들이 바깥지역에 나갈 때 그녀가 따라갔던 것은 오로지 호의로 그랬던 것이며, 저녁에 오랫동안 바깥에 머물렀던 것도 사람들과 어울려야 한다는 의무감 때문이었고, 그래서 집안일이 있다는 핑계로 다시 집에 들어가는 경우도 가끔 있다는 것이었다. 그래서 그는 곧 사람들이 공동 산책을 하더라도 해가 지기 전에 집에 들어올 수 있게끔 산책을 이끌었고, 그 대신 오랫동안 중단했던 시낭송을 다시 시작했다. 시 중에서도 특히 순수하면서도 정열적인 사랑 표현이 들어 있는 시가 낭송되었다.

그들은 보통 저녁시간이면 작은 탁자 주위에 습관적으로 앉는 자리에 앉았다. 샤를로테는 소파에, 오틸리에는 그녀의 맞은편 안락의자에 앉았고 남자들은 두 여성의 양쪽에 자리를 잡았다. 오틸리에는 에두아르트의 오른쪽에 앉았는데, 에두아르트는 낭독할 때 오틸리에 쪽으로 등불을 올려 주었다. 그리고 오틸리에도 책을 들여다보기 위해서 점점 더 가까이 왔다. 그녀도 남의 입술보다는 그녀의 눈을 더 믿었기 때문이다. 에두아르트도 그녀를 최대한 편안히 해주기 위해 그녀 쪽으로 몸을 움직였다. 심지어 오틸리에가 그 페이지의 끝 부분까지 다 읽기 전에 페이지를 넘기는 일이 없도록 필요 이상으로 길게 멈추는 일도 종종 있었다.

샤를로테와 대위는 이것을 확실히 눈치챘고 때때로 서로 미소 지으며 바라보곤 했다. 하지만 다른 한편으로는 오틸리에의 말없는 애정도 간간이 표현되는 것을 보고 두 사람 모두 놀라지 않을 수 없었다.

어느 날 저녁 이 작은 모임이 어떤 성가신 방문객 때문에 시간을 허비하게 되자, 에두아르트는 좀 더 같이 있자고 제안했다. 그는 플루트를 꺼내 연주하고 싶어했는데, 한동안 주요 일과에는 들어가지 않던 일이었다. 샤를로테는 그들이 평소에 같이 연주하곤 하던 소나타 악보를 찾았다. 그런데 악보가 보이지 않았다. 그러자 오틸리에가 약간 머뭇거리더니 그것을 자기 방으로 가져갔다고 털어놓았다.

"그렇다면 아가씨가 피아노 반주를 해줄 수 있다는, 아니 해주고 싶다는 건가요?" 에두아르트가 외쳤다. 그의 눈은 기쁨으로 빛나고 있었다.

"제 생각에는" 오틸리에가 대답했다. "그럴 수 있을 것 같아요." 그녀는 악보를 가져와서 피아노 앞에 앉았다. 청중들은 주목했고, 오틸리에가 그것을 혼자 연습해서 완벽하게 익힌 것을 보고 깜짝 놀랐다. 더 놀라운 사실은 오틸리에가 에두아르트의 연주방식에 맞춰 적응할 줄 알았다는 것이다. 사실 '적응할 줄 알았다'는 것은 적절한 표현이 아니다. 왜냐하면 때로는 머뭇거리다가 때로는 서두르는 남편의 습관에 맞춰서 이 구절에서 멈추는가 하면 어떤 구절은 그냥 지나치기도 하는 것이 오로지 샤를로테의 세련됨과 자유로운 의지에 달린 일이었다면, 오틸리에의 경우에는 이 부부가 예전에 소나타 연주하는 것을 몇 번 듣고는 그것을 통째로 받아들여 자신의 감각 안에 새겨버린 것 같았기 때문이다. 그녀는 그의 잘못을 바로 자신의 잘못으로 만들어서 거기에 다시 일종의 생생한 하모니가 생겨나게 했으며 이렇게 해서 비록 박자가 꼭 들어맞지는 않았지만 고도로 편안하고 마음에 드는 음향이 나오게 되었던 것이다. 이 곡의 작곡가라도 자신의 곡이 그렇게 사랑스러운 방식으로 변한 것을 보면 기뻐했으리라.

이처럼 놀랍고 예기치 않은 사건에 대해서도 대위와 샤를로테는 묵묵히 바라보기만 했다. 어린아이의 행동을 관찰할 때 자주 그러하듯이, 행동의 결과가 걱정스러워서 바로 동의할 수는 없지만 나무랄 수도 없을 것 같고, 어쩌면 심지어 부러워하지 않을 수 없다는 느낌을 가지게 되는 경우가 있는데, 지금 샤를로테와 대위의 감정이 그랬던 것이다.

벌써 대위는 저항할 수 없는 어떤 습관이 자신을 샤를로테에 매어 놓으려 한다는 것을 느끼기 시작했다.[1] 그는 샤를로테가 공사장으로 오곤 하는 시간대를 피해야겠다는 결심을 굳혔고, 그 때문에 새벽이 되기가 무섭게 일어나서 모든 일을 처리한 후 성의 날개부분에 머물며 일을 했다. 샤를로테도 처음 며칠간은 그것이 우연이라고 생각했다. 그녀는 대위가 있을 법한 장소들을 전부 찾아다녔다. 그러고 나선 그를 이해할 수 있을 것 같았고, 그런 만큼이나 더욱더 그를 존중하게 되었다.

대위는 이제 샤를로테와 단둘이 있는 것은 피했지만, 그만큼 더 부지런히 다가오는 생일잔치를 화려한 축제로 만들기 위한 작업들을 추진하고, 작업속도도 더욱 높이려고 했다. 그도 그럴 것이 대위는 아래에서 위로, 즉 마을 뒤쪽에서 시작되는 편안한 길을 만들기 시작한 것은 물론, 채석한다는 명목으로 위에서 아래쪽으로도 작업을 해나가게 했으며, 생일 전야에 가서야 양쪽 부분이 만나도록 모든 준비와 계산을 다 해놓고 있었던 것이다. 위쪽에 새로 생길 집을 위해서도 이미 지하실 자리가 파내진, 아니 폭파된 상태였고, 여러 칸들이 있고 뚜껑이 달린 아름다운 초석도 마련되었다.

외적으로는 각자 부지런히 활동하고 있었으나 내적으로는 다소 자제된 감정으로 이런저런 작은 일을 선의에서 비밀로 하고 있다 보니, 같이 모여도 대화가 활기를 띠지 않았다. 뭔가 빠진 것 같다고 느낀 에두아르트는 어느 날 저녁 대위에게 바이올린을 꺼내 와서

1 에두아르트와 오틸리에 간의 애정이 점점 더 뚜렷하고 강해지는 반면, 샤를로테와 대위의 애정은 처음부터 다소 체념적인 상태로 시작되고 있다. 이로써 이 소설의 애정은 한편에서는 억제할 수 없는 열정으로 나타나고(에두아르트와 오틸리에), 다른 한편에서는 체념을 동반한 우정으로 머물면서(샤를로테와 대위) 양극적인 형태로 펼쳐진다. 그럼으로써 낭만주의적 열정과 고전주의적 절제가 대조되고 있는 것이다.

샤를로테가 피아노를 치면 반주를 해달라고 부탁했다. 이 요구에 다들 동조했으므로 대위도 거절할 수가 없었다. 두 사람은 가장 어려운 곡 중의 하나를 골라 감정을 넣어 편안하고도 자유롭게 연주했다. 그들 자신은 물론 그것을 듣고 있던 에두아르트와 오틸리에도 매우 만족했다. 그들은 앞으로도 이런 기회를 자주 갖고, 공동연습도 더 많이 하기로 약속했다.

"오틸리에, 저 사람들이 우리보다 훨씬 잘하는걸!" 에두아르트가 말했다. "저 사람들의 재주에 감탄하면서 우리도 함께 즐겨 봅시다."

제9장

생일이 다가오고 모든 것이 마무리되었다. 홍수를 대비해 마을길을 따라 쌓아 올린 방벽과 교회를 돌아가는 길도 완성되었다. 이 길은 샤를로테가 만들어 놓은 좁은 길 쪽으로 계속 나아가다, 바위를 휘감으며 위로 구부러지고, 이끼 덮인 정자를 왼쪽 위로 올려다보면서 나아가다 완전히 곡선을 그리며 다시 정자를 아래쪽으로 내려다보며 나아가고, 그러다가 서서히 정상에 다다르게 되어 있었다.

이날은 많은 사람이 왔다. 사람들은 교회로 가서 성장 차림으로 모여 있는 교구민들을 만났다. 예배가 끝난 후에는 소년과 젊은이와 성인 남성이 정해진 순서대로 먼저 나갔다. 그리고 신분 높은 사람들이 그들의 방문객과 시종들을 데리고 나갔고, 소녀와 아가씨, 기혼여성이 마지막을 이루었다.

길이 곡선으로 도는 곳에 바위로 된 앉을자리가 마련되어 있었다. 그곳에서 대위는 샤를로테와 손님들이 쉬도록 했다. 이곳에서는 길 전체가 내다보였다. 위로 올라오는 남자들과 그 뒤를 구불구불 따라오는 여자들이 지금 막 옆을 지나갔다. 화창한 날씨에다 놀랍도록 아름다운 광경이었다. 샤를로테는 이 뜻밖의 광경에 놀라고 감동해서 대위와 진심어린 악수를 나눴다.

일행은 가볍게 앞으로 나아가는 군중 뒤를 따랐고, 앞서 나아가던 사람들은 장차 집이 들어서게 될 공간을 둘러싸 하나의 원을 이루었다. 건축주와 그의 가족, 그리고 지체 높은 손님은 아래쪽에 땅을 파놓은 곳으로 내려오도록 초대되었다. 여기에는 초석이 한쪽에 모셔져 있고 이제 내려갈 준비가 되어 있었다. 잘 차려 입은 미장이가 한 손에는 흙손을 들고 다른 손에는 망치를 든 채로 운을 맞춰가며 우아한 연설을 했는데 그 모습이 얼마나 우아했던지 우리로서는 불완전하게나마 이 운문을 산문으로 바꾸어 전달할 수 있을 뿐이다.

"세 가지를" 그는 시작했다. "눈여겨봐야 합니다. 어떤 건물을 관찰할 때는 말입니다. 즉, 그것이 제대로 된 장소에 서있는지, 기초공사가 잘되었는지, 그리고 완벽하게 마무리가 되었는지 하는 것이지요. 첫 번째 것은 사실 건축주가 할 일입니다. 도시에서는 제후와 교구만이 어느 쪽을 향해 건물을 지어야 하는지 정할 수 있고, 시골에서는 땅주인만이 내 건물은 여기에다 지어야 하며 다른 곳은 안 된다고 말할 수 있는 특권을 가지니까요."

연설이 계속되는 동안 에두아르트와 오틸리에는 서로 가까운 곳에 마주 서있었지만 감히 서로의 얼굴을 쳐다보지는 못하고 있었다.

"세 번째 것, 즉 마무리는 정말 많은 분야에서 신경써야 하는 일입니다. 이 일에 관여하지 않는 사람은 거의 없다고 해도 과언이 아닙니다. 하지만 두 번째의 일, 즉 기초공사는 미장이의 일이며, 좀 과감하게 표현해도 된다면, 전체 사업에서 가장 주된 일이라고 할 수 있습니다. 그것은 가장 엄숙한 일입니다. 따라서 여러분을 초대하는 일도 엄숙하게 진행될 것입니다. 이 행사는 깊은 땅속에서 거행되는 것이기 때문입니다. 여러분께서 여기 흙을 파낸 좁은 공간에서 우리가 비밀스럽게 진행해온 작업의 증인으로 나와 주셔서 저희로서는 큰 영광입니다. 이제 우리는 이 잘 다듬어진 돌을 아래로 내려놓을 것이고, 곧이어 이 아름답고 기품 있는 사람들 모습으로 장식된 토벽들도 더 이상 접근할 수 없게 될 것입니다. 흙으로 메워질 것이니까요.

이 초석 모서리는 이 건물의 오른쪽 모서리를 나타내며, 이 돌이 직각인 것은 이 건물이 규칙적임을 나타내고, 수평 수직 상태를 이루는 것은 모든 담장과 벽이 수평 수직 상태임을 나타내는데, 이제 내려놓아도 될 것 같습니다. 그 돌은 자체의 무게 때문에 확실히 균형을 갖추고 있기 때문입니다. 그러나 여기서도 결합수단인 석회가 빠져서는 안 되겠지요. 서로 천성적으로 좋아하는 사람들도 법률로써 결합하면 더 잘 결속되듯이 형태상 서로 어울리는 돌들도 이러한 접합제의 도움을 받으면 더 잘 합쳐지니까요. 그리고 옆에 있는 사람은 일하고 있는데 빈둥거린다면 온당치 못한 만큼, 여러분도 여기서 이 작업에 동참하는 것을 하찮게 여기시진 않겠지요."

그는 이 말을 하고 나서 그의 흙손을 샤를로테에게 건넸고, 샤를로테는 그것으로 석회를 떠서 돌 아래쪽에 던져 발랐다. 여러 사람에게 같은 작업이 요구되었고 그 돌은 곧 아래로 내려졌으며, 그러자 즉시 샤를로테와 다른 사람에게 망치가 전달되어 망치를 세 번 두드리는 행위로 돌과 지반의 결합이 축성되었다.

"미장이 일은" 연사는 말을 이었다. "비록 지금은 자유로운 하늘 아래서 행해지고 있습니다만, 늘 그렇지는 않아도 결국 숨겨지기 위해 행해지는 일입니다. 우리가 규칙적으로 쌓아 올려온 기초부분은 흙으로 덮입니다. 우리가 대낮에 쌓아 올린 담장 옆에서도 사람들은 우리 미장이를 기억하지 않습니다. 석공과 조각가의 작업이 우리 작업보다 더 눈에 띄는 법이지요. 심지어 표면처리공이 그 위에 덧칠을 하고 윤을 내어 채색하면서 우리가 손으로 작업한 흔적을 완전히 지워 버리고 우리 작업을 자기 것으로 만들어도 저희로서는 그저 받아들일 수밖에 없습니다.

그러니 자기가 하는 일을 제대로 해서 스스로 당당해져야 할 필요를 미장이보다 더 많이 느끼는 사람이 있을까요? 미장이 이상으로 자의식을 키워야 할 이유가 있는 사람이 누가 있습니까? 집이 세워지고 땅이 다져지고 포장되며 외부가 장식으로 덮이더라도 미장이는 여전히 그러한 모든 껍데기를 뚫고 그 안을 들여다보며, 규칙적이고 세심하게 결합된 이음새들을 알아보는 것입니다. 바로 이것들 때문에 건물 전체가 존재하고 지탱되는 것이지요.

그러나 나쁜 짓을 한 사람은 무슨 수를 써도 결국 자신의 악행이 백일하에 드러나게 될 것임을 두려워할 수밖에 없듯이, 남몰래 선행을 한 사람도 자신의 의지와는 무관하게 그 일이 알려지게 될 것을 예상하고 있어야 합니다. 그래서 우리는 이러한 초석을 동시에 기념비로도 만들고자 합니다. 이 돌에 이처럼 다양하게 새겨진 홈들에는 다양한 물건이 헌정될 것입니다. 먼 훗날 후손들을 위한 증거로서 말입니다. 여기 이 금속으로 땜질한 통 안에는 글로 작성된 정보들이 들어 있습니다. 그리고 이 금속판에는 갖가지 진기한 사실이 새겨져 있습니다. 여기 아름다운 유리병들에는 최상급의 오래된 포도주가 부어지고 제조연대가 표시되었습니다. 올해에 주조된 각종 동전들도 마찬가지로 보관됩니다. 이 모든 것은 우리 건축주께서 인심을 쓰셔서 생긴 것입니다. 그리고 아직도 자리가 많이 남아 있으니, 초대받고 오신 분이나 구경하러 오신 분도 후세에 뭔가 남기시고 싶은 것이 있으시면 넣어 주십시오."

미장공은 말을 멈추고 잠깐 쉰 후에 주위를 둘러보았다. 그러나 이런 경우에 흔히 그렇듯이 아무도 준비가 되어 있지 않았고 모두들 당황했다. 마침내 젊고 활달한 어느 장교가 먼저 나서며 이렇게 말했다. "이처럼 귀중한 물건들이 담겨 있는 상자에 아직까지 담기지 않은 어떤 것을 기부해야 한다면, 저는 제 군복에서 단추를 두어 개 떼어 낼 수밖에 없을 것 같습니다. 하지만 이 단추들도 후세에까지 전해질 만한 자격은 있을 것입니다." 말과 동시에 행동이 따랐다.

그리고 이제는 몇몇 사람이 비슷한 생각을 했다. 여자들도 질세라 그들의 작은 머리빗들을 집어넣었다. 향수병과 다른 장식들도 아낌없이 기부되었다. 오로지 오틸리에만 머뭇거렸다. 지금까지 기부되고 넣어진 것을 관찰하느라 정신이 없는 오틸리에를 드디어 에두아르트가 친절한 말로 끌어냈다. 그녀는 아버지의 초상이 들어 있는 그 금목걸이를 목에서 끌러 내더니 그것을 다른 장식들 위로 살짝 내려놓았고, 그러자 에두아르트가 다소 성급한 어투로 어서 잘 맞는 뚜껑을 내려 그 위를 봉합하도록 했다.

여기서 부지런히 자신의 활약을 입증해온 그 젊은 도제는 다시 연사의 표정을 지으며 말을 계속했다. "우리는 이 집의 현재와 미래의 소유주들이 오래오래 기쁨을 누리시도록 기초를 확실히 하기 위해 이 돌을 영원히 초석으로 삼습니다. 말하자면 우리는 하나의 보물을 이곳에 파묻는 것입니다만, 그와 더불어 우리는 모든 일 중에서 가장 근본적인 이 일에서도 인간사의 무상함을 생각합니다. 이처럼 굳게 봉인된 뚜껑도 다시 열릴 수 있다는 가능성을 생각하는 것이지요. 하지만 그런 일은 우리가 아직 짓지도 못한 모든 것이 다시 파괴되는 경우가 아니라면 생길 수 없는 일입니다.

그러나 지금은 이 건물이 세워질 수 있도록 해야 하는 시점입니다. 그러니 이제 우리의 생각을 미래에서 다시 현재로 되돌립시다. 오늘 거행되는 잔치가 끝나면 우리 일을 곧장 진행합시다. 우리의 작업을 기초로 하는 분야의 그 누구도 다시 잔치를 열 필요가 없도록 해야겠습니다. 건축공사가 서둘러 거행되고 완성되도록, 아직 생기지는 않았습니다만 앞으로 생겨날 창문에서 건물주와 가족, 손님들이 즐겁게 이 지역을 내다볼 수 있도록, 그 모든 사람과 여기 계신 모든 분의 건강을 위하여 건배합시다!"

그리하여 그는 잘 다듬어진 술잔을 단숨에 비우고 그것을 공중에 던졌다. 사람들이 기쁜 일에 썼던 잔을 깨트리는 것은 넘치는 기쁨을 표현하는 것이기 때문이다. 그러나 이번에는 달랐다. 유리잔은 다시 바닥에 닿지 않았다. 그렇다고 무슨 기적이 일어난 것도 아니었다.[1]

요컨대 건축공사를 진전시키기 위해 이미 토지의 반대편 모서리를 완전히 파내고 심지어 담도 세우기 시작한 상태였으며 최종작업에 쓸 비계(飛階)[2]까지도 필요 이상으로 높이 설치해 놓았던 것이다.

특히 이날 잔치에 일하는 사람이 편하도록 비계에 널빤지를 덧대어 많은 구경꾼을 그 위로 올라가게 해놓았다. 그런데 유리잔이 그 위로 날아가서 어떤 사람이 그것을 받았던 것이다. 이 사람은 이것을 자신을 위한 행운의 표시라고 생각했다. 그는 그것을 손에서 내놓지 않고 사람들에게 두루 보여 주었다. 사람들은 그 위에서 E와 O라는 문자가 상당히 기교 있는 흘림체로 장식된 것을 보았다. 그것은 청춘시절의 에두아르트를 위해 만든 잔들 중의 하나였던 것이다.

비계들은 다시 텅 비었고, 손님 중에서 가장 가벼운 사람들이 그 위로 올라가 주위를 둘러보았다. 사방으로 트인 아름다운 전망은 아무리 칭찬해도 모자랄 지경이었다. 높은 위치에서는 한 층만 높이 서있어도 모든 것이 다 보이기 때문이다. 그 지방 안쪽으로 새로 생긴 몇몇 마을이 시야에 들어왔고, 강의 은빛 물줄기도 뚜렷하게 보였다. 심지어 수도의 탑들까지 볼 수 있었다고 주장하는 사람도 있었다. 뒤쪽에는 우거진 숲언덕 뒤로 먼 산맥의 푸른 정상들이 솟아올라 있고, 바로 이웃지방은 전체를 훤히 볼 수 있었다. 누군가가

1 독일의 민속신앙에 의하면 상량식을 할 때 술잔을 든 목수가 참석한 사람들의 건강을 빌어주는 이야기를 하고 난 후 술을 다 마시고 나서 술잔을 어깨 뒤로 던지는 풍습이 있는데 이때 술잔이 깨지지 않으면 불행을 가져온다고 한다. 괴테는 여기서 상량식 대신에 정초식을 모티브로 사용하면서 술잔을 어깨 뒤로 던지는 것이 아니라 공중으로 던지는 것으로 살짝 바꿔 놓았다.

2 건축물을 지을 때 인부들이 단처럼 디디고 서서 작업하는 발판. 경우에 따라서는 '작업대'로 옮기기도 했다.

외쳤다. "이제는 작은 호수 세 개를 합쳐서 하나의 커다란 호수로 만들기만 하면 훌륭하고 괜찮은 풍경들은 죄다 전망할 수 있겠군요."

"그럴 수 있을 겁니다." 대위가 말했다. "그 호수들은 이미 예전에도 하나의 거대한 산정호수를 이루고 있었거든요."

"다만 제발 나의 플라타너스들과 포플러들은 봐주기 바라네." 에두아르트가 말했다. "가장 가운데 있는 호수 주변으로 그토록 아름답게 서있는 그 나무들은 말이야." — 그는 오틸리에에게 몸을 돌려 몇 발자국 앞으로 데려갔다. 그러면서 아래쪽을 가리켰다. "저 나무들은 내가 직접 심었지요."

"심은 지 얼마나 됐는데요?" 오틸리에가 물었다.

"그러니까" 에두아르트가 대답했다. "당신이 세상에서 살아온 만큼 오래됐지. 그래요, 귀여운 아가씨, 당신이 아직 요람에 있을 때 나는 이미 이 나무들을 심었던 것이지."

일행은 다시 성으로 돌아갔다. 그들은 식사를 마치고 마을로 가는 산책에 초대되었다. 이 산책도 새로운 시설을 둘러보기 위한 것이었다. 마을에서는 주민들이 대위의 권유에 따라 집 앞에 모여 있었다. 그들은 열을 지어 선 것이 아니라 가족끼리 자연스럽게 그룹을 지어 서있었다. 일부는 저녁에 필요한 일들을 하기도 했고 일부는 새로 만든 벤치에 앉아 쉬고 있었다. 적어도 일요일과 잔치가 있는 날에는 이처럼 청결과 질서를 다시 새롭게 하는 일이 그들에게는 쾌적한 의무처럼 되어 있었다.

우리 친구들 사이가 그랬던 것처럼 서로 좋아해서 친밀감이 생긴 그룹 입장에서 보자면 더 큰 그룹이 나타나서 자기들의 관계가 중단되는 것처럼 싫은 일도 없다. 그래서 네 사람은 다시 자기들끼리만 커다란 홀에 있게 되자 만족했다. 그러나 이 가족적인 분위기도 어느 정도는 깨지고 말았는데, 에두아르트에게 건네진 한 통의 편지가 내일 새로운 손님이 도착한다는 사실을 예고했기 때문이다.

“예상했던 대로” 에두아르트가 샤를로테에게 말했다. “백작이 빠질 수야 없지. 내일 온다는군.”

“그렇다면 남작부인도 멀지 않은 곳에 있다는 말이네.” 샤를로테가 대답했다.

“물론 그렇지!” 에두아르트가 대답했다. “그분도 내일 따로 도착할 거야. 그들은 우리 집에 하룻밤 묵고 싶고, 모레에는 함께 떠난다는군.”

“오틸리에! 그러면 우리도 제때 준비를 해야겠구나.” 샤를로테가 말했다.

“어떻게 준비하면 될까요?” 오틸리에가 물었다.

샤를로테는 일반적인 내용을 지시했고 오틸리에는 자리를 물러났다.

대위는 자신이 막연하게만 알고 있었던 이 두 인물의 관계에 대해 물어보았다. 이들은 이전에, 각자 이미 다른 사람과 결혼한 상태였지만, 서로 열정적으로 좋아했다. 그런 이중의 결혼 상태는 세인의 시선도 끌었고 방해도 없지 않았다. 이혼이 고려되었다. 남작부인의 경우는 그것이 가능했지만 백작의 경우는 그렇지 않았다. 그들은 외관상 서로 헤어져야 했지만 관계는 지속되었다. 그들은 겨울에 수도에서 함께 지낼 수 없으면 여름에 여행지나 온천 등지에서 만나 그것을 보상했다. 둘 다 에두아르트와 샤를로테보다 약간 나이가 많았고 모두 이전의 궁정시대에 서로 잘 알던 친구지간이었다. 사람들은 비록 친구들의 모든 점을 인정하지는 않았지만 좋은 관계를 유지했다. 하지만 이번에는 그들의 도착이 어느 모로 보나 샤를로테의 입장에서는 다소 부적절한 것이었다. 원인을 정확히 따져보더라도 마찬가지였다. 원인이라는 것은 사실 오틸리에였기 때문이다. 이 착하고 순수한 아이가 그런 사례를 그렇게 빨리 알아서는 안 되었던 것이다.

"그들이 이삼일 정도만 더 있다 와도 좋을 텐데." 에두아르트가 이렇게 말하는 중에 하필 오틸리에가 다시 들어왔다. "그때까지는 우리가 농장매각문제를 끝낼 수 있을 테니까 말이지. 서류는 완성되었어. 청서 한 본은 여기 있고. 이제 두 번째 청서가 필요해. 그런데 하필 우리의 늙은 서기가 완전히 병이 났지 뭐야."

대위가 그 일을 하겠다고 나섰고 샤를로테도 나섰지만, 여기에 대해서는 다소 이의도 제기될 수 있었다.

"저한테 주세요." 오틸리에가 다소 급하게 말했다.

"너는 그것을 끝내지 못할 거야." 샤를로테가 말했다.

"그런데 나는 모레 아침까지는 청서한 것을 받아야 해요. 분량도 많고." 에두아르트가 말했다.

"그때까지 끝낼 거예요." 오틸리에가 외쳤다. 이미 손에는 그 서류를 쥐고 있었다.

그 다음 날 아침 그들이 위층에서 손님맞이를 제때 하려고 손님들을 찾아보고 있었을 때, 에두아르트가 말했다. "저 길을 따라 저렇게 천천히 말을 타고 오는 사람이 도대체 누굴까?" 대위가 말 탄 사람의 용모를 자세히 묘사했다. "그렇다면 그분이네." 에두아르트가 말했다. "왜냐하면 자네가 나보다 세세한 부분들을 더 잘 보고 있는데, 내가 제대로 알고 있는 그분의 전체적인 모습과 잘 들어맞거든. 미틀러 씨야. 그런데 어떻게 저 양반이 저렇게 천천히, 그것도 아주 천천히 말을 몰고 오는 거지?"

그 인물이 점점 가까이 왔다. 그리고 정말로 그는 미틀러였다. 그가 서서히 계단 위를 올라오자 사람들은 그를 친절하게 맞아들였다.

"왜 어제 오시지 않으셨죠?" 에두아르트가 그에게 외쳤다.

"시끄러운 잔치는 좋아하지 않아." 그가 대답했다. "하지만 오늘

온 이유는 나와 친한 여성의 생일을 자네들과 함께 조용히 더불어 축하하기 위해서지."

"그런데 이번에는 어쩐 일로 이렇게 많은 시간이 나셨는지요?" 에두아르트가 농담으로 물었다.

"내 방문이 자네들에게 뭔가 가치가 있다면 그건 내가 어제 어떤 생각을 하게 되었기 때문이라는 것을 자네들은 알아야 돼. 나는 어제 내가 화해시켜준 어떤 가정에서 아주 흡족하게 반나절을 보냈어. 그리고 여기에서 생일잔치를 한다는 이야기를 들었지. 나는 혼자 생각했어. '꼭 내가 나서서 다시 회목하게 만들어준 가족들하고만 기쁨을 나누려고 한다면 그것이야말로 결국은 이기적인 생각이 아닐까.' 하고 말이야. '어째서 지금 가정의 평화를 유지하고 보호하는 그런 친구들하고는 한 번도 기쁨을 같이하지 않는 게지?' 말이 났으면 실천을 해야지. 그래서 내가 어제 계획한 대로 이 자리에 나타난 거야."

"어제 오셨으면 사람들을 많이 만나셨을 겁니다. 오늘은 얼마 없네요." 샤를로테가 말했다. "변호사님께 일거리를 만들어 드린 적 있는 백작과 남작부인은 보시게 되겠지만요."

이 희한하면서도 환영받는 노인은 빙 둘러 서있는 네 식구의 한가운데에 있다가 이 말을 듣자 화가 나서 씩씩거리며 박차고 나가면서 모자와 승마용 채찍을 찾았다. "일단 휴식을 취하면서 나 자신에게도 좀 잘 해주려고만 하면 내 위에 불운의 별이 떠돈단 말이야! 나는 또 어쩌자고 평소에는 안 하던 짓을 했던 걸까! 오지 말았어야 했는데, 왔더니 이렇게 쫓겨나는군. 그 사람들하고는 한 지붕 아래 머물 수가 없기 때문이야.

그리고 자네들도 명심해. 그들이 가져오는 건 불행밖에 없어. 그들의 본성은 자신의 전염병을 계속 번식시키는 누룩 같은 거야."

사람들이 그를 달래려고 했지만 소용없었다.

"내가 생각하는 결혼 관계를 어지럽히는 사람" 그가 외쳤다. "말이나 심지어 행동으로 이 모든 윤리적인 사회의 기초를 파묻는 사람, 그런 사람은 나하고 볼일이 있는 것이야. 하지만 내가 그런 사람을 제어할 수 없다면 나는 그 사람과 볼일이 없어. 결혼은 모든 문화의 시작이자 정점이지. 그것은 거친 사람을 부드럽게 만들고 아무리 교양 있는 사람이라도 자신의 부드러움을 증명하기에 그보다 더 나은 기회는 없어. 결혼은 파기할 수 없는 것이라야 해. 왜냐하면 결혼은 많은 행복을 가져오니까. 모든 개개의 불행은 거기에 비하면 상대가 안 돼. 도대체 불행이 어쨌다는 거야? 인간에겐 때때로 짜증이 엄습할 때가 있어. 그러고 나면 인간은 자신이 불행하다고 느끼기를 좋아하지. 하지만 그 순간만 지나면 행복한 존재라고 예찬하게 되는 법이야. 그렇게 오래 존재해온 것이 여전히 존재하고 있다는 사실 때문이지. 헤어지기에 충분한 이유라는 것은 전혀 존재하지 않아. 인간의 상태는 고통에서건 기쁨에서건 너무도 고귀하기 때문에 결혼한 한 쌍이 서로에게 얼마나 빚을 지고 있는지 계산할 수도 없는 거야. 그것은 영원히 나누어야 갚을 수 있을 만큼 무한한 빚이지. 때로는 불편할 수도 있겠지. 그럴 수 있다고 생각해. 또 그러는 것도 틀린 것은 아니야. 하지만 우리는 양심하고도 결혼한 것 아니겠어? 우리는 종종 양심으로부터 풀려나기를 바라지. 남편이나 아내가 아무리 불편하다 해도 양심처럼 우리를 불편하게 만드는 것은 아니거든."

그는 그렇게 열성적으로 연설했다. 그리고 우편마차의 나팔소리가 손님들의 도착을 알리지 않았다면 그 후로도 한동안 더 계속했을 것이다. 손님들은 미리 정하기나 한 듯이 양쪽에서 같은 시간에 성의 안뜰로 들어왔다. 식구들이 그들을 맞으러 서둘러 가자, 미틀러는 모습을 감추었다가 말을 식당으로 가져오게 하고는 역정을 내며 말을 타더니 그곳을 떠났다.

제 10 장

손님들은 환영을 받으며 안으로 안내되었다. 그들은 이 집과 방 안으로 다시 들어서게 된 것을 기뻐했다. 예전에는 여기서 그렇게 많은 좋은 날을 경험했는데 그 후에는 한동안 오지 못했기 때문이다. 백작과 남작부인은 젊을 때보다 오히려 나이 들어 가면서 보기 좋아지는 귀족적이고 아름다운 사람 축에 드는 편이었다. 막 피어나는 청춘 같은 아름다움은 사라졌어도 호감을 주는 인상으로 사람들에게 신뢰를 불러일으키는 스타일이기 때문이다. 그리고 이제 이 한 쌍은 아주 편안한 모습을 보여 주고 있었다. 삶의 여러 상황에 대처하는 자유로운 방식이며 쾌활하고 스스럼없는 태도 등이 곧 다른 사람에게도 전염되었다. 고도의 예의범절이 전체 분위기를 좌우하고 있었지만, 그것이 강요되고 있다는 느낌은 조금도 주지 않았다.

이런 효과는 순식간에 이 모임에서도 감지되었다. 의상이나 도구, 그 밖의 여러 면에서도 바깥세상에 있다가 이제 막 이곳에 들어왔음을 드러내는 새 손님들은 목가적이면서도 은근한 열정 속에 있는 우리 친구들과 대조적으로 보이긴 했지만, 옛날에 대한 기억과 현재의 관심사가 뒤섞이고 빠르고 열띤 대화가 모두를 신속하게 결합시킴에 따라 이러한 대립도 곧 사라졌다.

그러나 오래가지 않아 모임이 나뉘었다. 여자들은 그들이 거주하는 성의 날개부분으로 물러가서 갖가지 이야기를 털어놓거나 봄철 의상이나 모자 등의 새로운 스타일이며 재단법 등을 관찰하거나 하며 만족할 만한 이야깃거리를 찾아냈다. 반면에 남자들은 새로운 여행마차와 말에 관한 이야기에 몰두하면서 동시에 거래도 하고 교환도 시작했다.

사람들은 식사시간이 되어서야 다시 한자리에 모였다. 다들 옷을 갈아입고 나왔는데 이 점에서도 새로 온 남녀는 좀 더 앞서가는 것 같았다. 그들이 몸에 걸친 것은 전부 새로운 것, 말하자면 예전에는 본 적도 없는 스타일이지만 자주 사용해서 익숙하고 편하게 길이 든 그런 것들이었다.

대화는 열띠고 다양한 주제를 다루었다. 이런 사람들의 대화를 듣고 있으면 모든 것에 관심이 있는 것 같기도 하고 아무것에도 관심이 없는 것처럼 보이기는 하지만 말이다. 이들은 시중드는 사람이 잘못 알아듣는 법이 없도록 아예 불어를 사용했다. 다만 한 가지에서 대화가 평소보다 오래 머물렀다. 샤를로테가 유년시절의 어떤 여자친구의 소식을 물었다가 그녀가 아마도 이혼하게 될 것 같다는 이야기를 듣고 적잖이 놀랐기 때문이다.

"기분이 좋지 않네요." 샤를로테가 말했다. "먼 곳에 있는 친구들이 어떻게든 잘 살고 있겠지, 사랑하는 여자친구가 걱정 없이 살고 있겠지 했는데, 어느덧 그 친구의 운명이 예상외로 흔들리고 있고, 그녀가 이제 다시 새로운, 그러나 어쩌면 불확실한 인생행로 속으로 들어설 것 같다는 이야기를 듣게 되면 그럴 수밖에 없죠."

"샤를로테 부인, 사실은 말이죠" 백작이 대답했다. "우리가 그런 식으로 놀라게 되는 것은 바로 우리 자신한테 책임이 있는 겁니다. 우리는 현실의 일, 특히 결혼으로 맺어진 관계는 참으로 영속적인 것이라고 믿고 싶어하죠. 결혼에 관한 한, 항상 되풀이되는 희극들이 우리로 하여금 세상의 실제와는 맞지도 않는 그런 상상을 하도록 유혹합니다. 이런 희극들은 결혼을 여러 막에서 생겨나는 장애물 때문에 계속해서 밀려나다가 마지막 순간에 도달되는 목표처럼 묘사합니다. 그리고 그 목표에 도달하는 바로 그 순간 연극의 막이 내리지요. 그래서 이 순간적인 만족감이 우리 마음속에서 계속 여운을 남기게 되죠. 하지만 세상은 희극과는 달라요. 거기서는 무대 뒤에서도 연극이 계속되고 있어서, 막이 다시 올라가더라도 이제는 더 이상 그것을 보고 싶지도 듣고 싶지도 않게 되는 겁니다."

"그래도 그 정도로 나쁘지는 않은 것 같은데요." 샤를로테가 웃으며 말했다. "지금 우리가 보고 있다시피 무대에서 내려간 분들도 다시 역할을 맡아 보고 싶어하는 것을 보면 말예요."

"거기에 대해서는 같은 생각입니다." 백작이 말했다. "사람들은 어떤 새로운 역할을 다시 맡고 싶어해요. 그런데 세상일을 겪어본 사람이라면 알게 되지만, 결혼에는 뭔가 잘못된 점이 있어요. 이 세상에는 변화하는 것들이 그렇게 많은데 유독 결혼이라는 것만 그처럼 확실하고 항구적으로 지속되어야 할 것으로 간주되는 것이야말로 잘못된 겁니다. 제 친구는 기분이 좋을 때마다 새로운 법률을 제안하는 버릇이 있는데, 이런 주장을 한 적 있습니다. 모든 결혼은 5년을 기한으로 체결되어야 한다는 거예요. 그의 말에 따르면 5라는 숫자는 아름답고 홀수에다 성스러운 숫자이며 그 정도의 시간이면 부부가 서로를 알고 아이도 몇 낳고, 갈라서고, 다시 화합하기에도 충분하고, 또 그렇게 하는 것이 가장 좋다는 겁니다. 그 친구는 습관적으로 이렇게 외치곤 했지요. '처음 시간은 대단히 행복하게 지나갈 거야! 적어도 2, 3년은 그럭저럭 괜찮게 지나가겠지. 그러고 나면 어느 한쪽이 관계를 오래 지속하려고 할 것이고, 해약일이 가까워질수록 잘해 주려는 마음도 커질 거야. 이 관계에 무관심하거나 불만이 있었던 쪽도 그런 행동에 기분이 좋아지고 매혹되겠지. 좋은 모임에 있을 때는 시간 가는 줄 모르듯이, 그들도 시간이 흘렀다는 것을 잊어버리고 살다가 예정된 기간이 지난 후에야 계약 기간이 암묵적으로 연장되었다는 것을 알고는 기분 좋게 놀랄 것이라는 말이지.'"

샤를로테에게는 이 말이 재치 있고 재미있게 들렸다. 그리고 그녀도 다분히 느꼈듯이 이 농담에는 어떤 심오한 도덕적인 의미가 있다고도 할 수 있었다. 그러나 그 같은 언급이 샤를로테 마음에 들지 않았던 것은 무엇보다도 오틸리에 때문이었다. 그녀는 지나치게 자유분방한 대화처럼 위험한 것은 없다는 것을 잘 알고 있었다. 이런 대화는 죄나 그와 비슷한 상태에 대해서도 흔한 일이고 일반적인 일처럼, 심지어 칭찬할 만한 일이라도 된다는 듯이 다루기 때문이다. 그리고 그런 이야기에는 혼인관계를 해칠 수 있는 것도 들어가기 마련이다. 그래서 그녀는 특유의 재치를 발휘하여 대화를 딴 데로 돌려 보려고 했다. 그러나 여의치 않았다. 오틸리에가 모든 준비를 너무 훌륭하게 해놓아서 자리에서 일어날 필요가 없다는 사실까지 오히려 유감스러울 지경이었다. 침착하고 사려 깊은 이 처녀는 눈빛이나 손짓만으로도 집사와 완벽하게 의사소통할 수가 있어서 모든 지시사항이 정확하게 이행되고 있었던 것이다. 물론 이 집에 온 지 얼마 안 되어 일이 서툰 하인 몇몇은 어정쩡하게 움직이긴 했지만 말이다.

그리하여 백작은 샤를로테가 화제를 돌리고 싶어한다는 것을 느끼지도 못하고 그 주제에 대한 이야기를 계속했다. 평소 대화할 때는 어떤 방식으로든 듣는 사람에게 부담을 주지 않으려고 하는 그였지만, 이 주제는 그에게 매우 중요한 의미를 지니고 있었기 때문이다. 그 자신은 남작 부인과의 결혼을 열렬히 바라고 있었지만 부인과의 이혼이 힘든 상황이라는 것도 그가 결혼에 관한 한 그처럼 독특한 입장을 갖게 하는 요인이었다.

"그 친구는" 백작은 말을 계속했다. "법률안을 하나 더 제안했어요. 결혼 당사자 양쪽이나 적어도 한쪽이 세 번째로 결혼하는 때에만 결혼을 파기할 수 없는 것으로 하자는 겁니다. 왜냐하면 그러한 사람은 결혼이 꼭 필요하다고 생각하고 있음을 스스로 명백하게 고백하고 있기 때문이라는 겁니다. 그런 경우라면, 그가 이전의 결혼관계에서 어떤 행동을 했는가, 흔히 그렇듯이 이혼하게 된 원인이 나쁜 성격 때문이라기보다는 어떤 특이한 괴벽 같은 것을 가지고 있었기 때문은 아닌가 하는 문제도 이미 다 밝혀졌을 것이라는 거죠. 요컨대 서로에 대해서 잘 알아봐야 한다는 겁니다. 기혼자건, 미혼자건, 어떤 경우가 생길지 모르기 때문에, 미리 주의를 기울여야 한다는 것이지요."

"그렇게 되면 당연히 사회의 관심도 늘어나겠네요." 에두아르트가 말했다. "결혼하고 나면 아무도 더 이상 우리의 미덕이나 결함에 대해 물어보지 않으니까요."

"그런 관습에서라면" 하고 남작부인이 웃으면서 끼어들었다. "우리의 친애하는 주인양반들도 이미 두 단계는 행복하게 거친 셈이고, 이제는 제3의 단계를 위해 준비할 수 있으시겠군요."

"일이 잘된 편이지." 백작이 말했다. "교구재판소에서도 꺼리는 일을 죽음이 대신 처리해준 셈이니까."

"죽은 사람은 건드리지 말기로 하죠." 샤를로테가 다소 진지한 눈빛으로 대답했다.

"왜죠?" 백작이 응수했다. "그렇게 하는 것이 고인을 명예롭게 기리는 일이 될 수도 있잖습니까. 고인들은 매우 겸손한 분들입니다. 자신은 몇 년 동안의 삶으로 만족하는 대신 뒤에 남은 사람에게는 다양한 선행을 베푸셨으니까요."

"다만" 남작부인이 한숨을 참으면서 말했다. "그 때문에 한창 좋은 시절을 희생해야 하는 일은 없었으면 좋겠어요!"

"그렇지." 백작이 대답했다. "세상 일이 자기가 바라는 대로 되기란 절망적일 정도로 드물어. 아이들은 약속을 저버리고, 젊은이들도 약속을 지키는 경우가 드물지. 만에 하나 지킨다 해도 세상이 그것을 지켜 주지 않으니까."

대화의 방향이 바뀌어서 기뻤던 샤를로테가 쾌활한 어조로 답했다. "아하, 그런가요. 그렇다면 우리도 조만간 그런 행복을 조금이라도 즐기는 것에 익숙해져야겠군요."

"물론입니다." 백작이 대답했다. "부인과 에두아르트 두 사람은 그 아름다운 시절을 즐기셨습니다. 당신들 두 분이 궁정에서 가장 아름다운 커플이던 시절을 돌이켜 보면, 요즘은 그처럼 빛나는 시절이라고 할 만한 것도 없고 그처럼 아름다운 모습이라고 할 만한 사람들도 없어요. 당신들이 춤을 추면 모든 사람의 시선이 쏠렸지요. 얼마나 많은 사람이 두 사람에게 구애를 했는지 몰라요, 당신들은 오로지 서로의 모습에만 반해 있었지만 말이죠!"

"많은 것이 변했으니까, 그토록 아름다운 이야기도 저희가 겸손하게 들을 수 있는 것 같아요." 샤를로테가 말했다.

"나는 에두아르트를 속으로 욕한 적이 많아요." 백작이 말했다. "그가 왜 좀 더 고집을 세우지 못하는 걸까 하면서 말입니다. 그랬더라면 그의 대단한 부모님도 결국에 가서는 굴복하셨을 텐데. 그리고 젊어서 10년이란 세월은 결코 소소한 세월이 아니지 않습니까."

"저는 에두아르트 편을 들어 주지 않을 수 없겠네요." 남작부인이 끼어들었다. "샤를로테도 완전히 잘못이 없는 것은 아니었어요. 그녀가 이런저런 계산을 한 적이 전혀 없다고는 할 수 없으니까요. 그리고 물론 샤를로테가 에두아르트를 깊이 사랑하고 마음속으로는 신랑감으로 정해 놓고 있었다 해도 그녀도 때로 에두아르트를 얼마나 괴롭혔던지, 에두아르트가 여행을 가거나, 멀리 떠나거나, 그녀에게서 벗어난다든가 하는 그 불행한 결심을 하게 만들기도 했으니까요. 거기에 대해서는 제가 증인이에요."

에두아르트는 남작부인이 옹호해준 것에 고개를 끄덕이며 감사하는 것 같았다.

"그리고 또 하나는" 그녀가 말을 계속했다. "샤를로테를 용서하기 위해서 덧붙여야겠어요. 그 시절 샤를로테에게 구혼했던 그 남자는 이미 오래전부터 그녀에 대한 남다른 애정을 드러내고 있었고, 그 사람을 자세히 알아보면 기대 이상으로 훨씬 너 사랑스러운 분이었답니다."

"어허, 이 사람!" 백작이 다소 열을 내며 대답했다. "당신이 그 사람에게 완전히 무관심하지는 않았다는 것, 그리고 샤를로테가 가장 많이 두려워했던 사람은 바로 당신이었다는 사실은 당신도 인정해야 해. 나는 여성들이 어떤 남성에게 그토록 오래 매달리는 것, 심지어 어떤 종류의 이별에도 방해받거나 중단하지 않는 것이야말로 참으로 훌륭한 여성적 미덕이라고 생각해요."

"그런 좋은 특성이라면 아마 남자들이 더 많이 가지고 있을걸요?" 남작부인이 대답했다. "사랑하는 백작님, 적어도 제가 관찰해온 바로는 당신에게 가장 많은 영향력을 행사하는 사람은 바로 당신이 예전에 좋아했던 여성이더군요. 당신이 그 여성을 옹호하기 위해 기울이는 노력은 당신의 현재 여자친구가 요구할 수 있는 것 이상이었죠."

"그런 비난이라면 감수해야 할 것 같군." 백작이 대답했다. "하지만 샤를로테의 첫 남편에 관한 한, 그 사람은 정말 견딜 수가 없었어. 이 아름다운 커플을 갈라놓은 사람이니까. 이 커플은 그야말로 진정한 천생연분이어서 일단 합쳐지면 5년을 두려워할 필요도 없고, 두 번째, 심지어 세 번째 결합 같은 것도 신경 쓸 필요가 없었는데 말이야."

"저희는요" 샤를로테가 말했다. "우리가 그때 놓쳤던 것을 이제라도 다시 만회할 생각이랍니다."

"그렇게 하셔야죠. 당신들의 첫 번째 결혼들은" 그는 다소 격한 어조로 말을 계속했다. "사실 내가 싫어하는 형태의 결혼이었어요. 유감스럽게도 결혼이라는 것은 전반적으로 — 제가 좀 더 격한 표현을 쓰더라도 용서하시길 — 뭔가 미련한 짓입니다. 가장 부드러운 관계들도 망쳐 놓거든요. 결혼이라는 것에 어떤 의미가 있다면 어설픈 안전성이라는 것뿐입니다. 적어도 한쪽한테는 그런 것이 어떤 의미가 있을 수도 있겠죠. 그래봐야 뻔한 겁니다. 그렇게 맺어져 있어도 결국은 각자 자기 길을 가게 되어 있으니까 말예요."

정말 이 대화를 중단시키고 싶었던 샤를로테는 이 순간에 대담한 화술을 사용했다. 그것은 성공했다. 대화는 좀 더 일반적인 것으로 바뀌었고, 두 부부와 대위도 대화에 참여할 수 있었다. 심지어 오틸리에에게도 자신의 의사를 말할 기회가 주어졌다. 사람들은 몹시 흐뭇한 분위기에서 디저트를 즐겼다. 여기서 가장 중요한 몫을 담당한 것은 잘 장식된 과일바구니에 풍성하게 담긴 과일과 다채롭고 화려한 그릇에 예쁘게 담긴 많은 꽃들이었다.

새로 조성되는 공원부지도 화제에 올라서, 일행은 식사를 마치고 곧바로 이 부지를 방문했다. 오틸리에는 집안일이 있다는 구실로 뒤에 남았다. 사실은 그 자리에 앉아서 청서를 했던 것이다. 백작에게는 대위가 말벗이 돼주었다. 나중에는 샤를로테도 가세했다. 그들이 위쪽에 다다른 후, 대위가 설계도를 가져오기 위해서 먼저 서두르며 다시 내려가자, 백작이 샤를로테에게 말했다. "저 남자는 아주 제 마음에 드는군요. 대단히 훌륭하고 전체적으로 바라보는 지식을 갖췄어요. 또 그의 활동도 매우 진지하고 수미일관해요.

그가 여기서 해내는 일을 상류사회에서 해낸다면 대단히 중요한 의미를 지니게 될 겁니다."

샤를로테는 대위의 칭찬을 들으며 속으로 아주 기뻐했다. 그래도 그녀는 흥분을 가라앉히고는 차분하고 분명한 어조로 이야기했다. 그러나 백작이 다음과 같이 말을 계속했을 때 그녀는 얼마나 놀랐던가. "참으로 적절한 시기에 대위를 알게 되었군요. 나는 이 사람이 완벽하게 적응할 수 있을 만한 자리를 하나 알고 있거든요. 내가 이 사람을 추천하면 이 사람을 행복하게 해줄 뿐 아니라 나도 지위 높은 한 친구와 아주 좋은 관계를 맺을 수가 있답니다."

이 말은 샤를로테에게 마른하늘에 날벼락 같았다. 백작은 아무런 눈치도 채지 못했다. 여성들은 항상 자제하는 습관이 있어서 아무리 비상한 경우에도 겉으로 보기에는 여전히 침착함을 유지하기 때문이다. 그러나 백작이 다음과 같은 말을 했을 때 그녀는 더 이상 그의 말을 듣고 있지 않았다. "나는 어느 정도 확신만 서면 일을 빨리 진행시키는 편입니다. 편지내용도 이미 머릿속에 다 작성되었으니, 이제는 어서 빨리 그것을 지면에 써내려가야겠어요. 말을 탈 줄 아는 배달부나 한 명 구해 주시면 오늘 저녁에라도 편지를 보낼 수 있을 겁니다."

샤를로테는 마음이 찢어지는 것 같았다. 백작의 제안뿐 아니라 자신의 반응에 대해서도 스스로 너무 놀라 한 마디도 꺼낼 수가 없었다. 다행히 백작은 대위를 위해 추천서를 써주겠다는 자신의 계획을 계속 이야기하고 있었다. 그것이 대위에게 유리한 기회라는 것은 샤를로테에게도 너무나 분명했다. 그때 마침 대위가 올라와서 백작 앞에 두루마리를 펼쳐 놓았다. 그러나 그녀에게는 앞으로 못 보게 될 이 친구가 얼마나 달리 보이던지! 그녀는 간신히 인사만 하고는 몸을 돌렸고, 아래에 있는 이끼정자로 황급히 내려갔다. 그 길을 반도 채 못 가서 눈물이 왈칵 쏟아졌다.

이제는 그 작은 거처에 있는 좁은 방에 엎드렸고, 예전에는 잠시도, 아니 추호도 예감하지 못했던 고통과 열정과 절망에 완전히 몸을 내맡겼다.

한편에서는 에두아르트가 남작부인과 연못 쪽으로 내려가고 있었다. 이 영리한 여성은 무슨 일이든 알고 싶어하는 성미라, 대화를 유도하며 이모저모를 캐묻다가 곧 에두아르트가 오틸리에의 칭찬에 지나치게 몰두하는 것을 간파했다. 그리고 자연스러운 방식으로 서서히 에두아르트를 부추겨 이야기를 털어놓게 했고, 마침내 여기에는 열정이 다가오고 있는 정도가 아니라 이미 당도했다는 것도 의심의 여지가 없음을 확인했던 것이다.

결혼한 여성들은 서로 호감은 없더라도 암묵적으로 동맹을 맺는다. 특히 상대가 처녀인 경우에 그렇다. 세상일을 잘 아는 그녀 생각에는 그런 연정이 어떤 식으로 전개될 것인지 너무 분명했다. 게다가 그녀는 샤를로테와 이미 오늘 아침에 오틸리에에 대해 이야기를 나누었고, 특히 오틸리에처럼 과묵한 아이는 시골에 머무는 것이 좋지 않아서 차라리 도시에 있는 어떤 친구에게 보내는 것이 좋겠다는 제안까지 한 바 있었다. 이 친구는 외동딸 교육에 아주 많은 신경을 쓰고 있으며 딸을 위해 착한 놀이동무를 찾고 있으니 오틸리에가 가게 되면 둘째 아이 위치를 차지하게 될 것이며, 모든 이로움을 함께 누리게 되리라는 것이었다. 샤를로테도 거기에 대해 생각해 보겠다고 했다.

그러나 지금은 에두아르트의 마음속을 들여다본 상태여서 그 제안은 이제 전적으로 확고한 계획으로 변했고, 남작부인의 머릿속에서 이러한 계획이 신속히 진행되면 될수록 그만큼 더 겉으로는 에두아르트가 원하는 대로 비위를 맞춰 주었다. 왜냐하면 이 여성은 그 누구보다도 자신을 잘 억제할 수 있었기 때문이다. 이처럼 특별한 경우에 자신을 억제하다 보면 심지어 평범한 경우도 위선적으로 다루는 데 익숙해지며, 이런 식으로 자신을 스스로 통제하다 보면 이러한 통제력을 다른 사람에게도 행사하고 싶어지기 마련인 것이다. 외면적으로 뭔가를 얻어 자신 내부의 부족한 면을 상쇄하려는 것이다.

대개 이러한 마음에는 다른 사람이 어두운 욕망으로, 또는 의식하지 못해서 덫에 빠져드는 것을 보며 은근히 고소해하는 심보가 뒤따르기 마련이다. 그리하여 현재 이루어진 일뿐만 아니라, 미래에 누군가가 갑자기 낭패하게 될 사태도 미리 기쁜 마음으로 고대하게 되는 것이다. 이 남작부인은 자신의 장원에서 벌어지는 포도수확행사에 샤를로테와 함께 에두아르트를 초대했는데 에두아르트가 오틸리에를 데려가도 되는지 물어보자 그가 임의로 자신에게 유리한 해석을 할 수 있게 대답할 정도로 심술궂었다.

에두아르트는 벌써부터 황홀해하며 그 아름다운 지역과 거대한 강, 구릉과 바위와 포도를 재배하는 언덕, 낡은 성들, 뱃놀이, 포도를 수확하고 즙을 짤 때의 환호 등을 이야기했고, 그러면서도 생각이 순진한 사람이라, 그러한 장면이 오틸리에의 풋풋한 정서에 끼칠 영향에 대해서도 벌써부터 노골적으로 기뻐했다. 이러한 순간에 오틸리에가 오는 것이 보였다. 남작부인은 얼른 에두아르트에게 지금 계획하고 있는 가을여행에 대해서는 오틸리에에게 아무 말도 하지 말라고 했다. 너무 일찍부터 기대하는 일은 제대로 안 되기에 십상이라는 것이 그 이유였다. 에두아르트는 그러마 하고 약속했다. 그녀에게 자기와 함께 오틸리에에게 빨리 가보자고 하다가, 마침내는 자기가 그녀에게로, 그 사랑스러운 아이에게로, 몇 발자국 앞서서 서둘러 갔다. 그의 온 모습에서 마음으로 우러나오는 기쁨이 표현되고 있었다. 그는 그녀의 손에 입을 맞추고는, 오는 길에 꺾었던 들꽃 한 다발을 그 손에 쥐여 주었다. 이를 본 남작부인은 마음속으로 거의 분노에 가까운 감정을 느꼈다. 이 정도의 애정표현을 놓고 벌 받을 일이라고까지 할 수는 없었지만, 이처럼 사랑스럽고 기분좋은 광경을 저 별 볼일 없는 풋내기 처녀에게 허용한다는 것은 도저히 있을 수 없는 일이었기 때문이다.

사람들이 저녁을 먹으려고 다시 자리에 앉았을 때는 완전히 다른 분위기가 지배하고 있었다. 이미 식사 전에 편지를 써서 배달부에게 보낸 백작은 대위와 이야기하고 있었다. 그는 이날 저녁 대위를 자기 옆에 앉혀 놓고 사려 깊고 겸손한 방식으로 이것저것 물어보며 그에 관해 알아내고 있었던 것이다. 따라서 백작의 오른쪽에 앉은 남작부인은 백작과 별로 이야기할 것이 없었고, 에두아르트하고도 마찬가지였다. 에두아르트는 처음에는 목이 말라서, 그러고 나서는 흥분되어서 포도주를 거침없이 마시더니, 오틸리에를 자기 쪽으로 끌어당겨 아주 열심히 이야기하고 있었기 때문이다. 대위의 다른 쪽 옆에는 샤를로테가 앉아 있었는데, 그녀는 내면의 동요를 숨기기가 어려웠다. 아니 거의 불가능했다.

남작부인은 사람들을 관찰할 시간이 충분히 있었다. 그녀는 샤를로테의 불편함을 감지했고, 온 신경이 에두아르트와 오틸리에의 관계에만 집중해 있다 보니 샤를로테도 남편인 에두아르트의 태도에 대해 걱정도 하고 불쾌하게 생각하는 것이라고 쉽게 단정하고는 이제 어떻게 하면 자신의 목적을 가장 잘 달성할 수 있을 것인가를 생각했다.

식사 후에도 모임은 화기애애하지 못했다. 대위의 됨됨이를 철저히 알아볼 생각이었던 백작은 침착하고 허영 부리는 법도 없고 대단히 과묵하기까지 한 이 남자가 원하는 것이 무엇인지를 알아내기 위해 오만 가지 화법을 구사하고 있었다. 이들이 홀의 한쪽에서 왔다 갔다 하는 동안 에두아르트도 포도주로 흥분되고 희망에 들뜬 채 오틸리에와 함께 창가에 서서 농담하고 있었지만, 샤를로테와 남작부인은 말없이 홀의 다른 쪽에서 이리저리 나란히 거닐고 있었다. 그들의 말없는 서성거림은 결국 다른 사람도 서먹하게 했다. 여자들은 그들이 머무는 날개부분으로, 남자들은 다른 쪽 날개부분으로 물러갔으며, 이날은 그렇게 끝나는 것 같았다.

제 11 장

에두아르트는 백작을 그의 방까지 바래다주고 대화를 나누다가 시간 가는 줄도 모르고 그곳에 머물러 있었다. 백작은 옛 시절에 정신이 팔려 있었다. 샤를로테의 아름다움을 생생하게 기억했고, 그 방면의 대가답게 대단한 열성으로 이야기를 전개했다. “아름다운 발이야말로 자연이 내린 위대한 선물이지. 이러한 우아함은 시드는 법이 없어. 오늘도 그녀가 걷는 모습을 관찰했지. 여전히 그녀의 신발에 입을 맞추고 싶고, 다소 야만적이기는 하지만, 심오하게 느껴지는 사르마트 족[1]의 풍습을 따라하고 싶을 정도였어. 그들은 사랑하고 존경하는 사람의 신발로 술을 마시면서 그의 건강을 축원하는 것이야말로 그에 대한 경외감을 가장 잘 표현하는 방식이라고 생각하거든.”

허물없는 이 두 남자들의 찬양을 받고 있는 것은 비단 그녀의 발꿈치만이 아니었다. 그들은 그녀의 사람됨에 대한 이야기로 시작해서 옛날 이야기들과 모험으로 거슬러 올라갔고, 이 두 연인이 함께 있는 것을 방해했던 장애물에 대해서, 그리고 이 두 사람이 오로지 서로에게 사랑한다는 말을 하기 위해 얼마나 많은 노력을

1 선사시대에 러시아 남부의 스텝지역이던 사르마티아에 살았던 이란계의 유목민족. 괴테는 차하리아스 베르너(Zaharias Werner)가 1806년에 발표한 희곡 《동해의 십자가(Das Kreuz an der Ostsee)》를 읽고 이들의 풍습을 알게 되었다고 한다.

하고 얼마나 많은 인위적인 수단을 생각해 냈던가에 대해서 이야기하기에 이르렀다.

"자네 기억하나?" 백작이 말을 계속했다. "우리의 높으신 분들이 그녀의 숙부님이 있는 넓은 성에 모였을 때 내가 자네를 정말 친구처럼 사심 없이 도우려고 어떤 모험을 했었는지 말이야. 그때 낮 시간은 성대한 행사 분위기에다 엄숙한 차림으로 지나갔어. 그러니 적어도 밤 시간의 일부라도 자유롭고 사랑스러운 대화를 하면서 보낼 수 있어야 한다고 생각했지."

"그래서 백작님께서는 그 성에서 어성들이 머무는 거처로 통하는 뒷문을 유심히 눈여겨 봐두셨지요." 에두아르트가 말했다. "덕택에 우리는 제 애인이 있는 곳으로 갈 수 있었고요."

"그녀는" 백작이 대답했다. "자신을 만족시키기보다는 체면을 차리는 데 더 신경 썼어. 그래서 아주 못생긴 감시자를 옆에 두고 있었지. 그러니 자네들은 서로 시선을 맞추고 이야기하면서 아주 즐겁게 있는 동안 내게 주어진 몫은 전혀 마음에 들지 않았지."

"저는 어제" 에두아르트가 대답했다. "백작님께서 이곳에 오신다는 기별을 보내셨을 때, 집사람과 함께 그 사건을 회상했습니다. 특히 우리가 그 궁성에서 빠져나올 때 이야기 말입니다. 그때 길을 놓쳐 헤매다가 위병들이 대기하는 곳으로 들어서게 되었죠. 거기서부터는 잘 아는 길이라서 이 초소도 다른 초소처럼 아무런 걱정 없이 쉽게 지나갈 수 있을 거라고 믿었죠. 하지만 문을 열어 보고 얼마나 놀랐던지요. 길에는 매트가 깔려 있고, 매트 위에는 거인들이 여러 줄로 나뉘어 드러누워 자고 있었으니까요. 유일하게 깨어 있던 보초가 놀라서 우리를 쳐다보았죠. 하지만 우리는 젊은이다운 용기와 오만함을 과시하며 죽 늘어선 커다란 장화들 위를 아주 태연하게 넘어갔어요. 코를 골며 자는 그 거인들 중에 한 명도 깨어나지 않았지요."

"나는 그때 차라리 장화에 걸려 넘어지기라도 했으면 하고 바랐던 것 같아." 백작이 말했다. "소음이 일어나기를 바랐던 거지. 그랬더라면 병사들이 잠에서 깨어나는 장면이 얼마나 대단했겠나!"

이 순간에 성의 시계가 열두 시를 쳤다.

"자정이군." 백작이 웃으며 말했다. "적당한 시간이야. 친애하는 남작, 부탁 하나 들어주시게. 내가 그 당시 자네를 안내했던 것처럼 오늘은 자네가 나를 안내해 주면 좋겠어. 남작부인에게 찾아간다고 약속을 했거든. 하루 종일 조금도 둘만 이야기할 시간이 없었다고. 그만큼 서로를 보지 못했지. 그러니 우리가 서로 터놓고 이야기할 시간을 갖고 싶어하는 게 그야말로 자연스러운 일 아닌가. 그리로 가는 길을 내게 가르쳐주면 오는 길은 내가 찾을 수 있어. 그리고 어떤 경우든 장화에 걸려 넘어지는 일은 없을 테고."

"집주인으로서 손님을 위한 호의는 얼마든지 보여드릴 용의가 있습니다." 에두아르트가 대답했다. "다만 저 건너편 날개부분에는 세 여성이 함께 거주한다는 것이 마음에 걸리는군요. 혹시 그들이 지금 같이 있을지도 모르고, 어쩌면 우리가 어떤 소란이라도 일으켜서 굉장한 주목이라도 받게 될지도 모르잖습니까."

"그런 걱정은 필요 없어!" 백작이 말했다. "남작부인은 나를 기다리고 있거든. 지금쯤이면 자기 방에 혼자 있을 것이 확실해."

"그렇다면 일은 쉽지요." 에두아르트가 대답했다. 그리고 등잔을 가져와서 백작 앞쪽을 비춰 주면서 계단을 내려갔다. 계단은 긴 복도로 통하는 것이었다. 복도 끝에 다다르자 에두아르트가 작은 문을 열었다. 그들은 나선형 계단을 올라갔다. 위쪽에 조그마한 공간이 있었고 여기서 에두아르트는 백작의 손에 등불을 쥐여 주고는 오른쪽에 벽면의 벽지와 똑같은 벽지가 발라져서 눈에 띄지 않는 비밀 문 하나를 가리켰다. 이 문은 손잡이를 돌리자마자 바로 열리면서 백작은 안으로 받아들이고 에두아르트는 어두운 공간에 남겨 놓았다.

왼쪽에 있는 또 다른 문은 샤를로테의 침실로 통했다. 에두아르트는 안에서 들려오는 말소리에 귀를 기울였다. 샤를로테가 시중드는 소녀에게 말하고 있었다. "오틸리에는 벌써 잠자리에 들었니?" – "아니요." 소녀가 대답했다. "아직도 아랫방에 앉아서 글씨를 베끼고 있어요." – "그렇다면 침실의 등잔을 켜놓고 어서 그쪽으로 가봐라. 시간이 늦었어. 촛불은 내가 자기 전에 직접 끄도록 하마." 샤를로테가 말했다.

에두아르트는 오틸리에가 아직도 필사하고 있다는 이야기를 듣자 기분이 황홀했다. '그녀는 나를 위해 일하고 있는 거야!' 그는 의기양양하게 생각했다. 어둠 때문에 완전히 자신의 내면에 갇힌 그의 눈앞에 그녀가 앉아서 필사하는 모습이 떠올랐다. 그는 자신이 그녀에게로 다가가고 그녀가 그를 향해 몸을 돌리는 모습을 보는 듯했다. 다시 한번 그녀 가까이 가고 싶은 억제할 수 없는 욕망을 느꼈다. 그러나 이곳에서는 그녀가 지내고 있는 중간층으로 갈 수 있는 길이 없었다. 그런데 이제 그는 자신이 아내의 방문 바로 앞에 서있다는 것을 의식했고, 마음속에서는 희한한 혼동이 벌어졌다. 그는 문의 손잡이를 돌려 문을 열려고 했다. 문은 잠겨 있었다. 그가 문을 가만히 두드렸다. 그러나 샤를로테는 그 소리를 듣지 못했다.

그녀는 좀 더 큰 옆방에서 서성이고 있었다. 백작이 예기치 않은 제안을 한 뒤로 이런저런 생각에 잠겨야 했던 그 일에 대해 지금도 되풀이하며 생각하고 있었다. 그녀는 대위가 자기 앞에 서있는 것 같았다. 그의 존재는 아직도 이 집을 채우고 있었고, 여전히 산책길에 활기를 불어넣고 있었다. 그런데 이제 그가 떠나야 하는 것이다. 이제는 모든 것이 공허해져야 하는 것이다! 그녀는 이럴 때 사람들이 할 법한 모든 말을 자신에게 해보았다. 심지어 그런 고통도 시간이 지나면 약해진다는, 사람들이 흔히 해주는 그 알량한 위로도 큰 소리로 해보았다. 그녀에게는 이 고통이 가라앉기까지 필요할 그 시간이 저주스러웠다. 고통이 가라앉고 난 후에 죽은 거나 다름없이 살아갈 그 시간도 저주스러웠다.

이럴 때는 결국 눈물로 도피하는 것이 훨씬 바람직했다. 진에는 이런 경우가 드물었던 만큼 더욱 그랬다. 그녀는 소파 위에 엎드려 고통에 완전히 몸을 내맡겼다. 에두아르트도 여전히 문 앞을 떠나지 못하고 있었다. 그는 다시 한번 문을 두드렸다. 그리고 세 번째는 좀 더 세게 두드렸으므로, 샤를로테는 밤의 적막을 뚫고 들려오는 그 소리를 분명히 듣고는 소스라치게 놀라 일어났다. 그녀에게 맨 먼저 떠오른 생각은 저 소리가 대위일 수도 있다는, 아니 대위임이 틀림없다는 것이었다. 그다음에 떠오른 생각은 그것은 불가능하다는 것이었다. 잘못 들은 것으로 생각했다. 하지만 그녀는 그 소리를 들었고, 그런 것이기를 바랐다. 그러면서도 그 소리를 정말로 들었으면 어쩌나 두려웠다. 그녀는 침실로 들어가서 빗장이 걸려 있는 비밀 문 쪽으로 조용히 다가갔다. 이렇듯 두려워하고 있는 자신을 책망하기도 했다. '백작부인이 뭔가가 필요해서 온 건지도 모르잖아!' 하고 혼잣말을 하며 정신을 가다듬고는 침착하게 물었다.

"거기 누구시죠?"

"나야." 어떤 나지막한 소리가 대답했다.

"누구라고요?" 그 목소리를 분간할 수 없었던 샤를로테가 다시 물었다. 그녀가 느끼기에 문 앞에 서있는 건 대위의 모습이었다. 그녀를 향해 좀 더 큰 목소리가 들려왔다.

"에두아르트!"

그녀가 문을 열었고, 앞에 서있는 건 남편이었다. 그는 농담조로 그녀에게 인사를 했다. 그녀도 같은 어조로 대답할 수 있었다. 그는 이 수수께끼 같은 방문을 수수께끼 같은 설명으로 감쌌다.

"하지만 내가 정말로 왜 왔는지" 그는 드디어 말했다. "고백하지 않을 수가 없군. 나는 오늘 밤 안으로 당신의 신발에 입을 맞추겠다는 맹세를 했기 때문이야."

"그런 생각은 안 하게 된 지 이미 오래 아닌가." 샤를로테가 말했다.

"그렇다면 사태는 그만큼 심각하군." 에두아르트가 대답했다. "그럴수록 더 잘된 것이기도 하고!"

그녀는 가벼운 나이트가운만 입은 모습이 남편의 시선에 띄지 않도록 안락의자에 앉아 있었다. 그가 그녀 앞에 무릎을 꿇었기 때문에 그녀로서는 그가 자신의 신발에 입을 맞추는 것을 막을 수도 없었다. 그리고 그가 그녀의 신발을 손에 쥐자 이번에는 그녀의 발을 잡아 부드럽게 자기의 가슴에 갖다 대는 것도 막을 수가 없었다.

샤를로테는 천성적으로 균형 감각이 있어서 결혼 후에도 특별한 계획이나 노력 없이 연애시절의 생활방식을 지속할 줄 아는 그런 여자에 속했다. 그녀가 남편을 자극한 적은 한 번도 없었다. 사실 그의 요구에 그녀가 쾌히 응한 적도 거의 없었다. 그러나 그녀는 차갑게 대하거나 엄격하게 거절하지 않으면서도 사랑을 허락하고 그것을 부끄러워하는 사랑스러운 신부 역할을 은근히 해내는 능력이 있었다. 그녀는 이날 저녁에도 그런 방식으로 이중적인 의미에서 에두아르트를 맞아들였다. 그녀는 남편이 가버리기를 얼마나 진심으로 원했던가. 허공에 나타나는 그 친구의 형상이 그녀에게 비난하고 있는 것처럼 보였기 때문이다. 그러나 에두아르트를 몰아내려고 하는 행동은 오히려 그를 더 잡아끌고 있었다. 그녀에게 어떤 감정의 동요가 분명하게 나타났다. 그녀는 울고 있었던 것이다. 그런데 연약한 사람이 울면 우아함을 잃지만, 보통 강하고 침착하다고 알려진 사람이 그러면 무한히 사랑스러워지는 법이다. 에두아르트의 태도도 한없이 사랑스럽고, 친절하고, 절절했다. 그는 그녀 옆에 있게 해달라고 빌었지만 강요하지는 않았다. 때로는 진지하고 때로는 장난스럽게 그녀를 설득하려고 했다. 그는 자기에게 그럴 권리가 있다고는 생각지 않았다. 그래도 결국은 오기를 부리며 촛불을 꺼버렸다.

램프 빛이 희미하게 비추는 가운데 속마음에 품고 있던 열정이 즉각 본색을 드러냈고, 상상력이 현실적인 것보다 우월한 위치를 점유하기 시작했다. 에두아르트는 자기의 팔로 오틸리에만을 안고 있었고, 샤를로테의 영혼 앞에는 대위가 휘휘 떠돌며 때로는 좀 더 가까이 왔다가 때로는 좀 더 멀리 떨어지곤 했다. 그렇게 하여 참으로 놀랍게도, 이 자리에 존재하는 것과 존재하지 않는 것이 서로를 자극하면서 희열에 가득 차 뒤얽히고 있었다.

그러나 현재라는 것은 그 우월한 권리를 빼앗기지 않는다. 그들은 그 밤의 일부를 온갖 이야기와 농담으로 보냈다. 이야기가 자유스러웠던 것은 유감스럽게도 마음속으로는 그것에 대해 아무 관심도 없었기 때문이다. 그러나 에두아르트가 그 다음 날 아침 아내 품에서 일어났을 때는 환한 대낮이 모든 것을 알고 있다는 듯이 집안을 들여다보고 있는 것 같았다. 그에게 태양은 어떤 범죄를 비추고 있는 것만 같았다. 그는 살금살금 나지막이 그녀 옆을 빠져나갔고, 그녀로서는 정말 희한하게도 깨어나 보니 혼자였다.

제 12 장

아침을 먹기 위해 사람들이 다시 모였을 때, 이들 각자의 거동을 주의 깊게 관찰해본 사람이라면 마음속의 생각이나 감정에서 서로 차이가 있는 것을 알 수 있었을 것이다. 백작과 남작 부인은 떨어져 있는 고통을 겪은 후 서로에게서 다시 사랑을 확인한 연인들이 그런 것처럼 명랑하고 편안한 기분으로 마주했다. 반면 샤를로테와 에두아르트는 말하자면 부끄럽고 후회하는 심정으로 대위와 오틸리에를 대했다. 왜냐하면 사랑이란 애초부터 오로지 자신만 옳다고 믿으며 다른 모든 권리는 그 앞에서 사라지게 하는 것이기 때문이다. 오틸리에는 어린아이처럼 즐거워했다. 그녀의 평소 성향을 생각하면 가히 솔직담백하다고 할 정도였다. 대위는 심각해 보였다. 백작은 대위와 대화하면서 대위가 한동안 손대지 않고 그냥 방치해온 일들을 전부 떠올리게 했던 것이다. 그래서 대위는 자기가 이곳에서 본래의 임무를 이행하지도 못하고 있고 근본적으로 볼 때 어영부영 시간만 보내고 있는 사실을 너무나 뼈저리게 느꼈던 것이다. 두 손님이 자리를 뜨자마자 다시 새 손님이 왔다. 자신에 대한 생각에서 벗어나 뭔가 정신을 쏟을 계기를 찾고 있던 샤를로테로서는 손님의 방문이 반가웠다. 오틸리에와 상대하고 싶은 욕망을 평소보다 배로 느끼고 있던 에두아르트로서는 반가운 손님들이 아니었다. 내일 아침까지 마쳐야 할 필사 작업을 아직도 다 못 끝내고 있던 오틸리에에게도 손님들은 반갑지가 않았다. 그래서 이 손님들이 오후 늦게 자리를 뜨자, 그녀도 서둘러 자기 방으로 돌아갔다.

저녁이 되었다. 손님들이 마차에 탈 때까지 배웅하느라 한동안 걸어왔던 에두아르트, 샤를로테, 대위는 연못 쪽으로 산책을 좀 더 하기로 했다. 에두아르트가 상당한 금액을 들여 먼 곳에서 주문해 놓은 나룻배가 한 척 도착해 있었다. 일행은 이 배가 움직이거나 조종하기에 편한지 시험해볼 생각이었다.

배는 가운데 있는 연못 둑에 매여 있었는데 그곳에서 멀지 않은 곳에는 오래된 떡갈나무가 두어 그루 서있었다. 이 나무들은 이미 다가올 사업계획에 포함되어 있었다. 이곳에 정박장을 설치하고 나무 아래에는 잘 갖춰진 쉼터를 마련할 계획이었다. 그렇게 되면 이 호수를 배로 건너는 사람들은 이곳을 기준으로 방향을 잡게 될 것이었다.

"저 위쪽 어디쯤에 정박장을 설치하는 것이 최선일까?" 에두아르트가 물었다. "나의 플라타너스들 옆이면 좋을 것 같은데."

"그리되면 약간 너무 오른쪽으로 치우치게 되지 않을까." 대위가 말했다. "좀 더 아래쪽에 정박한다면 성(城)에서 더 가까워질 거야. 하지만 좀 더 잘 생각해 봐야겠지."

대위는 이미 나룻배 후미에 서서 노를 잡고 있었다. 샤를로테가 배에 올라탔고, 에두아르트도 올라타서 다른 쪽 노를 잡았다. 그러나 그가 노를 밖으로 내저으려고 하는 순간, 오틸리에가 생각났다. 이렇게 배를 몰고 가다가는 늦을 거라는, 어쩌면 언제 돌아오게 될지 모른다는 생각이 들었다. 그는 주저하지 않고 내려야겠다고 결심하고는 다시 뭍으로 내렸고, 대위에게 자기가 쥐고 있던 다른 쪽 노를 건네고는 황망히 사과하면서 서둘러 집으로 갔다.

그가 집에 도착해서 들은 이야기는 오틸리에가 방에 틀어박혀 청서 중이라는 것이었다. 그녀가 자신을 위해 어떤 일을 하고 있다는 생각에 기분이 좋아지면서도 지금은 그녀를 볼 수 없다는 것에 신경질이 났다. 그의 초조감도 매 순간 커져 갔다. 커다란 홀 안을 왔다 갔다 하며 온갖 생각을 다 해보았지만, 어떤 것도 그의 관심을 붙잡을 수 없었다. 그녀가 보고 싶었다. 샤를로테가 대위와 함께 돌아오기 전에 혼자서만 말이다. 밤이 되었고 촛불이 켜졌다.

마침내 눈부시게 사랑스러운 모습으로 그녀가 들어섰다. 친구를 위해 뭔가 해냈다는 기분이 그녀의 전 존재를 드높여 주고 있었다. 그녀는 에두아르트 앞에 있는 책상 위에 원본과 필사본을 내놓았다. "대조해 볼까요?" 그녀가 웃으면서 말했다. 에두아르트는 뭐라 대답해야 할지 몰랐다. 그녀를 물끄러미 바라본 후 필사한 것을 들여다보았다. 처음 몇 장은 대단히 정성을 들여 섬세하고 여성적인 필체로 쓰여 있었고, 그다음부터는 필체가 바뀌면서 좀 더 가볍고 자유로워진 것 같았다.[1] 그러나 마지막 장들을 두 눈으로 보았을 때 그는 얼마나 놀랐던가! "세상에" 그가 소리쳤다. "이건 뭐지? 이건 내 필체잖아!" 그가 오틸리에를 자세히 바라보고 다시 그 종이들을 보니, 특히 마지막 부분은 영락없이 자신이 직접 쓴 것 같았다. 오틸리에는 아무 말도 하지 않았지만, 몹시 만족스러운 표정으로 그의 눈을 들여다보았다. 에두아르트는 두 손을 높이 들었다. "너는 나를 사랑하는구나!" 그가 소리쳤다.[2] "오틸리에, 너는 나를 사랑하고 있는 거야!" 그리고 그들은 서로 껴안았다. 누가 먼저 껴안았는지는 구별할 수 없었을 것이다.

이 순간부터 에두아르트에게 세상은 달라져 있었다. 그는 더

1 이 작품에서 자주 등장하는 필체의 모티브가 의미하는 바가 이제 분명해지고 있다. 에두아르트에 대한 오틸리에의 마음이 보다 가볍고 자유로워지고 있다는 것을 이 필체의 변화가 나타내고 있는 것이다.

2 이 구절은 친화력이라는 제목의 의미를 표현하는 상징의 극치라고 할 수 있다. 사랑을 하면 사랑하는 대상에게로 끌리는 정도가 아니라 사랑하는 대상의 본질까지도 흡수하는 것이 연인들이 느끼는 친화력의 본질이라는 것이다.

이상 지금까지의 그가 아니었으며, 세상은 더 이상 지금까지의 세상이 아니었다. 그들은 서로 마주보고 섰다. 그가 그녀의 손을 잡았다. 그들은 서로의 눈을 들여다보았다. 그리고 포옹하려는 찰나였다.

샤를로테가 대위와 함께 들어왔다. 그들이 조금 너무 오래 바깥에 있다가 와서 미안하다고 하자 에두아르트는 속으로 웃었다. '너무 빨리 온 거지!' 하고 속으로 말하고 있었던 것이다.

그들은 저녁을 먹기 위해 모여 앉았다. 오늘의 방문객들에 대한 품평이 시작되었다. 사랑에 흥분되어 있던 에두아르트는 누구에 대해서건 좋게 말했고, 항상 옹호하고 때로는 칭찬까지 하는 어투로 말했다. 전적으로 생각이 달랐던 샤를로테는 이러한 분위기를 금방 눈치채고는, 평소 같으면 손님들이 돌아간 후에 가장 심하게 말하던 사람이 오늘은 어쩐 일로 그렇게도 부드럽고 많은 것을 배려하느냐고 놀려댔다.

에두아르트는 열정적이고 가슴속에서 우러나오는 확신으로 외쳤다. "어떤 사람을 철저히 사랑하게 되면, 다른 모든 사람도 사랑스러워 보여!" 오틸리에는 눈을 내리깔았고 샤를로테는 자기 앞만 바라보았다.

대위가 에두아르트의 말에 응대했다. "존경이나 숭배 같은 감정도 그와 비슷하지. 어떤 대상에 대해서 존경하거나 숭배하는 법을 배우고 난 후에야 비로소 이 세상의 귀중한 것들까지 알아보게 되는 법이니까."

샤를로테는 곧 그녀의 침실에 가려고 했다. 이날 저녁 그녀와 대위 사이에 있었던 일을 다시 회상해 보기 위해서였다.

에두아르트가 물가에 뛰어내려 나룻배를 뭍에서 밀어내면서, 자기 부인과 친구를 흔들거리는 파도에 온전히 내맡기자, 샤를로테는 이제부터 이 남자를 바라보기 시작했다. 자기에게 남모르는 고통을 겪게 한 이 사람이 이제 어스름 속에 자리를 잡고 앉아 두 노를 저으며 마음 가는 대로 아무 방향으로나 배를 움직여 가는 모습을 말이다. 그녀는 깊고도 낯선 슬픔을 느꼈다. 나룻배가 원을 그리는 모습, 노가 철썩이는 소리, 거울 같은 수면 위를 미끄러지듯 지나가며 속삭이는 바람, 살랑거리는 갈대, 새들의 마지막 날갯짓, 반짝거리며 빛을 반사하는 초저녁 별들. 모든 것이 고요했고, 모든 것이 유령 같은 분위기를 띠고 있었다. 그녀에게는 그가 마치 자신을 어딘가에 내려놓기 위해, 어딘가에 그녀 혼자만을 남겨놓기 위해, 먼 곳으로 데리고 가는 것 같았다. 그녀의 마음이 거칠게 동요했다. 그렇다고 울 수도 없었다.

그러는 동안 대위는 그녀에게 자신의 계획대로라면 새로운 공원 부지가 어떤 식으로 모습을 갖추게 될 것인가에 대해서 설명하고 있었다. 이 나룻배는 한 사람이 두 개의 노를 저으면서 조종하기 쉽게 되어 있다는 점에서 품질이 우수한 것이라고 칭찬도 했다. 그리고 그녀 자신도 직접 배우게 되겠지만, 가끔은 혼자 물 위를 이리저리 떠돌며 스스로의 항해자이자 조종사가 되어 보는 것은 기분 좋은 일이라고도 했다.

샤를로테는 이런 말을 들으니 앞으로 다가올 이별이 떠올라 가슴이 미어졌다. '저 남자가 의도적으로 저렇게 말하는 것일까?' 그녀는 속으로 생각했다. '이미 그 일에 대해서 저 사람도 알고 있는 걸까? 추측일까? 아니면 그가 우연히 저 말을 해서 자기도 모르게 내 운명을 예언하고 있는 걸까?' 격한 고뇌, 초조감이 그녀에게 엄습했다. 그녀는 그에게 되도록 빨리 뭍에 내려 성으로 돌아가자고 했다.

그 호수에서 배를 타는 것이 대위로서는 처음이었고, 그 호수의 깊이를 전반적으로 조사한 적은 있었을지 몰라도, 개개의 위치에 대해서는 아는 바가 없었다. 날이 어두워지기 시작했다. 그는 짐작건

대 배에서 내리기도 좋고 인도도 너무 멀리 떨어져 있지 않을 만한 곳으로 배를 몰아 나갔다. 그러나 이 항로에서도 조금 벗어나게 되자 샤를로테는 일종의 두려움을 느끼며 빨리 뭍에 내렸으면 좋겠다고 재차 말했다. 그는 다시 힘들여 물가 쪽으로 다가갔지만 유감스럽게도 물가에서 어느 정도 떨어진 곳에 배를 세운 느낌이었다. 그는 노를 저었으나 같은 장소에서 벗어나지 못했고, 그곳에서 벗어나려는 그의 노력도 허사로 끝났다. 이제 어쩐다? 그로서 할 수 있는 일이라곤 이 여자친구를 안아서 뭍으로 옮길 수 있을 만큼 충분히 물이 얕은 쪽으로 노를 젓는 일이었다. 다행히도 배는 이 사랑스러운 짐을 옮겨 나를 수 있는 위치에 도달했다. 그는 그녀를 옮기다가 비틀거리는 일은 없을 만큼, 그녀에게 다소 걱정을 끼치지 않아도 될 만큼은 힘이 셌다. 그런데도 그녀는 겁을 먹고 그의 목에 바짝 매달렸다. 그는 그녀를 꽉 붙잡아 안았다. 어떤 잔디밭 등성이에 이르러서야 그는 그녀를 내려놓았다. 감정의 동요나 혼란이 없었던 것은 아니다. 그녀는 아직도 그의 목에 매달려 있었다. 그는 다시 그녀를 껴안고는 그 입술에 격렬한 키스를 퍼부었다. 그러나 그다음 순간에는 그녀 앞에 엎드린 채 그녀의 손에 입술을 누르며 이렇게 외치고 있었다. "샤를로테, 용서해 주시겠습니까?"

그 친구가 먼저 감행했고 그녀도 거의 되돌려줄 뻔했던 그 키스는 샤를로테를 다시 정신 차리게 했다. 그녀는 그의 손을 꼭 잡았다. 그러나 그를 일으키지는 않았다. 그렇지만 몸은 그에게로 굽히고 한 손을 그의 어깨에 얹으며 외쳤다. "이 순간이 우리 삶의 방향을 새롭게 바꾸더라도 어쩔 수 없겠지요. 하지만 그것이 그만한 가치가 있는 일인가 하는 것은 우리 자신에게 달렸어요. 사랑하는 대위님, 당신은 작별을 결심해야 하고, 또 결심하게 될 거예요. 백작님이 당신의 운명을 위해 좋은 조처를 하고 계시거든요. 그것이 나를 기쁘게도 하고 고통스럽게도 하는군요. 나는 그 일이 어느 정도 확실해지기 전까지는 이야기하지 않으려고 했어요. 하지만 이렇게 돼버려서 그 비밀을 말하지 않을 수가 없네요. 우리가 우리 상황을 바꿔 보려는 용기를 갖는 한, 나는 당신과 나 자신을 용서할 수 있어요. 우리 마음을 바꾸는 것은 우리가 할 수 있는 일이 아니기 때문에도 그렇고요." 그녀는 그를 일으키면서 그의 팔을 붙잡았다. 그녀가 그의 팔에 기댄 모습으로 그들은 아무 말 없이 성으로 돌아왔던 것이다.

그러나 이제 그녀가 있는 곳은 그녀의 침실, 즉 에두아르트의 아내로서 느끼고 관찰해야만 하는 곳이었다. 이러한 모순된 상황에서 그녀에게는 그동안 살아오며 여러모로 단련된 부지런한 성격이 도움이 되었다. 그녀는 항상 자신을 의식하며 자제력을 발휘하는 습관이 들어 있어서, 진지하게 생각하며 마음의 평정을 다시 잡아 나가기도 어렵지는 않았다. 사실 그녀는 간밤의 기이한 방문을 생각하면 심지어 웃지 않을 수 없었다. 그러나 곧 기쁨과 두려움이 교차하는 희한한 예감이 그녀를 사로잡았고, 이 예감은 경건한 소망과 희망으로 이어졌다.[3] 감동에 사로잡힌 그녀는 무릎을 꿇고 제단 앞에서 에두아르트에게 했던 맹세를 반복했다. 우정, 호감, 절제의 기억이 흐뭇하게 눈앞을 스쳐 지나갔다. 그녀는 자신의 내면이 다시 회복된 듯했다. 곧이어 그녀는 달콤한 피곤을 느끼며 평온하게 잠들었다.

3 샤를로테의 임신을 암시하는 구절.

제 13 장

에두아르트도 나름대로 평소와는 아주 다른 분위기에 젖어 있다.[1] 자고 싶은 생각도 별로 없고, 옷을 벗을 생각도 거의 나지 않는다. 그는 서류의 필사본에, 아이처럼 수줍어하는 오틸리에의 필체가 시작되는 부분에 수천 번이나 입을 맞춘다. 끝 부분에 입을 맞춘다는 것은 그로서는 감히 생각할 수가 없다. 자신의 필체를 보는 것만 같아서다. '아, 이것이 다른 서류라면!' 그는 혼자 속으로 말한다. 그렇지만 그에게는 이미 그 정도만으로도 자신의 가장 큰 소원이 이루어졌다는 가장 아름다운 보증이 된다. 그것이 바로 그의 손에 있지 않은가! 설령 그것이 제삼자의 서명으로 조금 달라지더라도 그는 그것을 계속 자기 가슴에 꼭 누르고 있게 되지 않겠는가?

기우는 달이 숲 위로 솟아오른다. 따뜻한 밤이 에두아르트를 야외로 유혹한다. 그는 정처 없이 이리저리 헤맨다. 그는 모든

[1] 흔히 '역사적 현재'라는 개념으로 알려진 화법. 소설의 문장은 기본적으로 과거시제로 되어 있는데, 주인공들의 감정이나 상황이 긴박하게 움직이는 부분에서는 현재시제를 사용함으로써 '현재적 느낌'을 살려내는 것이다. 이 작품에서 역사적 현재가 도입되는 부분에서는 주인공의 감정이 극도로 고조되거나, 사건이 클라이맥스에 도달하거나, 새로운 반전이 시작되는 경우가 많다. 동사가 주어 다음으로 나오는 독일어에서는 이러한 '현재시제'의 역할이 제대로 독자에게 전달되지만, 동사가 문장 끝에 위치하는 한국어의 경우에는 이러한 느낌이 바로 들어오지 않는다. 이 책에서는 되도록 현재시제를 현재형으로 서술했고 일부 어색한 부분만 과거형으로 서술했다.

필멸의 존재 중에서 가장 불안하고 가장 행복한 사람이다. 그는 정원을 헤매고 다닌다. 정원은 그에게 너무 좁다. 그는 서둘러 들판으로 나간다. 들판은 그에게 너무 넓은 것이 된다. 그래서 다시 성으로 돌아간다. 그는 오틸리에의 창문 아래 섰다. 그곳에서 어떤 테라스의 계단 위에 앉는다. 그는 혼잣말을 한다. '담장과 빗장들이 지금 우리를 갈라놓는군. 하지만 우리 마음은 떨어져 있지 않아. 그녀가 내 앞에 있다면 내 품에 안길 것이고 나는 그녀 품에 안길 것이다. 이러한 확실함 이상으로 뭐가 더 필요하단 말인가!' 그의 주변에는 모든 것이 고요했다. 바람 한 점 일지 않았다. 낮과 밤의 차이를 모르는 땅속의 부지런한 동물들이 흙을 휘저으며 일하는 소리도 들을 수 있을 만큼 고요했다. 그는 자신의 행복한 꿈에 완전히 빠져 있었고, 마침내 잠이 들어, 도중에 깨는 법도 없이 계속 잤다. 그리고 드디어 태양이 눈부시게 솟아올라 새벽안개를 내몰았다.

그는 자신의 영지에서 가장 먼저 깨어난 것을 알게 되었다. 그에게는 일꾼들이 너무 오랫동안 나타나지 않는 것처럼 느껴졌다. 드디어 그들이 왔다. 그런데 그들의 수가 너무 적어 보였고 그날의 계획된 일과도 그의 소원에 비하면 너무 사소해 보였다. 그는 일꾼을 더 요구했다. 사람들은 일꾼을 구해 오겠다고 약속했고 그날 중으로 그들을 찾아 데려왔다. 그러나 그에게는 자신의 계획이 빨리 완수되는 것을 보려면 이들로도 충분치가 않은 듯이 보인다. 일을 꾸리는 정도는 그에게 더 이상 어떤 기쁨도 주지 못한다. 모든 것이 이미 완성되어 있어야 하는 것이다. 하지만 누구를 위해서인가? 오틸리에가 편히 걸을 수 있도록 길을 닦아 놓아야 하고, 오틸리에가 편히 쉴 수 있도록 의자도 적재적소에 있어야 하는 것이다. 새집을 짓는 일도 그는 최대한 서둘러 추진한다. 오틸리에의 생일에 맞춰 지어져야 하기 때문이다. 에두아르트의 생각이나 행동에 더 이상 절제라는 것은 존재하지 않는다. 사랑하고 사랑받고 있다는 의식이 그를 무한으로 몰아간다. 모든 방과 모든 주위 환경이 이제는 얼마나 다르게 보이는가! 그는 더 이상 자신의 집에 있지 않다. 오틸리에의 존재가 그에게서 모든 것을 삼켜 버린다. 그는 완전히 그녀에게 빠져 있다. 어떤 다른 생각도 눈앞에 떠오르지 않는다. 어떤 양심도 그에게 말을 걸어오지 않는다. 그의 본성에 억제되어 있었던 모든 것이 터져 나와, 그의 전 존재가 오틸리에에게 흘러간다.

대위는 에두아르트가 이처럼 열정적으로 몰입하는 것을 관찰하고는 비극적인 결과를 미리 방지하려고 한다. 시설들이 지금은 에두아르트의 일방적인 충동으로 과도하게 추진되고 있지만 대위가 원래 기대했던 것은 평화롭고 서로에게 친절한, 함께 살아가는 삶을 목표로 작업하는 것이었다. 농장 매각도 그를 통해 이루어졌고, 매각대금이 처음 지불된 것도 그의 노력 덕분이었다. 이 대금은 합의된 대로 샤를로테가 부담했다. 그러나 그녀는 당장 첫째 주부터 신중하게 일을 처리하고 인내심과 질서를 평소보다 더 발휘하면서 여러 가지를 생각하지 않으면 안 되었다. 왜냐하면 이처럼 서둘러서는 선당한 금액이 충분치 않을 것 같아서였다.

시작된 일이 많아서 처리해야 할 일도 그만큼 많았다. 어떻게 대위가 이런 상태에서 샤를로테를 내버려둘 수 있겠는가! 그들은 함께 상의했다. 계획에 따른 작업일정을 다소 앞당기고, 돈을 차용하며, 농장 매각 대금 중 남은 금액은 분할해서 지불하도록 지불기한을 정해 주자는 것도 합의했다. 이것도 권리 양도를 통해 거의 손해 보는 것 없이 처리할 수 있었다. 일이 수월해졌다. 모든 것이 잘 굴러가고 있고 일꾼도 충분했으므로, 한 번에 많은 것을 해냈고, 확실하고 빠른 방법으로 목표를 향해 나아갔다. 에두아르트는 그렇게 하는 것이 자기 목표와도 들어맞았기에 기꺼이 동의했다.

그러나 샤를로테도 마음속으로는 자기 생각과 계획을 고수하고 있고, 그녀 옆에는 그녀와 생각이 같은 대위가 남자답게 그녀를 지원하고 있다. 그러나 바로 그 때문에 그들의 친밀도는 더욱더 높아만 간다. 그들은 에두아르트의 열정에 대해서 서로 설명해 주고 거기에 대해 상의도 한다. 샤를로테는 오틸리에를 가까이 끌어다가 좀 더 자세히 관찰해 본다. 그리고 자신의 속마음을 알게 되면 될수록, 그만큼 더 깊숙이 오틸리에의 마음속도 통찰하게 된다. 그녀는 이 처녀를 멀리 보내는 것 말고는 다른 해결책을 알지 못한다.

이제 그녀에게는 루치아네가 기숙학교에서 그처럼 우수한 성적을 받았다는 사실이 섭리처럼 보인다. 그 소식을 들은 대고모가 그녀를 이제 자기한테 아주 데려가서 곁에 두고 세상과 만나게 해줄 생각이기 때문이다. 오틸리에는 기숙학교로 돌아갈 수 있을 것이고, 대위도 좋은 제의를 받고 떠날 것이다. 그러면 모든 것이 몇 달 전과 똑같아질 것이다. 아니 그보다 더 나아졌다고 할 수도 있다. 샤를로테는 에두아르트와의 원래 관계를 다시 회복하고 싶었다. 그녀는 그 모든 것을 곰곰이 생각하면서 마음의 준비를 했다. 그리하여 그녀는 이제 예전에 그들만이 살던 상태로 되돌아갈 수만 있다면 억지로 깨진 관계도 다시 회복할 수 있으리라는 망상에 점점 더 빠져들었다.

그동안 에두아르트는 자기 앞길에 너무 높은 장애물이 놓여 있다고 느꼈다. 그는 사람들이 자기와 오틸리에를 떼어 놓고 있으며, 그녀와 단둘이 이야기하는 것을 어렵게 하고, 심지어 여러 사람이 있는 경우를 제외하고는 그녀에게 가까이 가는 것조차 못하게 한다는 것을 금방 알아챘다. 이 사실이 불쾌하게 느껴지자 다른 몇몇 사실도 불쾌하게 느껴졌다. 그는 오틸리에와 잠시라도 이야기할 기회만 생기면 자신의 사랑을 확언할 뿐 아니라 아내와 대위도 매도했다. 그는 자신의 격한 충동 때문에 금고가 바닥나고 있는 것도 느끼지 못했다. 그는 샤를로테와 대위가 이 작업에 관한 애초의 합의와 다르게 일을 추진하고 있다고 격렬하게 비난했다. 그러나 사실은 그 자신이 그처럼 합의를 수정하는 것에 동의했을 뿐만 아니라, 그러한 수정의 원인을 제공했고, 그렇게 하는 것이 부득이하게끔 한 당사자였다.

증오는 편파적이다. 그러나 사랑은 더 편파적이다. 오틸리에도 샤를로테와 대위에게서 어느 정도 멀어졌다. 한번은 에두아르트가 그런 상황에서 대위가 보여 주는 태도는 친구 태도치고는 완전히 솔직한 것은 아니라고 비난했는데, 이때 그녀는 별생각 없이 이렇게 대답하고 말았던 것이다. "그분은 당신께도 완전히 솔직하지 않으세요. 그래서 저는 전부터 그분이 마음에 들지 않았어요. 그분이 언젠가 샤를로테에게 이렇게 말하는 걸 들었거든요. '에두아르트가 그 엉터리 플루트 연주로 우리를 괴롭히지만 않아도 좋으련만! 그는 플루트에 아무런 소질도 없어. 청중만 귀찮게 하는 것이지.' 당신의 반주를 좋아하는 저에게 그 말이 얼마나 고통을 주었을지 당신은 아실 거예요."

그녀는 이 말을 채 끝내기도 전에 이미 그런 말은 하지 말았어야 했다고 속삭이는 양심의 소리를 들었다. 그러나 그 말은 이미 입 밖으로 나와 버린 터였다. 에두아르트의 얼굴 표정이 변했다. 이제까지 그렇게 마음 상한 적은 없었다. 그가 가장 좋아하는 재주가 공격받은 것이다. 그는 자신이 조금도 어린애처럼 잘난 체하지 않고 노력했다고 생각했다. 그를 즐겁게 하고, 기쁘게 하는 일을 친구들도 아끼는 마음으로 대해 줘야 하는 것 아니겠는가. 그는 그의 부족한 재주 때문에 귀가 괴로워야 하는 일이 제삼자로서는 얼마나 끔찍한지에 대해서는 생각하지 않았다. 그는 모욕감을 느끼고 분노를 터뜨렸다. 이제는 저들을 절대로 용서하지 않아도 되는 빌미를 찾은 것 같았다. 이제 자신은 모든 의무로부터 풀려났다고 느꼈던 것이다.

오틸리에와 함께 있고 싶고, 그녀를 만나고 싶고, 그녀에게 무언가 속삭이고 싶고, 그녀에게 속마음을 털어놓고 싶은 욕구는 날이 갈수록 커져 갔다. 그는 그녀에게 남몰래 서신을 교환하자는 이야기를 편지로 해야겠다고 결심했다. 그가 이 말을 간략하게 써놓은 종이쪽지가 책상 위에 놓여 있다가 바람에 날려 아래로 떨어졌을 때 마침 비서가 머리를 손질하기 위해 들어왔다. 평소에 비서는 인두가 얼마나 뜨거운지 시험해 보기 위해 몸을 굽혀 바닥에 있는 종이쪼가리를 찾곤 했다. 이번에 그가 바닥에서 주워 올린 것은 바로 그 편지였다. 그는 그것을 얼른 집어서는 인두에 지졌다. 에두아르트는 뭔가 잘못되었음을 알아채고 그것을 화급히 그의 손에서 뺏어 들었다. 곧이어 에두아르트는 다시 편지를 쓰기 위해 자리에 앉았다. 두 번째에는 펜이 그리 잘 나가지가 않았다. 그는 약간 염려도 되고 걱정도 되었지만, 그런 감정을 수습했다. 그는 오틸리에에게 가까이 갈 수 있게 되자마자 바로 그녀 손에 편지를 쥐여 주었다.

오틸리에는 지체하지 않고 그에게 답장을 썼다. 그는 그 쪽지를 읽지 않은 채 조끼에 찔러 넣었다. 그 조끼는 유행대로 길이가 짧은 것이어서 쪽지를 잘 보관하지 못했다. 그것은 에두아르트가 알지 못하는 사이에 조끼 밖으로 삐져나와 바닥에 떨어졌다. 샤를로테가 그것을 보고는 집어 들어 잠시 훑어보다가 에두아르트에게 건네주었다. "여기 뭔가가 당신 필체로 된 것이 있네." 샤를로테가 말했다. "아마 당신한테는 잃어버리면 안 될 것 같은데."

그는 당황했다. '그녀가 위장하는 것일까?' 그는 생각했다. '그녀가 쪽지의 내용을 안 걸까, 아니면 필체가 비슷하니까 혼동하고 있는 걸까?' 그는 후자이기를 원했고 그럴 거라고 생각했다. 그는 경고를, 그것도 이중으로 받은 것이다. 그러나 어쩌면 더 높은 존재가 우리와 이야기하는 것 같은 이 특이하고도 우연한 징후의 의미는 열정에 빠진 에두아르트로서는 이해할 수 없는 것이었다. 오히려 그는 열정에 더욱더 빠져들고 있어서, 사람들이 자신에게 가해 오는 것처럼 보이는 그러한 제지가 점점 더 불편하게만 느껴졌다. 우정의 모임은 사라졌다. 그의 마음은 닫혔고, 그가 친구나 부인과 함께 있어야 할 때도 예전과 같은 애정을 마음속에서 찾아내고 되살려 내기란 불가능했다. 그가 마음속으로 느꼈던 자책감도 불편했다. 그리하여 일종의 유머로 이 상태를 벗어나 보려고도 했지만, 그 유머에는 애정이 실리지가 않아서 보통 때처럼 우아함을 발휘하지도 못했다.

이 모든 시련으로부터 샤를로테를 구해준 것은 내면의 감정이었다. 그녀는 자신이 아름답고 고귀한 애정은 포기하겠다는 진지한 결심을 하고 있음을 의식했다.

저 두 사람에게도 도움이 될 수 있기를 그녀가 얼마나 바랐던가! 서로 멀어지는 것만으로는 그런 불행을 치유하기에 부족하다는 것을 그녀는 잘 느끼고 있었다. 그녀는 착한 오틸리에에게도 이 이야기를 해야겠다고 생각한다. 그러나 실행하지는 못한다. 그녀 자신도 방황하고 있다는 사실을 떠올리면 이 이야기를 차마 할 수가 없다. 그녀는 이 문제를 일반적인 이야기처럼 꺼내 보려고 한다. 사실 이 일반적인 이야기는 그녀가 말하기를 꺼리는 자신의 상태에도 적용되는 이야기다. 그녀가 오틸리에에게 보내는 암시 하나하나가 다시 그녀 자신의 마음 상태를 설명해 주는 것들이다. 그녀는 경고를 줄 생각이다. 그런데 그런 경고가 누구보다도 필요한 사람은 바로 자기 자신이라는 것을 느낀다.

그래서 그녀는 아무 말 없이 그 두 사랑하는 사람을 계속 떼어 놓고 있기는 했지만, 그렇다고 사태가 나아지지도 않았다. 그녀가 가끔 은연중에 시사하는 이야기도 오틸리에에게는 효과가 없었다.

왜냐하면 에두아르트는 샤를로테가 대위에게 애정을 품고 있다는 것을 오틸리에에게 확신시켰고, 샤를로테도 이혼을 원하고 있으니 자기도 이제는 점잖은 방식으로 이혼할 생각이라고 확언했기 때문이다.

오틸리에는 자기는 죄가 없다고 생각했고, 원하던 행복을 향해 가고 있는 중이었으므로, 오로지 에두아르트를 위해서만 살고 있었다. 좋은 일을 할 때마다 그에 대한 사랑으로 힘이 솟고, 어떤 행동을 하더라도 그를 위해 하는 것인 만큼 더더욱 기쁘고, 그만큼 다른 사람에게도 마음이 열려 있어서 그녀는 지상 낙원에 살고 있는 것 같았다.

그런 식으로 누구나 자신의 방식대로, 생각을 하기도 하고, 생각을 안 하기도 하면서, 모두 함께 일상을 지속하고 있었다. 모든 것이 평소대로 진행되는 것 같았다. 모든 것이 위기에 처해 있는 심각한 상황에서도 마치 아무 일도 없다는 듯 살아가는 사람들처럼, 그들도 그렇게 예전과 다름없이 그들의 삶을 살아나가고 있었던 것이다.

제 14 장

그동안 백작이 보낸 편지 한 통이 대위에게 도착했다. 이중의 내용이 담긴 편지였는데 하나는 먼 장래의 일이 잘될 것이라는 설명이고, 하나는 현재에 대한 확실한 제안으로, 궁정 업무에서 중요한 자리가 하나 있는데, 소령의 지위에 해당하는 것이고 봉급도 상당하며 다른 이점들도 있는바, 여러 가지 주위 사정으로 당분간은 비밀로 해야 한다는 것이었다. 대위도 친구들에게 미래의 전망에 대한 이야기만 하고 현재 제시되고 있는 일에 대해서는 언급하지 않았다.

그 사이에도 그는 현재의 일들을 열정적으로 계속했으며, 자기가 없을 때라도 모든 것이 잘 진행되도록 만반의 준비를 해놓았다. 이제 그에게도 중요한 것은 몇 가지 일의 기한을 정해야 하고, 오틸리에의 생일 때문에 여러 일을 앞당겨 추진해야 한다는 것이었다. 이제 두 친구는 분명하게 동의한 것은 아니지만, 함께 일하는 것을 좋아했다. 에두아르트는 대출을 받아 금고가 늘어난 것에 만족했다. 전체 일이 대단히 빠른 속도로 진척되어 갔다.

세 개의 작은 호수를 하나의 커다란 호수로 바꾸는 일은 대위로서는 가장 말리고 싶은 일이었을 것이다. 아래쪽 둑은 보강시켜야 하고, 중간 둑은 허물어야 하는 등, 전체의 사태가 여러 의미에서 심각하고 염려되는 것이었다. 그러나 서로 얽힐 수 있었던 두 작업은 이미 시작되었다. 그런 상황에서 대위의 옛날 제자였던 젊은 건축사가 온 것은 여간 반가운 일이 아니었다. 그는 부분적으로는 부지런한 장인을 고용하기도 하고 부분적으로는 가능하면 도급도 주면서 작업을 진척시켜 이 작업이 안전하게 지속되리라는 기대를 갖게 했다. 대위는 이런 모습을 지켜보며 자기가 없더라도 사람들이 아쉬워하지는 않겠구나 내심 기뻐했다. 왜냐하면 자기가 맡은 일을 완수하지 않은 상태에서 자기의 역할을 충분히 대신해 줄 사람이 오기 전까지는 그 일에서 떠나지 않는다는 것이 대위의 신조였기 때문이다. 사실 그는 자기가 없다는 사실이 어떤 것인지를 다른 사람이 느끼게 하려고 자기가 활동해온 분야에 혼란을 일으키는 사람을 경멸했다. 이런 사람은 교양이 없고 이기적이라서 자신이 더 이상 참여할 수 없게 되면 차라리 그 일을 망쳐 놓고 싶어하는 것이다.

그런 식으로 사람들은 입 밖에 내거나 솔직하게 고백하지는 않았지만 오틸리에의 생일을 화려하게 축하하기 위해 열심히 작업했다. 질투심이 전혀 없는 것은 아니었겠지만, 샤를로테 생각에 오틸리에의 생일이 무슨 공식 축제처럼 되는 것은 지나친 일이었다. 오틸리에의 젊음, 그녀의 행복한 환경, 가족과의 관계 따위가 그녀가 어떤 날의 여왕처럼 등장하는 것을 정당화해 주는 것은 아니었던 것이다. 그리고 에두아르트는 모든 일이 저절로 생긴 것처럼 자연스러운 방식으로 사람들을 놀라게 하고 기쁘게 해줘야 한다고 생각했기 때문에 잔치 이야기는 입 밖에 꺼내지도 않고 있었다.

사람들은 모두 그 정자가 그날에 그렇게 지어진 것은 별다른 이유가 없는 것처럼 하자는 데 암묵적으로 동의했다. 그리고 이것을 계기로 마을 사람들과 친구들에게 잔치가 있음을 알릴 수가 있었다.

에두아르트의 애착은 그러나 끝이 없었다. 오틸리에를 차지하고 싶은 욕구가 크면 클수록 그만큼 무제한적으로 뭔가를 내주고 선물하고 약속했던 것이다. 그가 오틸리에의 생일에 바치려고 하는 몇몇 선물에 비하면 샤를로테가 제안한 것들은 너무 빈약했다. 그는 자신의 집사와 상의했다. 이 집사는 그의 의상실을 관리하고 일반 상인이나 옷장수와도 항상 접촉하고 있었다. 이 사람은 어떤 선물이 가장 마음에 들 것인지뿐 아니라 어떤 방식으로 그것을 전하는 것이 가장 좋은지에 대해서도 잘 알았다. 그래서 당장 시내로 가서 겉은 붉은 모로코가죽에 강철 징이 박혀 있는 아주 세련된 여행 가방을[1] 구매한 후, 그 가방에 어울리는 선물들로 가득 채워 넣었다.

그는 에두아르트에게 다른 제안도 하나 했다. 항상 쏘아 올릴 기회를 놓치곤 했던 작은 불꽃놀이용 폭죽이 있었는데, 이 폭죽의 성능을 강화하고 사정거리를 확대하는 것도 쉽게 할 수 있다는 것이었다. 에두아르트는 그 제안을 받아들였고, 집사는 그 일이 성사되도록 준비하겠다고 약속했다. 이 일도 비밀리에 진행하기로 했다.

그동안 대위는 잔칫날이 점점 다가옴에 따라 많은 사람이 불려오거나 호기심에 따라오는 상황에서 필요하리라 생각되는 여러 안전 준비를 해놓았다. 심지어 그는 축제의 우아함을 망칠 수 있는 구걸행각이나 다른 불쾌한 경우에 대해서도 철저한 예방책을 마련했다.

그와는 반대로 에두아르트와 그의 심복은 주로 불꽃놀이 준비에 여념이 없었다. 거대한 참나무들 앞에 있는 중간 연못 주변에서 불꽃이 터져야 했다. 관중은 건너편에 있는 플라타너스들 아래쪽에 있게 할 예정이었다. 적절한 거리에서 폭죽이 작동하는 모습과

[1] 여행은 이 소설의 주요 모티브 중의 하나이다. 주인공들이 만나고 헤어지는 과정뿐만 아니라 삶에서 죽음으로 넘어가는 과정까지도 포괄하는 개념이다. 여행가방은 이러한 의미를 상징적으로 보여 주는 이른바 '물상징(物象徵, Dingsymbol)'의 하나이다.

물에 비추는 모습, 물 위에서 불꽃을 일으키며 움직이는 모습을 안전하고 편안히 볼 수 있게 하기 위해서였다.

그래서 에두아르트는 다른 구실을 내세워 플라타너스 아래쪽에 있는 덤불과 잔디와 이끼 등을 제거하도록 했다. 그리하여 바닥이 정돈되자 비로소 울창한 나무들의 화려한 모습뿐 아니라 나무들의 커다란 키와 아름드리 폭도 위용을 드러냈다. 에두아르트는 이것을 보고 기쁨이 넘쳤다. "대략 요즈음과 비슷한 시기에 이 나무들을 심었는데. 그게 언제였더라?" 그는 혼잣말을 했다. 그는 집에 오자마자 낡은 일기장을 펼쳤다. 그의 부친이 특히 시골에 머무를 때마다 꼼꼼하게 기록해 놓은 것이었다. 비록 이 나무들을 심은 것에 대한 언급은 없더라도, 에두아르트가 아직도 잘 기억하고 있는 것처럼 바로 이날에 있었던 다른 중요한 집안일에 대해서는 필시 기록되어 있을 터였다. 두세 권을 뒤지다 보니 이 사실에 대한 기록이 나왔다. 그런데 사정이 기가 막히게 들어맞는 것을 알고 에두아르트가 얼마나 놀랐던지, 또 얼마나 기뻤던지! 저 나무들을 심던 그해 그날은 바로 오틸리에가 태어난 날이었던 것이다.

제 15 장

에두아르트가 애타게 고대하던 아침이 드디어 밝아 왔다. 손님들이 차츰차츰 모습을 보이더니 점점 많아졌다. 초대장을 먼 곳까지 두루두루 보낸데다, 지난번 정초식(定礎式) 때는 빠졌지만, 그 행사가 얼마나 재미있었던가 하는 이야기를 여러 번 듣고는 두 번째 잔치만은 놓치지 말아야지 하는 사람이 많았기 때문이다.

식사가 시작되기 전, 성 앞뜰에는 음악이 울리는 가운데 목수들이 등장했다. 그들은 대형 화환을 들고 나왔는데, 차곡차곡 포개진 채 찰랑대는 나뭇잎과 꽃잎으로 만든 다발을 다시 수십 개 모아 엮은 것이었다. 목수들은 그들 방식으로 인사를 나누었고, 관례에 따른 장식을 위해 필요한 명주천이나 리본은 여성들에게 부탁하여 얻어냈다. 내외 귀빈들이 식사하는 동안 목수들은 여기저기 축제의 환호성을 지르며 돌아다녔다. 그들이 마을에서 한동안 머무르면서 부인들에게 마찬가지 용도로 리본을 더러 얻어낸 후, 신축 건물이 서있는 언덕으로 드디어 돌아왔는데, 그들을 따라온 군중뿐 아니라 기다리는 군중도 꽤 늘어나 있었다.

샤를로테는 식사가 끝나고 바로 행진에 합세하려는 사람들을 붙잡아 놓고 있었다. 그녀는 거창하고 공식적인 행렬을 원치 않았던 것이다. 그들은 어떤 신분이나 서열에 따른 순서대로 들어가지 않고, 삼삼오오 무리를 지으며 한가로이 광장에 도착했다. 샤를로테는 오틸리에를 데리고 바로 들어가지 않고 시간을 끌었다. 그러나 그렇게 해서 사태가 나아진 것은 아니었다. 오틸리에가 정말 맨 나중에 들어온 사람이 되었기 때문에 마치 트럼펫과 북들이 오로지 그녀만을 기다리고 있다가 울리는 것 같았고, 이제 그녀의 도착에 맞춰 잔치가 시작되어야 하는 것처럼 보였던 것이다.

사람들은 아직 거친 상태로 있는 건물의 외관이 조금이라도 나아 보이도록 푸른 나뭇가지와 꽃들로 장식해 놓았다. 대위 말을 빌리면 건축학적인 구소의 원칙에 따른 것이었다. 그러나 에두아르트는 대위가 모르게 건축사를 시켜 돌림띠 위에 꽃으로 이 잔치의 날짜를 표시해 놓았다. 물론 이 정도라면 문제되지 않을 수도 있었을 것이다. 그런데 박공 부분에 오틸리에의 이름이 빛나게 새겨져 있는 사태까지 생길 뻔했는데, 이러한 사태는 대위가 아직 충분히 시간이 남아 있을 시점에 도착함으로써 막을 수 있었다. 대위는 그 일이 시작되는 것을 슬기롭게 거절했을 뿐 아니라, 이미 완성되어 있던 꽃 글자들도 없애도록 할 수 있었던 것이다.

화환은 그 지역 어디서나 볼 수 있는 위치에 걸렸다. 리본과 천들도 공중에서 다채롭게 펄럭였다. 그리고 짧은 연설이 있었지만 대부분 바람 소리에 묻혀 버렸다. 공식 행사가 끝났다. 건물 앞쪽에 땅을 골라 만든, 주위에 나뭇잎들로 둘러싸인 광장에서는 이제 한판 춤이 시작될 참이었다. 멋있게 생긴 목수 도제 한 명이 에두아르트에게 날렵한 농가처녀를 붙여 주고는 그 옆에 서있던 오틸리에에게 자기의 파트너가 되어 달라고 간청했다. 즉시 다른 사람들도 이 두 쌍의 뒤를 따랐고, 에두아르트는 어느새 파트너를 바꿔 오틸리에를 붙잡더니 함께 원무를 추었다. 젊은 사람들이 마을사람들의 춤 속에 끼어드는 것을 즐기는 동안, 나이 든 사람들은 그것을 구경했다.

사람들은 산책길에서 서로 흩어지기 전에, 해가 지면 플라타너스들이 서있는 곳에서 다시 모이기로 약속했다. 에두아르트가 맨 먼저 모습을 나타냈고, 필요한 사항을 전부 지시했으며, 집사와도 여러 가지로 협의했다. 이 집사가 맡은 일은 강 건너에서 폭죽 쏘는 사람들과 함께 있으면서 불만한 광경을 연출하는 것이었다.

대위로서는 그 일을 위한 준비 작업을 보는 것이 달갑지 않았다. 구경꾼이 몰려올 것을 예상하지 않으면 안 돼서 이에 대해 에두아르트와 의논하려던 참인데, 오히려 에두아르트 쪽이 대위에게 다소 다급한 어조로 부탁하는 것이었다. 이날 행사 중 이 부분만큼은 자기에게 전적으로 맡겨 달라고 말이다.

이미 둑 위에는 군중이 몰려와 있었다. 둑은 위쪽이 파헤쳐져 잔디도 떨어져 나간 상태였고, 지면은 고르지도, 안전하지도 않았다. 해가 지고 땅거미가 깔리기 시작했다. 사람들은 날이 더 어두워지기를 기다리면서 플라타너스 아래서 음료 등을 마시고 있었다. 이들에게는 이 장소야말로 타의 추종을 불허하는 장소 같았다. 앞으로 이곳에 서서 각양각색의 주변풍경이 펼쳐져 있는 광활한 호수를 구경하게 될 것이라고 상상하면서 즐기고 있었다.

고요한 저녁, 바람 한 점 없는 날씨였으므로 이 밤의 축제는 잘 되겠구나 싶던 찰나, 돌연 끔찍한 외마디 비명이 들려왔다. 거대한 흙더미가 둑에서 미끄러져 내려, 몇몇 사람이 물에 빠지는 모습도 보였다. 점점 더 불어나는 군중이 몰려들고 밟아대고 하는 통에 지반이 무너진 것이었다. 누구나 제일 좋은 자리를 차지하려고 해서 이제는 아무도 앞으로 나갈 수도, 뒤로 돌아갈 수도 없을 정도가 돼버리고 말았던 것이다.

모두 자리에서 벌떡 일어나 그곳으로 달려갔지만, 뭔가 했다기보다는 뭔가 구경하러 간 꼴이 되고 말았다. 하기는 아무도 현장까지 갈 수 없는 상황에서 도대체 무슨 일을 할 수 있었으랴. 현장까지

가기로 작심한 사람 몇몇과 함께 대위가 뛰어들어와, 당장 둑 위의 군중부터 강변 쪽으로 몰아냈다. 물에 빠진 사람을 건지려고 애쓰는 선의의 사람들이 자유롭게 움직일 수 있는 여지를 주기 위해서였다. 이미 물에 빠진 사람들 모두 자기 힘으로 또는 남의 도움을 빌려 다시 뭍으로 올라와 있었는데, 한 소년만은 예외였다. 이 소년은 빠져나오려고 애썼지만 너무 겁먹은 나머지 둑 쪽으로 오는 것이 아니라 오히려 더 멀어지고 말았던 것이다. 소년은 힘이 빠지는 것 같았다. 두어 번 손 하나와 발 하나가 물 위로 나왔을 뿐이었다. 설상가상으로 나른 쪽에 있던 나룻배마저 폭죽을 가득 싣고 있어서 짐을 내려놓는 작업이 너무나 더디게 진행되었고, 그만큼 구조작업도 지연되었다. 대위는 단단히 마음을 먹고 웃옷을 벗어 던졌다. 모든 사람의 시선이 그에게 쏠렸다. 그의 건장하고 강인한 몸매는 모든 사람에게 신뢰감을 불어넣었다. 그가 물속에 뛰어들자 군중으로부터 놀라움의 탄성이 터져 나왔고, 모든 시선이 그를 좇았다. 수영을 능숙하게 할 줄 알았던 그는 곧 소년에게 다다랐고, 이미 죽은 듯이 보이는 소년을 둑 위로 데려왔다.

그사이 나룻배가 옆으로 노를 저으며 다가왔고 대위는 그 위로 올라가 그곳에 있던 사람들의 신원을 일일이 파악했다. 정말 모든 사람이 구조되었는지 확인하기 위해서였다. 이때 의사가 온다. 죽은 듯이 보이는 소년을 넘겨받는다. 샤를로테가 다가온다. 스스로를 제발 좀 돌보라고, 성으로 돌아가서 옷이라도 갈아입으라고 대위에게 간청한다. 대위는 주저한다. 마침 사고 현장 가까이에 있다가 몸소 뛰어들어 몇몇 사람을 구조하는 데 이바지했던, 침착하고 사려 깊은 사람들이 천지신명께 맹세코 모든 사람이 구조되었노라고 대위에게 말해줄 때까지는 말이다.

샤를로테는 대위가 집으로 가는 것을 본다. 그러고 보니 포도주와 차, 그 밖에 필요한 것들도 열쇠로 잠가 버린 사실을 떠올린다.

하필 이런 경우일수록 일이 꼬인다는 생각도 한다. 그녀는 아직도 플라타너스 아래에 여기저기 흩어져 있는 사람들 사이를 뚫고 서둘러 간다. 에두아르트는 보는 사람마다 설득하느라 정신없다. 가시지 말고 이곳에 머물러 계시라고. 곧이어 그는 신호를 보내야겠다는 생각이 든다. 이제 불꽃놀이를 시작하자는 것이다. 샤를로테가 다가온다. 그녀는 그에게 이 자리에 어울리지도 않고 지금 이 순간에는 즐길 수도 없을 그 놀이는 연기해 달라고 간청한다. 구조된 아이와 구조한 사람을 위해서 무엇을 해야 할지를 상기시킨다.

"곧 외과의사가 와서 자기 의무를 다하겠지." 에두아르트가 대답했다. "그는 필요한 것들을 전부 갖추고 있어. 우리가 나서 봐야 그에게는 그런 관심이 방해만 될 뿐이야."

샤를로테는 자기 생각을 고집했고, 곧 이 자리를 떠나려던 오틸리에를 손짓으로 불렀다. 에두아르트가 샤를로테의 손을 붙잡으며 외쳤다. "우리는 오늘 같은 날을 야전병원에서 끝내고 싶지는 않아! 자비심 많은 간호사 역할을 하기에는 저 애가 너무 착해. 기절한 사람은 우리가 없더라도 다시 깨어날 것이고, 살아있는 사람은 젖은 몸을 말리게 될 텐데 뭐."

샤를로테는 아무 말도 하지 않았다. 그리고 그 자리를 떠났다. 몇 사람이 그녀의 뒤를 따랐고 이들 뒤를 또 다른 사람들이 따랐다. 마침내 아무도 마지막으로 혼자 남게 되는 것을 원치 않았다. 그리하여 모든 사람이 그 행렬의 뒤를 따라갔다. 에두아르트와 오틸리에 둘만이 플라타너스 아래에 남았다. 오틸리에가 자기와 함께 성으로 돌아가자고 아무리 애절하게 간청해도, 그는 그곳에 남아 있어야 한다고 고집했다. "안 돼, 오틸리에!" 그가 외쳤다. "정말로 비범한 일은 평탄한 길, 누구나 다니는 길에서는 생기지 않는 법이야. 오늘 저녁 일어난 이 놀라운 사건은 우리를 좀 더 빨리 결합해 줄 거야. 너는 내 여자야! 나는 이 말을 전에도 자주 했고, 또 맹세도 자주 했지. 말이나 맹세는 그만하기로 하자. 이제는 그것들을 현실로 만들어야 해."

호수 건너편에서 이쪽을 향해 나룻배가 다가왔다. 타고 있는 사람은 집사였다. 그는 당황한 어조로 이제 폭죽은 어떻게 해야 하는지 넌지시 물어 왔다.

"점화해!" 에두아르트가 소리 질렀다. "오틸리에, 그것은 오로지 너를 위해서 주문한 거야. 그러니 이제 그것을 보는 것도 너 혼자만이라야 하는 거지. 나야 네 곁에 앉아서 함께 즐기더라도 괜찮겠지." 그는 그녀 옆에 다정다감하면서도 겸손한 자세로 앉았다. 그녀 몸에는 조금도 닿지 않은 채로.

쉭쉭거리는 소리를 내며 폭죽들이 솟아올랐다. 폭죽을 쏘아 올리는 대포의 굉음들이 울리고, 조명탄이 올라갔다. 폭죽이 꼬리를 휘감으며 올라가다가 펑 하고 터졌다. 불꽃은 원모양을 그리며 처음에는 하나씩, 나중에는 쌍으로, 그러고는 전부가 한꺼번에, 점점 더 거세게 연이어 솟아올랐다. 에두아르트는 자신의 가슴도 타고 있던 터라, 생기도 돌고 기분도 흡족해진 표정으로 타오르는 불꽃들을 뒤쫓았다. 오틸리에의 여린 마음도 흥분되었지만, 이처럼 쉭쉭 소리를 내며 번개처럼 나타났다가 사라지는 광경이 마음에 든다기보다는 오히려 무섭게 느껴졌다. 그녀는 에두아르트 쪽으로 수줍게 몸을 기댔다. 에두아르트에게 이러한 접근, 이러한 신뢰야말로 오틸리에가 전적으로 그에게 속한다는 느낌을 충분히 주고도 남는 것이었다.

밤이 다시 자신의 권리를 챙기려고 하자마자, 달이 떠올라, 집으로 돌아가는 두 사람의 길을 비춰 주었다. 모자를 손에 든 어떤 형체가 그들의 길을 막아섰고, 오늘 같은 잔칫날에도 자신은 홀대를 받았으니 대신 적선이나 해달라면서 말을 걸어왔다. 달이 그의 얼굴을 비추었다. 에두아르트는 이 얼굴의 주인공이 일전에 귀찮게 매달리던 거지라는 것을 알아보았다. 그러나 지금 에두아르트는 너무도 행복해서 화를 내려도 낼 수 없고, 특히 오늘 같은 날에는 구걸행위를 하면 안 된다는 사실도 떠올리지 못했다. 그는 호주머니를 잠깐 뒤져 보더니 이내 금화를 하나 내주었다. 그에게는 자신의 행복이 끝없어 보였기 때문에 그 누가 왔더라도 기꺼이 행복하게 해주었을 것이다.

그동안 집에서는 모든 것이 바라는 대로 되어 갔다. 외과의사는 부지런했고, 필요한 것은 모두 준비되었으며, 샤를로테도 옆에서 거들었다. 그리고 이 모든 것의 효력들이 합해지면서 소년도 다시 살아났다. 손님들은 뿔뿔이 흩어졌다. 이제 조금이라도 남아 있는 불꽃놀이를 멀리서나마 보고 싶기도 하고, 그처럼 혼란스러운 광경을 겪고 난 후라 평온한 가정으로 다시 돌아가고 싶기도 해서였다.

대위도 젖은 옷을 얼른 갈아입은 후 자신이 필요한 일에 열심히 참여했다. 모든 일이 정리되었다. 그는 샤를로테와 단둘이 남았다. 그러자 그는 친구에게 속마음을 터놓듯이 자신의 출발일이 임박했음을 샤를로테에게 설명했다. 그녀는 이날 저녁 너무나 많은 일을 겪은 터라 이 정도의 사실을 아는 것쯤은 별로 대수롭지도 않았다. 그녀는 이 친구가 어떻게 자신을 희생하며, 어떻게 남들을 구하고 자기도 구조되었는지를 지켜보았던 것이다. 이 놀라운 사건이야말로 의미심장한, 그러나 절대로 불행하지는 않을 어떤 미래를 예고해 주는 것 같았다.

오틸리에와 함께 들어온 에두아르트에게도 대위의 임박한 출발이 전해졌다. 그는 샤를로테가 자신보다 먼저 더 자세한 내용을 알고 있었던 것이 아닐까 의심했지만, 그것을 기분 나빠할 겨를이 없을 정도로, 자기 문제와 계획에 몰두하고 있었다.

오히려 그는 대위가 옮겨가게 될 그 좋고 명예로운 자리에 대해서 흡족한 마음으로 경청했다. 이 사태에 관심이 있어서라기보다는 어떤 은밀한 욕망이 억제할 수 없을 정도로 그의 마음속에 몰려들고 있었던 것이다. 벌써부터 그에게는 대위가 샤를로테와 결합하고, 자신은 오틸리에와 결합하는 모습이 눈앞에 떠오르고 있었다. 이러한 잔칫날에 그가 받을 선물로서 이보다 더 좋은 것은 있을 수 없었을 것이다.

그러나 오틸리에는 자기 방으로 돌아갔다가, 책상 위에 놓여 있는 그 호사스럽고 자그마한 가방을 보았을 때 얼마나 놀랐던지! 그녀는 지체하지 않고 가방을 열었다. 모든 것이 어찌나 아름답게 포장되어 잘 정돈되어 있던지, 물건을 하나하나 꺼내는 것은 고사하고, 뚜껑을 조금 열어 두는 일조차도 엄두가 나지 않을 정도였다. 모슬린, 고급 아마, 명주 같은 옷감이며, 숄과 레이스 장식 등이 세련미와 장식성, 고급스러움을 서로 겨루고 있었다. 장신구까지도 잘 챙겨져 있었다. 그녀를 몇 번씩이라도 머리에서 발끝까지 치장해 주고 싶다는, 보낸 이의 의도를 그녀도 알아차렸을 것이다. 하지만 모든 것이 너무나 고급이고, 이전에는 구경도 못해본 것들이라, 그녀로서는 그것을 자기 것으로 하고 싶다는 생각조차 감히 하지 못했다.

제 16 장

다음 날 아침 대위는 사라져 버리고 친구들에게 고맙다는 그의 편지만 남아 있었다. 그와 샤를로테는 이미 전날 저녁에 부족하나마 간단하게 이별을 했다. 그녀는 이 이별이 영원한 이별이라 느꼈고, 그 느낌에 빨려들었다. 일전에 대위가 백작의 두 번째 편지를 그녀에게 보여준 적이 있었는데, 그 편지에는 앞으로 유리한 결혼을 하게 될 수도 있다는 언급이 들어 있었기 때문이다. 비록 그는 이 구절에 전혀 개의치 않았지만, 그녀는 이 사실을 이미 기정사실로 간주했고, 순수한 마음으로 그를 완전히 단념하고 있었던 것이다.

그 대신에 그녀는 자신이 행사해온 자제력을 이제는 다른 사람에게도 요구할 수 있으리라고 믿었다. 그렇게 하는 것이 그녀에게 불가능한 일이 아니었던 이상, 다른 사람도 그럴 수 있어야 하지 않겠는가. 이러한 의미에서 그녀는 남편과 이야기를 시작했다. 그리고 그 일이 이제는 확실히 해결되어야 한다고 믿었기 때문에 그만큼 더 마음을 터놓고 서로 신뢰하는 자세로 대화를 시작했던 것이다.

"우리의 친구가 떠났어." 그녀가 말했다. "우리는 이제 다시 예전처럼 마주하고 있네. 다시 완전히 옛날로 돌아갈 수 있을지는 우리 자신에게 달려 있는 문제지만."

자신의 애정상태를 치켜세워 주는 말 외에는 아무 말도 듣지 않았던 에두아르트는 샤를로테가 이전의 과부시절을 말하는 것이려니, 확실치는 않지만 어느 정도는 이혼하겠다는 의사를 피력하는 것이려니 생각했다. 그래서 그는 웃으며 대답했다. "왜 안 그렇겠어? 서로를 이해하는 것에 달린 문제지."

그렇기 때문에 그는 샤를로테가 다음과 같이 대답했을 때 속았다는 느낌마저 들었다. "오틸리에를 다른 곳에 보내는 것이 지금으로서는 최선의 선택이야. 왜냐하면 그 아이에게 바람직한 관계를 만들어 줄 수 있는 기회가 두 가지나 있으니까 말이야. 내 딸이 숙보님댁으로 옮겨갈 거니까 오틸리에는 기숙학교로 돌아갈 수도 있고, 아니면 어떤 부유한 집에 들어갈 수도 있거든. 그러면 그 집의 외동딸과 함께 지위에 맞는 교육의 온갖 장점을 누릴 수도 있을 거야."

"그동안" 에두아르트가 상당히 침착하게 대답했다. "오틸리에는 우리 집의 친절한 사람들 틈에서 너무 편히 지내 와서 다른 사람과 만나는 것을 아마도 달가워하지 않을걸."

"우리 모두 너무 편하게 지내왔어." 샤를로테가 말했다. "그리고 그건 당신도 마찬가지였어. 하지만 지금 시점은 우리에게 우리의 상태를 잘 생각해 보도록 촉구하고 있어. 이 작은 모임의 구성원 전부를 위해서 무엇이 최선인가를 생각하고 또 그렇게 하기 위해서라면 어떤 희생도 주저하지 말아야 한다고 경고하고 있단 말이야."

"적어도 나는" 에두아르트가 대답했다. "오틸리에만 희생되는 것은 옳지 않다고 봐. 만일 우리가 지금 그 아이를 낯선 사람에게 내맡겨 버린다면 그렇게 될 거야. 대위는 자기한테 딱 맞는 훌륭한 일거리를 발견했어. 그러니까 걱정 없이 좋은 기분으로 대위와 작별할 수도 있겠지. 하지만 오틸리에에게 어떤 일이 생길지 누가 알겠어? 도대체 무엇 때문에 우리가 지금 서둘러야 하는데?"

"우리 앞에 무슨 일이 닥칠지는 아주 분명해." 다소 흥분하면서 샤를로테가 대답했다. 그리고 이번에는 무슨 일이 있어도 자기 생각을 분명히 말하려고 작정하고 있어서, 샤를로테도 자신의 이야기를 계속했다. "당신은 오틸리에를 사랑하고 있어. 당신은 오틸리에에게 익숙해져 가고 있단 말이야. 그 애 쪽에서도 애정과 열정이 생겨나고 있고. 왜 우리가 실제로는 매시간 인정하고 고백하면서도, 그것을 말로 분명하게 밝히면 안 되는 걸까? 앞으로 상황이 어떻게 돼 갈지 자신에게 물어보는 정도의 조심성도 가져선 안 되는 거야?"

"지금 당장 거기에 대해서 대답할 순 없지만" 에두아르트가 정신을 가다듬으며 대답했다. "이 정도는 말할 수 있을 것 같아. 어떤 일이 어떻게 되어야 할지 모를 때는 미래가 그것을 가르쳐줄 때까지 일단은 기다려 보기로 하는 것이 낫다고 말이야."

"이런 상황에서는 미래를 내다보기 위해 대단한 지혜가 필요한 것 같지는 않아. 어떤 경우든 간에, 우리 두 사람이 원하지 않는 방향이나 그래서는 안 되는 방향으로 맹목적으로 달려가도 될 만큼 우리가 젊지 않다는 정도는 말할 수 있겠지. 아무도 더 이상 우리를 위해 신경 써 줄 수 없어. 우리 스스로 우리 자신의 친구여야 하고, 가정교사라야 하는 거야. 아무도 우리가 어떤 극단적인 상황에서 헤매기를 바라지 않고, 아무도 우리가 비난받을 짓을 하거나 심지어 우스꽝스러워지기를 바라지 않아." 샤를로테가 대답했다.

자기 부인이 그렇게 솔직하고 분명하게 이야기하자 대답이 궁해진 에두아르트는 이렇게 응수했다. "나에게 오틸리에의 행복이 중요하다고 해서, 당신이 그것을 나쁘게 생각하고 나를 비난할 수 있는 건가? 알 수 없는 미래의 행복도 아니고 현재의 행복이 문제되고 있는데도? 솔직하게, 자신을 속이지 말고 생각해봐. 그 아이를 우리 모임에서 떼어 내서 낯선 사람들 속에 처박아 넣어도 되는 건지 말이야. — 적어도 나는 그 아이에게 그런 변화를 강요할 만큼 잔인하지 못해."

샤를로테는 남편의 그러한 가면 뒤에 숨어 있는 단호한 결심을 충분히 알게 되었다. 이제 비로소 그녀는 그가 얼마나 자신과 멀리 떨어져 있었나를 깨달았다. 약간 흥분하면서 그녀는 외쳤다. "오틸리에가 우리를 갈라놓고도 행복할 수 있을까? 내게서 남편을 빼앗고 아이들에게서 아버지를 빼앗고도?"

"우리 아이들은 걱정하지 않아도 될 것 같군." 에두아르트가 웃으면서 차갑게 말했다. 하지만 그보다는 조금 친절한 어조로 이렇게 덧붙였다. "그리고 지금 당장 그런 극단적인 경우까지 생각하는 것도 아니잖아!"

"가장 극단적인 경우야말로 열정과 가장 가까운 곳에 있는 법이거든." 샤를로테가 말했다. "아직 시간이 있을 때 좋은 충고를 거절하지 않았으면 좋겠어. 우리를 위해 내가 제공하는 도움도 거절하지 않았으면 좋겠고. 애매모호한 경우에는 가장 선명하게 볼 줄 아는 사람이 개입하고 도와줘야 하는 거야. 이번에는 내가 그런 사람이지. 여보, 사랑하는 에두아르트, 내 제안을 거부하지 마. 내가 간신히 얻은 행복과 아름다운 권리들을 포기해야 한다고, 그리고 당신마저도 포기해야 한다고 당신이 내게 요구할 수 있는 거야?"

"누가 그런 말을 해?" 에두아르트가 다소 당황하며 말했다.

"당신 스스로 그러고 있잖아." 샤를로테가 대답했다. "오틸리에를 가까이 두겠다고 주장하면서 결국은 그 결과가 어떻게 될 건지도 고백하고 있는 것 아니야? 당신의 내면까지 침범할 생각은 없어. 하지만 당신이 당신 마음을 억제할 수 없다면, 적어도 더 이상 당신 스스로를 기만하기는 어려울 거야."

에두아르트는 그녀가 옳다고 느꼈다. 마음속에서는 이미 오래전에 말했던 것도 일단 입 밖에 나오면 새삼 두렵게 들린다. 그리고 오로지 이 순간을 모면하기 위해서 에두아르트는 대답했다. "나는 당신이 무슨 생각을 하고 있는지조차 잘 모르겠어."

"내 생각은" 샤를로테가 대답했다. "우리 함께 그 두 가지 제안을 검토해 보자는 거야. 두 가지 모두 장점이 많아. 오틸리에의 지금 처지를 살펴보면, 기숙학교가 제일 적당한 것 같아. 하지만 그녀가 앞으로 어떻게 될지 생각한다면, 형편이나 규모가 좀 더 나은 곳으로 보내자는 제안이 더 많은 것을 약속해줄 거라고 봐." 그리고 그녀는 남편에게 그 두 가지 상황을 상세하게 설명하고 다음과 같은 말로 끝맺었다. "내 생각을 말하자면 여러 가지 이유에서 기숙학교보다는 그 부인의 가정이 더 마음에 들어. 특히 오틸리에가 기숙학교에서 받았던 그 젊은 조교의 애정, 아니 열정을 그 이상으로 더 확대하게 만들고 싶지 않아서 그렇기도 해."

에두아르트는 그녀의 의견에 전적으로 동조하는 듯했다. 그러나 사실은 당분간이라도 이러한 결정을 미루기 위해서였을 뿐이었다. 확실한 결정을 내리기로 작정한 샤를로테는 에두아르트가 직접 반박하지 못하는 이 기회를 이용해 오틸리에를 며칠 내로 떠나보내는 것으로 확정하려 했다. 그녀는 이미 남몰래 오틸리에의 출발을 준비해 오고 있었던 것이다.

에두아르트는 오싹해졌다. 자신이 배반당했다고 느꼈고, 자기 부인의 그 사랑스러운 말도 오로지 자신을 이 행복으로부터 영원히 떼어 내기 위해서 지어낸, 작위적이고 계획적인 것이라고 느꼈다. 그는 일단 이 사태의 처리를 부인 생각에 전적으로 맡기는 듯했다. 그러나 그의 마음속에는 이미 결심이 확고하게 서있었다. 그는 집을 떠나기로 했던 것이다. 그것도 오로지 지금 숨을 조금이라도 돌리기 위해서, 다시 말해 오틸리에와의 이별이라고 하는 임박한 불행, 앞을 내다볼 수 없는 이 불행에서 벗어나기 위해 그런 것이었다. 그러나 이런 사태에 대해서도 샤를로테는 어느 정도 예견하고 있었다. 에두아르트는 오틸리에가 떠나는 자리에 있고 싶지 않고 심지어 다시는 그녀를 만나지 않겠다는 말까지 하면서 자신의 계획을 속일 수가 있었다. 에두아르트의 마음을 돌렸다고 생각한 샤를로테는 에두아르트가 원하는 기한을 모두 받아들였다. 그는 말들을 꺼내오라고 시키고, 비서에게는 무엇을 꾸릴 것이며 어떻게 그의 뒤를 따라와야 하는지 지시한 후, 마치 이제는 박차가 가해졌다는 듯이, 자리에 앉아 편지를 썼다.

에두아르트가 샤를로테에게

"우리에게 닥친 불행이 치유될 수 있는 것이든 아니든 간에, 이것 한 가지만은 분명히 느끼고 있어. 내가 지금 절망하지 않아야 한다면, 나를 위해서나 우리 모두를 위해서나 일단 그 결정을 미뤄야만 한다는 것이지. 나는 이러한 요구를 하기 위해 나 자신을 희생하려고 해. 나는 집을 떠나겠어. 그리고 상황이 좀 더 유리하고 편하게 되면 집으로 돌아올 거야. 그동안 당신이 집을 소유하고 있어. 하지만 오로지 오틸리에와 함께라는 전제하에서야. 나는 그 애가 당신 곁에 있어야지, 다른 낯선 사람들 사이에 있어선 안 된다고 생각해. 그녀를 잘 돌봐주고, 평소처럼, 지금까지 그래왔던 것처럼 대해줘. 아니 좀 더 사랑스럽고 친절하고 부드럽게 대해 주길 바라. 나도 그녀와 남몰래 접촉하지는 않겠다고 약속할 테니까. 차라리 한동안은 당신들이 어떻게 사는지 내가 모르게 해주었으면 좋겠어. 나도 나를 위해 최선이 무엇인지 생각해볼 거야. 당신도 그렇게 생각해 주었으면 해. 다만, 한 가지 부탁이 있어. 정말 진심으로 간절히 부탁하는데, 앞으로 그 애를 다른 곳에 맡기려 하거나, 새로운 환경에 데려가려 하지는 말아줘. 그 애가 당신의 성과 공원의 영역을 벗어난 곳에, 낯선 사람들 사이에 있게 되면, 그때 그 애는 내 것이야. 그리고 나는 그녀를 소유할 거야. 하지만 당신이 나의 애정, 나의 소원, 나의 고통을 존중한다면, 나의 망상, 나의 희망에 비위를 맞춰 준다면, 나도 거기에서 회복되는 것을 마다하지 않을 거야. 회복이라는 것이 내게도 주어진다면 말이지만."

이 마지막 구절은 그의 펜에서 저절로 빠져나갔지, 마음에서 우러나온 말은 아니었다. 그런데도 그는 종이 위에 적힌 그 구절을 보고 애절하게 울기 시작했다. 이제 그는 어떤 방식으로든 오틸리에를 사랑한다는 그 행복, 아니 그 불행을 체념해야 하는 것이다! 이제야 그는 자기가 무슨 짓을 저질렀는지 깨달았다. 그는 결과가 어떻게 될지도 모르면서 길을 떠나는 것이다. 적어도 지금으로선 그녀를 재회하면 안 되는 것이다. 그가 그녀를 행여 다시 볼 수 있을 것인가, 그것이 확실하다는 보장을 어떻게 스스로 할 수 있겠는가? 그러나 편지는 작성되었고 말들은 문 앞에 서있었다. 그는 지금이라도 오틸리에를 어디선가 보게 되지 않을까, 그래서 자신의 결심이 헛된 것이었음을 알게 되지 않을까 두려웠다. 그는 정신을 가다듬었다. 어느 순간에라도 다시 돌아올 수 있다고 생각했고, 집에서 멀리 떨어져 있는 것이 자신의 소원에 그만큼 더 가까이 가는 것으로 생각했다. 그와 반대로 자신이 이곳에 머무르게 되면 오틸리에는 집에서 쫓겨날지도 모른다는 상상도 했다. 그는 편지를 봉인하고, 서둘러 계단을 내려가, 말에 올라탔다.

그가 주막 옆을 지났을 때, 자신이 어제저녁 후하게 적선했던 그 거지가 그늘에 앉아 있는 것이 보였다. 이 거지는 기분 좋게 점심을 먹고 있다가 자리에서 일어나 공손하고 심지어 숭배하는 자세로 에두아르트 앞에 머리를 숙였다. 그가 바로 이런 모습으로 어제 에두아르트 앞에 나타났을 때만 해도, 에두아르트는 오틸리에와 팔짱을 끼고 걷고 있었다. 이제 그 모습을 보니 어제의 시간들, 인생에서 가장 행복했던 그 시간들이 고통스럽게 떠올랐다. 고통은 점점 더 커졌다. 그가 뒤에 남겨 두고 온 것에 대한 느낌이 그에게는 견딜 수가 없었다. 그는 다시 한번 거지를 바라보았다. "오, 자네가 부럽다!" 그는 외쳤다. "자네는 아직도 어제의 적선을 즐길 수 있는데, 나는 어제의 행복을 더 이상 즐기지 못하는구나!"

제 17 장

누군가 말을 타고 떠나는 소리를 듣고 창가로 다가간 오틸리에는 에두아르트의 뒷모습을 보았다. 그가 자기를 만나지도 않고, 자기에게 아침 인사도 하지 않고 떠난다는 것이 이상하게 생각되었다. 그녀는 불안해졌고 점점 더 걱정이 많아지고 있었는데, 마침 샤를로테가 먼 산책길에 그녀를 끌어들였다. 샤를로테는 여러 가지를 이야기했지만, 남편에 대해서는, 그리고 앞으로 상황이 어떻게 될 것인지는 전혀 언급하지 않았다. 게다가 산책에서 돌아왔을 때, 식탁에 식기가 두 벌만 있는 것을 보자 그녀는 배로 당황했다.

우리는 사소해 보이는 관습이 사라져도 아쉬워하기 마련이다. 하물며 중요한 것이 없어졌다는 것을 알게 되었을 때의 고통은 어떠할 것인가. 에두아르트와 대위가 자리에 없었다. 샤를로테는 오랜만에 처음으로 식탁을 손수 차렸다. 그런 모습을 보자 오틸리에는 자신이 마치 강등되기라도 한 것 같았다. 두 여성은 서로 마주보며 앉았다. 샤를로테는 대위가 자리를 얻었다는 것, 그리고 그를 다시 보게 될 희망은 거의 없으리라는 이야기를 솔직하게 털어놓았다. 그런 상황에서 오틸리에에게 위로가 되었던 유일한 사실은, 에두아르트가 그 친구를 바래다주기 위해 말을 타고 따라나갔을지 모른다는 것이었다.

그러나 그들이 식탁에서 일어났을 때, 에두아르트의 여행마차가 창문 아래 서있는 것이 보였다. 샤를로테가 다소 언짢아하며 누가 그 마차를 이리로 불렀는지 묻자 사람들은 집사가 여기서 몇 가지 물건을 더 실으려고 그랬다고 대답했다. 오틸리에는 놀라움과 고통을 숨기기 위해 최대한 정신력을 발휘해야 했다.

집사가 와서 몇 가지를 더 요구했다. 주인이 쓸 찻잔과 은수저 두어 벌 등 여러 가지였다. 오틸리에가 볼 때 이런 것들은 비교적 오래 돌아오지 않을 긴 여행을 위한 것 같았다. 샤를로테는 집사의 요구를 아주 메마르게 거절했다. 그가 도대체 무슨 말을 하려는 것인지 모르겠다고 했다. 주인과 관련된 것은 전부 집사가 보관하고 있으면서 무슨 소리를 하고 있느냐고 했다. 물론 이 능숙한 남자는 오틸리에에게 말을 걸어 무슨 구실로든 그녀를 방에서 불러내는 것만이 이곳에 온 이유였기 때문에 샤를로테에게 죄송하다는 말을 하면서도 자기 요구를 되풀이하고 있었다. 오틸리에가 보기에도 그런 요구는 들어줘도 될 것 같았다. 그러나 샤를로테는 이를 거부했고, 집사도 물러나지 않을 수 없었다. 마차의 바퀴들이 구르기 시작했다.

그것은 오틸리에에게 끔찍한 순간이었다. 그녀는 상황을 이해하지도, 파악하지도 못했다. 그러나 에두아르트와 오랫동안 떨어져 있으리라는 것만은 확실하게 느꼈다. 샤를로테도 그녀에게 연민을 느꼈고, 그녀를 혼자 있게 놔두었다. 감히 그녀의 고통, 그녀의 눈물을 묘사할 수가 없다. 그녀는 한없이 고통스러웠다. 제발 오늘만 견디게 해달라고 신께 빌었다. 그녀가 간신히 그날과 그 밤을 견뎌낸 후에 다시 자신의 모습을 보았을 때, 그녀는 마치 다른 사람을 보는 것 같았다.

그녀는 정신을 차린 것도 아니었고, 완전히 체념한 것도 아니었다. 그러나 그녀는 커다란 마음의 상실을 겪은 후에도 여전히 그곳에 머물렀고, 이제는 더 많은 것을 두려워해야 했다. 의식이 돌아오고 난 후에 그녀가 맨 처음 한 걱정은 이제 그 남자들이 떠난 마당이니 자신도 똑같이 떠나게 될지도 모른다는 것이었다. 그녀는 자기가 샤를로테 곁에 안전하게 머물 수 있도록 에두아르트가 협박했다는 것은 전혀 모르고 있었다. 그래도 샤를로테의 태도는 어느 정도 그녀를 진정시켜 주었다. 샤를로테는 이 착한 아이에게 뭔가 일거리를 주려고 했고, 그녀를 그냥 내버려두는 일도 드물었을 뿐 아니라, 그나마도 부득이한 경우에만 그렇게 했다. 단호한 열정을 식혀 보려고 하는 말들이 별 효과가 없다는 것은 샤를로테도 알고 있었지만, 분별력과 의식이 어떤 힘을 가졌는지도 알고 있었으므로, 자기와 오틸리에 사이의 여러 문제를 화제로 삼았다.

그래서 샤를로테가 때때로 신중히 생각하고 의도적으로 현명하게 관찰한 바를 이야기할 때마다 오틸리에는 커다란 위로가 되었다.

"그들의 감사하는 마음이 얼마나 지극하겠니!" 그녀가 말했다. "혼란한 정열에 빠져 있던 사람을 우리가 침착하게 도와줘서 거기에서 빠져나올 수 있게 해준다면 말이다. 남자들이 끝내지 않고 남겨둔 일을 즐겁고 활기차게 처리하자꾸나. 그들의 급하고 성마른 성격에 파괴될지도 모르는 것을 우리가 절제력을 발휘하여 유지하고 장려해서 그들의 귀향이라는 가장 아름다운 희망을 맞을 준비를 하자는 거야."

"아주머니께서 절제력을 말씀하시니까" 오틸리에가 대답했다. "그 당시 남자들이 특히 술을 절제하지 못했던 게 생각나요. 저는 그런 것을 보면 정말로 우울하고 겁날 때가 많았어요. 순수한 이성이나 똑똑함, 배려심도 아무 소용 없고, 우아함과 사랑스러움도 몇 시간 동안 사라져 버리고, 뛰어난 남자가 할 수 있고 해도 되는 좋은 일들 대신에 불행과 혼란이 시작되려고 하는 것을 보면서 말예요. 그 때문에 무리한 결정을 내릴 뻔한 적도 참 많았죠!"

샤를로테는 그 말이 옳다고 했다. 하지만 그 대화를 계속하지는 않았다. 그녀는 여기서도 오틸리에가 염두에 두고 있는 사람은 에두아르트라는 것을 알았기 때문이다. 그는 습관적이지는 않았지만 필요 이상으로 자주 술 마실 기회를 만들어 포도주를 마심으로써 자신의 만족과 말재주, 활동력을 고무하곤 했던 것이다.

샤를로테가 방금 한 말을 들으면서 두 남자를 떠올렸던, 아니 그중에서도 특히 에두아르트를 떠올렸던 오틸리에로서는 샤를로테가 조만간 있게 될 대위의 결혼에 대해 마치 누구나 알고 있는 기정사실인양 말하는 것을 보며 몹시 의아했다. 에두아르트가 예전에 장담한 것과는 전혀 다르게 이야기되고 있었기 때문이다. 이런 모든 일 때문에 오틸리에는 샤를로테가 하는 말 한마디 한마디, 손짓 하나하나, 모든 행동과 발걸음 하나까지도 점점 더 주목하게 되었다. 오틸리에는 자기도 모르는 사이 어느덧 영리하고 예리하고 약아져 가고 있었던 것이다.

샤를로테는 그동안 예리한 시선으로 주위의 모든 일을 샅샅이 관찰했고, 확실하고 노련하게 일을 처리해 가면서, 항상 오틸리에를 그런 일에 참여시켰다. 샤를로테는 가사를 과감하게 축소했다. 사실 그녀가 모든 것을 관찰해 보니, 그 연애사건도 일종의 행복한 섭리처럼 생각되었다. 생활이 기존 방식대로 계속되었더라면, 일은 무한정 확대되기 쉬웠을 것이고, 충분한 시간을 두어 생각하지 않고 마구잡이로 생활하고 충동적으로 살아가다 보면 행복스럽고 풍부한 재산이 파탄지경은 아니더라도 크게 뒤흔들렸을 것이기 때문이다.

아직 진행 중인 공사부지 작업은 그녀에게 방해되지 않았다. 오히려 미래의 건설을 위해 기초가 되어야 할 작업은 계속 추진했다. 하지만 그 이상으로 나아가지는 않았다. 남편이 돌아왔을 때 즐겁게 할 수 있는 일거리도 있어야 했기 때문이다.

이러한 작업과 계획을 진행하면서 그녀가 아무리 칭찬해도 모자랐던 것은 그 건축사의 작업방식이었다. 호수가 어느새 그녀 눈앞에 펼쳐져 있었으며, 새로 생긴 호수 주변은 꽃과 잔디를 심어 다양하게 장식되어 있었다. 새 건물을 위한 기초공사도 모두 완료되었고, 건물의 유지를 위해 필요한 시설도 마련되었다. 그러자 그녀는 즐거운 마음으로 다시 시작할 수 있을 지점에서 작업을 일단 종결시켰다. 이제 그녀의 마음은 편하고 밝았다. 그러나 오틸리에는 겉모습만 그랬다. 왜냐하면 어떤 일에서건 그녀는 에두아르트가 곧 올 것인지 아닌지를 말해 주는 징후 외에는 아무것도 관찰하지 않았기 때문이다.

그래서 샤를로테에게는 시설물 하나가 반갑기만 했다. 이곳에 농가의 소년들을 모아서 넓어진 공원을 항상 깨끗이 유지하도록 교육[1]시킬 생각이었다. 에두아르트도 이미 그 생각을 품고 있었다. 사람들은 소년들에게 밝은 유니폼을 맞춰 주었고, 소년들은 저녁에 몸을 철저히 씻고 난 후 이 유니폼을 입었다. 옷 보관실은 성 안에 있었다. 가장 분별 있고 정확한 소년에게 감독역할이 주어졌다. 건축사가 일을 총괄했고, 어느새 모든 소년이 확실한 재주를 습득하고 있었다. 소년들을 훈련시키는 일은 쉬운 일이었다. 소년들이 일을 수행하는 모습에도 훈련된 티가 났다. 어떤 아이들이 잡초와 돌을 치우기 위해서 표면을 긁어내는 도구나 손잡이가 달린 칼, 갈퀴나 작은 삽, 괭이나 먼지떨이, 빗자루 등을 들고 걸어 들어오면 다른 아이들은 바구니를 들고 그 뒤를 따라 들어오고, 그러면 또 다른 아이들은 높고 커다란 강철 롤러바퀴를 끌고 들어와서, 아름답

[1] 농가의 소년들처럼 미성숙한 인간의 오성을 발달시키는 '교육'은 무엇보다도 계몽주의의 업적이다. 질풍노도 운동을 주도하던 청년기의 괴테는 계몽주의의 경직된 이성중심주의를 반대하기도 했지만, 사회 전체의 문화 수준을 향상시키기 위한 교육 사업에는 항상 높은 가치를 두었다. 이러한 면모가 특히 괴테의 주요 산문에 광범위하게 나타나는데, 대표적인 예가 자라나는 아이들의 교육과 관련된 모티브다. 이 모티브는 《빌헬름 마이스터의 수업시대》와 《빌헬름 마이스터의 편력시대》에 이르러 소설의 본격적인 테마의 하나로 자리 잡는다.

고 보기 좋은 행렬이 생겨났다. 건축사는 이러한 행렬을 보면서 정자의 장식 띠를 만드는 작업에서 소년들을 어떻게 배치하고 어떤 순서로 일을 진행시킬 것인지도 요령 있게 메모하고 있었다. 그와 달리 오틸리에는 이 아이들의 행렬을 보며 나중에 돌아올 집주인을 환영하는 일종의 퍼레이드만을 떠올리고 있었다.

이로 인해 그녀는 에두아르트도 뭔가 그 비슷한 것으로 맞이해야겠다는 용기와 흥미를 얻었다. 사람들은 언제부턴가 그 마을의 소녀들에게도 바느질이나 뜨개질, 물레질, 다른 여성적인 일들을 장려하는 일에 공을 들여 왔다. 마을의 청결과 미화를 위한 작업이 있었던 후로는 이러한 미덕의 가짓수도 늘어났다. 오틸리에는 항상 참여했지만, 우연으로 혹은 기회나 취향이 맞아서 하는 경우가 더 많았다. 이제부터는 그녀도 좀 더 자립적이고 수미일관하게 일을 하리라고 생각했다. 그러나 소녀들을 모아놓고 보니 소년들의 경우처럼 하나의 합창대 같은 통일성이 생기지는 않았다. 그녀는 자신의 건전한 생각에 따라 행동했다. 그녀가 겉으로 드러내지 않고 조용히 시도했던 것은 소녀들 각자에게 집과 부모형제에 대한 애정을 불어넣는 것뿐이었다.

그녀는 많은 소녀들에게서 이 일을 이루어냈다. 다만 어리고 생기발랄한 한 소녀만은 재주도 없고 집에서 아무 일도 하지 않으려 한다는 비난을 들었다. 오틸리에는 그 소녀를 싫어할 수가 없었다. 그 애가 유달리 오틸리에를 잘 따랐기 때문이다. 소녀는 그녀를 졸졸 따라다니면서 허락만 해주면 어디라도 그녀와 같이 다녔다. 그럴 때의 소녀는 활동적이고 쾌활하며 피곤한 줄을 몰랐다. 아름다운 여주인에 대한 애정이야말로 이 아이에게는 꼭 필요해 보였다. 처음에는 오틸리에가 그 아이가 따라다니는 것을 참아주는 편이었는데, 나중에는 그녀 스스로 아이에 대한 애정을 갖게 되었고, 마침내 서로가 서로에게서 떨어질 수 없는 사이가 되었다. 그리하여 나니는 여주인이 가는 곳이면 어디든 따라다녔던 것이다.

오틸리에는 종종 정원으로 산책하러 나가 아름답게 잘 자란 식물을 보며 기뻐했다. 산딸기와 버찌의 제철은 지나갔다.[2] 하지만 나니는 철이 지나도 열려 있는 산딸기와 버찌를 특히 즐겨 먹었다. 정원사는 가을에 풍성한 수확을 약속하는 다른 과일들을 보면서 항상 주인을 생각했고, 그럴 때마다 반드시 주인이 왔으면 좋겠다는 소망을 피력하는 것이었다. 오틸리에는 이 선한 노인의 이야기에 귀를 기울이는 것이 좋았다. 그는 자기 작업을 완벽하게 해낼 줄 알았고, 에두아르트에 관한 좋은 이야기를 끝없이 꺼냈던 것이다.

봄에 접붙인 가지들이 아름답게 자란 것을 보면서 오틸리에가 기뻐하자 정원사는 생각에 잠기며 이런 말을 했다. "저로서는 그저 훌륭하신 주인님께서 그것을 보고 크게 기뻐하시기를 바랄 뿐입니다. 이번 가을 안에만 오신다면, 주인님의 선친 때부터 내려온 귀한 품종의 나무들이 궁성의 옛 정원에는 아직도 얼마나 많이 있는지를 보시게 될 겁니다. 요즘 정원사들은 예전의 카르토우센스 수도사들만큼 믿음직스럽지가 않지요.[3] 목록을 보면 정말 그럴듯한 이름들이 있습니다. 그런데 그것들로 접지를 하고 나무를 키우다가 열매가 맺힐 때가 되어서야 비로소 그런 나무들은 이 정원에 있을 만한 가치가 없다는 것을 알게 된단 말입니다."

이 충직한 하인은 오틸리에를 볼 때마다 거의 매번 되풀이해서 주인의 귀환 여부와 그 일정에 대해서 물었다. 오틸리에가 그에게 대답할 수 없을 때면, 이 착한 남자는 그녀가 자기를 믿지 못해서 말해 주지 않는 것으로 생각하고는 마음속으로 서운해하고 있다는 것을 오틸리에도 느끼게 했다. 그래서 그녀는 자신이 아무것도

2 여름이 시작되었다는 뜻.

3 카르토우센스 수도사: 그르노블 근교 라 샤트뢰즈에 1084년 건립된 카르토우센스 수도원은 엄격한 규칙 — 고독과 침묵 — 하에 유지되었고 한때는 파리에 유명한 수목원들을 가지고 있었다.

모른다는 것을 뼈저리게 느끼지 않을 수 없었고 그만큼 더 고통스러웠다. 그래도 그녀는 이 꽃밭이며 화단들과 떨어질 수가 없었다. 화단의 일부는 둘이 함께 씨도 뿌려 키워온 것인데 이제 이 모든 것이 만개하고 있었다. 나니가 항상 물을 주는 것 외에는 별로 손볼 것도 없었다. 이제야 비로소 모습을 드러내고 있는 늦가을의 꽃들[4]을 바라보는 오틸리에의 마음이 어떠했겠는가! 오틸리에는 언젠가 에두아르트의 생일에 잔치를 벌여 주겠다고 스스로 다짐하고 있었다. 그리고 바로 이 꽃들이야말로 그 생일에 눈부시게 가득 피어나서 오틸리에의 애정과 감사를 대신 표현해 줘야 할 것들이었다! 그러나 이러한 잔치를 보게 되리라는 희망이 항상 똑같이 강렬하지만은 않았다. 절망과 걱정이 이 착한 처녀의 영혼 주위를 맴돌며 속삭이고 있었다.

오틸리에가 샤를로테와 제대로, 솔직하게 의견이 일치하는 일도 이제는 더 이상 가능하지 않았다. 두 여자의 처지가 당연하게도 서로 달랐기 때문이다. 모든 일이 옛날 그대로 되고 합법칙적인 삶의 행로로 다시 돌아가게 된다면, 샤를로테는 현재의 행복을 얻는 것이고 미래에 대한 즐거운 전망이 그녀에게 열릴 것이다. 거꾸로 오틸리에는 모든 것을 잃을 것이다. 그렇다, 모든 것이라고 말할 수 있다. 왜냐하면 그녀는 무엇보다도 에두아르트에게서 비로소 생명과 기쁨의 터전을 발견했기 때문이다. 그리고 지금은 전에는 예감조차 하지 못했던 무한한 공허만을 느꼈다. 무언가를 찾고 있는 마음일 때는 자신에게 무언가가 결핍되어 있다는 사실도 잘 느껴지기 때문이다. 뭔가를 잃어버렸다는 마음은 뭔가가 부족하다는 것을 느끼는 마음이다. 동경은 불쾌감과 짜증으로 변하고, 기대하고 기다리는 것에 익숙해진 여자의 마음은 이제 그 영역에서 벗어나오려고 하며, 활기를 되찾아 뭔가를 계획하고 자신의 행복을 위해서

4 과꽃(Aster)들을 가리키는데, 과꽃은 죽음을 상징하는 꽃이기도 하다.

도 뭔가를 하고 싶어하기 마련이다.

오틸리에는 에두아르트를 포기하지 못했다. 그녀가 어떻게 그럴 수 있겠는가! 설령 샤를로테가 자신의 확신을 고수하지 않고 현재의 사태를 익숙한 사실로 간주하고 자기 남편과 오틸리에 간에 차분한 우정관계가 가능하다는 것을 기정사실로 받아들일 수 있을 만큼 충분히 영리한 여자였다고 하더라도 말이다. 그러나 오틸리에가 밤이 되면 방안에서 문을 잠근 채, 열린 트렁크 앞에 무릎을 꿇고 앉아서, 자신은 아직 사용해 보지도 재단해 보지도 못한, 또 그것으로 무엇을 만들어 보지도 못한 그 생일선물들을 열심히 들여다본 적은 얼마나 많았던가.[5] 이 착한 처녀가 평소에는 자신의 모든 행복을 발견하던 이 집에서, 해만 뜨면 곧장 밖으로 뛰쳐나가, 평소에는 관심을 두지도 않았던 지역으로 달려나간 적은 또 얼마나 많았던가. 그러나 이런 땅 위에서도 그녀는 머무르려 하지 않았다. 그녀는 나룻배 위로 훌쩍 뛰어내려, 노를 저으며 호수 한가운데까지 나아갔다. 그러고는 여행기[6]를 하나 꺼냈고, 자신은 요동치는 파도 위에 흔들거리며, 그것을 읽고, 낯선 곳을 향한 꿈속에 빠져들었다. 그리고 그곳에서 항상 사랑하는 그 사람을 발견했다. 그의 마음에는 그녀가, 그녀의 마음에는 그가, 여전히 가까운 곳에 머물고 있었던 것이다.

5 오틸리에가 선물로 받은 가방과 그 내용물은 사랑하는 사람과의 생활에 대한 희망을 상징하는 것이다.

6 이 작품의 결말을 암시하는 복선이 깔려 있는 대목이다. 미지의 곳을 향해 먼 길을 떠난다는 이미지가 일차적으로는 길을 떠나 있는 에두아르트에게, 이차적으로는 영영 먼 길을 떠나게 될 이 연인들의 행로와 겹쳐지고 있는 것이다. 나룻배는 작은 배로 강이나 호수를 건네주는 데 사용되지만, 생의 차안에서 피안으로 건네주는 상징으로 이해되기도 한다.

제 18 장

우리가 이미 알고 있는 바대로 놀랍도록 활동적인 남자인 미틀러가 이 친구들 사이에서 일어난 그 불행의 이야기를 들은 후에, 비록 당사자 중 어느 쪽도 도움을 청한 적은 없지만, 이 기회에 자신의 우정과 노련함을 입증하고 시험해 보고 싶어했으리라는 것은 능히 짐작할 수 있는 일이다. 그래도 그가 보기에 당분간은 관망하는 것이 나은 것 같았다. 윤리적으로 흔들리는 경우에는 교양 있는 사람을 도와주는 것이 교양 없는 사람을 도와주는 것보다 어렵다는 것을 그 자신은 너무나 잘 알고 있었기 때문이다. 그는 한동안 그 일을 그냥 내버려두었다. 그러나 결국 그도 더는 참을 수가 없어서 에두아르트를 찾으러 서둘러 갔다. 물론 그도 이미 어느 정도는 에두아르트의 종적을 찾아내고 있었다.

길을 가다가 그는 마음에 드는 골짜기에 다다랐다. 녹음이 우아하고 나무가 많은 골짜기의 저변은 항상 콸콸 흐르는 시냇물로 넘치고 있었는데, 시냇물은 때로는 거칠게 굽이치고, 때로는 졸졸거리며 흘러내리고 있었다. 완만한 언덕 위로 비옥한 밭과 잘 자란 과실수들이 늘어서 있었다. 마을들은 너무 비좁을 정도로 다닥다닥 붙어 있지도 않았고, 전체적으로 평화로운 분위기를 띠고 있었다. 한 부분 한 부분 그림을 그려야 좋을 정도까지는 아니어도 살기에는 매우 적당한 것 같았다.

깨끗하고 소박한 살림집이 딸리고 정원으로 둘러싸인 잘 가꿔진 농가 하나가 마침내 그의 눈에 들어왔다. 그는 여기가 에두아르트의 현재 거처일 것이라고 추측했다. 그의 추측이 맞았다.

이 고요한 친구에 대해서 우리가 말할 수 있는 것은, 그가 지금 말없이 자신의 열정에 전적으로 몰두하고 있으며, 그 와중에도 여러 계획을 세우고 점차 희망을 가지고 있다는 것 정도다. 그 스스로도 부인할 수 없었던 것처럼, 그는 여기서 오틸리에를 만나고 싶어했다. 오틸리에를 여기로 데려오고 싶었고, 유혹하고 싶었다. 무엇은 해도 되고 무엇은 하면 안 되는지 생각해볼 겨를도 없었다. 그의 상상력은 온갖 방향으로 나래를 폈다. 그녀를 여기서 소유할 수 없다면, 아니 합법적으로 소유할 수 없다면, 장원의 소유를 그녀에게 양도해야지. 그녀가 여기서 조용히 혼자, 누구에게도 의존하지 않고 살아갈 수 있어야 하는 거야. 그녀는 행복하게 살아야 돼. 어쩌면 누군가 다른 사람과 행복하게 살지도 모르지. 물론 이런 상상은 그로서는 자학적인 상상이었다.

그런 식으로 희망과 고통, 눈물과 명랑함, 계획과 준비와 절망 사이를 영원히 왔다 갔다 하면서 그의 세월은 흘러갔다. 미틀러를 보고도 그는 놀라지 않았다. 그는 미틀러가 오기를 오래전부터 기다렸고, 그런 점에서 그의 도착은 어느 정도 반갑기도 했다. 샤를로테가 미틀러를 보낼 것이라 생각해서, 이미 갖가지 구실을 대면서 날짜를 미루다가 결정적인 제안을 할 준비를 해두고 있었다. 그러나 이제는 오틸리에에 대해서 뭔가를 듣고 싶었으므로, 미틀러는 천국에서 보낸 전령처럼 사랑스럽게 느껴졌다.

그랬던 만큼, 미틀러가 샤를로테에게서 오는 것이 아니라 다른 일로 왔다는 말을 듣자, 에두아르트는 화가 나고 기분이 언짢아졌다. 그의 마음의 문이 닫혔고, 대화는 처음부터 풀리려 하지 않았다.

그렇지만 미틀러는 너무나 잘 알고 있었다. 사랑에 빠진 기분은 자신의 상태를 발설하기 마련이며, 자기에게 생긴 일을 친구에게 다 털어놓고 싶은 욕구가 크다는 것, 그렇기 때문에 자기가 한동안은 대화를 주거니 받거니 하다가 슬쩍 자신의 중재자 역할에서 벗어나 속마음을 터놓을 수 있는 친구처럼 굴더라도, 결국 에두아르트가 받아들이리라는 것을 말이다.

그가 에두아르트의 고적한 생활에 대해 친구처럼 잔소리를 하자, 에두아르트는 이렇게 대답했다. "아, 제가 이 이상 어떻게 더 편안하게 제 시간을 보내야 한다는 것인지 모르겠네요. 항상 오틸리에 생각을 하느라 여념이 없고, 항상 그녀 곁에 있습니다. 제가 저의 가장 귀중한 장점이라고 생각하는 것은, 오틸리에가 어디 있는지, 어디에 가는지, 어떻게 서있으며, 어떻게 쉬고 있는지 상상할 수 있다는 것이죠. 그녀가 제 앞에서 평소처럼 일하고 행동하는 모습이 보입니다. 뭔가를 이뤄내고 어떤 일을 계획하는 것도요. 물론 항상 가장 제 마음에 드는 일을 하는 모습만 보입니다. 하지만 이것으로 끝이 아니죠. 그녀와 이렇게 멀리 떨어져 있는 것이 행복할 수는 없으니까요. 그래서 열심히 상상해보고 있어요. 오틸리에가 나와 가까워지려면 어떻게 해야 하나 하고 말입니다. 저는 그녀의 이름으로 속마음을 털어놓는 달콤한 편지를 제 앞으로 씁니다. 그리고 답장하는 편지도 쓰지요. 그리곤 그 편지들을 함께 보관해요. 약속했거든요. 그녀에게는 한 발자국도 다가가지 않겠다고. 그 약속은 지킬 겁니다. 하지만 그녀가 제게로 오면 안 된다는 규정이라도 있나요? 어쩌면 샤를로테가 잔인했던 것은 아닐까요? 그래서 오틸리에가 저에게 편지도 안 쓰고 소식도 안 보내겠다는 맹세라도 하도록 요구했던 것은 아닐까요? 당연하죠. 필시 그랬을 겁니다. 저는 그런 일이야말로 전대미문의 사건이며 참을 수 없는 일이라고 생각해요. 그런데 제가 믿고 있고, 알고 있는 것처럼 그녀가 나를 사랑한다면,

왜 그녀는 결단을 내리지 않는 걸까요? 왜 도망 와서 내 품에 안기려고 하지 않는 거죠? 가끔 그렇게 생각해요. 그녀는 그렇게 해야 한다고, 그럴 수 있을 거라고 말예요. 현관홀에서 뭔가 움직이기만 해도 저는 문 쪽을 쳐다봅니다. 그녀가 오는 거야! 그렇게 생각해요. 그러기를 바랍니다. 아, 그런데 가능한 일도 불가능해질 수 있다면, 불가능한 일도 가능해질 수 있어야 하는 것 아닌가, 그런 상상도 해봅니다. 밤중에 깨났을 때, 램프가 침실에 비추면서 불명확한 그림자라도 생길 때면, 그녀의 모습, 정신, 예감 같은 것들이 둥둥 떠다니다가 내게로 가까이 와서 나를 붙잡아 주면 좋을 텐데 하는 생각도 합니다. 단 한 순간이라도 확신 같은 것을 가질 수 있도록 말입니다. 그녀가 나를 생각하는구나, 그녀는 내 것이구나, 그런 확신 말이죠.

저에게도 딱 한 가지 즐거움은 있어요. 제가 그녀 가까이에 있었을 때는 그녀 꿈을 꾼 적이 없었거든요. 하지만 멀리 있는 지금은, 꿈속에서 함께 있어요. 정말 신기한 일이죠. 여기에 와서 좋은 이웃들을 알게 된 지도 한참 되었는데, 이제야 비로소 그녀의 모습이 제 꿈에 나타나다니요. 마치 그녀가 이런 말을 제게 하려는 것 같아요. '주변을 이리저리 둘러보아도 저만큼 예쁘고 사랑스러운 존재는 보지 못하실걸요.' 그런 식으로 그녀 모습은 제가 꾸는 꿈마다 전부 섞여 들어옵니다. 저의 꿈속에서 그녀 모습과 함께 나타나는 것들은 항상 서로 뒤섞이고 중첩됩니다. 때로는 우리가 어떤 계약에 서명할 때도 있어요. 그녀의 손과 제 손, 그녀의 이름과 제 이름이 나타납니다. 둘 다 용해되면서 뒤얽히지요. 하지만 이처럼 사랑스러운 환상의 요술장난이라고 해서 고통이 없는 것은 아니죠. 제가 그녀에 대해서 가지고 있는 순수한 생각을 그녀가 모독할 때도 가끔 있어요. 그럴 때마다 저는 그 때문에 겁을 먹으면서도 제가 그녀를 얼마나 사랑하는지 비로소 느끼게 됩니다. 때로 그녀는 자신의 본성과 달리 저를 놀리기도 하고 괴롭히기도 합니다. 하지만 그러면 당장에 그녀의 모습이 변해요. 그녀의 아름답고 동그랗고 천사 같은 얼굴이 길쭉해지면서, 완전히 다른 사람이 되죠. 하지만 저는 이미 괴롭고, 불만족스럽고, 녹초가 되어 있지요.

친애하는 미틀러 씨, 웃지 마세요, 아니 웃으시든지요! 아, 제가 이처럼 그녀에게 매달린다고 해서 그것을 부끄러워하지는 않습니다. 굳이 말하자면 어리석고 광포한 연정이라 하더라도 그것을 부끄럽게 생각하지 않는다니까요. 아니, 지금까지는 사랑이라는 것을 해본 적도 없어요. 이제 비로소 사랑이 무엇인지 경험하고 있지요. 지금까지는 모든 것이 그저 제 인생의 서곡일 뿐이었어요. 미적거리고, 시간을 낭비하고, 시간을 망치는 것일 뿐이었죠. 그녀를 알기까지는 말입니다. 그녀를 전적으로 제대로 사랑하게 되기까지는 말예요. 사람들이 제 얼굴에 대고 욕을 하진 않았지만, 뒤에서는 했을 거예요. 제가 대부분 일을 제대로 못 하거나 망치기만 한다고 말입니다. 그럴지도 모르죠. 하지만 저는 아직도 저 자신을 마이스터로 보일 수 있을 만한 영역을 찾지 못했어요. 사랑의 기술에서 저를 능가하는 사람이 있다면 한번 보고 싶네요.[1]

물론 그것이 한스럽기 짝이 없고 고통과 눈물로 넘쳐나는 것이기는 해요. 그래도 제게는 그것이 몹시 자연스럽고 본연의 것인지라 포기하기란 정말 어려울 것 같습니다."

이렇듯 생생하고 마음에서 우러나오는 표현을 하는 중에 에두아르트의 마음도 한결 가벼워지고 있었다. 그러나 갑자기 그 놀라운 처지가 구체적으로 하나씩 뚜렷하게 그의 눈앞에 나타났기 때문에 고통스러운 고뇌에 압도된 그는 눈물을 왈칵 쏟았다. 말을 많이

1 자신이 사랑의 마이스터라는 이 구절은 이 소설과 《빌헬름 마이스터의 편력시대》라는 소설을 연결해 주는 역할을 한다. 《친화력》은 원래 《빌헬름 마이스터의 편력시대》를 위한 삽화처럼 구상되었던 작품이다. 그러나 빌헬름 마이스터가 열정적인 사랑을 체념적으로 절제하는 반면, 에두아르트는 무제한적인 사랑을 추구한다는 점에서 양 소설은 대조적이다.

해서 긴장이 풀린 상태라 눈물도 그만큼 더 거리낌 없이 펑펑 솟아나고 있었다.

천성이 민활하고 냉정한 이성의 소유자인 미틀러는 에두아르트의 열정이 이처럼 고통스럽게 분출되면 자신이 이곳에 온 목적이 그만큼 멀어진다는 것을 알았으므로, 에두아르트에게 그러지 말았으면 좋겠다는 생각을 솔직하고 거친 방식으로 표현했다. 그의 말인즉, 에두아르트는 정신을 차려야 하며, 남자의 품위에 맞게 행동하는 것이 어떤 것인지를 생각해야 하고, 불행한 가운데서도 정신을 가다듬어야 한다는 것, 고통에 대해서도 흥분하지 않고 태연하게 견뎌서 고귀한 사람으로 평가받고 존경받으며 모범이 되는 것이야말로 인간에게 최고의 명예를 가져다주는 것임을 잊지 말아야 한다는 것이었다.

에두아르트는 흥분한데다가 너무나 고통스러운 감정에 사로잡혀 있어서 이런 말들이 공허하고 무의미하게 들렸다.

"행복한 사람, 팔자 좋은 사람들은 말 한번 잘하더군요." 에두아르트는 발끈했다. "하지만 열정에 빠진 사람 입장에서는 그런 사람이야말로 지겨운 존재라는 사실을 알게 되면 스스로 부끄러워질 겁니다. 그들은 무한정 참아야 한다고 말하죠. 팔자가 늘어진 사람들은 무한한 고통이라는 것을 알지 못해서 그런 말을 하는 거예요. 어떤 위로도 천박하게 느껴지고 절망이 의무처럼 되는[2] 그런 경우들도 있어요. 정말이지 그런 경우들도 있다니까요! 영웅들도 잘 묘사했던 어느 고귀한 그리스인[3]은, 자기 영웅들도 마음이 고통스러울 때는 울게 했고 이것을 절대 부끄러워하지 않았습니다.[4] 심지어 속담을

2 원래 이 구절은 괴테가 《파우스트》에 삽입하려고 하던 구절인데 이 소설에서 쓰이게 된 것이다. 괴테 작품에서는 원래 쓰이려고 하던 위치를 벗어나 다른 작품 속으로 들어서는 구절들을 빈번하게 찾아볼 수 있다. 이 소설 자체도 원래는 《빌헬름 마이스터의 편력시대》의 에피소드처럼 구상되었다가 본격적인 소설로 독립했다.

3 괴테가 플라톤과 더불어 숭배했던 고대의 시인 호메로스.

4 호메로스의 《일리아스》에 나오는 영웅 중에서 최고의 영웅이었던 아킬레우스는 친구의

빌려서도 그런 말을 하죠. '눈물이 많은 남자가 훌륭한 남자다.' 마음이 메마르고 눈물이 마른 사람은 전부 제 곁에서 떠났으면 좋겠어요! 저는 불행한 사람이 대단한 구경거리밖에 안 되는 행복한 사람들을 저주합니다. 불행한 사람이 행복한 사람의 갈채를 받으려면 육체적으로나 정신적으로나 도저히 탈출구가 없는 극도로 가혹한 상황에서도 고귀한 태도를 보여야 하거든요. 그리고 그들이 죽어가는 그에게 다시 한번 박수를 보낼 수 있도록, 마치 고대의 검투사처럼 그들의 눈앞에서 품위 있게 죽어 가야 하는 겁니다. 존경하는 미틀러 씨, 와주셔서 감사합니다. 하지만 정원이나 이 지역을 둘러봐 주시는 것이 저에게 커다란 사랑을 보여 주시는 겁니다. 다음에 다시 뵙겠죠. 그때는 저도 좀 더 침착하고 좀 더 당신을 닮도록 노력하겠습니다."

미틀러는 이 대화를 중단하기보다는 화제를 본론으로 돌리고 싶었다. 이 대화를 그렇게 쉽게 다시 꺼낼 수는 없을 것 같아서였다. 에두아르트에게도 이 대화를 계속 진행하는 것이 안성맞춤이었다. 대화는 별 어려움 없이 그의 목표를 향해 진행되려고 하는 중이었기 때문이다.

"물론" 에두아르트가 말했다. "이 생각 저 생각을 하거나 이 말 저 말을 해보는 것은 아무 도움이 되지 않죠. 하지만 저는 이런 대화를 하는 중에 비로소 저 자신을 제대로 알게 됐고, 어떤 결심을 해야 하며 어떤 결단을 내려야만 하는지 비로소 확실하게 느끼게 됐습니다. 저에게는 현재의 삶, 그리고 앞으로의 삶이 눈앞에 보입니다. 저는 비참한 삶과 행복한 삶 중에서 한 가지를 선택해야 합니다. 친애하는 미틀러 씨, 그렇게 필연적인 이혼이 성사되도록 도와주십시오. 결정은 이미 내려졌습니다. 샤를로테의 동의를 얻어 주세요! 그녀의 동의를 얻을 수 있으리라고 제가 믿는 이유에 대해서는

죽음을 접하고 미친 듯이 분노하며 울어댄다.

더 이상 이야기하지 않겠습니다. 제발, 어서 가셔서 우리 모두를 진정시켜 주시고, 우리를 행복하게 해주세요!"

미틀러는 말문이 막혔다. 에두아르트는 말을 계속했다. "저와 오틸리에의 운명은 떼려야 뗄 수 없는 것이며 사라지지도 않을 겁니다. 이 유리잔을 보세요! 우리 이름의 이니셜이 여기에 새겨져 있어요. 축제를 즐기던 어떤 사람이 이것을 공중에 던졌지요. 아무도 이 잔으로 더 이상 마실 수 없고 바닥에 떨어져서 깨져야 하는 운명이었죠. 그런데 그것을 누군가가 받았어요. 저는 비싼 가격을 치르고 이것을 다시 사들였습니다. 그리고 저는 매일 이 잔으로 술을 마십니다. 운명으로 정해진 관계는 깨지지 않는다는 것을 매일매일 확신하기 위해서지요."

"이거 정말 고통스럽구먼." 미틀러가 외쳤다. "그동안 내 친구들 때문에 별별 일들을 다 참으며 살아왔어! 그런데 이제는 미신까지 나오는군. 미신은 인간에게 나타날 수 있는 것 중에 가장 해로운 것이라서 나는 좋아해본 적이 없어. 우리는 예언이나 꿈들을 가지고 유희를 하다가, 일상적인 삶도 의미심장한 것처럼 보이도록 하지. 하지만 정작 삶 자체가 심각해지면서 우리 주변의 모든 것이 동요하고 휘몰아치게 되면 미신이라는 것들이 삶의 폭풍우를 더욱더 끔찍하게 만들어 놓는 거야."

"이처럼 불확실한 인생에" 에두아르트가 외쳤다. "이처럼 희망과 두려움 속에 있는 가련한 영혼의 길잡이가 될 수 있는 별자리라도 있다면 그것이 어떤 종류든 그냥 내버려두세요. 설령 가련한 영혼이 그 별자리를 좇아서 항해할 수는 없더라도 그것을 쳐다보기라도 할 수 있게 말입니다."

"그런 것을 받아들일 수도 있겠지." 미틀러가 대답했다. "거기에서 약간이라도 어떤 결과가 나타날 것이라고 바랄 수만 있다면 말이네. 하지만 내가 항상 겪어온 바로는 이렇다네. 경고 역할을 하는 징조들에 주의를 기울이는 인간은 아무도 없고, 아첨하고 미래를 약속해 주는 듯이 보이는 것만 주목받으며, 그에 대한 신앙만이 살아있다는 것이지."

이제 미틀러는 오래 있으면 있을수록 점점 더 불쾌해지는 그런 막막한 상황에까지 다다랐다고 느꼈다. 그래서 샤를로테에게 가보라고 하는 에두아르트의 다급한 소망을 기꺼이 받아들였다. 하기야 그가 이런 순간에 에두아르트에게 또 무슨 말을 더 하고 싶을 것인가? 그 자신이 생각하기에는 시간을 버는 것, 그리고 여자들의 처지가 지금 어떤지 알아보는 것만이 유일하게 남은 일이었다.

그는 샤를로테에게 서둘러 갔다. 그가 본 그녀는 평소처럼 침착하고 명랑했다. 그는 그녀가 그간 일어났던 일들을 말해 주는 것이 좋았다. 왜냐하면 에두아르트의 이야기에서는 사태의 결과만 추론할 수 있었기 때문이다. 그는 자신의 입장에서 조심스럽게 접근해 들어갔다. 그러나 그로서는 이혼이라는 단어를 그저 지나가는 정도라도 꺼내볼 엄두를 내지 못했다. 그러니 샤를로테가 몇 가지 불쾌한 일을 이야기하다가 드디어 다음과 같은 말을 꺼냈을 때 그로서는 정말로 의외였고, 놀라웠고, 그의 신념에 의거해 볼 때도 마음이 가벼워졌던 것이다. 샤를로테의 말은 이러했다. "저로서는 모든 일이 다시 잘될 것이고, 에두아르트하고도 다시 가까워질 것을 믿고 바랄 수밖에 없어요. 보시다시피 제 몸에 잉태의 소식이 온 마당에 그러지 않으면 어쩌겠어요?"

"지금 그 말이 사실인가?" 미틀러가 도중에 끼어들며 말했다.

"전적으로 사실입니다." 샤를로테가 대답했다.

"백 번 천 번 이 소식에 축복이 있을지라!" 그가 두 손을 합장하며 외쳤다. "그런 말이 남자 마음에 어떤 효과가 있는지는 잘 알지. 얼마나 많은 혼인이 그 때문에 앞당겨지고 확고해지고 재생되는지를 봤거든! 그런 좋은 희망은 수천 단어의 말보다 효과가 더 큰

거요. 정말이지 그런 희망이야말로 우리가 가질 수 있는 희망 가운데서 제일 좋은 것이니까. 그런데 말이지" 그가 말을 계속했다. "나로서는 기분 나쁠 이유가 충분히 있는 것 같아. 이런 경우는 내 자존심을 기분 좋게 충족시켜 주는 경우가 아니란 걸 잘 알고 있기 때문이지. 당신들이 내 중재에 감사하는 이야기를 들을 수가 없게 돼버렸으니까. 내 입장이 꼭 어떤 의사의 입장처럼 생각되는군. 그 의사는 내 친구인데, 이런 세상에, 가난한 사람들의 병은 전부 다 고쳐 주면서도 희한하게 어떤 부자 한 사람의 병은 고치지를 못하는 거야. 이 사람은 병을 고쳐만 주면 치료비는 얼마든지 내고 싶어하는데도 말이야. 나의 노력이나 설득으로는 아무 성과 없이 끝날 수도 있는 일들이 이제 저절로 풀리게 되었다는 것이 그래도 다행이야."

이제는 샤를로테가 그에게 이 소식을 에두아르트에게 알려 주고 그녀의 편지를 하나 가져가서 앞으로 무슨 일을 하고 무엇을 이루어야 하는지를 봐달라고 요구했다. 그는 이 요구를 들어줄 생각이 없었다. "이 일은 이미 전부 다 처리된 거야." 그가 외쳤다. "편지나 쓰셔! 심부름이야 다른 사람을 통해서 보내도 나를 보내는 것과 마찬가지니까. 나는 좀 더 나를 필요로 하는 곳에 가야 하거든. 내가 이리로 다시 오게 된다면 그것은 행복을 빌어 주기 위해서야. 아기의 세례식에나 오겠단 말이네."

샤를로테는 평소에도 자주 그랬지만 이번에도 미틀러에 대해서 불만이었다. 그의 신속한 성격이 좋은 일을 가져온 것도 많았지만, 그가 너무 서두르는 탓에 그르친 일도 많았던 것이다. 순간적으로 내려진 결정에 그처럼 매달리는 사람은 아무도 없었다.

샤를로테가 보낸 사람이 에두아르트에게 왔고, 에두아르트는 반쯤 놀라며 그를 맞이했다. 편지에는 이혼을 승낙한다는 결정이 들어 있을 수도 있고, 거절한다는 내용이 들어 있을 수도 있었다.

그는 한동안 편지를 뜯어볼 용기가 나지 않았다. 그가 편지를 읽어 내려가면서 얼마나 당황했을지는 짐작할 수 있을 것이다. 그는 다음처럼 끝나는 구절에 이르자 완전히 돌처럼 굳어 버렸다.

"그날 밤을 생각해 봐. 그때 당신은 당신의 아내를 평소와 달리 연인으로서 방문했고, 거부할 수 없도록 끌어당기더니, 연인으로, 그리고 새 신부처럼 두 팔에 안았지. 이 드문 우연은 하늘의 섭리로 받들어야 할 것 같아. 우리 삶의 행복이 떨어져 나가고 사라질 것 같던 바로 그 순간에 우리 관계가 새롭게 결속되도록 돌봐주신 것이니까."

이 순간 이후로 에두아르트의 영혼 속에서 어떤 일이 벌어지고 있었는지를 묘사하기란 어려울 것 같다. 이처럼 몰리는 상황에 있다 보면 결국에는 낡은 습관, 낡은 애착들이 다시 나타나면서 시간을 죽이고 삶의 공간을 채워 나가기 마련이다. 귀족에게 사냥과 전쟁은 그런 경우를 위해서 항상 준비되어 있는 보조수단이다. 에두아르트는 내면적인 위험상태에 균형을 잡기 위해서 외적인 위험상태를 갈망했다. 그로서는 더 이상 삶을 견딜 수가 없을 것만 같았기 때문에 차라리 파멸을 동경했던 것이다. 자신이 더 이상 존재하지 않을 것이고, 그 덕분에 사랑하는 사람과 친구들이 행복하게 될 것이라는 생각만이 그에게는 위로가 되었다. 그가 이런 결심을 했다는 사실을 숨겼기 때문에 아무도 그의 의지에 제동을 걸 수 없었다. 그는 모든 형식을 갖춰 유언을 작성했다. 오틸리에에게 장원을 유산으로 준다는 생각을 하자 기분이 달콤해졌다. 샤를로테, 태어날 아기, 대위, 그리고 하인들을 위한 몫도 배려되었다. 다시 발발한 전쟁이 그의 계획에 유리하게 작용했다. 그는 어렸을 때 군대 생활에 서툴러서 고생을 많이 했고, 그래서 군복무를 그만두었다. 지금의 그에게는 어떤 야전사령관과 함께 출정한다는 것이 대단한 느낌이 들었다. 그의 휘하에 있으면 필시 전사하게 될 테지만,

전승은 확실하게 거두게 될 것이라고 자신에게 장담할 수 있었기 때문이다.

오틸리에도 샤를로테의 비밀을 알게 된 후로 에두아르트처럼, 아니 그 이상으로 당혹해하면서 혼자만의 생각에 잠겼다. 그녀는 더 이상 할 말이 아무것도 없었다. 희망도, 소원도 가질 수가 없었다. 하지만 그녀 일기장을 보면 그녀의 내면을 잠깐이라도 들여다볼 수 있을 것이다. 우리는 이 일기의 몇 대목을 독자에게 알리고자 한다.[5]

5 이 일기는 제2부 제2장에서 소개된다.

친화력

제2부

제 1 장

서사문학[1]에서 시인의 훌륭한 개입이라고 칭송되는 것을 일상에서도 만나는 경우가 자주 있다. 요컨대 주인공이 사라지거나 숨어버리거나 무위의 상태에 빠지면 곧 제2, 제3의 인물, 심지어 지금까지 거의 언급되지 않았던 인물이 그 자리를 채우고, 이 사람이 자신의 활동력을 입증하여 주인공과 마찬가지로 우리의 주목과 관심, 더 나아가 칭찬과 상까지 받을 만하게 보이는 경우가 그렇다.

여기서도 대위와 에두아르트가 사라지자 곧 건축사가 나날이 중요한 존재로 부각되었다. 여러 일을 정리하고 실행하는 것이 오로지 이 건축사에게 달렸다. 그는 정확하고 분별력 있고 부지런한 면모를 입증했으며, 아울러 여성들의 일을 여러 방식으로 도와주기도 하고, 조용하고 지루한 시간에는 그들을 즐겁게 해줄 줄도 알았다. 이미 그의 외모부터가 신뢰감을 주고 애정을 불러일으키는 형이었다. 문자 그대로 완벽한 젊은이로서, 균형 잡힌 몸매에 날씬했고 키는 후리후리해서 꽤 큰 편이고, 겸손하지만 소심하지는 않았고, 붙임성이 있지만 귀찮게 달라붙는 법은 없었다. 그는 어떤 걱정거리나 힘든 일이라도 기쁜 마음으로 받아들였고, 계산도 아주 쉽게

1 독일어로는 Epopöe. 이것은 원래 신이나 영웅들을 주인공으로 하는 운문 서사문학을 일컫는 용어지만, 17세기에서 19세기 초까지는 일반적으로 새로운 내용의 장편 산문문학도 이 이름으로 불렸다. '장편소설'에 해당하는 독일어 'Roman'은 괴테가 살아있던 시대만 하더라도 예술성이 다소 떨어지는 통속물이라는 뉘앙스가 담겨 있었다.

해내서 곧이어 온 집안일에 모르는 것이 없게 되었다. 어디서나 그의 활동은 좋은 영향을 미쳤다. 손님을 맞아들이는 일은 보통 그에게 맡겨졌다. 그는 예기치 않은 손님에 대해서는 거절하거나 적어도 그 때문에 여성들에게 불편한 상황이 생기지 않도록 대처할 줄도 알았다.

그런 와중에 어느 날인가 젊은 법률가가 와서 그에게 많은 일거리를 안겨 주었다. 이 법률가는 이웃의 귀족이 보내서 온 사람이었는데 그가 화제에 올린 이야기는 특별히 중요하지는 않았지만 샤를로테의 마음을 흥분시켰다. 우리가 이 사건을 기억해야 하는 이유는 평소 같으면 아마도 오랫동안 방치되었을 많은 일이 이 사건에서 비롯되었기 때문이다.

우리는 샤를로테가 교회묘지를 어떻게 변화시켰는지를 기억하고 있다. 모든 묘비가 원래의 자리에서 옮겨져 벽을 따라 교회 기둥 쪽에 자리를 차지했다. 남은 공간의 땅도 고르게 다듬어졌다. 교회와 교회를 지나 맞은편 대문으로 통하는 넓은 길을 제외한 모든 공간에 다양한 종류의 토끼풀 씨가 뿌려졌고, 이 풀들은 매우 아름다운 푸른색을 띠며 자라나고 꽃을 피웠다. 새 묘지들은 끝에서부터 시작해서 일정한 순서대로 만들어지겠지만, 그 땅은 매번 고르게 다듬고 마찬가지로 씨도 뿌릴 예정이었다. 이제는 일요일이나 공휴일에 교회 가는 길이 밝고 품위 있는 모습을 갖추게 되었다는 것을 아무도 부인할 수 없었다. 심지어 나이가 지긋하고 옛 관습을 고수하는 목사조차도 처음에는 그런 정리작업에 특별히 만족해하지 않았지만 이제는 마치 뒷문 앞에서 바우치스와 함께 휴식을 취하는 필레몬처럼[2] 오래된 보리수나무 아래 앉아서 울퉁불퉁한 묘비들이

2 필레몬과 바우치스는 그리스 신화에 나오는 노부부이며 부부애와 지조, 그리고 손님에 대한 후의의 화신처럼 알려져 있다. 이 마을 사람들이 외지인을 얼마나 친절하게 대하는지 테스트해 보기 위해서 궁색한 차림으로 변장을 하고 나타난 제우스에게 마을 사람들은 전부 불친절하게 대하지만 가난한 필레몬과 바우치스 부부만은 제우스를 정성껏 접대한다. 제우스는

아니라 아름답고 다채로운 꽃밭이 눈앞에 펼쳐진 것을 보면서 즐기게 되었다. 게다가 샤를로테는 이 꽃밭에서 나오는 수익을 목사관에서 사용할 수 있게 하여 목사관 살림에도 보탬이 되도록 했다.

물론 그럼에도 교구민 중에는 예전부터 이 작업에 반대해온 사람도 더러 있었다. 이들은 선조들이 영면하고 있는 장소의 표지를 없애면 선조들에 대한 추념도 같이 소멸된다고 믿었던 것이다. 잘 유지된 기념비들은 그곳에 누가 묻혔는지를 보여 주지만 그가 어디에 묻혔는지를 보여 주는 것은 아니며, 많은 사람이 주장하듯이, 진짜 문제는 그가 어디에 묻혔는가이기 때문이라는 것이다.

이웃하고 있는 한 가정도 바로 그런 생각이었다. 그들은 몇 년 전에 자신과 일가친척을 위해 이 교회 묘지에 자리를 잡아 두었고 이를 위해 교회에 헌금도 조금씩 해오고 있었다. 그런데 지금까지 헌금하게 된 조건이 일방적으로 파기되었을 뿐 아니라 그에 대해 반대하는 어떠한 생각이나 견해도 존중되지가 않아서 더 이상은 기부금을 내지 않겠다는 것을 공식적으로 알리기 위해 이 법률가를 파견했던 것이다. 샤를로테는 이러한 변화의 원인제공자였으므로 그 젊은이를 직접 상대해볼 생각이었다. 젊은이는 자기와 자기 상관이 주장하는 근거를 주제넘지 않으면서도 열정적으로 설명했기 때문에 그곳에 모인 사람들도 여러 가지를 숙고하게 되었다.

그는 자신의 열정적 주장에 대해 첫머리에서 간략하게 정당화한 후에 "여러분도 아실 것입니다만" 하고 말했다. "여러분도 아실 것입니다만, 누구에게나 지위 고하를 막론하고 자기 가족이 묻혀

불친절한 이 마을에 재앙을 내리는 반면 이들 부부는 구해 주기로 작정하고 부부에게 소원을 물었는데 부부는 함께 살다가 한날한시에 죽는 것이라고 대답한다. 제우스는 사원을 만들어서 노부부를 이 사원의 사제로 삼는다. 이렇게 하여 이 사원에서 해로해 가던 노부부는 어느 날 사원의 문가에 앉아 쉬다가 과거를 회상하게 된다. 그리하여 옛시절에 대한 이야기에 빠져들던 부부는 서로의 모습이 점점 더 참나무로 변해 가는 것을 본다. 이들은 참나무로 변해 영원히 함께 살게 되는 것이다. 본문에서 언급되는 장면은 노부부가 참나무로 변하기 전에 대화하는 장면과 관련된 것이다.

있는 장소에 어떤 표시를 해두는 것은 중요한 일입니다. 자식 하나를 땅에 묻은 아주 가난한 시골사람도 묘지 위에 연약한 나무 십자가 하나를 세우고 거기에 화환을 장식할 수 있어서 어느 정도 위안을 얻는 겁니다. 물론 그런 표지도 가족을 잃은 슬픔처럼 시간이 지나면 지워지는 것이지만, 적어도 고통이 남아 있는 동안이라도 아이에 대한 기억을 간직할 수 있지요. 잘사는 사람은 이러한 십자가를 강철십자가로 바꾸고 여러 방법으로 그것을 견고하게 하면서 보호합니다. 이렇게만 해도 이미 몇 년 동안은 수명이 보장되지요. 하지만 이런 것들도 결국에 가서는 스러지고 눈에 보이지 않게 돼버려서 좀 더 재산이 있는 사람에게는 돌로 비석을 세우는 것이야말로 무엇보다 필요하게 됩니다. 비석은 여러 세대 동안 확실히 지속될 것이고 후손들이 개선할 수도 있으며 새것으로 바꿀 수도 있으니까요. 하지만 우리 마음을 끄는 것은 이러한 돌이 아니라, 그 아래에 보존된 것, 다시 말해 저 흙과 내적으로 친해져 하나가 된 것입니다. 여기서 문제가 되는 것은 기념도 아니고, 그 사람도 아니고, 우리의 기억도 아니라, 바로 현재입니다. 저는 기념비보다는 묘비로써 훨씬 더 진솔하고 진실한 마음으로 사랑하는 고인을 껴안을 수 있다고 봅니다. 사실 기념비 그 자체는 의미하는 바가 별로 없기 때문입니다. 그래도 고인의 배우자나 친척, 친구들은 고인이 세상을 떠난 뒤에도 이정표처럼 기념비 주위로 모일 수 있어야 하고, 유족들은 낯선 사람이나 악의를 가진 사람이 그들의 사랑하는 고인 곁으로 오는 것을 거부하고 몰아낼 수 있는 권리를 가져야 할 것입니다.

그렇기 때문에 저는 제 의뢰인이 기부를 철회하는 것은 전적으로 옳다고 생각합니다. 그렇게 하는 것이 당연한 이유는 그 가족 구성원들이 보상받을 길 없는 방식으로 상처를 입었기 때문입니다. 그들은 사랑하는 사람에게 제물을 바치는 달콤한 고통도, 언젠가는 그들 곁에서 영면하게 되리라는 위안을 주는 희망도 포기해야 하니까요."

"그 일이 그 정도로 심각하지는 않습니다." 샤를로테가 대답했다. "그 때문에 소송을 걸어 소란을 피워야 할 정도는 아니라는 거죠. 저는 제가 한 일을 별로 후회하지 않습니다만, 교회에서 입은 손실은 기꺼이 보상해드릴 생각입니다. 다만 당신의 논거가 저를 설득시키지 못했다는 사실은 솔직히 말씀드려야겠군요. 저는 우리가 우리의 개별적 인격이나 가족, 그리고 우리의 삶의 관계들을 단단히 연결하는 일에 그처럼 고집스럽게 집착하기보다는, 적어도 사후에는 만인이 궁극적으로 평등하다고 하는 순수한 감정을 지니는 것이 남은 사람들의 마음을 훨씬 더 안정시켜 준다고 생각하는데요. — 여기에 대해서 어떻게 생각하시죠?" 그녀는 건축사에게 질문을 던졌다.

"저는" 건축사가 대답했다. "그런 일로 다투고 싶지도 않고 어떤 결론을 끌어내고 싶지도 않습니다. 제가 가지고 있는 재주와 사고방식에 따를 때 가장 중요하다고 생각하는 일을 소박하게나마 말씀드리지요. 우리는 사랑하는 사람의 유해를 유골단지에 담아서 가슴에 부둥켜안고 살 만큼 행복하지 못합니다. 사랑하는 사람의 유해를 고스란히 잘 장식된 커다란 석관에 모실 만큼 충분히 부유하지도, 명랑하지도 않습니다. 사실 교회 안에는 우리 자신과 가족을 위한 자리도 더 이상 찾을 수가 없어서 야외로 나가야 할 형편입니다. 그렇기 때문에 존경하는 부인께서 도입하신 방식이나 방법도 전적으로 받아들일 수 있다고 봅니다. 교구 구성원들이 열을 지어 나란히 묻힌다면 그들은 가족 옆이나 아래쪽에서 영면할 수 있을 겁니다. 그리고 대지가 언젠가 우리도 받아들인다면, 우연히 생겨나서 서서히 스러져 가는 무덤들은 지체 없이 정지(整地)작업을 하고 모든 무덤이 공유할 수 있는 덮개를 만들어 그 아래 누운 모든 이의 부담을 가볍게 하는 것이야말로 가장 자연스럽고 순수한 일이라고 생각합니다."

"그렇다면 어떤 기념표지도 없고, 기억하게 만들어 주는 그 어떤 것도 없이 모든 것이 그런 식으로 사라져 가야 한다는 말씀인가요?" 오틸리에가 반박했다.

"아니죠!" 건축사가 말을 계속했다. "기념하는 것을 삼가자는 것이 아니라 기념하는 장소를 삼가자는 것입니다. 건축예술가나 조각가들은 사람들이 자신에게, 다시 말해 자신의 손과 예술을 통해 인간 삶이 영속되기를 기대한다는 사실을 대단히 흥미롭게 생각합니다. 그리고 그 때문에 저도 기념비가 잘 고안되고 잘 설치되기를 바라는 것입니다. 개별적으로 우연히 여기저기 세워지는 것이 아니라 지속성을 보장할 수 있는 어떤 장소에 기념비가 세워지기를 바라는 것이죠. 경건하고 신분 높은 사람도 교회에서 외따로 영면할 수 있는 특권을 포기하기 때문에, 적어도 교회나 묘지 주위의 아름다운 회랑 같은 곳에 기념표지나 기념비 같은 것은 세워줘야 합니다. 그런 것들은 수천 가지로 다양하게 할 수 있고, 그것들을 아름답게 꾸며줄 수 있는 장식도 수천 가지나 됩니다."

"만일 예술가들의 착상이 그토록 풍부하다면" 샤를로테가 대답했다. "그러면 한번 말씀해 보세요. 왜 한 번도 그들의 생각은 작은 오벨리스크 아니면 자그마한 원주형 기둥이나 납골단지 같은 형태에서 벗어나지를 못하는 거죠? 제가 보아온 것들은 당신이 칭찬하는 그 수천 가지의 아이디어가 아니라 수천 번의 반복뿐이던데요."

"아마 이 지역에서는 그런 모양이지요." 건축사가 대답했다. "하지만 어디서나 그런 것은 아닙니다. 그리고 전체적으로 보자면 새로운 모양을 고안하거나 어떤 것을 세련되게 응용한다는 것이 쉽지만은 않습니다. 특히 이런 경우에는 진지한 대상을 명랑하게 만들기도 어렵고, 슬픈 일인데 슬프지 않게 만드는 것도 어렵습니다. 모든 종류의 기념비를 위한 구상과 관련해서 말씀드리자면, 저는 그런 것을 많이 수집해 왔고 기회 있을 때마다 전시를 하고 있습니다. 하지만 인간의 가장 아름다운 기념비는 항상 그 자신의 초상입니다. 이것이야말로 그가 어떤 인물이었던가를 다른 어떤 것보다도 잘 보여 줍니다. 그것은 고인에 대한 주석이 많건 적건 간에 고인을 설명해 주는 가장 좋은 텍스트가 됩니다. 다만 초상은 고인이 가장 잘살던 시절에 만들어야 하는데, 보통 등한시하지요. 아무도 살아있는 모습을 그대로 유지할 생각은 하지 않아요. 그래서 막상 하게 되면 어설픈 방식으로 진행되는 겁니다. 고인에게 급하게 석고를 부어 데스마스크를 만들고 그것을 블록에 얹어 놓는 식으로 말입니다. 그러고는 이런 것을 일컬어 흉상이라고 합니다. 예술가가 거기에 생명력을 불어넣을 수 있는 경우는 정말 드뭅니다!"

"당신은 아마도 모르셨겠지만, 또 그럴 의도도 없으셨겠지만" 샤를로테가 말했다. "이 대화를 완전히 저에게 유리한 방향으로 이끌어 오셨어요. 한 인간의 초상은 다분히 독립적입니다. 그것은 어디에 있든지 그 자체로 있는 것이죠. 그리고 우리는 그것이 자신의 묘지를 장식해야 한다고 요구하지도 않을 겁니다. 그렇지만 저의 이상한 감정을 하나 고백해 볼까요? 저는 그런 초상에 대해서도 일종의 반감을 가지고 있답니다. 왜냐하면 초상들은 항상 말없는 비난을 하고 있는 것처럼 보이니까요. 그것들은 항상 멀어져 버린 어떤 것, 작별한 어떤 것을 가리키고, 그렇게 함으로써 우리가 우리의 현재를 있는 그대로 존중하는 것이 얼마나 어려운가를 생각나게 합니다. 우리가 얼마나 많은 사람들을 보아 왔고 알아 왔는지 생각해 보니, 그들에게 우리의 존재가 하잘것없었고, 우리에게도 그들의 존재가 하잘것없었다는 사실을 인정하지 않을 수 없게 된다면 그 기분이 어떻겠습니까! 우리가 지성이 풍부한 사람을 만난다고 해서 그와 꼭 대화를 나누는 것도 아니고, 학자를 만난다고 해서 그에게 반드시 뭘 배우는 것도 아니고, 여행을 많이 한 사람을 만나면서도 그로부터 아무런 정보를 얻지 않을 때도 있습니다. 사랑스러운 사람을 만난다고 그에게 반드시 뭔가 기분 좋은 느낌을 표현하는 것도 아니고요.

그리고 유감스럽게도 이것은 비단 스쳐 지나가는 사람의 경우에만 그런 것이 아니에요. 함께 있는 사람이나 가족도 그런 식으로 그들의 사랑하는 구성원과 남남처럼 지냅니다. 도시는 그곳의 가장 품위 있는 시민을 남남처럼, 국민은 그들의 가장 탁월한 제후를 남남처럼, 국가는 그들의 가장 훌륭한 인간들을 남남처럼 대하죠.

저는 왜 인간이 죽은 사람에 대해서는 그렇게 스스럼없이 좋게 이야기하면서도 살아있는 사람에 대해서는 항상 다소 조심해 가면서 말하는가 하고 묻는 것을 들은 적 있어요. 그러자 우리가 죽은 사람에 대해서는 아무것도 두려워할 것이 없지만 살아있는 사람은 아직도 그 어디에선가 우리에게 방해될 수도 있기 때문에 그렇다는 대답이 나왔습니다. 타인을 기억하려고 애쓰는 것이 그렇게 순수하지만은 않다는 거죠. 그런 것이 이기적인 차원에서 하는 농담이라고 한다면, 그와 반대로 뒤에 남은 사람과의 관계를 항상 새롭고 활동적인 상태로 유지하려고 하는 것은 성스러운 진심이라고 할 수 있을 거예요."

제2장

사람들은 그 사건과 그에 이어지는 대화들 때문에 고무되어 그 다음 날 묘지로 향했다. 이곳을 장식하고 분위기를 밝게 하는 문제에 대해서 건축사가 여러 가지 좋은 제안을 했던 것이다. 그의 세심한 배려는 처음부터 그의 관심을 끌었던 교회까지 미치게 될 것이었다.

이 교회는[1] 수백 년 전부터 독일 양식으로[2] 짜임새 있게 건설되었고 장식도 훌륭했다. 어떤 이웃 수도원에서 활동하는 통찰력 있고 애정 있는 건축 장인이 수도원보다 좀 더 작은 이 건물을 위해서도 자신의 실력을 드러낸 것으로 추측할 수 있었다. 비록 건물 내부에 개신교식 예배를 위해 새롭게 설치된 내부 장식 때문에 이 교회가 갖고 있는 본래의 평온함과 위용을 잃어버린 감은 있지만,[3] 그래도 전체적으로는 여전히 보는 사람에게 엄숙하고 편안한 인상을 주고 있었다. 건축사는 샤를로테에게 꽤 많은 돈을 어렵지 않게 받아낼 수 있었다. 그는 이 돈으로 외부뿐만 아니라 내부도 고대적인 감각에

1 괴테는 청년 시절 슈트라스부르크 사원을 보면서 받은 인상을 토대로 이 교회를 묘사하고 있다.

2 이 부분과 관련하여 주요한 괴테의 논문은 그가 청년기에 쓴 〈독일 건축예술에 대하여(Von deutscher Baukunst)〉(1773)인데 이 논문이 실렸던 잡지는 헤르더가 발간한 《독일적인 방식과 예술에 대하여(Von deutscher Art und Kunst)》였다. 괴테는 여기서 이 잡지의 제목을 바로 인용하고 있지만, 우리말 문맥을 위해서 번역을 약간 변형했다.

3 독일의 경우 원래는 수도원 부속 성당으로 건립되었지만 종교개혁 등으로 지역 전체가 개신교로 바뀌면서 성당의 구조도 개신교의 형식에 맞게 바뀌는 경우가 적지 않았다.

맞게 고쳐서 건물 앞에 있는 묘지와 같은 분위기를 자아내도록 만들 생각이었다. 그 자신도 손재주가 많은 사람이었지만, 아직 건물공사에 매달리고 있는 몇몇 노동자도 이 경건한 사업이 완료될 때까지는 더 붙잡아 놓을 생각이었다.

이제 사람들은 그 건물뿐 아니라 주변의 모든 것들, 그리고 부속건물도 함께 검사하는 중이었다. 건축사는 지금까지 별로 시선을 끌지 못했던 작은 예배당 하나가 실은 대단히 세련되고 경쾌한 방식으로 균형을 갖추고 있는데다가 그것에 딸린 장식도 호감이 가고 정성이 가득 담긴 것들임을 알게 되어 매우 놀랍기도 하고 만족스럽기도 했다. 예배당에는 목각으로 만든 채색의, 옛날 예배 때 사용하던 부품들도 있었다. 이 유물들은 옛날 사람들이 여러 형상과 도구로 다양한 축일을 장식했으며, 각각의 축일을 독자적인 방식으로 거행할 줄 알았다는 것을 보여 주고 있었다.

건축사는 이 예배당도 당장 계획 속에 포함시켰다. 특히 이 좁은 공간을 옛 시대와 그 취향에 대한 기념비처럼 복원하려는 생각을 멈출 수가 없었다. 그는 벌써부터 자신의 방식대로 저 텅 빈 표면들이 장식되어 있을 모습을 상상해 보면서, 화가로서의 재능을 발휘할 수 있게 되어 기뻤다. 그러나 집안사람에게는 일단 이 생각을 비밀로 했다.

무엇보다도 그는 여성들에게 약속한 대로 옛날 묘지의 기념비나 용구, 여타 그와 관련된 물품에 대한 다양한 모조품과 도면 등을 보여 주었다. 대화 중에 북방 민족들의 단순한 묘지 봉분이 화제에 오르자 그 안에서 발견된 여러 무기와 도구 등의 수집품을 가져와서 보여 주기도 했다. 그는 모든 것을 서랍과 함에 담아 깔끔하고 운반하기 쉽게 정리하여 보관하고 있었는데, 이 서랍과 함이 들어 있는 서가는 목공예 장식이 되어 있고 천으로 덮여 있었다. 그래서 오래되고 위엄 있는 물건들도 잘 보존되어 어떤 장식품 같은 인상을 주어서 사람들은 마치 유행하는 의류를 파는 상인의 트렁크 안을 들여다볼 때처럼 만족해하며 그 안을 들여다보았다. 건축가는 자신의 물건들 중 일부만 보여준 것이고, 외로운 환경에서는 오락거리도 필요해서 그 이후로는 매일 저녁 자기가 가지고 있는 귀중품들 일부를 가지고 나타나곤 했다. 이것들은 대부분 독일산으로, 중세의 외면 동전이나 양면 동전[4] 또는 도장이나 그 밖에 그것에 딸려 있을 만한 것들이었다. 이 모든 것이 사람들의 상상력을 저 옛 시대로 향하게 했다. 건축사는 초기 인쇄물이나 목공예, 가장 오래된 것들에 속하는 동판화 등으로 이야기를 마무리했고, 교회도 날이 갈수록 색채나 그 밖의 장식 등 모든 면에서 점점 더 과거의 위용에 어울리는 모습을 갖춰 가고 있어서, 사람들은 자신이 정말 새로운 시대에 살고 있는 것인지, 지금은 예전과 완전히 다른 풍습과 습관, 생활방식과 생각을 지니고 있는 것이 어쩌면 하나의 꿈은 아닌지 자신에게 물어봐야 할 정도였다.

그런 식으로 준비된 상태에서 건축사가 마지막으로 꽤 커다란 그림 보관함을 꺼내어 보여 주자 효과는 극에 달했다. 비록 대부분은 윤곽만 묘사된 인물화였지만, 이 인물들은 원화를 그대로 본뜬 것이어서 고대적인 성격을 고스란히 보존하고 있었고, 바로 이러한 성격이 구경하는 사람에게는 너무나 매혹적으로 느껴졌던 것이다! 이 모든 형상에서 너무도 순수한 존재의 본질이 우러나오고 있었다. 이 모든 존재에 대해서 고귀하다고까지는 못하더라도 훌륭하다는 말은 하지 않을 수 없었다. 명랑하면서도 침착한 분위기, 우리 인간보다 높은 그 어떤 고귀한 존재에 대한 자발적인 존중, 사랑과 기대 속에서의 고요한 상념 등이 인물화에 나온 모든 얼굴에, 그리고

4 외면 동전(Brakteaten)은 중세에 나왔던 동전유형으로 대개는 얇은 은 동전인데 그 위에 금도금을 했으며 한 면에만 동전의 내용들이 주조되었다.

양면 동전(Dickmünzen)은 같은 중세의 동전이지만 외면 동전과 달리 양면으로 주조되어 있으며 두껍고 강한 재료로 만들어졌다.

그들의 모든 태도에 표현되고 있었던 것이다. 정수리가 벗겨진 노인, 고수머리가 풍부한 소년, 용감한 젊은이, 변용된 성자(聖者), 허공을 떠도는 천사, 이 모든 존재가 천진무구한 자족감과 경건한 희망 속에 지복한 상태로 있었다. 여기서는 아무리 미천한 일일지라도 천상의 삶이 지니는 특징을 지니고 있었다. 예배 행위도 가장 자연스러운 모습으로 진행되고 있는 것 같았다.

아마도 대부분 사람은 이 지역들을 바라보며 이제는 사라진 황금시대나 잃어버린 낙원을 바라보는 기분이었을 것이다. 어쩌면 오틸리에만은 자신이 바로 그런 사람에 속한다고 느낄 수 있었을지도 모른다.

그러니 건축사가 이 옛 그림들을 계기로 예배당 양쪽 구석 사이의 공간에 그림을 그려 넣어 그동안 잘 지냈던 이 공간에 대한 기념으로 삼고 싶다고 했을 때, 누군들 거기에 이의를 제기할 수 있었을 것인가. 그는 약간 우울한 심정으로 자신의 생각을 설명했다. 사태의 추이를 보건대 이렇게도 완벽한 모임에 머무르는 것도 무한정 지속할 수는 없으리라는 것, 심지어 어쩌면 곧 중단될지도 모른다는 것을 간파할 수 있었기 때문이다.

그건 그렇고, 이 시기에 특별한 일이 많지는 않았지만, 진지한 대화를 할 계기는 가득했다. 따라서 우리는 오틸리에가 이것에 대해 일기에 기록해 놓은 것을 몇 가지 알리고자 한다. 그 사랑스러운 일기를 관찰할 때 눈에 퍼뜩 들어오는 한 가지 비유를 이용하는 것이야말로 이 일기로 넘어가는 가장 좋은 방법인 듯하다.

영국 함대에는 특별한 시설이 설치되어 있다는 이야기를 우리는 들어 알고 있다. 이 왕립 함선의 모든 삭구는 가장 강력한 것에서부터 가장 약한 것에 이르기까지, 한 가지 붉은 실이 전체를 관통하는 식으로 짜여 있어서 이 실을 풀어내려면 전체를 다 풀어야 할 정도다. 바로 이 점에서 아무리 작은 부분이라도 이것들이 왕에게 속한다는 것을 알 수 있게 되는 것이다.

마찬가지로 오틸리에의 일기에도 애정과 애착이라는 한 가지 실이 전체를 꿰뚫고 있으며 이 실이 모든 것을 엮어 가고 전체를 그려 가고 있다. 그 때문에 여러 언급이나 관찰, 인용된 속담, 또는 그 비슷한 것들이 글쓴이의 고유한 속성을 드러내고 글쓴이에게 중요한 의미가 있게 된다. 우리가 발췌해서 보여 주려는 다음 내용은 이에 대한 결정적 증언이 될 것이다.

오틸리에의 일기에서[5]

이승의 삶 너머로 생각이 미칠 때, 인간이 할 수 있는 가장 편안한 생각은 자기도 언젠가는 사랑하는 사람들 곁에서 편히 쉬게 되리라는 것이다. "가족에게로 부름 받음"이라는 표현이야말로 실로 아름다운 표현이다.

멀리 떨어져 있는 사람, 혹은 사별한 사람과 우리를 좀 더 가깝게 해주는 여러 기념비도 있고, 표지도 있다. 그중에 제일 중요한 것은 그림이다. 설령 별로 비슷하지 않더라도 사랑하는 사람의 그림과 이야기하는 것은 뭔가 매력적인 데가 있다. 마치 어떤 친구와 싸우는 것도 때로는 뭔가 매력적인 데가 있는 것처럼. 둘이 함께 있으며 서로 떨어질 수 없다는 것을 느끼면서 기분이 좋아지는 것이다.

지금 옆에 같이 있는 사람과 이야기하면서도 마치 어떤 그림과 이야기하듯이 하게 될 때가 가끔 있다. 그 사람은 아무 말도 필요

5 오틸리에의 일기는 이 소설에서 서사적인 보조수단이다. 괴테는 사람들이 성에 빈번하게 모이는 시점에 이 일기를 등장시킴으로써 이 성에 모이는 사람들의 생각과 행동이 오틸리에에게 어떻게 받아들여지고 있는가를 보여줄 뿐 아니라, 말수가 적은 오틸리에의 내면적 성장과정도 이해할 수 있게 해준다.

없고, 우리를 바라볼 필요도 없으며 우리 때문에 신경 쓸 필요도 없다. 우리는 그를 바라보고, 그와의 관계를 느낀다. 그가 아무 일도 하지 않아도, 자신이 우리에게는 어떤 그림과 같은 관계라는 사실을 그가 느끼지 않아도, 그와 우리의 관계는 발전할 수 있다.

사람들은 자기가 아는 사람의 초상에 대해서는 만족하는 법이 없다. 그래서 나는 항상 초상화가에 대해서 딱하게 생각해 왔다. 사람들에게 불가능한 일을 요구하는 법이 드문 사람조차도 유독 초상화가에게는 그런 것을 요구한다. 화가는 개개인이 자기 그림의 대상이 되는 사람과 맺은 관계, 그에 대해 품고 있는 애정뿐 아니라 반감까지도 그 그림에 담기도록 그려 줘야 한다. 화가가 초상화의 대상인물을 이해한 것에 따라 그리는 것이 아니라 개개인이 그 대상인물을 파악하는 것에 맞게 그려야 하는 것이다. 그런 예술가가 점차로 억지스러워지고 무관심해지며 고집스러워지더라도 하등 놀라울 것도 없다. 사실 그림은 어떤 그림이 나오더라도 상관없는 것이다. 그 때문에 사랑하는 소중한 사람의 초상화 없이 살아가야만 하는 것이 아니라면 말이다.

아마 사실이겠지만, 건축사가 수집한 무기와 도구 중에는 시신과 함께 매장되었던 물건도 있는데, 이것들은 흙과 돌을 높이 쌓아 올린 무덤 안에 있었다. 이런 물건은 사후에도 자신의 인격을 유지하기 위해 생전에 미리 신경 쓴다는 것이 얼마나 무용한 것인지를 잘 증언해 주고 있다. 그러니 우리는 얼마나 모순에 가득 찬 인간인가! 건축사는 스스로 그런 조상의 봉분을 파냈다고 고백하면서도, 자신은 후세를 위해 그런 기념비를 만드는 일에 계속 몰두하고 있다.

하지만 그 일을 그렇게 진지하게 생각해야 할 이유는 무엇인가? 우리가 하는 일 모두가 영원히 존속되기 위해서만 행하는 것인가? 우리가 아침에 옷을 입는 것도 결국은 저녁에 다시 벗기 위해서가 아닌가? 여행을 떠나는 것도 다시 돌아오기 위해서가 아닌가? 그렇다면 왜 우리가 단 백 년 동안이라도 가족 곁에서 영면하기를 바라선 안 되는 것일까?

풍파에 스러지거나 교회에 오는 사람들 발에 밟혀온 많은 묘석과 그 위로 붕괴된 교회를 보면, 사후의 삶이 마치 제2의 삶처럼 보일 수도 있다. 이제 사람들은 그림과 묘비를 통해 그러한 삶에 들어서고 이승의 삶보다 더 오랜 시간을 그 안에서 머문다. 그러나 이러한 그림, 이러한 제2의 삶도 조만간 소멸된다. 사람들에게, 또 그와 마찬가지로 기념비들에도, 시간은 자신의 지배권을 빼앗기지 않는 것이다.

제3장

제대로 된 능력을 갖추지 못한 어떤 일에 몰두해 보는 것은 즐거운 일이다. 그러므로 딜레탕트가 한 번도 배운 적 없는 어떤 예술에 몰두한다고 그 딜레탕트를 욕해서는 안 되며, 예술가가 자신의 예술영역을 넘어서서 이웃한 영역에 탐닉할 생각을 한다고 그 예술가를 비난해서도 안 된다.

이처럼 지당한 생각을 하면서 우리는 건축사가 예배당을 전부 그림으로 채우려고 하는 작업을 관찰하고 있는 것이다. 물감이 준비되었고, 치수가 재어졌으며, 밑그림이 그려졌다. 그는 어떤 점에서도 독창적인 발상을 표현해 보려는 생각은 포기했다. 자신이 만들어 놓은 윤곽대로 충실히 작업했다. 앉아 있거나 공중에 떠도는 모습들을 잘 배치하여 그 공간을 세련되게 장식하는 것만이 그의 관심사였다.

작업대가 세워졌고, 작업이 진척되었다. 그리고 몇 가지 일은 이미 완수되어 눈에 띄었으므로 샤를로테가 오틸리에를 데리고 건축사를 방문해도 건축사는 싫을 리 없었다. 살아있는 듯한 천사의 얼굴들과 푸른 하늘 위에 펄럭이는 의상들은 보는 눈을 즐겁게 했다. 그 모습에서 은근히 풍기는 경건함은 보는 사람의 마음도 가라앉히면서 몹시 부드러운 분위기를 자아냈다.

여자들은 그가 있는 작업대 위로 올라갔다. 그리고 그 모든 것이 철저히 계산된 것처럼 수월하고 편안한 방식으로 진행되고 있음을 감지하자마자 오틸리에의 마음은 예전에 수업에서 배웠던 능력을 갑자기 펼쳐 보이려는 듯했다. 그녀는 물감과 붓을 들고 지시에 따라 주름이 풍부한 의상을 깨끗하고도 매우 세련되게 그려 넣었던 것이다.

샤를로테는 오틸리에가 그 어떤 방식으로든 뭔가에 정신이 팔려 몰두하는 모습을 보면 좋아했다. 그러므로 이번에도 그 두 사람이 하는 대로 내버려두고 밖으로 나갔다. 그녀 자신의 생각에 몰두하면서 이제까지 관찰한 사실들과 아무에게도 말할 수 없었던 걱정거리를 혼자 정리해 보기 위해서였다.

일상의 사소한 걱정 때문에 흥분되어 극심하게 두려워하는 보통 사람들을 볼 때는 연민의 미소를 머금게 되지만, 위대한 운명의 씨앗이 뿌려져서 그 결실이 나타날 때까지 기다려야 하는 사람, 그 결과가 선이건, 악이건, 아니면 행복이건 불행이건 간에 그러한 과정을 앞당겨서도 안 되고 앞당기지도 못하는 사람들의 정서 상태를 관찰하게 되면 우리는 외경심을 느끼게 된다.

고독 속에 있던 에두아르트는 샤를로테가 그에게 보냈던 심부름꾼 편에 친절하고 애정 어린 어조로, 그러나 친밀하고 사랑스럽기보다는 오히려 단호하고 진지한 어조로 답장을 보냈다. 그 직후에 에두아르트는 사라졌고, 그의 부인은 그에 관한 어떤 소식도 접할 수가 없었다. 그러다가 마침내 아주 우연히 그의 이름이 신문에 난 것을 보았다. 그는 중대한 전투를 기회로 두각을 나타내어 훈장을 받는 사람 중의 한 명으로 거명되어 있었다. 이제야 그녀는 그가 어떤 길을 택했는지를 알 수 있었다. 그가 커다란 위험의 순간들에서 어떻게 벗어났는가 하는 이야기도 들었다. 하지만 그 즉시 그녀는 그가 그것들보다 더 큰 위험들도 찾아내리라고 확신했다. 그리고 여기서 나오는 너무도 명백한 결론은 어떠한 의미에서건 극단적인 상황에서 그를 끌어내는 것은 어려우리라는 것이었다. 그녀는 이러한 걱정거리를 항상 혼자 머릿속에 담고 다녔다. 때로는 마음 내키는 대로 확 털어놓고 싶었지만, 어떤 경우에도 위안이 되지 않았다.

오틸리에는 이 모든 일을 전혀 모르고 있었다. 그녀는 앞서 말한 작업에 더 많은 애착을 느끼고 있었고, 앞으로도 규칙적으로 그 작업을 해나가도 된다는 샤를로테의 허락을 얻어 내는 것도 어렵지 않았다. 이제 일은 신속하게 진척되었다. 그리하여 곧 저 그림에 그려진 코발트 빛 하늘에도 그에 어울리는 거주자들이 들어섰다. 끊임없는 연습 덕분에 오틸리에와 건축사는 후반부의 그림에서는 보다 유연하게 표현할 수 있었다. 그림들은 점점 더 나아졌다. 얼굴을 그리는 것은 건축사에게만 맡겨졌는데, 이 얼굴들도 차츰차츰 나름의 고유한 특성을 띠게 되었다. 그것들은 전부 오틸리에를 닮아 가기 시작했던 것이다.[1] 그때까지만 해도 자연적인 얼굴이건 인위적인 얼굴이건 그에 대한 나름의 관상학적 기준을 가져볼 기회가 없던 건축사에게 아름다운 처녀가 곁에 있다는 사실은 대단히 강력한 인상을 발휘해서, 건축사가 본 모든 것이 서서히 그의 손으로 표현되어 갔고 결국에는 눈과 손이 혼연일체가 되어 일을 했던 것이다. 그뿐 아니라, 마지막 남은 얼굴 중 하나가 성공적으로 완성되었을 때는 마치 오틸리에가 직접 천상에서 아래를 향해 내려다보고 있는 것처럼 보일 정도였다.

궁륭 천장 부분의 작업이 끝났다. 이제 벽은 그냥 놔두고 밝은 갈색으로 덧칠만 할 계획이었다. 우아한 기둥과 인공 조각 장식은 좀 어두운 갈색으로 덧칠해서 돋보이게 할 예정이었다. 그러나 그런 일을 하다 보면 항상 한 가지 일에서 다른 일로 이어지게 되듯이, 하늘과 땅이 서로 연결되도록 꽃들과 주렁주렁 드리운

1 친화력이라는 자연과학적 개념을 사랑의 상징이라는 괴테의 어법으로 풀어내고 있는 구절.

과일을 그려 넣기로 했다. 이제부터는 완전히 오틸리에의 무대였다. 정원이 가장 아름다운 견본을 제공했기 때문이다. 그리하여 화환도 아주 풍성하게 장식되었지만, 일은 생각했던 것보다 빨리 완성되었다.

그래도 아직은 전체적으로 황량하고 거칠어 보였다. 작업대들은 서로서로 이리저리 밀쳐져 있었고 내던져진 널빤지들은 겹겹이 쌓여 있고, 고르지 못한 바닥도 여기저기 엎지른 물감들 때문에 더러워져 있었다. 이제 건축사는 여성들에게 일주일만 자기에게 시간을 주고 그때까지는 예배당에 들어오지 말아 달라고 부탁했다. 드디어 어느 아름다운 저녁, 건축사는 여성들에게 그곳에 한번 가볼 것을 청했다. 하지만 자기가 직접 여성들을 모시고 그곳에 가지 못하는 것은 양해해 달라고 하면서 물러났다.

그가 떠나자 샤를로테가 말했다. "그 사람이 우리에게 어떤 놀라운 광경을 보여 주려고 생각했는지는 모르지만, 지금 나는 그리로 내려갈 생각이 전혀 없구나. 너 혼자 가서 보고 내게 알려 주면 좋겠다. 틀림없이 그 사람은 뭔가 좋은 일을 해냈을 거야. 나는 일단 네가 하는 말을 듣고, 그다음에 직접 가서 보고 싶어."

오틸리에는 샤를로테가 어떤 일이건 여러 각도에서 신경을 쓰며, 어떤 경우건 흥분은 피하고, 특히 누군가에 의해 놀라는 상황은 절대로 원치 않는다는 것을 잘 알고 있었다. 그래서 즉시 혼자서 집을 나섰고, 자기도 모르게 이리저리 둘러보며 건축사를 찾았으나, 건축사는 어느 곳에서도 모습을 나타내지 않고, 숨어 버린 것 같았다. 그녀는 문이 열려 있는 교회 안으로 들어섰다. 교회는 이미 오래전에 작업이 끝나 깨끗하게 치워지고 축성(祝聖)되어 있었다. 그녀가 예배당 문 쪽으로 가자 둔중한 청동 문이 그녀 앞에서 가볍게 열렸고, 이 익숙한 공간에서 예기치 않은 광경이 그녀를 놀라게 했다.

벽의 높은 곳에 오직 한 군데 나있는 창문으로 쏟아져 들어오는 빛은 엄숙하고 다채로웠다. 창문이 채색 유리들의 우아한 조합으로 이루어져 있었기 때문이다. 전체 분위기가 뭔가 이국적이고도 독특한 분위기를 자아내고 있었다. 아치와 벽의 아름다움은 바닥 장식 덕분에 더욱 돋보였는데, 바닥에 깔린 벽돌들은 아름다운 모형대로 석고를 부어 만든 독특한 형태였다. 이 벽돌들뿐 아니라 창유리도 건축사가 남몰래 준비해서 짧은 시간에 서로 맞추어 놓은 것이었다. 휴식 공간들도 세심하게 정리되어 있었다. 교회 유물 중에서 아름답게 조각된 합창대용 의자들이 발견된 적이 있었는데, 이것들도 지금은 벽 쪽에 빙 둘러 세우는 방식으로 세련되게 정리되어 있었다.

오틸리에는 잘 알고 있던 부분들이 이제 전체적으로 완전히 새로운 모습으로 나타난 것을 바라보니 기뻤다. 그녀는 한 자리에 우뚝 서보기도 하고, 이리저리 왔다 갔다 하기도 하면서 눈에 들어오는 대로 보기도 하고 자세히 관찰하기도 했다. 그러다가 여러 의자 중 하나에 앉아서 위아래로 이리저리 쳐다보니, 마치 그녀 자신이 존재하면서 동시에 존재하지 않는 것 같고, 자신의 존재가 느껴짐과 동시에 느껴지지 않는 것 같기도 하고, 이 모든 것이 그녀 앞에서 사라져 버릴 것 같기도, 심지어 그녀도 저절로 사라져 버릴 것 같았다. 이제까지 환하게 창문을 비추던 태양이 사라졌을 때에야 비로소 그녀는 정신이 들면서 서둘러 성으로 갔다.

그녀는 이처럼 놀라운 일이 벌어진 이때가 얼마나 특별한 때인지를 잘 알고 있었다. 이날은 에두아르트의 생일 전야였던 것이다. 그러나 그녀는 이 생일잔치를 지금과는 완전히 다른 방식으로 치르기를 바랐었다. 모든 것이 바로 이 잔치를 위해 치장해야 했던 것! 그런데 지금 저 풍성한 가을꽃들은 꺾이지도 않은 채 서있었다. 해바라기는 여전히 얼굴을 하늘로 향하고 있었고, 과꽃은 여전히 과묵하고 겸손한 모습으로 앞만 내다보고 있었다. 그중에는 화환으로 묶여서 어떤 공간을 장식하기 위해 견본으로 쓰인 것도 있었다.

그런데 그 공간은, 만일 그것이 예술가의 공상으로 끝날 것이 아니라 뭔가 쓸모 있어야만 한다면, 기껏해야 공동묘지에나 어울릴 것처럼 보였던 것이다.

그러면서 그녀는 에두아르트가 얼마나 시끌벅적하게 자신의 생일을 축하했던가를 상기하지 않을 수 없었다. 새로 지은 집도 생각하지 않을 수 없었다. 그 지붕 아래 있으면 신나는 일이 많이 생길 것 같았다. 심지어 쉭쉭 소리를 내며 솟구치던 폭죽도 다시 눈앞에 떠오르고 귓가에 맴돌았다. 그녀가 외로우면 외로울수록 폭죽은 그만큼 더 세차게 그녀의 상상 속으로 떠올랐다. 하지만 그럴수록 그녀가 느끼는 외로움도 커졌다. 이젠 더 이상 그의 팔에 기대는 일도 없었고, 그에게서 또다시 그 어떤 기댈 곳을 발견하게 되리라는 희망도 없었다.

오틸리에의 일기에서

그 젊은 건축사가 했던 말을 기록해 둬야겠다. "자신의 것이라 해도 완전히 자기 혼자만 가지고 있을 순 없다는 사실은 수공업자와 마찬가지로 조형 예술가를 봐도 알 수 있습니다. 새들이 알에서 깨어난 둥지를 떠나듯이 그의 작품들도 그를 떠나거든요."

이 점에서 건축예술가는 누구보다도 기이한 운명을 지녔다. 그가 혼신의 힘과 모든 애정을 쏟아가며 어떤 공간을 창조해도 결국 그 자신은 그 공간에서 배제될 때가 얼마나 많은가! 왕이 거처하는 홀의 화려함은 건축가 덕분이지만 그 화려함의 가장 위대한 효과를 그 자신은 함께 누리지 못한다. 사원에서도 건축가는 자신과 성인 사이에 경계선을 긋는다. 인간의 마음을 숭고하게 만드는 저 장엄한 계단의 기반도 그가 세우지만 정작 그 자신은 이 계단을 밟지 않는다.

성체현시대(聖體顯示臺)의 법랑과 보석을 정합한 금 세공사가 먼발치에서만 그것을 바라보며 경배하듯이 말이다. 건축사는 온갖 편리함과 위세를 갖춘 열쇠를 만들어 부자에게 건네주지만 그 열쇠의 어떤 부분도 같이 누리지는 않는다. 재산을 물려받아 자립한 자식이 그러하듯이 예술작품도 더 이상 자신의 아버지에게 반응하지 않는다면, 결국 예술도 그와 마찬가지로 점차 예술가에게서 떨어질 수밖에 없는 것 아닌가? 그러니 예술이 공공의 것, 즉 모든 사람에게 속하고 예술가에게도 속하는 것만 다루도록 정해져 있던 시절에는 예술이 스스로를 촉진하기 위해 얼마나 애를 써야만 했을 것인가!

고대 민족이 가지고 있던 생각에는 진지하면서도 두려움을 자아내는 것들이 있다. 그들은 자신의 선조가 거대한 동굴에서 권좌 주위에 빙 둘러앉아 말없이 담화를 나눈다고 생각했다. 새로 들어온 사람이 충분한 자격을 지니고 있다고 생각되면 그들은 자리에서 일어나 고개를 숙이며 환영 표시를 했다고 말이다. 어제 내가 예배당에서 목조 의자에 앉아 있었을 때 맞은편에도 여러 개의 의자가 이리저리 놓여 있었는데 그것을 보자니 고대인의 상상이 아주 친숙하면서도 우아한 것처럼 생각되었다. '왜 너는 계속 앉아 있을 수 없는 거지?' 나는 마음속으로 자신에게 말했다. '왜 너는 지금 말없이 네 안에 침잠하면서, 오래도록, 아주 오래도록 앉아 있다가 마침내 친구들이 들어오는 것을 보면 그때 자리에서 일어나 친절하게 눈인사를 보내며 그들이 앉을 자리를 알려 주면 안 되는 거지?' 교회 안은 색유리 때문에 낮에도 엄숙한 어둠이 깔린다. 그러니 누군가가 영원히 꺼지지 않는 등불이라도 기부해서 밤에도 완전히 어둡지는 않게 해야 하지 않을까.

인간은 어떤 위치에 있건, 자기가 항상 무엇을 보고 있다고 생각한다. 인간이 꿈을 꾸는 이유도 오로지 보는 것을 멈추지 않기 위해서인 것 같다. 언젠가는 우리 안에 있는 내면의 빛이 밖으로 나와서 더 이상 다른 빛이 필요하지 않게 될 수도 있을 것이다.

이 해도 서서히 지고 있다. 바람은 그루터기 위로 불지만 바람이 흔들어 놓을 만한 것은 더 이상 보이지 않는다. 그저 호리호리해진 나무들에 달려 있는 붉은 열매들만이 아직도 뭔가 활발한 것을 우리에게 상기시키는 것 같다. 타작하는 사람이 박자를 맞추며 일하는 소리를 듣다 보면 낫으로 벤 이삭들 속에도 그토록 많은 양분과 삶의 요소들이 감추어져 있다는 것을 떠올리게 되듯이 말이다.

제4장

그러한 일들이 있었고, 그처럼 생의 무상함과 덧없음에 대한 생각들이 몰려들고 난 후 오틸리에에게 에두아르트가 변화무쌍한 전쟁의 운명에 자신을 내맡겼다는 더 이상 숨길 수 없는 소식이 날아들었을 때, 그녀가 느낀 기분이 얼마나 기이했겠는가. 딱하게도 이럴 때 떠올릴 수 있는 모든 가능성이 그녀의 뇌리에서 떠나지 않았다. 다행인 것은, 인간이 불행에 대해서 생각하는 것도 어느 한도까지만 가능하다는 사실이다. 이러한 한도를 벗어나면 인간은 파멸하거나 그 어떤 일에도 무관심해진다. 어떤 단계에 이르면 공포와 희망이 합쳐지며 서로를 상쇄시키다가 아무런 감정도 없는 음울한 상태에서 사라지는 것이다. 그렇지 않고서야 어떻게 우리가 가장 사랑하는 사람이 매시간 위험에 처할 수 있다는 것을 알면서도 그날그날의 일상을 계속해서 영위할 수 있겠는가.

홀로 아무 할 일 없이 이러한 고독 속에 가라앉아 가는 듯했던 그녀에게 마치 어떤 선한 정신이 그녀를 배려하여 보내주기라도 한 것처럼 한 무리 야생적인 존재들이 들이닥쳤다. 이들은 외부에서 그녀에게 계속 일거리를 만들어 줌으로써 그녀를 침잠상태에서 끌어내었고 그렇게 하여 그녀에게도 어떤 힘이 있다는 느낌을 일깨웠다.

샤를로테의 딸 루치아네는 기숙학교에서 나와 넓은 세상에 들어서고 고모 집에서 많은 사람에 둘러싸이는 경험을 하자마자, 사람들 마음에 들고 싶다는 생각을 했고 실제로도 그런 식으로 사람들 호감을 자극했다. 그리하여 어느 젊고 부유한 남자가 격한 애정을 느끼며 그녀를 차지하고 싶어했다. 그는 상당한 재산 덕분에 어떤 종류의 것이든 최상의 것을 자기 것으로 만들 수 있었고, 지금껏 그래왔듯이 온 세상이 부러워할 완벽한 여성만 있으면 더 이상 부족한 것이 없을 것 같은 사람이었다.

이런 종류의 집안일로 샤를로테는 지금까지 매우 바빴다. 그녀는 온 정신을 이 일에 쏟았고, 편지교환도 에두아르트에게서 좀 더 자세한 소식을 들으려고 할 때를 빼놓고는 전적으로 이 일에 바쳤다. 그래서 오틸리에도 요즘 혼자 있는 시간이 전보다 많아졌다. 그녀는 루치아네가 온다는 것을 알았기 때문에 집에서 꼭 필요한 준비를 해놓기는 했다. 하지만 그렇게 빨리 오리라고는 예상치 않았다. 편지로 소식도 알리고 의논도 하면서 세세한 일정을 정하려고 하는 중에 갑자기 이 성과 오틸리에에게로 그러한 폭풍이 덮쳐 왔던 것이다.

귀족을 모시는 시녀[1]와 하인들이 마차를 타고 왔고 트렁크와 상자를 실은 짐마차도 도착했다. 벌써부터 집안에는 주인이 두세 배로 늘어난 것 같았다. 드디어 손님들이 모습을 나타냈다. 대고모는 루치아네와 몇몇 여자친구와 함께 왔고, 약혼자도 마찬가지로 사람들을 데리고 왔다. 그러자 입구의 별채는 가죽 트렁크와 옷가방, 여타 가죽 상자들로 가득 들어찼다. 사람들은 그 많은 상자와 함을 정리하느라 정신이 없었다. 소포꾸러미와 끌고 온 짐이 끝이 없었다. 그 사이에 비까지 세차게 내려서 여러 불쾌한 상황이 일어났다.

1 독일어로는 'Kammerjungfer'. 여자 귀족 중에서도 상류에 들어가는 귀족들을 모시는 여성들을 일컫는 말.

이처럼 마구잡이로 벌어지는 소동들에도 오틸리에는 침착하게 대응했다. 실로 명쾌하게 일을 잘 처리하는 그녀의 재주는 지금에서야 가장 빛을 발하는 듯했다. 요컨대 그녀는 이 짧은 시간에 모든 것을 집안에 들여놓고 정리했던 것이다. 각자 누구나 자기 방식대로 편안히 묵을 수 있는 잠자리를 지정받았고, 먹고 마시는 것에 불편함이 없어서 다들 좋은 대접을 받았다고 생각했다.

모두들 힘든 여행을 하고 난 뒤라 이제는 좀 휴식을 즐기고 싶은 마음이었을 것이다. 루치아네의 약혼자도 장모에게 좀 더 접근해서 자신의 사랑과 좋은 의지를 확신시키고 싶었을 터였다. 그러나 루치아네는 쉴 수가 없었다. 그녀는 이제야 좋은 말을 타볼 수 있는 행운을 얻었기 때문이다. 약혼자에게는 멋있는 말들이 있었고, 그러니 당장 그 말을 타야 했던 것이다. 그녀는 험악한 날씨도, 바람도, 비도, 강풍도 개의치 않았다. 마치 사람이 사는 이유는 오로지 비에 흠뻑 젖고 나서 다시 몸을 말리기 위해서인 것 같았다. 그녀는 걸어서 바깥에 나가 봐야겠다는 생각이 들면 자기가 무슨 옷을 입고 어떤 신발을 신었는지 따위는 신경 쓰지 않았다. 그녀는 그동안 수없이 이야기로만 듣던 그 공원 부지를 직접 구경해야만 했던 것이다. 말을 타서 갈 수 있는 곳이 아니면 걸어서라도 돌아다녔다. 어느새 그녀는 모두 둘러보고 평가를 내렸다. 성격이 급한 그녀에게 반대하기란 쉬운 일이 아니었다. 같이 있는 사람들이 여러모로 시달려야 했지만, 가장 시달린 것은 하녀들이었다. 이들은 밑도 끝도 없이 옷을 빨고, 다리고, 올을 풀어서 다시 꿰매고 하는 일을 반복해야 했기 때문이다.

그녀는 집과 주변을 둘러보는 일로 지치기가 무섭게 이번에는 이웃을 방문해야 한다고 생각했다. 말을 타거나 마차를 타고 빠른 속도로 다녔기 때문에 아주 먼 이웃까지도 두루두루 찾아갔다. 이곳의 성에도 답례차 방문 오는 사람들로 넘쳐났고, 서로 모임이

어긋나지 않도록 곧 특정한 날들이 정해졌다.

샤를로테는 고모와 신랑 대리인과 함께 양쪽 집안의 내적인 관계들을 확실히 정하려고 애썼고,[2] 오틸리에는 아랫사람들과 함께 사냥꾼, 정원사, 어부와 잡상인까지 동원된 이 큰 모임에서 어떤 것도 소홀히 하는 법이 없도록 하느라 분주했지만, 루치아네는 항상 자기 뒤에 길게 꼬리를 남기는 불타는 유성 같았다. 그녀는 평범한 손님들의 대화에도 금방 싫증을 냈다. 그녀는 아무리 나이 든 사람이라도 카드놀이 탁자 옆에서 가만히 쉬는 것을 놔두지 않았기 때문에, 조금이라도 기동할 수 있는 사람이면 끌려 나와 — 하긴 그렇게 매력적으로 달려드는데 움직이지 않을 사람이 누가 있으랴? — 춤까지는 아니더라도 보드게임이나 벌 받기 놀이 또는 요술놀이 등에 참여해야 했다. 모든 것은 나중에 담보를 나눌 때와 마찬가지로 결국은 그녀를 위해서 계산된 것이었지만, 상대편도, 특히 남자라면 누구라도 빈털터리로 나가는 법은 없었다. 루치아네는 이즈음에 생일이나 명명일을 맞는 중년층 인사가 누군지 알아내고는 특별한 방식으로 축하해 줌으로써 그들의 마음을 독차지했다. 이런 식으로 일처리하는 그녀의 독특한 재주는 대단히 위력적이어서, 모든 사람이 그녀의 호의를 받았어도 누구나 자신만이 가장 큰 호의를 받고 있다고 생각하게 했다. 심지어 모임에서 가장 나이 많은 사람조차도 이런 착각을 하고 있음이 매우 두드러지게 나타났다.

뭔가 중요해 보이는 남성, 예컨대 지위, 체면, 명성이나 그 밖에 어떤 중요한 것을 지닌 남성의 마음을 사로잡는 것, 그리고 신중한 사람조차도 지혜와 분별력을 잃고 그녀의 야성적이고 놀라운 성격에 호감을 느끼도록 하는 것이 그녀의 계획인 것 같았지만, 그렇다고 해서 젊은이들에게 돌아갈 몫이 줄어든 것은 아니었다. 누구에게나 그녀에게 매혹되고 구속될 수 있는 그만의 몫이 있었고 그럴 수

2 여기서는 결혼 전에 돈과 관련된 문제를 확고히 해두려는 것을 의미한다.

있는 날과 시간이 있었다. 그런 식으로 루치아네는 이미 건축사에게도 관심이 있었다. 그러나 이 사람은 검은색 긴 고수머리에 가려진 시선으로 순수하게 바라보면서 똑바른 자세로 침착하게 거리를 두고 서서 모든 질문에 간결하고 조리 있게 대답하긴 하지만 그 어떤 화제에도 그 이상으로 휘말려 들고 싶지 않은 것 같아서, 그녀는 반쯤은 불쾌감으로, 또 반쯤은 교활한 마음에서 건축사를 그날의 주인공으로 만들어 줌으로써 이 남자도 자기의 추종자로 만들어야겠다고 결심하게 되었다.

그녀가 그렇게 많은 짐을 가져온 것도 쓸모없지는 않았다. 사실 그녀가 도착한 후에도 많은 짐이 따라왔다. 그녀는 끝없이 옷을 갈아입을 수 입도록 준비해온 것이다. 하루에도 서너 번씩 옷을 갈아입고, 아침부터 저녁까지 사교계의 복장으로 갈아입는 것을 좋아했지만, 간간이 농촌이나 어촌 여성, 요정이나 꽃 파는 소녀 모습으로 변장하고 나타나기도 했다. 그녀는 노파로 변장하는 것도 마다하지 않았다. 왜냐하면 그러한 변장에서 나오면 자기 얼굴이 그만큼 더 신선하게 앳된 얼굴로 나타날 수 있었기 때문이다. 실제로 그녀는 그런 변장으로 현실과 상상을 뒤섞어 놓았기 때문에, 사람들은 자신이 잘닉세[3]와 친척이거나 사돈을 맺은 것처럼 생각할 정도였다.

그러나 루치아네가 이러한 분장들을 이용하는 중요한 목적은 무언극이나 무도회를 위한 것이었다. 그녀는 이런 모임들에서 다양한 성격을 표현하는 데 능숙했던 것이다. 그녀를 따라다니는 한 기병은 그랜드피아노로 그녀의 동작에 맞춰 간단한 반주를 하는 데 익숙했다. 이번에도 간단한 약속만 하면 되는 것이어서 그들은 곧 호흡이 맞았다.

3 페르디난트 카우어(Ferdinand Kauer, 1751-1831)가 쓴 가극 《도나우 여자》에 나오는 요부. 이 작품은 괴테의 처남 불피우스가 1792년 바이마르 무대에 올리려고 개작한 바 있다.

어느 날, 활발한 무도회 휴식 시간에 사람들이 그녀의 이 은밀한 충동을 부추기면서 즉흥 연기를 해보라고 하자, 그녀는 당황하고 놀란 기색을 했다. 사람들은 평소와 달리 여러 번 부탁해야 했다. 그녀는 자기가 뭘 해야 할지 정하지 못하겠다는 태도로 선택을 미루더니, 즉흥극의 연기자처럼 어떤 대상을 하나 정해 달라고 하는 것이었다. 그리하여 마침내 미리 짠 것 같은 그 피아노 반주자가 나오더니 장송곡을 연주하기 시작하면서 아르테미시아[4]의 연기를 해보라고 요구했는데, 이 곡은 그녀가 익히 아는 곡이었다. 그녀는 이 청을 받아들였다. 그리고 잠깐 사라지더니, 장송곡의 부드럽고 슬픈 음조가 울리는 가운데 과부가 된 왕비의 모습으로 유골 항아리를 앞에 들고 균형 잡힌 걸음걸이로 다시 나타났다. 그녀 뒤에는 한 사람이 커다란 흑판과 선화용 펜, 끝이 뾰족하게 잘 깎인 분필을 들고 따라왔다.

그녀를 숭배하고 도와주는 사람들 중 한 명에게 그녀가 귓속말을 하자, 이 사람은 당장 건축사에게 건축의 장인으로서 마우솔루스의 묘를 그려줄 것을, 다시 말해 엑스트라로서가 아니라 진짜같이 공연하는 사람 입장에서 묘를 그리는 역을 맡아줄 것을 요청했다. 건축사로서는 외모 면에서도 너무 난감한 것 같았지만 — 왜냐하면 그는 검은색의 꽉 끼고 현대적인 민간의상을 입고 있었기 때문에 이 공연에서 요구하는 것처럼 엷은 명주로 된 장례식용 베일, 크레이프로 된 상복, 끝을 부풀린 장식용 술, 유약을 바른 장식용 구슬, 장식용 매듭, 그리고 왕관 등과는 아주 대조를 이루고 있었기 때문이다 —, 곧 마음을 가다듬었는데, 그럴수록 그만큼 더 기이하게 보였다. 그는 매우 진지한 표정으로 시동 몇 사람이 들고 있는 그 커다란 흑판 앞에 섰다. 그리고는 깊이 생각하면서 정확하게 묘비를 그렸다.

4 기원전 350년경 소아시아 카리아 왕국을 다스린 마우솔로스 왕의 아내. 그녀가 마우솔로스를 위해 세운 묘가 '마우솔레움'인데, 이 묘는 고대의 7대 불가사의에 속한다고 알려져 있다.

그것은 카리아의 왕보다는 랑고바르드 왕에게 더 잘 어울릴 것 같기는 했지만,[5] 그래도 아름답게 균형도 잡히고 부분 장식들도 엄숙하고 선명하게 표현되어서, 사람들은 그림이 진행되는 과정을 만족스럽게 바라보았고 완성되었을 때는 경탄을 금치 못했다.

그동안 그는 자신의 작업에만 모든 주의를 기울였을 뿐 여왕에게는 신경 쓰지 않았다. 마침내 그가 그녀 앞에 머리를 숙이면서 명령을 완수했다고 표시하자, 그녀는 그에게 유골 항아리까지 내밀면서 그것이 묘의 맨 윗부분에 그려졌으면 좋겠다고 하는 것이었다. 그는 그것이 이제까지 그린 것과 어울리지 않을 것 같아서 내키지는 않았지만 요구대로 그려 넣었다. 루치아네로 말하자면, 이제 드디어 조바심에서 해방되었다. 그녀가 노리는 것은 결코 그에게서 어떤 성실한 그림을 받는 것이 아니었기 때문이다. 만일 그가 그저 두어 번 터치를 해서 뭔가 기념비 비슷하게 보이는 것을 대충 그려 주고 나머지 시간은 그녀에게 집중하며 보냈더라면, 이것이 그녀의 궁극적인 목적과 소망에는 훨씬 더 잘 부합했을 것이다. 그런데 그가 그 반대로 하자 그녀는 매우 당황했다. 그녀는 괴로워하기도 하고, 서서히 완성되어 가는 그림에 이런저런 지시나 암시도 하고, 때로는 박수도 치면서 분위기를 바꿔보려고 무진 애를 썼지만, 그리고 몇 번은 오로지 그와 어떤 관계를 맺어 보려는 목적으로 그를 잡아끌다시피 하기도 했지만, 그의 태도는 너무나 뻣뻣해서 그녀는 유골 단지를 도피처로 삼아 그것을 끌어안고 하늘이나 올려다봐야 할 때가 한두 번이 아니었던 것이다. 결국 똑같은 상황이 점점 더 늘어나서 그녀 스스로도 자신이 카리아의 여왕이라기보다는 에베소의 과부[6]를 더 많이 닮아 가는 것처럼 생각될 정도였다. 그러다

5 카리아는 소아시아 남서부에 존재했던 제후국으로 페르시아의 속국이었으며 로마의 통치를 받았다. 랑고바르드는 엘베 강 하류에 살았던 동게르만족의 일파로 773년 카롤루스 대제에 의해 정복되고, 오토 대제에 의해 병합되었다. 카리아의 왕보다 랑고바르드의 왕에 더 어울린다는 것은 건축사가 그린 그림이 오리엔트 문화보다 게르만 문화에 더 가깝다는 의미다.

보니 공연은 계속 시간을 끌게 되었다. 평소에는 인내심이 충분했던 피아노연주자도 어떤 톤으로 빠져나와야 할지 알 수 없었다. 그는 그 항아리가 드디어 피라미드에 세워지는 것을 보고 신에게 감사할 지경이었고, 여왕이 감사를 표현했을 때는 자기도 모르게 재미있는 곡을 쳤을 정도였다. 이렇게 해서 공연은 본래의 성격을 잃어버리기는 했지만 모여 있는 사람들의 기분은 완전히 밝아졌다. 이들은 즉각 두 편으로 나뉘어 루치아네에게는 뛰어난 표현력에 대해서, 건축사에게는 예술적이고 우아한 그림에 대해서 호의적인 찬탄을 표했다.

특히 루치아네의 약혼자는 건축사와 이런저런 이야기를 많이 나누었다. "그 그림이 오래가지 못하는 것은 유감입니다." 약혼자가 말했다. "괜찮으시다면 이 그림을 제 방으로 가져오게 해서 당신과 이 그림에 대해 이야기를 나누고 싶습니다만."

"그런 것을 좋아하신다면, 그러한 건물이나 기념비들을 세심하게 그린 그림들을 보여 드리겠습니다. 이 그림은 우연히 일시적으로 구상된 것일 뿐이니까요." 건축사가 말했다.

멀지 않은 곳에 서있던 오틸리에가 두 사람 곁으로 다가왔다. 그녀가 건축사에게 말했다. "이 남작님에게 기회 닿는 대로 당신의 수집품들도 보여 드리세요. 이 분은 예술과 고대 문화의 애호가이시거든요. 두 분이 좀 더 친해지시면 좋겠네요."

루치아네가 옆으로 와서 물었다. "무엇에 대해서 이야기하는 건가요?"

"예술작품 수집에 대해서요." 남작이 대답했다. "이 신사분이 갖고 계시는데 기회가 닿으면 우리한테 보여 주신답니다."

"당장 가져오시면 좋겠네요!" 루치아네가 외쳤다. "그렇죠? 당장

6 라퐁텐의 작품에 나오는 과부로서 남편이 죽은 후에 그 묘지에서 굶어 죽으려 했으나 금방 지조를 버리고 어떤 병사에게 몸을 바친다.

그 그림들을 가져오실 거죠?" 그녀는 애교를 부리듯 덧붙이면서 친구처럼 두 손으로 그를 붙잡았다.

"지금은 때가 아닌 것 같은데요." 건축사가 대답했다.

"무슨 소릴!" 루치아네가 명령조로 외쳤다. "왕비의 명령에 따르지 않겠다는 건가요?" 그러더니 그녀는 다시 우스꽝스러운 어조로 간청하기 시작했다.

"고집부리지 마세요!" 오틸리에가 반쯤 목소리를 낮추어 말했다.

건축사는 머리를 숙이고는 물러갔다. 그것은 긍정도 부정도 아니었다.

그가 떠나자마자 루치아네는 사냥개 한 마리를 몰고 홀 안을 이리저리 뛰어다녔다. 그러다가 우연히 어머니와 마주치자 탄식을 했다.

"아! 제가 어떻게 불행하지 않을 수 있겠어요! 제 원숭이를 데려오지 못했는데 말이에요. 사람들이 데려오지 못하게 했어요. 그들은 오로지 자신의 편의 때문에 제게서 이러한 기쁨을 빼앗은 거예요. 하지만 저는 원숭이를 데려오게 하겠어요. 누군가가 그 녀석을 데려와줘야 한다고요. 그 녀석 그림만이라도 볼 수 있다면 만족하겠어요. 그 녀석을 그리도록 할 거예요. 그 녀석이 내 근처에서 떨어지는 일이 없도록 하겠어요."

"어쩌면 너를 위로할 방법이 있을 것도 같구나." 샤를로테가 말했다. "이상한 원숭이들 그림이 든 책을 도서관에서 가져오게 하면 말이야."

루치아네는 기뻐서 큰소리로 환호했고, 사절판[7] 책이 한 권 날라져 왔다. 이처럼 인간과 비슷할 뿐 아니라 예술가의 손에 한층 더 인간화된 피조물을 보자 루치아네는 대단히 반가웠다. 그런데 이 동물 하나하나가 그녀가 알고 있는 사람 중 누군가와 닮았다는

7 인쇄용지가 한 번만 접힌 상태로 만들어진 대형서적(A4 용지의 8배 정도의 크기).

사실을 발견하고는 뛸 듯이 기뻐했다.

"저 녀석은 삼촌을 닮지 않았어요?" 그녀는 무자비하게 외쳐댔다. "저 녀석은 유행상품 상인[8] M씨를 닮았고, 저 녀석은 S 목사님을 닮았네요. 그리고 이 녀석은 그분, 그…그분을 완전히 닮았네. 근본적으로 보자면 원숭이야말로 진짜 멋쟁이인데, 어째서 인간들은 원숭이를 최고의 사교계에서 빼놓는 건지 알 수 없다니까요."

그녀는 이 말을 최고의 사교계에서 하고 있었지만, 그것을 기분 나쁘게 여기는 사람은 아무도 없었다. 사람들은 그녀의 애교 때문에 많은 것을 허용하는 데 익숙하다 보니, 결국은 그녀가 비르징미리 없는 것도 다 허용하게 되었던 것이다.

그동안 오틸리에는 루치아네의 약혼자와 이야기를 나누고 있었다. 그녀는 건축가가 좀 더 진지하고 세련된 그의 수집품들을 가지고 돌아와서 이 모임을 원숭이라는 존재로부터 해방시켜 주기를 바랐다. 이런 기대 속에서 그녀는 남작과 이야기하며 몇몇 사실에 주목하게 하고 있었다. 그러나 건축사는 나타나지 않았다. 그리고 마침내 그가 다시 왔지만 그냥 모임 속에 휩쓸려 버렸다. 그는 뭔가를 가져온 것도 아니었고, 또 무슨 문제가 있었던 것처럼 행동하지도 않았다. 오틸리에는 한순간 — 어떻게 표현해야 좋을까? — 화가 나고, 짜증도 나고 당황스러웠다. 그녀는 그에 대해 좋게 말하고 있었고, 루치아네의 약혼자에게도 그의 생각대로 편하게 시간을 보내도록 배려하고 있었다. 이 남자는 루치아네를 무한히 사랑하고 있었음에도 불구하고 그녀의 지금과 같은 행태로 시달리는 것처럼 보였던 것이다.

간식 때가 되어서야 원숭이 이야기가 물러났다. 끼리끼리 모여 놀이를 하기도 하고 춤도 추다가 결국에는 재미가 없어져서 죽치고

8 독일어로는 Galanteriehändler. 특히 유행하는 패션의 액세서리들 — 예컨대 숄, 버클 등 — 을 판매하는 상인.

앉아 있다가 다시 이미 한풀 꺾인 흥을 살려 보려고 애쓰는 과정이 이번에도 평소처럼 자정이 훨씬 넘을 때까지 계속됐다. 왜냐하면 루치아네는 아침에는 잠자리에서 나오지 못하고 저녁에는 잠자리에 들지 못하는 버릇이 몸에 배어 있었기 때문이다.

이 무렵 오틸리에의 일기에는 사건들의 묘사가 드문 대신 삶과 관련되거나 삶에서 나온 격언과 속담이 자주 나타난다. 그러나 필경 그것들 중 대부분은 그녀 자신의 성찰에서 나온 것일 리가 없는 만큼, 누군가가 그녀에게 어떤 노트 내용을 알려 줬고 그녀는 그중에서 마음에 드는 것을 골라 베껴 놓았을 것이다. 하지만 내용 전체를 관통하는 생각을 보면 그녀가 그 내용에 진심으로 동의하고 있음을 알아볼 수 있다.

오틸리에의 일기에서

우리가 미래를 내다보기를 그토록 좋아하는 것은 그 속에서 이리저리 움직이는 어렴풋한 일을 우리에게 유리하도록 끌어당기고 싶어하는 마음 때문이다.

우연히 많은 사람이 모인 곳에 있으면 그 우연이 우리 친구들도 데려다주지 않을까 기대하게 마련이다.

아무리 은둔해 산다고 해도, 어느새 누군가의 채무자 아니면 채권자가 되어 버린다.

우리가 감사받아야 할 사람과 만나면 우리는 그 사실부터 생각한다. 그런데 우리가 감사해야 할 사람을 만날 때는 그런 생각을 하지 않는 경우가 얼마나 많은가!

자기 생각을 남에게 알리는 것은 인간의 천성이다. 남이 알려준 생각을 있는 그대로 받아들이는 것은 인간의 교양이다.

우리가 남을 오해할 때가 얼마나 많은가를 알게 된다면 아무도 모임에서 많은 이야기를 하지 않을 것이다.

사람들이 남의 이야기를 전달하면서 그 내용을 바꾸는 것은 아마도 그가 그것을 제대로 이해하지 못했기 때문일 것이다.

남 앞에서 혼자 오래 이야기하면서, 듣는 사람의 기분을 맞출 줄 모르는 사람은 거부감을 불러일으킨다.

어떤 말이든 하고 나면 그에 반대하는 생각을 불러일으킨다.

반박과 아첨은 둘 다 대화의 질을 떨어뜨린다.

가장 유쾌한 모임은 구성원들 상호간에 밝은 존경심이 지배하는 모임이다.

어떤 인간이 무엇을 우습게 여기는가 하는 것보다 그 인간의 성격을 더 잘 드러내주는 것은 없다.

우스꽝스러운 것은 윤리적으로 대비되는 것들에서 비롯되며, 이것은 해가 되지 않는 방식으로 감각과 연관된다.

감각적인 인간은 웃을 거리가 없는 곳에서도 자주 웃는다. 어떤 것에 자극을 받더라도 그의 내면적인 편안함이 밖으로 드러나는 것이다.

오성적인 사람은 거의 모든 것을 우스꽝스럽게 생각하고, 이성적인 사람은 거의 어떤 것도 우스꽝스럽게 생각하지 않는다.

나이 지긋한 남자가 여전히 젊은 여성을 얻으려고 애쓴다는 의심을 샀다. "그것이 유일한 수단이거든." 그가 대답했다. "젊어지기 위해서는 말이야. 그리고 그것은 누구나 원하는 것이지."

사람들이 결점 때문에 지적당하고 벌을 받고 많은 고통을 겪을 때는 인내심을 발휘하다가도, 자신의 결점을 버려야 할 때는 인내심을 잃는다.

어떤 결점은 개인의 삶을 위해서 필요하다. 오랜 친구들이 그들의 습관을 버리면 우리는 불편할 것이다.

“그가 죽을 날도 멀지 않았어.” 사람들이 이렇게 말할 때는 그가 자신들의 방식에 반하는 짓을 할 때다.

가져도 되고, 심지어 키워도 되는 결점이란 어떤 것인가? 다른 사람에게 상처를 주기보다는 기분 좋게 만들어 주는 것들이다.

열정은 결점 혹은 미덕이다. 다만 고양되었을 뿐이다.

우리의 열정은 진정한 불사조다.[9] 늙은 새가 불타면 바로 그 재에서 어린 새가 나온다.

격한 열정은 희망 없는 병이다. 이 병은 고치려고 하면 할수록 오히려 더 심해진다.

열정은 고백으로 강해지기도 하고 완화되기도 한다. 우리가 사랑하는 사람들에 대해 뭔가를 털어놓거나 숨길 때처럼 중도(中道)가 필요한 때는 없다.

9 불 속에서 다시 젊어진다고 하는 이집트 신화의 새.

제5장

그렇게 루치아네네는 사교의 소용돌이 속에 도취된 듯한 삶을 계속 살아 나갔다. 그녀의 추종자들도 나날이 늘어갔다. 그녀가 벌이는 소동이 많은 사람을 흥분시키면서 매료했기 때문이고, 그녀가 호의나 선행으로 다른 사람의 마음을 묶을 줄 알았기 때문이다. 그녀는 최고도로 베풀었다. 고모와 약혼자의 애정 덕분에 아름답고 진기한 것들이 갑자기 그녀에게 쏟아져서 그녀는 그것이 자기 것이라는 생각도 없는 듯했고, 그녀 주위에 쌓아놓은 것들의 가치가 얼마나 되는지도 모르는 것 같았다. 그녀는 다른 사람보다 초라하게 옷을 입은 여성을 보면 조금도 망설이지 않고 자신의 비싼 숄을 끌러서 걸쳐주었다. 그것도 아주 장난스럽고 세련된 방식으로 했기 때문에 아무도 그러한 선물을 거부할 수 없었다. 그녀의 수행원 중 한 사람은 항상 지갑을 들고 다니면서 가는 곳마다 가장 나이 든 사람과 병든 사람을 수소문해서 적어도 그 순간만이라도 상태가 나아지도록 해주는 역할을 맡았다. 덕분에 루치아네네는 이 고장 전체에서 훌륭한 인격자라는 이름을 얻었지만, 이 이름은 가끔 그녀에게도 불편했다. 그것은 성가신 빈곤계층을 너무도 많이 그녀에게 끌어들였기 때문이다.

그러나 루치아네의 명성이 가장 널리 퍼지게 된 것은 한 불행한 젊은이에게 그녀가 눈에 띌 정도로 착하고 고집스러운 태도를 보였기 때문이다. 이 젊은이는 말하자면 미남에다 옷도 잘 입는 사람이었는데, 오른팔을 전투에서 잃은 후, 그것이 명예로운 일임에도 사교계를 피하고 있었다. 불구라는 것이 그에게는 불편을 야기했던 것이다. 새로운 사람을 알게 될 때마다 항상 그가 사고를 당한 경위를 설명해 주어야 하는 것이 그에게는 너무도 짜증나는 일이라서, 차라리 숨어 지내든지 독서나 다른 연구에 몰두했고 그렇게 해서 사교모임과는 더 이상 관계를 맺지 않을 생각이었다.

이 젊은 남자의 존재는 루치아네에게도 알려졌다. 그녀는 그를 처음에는 작은 모임에, 다음에는 좀 더 큰 모임에, 그러고는 제일 큰 모임에 불러낼 작정이었다. 그래서 그를 대할 때는 다른 누구를 대할 때보다도 더 우아한 태도를 보였다. 특히 그녀는 성가실 정도로 부지런히 시중을 들며 그의 상처를 가치 있는 것으로 만들 줄 알았고, 그러면서 그의 오른팔 노릇을 하느라 열성이었다. 식사 때면 꼭 그를 자기 옆에 앉게 했다. 나이프로 음식을 자르는 것도 그녀가 대신해 주어서 그는 포크만 사용하면 되었다. 연장자나 지위 높은 사람들이 그녀의 옆자리를 차지하면, 그녀 관심은 식탁 전체로 확대되었고, 그녀가 이렇게 떨어져 있어서 그가 입을지도 모르는 손해에 대해서는 하인들이라도 서둘러 보충해야 했다. 드디어 루치아네는 그의 용기를 북돋워 왼손으로 글을 쓰게 했다. 그는 글씨 연습한 것을 항상 그녀에게 보여줘야 했다. 그리하여 그녀는 떨어져 있거나 가까이 있거나 간에 항상 그와 관계를 맺고 있었다. 젊은이는 이게 꿈인지 생시인지 모를 정도였다. 정말로 이 순간부터 새로운 인생을 살기 시작했던 것이다.

어쩌면 루치아네의 태도가 그녀의 약혼자로서는 불쾌했겠다고 생각할 수도 있을 것이다. 그러나 반대였다. 그는 이러한 노력을 그녀의 위대한 업적이라고 평가했다. 그가 그녀의 이런 태도에 전적으로 느긋한 태도를 보였던 것은 그녀가 조금이라도 난처한 상황에 대해서는 거의 지나치다 싶을 정도로 거부감을 보이는 성격임을 잘 알고 있었기 때문이다. 루치아네는 누구에 대해서건 자기가 원하는 대로 천방지축이었고, 누구라도 언젠가는 그녀와 부딪혀서 질질 끌려다니든가 그 어떤 놀림감이 될 위험에 처해 있었다. 그러나 그 누구도 그녀에게 똑같은 방식으로 응수해선 안 되었고, 그 누구도 그녀를 마음대로 건드려서도 안 되었으며, 그 누구도 그녀가 누리는 자유와 똑같은 자유를 조금이라도 행사하려고 해서는 안 되었다. 그런 식으로 루치아네는 다른 사람이 자신을 대할 때는 매우 엄격한 관습의 틀을 벗어나지 못하게 하면서도 그녀 자신은 다른 사람을 대할 때 언제든지 그러한 틀을 넘어서는 것 같았다.

칭찬받을 일처럼 비난받을 일에도, 호감을 주는 일처럼 비난받을 일에도 똑같이 자신을 내맡기는 것이 그녀의 신조라고 사람들이 생각할 수도 있었을 것이다. 왜냐하면 루치아네는 여러 방법으로 사람들의 호감을 얻고 나면, 대개, 그 상대가 누구건 간에 거리낌 없는 욕설로 그 관계를 다시 깨버렸기 때문이다. 이웃을 방문하고 나서, 또는 어떤 성(城)이나 저택에서 그녀와 그 일행이 친절한 대접을 받고 나서 돌아올 때마다 항상 그녀는 자기가 그 모든 인간관계를 언제나 우스꽝스러운 측면에서만 관찰한다는 것을 아주 태연하게 드러내는 것이었다. 이를테면, 저 세 형제는 누가 먼저 결혼해야 하는지를 놓고 서로에게 큰소리로 아부하다가 셋 다 혼기도 되기 전에 결혼했다는 둥, 이 집에는 작고 젊은 여자가 크고 늙은 남자와 살고 있고, 저 집에는 반대로 작고 활달한 남자와 둔하고 덩치 큰 여자가 살고 있다는 둥, 어떤 집에는 발을 내디딜 때마다 아이가 발에 채어 넘어질 지경인데, 어떤 집은 아이들이 없어서 아무리 사람들이 많이 모여도 집안이 꽉 차는 것 같지가 않다는 둥, 그러니 법정상속자 없이 노부부만 사는 집에서 다시 웃음소리가 들리려면 노부부가 빨리 죽어서 묘지에 묻혀야 한다는 등, 저 젊은 부부는 가정을 꾸리는 일이 전혀 어울리지 않으니 차라리 여행이라도 가는 게 낫겠다는 등 식이었다. 그녀는 사람들에 대해서처럼 건물이나 가재도구, 식탁용품 같은 사물에 대해서도 그랬다. 특히 벽장식들을 볼 때마다 그녀는 우스꽝스러운 언사를 하지 않고는 못 배겼다. 가장 오래된 양탄자 벽화에서 최신 종이벽지에 이르기까지, 가장 기품 있는 가족 초상화에서부터 가장 경박한 최신 동판화에 이르기까지 차례차례 그녀의 조롱에 시달려야 했고, 말하자면 이리저리 쥐어뜯겼기 때문에 어떤 것이라도 그녀와 5마일 이내에서 무사한 것이 있다면 오히려 놀라지 않을 수 없는 형국이었다.

루치아네가 원래 어떤 악의가 있어서 이처럼 모든 것을 부정하려고 드는 것은 아니었을 것이다. 대개 자기밖에 모르는 오만함이 그녀를 자극하는 것이었다. 그러나 그녀의 진짜 냉혹함은 오틸리에를 대하는 태도에서 나타났다. 모든 사람의 주목을 받고 칭찬을 듣는 이 사랑스러운 처녀가 침착하고 부지런히 활동하는 것을 그녀는 경멸의 시선으로 내려다보았다. 오틸리에가 정원과 온실을 얼마나 열심히 돌보는가 하는 것이 화제가 되었을 때, 루치아네는 사람들이 지금 엄동설한에 살고 있다는 것은 생각지도 않고 어째서 아무 꽃도 안 보이고 과일도 안 보이는지 모르겠다는 태도로 그러한 칭찬을 비웃었을 뿐만 아니라, 그 후부터는 푸르고 가지 돋은 것이면 무엇이든, 심지어 싹이라도 나려는 것이면 모두 다 가져오게 해서 매일매일 방과 식탁을 장식하는 데 허비해 버렸기 때문에, 오틸리에와 정원사는 내년에는 어쩌면 훨씬 더 오랫동안 그들의 희망이 파괴된 것을 봐야 할지 모른다는 생각에 적잖이 마음의 상처를 입었다.

게다가 루치아네는 오틸리에가 평온하게 집안일만 계속하게 놔두지도 않았다. 오틸리에는 소풍과 썰매타기에도 함께 따라가야 했고, 이웃집에서 열리는 무도회에도 따라가야 했다. 그녀는 눈이나 추위, 세찬 밤바람도 꺼려서는 안 되었다. 왜냐하면 다른 많은 사람도 그 정도로는 죽지 않는다는 것이었다. 이 여린 처녀는 그 때문에 꽤나 시달렸다. 그렇다고 해서 루치아네가 어떤 득을 본 것도 없었다. 오틸리에가 아주 단순하게 차려입고 다니기는 했지만, 남자들에게는 항상 그녀가 최고의 미인이었거나, 적어도 그렇게 보였기 때문이다. 어떤 부드러운 매력이 모든 남성을 그녀 주위로 끌어들였다. 그녀는 항상 그 커다란 홀의 맨 앞자리나 맨 끝자리에 자리 잡았음에도 말이다. 심지어 루치아네의 약혼자도 그녀와 자주 이야기를 나누었다. 특히 *그*가 몰두하는 어떤 일에 그녀의 조언과 협력이 필요해서 더욱 그랬다.

약혼자는 건축사를 좀 더 잘 알게 되었다. 그의 예술 소장품을 계기로 역사적인 것에 대해서도 많은 이야기를 나누었고, 다른 경우에도 특히 예배당을 관찰하면서 그의 재능을 알아볼 수 있었다. 이 남작은 젊고 부유했다. 그는 수집하는 일을 했지만, 건축도 해볼 생각이었다. 그런 일에 관심은 많았지만 지식은 빈약한 편이었다. 건축사 같은 사람과 함께 한다면 하나 이상의 목적을 동시에 이룰 수 있을 것이라고 생각했다. 그는 이러한 의도를 약혼녀에게 알려 주었다. 그녀는 칭찬했고, 그 제안에 매우 만족했다. 하지만 이렇게 하는 이유는 이 젊은이를 오틸리에에게서 빼앗기 위해서이지, — 왜냐하면 그녀는 그의 곁에서 뭔가 애정 비슷한 것을 감지했기 때문이다 — 그의 재능을 자기 의도대로 이용하기 위해서는 아니었다. 그녀가 즉흥적으로 축제를 벌일 때마다 그가 부지런한 모습도 보여 주고 이러저러한 행사에서 여러 가지 쓸모 있는 아이디어도 제시했지만, 그녀는 항상 자기가 그보다 더 유능하다고 생각했기 때문이다. 사실 그녀가 생각해 내는 것은 보통 조야한 것들이라 그것을 실행하는 데는 능숙한 시종의 재주만 빌려도 충분했고, 이는 가장 완벽한 예술가가 도와주는 것이나 다름없었다. 누군가의 생일이나 기념일에 뭔가 기분 좋은 일을 해주려고 할 때 그녀의 상상력이 미치는 범위는 제물을 바치는 제단의 범위를 넘지 못했고, 석고 두상이건 살아있는 두상이건 간에 그 위에 화관을 씌워 주는 것 이상으로 넘어서지를 못했다.

오틸리에는 건축사가 이 집안과 어떤 관계냐고 묻는 루치아네의 약혼자에게 최상의 정보를 제공할 수 있었다. 그녀는 샤를로테가 이미 예전에 그를 위해서 자리를 하나 마련해 주려고 애썼던 것을 알고 있었다. 겨울 동안 모든 건축공사는 중단될 예정이고 또 그럴 수밖에 없었으므로, 만일 이 모임에 오지 않았다면 이 젊은 남자는 예배당 작업이 끝남과 동시에 떠나야 했을 것이기 때문이다. 따라서 이 뛰어난 건축예술가가 새로운 후원자 덕분에 다시 활용되고 후원받게 된다면 그 이상 바람직한 일은 없는 것이었다.

오틸리에와 건축사의 사적인 관계는 전적으로 깨끗하고 순진했다. 그가 편안하고 활동적인 모습으로 있으면 그녀에게는 오빠가 곁에 있을 때처럼 의지도 되고 기뻤다. 그에 대한 그녀의 감정은 혈육 간에 느끼는 평온하고 무덤덤한 표층 위에 머물러 있었다. 왜냐하면 그녀 마음에는 더 이상의 여지가 남아있지 않았기 때문이다. 그녀 마음은 에두아르트에 대한 사랑으로 꽉꽉 차 있었고, 그녀의 마음을 에두아르트와 함께 공유할 수 있는 존재가 있다면 그것은 삼라만상 안으로 뚫고 들어올 수 있는 신성(神性)뿐이었다.

그동안 겨울이 깊어 가면 깊어갈수록, 날씨가 거칠어지면 거칠어질수록, 그리고 길이 다닐 수 없게 되면 될수록, 점점 짧아져가는 낮 시간을 그렇게 좋은 모임에서 보내는 것은 그만큼 더 매력적으로 생각되었다. 사람들이 약간 빠져나가더라도 시간이 지나면 곧 다른 사람들이 몰려들었다. 좀 떨어진 주둔지에서 장교들이 몰려왔는데, 교양 있는 장교들은 이 모임에 대단히 유익했고, 좀 거친 장교들은 불편했다. 민간인 방문객도 빠지지 않았다. 그리고 어느 날은 아주 예기치 않게도 백작과 남작부인이 함께 나타났다.

그들의 존재로 비로소 진짜 궁정이 형성되는 것 같았다. 신분과 품위를 갖춘 남성들은 백작을 에워쌌으며, 여자들은 남작부인에게 격에 맞는 대접을 했다. 사람들은 이 두 사람이 함께 있으면서 그토록 명랑한 기분인 것에 더 이상 놀라지 않았다. 백작의 부인이 죽었고, 사정이 허락하는 대로 새로운 혼사가 맺어질 것이라는 말을 들었기 때문이다. 오틸리에는 그들이 처음 왔을 때 결혼과 이혼, 만남과 헤어짐, 희망, 기대, 아쉬움과 체념 등등에 관해서 사람들이 했던 말들을 떠올렸다. 당시만 해도 아무 전망도 없던 두 사람이었는데 이제는 원하던 행복에 그토록 가까이 도달한 모습으로 그녀 앞에 서있었다. 그녀 마음에서 생각지도 않은 한숨이 흘러나왔다.

루치아네는 백작이 음악 애호가라는 말을 듣자마자, 콘서트를 기획했다. 그녀는 직접 기타에 맞추어 노래를 부르고 싶어했다. 원대로 이루어졌다. 그녀의 연주 실력은 괜찮았고, 목소리도 듣기 좋은 편이었다. 그러나 가사에 관해 말하자면, 보통 독일 미인이 기타에 맞춰 노래 부를 때 그러하듯이, 사람들이 알아들을 수 있는 내용이 거의 없었다. 그래도 사람들은 그녀의 노래가 대단한 표현력을 보여 주었다고 확언해 주었고, 그녀도 요란한 갈채로 만족할 수 있었다. 그런데 여기서 놀랍게도 한 가지 불행한 사건이 벌어졌다. 이 모임에는 시인이 한 명 있었는데, 그녀는 이 사람을 특별히 엮어볼 생각이었다. 그가 지은 몇몇 가곡이 그녀에게 바쳐지기를 바랐기 때문이다. 그래서 이날 밤에 부른 노래 대부분도 그가 지은 가곡들 중에서 뽑은 것이었다. 그 시인도 모든 사람이 그러했듯이 그녀를 아주 정중하게 대했다. 그러나 그녀는 그 이상을 기대했다. 그녀는 두어 번 그것을 분명히 표현하기도 했지만, 그로부터 그 이상의 것을 얻어낼 수가 없었다. 그래서 마침내 참지를 못하고 그녀의 추종자 중 한 사람을 그에게 보내서 그 자신의 뛰어난 가곡들이 그렇게 훌륭히 불리는 것을 보고도 도대체 감동되지가 않던지 알아보도록 했다.

"그게 제가 쓴 시들이었단 말인가요?" 이 시인은 놀라워하며 대답했다. "죄송합니다, 신사분" 그는 덧붙였다. "저는 모음들 외에는 아무것도 듣지를 못했어요. 그것도 전부 다 듣지는 못했죠. 하지만 그처럼 사랑스러운 의도에 감사를 표하는 것이 제 의무겠지요."

신사는 아무 대답도 하지 않았고 루치아네에게 그 말을 전하지도 않았다. 시인은 그녀에게 그럴싸한 찬사를 해서 이 사태를 벗어나 보려고 했다. 그녀는 시인이 자기를 위해 아무 시라도 지어 줬으면 좋겠다는 생각을 분명히 눈치챌 수 있게끔 표현했다. 시인으로서는 지나친 실례만 되지 않으면 차라리 그녀에게 알파벳을 건네주면서 그것을 가지고 아무 곡이나 마음에 드는 곡에 맞춰서 자신에 대한 찬가를 한번 상상해서 만들어 보라고 하고 싶었을 것이다. 결국 그녀는 이 사건에서 자존심을 상한 채 물러날 수밖에 없었다. 얼마 지나지 않아 그녀는 이 시인이 바로 그날 밤에 오틸리에가 좋아하는 곡 중의 하나에 맞춰 아주 사랑스러운 시를 지어 주었으며, 그것도 단순한 호의 이상이었다는 이야기를 들었다.

루치아네는 그녀 같은 성격의 사람이 모두 그렇듯이 자기에게 이로운 것과 해로운 것을 항상 뒤섞어서, 이제는 낭송으로라도 행운을 시도해볼 생각이었다. 그녀의 기억력은 좋은 편이었지만, 그녀의 낭송은 솔직히 말해 지적이지도 않고 열정적이지도 않으면서 성급하기만 한 편이었다. 그녀는 발라드와 소설, 그 밖에 낭송에 흔히 나오는 것들을 암송했다. 여기서 낭송할 때 제스처를 곁들이는 그녀의 불행한 습관이 이어졌고, 이 때문에 본래는 서사적이고 서정적이었던 것이 극적인 것과 결합된 것이 아니라 불쾌하게도 뒤죽박죽 엉키고 말았다.

그동안 통찰력이 풍부한 백작은 이 모임의 성격과 이 모임에서 벌어지고 있는 애정과 열정과 오락성이 어떤 것인지를 간파했고, 불행인지 다행인지 루치아네에게 그녀의 성격에 좀 더 적합한 새로운 연기를 해보도록 권유했다.

"내 생각엔 말입니다" 그가 말했다. "여기 이렇게 잘생긴 사람들이 많은데, 그림에 나오는 것과 같은 동작이나 자세를 모방할 수 있는 사람도 없지는 않을 것 같아요. 진짜 잘 알려진 그림들을 연기로 표현하는 작업은 아직껏 해본 적 없으신가요? 이런 활인화(活人畫)[1]를 수행하는 것은 여러모로 어려운 작업이긴 합니다만, 그만큼 엄청난 매력을 발산하거든요."

루치아네는 이것이야말로 그녀의 본령이라는 것을 재빨리 간파했다. 그녀의 아름다운 몸매, 풍만한 용모, 반듯하고 인상적인 얼굴, 엷은 갈색으로 땋은 머리, 가느다란 목, 모든 것이 마치 그 그림을 위해 배려된 것 같았다. 그녀가 움직일 때는 뭔가 눈에 거슬릴 정도로 우아하지 못한 점이 드러나기 때문에 움직일 때보다는 차라리 가만있을 때가 더 아름답게 보인다는 것을 알았더라면, 그녀는 더 열심히 이 자연적 예술인 활인화를 위해서 애썼을 것이다.

사람들은 유명한 그림을 보고 만든 동판화들을 찾았고, 일단은 반다이크[2]의 그림을 따라 만든 벨리사르[3] 동판화를 선택했다. 이 눈먼 장군이 앉아 있는 모습은 키가 크고 체구도 좋은 나이 지긋한 남자가 연출하고, 장군 앞에서 동정하며 슬퍼하는 전사는 그 전사를 닮은 구석이 많은 건축가가 모방하기로 했다. 루치아네는 다소

1 활인화는 독일어로는 lebende Bilder. 살아있는 사람들이 명화나 조각에 나오는 장면을 그대로 흉내 내어 말없이 부동자세로 있는 것으로 18세기 프랑스에서 생겨나 독일에도 전파되었고, 18세기 말에는 무도회와 같은 사교계의 주요한 행사로 자리 잡았다.

2 Antonius van Dyck(1599-1641). 바로크 시대의 화가.

3 Belisar. 6세기 동로마의 사령관.

겸손한 자세로 뒤에 서있는 젊은 여성을 택했는데, 이 여성은 적선하기 위해 지갑의 돈을 잔뜩 손바닥에 쏟아서 세어 보고 있었고, 한 노파는 너무 지나치다고 경고하는 표정으로 서있었다. 그리고 그에게 정말로 적선을 하는 또 다른 여성의 역할도 빠지지 않았다.

사람들은 이러저러한 그림을 가지고 깊이 몰두했다. 백작이 어떤 방식으로 준비할지를 몇 가지 지시하자, 건축사는 당장 그에 맞는 극장을 세우고 조명에 필요한 준비도 해놓았다. 그러한 계획이 상당한 비용을 요구하는 것이며 몇몇 필요한 것들은 한겨울의 시골에서는 찾을 수도 없다는 것을 알게 되었지만, 이제는 너무 깊이 이 행사에 빠져들어 버린 상태였다. 그래서 루치아네는 어떤 점에서도 지체되는 일이 없도록, 화가들이 마음대로 그려놓은 다양한 의상들을 제공하기 위해 그녀가 가지고 있는 옷들을 거의 전부 잘라내게 했다.

저녁이 되었다. 사람들이 많이 모인 가운데 만장의 갈채를 받으며 활인화 공연이 시작되었다. 의미심장한 음악이 분위기를 돋우었다. 벨리사르가 무대를 열었다. 인물들은 매우 적절하게 배치되었고 색채도 잘 분배되었으며, 조명도 훌륭해서 사람들은 실로 딴 세상에 있는 것 같았다. 다만 가상 대신에 들어선 현실의 존재가 일종의 두려움을 야기했다는 것만 제외하면 말이다.

막이 내려진 후에도 관객들의 요구로 몇 번씩 막이 다시 올라갔다. 간주곡도 모임을 즐겁게 했다. 사람들은 더 고차원의 그림을 보여주어 관객들을 놀라게 할 생각이었다. 그것은 푸생[4]의 잘 알려진 그림인 "아하스베루스와 에스더"[5]였다. 이번에는 루치아네가 먼젓번보다 더 신중하게 생각했다. 그녀는 의식을 잃고 쓰러지는 여왕역을 하면서 그녀의 온갖 매력을 보여 주었다. 그녀는 영리하게도,

4 Nicolas Poussin(1594-1665). 프랑스의 화가. 특히 풍경화와 역사화에서 두각을 나타냈다.

5 아하스베루스와 에스더의 이야기는 구약의 에스더서에 나온다. 여기서 에스더는 아하스베루스에게 자신이 유대인임을 고백하기 전에 두 번이나 실신한다.

그녀 주위에 서있다가 그녀가 쓰러질 때 받쳐주는 역할의 소녀들로 정말 예쁘고 몸매는 좋지만, 그녀와 비견될 정도는 아닌 인물들만 골라놓았던 것이다. 오틸리에는 여타의 일에서와 마찬가지로 이러한 그림에서도 제외되었다. 황금 권좌 위에 있는 제우스와 동등한 왕을 보여 주기 위해 그 모임에서 가장 건장하고 아름다운 남자가 선발되었다. 그리하여 이 그림은 정말로 비교할 데 없는 완벽함을 갖추게 되었다.

세 번째로 사람들이 선택한 것은 테르보르흐[6]의 이른바 "아버지의 경고"였다. 우리나라의 빌레(Wille)[7]가 이 그림을 본떠 만든 저 뛰어난 동판화를 모르는 사람이 누가 있는가! 고귀한 기사계급의 아버지가 다리를 꼬고 앉아서 그 앞에 서있는 딸의 양심에 대고 설득하는 것처럼 보인다. 딸은 주름이 풍성한 흰 비단옷을 입고 뛰어난 용모를 하고 있으며, 비록 뒷모습만 보이기는 하지만, 온 힘을 다해 정신을 가다듬으려 하고 있음을 암시하는 것 같다. 그래도 아버지의 경고가 격하거나 수치심을 주는 정도는 아니라는 것은 아버지의 표정이나 몸짓에서 알 수 있다. 그리고 어머니로 말하자면, 당황함을 숨기려고 포도주 잔 속을 바라보면서 마침 그것을 마실 듯한 자세이다.[8]

이제 이런 기회에 루치아네가 가장 화려하게 모습을 드러내야 하는 것이었다. 그녀의 땋은 머리, 두상, 목과 목덜미는 뭐라 형용할 수 없을 만큼 아름다웠고, 그녀의 허리는 현대적이면서도 고풍스러운 여성복에 가려 잘 보이지는 않았지만 대단히 수려하고 날씬하고 가벼워서, 고풍스러운 복장을 하고 있는 것이 오히려 더 유리하게 작용하는 듯했다. 건축사는 흰 비단의 풍부한 주름들이 예쁘고도 자연스럽게 잡히도록 애썼고, 그리하여 이 살아있는 자연모방은

6 Gerard Terborch(1608-1681). 네덜란드의 화가.

7 Johann Georg Wille(1715-1808). 헤센 출신의 동판 제작자로 베를린과 파리에서 활동하였다.

8 이 그림의 의미에 대해서는 다른 해석도 있다. 즉, 딸을 사랑으로 꾸짖는 아버지의 모습을 그리고 있는 것이 아니라 윤락가에서 흥정하는 성매매자의 모습을 다루고 있다는 것.

의심의 여지 없이 저 원래의 그림을 훨씬 능가했으며, 만인을 황홀케 했다. 사람들은 끝없이 앙코르를 외쳤다. 그토록 아름다운 존재를 뒤에서는 충분히 봤으니 이제는 앞 얼굴도 한번 보고 싶다는 관객들의 극히 자연스러운 소망도 점점 더 커져 갔다. 그리하여 어떤 재미있는 인물이 더는 참지 못하고 — 때때로 페이지 끝에 쓰이는 말인 — "Tournez s'il vous plait"[9]를 큰 소리로 외쳐 모든 관객들의 동의를 얻어냈다. 그러나 연기자들은 그들의 장점을 너무도 잘 알고 있었고 만인의 외침에 굴복하기에는 이 예술작품의 의미를 너무도 잘 파악했다. 부끄러운 듯 보이는 딸은 관객에게 얼굴표정을 보여 주지 않은 채 침착하게 서있었다. 아버지는 경고하는 자세로 계속 앉아 있었고, 어머니도 그녀의 코와 눈을 투명한 술잔에서 떼지 않았다. 그녀는 이 잔의 술을 마시는 것처럼 보였지만 포도주는 줄어들지 않았다. — 그러니 이제 그 후에 이어진 자잘한 후속공연들에 대해, 더 이상 장황한 이야기를 늘어놓을 필요는 없을 것이다. 무엇 때문에 네덜란드의 주막과 대목장의 장면들이 선택되었는지도!

백작과 남작부인이 여행을 떠나면서 곧 있을 행복한 신혼 몇 주를 보낸 후에 다시 오겠다고 약속했다. 샤를로테는 그간 두 달 동안 힘들었으므로 나머지 사람들도 그들과 마찬가지로 돌아가 주었으면 했다. 그녀는 자기 딸이 약혼과 청춘의 도취가 누그러진 후에도 행복할 것이라고 확신했다. 그녀의 약혼자는 자신이 이 세상에서 가장 행복한 사나이라고 믿고 있었기 때문이다. 그는 대단한 재산과 균형 잡힌 감각을 겸비한 사람이었지만, 온 세상의 인기를 독차지할 것이 틀림없는 여성을 소유하게 되었다는 생각에 의기양양해하고 있었다. 그는 모든 것을 그녀에게 맞추고 그녀를 거쳐야만 자신과 관련짓는 아주 독특한 취향을 지니고 있었다. 그리하여 새로 온 사람이 그녀에게 전적으로 주의를 기울이지 않거

9 "페이지를 넘겨 주세요."라는 뜻.

나, 흔히 노인들이 그랬던 것처럼 그의 좋은 성품에 매료되어 그와 좀 더 가까워지려고 하면서도 그녀에 대해서는 별다른 관심을 보이지 않으면 그는 기분이 상했다. 건축사 때문에 상황이 곧 정리되었다. 새해가 되면 건축사가 그를 따라 도시에 가서 카니발 기간을 함께 보내기로 했기 때문에 루치아네는 그곳에서 다른 수백 가지 것들과 함께 그 아름답던 활인화도 재현할 수 있으리라는 기대에 들떴고, 더욱이 고모와 약혼자가 그녀를 만족시키기 위해서라면 아무리 막대한 비용이 들더라도 사소한 비용처럼 여기는 것 같아서 그녀의 기쁨은 그만큼 거칠 수밖에 없었던 것이다.

이제는 작별할 시간이었지만, 그것도 평범한 방식으로 해서는 안 되었다. 누군가 샤를로테의 겨울 식량이 이제 곧 바닥날 것이라고 큰 소리로 농담을 하고 돌아다녔다. 활인화에서 벨리사르를 연기했고, 충분히 부자였으며 루치아네의 뛰어난 점들에 매료되어 그녀를 섬기게 된 지 이미 오래이던 그 믿음직한 신사가 그 말을 듣자 별생각 없이 이렇게 외쳤다. "그렇다면 비용은 폴란드식으로 처리합시다![10] 이제는 저의 집에 오셔서 저의 식량도 바닥내 주세요. 이런 식으로 계속 돌아가면 되는 거지요." 말과 동시에 실천이 따랐다. 루치아네가 여기에 동의했던 것이다. 그다음 날 짐이 꾸려졌고, 이 무리는 또 다른 장원을 향해 출발했다. 그곳에서도 공간은 충분했지만 덜 편안하고 시설도 덜 갖추어져 있었다. 그리하여 여러 어울리지 않는 상황이 연출되었는데, 이러한 상황이야말로 루치아네를 정말로 행복하게 하는 것이었다. 생활은 점점 더 황량하고 거칠어졌다. 아무리 눈이 깊이 쌓여도 몰이사냥을 나갔고, 평소 같으면 불편하기만 했을 행사도 그대로 진행되었다. 여자도 남자와 마찬가지로 모임에서 빠져서는 안 되었다. 그렇게 사람들은 사냥하거나 말을 타면서, 썰매를 타거나 왁자지껄하면서 이 장원에서 저 장원으

10 공동으로 비용을 대자는 의미.

로 옮겨 다녔다. 마침내 그들은 군주의 성이 있는 도시에 도달했다. 궁전과 도시 사람은 어떻게 즐기는지에 대한 여러 소식과 이야기가 상상력의 방향을 돌려놓았고, 고모도 이미 떠난 상황이어서, 루치아네와 모든 일행은 그런 식으로 끊임없이 새로운 삶의 영역으로 휩쓸려 들고 있었다.

오틸리에의 일기에서

세상 사람들은 남이 보여 주는 모습 그대로 받아들인다. 그러나 때로는 자신도 그 어떤 모습을 보여 주어야 한다. 사람들은 하찮은 사람을 봐주는 것보다는 차라리 불편한 사람을 참아내는 것을 더 좋아한다.

사람들이 모인 곳에는 어떤 것을 제공해도 된다. 다만 후유증을 남기는 것이어서는 안 된다.

사람들이 우리에게 올 때는 우리는 그들을 알지 못한다. 그들의 상황이 어떤지를 알려면 우리가 그들에게 가야 한다.

나는 우리가 손님에 대해서 여러 가지로 흉보고, 그들이 가자마자 그들에 대해 그리 좋지 않은 평가를 하는 것도 거의 자연스러운 일이라고 생각한다. 우리에게는 말하자면 우리의 척도에 따라 그들을 평가할 권리가 있기 때문이다. 심지어 분별력 있고 올바른 판단력을 가지고 있는 사람도 손님에 대해서는 날카로운 비평을 삼가지 않는다.

그와 반대로 다른 사람 집에 있으면서 그들의 환경이나 관습을 관찰하고, 필연적이고 불가피한 상황에서 그들이 어떻게 주위에 반응하며 적응해 가는가를 보았는데도, 여러 면에서 존경할 만한 것으로 생각할 수도 있는 것을 우스꽝스러운 것처럼 평가할 수 있으려면 몰지각과 악의가 있어야만 할 것이다.

폭력으로만 얻을 수 있는 것, 또는 폭력으로도 얻을 수 없는 것은, 품행이나 예의범절이라고 하는 것들로 얻어야 할 것이다.

여성들과의 교제는 좋은 관습을 위한 기본요소이다.

어떻게 하면 인간의 성격이나 본성이 그러한 생활방식과 어울릴 수 있을까?

개성은 생활방식을 통해 표현될 때 비로소 드러난다. 누구나 대단한 것을 원하지만, 그것이 남을 불편하게 하는 것이어서는 안 된다.

사람들 모임에서와 마찬가지로 삶에서도 제일 유리한 사람들은 교양 있는 군인이다.

거친 전사들은 적어도 자기 성격을 벗어나는 법이 없다. 그리고 그러한 강인함 뒤에는 대개 착한 품성이 숨어 있어서 위급한 경우에는 그러한 사람들과도 잘 지낼 수가 있다.

촌스러운 시민계급보다 더 성가신 존재는 없다. 그런 사람에게서 세련됨을 요구할 수 있으려면 그가 어떤 조야한 것에도 몰두하지 않을 때라야 한다.

세련된 예의범절에 대한 섬세한 감각의 소유자와 함께 살 때, 뭔가 세련되지 않은 일이 벌어지면 그 사람 때문에 걱정이 된다. 예컨대 나는 누군가 의자를 가지고 흔들어대면 항상 샤를로테 때문에 그런 기분이 든다. 그녀는 그런 것을 죽어도 못 견디기 때문이다.

여성들이 안경을 코에 걸친 사람하고는 상대하고 싶지도, 말하고 싶지도 않아한다는 것을 안다면 아무도 그런 모습으로 사적인 방에 들어서지는 않을 것이다.

경외심을 품어야 할 자리에서 스스럼없이 행동하는 것은 항상 우스꽝스럽게 보인다. 인사를 마치기가 무섭게 모자를 벗어던지는 것이 얼마나 이상하게 보이는가를 안다면 아무도 그렇게 하지 않을 것이다.

예의를 나타내는 외적인 표시 중에 심오한 윤리적 근거를 가지지 않은 것은 없다. 제대로 된 교육은 이러한 표시와 근거를 동시에 제공하는 것일 것이다.

품행은 누구나 자신의 모습을 보여 주는 거울이다.

마음에서 우러나오는 예의라는 것이 있다. 이것은 사랑에 가깝다. 여기에서 외적인 품행이 비롯될 때 비로소 그 품행은 예의를 갖추면서도 편안해질 수가 있는 것이다.

자발적인 예속은 가장 아름다운 상태지만, 이것도 사랑이 없다면 불가능할 것이다.

우리는 우리가 소원하던 것들을 소유하고 있다고 착각할 때 그 소원으로부터 가장 멀어져 있다.

자신은 자유롭다고 생각하지만 실제로는 그렇지 못한 사람보다 더한 노예는 없다.

자기가 자유로운 존재라고 선언하면, 그는 바로 그 순간에 자신이 제약받고 있는 존재임을 느낀다. 그러나 자기가 제약되어 있다고 용기 있게 선언한다면, 그는 자유로움을 느낀다.

다른 사람의 뛰어난 장점에 대해서는 사랑하는 것밖에 도리가 없다.

뛰어난 사람에게 끔찍한 일은 바보들이 그를 자랑스러워하는 것이다.

시종에게는 영웅이 있을 수 없다고 사람들은 말한다. 그러나 그렇게 말하는 것은 영웅은 영웅만이 알아볼 수 있기 때문이다. 그러나 시종도 자기와 같은 사람들은 제대로 평가할 줄 안다.

평범한 사람에게 천재도 불멸의 존재는 아니라는 사실보다 더 큰 위로는 없다.

위대한 사람들은 항상 어떤 약점 때문에 그들이 살았던 시대와 맺어진다.

대개 우리는 사람들에 대해서 실제 이상으로 위험하다고 생각하게 된다.

바보와 똑똑한 사람은 똑같이 무해하다. 다만 어정쩡한 바보와 어정쩡하게 똑똑한 사람, 이들이야말로 가장 위험한 사람이다.

세상에서 벗어나는 가장 확실한 방법은 예술을 통하는 것이고, 세상과 연결되는 가장 확실한 방법도 예술을 통하는 것이다.

가장 행복한 순간에도, 가장 궁핍한 순간에도 우리는 예술가를 필요로 한다.

예술은 어렵고 좋은 일을 다룬다.

어려운 일을 쉽게 다루는 것을 보고 나면, 불가능한 것도 관조할 수 있게 된다.

목표에 도달할수록 어려움도 커진다.

씨를 뿌리는 일보다 더 힘든 것은 그 열매를 거둬들이는 일이다.

제*6*장

이번 방문 때문에 샤를로테의 불안은 더욱 커졌지만, 그 대신 딸에 대해 제대로 알게 된 것은 다행이었고, 이 점에서 세상물정 경험이 많은 도움을 주었다. 그처럼 특이한 성격을 만나는 일이 그녀로서 처음은 아니었지만, 이번처럼 심한 적은 없었다. 그렇지만 그런 사람들도 살아가면서 여러 사건을 겪어 보고, 부모와의 관계를 통해 교양을 쌓음으로써 이기심도 줄어들고 들뜬 행동도 의연해지다 보면 매우 호감 가는 사랑스러운 사람으로 성장할 수 있다는 사실도 그녀는 경험으로 알고 있었다. 다른 사람은 오로지 즐길 생각만 하는 곳, 아니면 적어도 귀찮은 일을 할 생각은 전혀 없는 곳에서도 희망적으로 생각하는 것이 부모 입장에 어울리는 만큼, 다른 사람이었다면 아마 불쾌했을지 모르는 상황도 샤를로테는 어머니의 입장에서 감수했던 것이다.

그러나 샤를로테도 딸이 독특하고 예기치 못한 방식으로 여행을 떠나 버리자 난감해졌다. 이 딸은 비난받을 수 있는 품행이라기보다는 오히려 칭찬받을 만한 일을 해놓고도 뒤에 나쁜 소문을 남겼기 때문이다. 루치아네는 즐거운 사람들과 있으면 함께 즐거워하고 슬픈 사람들과 있으면 함께 슬퍼할 뿐만 아니라, 때로는 청개구리 기질을 발휘하려는 듯, 즐거운 사람들을 기분 나쁘게 만들고 슬픈 사람들을 유쾌하게 만드는 것도 무슨 법칙으로 만들어 놓은 사람 같았다. 그녀는 어떤 집에 가든지 아프거나 몸이 약해서 그 모임에 참석하지 못하는 사람이 누군지를 알아냈다. 그러고는 항상 마차에 가지고 다니는 여행용 약상자를 들고 그들 방으로 찾아가서 의사노릇을 하면서 누구에게나 기운 회복제를 주었다. 짐작할 수 있겠지만 그러한 치료는 우연의 법칙이 인도하는 대로 효험이 있기도 하고 실패하기도 했다.

그녀는 이러한 선행을 망설임 없이 추진했고, 남의 말은 조금도 들으려 하지 않았다. 자기가 훌륭하게 처리하고 있다고 굳게 확신하고 있었기 때문이다. 그러나 이처럼 윤리적인 측면에서의 시도도 한 가지 경우에서는 실패로 끝났다. 이것 때문에 샤를로테는 대단히 애를 먹었다. 그 일은 여러 가지 후유증을 남겼고 누구나 거기에 대해서 뒷말을 해댔기 때문이다. 루치아네가 떠난 뒤에야 샤를로테는 그것에 관한 이야기를 들었다. 마침 그 일에 동참했던 오틸리에가 자세히 설명을 해야만 했다.

어느 명망 있는 가문의 딸 중 하나가 자기 때문에 여동생이 죽는 불행을 겪고 난 후 마음을 진정하지도, 정신을 차리지도 못하고 있었다. 그녀는 방에 틀어박혀 뭔가를 하며 조용히 지냈다. 그녀는 가족이라도 한 명 이상 자기 방에 들어오면 견디지를 못했다. 여럿이 함께 오면 그녀는 당장 그들끼리 모여 그녀와 그녀의 상태에 대해 의논할 것이라고 의심했기 때문이다. 누구든 혼자서만 오면 그녀는 말도 조리 있게 하고, 많은 시간 이야기를 나누기도 했다.

루치아네는 이 이야기를 듣자마자 즉시 마음속으로, 그녀 집에 가게 되면 이른바 기적이라는 것을 일으켜서 그녀를 다시 사람들에게로 되돌려 주겠다고 결심했다. 이번에는 평소보다 조심스럽게 처신했으며, 정신질환 환자에게는 어떤 모습으로 나타나야 하는지도 잘 알고 있었다. 그리고 지켜본 사람들 말에 따르면, 음악으로 그녀의 신뢰감을 얻어 내기도 했다. 그런데 마지막 단계에서 잘못을 저지르고 말았다. 사람들의 시선을 끌고 싶어진 루치아네는 이 아름답고 창백한 아이에게 충분히 준비를 시켰다고 착각하고는, 어느 날 밤 갑자기 다채롭고 현란한 사교모임에 그 아이를 데려갔던 것이다. 어쩌면 이 시도도 성공했을지 모른다. 만일 사람들이 호기심 반 우려 반으로 적절치 않은 태도를 보이지만 않았더라면, 다시 말해 환자 주위로 몰려들었다가 다시 그녀를 피한다든지, 그녀에 대해 귀엣말을 속삭이거나 머리를 맞대고 쑥덕거리면서 그녀를 정신없이 만들고 흥분시키지만 않았더라면 말이다. 감정이 섬세한 소녀는 이런 상황을 견디지 못했다. 그녀는 꺅 하고 비명을 지르면서 이 상황에서 벗어나려고 했다. 그 소리는 그녀가 몰려드는 괴물들을 보면서 느끼는 공포를 표현하는 것 같았다. 사람들은 놀라서 산지사방으로 달아났고, 몇몇은 완전히 실신한 그녀를 그녀 방까지 데리고 갔는데, 오틸리에도 그중 한 명이었던 것이다.

그동안 루치아네는 그녀 방식대로 그 사람들에게 심한 비난을 퍼부었다. 하지만 적어도 모든 책임이 자신에게 있다는 생각은커녕, 이런저런 실패를 겪었다고 자신이 하는 짓이나 소동을 삼가는 것도 아니었다.

환자 상태는 그 후로 점점 더 위험해졌다. 실제로 상황은 너무 악화되어 그녀 부모는 이 가련한 아이를 집에 두지 못하고 공공 의료시설에 맡기지 않을 수 없었다. 샤를로테로서는 자신이라도 그 가족을 특별히 고분고분하게 대해서 자기 딸 때문에 생긴 고통을 어느 정도라도 완화시켜 보는 것 외에는 다른 도리가 없었다. 오틸리에도 이 일 때문에 깊은 충격을 받았다. 그녀는 그 환자가 수미일관하게 치료를 받았더라면 확실히 치유될 수 있었을 것이라는 사실을 샤를로테 앞에서도 부인하지 않을 정도로 확신하고 있었기 때문에 그만큼 더 그 불쌍한 소녀가 가여웠다.

사람들은 흔히 과거의 유쾌했던 일보다는 불쾌했던 일에 대해 더 많이 이야기하는 법이다. 오틸리에도 자기가 건축사에게 수집품 좀 보여 달라고 그렇게 살갑게 애원했건만 건축사가 보여 주려고 하지 않아서 건축가에 대한 신뢰가 흔들렸던 일에 대해 이날 저녁 다시 이야기를 꺼냈다. 건축사가 그런 태도로 뿌리쳤던 것이 내내 그녀 마음에 걸렸는데, 그녀 스스로도 왜 그런지를 몰랐던 것이다. 그러나 그녀가 그렇게 느낀 것도 근거가 없지는 않은 것이, 오틸리에 같은 처녀가 요구할 수 있는 것에 대해서 건축사 같은 젊은이가 거부한다는 것은 말이 안 되었기 때문이다. 그렇지만 건축사는 그녀가 기회 있을 때마다 은근히 원망하는 것을 보고 지극히 타당한 이유를 들며 다음과 같이 사과했다.

"만약 당신이 교양 있는 사람조차 최고의 예술작품을 얼마나 거칠게 대하는지 아신다면, 제가 저의 예술품들을 사람이 많이 있는 곳에 가져오기 싫어하는 것에 대해서도 용서하실 겁니다. 메달을 잡을 때는 가장자리만 잡아야 한다는 사실조차도 제대로 아는 사람이 없는 실정이니까요. 사람들은 가장 아름다운 부분, 그리고 가장 순수한 부분에 손을 대기도 하고, 가장 귀한 작품도 엄지와 검지 사이에 끼워서 이리저리 굴리기도 합니다. 마치 예술 형식은 이런 방식으로 검토해야 한다는 듯이 말이죠. 커다란 종이는 두 손으로 맞들어야 한다는 것은 생각지도 못하고, 값을 매길 수도 없을 만큼 귀한 동판화나 어떤 것으로도 보상할 수 없는 그림도 한 손으로 팍팍 잡지요. 자격도 없는 정치가가 신문을 손에 쥐고 꾸기는 모습을 보면 그 사람이 세계의 사건들에 대해 어떻게 평가하는지를 미리 알 수 있는 것과도 같은 이치랍니다. 그런 식으로 하면 스무 사람이 연달아 예술작품을 스쳐지나가기만 해도 스물한 번째 사람에게는 감상할 것이 거의 남아 있지 않을 정도가 된다는 것은 생각지도 못하죠."

"가끔씩이라도 제가" 오틸리에가 물었다. "당신을 그렇게 난처하게 하지는 않았나요? 제가 예컨대 당신의 보물들을 알지도 못하면서 한 번이라도 손상을 입히지는 않았는지요?"

"그런 적은 전혀 없습니다." 건축사가 대답했다. "전혀요! 당신에게는 그런 일이 불가능하죠. 당신은 천부적으로 세련된 사람으로 태어났으니까요."

"어떻든" 오틸리에가 말했다. "앞으로는 예의범절을 가르치는 책자에 사교모임에서 음식을 먹고 마실 때의 태도를 가르치는 단원 다음에 미술관과 박물관에서 취해야 하는 태도도 아주 자세히 설명해 주는 단원을 삽입하면 좋겠네요."

"물론이죠." 건축사가 대답했다. "그렇게 된다면 박물관이나 애호가들도 그들이 소장하고 있는 희귀품을 좀 더 기쁜 마음으로 공개하게 될 겁니다."

오틸리에는 이미 오래전에 그를 용서했다. 그러나 그는 그 비난을 대단히 마음에 담아 두고 있는 것처럼 보였다. 자기는 정말로 그런 소식을 알려 주는 것을 좋아하고, 그런 면에서 친구들을 위해 활동하는 것이 좋다는 것을 되풀이 확언하는 것을 보면서 그녀는 자기가 그의 섬세한 감정에 상처를 입혔으며 그에게 빚을 지고 있다고 느꼈다. 그런 까닭에 그가 이 대화 말미에 그녀에게 부탁한 일도 그녀로서는 딱 잘라 거절할 수가 없었을 것이다. 그렇지만 그녀가 얼른 자신의 감정을 타진해 보아도 어떻게 해야 그의 소원을 들어줄 수 있을지는 알 수 없었다.

사정은 이러했다. 오틸리에가 루치아네의 질투 때문에 활인화 공연에서 제외되었다는 것이 건축사에게는 매우 가슴 아픈 일이었다. 샤를로테가 건강이 좋지 않아서 사교 오락 중에서도 이처럼 빛나는 부분에 가끔씩만 참석하는 것을 볼 때도 마음이 아팠다. 이제 그는 그 한 여성에게는 영예가 되도록, 그리고 다른 여성에게는 즐거움이 되도록 하는 뜻에서 지금까지 있었던 그 어느 공연보다 훨씬 아름다운 공연을 상연함으로써 그 여성들에게 감사하는 자신의 마음을 표현하기 전에는 떠나지 않을 생각이었다. 어쩌면 이런 결심에는, 그 자신은 의식하지 못했지만, 또 다른 계기도 가세했을 것이다. 그에게는 이 집, 이 가족을 떠나는 것이 그토록 어려운 일이었던 것이다. 심지어 오틸리에의 시선과 헤어진다는 것도 불가능한 일 같았다. 그는 지난 세월을 홀로 보내면서도 오로지 이 평온하고 친절한 시선에 의지해 살아왔던 것이다.

크리스마스 축제가 다가왔다. 갑자기 건축사에게 분명해진 사실은, 살아있는 사람들에 의한 그림 장면 연출이 원래는 이 거룩한 기간에 성모와 아기 예수에게 바쳐졌던 경건한 이미지인 말구유 그림에서, 다시 말해 외관상으로는 미천하게 보이는 그들이지만 처음에는 목자들에게, 그리고 곧이어 동방의 왕들에게 경배되는 모습을 그린 그림들에서 비롯되었다는 것이었다.

그는 그러한 이미지를 완벽하게 현실적으로 재현한 모습을 그려 보았다. 아름다운 사내아기를 한 명 구했다. 남녀 목자들도 빠질 수 없었다. 그러나 이 일은 오틸리에 없이는 이루어질 수 없는 것이었다. 젊은 건축사의 마음속에는 그녀가 신의 어머니로 드높여져 있었던 것이다.[1] 그녀가 그것을 거절한다면 그로서는 이 계획을 무산시킬 수밖에 없다는 것도 의심의 여지가 없었다. 오틸리에는 그의 제안에 반쯤은 당황하면서 샤를로테에게 가서 부탁해 보라고 했다. 샤를로테는 기꺼이 허락했다. 이로써 그토록 성스러운 성모의 모습을 감히 흉내낸다는 것에 대한 오틸리에의 거리낌도 잘 극복되

[1] 오틸리에를 직접적으로 성모와 동일시하는 것은 아니지만, 이런 방식으로 오틸리에에게 성모적인 이미지, 즉 무한히 헌신하고 인고하는 여성의 이미지를 부여하는 것은 이 소설이 '이중적 간통'이라는 지극히 통속적인 소재를 다루고 있다는 측면을 보완하는 역할을 한다. 성모의 이미지가 여러 군데에서 거듭 강조됨으로써 이 소설 전체의 분위기가 '속된 간통'과 '성스러운 헌신'의 양가적 측면을 동시에 지니고 있을 수 있는 것이다.

었다. 건축사는 성탄절 밤에 뭔가 부족한 것이 없도록 하기 위해 밤낮을 가리지 않고 작업했다.

좀 더 자세히 말하자면 문자 그대로 밤낮을 가리지 않고 일했다. 그는 그렇지 않아도 욕심이 별로 없는 사람인데다, 오틸리에와 같이 있다는 사실이 그 어떤 청량제보다도 더 원기를 북돋아 주는 것 같았다. 그녀를 위해 작업하는 것이어서 잠도 필요하지 않은 것 같았고, 그녀 마음을 얻으려고 애쓰는 것이어서 음식도 필요하지 않은 것 같았다. 그렇게 해서 화려한 축제의 저녁시간에는 모든 것이 완성되고 준비되어 있었다. 음색 좋은 금관악기를 모으는 일도 어렵지 않아서 이들이 행사 시작을 알리며 분위기를 적절하게 띄워 주었다. 막이 오르자, 샤를로테는 깜짝 놀랐다. 그녀의 눈앞에서 전개되는 그림은 너무도 자주 세상에서 반복되는 것이어서 사실 어떤 새로운 인상을 기대하는 것은 불가능했다. 그러나 이곳에서는 현실이 그림으로 나타났다는 사실이 특별한 장점이었다. 화면 전체가 저녁 무렵이라기보다는 오히려 밤처럼 보였지만 선명하지 않게 보이는 것은 아무것도 없었다. 이 예술가는 모든 빛이 아기예수에게서 나오게 하는 탁월한 생각도 조명장치를 영리하게 사용함으로써 재현해 냈다. 조명장치는 깜빡이 불빛만을 받으며 그림자를 드리우고 있는 전경 인물들에 가려져 있었다. 조명 주위에는 명랑한 소년 소녀들이 둘러서 있었는데, 앳된 얼굴들은 아래로부터 날카로운 조명을 받고 있었다. 천사들도 있었지만, 천사들의 빛은 신의 빛 때문에 상대적으로 어둡게 보였고, 그들의 공기 같은 육체도 신적인 동시에 인간적인 육체에 비하면 위축되고 빛이 바랜 것 같았다.

다행히 아기는 아주 우아한 자세로 잠들어 있었다. 따라서 한없이 우아한 표정으로 베일을 걷어 올리며 그 안에 감추어진 귀한 존재를 내보이려 하는 어머니에게로 시선이 가는 것을 방해할 요소는 아무것도 없었다. 그리고 바로 이 순간에 그림은 고정되고 굳어 버린 것 같았다. 주위에 서있던 사람들은 물리적으로도 눈이 부실 뿐만 아니라 정신적으로도 놀라고 당황한 나머지 시선을 돌리려고 몸을 막 움직이는 것 같더니, 호기심과 즐거운 마음으로 다시 그쪽으로 눈을 깜박거리며 바라보고 있었는데, 경탄과 숭배의 감정보다는 놀랍고 재미있다는 느낌을 더 많이 보여 주고 있는 것 같았다. 물론 경탄과 경배도 망각된 것은 아니어서, 몇몇 나이 든 인물들이 그런 감정을 표현하는 일을 맡고 있기는 했다.

오틸리에의 모습, 동작, 표정, 시선은 이제까지 그 어떤 화가의 그림도 능가하는 것이있다. 그림을 볼 줄 알고 감정이 풍부한 사람이 이 형상을 보았더라면, 뭔가 조금이라도 움직이게 되면 어떡하나 하는 두려움에 빠졌을 것이다. 지금처럼 마음에 드는 광경을 앞으로도 과연 볼 수 있을 것인가 하는 걱정도 들었을지 모른다. 불행히도 이 자리에는 이러한 효과를 전부 파악할 만한 사람이 아무도 없었다. 호리호리한 목자로 분장하고 측면에서 무릎 꿇고 있는 사람들 너머로 바라보고 있는 건축사 혼자만, 비록 아주 좋은 위치는 아니었지만, 이러한 즐거움을 가장 많이 누리고 있었다. 그리고 새롭게 창조된 하늘의 여왕이 짓고 있는 표정을 누군들 제대로 묘사할 수 있을 것인가? 과분하게 주어진 위대한 영광과 헤아릴 수 없을 만큼 커다란 행복에 직면할 때 느낄 법한 지극히 순수한 순종과 지극히 사랑스러운 겸손이 그녀의 얼굴 표정에 나타나 있었다. 그녀는 자신이 연기하는 대상에 대한 표상뿐 아니라 자기 자신의 감정까지도 표현하고 있었던 것이다.

샤를로테를 기쁘게 했던 것은 이 아름다운 모습이었지만 그녀에게 강한 인상을 준 것은 그 아기였다. 그녀의 눈에 눈물이 흘러넘쳤다. 그리고 곧 자신도 그와 비슷한 사랑스러운 피조물을 품에 안게 되는 모습을 생생하게 상상하고 있었다.

막이 내렸다. 연기자들에게도 약간 휴식을 주고, 공연에도 약간의 변화를 주기 위해서였다. 예술가는 처음에 나왔던 밤의 장면과 미천함의 이미지를 낮의 장면과 영광의 이미지로 바꾸는 계획을 세웠다. 그리하여 사방에 막대한 조명이 준비되었고 막간을 이용해 점화되었다.

오틸리에를 무엇보다 안심시킨 것은, 지금까지 연극을 하는 동안 샤를로테와 몇몇 집안사람 외에는 이 경건한 예술 공연을 본 사람이 아무도 없다는 사실이었다. 그래서 어떤 외지인이 막간에 찾아와 샤를로테의 홀에서 친절한 환영을 받았다는 이야기를 들었을 때, 그녀는 다소 당황했다. 사람들은 그가 누구인지 몰랐다. 그녀는 연극에 방해되지 않도록 그 사실에 대해 더 이상 이야기하지 않았다. 불빛과 램프들이 타고 있었다. 참으로 무한한 밝음이 그녀를 에워쌌다. 막이 올라갔다. 관중의 눈앞에는 놀라운 광경이 벌어졌다. 그림자는 완전히 걷혀 있었고 그 대신 균형을 맞추도록 잘 골라 놓은 색채들만 남아 있었다. 기다란 속눈썹 밑으로 훔쳐보던 오틸리에는 어떤 남자가 샤를로테 옆에 앉아 있는 것을 보았다. 그가 누군지 알 수는 없었지만 기숙학교 시절 조교의 목소리가 들리는 것 같았다. 놀라운 느낌이 엄습했다. 이 진실한 교사의 목소리를 듣지 못하게 된 이래로 그녀에게는 얼마나 많은 일이 벌어졌던가! 일련의 기쁨과 슬픔이 전광석화처럼 빠른 속도로 그녀의 뇌리를 스치는 동안, 불쑥 한 가지 물음이 떠올랐다. '네가 그 사람에게 모든 것을 고백하고 시인할 자격이 있는 걸까? 이처럼 성스러운 모습을 하고 그 사람 앞에 나타날 자격이 너무 부족하지 않나? 게다가 그 사람은 너를 오로지 실제 모습으로만 보아 왔는데 이제 분장한 모습을 보면 얼마나 기이한 느낌일까?' 그녀 마음속에 주관적 감정과 객관적 관찰이 어느 때보다도 신속하게 상호 작용을 하고 있었다. 계속해서 굳은 모습을 연출해야 한다고 자신에게 강요하면서도 마음은 갑갑했고, 두 눈엔 눈물이 고였다. 그런데 아기가 움직이기 시작하는 바람에 예술가가 어쩔 수 없이 막을 다시 내려야 한다는 신호를 보냈을 때 그녀는 얼마나 기뻤던지!

방금까지만 해도 저 소중한 사람에게 달려갈 수 없다는 고통스러움이 오틸리에의 여타 감정에 더해지고 있었다면, 이제는 훨씬 더 당혹스러운 상황에 놓여 있었다. 이처럼 낯선 의상과 장식을 한 모습으로 가야 할 것인가? 옷을 갈아입어야 할 것인가? 그녀는 따져 보지 않고, 후자를 택했다. 그러면서 그동안 정신을 가다듬고 흥분도 진정시키려고 애썼다. 마침내 평소의 복장으로 그 손님에게 인사를 하고 나서야 비로소 그녀는 다시 본래의 마음으로 되돌아왔다.

제 7 장

건축사는 자기를 후원해준 여성들에게 최고의 것을 해주고 싶었던 참인데다 이제는 헤어져야 할 마당이어서, 이들이 높이 평가할 만한 조교와 원만히 지내는 것을 알고는 기분이 좋았다. 하지만 조교가 이 여성들의 총애를 받고, 자기 역할이 그렇게 신속하고도 훌륭히, 실로 완벽할 정도로 대체되는 것을 보자, 자기는 별볼일 없는 사람처럼 생각되어 다소 고통스러웠다. 그는 아직까지도 떠나는 것을 망설였지만, 이제는 상황이 그를 몰아냈다. 어차피 자기가 떠나고 난 후에 감수하게 될 것이라면 적어도 자기가 있는 자리에서 겪고 싶지는 않았기 때문이다.

그와 작별하면서 여성들이 선물해준 조끼 하나가 그동안 다소 침울했던 그의 마음을 한순간에 밝아지게 했다. 두 여성이 오랫동안 이 조끼를 짜는 것을 보아오면서 누군지는 모르지만 어떤 행운아가 언젠가 그 조끼를 받을 수도 있겠구나 생각하며 그 미지의 행운아를 마음속으로 질투하기도 했기 때문이다. 이런 선물이야말로 사랑하고 사모하는 남성이 받을 수 있는 가장 기분 좋은 선물이다. 아름다운 손가락들이 지칠 줄 모르고 움직이는 모습을 떠올리니, 그렇게 오랜 작업을 하는 동안 자기에 대한 관심도 전혀 없지는 않았을 것이라는 생각에 기분이 좋아지는 것은 어쩔 수 없었다.

여성들은 이제 새로운 남성을 대접해야 했다. 이 사람에게는 잘해 주고 싶었고, 자신들과 함께 있는 것이 이 사람도 편하기를 바랐다. 여성들은 자기 고유의 변치 않는 관심사를 마음속에 지니기 마련인데, 세상에 어떤 것도 여성들을 이런 관심으로부터 떼어 놓지 못한다. 반면에 외적이고 사교적인 관계에서는 지금 당장 그녀들에게 관심거리를 제공하는 남자에게 기꺼이 그리고 쉽게 영향받는다. 그런 식으로 받아들이기도 하고 퇴짜놓기도 하면서, 또 고분고분하다가 고집을 부리기도 하면서 실제적인 지배권을 행사한다. 그리고 예의 바른 세계에서라면 어떤 남자도 감히 이러한 여성들의 지배권으로부터 벗어날 생각을 하지 못하는 것이다.

건축사는 자신이 생각하고 바라는 것에 대해서 여성들도 만족하는 방식으로 목표를 세워 실행하는 재능을 보여 주었고, 그에게는 일이건 놀이건 그러한 의미와 그러한 의도에 따라 조정되어 있었다고 한다면, 이제 조교가 있게 되자 짧은 시간에 예전과는 다른 생활방식이 형성되었다. 그의 뛰어난 재능은 말을 잘하는 것이었고, 특히 청소년 교육과 관련해서 상대방을 설득할 때 인간적인 상황들을 잘 다룰 줄 안다는 것이었다. 그렇게 해서 새로운 생활방식이 생겨났고, 이것은 이제까지의 생활방식과는 전혀 다르다는 것도 확연히 느껴졌다. 게다가 이 조교는 사람들이 지금까지 꽤 오래 몰두해온 일에 대해서도 전적으로 동의하지는 않았기 때문에 생활의 차이는 그만큼 더 눈에 띄었다.

그가 도착하던 날, 그를 맞이했던 활인화 공연에 대해서 그는 아무 말도 하지 않았다. 그에 반해서 사람들이 교회, 예배당, 그리고 그와 관련된 것들을 만족할 만큼 보여 주었을 때는 자신의 견해와 신념을 더 이상 감추지 못하고 드러냈다.

"제 생각을 말씀드리면" 그가 말했다. "이렇게 성스러운 것이 감각적인 것과 가까워질 뿐 아니라 뒤섞이기까지 하는 것이 도무지 마음에 들지 않습니다. 그리고 어떤 특별한 공간을 바쳐서 축성하고 장식해야만 비로소 경건한 감정이 생긴다고 하는 생각도 마음에 안 들고요. 어떤 환경도, 심지어 아무리 미천한 환경이라도 우리 마음속에 있는 신적인 감정을 방해하지 못합니다. 이러한 감정만이 우리가 어디를 가든 우리와 함께 있고, 어떤 장소든지 하나의 신전처럼 만들어줄 수 있는 겁니다. 저는 사람들이 식사도 하고 모여서 놀기도 하고 춤도 추면서 즐기는 그런 홀에서 가족예배가 거행되는 것도 보고 싶습니다. 인간에게 가장 고귀하고 가장 우월한 것은 특정한 형식을 가지지 않거든요. 그리고 그런 것은 고귀한 행동으로 표현해야지, 다른 방식으로 표현하려 하면 안 되지요."

샤를로테는 이미 그의 신념에 대해 대강 알고 있었지만 이제는 단기간에 좀 더 많은 내용을 알게 되었으므로 당장 그가 본래의 분야에서 활동하도록 해주었다. 그녀는 건축사가 떠나기 전에 선발해 놓은 정원 담당 소년들을 거대한 홀에 집합시켰다. 그들은 밝고 깨끗한 유니폼과 절도 있는 동작, 그리고 자연스럽고 생기발랄한 본성 때문에 처음보다 한결 좋은 인상을 주었다. 조교는 나름대로 이 아이들을 시험해 보고는 여러 가지 질문도 하고 이야기도 하면서 이 아이들의 심성과 능력을 금방 파악했다. 그리고 그렇게 하는 것이 눈에 띄지도 않았는데, 아이들은 한 시간도 지나지 않아 이전보다 확연히 나아져 있었다.

아이들이 떠나자 샤를로테가 물었다. "도대체 어떻게 그 일을 해내신 거죠? 저는 아주 열심히 귀를 기울이며 들었거든요. 그런데 거기서 나오는 이야기들은 다 알려진 것들이었어요. 저라면 그렇게 짧은 시간에 많은 질문과 대답을 해가면서 아이들로 하여금 그런 이야기들을 일목요연하게 토론하도록 하려면 어디서부터 시작해야 할지 모를 것 같네요."

"어쩌면, 자기 직업의 장점은 비밀로 해야 할지도 모르지만 아주 단순한 원칙을 하나 말씀드리죠." 조교가 대답했다. "이 원칙대로 하면 이런 일뿐 아니라 그 이상의 일도 쉽게 해낼 수 있습니다. 대상이건, 물질이건, 또는 사람들이 말하는 어떤 개념이건 간에 하나만 붙잡아 보세요. 그것만 꽉 붙잡고 계셔야 합니다. 그러고는 그 원칙에 따라 그 부분들을 하나하나 따져 가면서 원칙을 분명하게 해야 합니다. 그러면 많은 아이들의 내면에 이미 어떤 요소가 발달해 있는데 어떤 것을 자극해 줘야 하고 또 제공해 줘야 하는지도 아이들과 대화하여 쉽게 알아낼 수 있을 겁니다. 부인께서 한 질문에 아이들이 하는 대답을 보면 아직 건방진 것일 수 있고 너무 밖으로 나가는 것일 수도 있습니다. 하지만 부인께서 그것에 다시 질문을 던져 아이들의 정신과 감각을 다시 안으로 끌어들이고, 원래의 관점에서 벗어나지 않도록 유지만 한다면, 아이들도 결국에는 생각을 해보고 이해하고 확신하게 될 겁니다. 그것도 오로지 교사가 원하는 것에 대해서, 교사가 원하는 방식대로 말이지요. 교사가 저지르는 가장 큰 잘못은, 자기한테 배우는 아이들에게 자기도 같이 먼 곳으로 끌려나가 헤매는 것이고, 자기가 바로 지금 다루고 있는 지점을 고수할 줄 모르는 것이겠죠. 다음번에 시험 삼아 한번 해보세요. 커다란 즐거움을 얻는 데 도움이 될 겁니다."

"그거 마음에 드네요." 샤를로테가 말했다. "훌륭한 교육법은 그러니까 훌륭한 삶의 방식과는 정반대네요. 사람들이 모여 있는 곳에서는 어떤 것이건 단 하나의 지점에만 지나치게 머무르면 안 되는데, 교육의 경우에는 어떤 것이건 한눈팔지 말라는 것이 최고의 명령처럼 되겠군요."

"한눈팔지 않으면서도 지금의 상황을 개선해 나가자는 것이 교육과 삶을 위한 가장 아름다운 표어가 될 겁니다. 이처럼 찬양할 만한 균형 감각이 그렇게 쉽게 유지되는 것은 아니지만요." 조교가 말했다. 그리고 그가 말을 계속하려는데 샤를로테가 다시 소년들을 보라고 외쳤다. 소년들이 신나게 행진하면서 방금 안뜰을 가로질러 갔기 때문이다. 그는 아이들에게 유니폼 차림으로 다니도록 가르친 것에 만족감을 표시했다.

"남자들은" 그가 말했다. "어릴 때부터 유니폼을 입고 다니는 것에 익숙해져야 합니다. 남들과 함께 행동하고 자신과 같은 사람들 속으로 몰입하며, 대중에게 복종하고 전체를 위해 일하는 것에 익숙해져야 하니까요. 어떤 종류건 유니폼은 군대적인 감각과 간결하고 단정한 태도를 키워 줍니다. 사실 소년들은 원래 타고난 군인들이기도 하죠. 아이들이 전쟁놀이나 전투놀이를 하면서 상대방에게 돌진해 들어가는 것이나 기어 올라가는 것만 봐도 알 수 있죠."

"그래도 제가" 오틸리에가 말했다. "제 밑에 있는 소녀들에게도 유니폼을 입히지 않는다고 저를 나무라시지는 않겠지요. 그 애들이 다양한 방식으로 입고 있는 모습을 보시고 즐거워하셨으면 좋겠어요."

"전적으로 동감입니다." 전자가 대답했다. "여성들은 전부 다양하게 입고 다녀야 합니다. 각자 자기 방식대로 말이지요. 그래야 누구든지 자기에게 정말 잘 맞고 잘 어울리는 것이 무엇인지 배울 수 있습니다. 그보다 더 중요한 이유도 있지요. 여성들은 인생 전체를 혼자서 버티고 독자적으로 행동하도록 정해져 있다는 것입니다."

"그 말씀은 대단한 역설처럼 생각되는군요." 샤를로테가 대답했다. "우리 여자들이 우리만을 위해 존재했던 적은 거의 없거든요."

"아, 그건 그렇죠!" 조교가 대답했다. "다른 여성들을 보면 확실히 그렇습니다. 그런데 한 명의 여성을 사랑하는 여인으로서, 신부로서, 아내로서, 가정주부로서, 어머니로서 관찰해 보면 그때의 여성은 항상 고립되어 있어요. 항상 혼자이고 또 혼자이려고 하지요. 사실

허영심 많은 여자도 그렇습니다. 모든 여성은 천성적으로 다른 여성을 배척합니다. 여성 전체가 해야 하는 의무인데도 같이 하지는 않고 각각의 여성들이 각각의 여성들에게 나름대로 그것을 요구하기 때문입니다. 남자들은 그렇지 않습니다. 남자는 남자를 요구합니다. 그런 남자가 없다면 제2의 남자라도 만들어낼 겁니다. 여자는 자기와 같은 존재를 만든다는 생각을 하지 않고도 영원히 살 수 있을 거예요."

"아마도" 샤를로테가 말했다. "진실은 보통 놀라운 방식으로 이야기될 수밖에 없는 건가 봅니다. 그렇게 놀라운 방식으로 이야기하다 보면 결국에는 다 진실처럼 보일지도 모르고요. 우리는 당신의 충고를 최대한 받아들일 겁니다. 하지만 남성들이 우리에 대한 지나친 우월감을 가지는 것을 허용하지 않기 위해서라도, 여성으로서 다른 여성과 연대하고 함께 일할 겁니다. 그래요, 앞으로는 남자들이 자기들끼리 있을 때도 별로 사이가 좋지 않은 것을 보면서 우리 여성들이 고소해하더라도 기분 나쁘게 생각하진 말아 주세요."

이 분별력 있는 남자는 오틸리에가 그녀의 어린 생도들을 어떻게 다루는지를 꼼꼼히 검토해 보더니 대단히 칭찬해 마지않았다. "아주 잘하고 있는 겁니다. 오틸리에 양은 아랫사람들에게 그 단계에서 가장 필요한 일들만 먼저 가르쳐 주고 있으니까요. 청결의식은 아이들에게 자신에 대한 자긍심을 키워 주지요. 자기들이 하는 일에 신이 나서 자신감을 가질 수 있도록 자극만 해주면 필요한 것은 다 갖추어진 것입니다."

그 밖에도 그는 어떤 것도 이미지나 밖으로 내보이기 위해서 행해지는 것은 없고 모든 것이 내면을 향해서, 정말로 그것을 원하기 때문에 행해진다는 것을 알고 매우 흡족해했다. "장황하게 이야기할 것도 없이 말이죠" 그가 외쳤다. "제 이야기를 이해할 수 있는 귀만 있다면, 교육 일반에 대한 제 원칙을 말씀드릴 수도 있을 것 같습니다."

"저에게 그 이야기를 해주실 생각은 없으세요?" 오틸리에가 다정하게 말했다.

"있고말고요." 조교가 대답했다. "다만 그 이야기를 퍼트리지는 마세요. 소년들은 남을 섬기는 사람으로 키우고 소녀들은 어머니로 키우면, 어디서든 잘될 거라는 겁니다."

"어머니로 키운다고요?" 오틸리에가 말했다. "여자들에게는 그렇게 해도 괜찮을 겁니다. 어머니가 아니면 보모라도 될 준비를 하고 있어야 하니까요. 하지만 우리 청소년들은 남을 섬기는 사람이 되기에는 자기들이 너무 잘났다고 생각할 거예요. 남자들은 누구나 자기가 남에게 명령하는 능력이 더 뛰어나다고 생각하는 것을 쉽게 관찰할 수 있으니까 말예요."

"그 때문에 우리는 그들에게 그런 사실을 말하지 않으려는 겁니다." 조교가 말했다. "사람들은 자신에 대해 자기가 원하는 대로 과대평가하면서 살지만, 삶도 우리를 그렇게 과대평가해 주지는 않거든요. 결국에는 인정하지 않으면 안 될 일인데도 자발적으로 인정하기를 싫어하는 사람이 얼마나 많습니까? 하지만 이런 생각들은 지금 우리와는 아무 관계도 없으니까 그만 이야기하지요. 오틸리에 양은 당신의 생도들에게 올바른 방법을 적용할 줄 안다는 점에서 행복한 사람이라는 찬사를 드리고 싶군요. 제일 나이 어린 아이들이 인형을 이리저리 들고 다니고 천 조각을 모아서 뜨개질을 하고, 그보다 좀 나이 많은 소녀들은 어린 소녀들을 돌보는 식으로 구성원 전체가 나름대로 기여하고 돕게 만드는 거지요. 그렇게 자라고 나면 인생 속으로 발자국을 내디디는 것도 그렇게 힘들지 않습니다. 그리고 그런 소녀는 자기가 부모와 함께 있으면서 누렸던 것을 남편에게서 발견하게 될 것이고요.

하지만 교양 있는 계층에서는 그 과제가 매우 복잡합니다. 우리는 더 높고 부드럽고 세련된 관계들, 특히 사회적인 관계를 고려해야 합니다. 따라서 타인인 우리는 우리 생도들을 외부를 향해 키워야 합니다. 그것은 필요하고 불가결한 일일뿐더러 아주 유용하기도 합니다. 한도를 넘어서지만 않는다면요. 왜냐하면 사람들은 자녀를 더 넓은 세계에 맞게 가르치려고 생각하다가, 도대체 무엇이 이 아이들의 내면을 발달시키는가에 대해선 주목하지 못하고, 아이들을 무한정으로 몰아대기가 쉬우니까요. 바로 이 부분에 교육자들이 해결해야 할 과제가 놓여 있는 겁니다. 물론 어느 정도 해결할 수도 있겠지만 실패할 수도 있습니다.

우리가 기숙학교에서 여학생들에게 가르친 것 중에서 어떤 과목들을 생각해 보면 겁이 납니다. 그 지식들은 앞으로 쓰일 일이 별로 없다는 것을 경험상 알기 때문입니다. 한 여성이 가정주부나 어머니 신분이 되자마자 곧 그 지식들은 떨쳐 버려지게 되든지, 망각에 내맡겨지든지 할 것 아니겠습니까!

그동안 나는 이 일에 헌신해 오면서 어떤 경건한 소망을 가지지 않을 수 없었습니다. 그것은 언젠가 진실한 마음으로 나를 도와줄 수 있는 여성과 함께할 수만 있다면 나의 생도들이 본연의 일을 찾고 자립하는 단계로 넘어갈 때 필요하게 될 것들을 제대로 가르쳐 보고 싶다는 것이었습니다. 적어도 이런 의미에서는 그들의 교육이 제대로 완성되었다고 나 자신에게 말할 수 있을 정도가 되고 싶다는 것이지요. 물론 그 후에도 항상 새로운 교육이 이어지긴 합니다. 우리 인생의 해가 바뀔 때마다 대개 우리 자신에 의해서는 아니더라도 주변 환경에 의해 새로운 교육을 받게 되니까요."

오틸리에는 이 말이 구구절절 맞는 이야기라고 느꼈다. 지난해 그녀에게 생겼던, 예감치 못했던 열정 때문에 그녀가 배운 것이 얼마나 많았던가! 바로 그다음 것, 그다음에 올 것만 생각해도 이미 눈앞에서는 온갖 시련들이 어른거리는 것을 얼마나 자주 겪었던가!

이 청년이 미리 생각도 해보지 않고 여성 협력자니, 아내니 하는 말을 한 것은 아니었다. 그가 매우 겸손하기는 했지만, 자신의 의도를 우회적으로 암시하는 정도도 삼갈 수는 없었기 때문이다. 사실 그는 여러 상황과 사건들에 고무되어서 이번 방문을 통해 자신의 목표를 향한 발자국을 더 앞으로 내디딜 생각이었던 것이다.

기숙학교의 교장은 이미 연로했다. 그녀는 이미 오래전부터 남녀 동료 중에 자기를 도와줄 사람을 찾고 있었다. 결국에는 그녀가 매우 신뢰했던 조교에게 일을 부탁했다. 그녀와 함께 학교 일을 계속해 나가고 그 일을 자기 일처럼 함께 하면서 자기가 죽은 후에는 상속자이자 유일한 소유주로 나서 달라는 것이었다. 여기서 중요하게 생각된 것은 그가 자기 계획에 따를 수 있는 배우자를 찾아야 한다는 것이었다. 그는 내심 오틸리에를 눈앞에, 그리고 마음속에 담아 두고 있었다. 여러 가지로 회의가 드는 상황도 있었지만, 다시 유리한 기회가 생겨서 균형이 잡히곤 했다. 루치아네가 기숙학교를 떠나서 오틸리에가 좀 더 자유롭게 돌아올 수 있었다. 물론 에두아르트와의 관계도 어느 정도 알려지기는 했다. 이 일에 대해서 사람들은 그 비슷한 다른 경우와 마찬가지로 대수롭지 않게 받아들였다. 그리고 이 사건도 오틸리에를 돌아오게 할 수 있는 요인 중의 하나였다. 그렇지만 예기치 않은 방문객이 나타나 어떤 특별한 계기를 부여하지 않았더라면, 사람들은 여기서 아무 결심도 하지 못했을 것이고, 어떤 조처도 하지 않았을 것이다. 어떤 모임에서건 중요한 사람이 나타나면 그는 반드시 모임에 영향을 미치게 되기 때문이다.

백작과 남작부인은 기숙학교의 질에 대한 질문을 자주 받곤 했다. 거의 모든 사람이 자녀의 교육을 필요로 하기 때문이다. 그래서 이들은 여러모로 훌륭하다는 이야기를 자주 들었던 이 학교에 대해 특별히 알아보기로 했다. 게다가 이들이 이제는 새로운 상황에 들어섰기 때문에 그러한 조사를 해볼 여력도 마련되어 있었다. 물론 남작부인에게는 또 다른 의도도 있었다. 그녀는 지난번 샤를로테 집에 머물면서 에두아르트와 오틸리에에 관한 이야기를 시시콜콜 의논한 바 있었다. 그녀는 거듭해서 오틸리에를 내보내야 한다고 주장했다. 샤를로테에게 그럴 수 있는 용기를 불어넣고자 했지만, 샤를로테는 에두아르트의 위협 때문에 아직 그렇게 하는 것을 두려워하고 있었다. 내보낼 다양한 방법도 이야기했다. 기숙학교 이야기가 나왔을 때는 조교가 오틸리에를 좋아한다는 이야기도 나왔다. 그럴수록 남작부인은 자기가 생각하고 있는 방문을 성사시켜야겠다는 결심을 굳히는 것이었다.

그녀가 왔다. 조교를 알게 된다. 시설을 관찰하고 오틸리에에 대해 이야기한다. 백작 자신도 최근의 방문에서 그녀를 좀 더 자세히 알게 되었으므로 그녀에 대해 이야기하는 것을 즐긴다. 오틸리에는 백작과 가까워졌다. 심지어 그에게 끌리기도 했다. 그가 하는 이야기는 내용이 풍부해서 그것을 들으면 지금까지 전혀 알지 못했던 것을 보고 알게 되는 것 같았기 때문이다. 에두아르트와 사귈 때는 세상을 등진 것이나 마찬가지였다고 한다면, 백작과 함께 있을 때는 세상이 이제야 비로소 살 만한 것처럼 느껴지는 것이었다. 모든 끌림은 상호적이다. 백작도 오틸리에에게 애정을 느꼈고, 딸처럼 대하기를 좋아했다. 이 점에서 오틸리에는 남작부인에게 두 번째로, 그리고 첫 번째보다 더 심하게 거슬렸다. 남작부인이 정열로 타오르는 시기였더라면 오틸리에에게 무슨 짓을 저질렀을지 그 누가 알랴! 하지만 이제는 그녀를 결혼시켜서 유부녀들에게 무해한 존재로 만드는 것만으로도 충분했다.

그래서 그녀는 눈에 띄지 않으면서도 효과적인 방식으로 조교를 부추겨 잠시 성으로 여행 갈 준비를 하도록 했다. 조교가 자기에게 숨김없이 털어놓았던 그 계획과 소망을 향해 지체하지 말고 다가가야 한다는 것이 이유였다.

그리하여 교장의 전적인 동의하에 그는 여행을 시작했고 마음속에는 최고의 희망을 품고 있었다. 그는 오틸리에도 자기에게 호감이 없지는 않다는 것을 알고 있다. 그들 사이에 신분상의 차이가 있다고 해도, 이런 것은 세상의 사고방식이 바뀌면 쉽게 보완되는 것이다. 남작부인은 오틸리에가 언제까지고 가난한 처녀로 머물 것임을 그에게 분명히 느끼게 해주었다. 부유한 집안과 친척이라는 것만으로는 아무에게도 도움이 되지 않는다는 것이었다. 그도 그럴 것이, 아무리 재산이 많은 사람이라도, 상속권을 지니고 있는 사람에게 가야 할 몫 중에서 상당한 재산을 다른 사람에게 덜어 주는 것에는 양심의 가책을 느낄 것이기 때문이다. 그리고 놀랍게도 앞으로도 계속해서 분명한 것은, 사람들은 자신의 재산이 사후에 처리되는 방식에서도 자신이 좋아하는 사람에게 유리하게 처리하는 경우는 매우 드물고, 흔히 그렇듯이 혈통을 중시해서 혈통에 따라 그 재산을 소유하게 될 사람에게 유리하게 처리하게 된다는 것이다. 설령 그 자신은 그럴 생각이 없다 하더라도 말이다.

여행 도중에 그가 느낀 감정은 자신이 오틸리에와 완전히 동등하다는 것이었다. 좋은 대접을 받게 되자 희망은 더욱 커졌다. 그는 오틸리에가 예전처럼 그에게 전적으로 개방적이지는 않다는 것을 알았다. 하지만 그녀는 예전보다 성숙했고, 교양도 더 풍부해졌으며, 예컨대 일반적인 이야기도 예전에 조교가 그녀를 알았던 시절보다 더 많이 했다. 사람들도 특히 그의 분야와 관계되는 것은 여러 가지 사실을 그에게 솔직하게 알려 주었다. 하지만 그가 자신의 목표에 가까이 가려고 할 때마다, 항상 어떤 내면적인 거리낌이 그를 만류하는 것이었다.

그런데 한번은 샤를로테가 그에게 그럴 수 있는 기회를 주었다. 그녀는 오틸리에와 함께 있는 자리에서 다음과 같이 말했던 것이다. "자, 당신은 제 주변에서 벌어지는 일들을 자세히 관찰하셨는데, 그렇다면 오틸리에에 대해선 어떻게 생각하세요? 오틸리에가 있는 앞에서 말씀하셔도 될 거예요."

조교는 이 말을 듣자 대단한 통찰력과 침착한 표현력을 발휘하면서 자기가 오틸리에를 어떻게 생각하는지 이야기했다. 오틸리에가 예전보다 태도도 좀 더 자유로워지고 말하는 것도 편해졌으며, 세상 사물을 보는 시선도 더 높아졌다는 것, 그리고 이런 것들은 말보다는 행동에서 더 잘 드러난다는 점에서, 그녀는 대단히 좋은 방향으로 변한 것 같다는 것이었다. 그렇지만 자기 생각으로는 그녀가 일정 기간 기숙학교로 되돌아간다면 그녀에게 대단히 유익하리라고 했다. 세상이 단편적으로만 알려준 것, 그것도 결과적으로 만족스럽다기보다는 헷갈리게만 하고, 심지어 너무 뒤늦게야 알려줬던 것들을 일정한 순서에 따라 철저하고도 항구적으로 체화할 수 있게 해줘야 한다는 것이었다. 자신은 여기에 대해서 더 이상 자세히 말할 생각은 없다고 했다. 그녀가 중도에서 그만둔 수업들이 얼마나 다양한 연관관계들을 드러내 주는 것이었던가를 오틸리에 자신이 가장 잘 알고 있으리라는 것이었다.

오틸리에는 그것을 부인할 수 없었다. 그러나 이런 말을 들으면서 그녀가 느꼈던 것을 털어놓을 수도 없었다. 자신도 그 느낌을 분명하게 설명할 수 없었기 때문이다. 그녀가 사랑하는 남자를 생각하면, 세상에서 서로 연관되지 않은 것은 아무것도 없는 것 같았다. 그리고 어떤 것들이든 간에, 그것들이 그 남자 없이도 연관될 수 있다는 것에 대해서는 조금도 이해할 수 없었다.

샤를로테는 조교의 제안에 현명하고 친절하게 답변했다. 그녀는 오틸리에뿐 아니라 자신도 기숙학교로 돌아가는 것을 오래전부터 바라왔다고 했다. 다만 요즘은 오틸리에처럼 사랑스러운 친구이자 보조자 역할을 해주는 존재 없이는 살 수 없을 지경이 되었다는 것이다. 하지만 오틸리에가 기숙사로 돌아가서 거기서 시작했던 공부를 끝내고 중간에 그만둔 것을 완전히 제 것으로 만들 동안만 그곳에 머무르는 것이 오틸리에의 소망에도 부합하는 것이라면 자기로서는 그런 소망에 방해될 생각은 없노라고 했다.

조교는 이 제안을 기쁜 마음으로 받아들였다. 오틸리에는 아무 말도 할 수 없었다. 비록 떠난다는 생각만 해도 전율이 일기는 했지만 말이다. 거꾸로 샤를로테는 시간을 벌 생각이었다. 그녀는 에두아르트가 비로소 행복한 아버지가 되었음을 알고 돌아오기를 희망했다. 그러면 모든 것이 잘될 것이며 오틸리에도 어떤 방식으로든 배려하리라 그녀는 확신했던 것이다.

대화할 때 모든 사람에게 생각할 거리를 주는 중요한 화제가 나와서 너나없이 열띠게 이야기를 하고 나면 한동안 어색한 정적이 찾아들기 마련이다. 사람들은 홀에서 왔다 갔다 했다. 조교는 몇몇 책들의 책장을 넘기고 있었다. 그리고 마침내 루치아네의 시절부터 계속 놓여 있던 그 사절판 책에 이르렀다. 그는 그 안에 원숭이들만 들어있는 것을 알고는 곧 다시 책을 덮었다. 그런데 아마도 이 사건이 어떤 대화의 계기가 되었던 모양이다. 우리는 오틸리에의 일기에서 이 대화의 흔적을 발견하게 된다.

오틸리에의 일기에서

그 징그러운 원숭이들을 그렇게 세세하게 모사(模寫)할 용기가 어디서 났을까! 그것들을 그냥 동물로서 보기만 해도 이미 자신의 격을 떨어뜨리는 일이다. 하지만 알고 있는 사람 중에 이런 생김새를 하고 있는 사람을 찾아내고 싶은 충동으로 그렇게 하는 것이라면 그것이야말로 정말 훨씬 나쁜 짓이다.

희화나 기이한 그림들에 기꺼이 몰두하려면 틀림없이 어느 정도는 성격이 꼬인 사람이라야 할 것이다. 나는 자연 공부 때문에 시달리지 않은 것에 대해서 우리의 조교에게 감사하고 있다. 나는 한 번도 지렁이나 딱정벌레 따위와 친구가 될 수는 없었다. 이번에 그는 자기도 그렇다는 것을 나에게 고백했다.

"자연에 대해서는 우리 주위에서 우리를 직접적으로 에워싸고 있는 것 외에는 아무것도 알 필요가 없어요. 우리는 주변에서 꽃을 피우고 푸르러지고 열매 맺는 나무나, 말똥구리가 그 곁을 지나가는 덤불, 그리고 우리가 밟고 지나가는 개개의 풀들과 진정한 관계를 맺고 있는 겁니다. 그들이야말로 우리의 참된 동향인들이죠. 나뭇가지를 이리저리 오가며 우리 정자에서 노래 부르는 새들은 우리에게 속하는 것들입니다. 그 녀석들은 어린 시절부터 우리에게 말을 걸어왔고 우리도 그들의 언어를 이해하는 법을 배웁니다. 자기 환경에서 떨어져 나온 어떤 낯선 생물이 우리에게 두려움을 주고 있는 것은 아닌지 한번 자문해 보면 알게 될 것입니다. 그런 두려움을 무뎌지게 하려면 그것에 익숙해지는 것밖에 다른 수가 없습니다. 원숭이나 앵무새, 무어인들이 우리 주위에 있는 것을 견딜 수 있으려면 우리의 생활도 그만큼 다채롭고 소란스러워야 하는 겁니다."

때로는 그처럼 모험적인 것들에 대한 호기심 어린 욕구가 내게도 엄습할 때가 있다. 그럴 때마다 그러저러한 기적들을 생생하고 일상적인 상황에서 관찰할 수 있는 여행자를 나는 부러워해 왔다. 그러나 그도 변하지 않을 수가 없을 것이다. 야자수 밑을 돌아다니며 대가를 치르지 않는 사람은 아무도 없다.[1] 그리고 코끼리와 호랑이의

1 문명인이 야자수가 많은 숲에 들어가면 예기치 않은 동물들의 공격을 받을 수 있는 것처럼.

고향인 나라에서는 인간의 신념도 틀림없이 변할 것이다.

자연과학자는 존경받을 만한 가치가 있는 사람이다. 그는 우리에게 가장 낯설고 기이한 것도 항상 그 지방이나 자연환경을 곁들이면서 그 대상의 가장 고유한 특성을 부각해 묘사하고 서술해 준다. 정말 한 번만이라도 훔볼트[2]가 이야기하는 것을 직접 들을 수 있다면 얼마나 좋을까!

박물 표본실은 신처럼 숭배되는 여러 동물이나 식물들이 미라로 만들어져 여기저기 서있는 이집트의 묘소처럼 보일 수도 있다. 어스름 동이 터올 때 그처럼 비밀에 가득 찬 것들을 가지고 씨름하는 일은 카스트제도에서의 성직자들에게는 어울릴 것이다. 그러나 일반 수업에서는 그런 것들이 들어오면 안 된다. 그것들 때문에 우리와 좀 더 가깝고 좀 더 품위 있는 것들이 쉽게 쫓겨날 수 있기 때문에도 그러하다.

좋은 행동이나 좋은 시에 대한 느낌을 우리에게 불러일으킬 줄 아는 교사는 자연 전체를 형태와 이름순으로 모사하고 정리해 놓은 것을 우리에게 제공하는 교사보다 더 많이 가르쳐 준다. 자연을 관찰하여 궁극적으로 얻을 수 있는 결론은 우리가 평소에도 알 수 있는 사실인바, 신성(神性)의 비밀은 결국 인간의 모습에서 고도로 탁월하고 독특하게 발현된다는 것이기 때문이다.

자기 마음이 끌리는 것, 자기에게 즐거움을 주고 이익이 된다고 생각되는 것, 그런 것에 몰두하는 것은 개인의 자유다. 그러나 인류 전체의 본연적인 연구대상은 인간 자신이다.

낯선 환경에 들어서면 처음에는 적응하기 어렵다는 의미.

2 여기서는 괴테시대의 유명한 자연과학자인 알렉산더 폰 훔볼트(Alexander von Humboldt, 1769-1859)를 가리킨다. 괴테도 이 과학자를 높이 평가했다.

제 8 장

방금 지나간 일에 몰두하는 사람은 별로 없다. 현재에 강하게 붙잡혀 있든지, 아니면 과거 속에 빠져 길을 잃는다. 그리고 지금은 완전히 사라진 것을 어떻게 해서든지 다시 불러내고 재생시켜 보려고 애쓴다. 심지어 조상 덕을 많이 보고 있는 부잣집에서도 아버지보다는 할아버지를 생각하는 경향이 많다.

우리의 조교가 그러한 관찰을 하기에 이른 것은, 떠나가는 겨울이 마치 봄이라도 되는 듯 따뜻해지곤 하던 어느 아름다운 날이었다. 이날 그는 거대하고 오래된 성과 정원들, 커다란 보리수가 즐비한 가로수를 지나면서 에두아르트의 아버지 때부터 내려온 반듯하게 정돈된 정원들에 감탄했다. 나무들은 심은 사람의 뜻대로 무럭무럭 자라 있었다. 그런데 지금, 나무들의 가치가 비로소 인정받고 향유되어야 할 시점이 되었는데, 아무도 그런 말을 하는 사람이 없었다. 이곳을 방문하는 이도 거의 없었다. 사람들의 취향과 소비는 다른 쪽으로, 저 넓은 세상으로 돌려져 있었던 것이다.

조교가 돌아와서 샤를로테에게 자신의 생각을 말하자, 그녀는 그것을 나쁘지 않게 받아들였다.

"삶이 우리를 계속 이끌어 가는 동안에는" 그녀가 말했다. "우리는 우리 스스로 행동하고 있다고 생각하고, 어떤 활동을 하고 무엇을 즐길 것인가도 스스로 선택한다고 믿지만, 자세히 관찰해 보면 그런 것은 오로지 시대의 계획과 취향대로 움직이는 것이고, 우리는 함께 따라가지 않으면 안 되게 되어 있거든요."

"물론입니다." 조교가 말했다. "누가 주위 환경의 폭풍 같은 흐름에 거역하려 들겠습니까? 시간은 계속 앞으로 나아가면서 신념이건 견해건, 편견이건 취향이건, 모조리 함께 쓸어 갑니다. 청년이 된 아들이 그런 격변기를 겪으면, 그 아들은 그의 아버지 세대와 아무것도 공유하지 않을 것이 분명합니다. 아버지가 살았던 시대가 많은 재산을 확보하고, 이러한 재산을 굳건하게 지키며, 경계를 설정하고, 그 안에 틀어박혀 바깥세상과는 떨어져서 자신의 즐거움을 확고히 하려고 한 시대였다면, 아들은 금방 자신의 범위를 확대하려고 애쓰고, 자신을 알리고, 경계를 넓히고, 폐쇄된 것을 열어 놓게 될 겁니다."

"모든 시대가 당신이 묘사한 그 아들과 아버지랑 비슷해요." 샤를로테가 대답했다. "아무리 작은 도시도 자기만의 성벽과 묘지를 가져야 하고, 귀족들의 성도 늪에 세워야 하고, 아무리 하찮은 성이라도 도개교[1]를 통해서만 접근할 수 있게 만들어야 했던 상황에 대해서 우리 세대는 거의 이해하지 못하죠. 비교적 큰 도시도 이제는 성벽을 허물고, 심지어 제후들 성 주변에 파놓은 해자[2]도 메워지고 있으며, 도시는 커다란 마을에 불과하게 됐습니다. 여행자로서 그런 것을 보다 보면 곳곳에 평화가 확고해지고 황금시대가 문 앞에 도래한 것이 아닌가 하는 생각을 하지 않을 수 없습니다. 정원도 어떤 넓은 시골 풍경을 닮지 않으면 편안한 느낌을 주지 않아요.[3] 인위적이라거나 강제적으로 만들어졌다는 인상은 절대로 주어선 안 됩니

1 큰 배가 지나가려면 한쪽이 들려야만 지나갈 수 있게 만든 다리.

2 외부인이 함부로 들어오지 못하도록 성 주변에 빙 둘러 파놓은 수로.

3 18세기 말부터 유행했던 '영국식 정원' 스타일을 의미하며, 이 작품의 주제인 낭만적 사랑과도 비유적으로 연관된다.

다. 완전히 자유롭고 아무런 제약도 없는 생활환경을 원하는 거죠. 조교님, 우리가 지금 이러한 상태에서 과거의 상태로 되돌아갈 수 있다고 생각하시나요?"

"물론입니다." 조교가 대답했다. "어떤 상태든 나름대로 어려움이 있습니다. 경계를 그어 놓고 살건, 느슨하게 서로 연결되어 살건 간에 말입니다. 후자는 과잉을 전제로 하는 것이어서 낭비로 귀결됩니다. 부인께서 든 예를 가지고 계속해 보겠습니다. 아주 분명한 사례니까요. 물자의 부족함이 생기면, 그 즉시 다시 사람들 간에 경계가 생깁니다. 사람들이 가지고 있는 땅과 도지를 이용할 필요를 느끼자마자, 벌써부터 정원 주위로 담을 쌓습니다. 수확물을 안전하게 하려는 것이죠. 거기서 서서히 새로운 관점이 생겨나는 겁니다. 실용성이 다시 주도적인 개념이 되고, 많은 것을 소유한 사람도 결국은 모든 것을 이용하지 않으면 안 된다고 생각하게 됩니다. 그러니까 제가 하려는 말은 이렇습니다. 부인의 아드님 시대가 되면 부인의 정원 시설을 모두 내팽개치다시피 하면서 다시 할아버지 시절의 엄숙한 성벽 안으로, 저 높은 보리수나무 아래로 되돌아갈 수도 있다는 겁니다."

샤를로테는 태어날 아이가 아들일 것처럼 하는 말을 들으니 은근히 기뻤다. 그 때문에 자기의 사랑스럽고 아름다운 정원이 언젠가는 황폐하게 될 것처럼 예고하는 것도 개의치 않았다. 그래서 그녀는 아주 다정하게 대답했다. "우리 둘 다 아직은 그러한 모순을 여러 번 겪었을 정도로 나이 먹지는 않았어요. 하지만 어린 시절을 되돌아보고 나이 든 사람들이 무엇에 대해서 한탄했는지 떠올려 보거나, 시골과 도시를 함께 관찰해 보면, 그러한 말에 이의를 제기할 수 있을 것 같지는 않군요. 그렇다면 말예요, 그러한 자연의 흐름에 아무런 저항도 하면 안 되는 걸까요? 아버지와 아들 세대를, 부모와 아이들을 화합할 수는 없는 걸까요? 당신은 친절하게도 제가 아들을 낳을 것처럼 말씀하셨어요. 그렇다면 제 아들도 자기 아버지와 모순관계에 처해야 하나요? 부모가 세운 것을 파괴해야 하나요? 부모와 같은 생각으로 계속 진척시켜 완성시킬 순 없단 말인가요?"

"물론 그럴 수 있는 이성적인 수단도 있기는 해요." 조교가 대답했다. "이 수단이 이용되는 경우가 너무 드물긴 하지만요. 아버지가 아들을 공동소유자로 만들어서, 아들도 그것을 함께 건설하고 키우게 하면 됩니다. 그래서 아버지의 생각과 마찬가지로 아들의 생각에 대해서도 해로운 것만 아니라면 얼마든지 허용해 줘야 합니다. 아들의 행위가 아버지의 행위와 접합되게 해야지, 헝겊조각 덧대듯이 그 위에 첨가하는 방식으로 해서는 곤란하다는 거죠. 어린 가지를 늙은 나무기둥에 접붙이기는 쉽지만, 다 자란 가지를 그 기둥에 덧붙이기란 거의 불가능하거든요."

조교는 작별해야 할 필요를 느끼고 있던 바로 그 시점에, 우연히 샤를로테에게 기분 좋은 말을 해서 다시 그녀의 호의를 확고히 했다는 것이 기뻤다. 그는 이미 너무 오랫동안 집에서 떨어져 있었다. 집으로 돌아가야겠다는 결심을 내리지 못했다기보다는 다가오는 샤를로테의 출산일이 지나야 오틸리에와 관련해서 어떤 결정이 내려질 것이라는 생각이 확고했기 때문에 머물고 있었던 것이다. 그는 환경에 순응했다. 그리고 이러한 전망과 희망을 가지고 다시 여교장에게로 돌아갔다.

샤를로테의 출산이 다가왔다. 그녀는 방에 머무르는 시간이 많아졌다. 그녀 주위로 모인 여성들은 그녀와 가까운 사람뿐이었다. 오틸리에는 집안일을 돌보느라, 자기가 무엇을 하는지 생각도 못할 정도였다. 그녀는 완전히 헌신적이었다. 샤를로테, 아이, 에두아르트를 위해서 앞으로도 가장 헌신적으로 봉사할 수 있기를 원했다. 그러나 어떻게 해야 그것이 가능할지는 알 수 없었다. 이 완벽한 혼란에서 그녀를 구해낼 수 있었던 것은 오로지, 매일매일 자신의 의무를 다하는 것뿐이었다.

마침내 사내아이가 행복하게 이 세상에 태어났다. 여자들은 누구나 할 것 없이 이 아이가 아버지를 빼닮았다고 했다. 산모에게 행운을 빌고 아기를 환영하면서도 마음속까지 꼭 그렇지만은 않았던 유일한 사람은 오틸리에였다. 샤를로테는 예전에 딸의 결혼준비를 할 때도 남편이 없다는 사실을 뼈저리게 느꼈다. 이제는 아들 생일에도 아버지는 존재하지 않을 것이다. 사람들이 앞으로 부르게 될 이 아이 이름도 아버지가 정해 줄 수 없는 운명이었다.

이 행복을 축하하기 위해 지인 중에 제일 먼저 모습을 드러낸 사람은 미틀러였다. 그는 이 사건에 대해 즉각 사실을 알아보도록 사람을 보냈었다. 그가 들어왔고, 매우 흡족한 표정이었다. 오틸리에가 있는 자리에서도 자신의 승리감을 거의 감추지 못했다. 샤를로테에게도 큰소리로 자신의 생각을 말했다. 그는 모든 걱정을 없애고 해당 어려움을 전부 제거해줄 수 있는 사람의 역할을 하고 나섰다. 그래서 이미 한 발은 묘지에 내디디고 있는 것이나 다름없는 늙은 성직자가 축복을 내려 과거와 미래를 연결시켜야 한다는 것이었다. 아이 이름은 오토여야 했다. 아버지와 그의 친구가 가졌던 이름 외에 다른 이름을 가져선 안 되었던 것이다.

수백 가지의 염려, 반론, 망설임, 머뭇거림, 이러저러한 지식, 동요, 생각, 생각의 변경, 그리고 또다시 생각 등등, 이런 과정을 없애기 위해서는 미틀러의 단호한 개입이 필요했다. 보통 그러한 경우에는 한 가지 걱정거리를 없애면 항상 새로운 걱정거리가 다시 생겨나고, 모든 관계를 다 보호하려고 하다 보면 항상 몇몇 관계가 상처입게 되기 때문이다.

안내문을 쓰는 것과 세례입회증서를 쓰는 일은 전부 미틀러가 맡았다. 이 문서들은 당장 발송되어야 했다. 그 가족에게 그토록 중요한 일은 세상의 다른 사람에게도, 설령 그중에는 일이 잘못되기를 바라고 그 일에 대해서 나쁜 쪽으로 말하는 사람이 있다 하더라도, 그는 알려 주는 것이 중요하다고 생각했다. 이와 더불어 지금까지의 연애사건도 세상 관객들에게 알려졌다. 이들은 그렇지 않아도 세상만사는 오로지 그들에게 이야깃거리를 제공해 주기 위해서 벌어진다는 확신으로 살아가는 사람들이었다.

세례식은 품위가 있어야 하지만, 간소하게 짧아야 했다. 사람들이 모여들었다. 오틸리에와 미틀러는 아이의 세례증인으로 나설 예정이었다. 늙은 성직자는 교회에서 일하는 사람들의 부축을 받으며 느릿느릿한 걸음으로 왔다. 예배가 거행되었고, 오틸리에는 아이를 팔로 안고 있었다. 그녀는 애정 어린 눈으로 그 아이를 내려다보다가 아이가 눈을 뜨자 흠칫 놀랐다. 아이의 눈에서 자기 눈을 보는 것 같았기 때문이다. 누구라도 그런 식의 일치를 경험하면 놀라지 않을 수 없었을 것이다. 그다음에 아이를 받아든 미틀러도 마찬가지로 깜짝 놀랐다. 아이 모습이 대위와 눈에 띄게 닮았다고 생각했기 때문인데, 그런 일은 아직까지 한 번도 겪은 적이 없었던 것이다.

성직자 노인은 신체가 허약해서 평소보다 여러 절차가 많이 들어가는 세례행사에 계속 있기가 힘들었다. 그런데 미틀러는 할 이야기가 너무 많았고, 자신도 예전에 이런 공무를 맡았던 것까지 생각해 냈다. 게다가 그는 어떤 경우든 자기라면 그것에 대해서 어떤 연설을 하며, 어떤 식으로 자신 생각을 표현할지 즉시 생각해 내는 버릇이 있었다. 이번에 그를 둘러싸고 있는 소모임이 전부 그가 잘 아는 사람들이어서 그만큼 더 그런 생각을 뿌리치기 어려웠다. 그리하여 그는 그 행사가 끝나갈 무렵 태연히 성직자의 자리를 대신하기 시작했다. 그는 대부(代父)로서의 자신의 의무와 희망을 경쾌한 어조로 연설해 나갔다. 특히 이 대목에서 샤를로테가 만족한 표정으로 동의하고 있다고 믿은 그는 이야기를 더 오래 끌었다.

선량한 성직자 노인은 아마도 정말 자리에 앉고 싶어할 것이라는 생각은 이 정열적인 연사에게 떠오르지 않았다. 그런 만큼 자기가 커다란 불행을 부르고 있는 중이라는 생각도 하지 못했다. 그는 그 자리에 있는 참석자 한 사람 한 사람이 아기와 어떤 관계에 있는가를 힘주어 설명하고, 오틸리에의 상태도 여러모로 타진한 후에, 마지막으로는 노인을 향해서 이렇게 말하는 것이었다. "그리고 존경하는 목사님, 목사님께서는 이제 시메온의 말을 빌려서 이렇게 말씀하실 수 있을 겁니다. '주여, 당신의 종을 평화롭게 가게 하소서. 제 눈으로 이 집안의 구세주가 온 것을 보았나이다.'[4]"

그리하여 그가 이제는 정말로 찬란하게 연설을 마치려는 찰나였다. 그런데 그는 이때, 아기를 받아든 성직자 노인이 처음에는 아기 쪽으로 고개를 수그리는 것 같더니 그다음엔 휘청하면서 뒤로 넘어지려는 것을 목도했다. 사람들은 노인이 완전히 바닥으로 떨어지는 것을 간신히 막고, 곧장 안락의자로 데려가 앉혔다. 그리고 모든 응급조치를 다했지만, 그의 사망을 선언하지 않을 수 없게 되었다.

탄생과 죽음, 관과 요람처럼 끔찍하게 대립하는 상황이 함께 나타나는 것을 보고 생각하기란, 그것도 상상으로가 아니라 두 눈으로 직접 보면서 파악하기란 주위에 있는 사람들에게 어려운 과제였다. 갑작스럽게 제시된 과제여서 그만큼 더 어려웠다. 친절하고 따뜻한 표정을 지니고 잠들어 있는 사람을 보면서 오틸리에 혼자만 일종의 질투를 느끼고 있었다. 그녀의 영혼도 이미 생명이 끊어진 상태였다. 그런데 왜 여전히 육체는 유지되고 있어야 한단 말인가?

그녀는 이런 방식으로 낮에는 가끔씩 그날의 즐겁지 않은 사건들을 보면서 무상함, 이별, 상실 같은 것을 생각하곤 했지만, 반대로

4 누가복음 제2장 제29절.

밤에 일어나는 현상들은 위로가 되기도 했다. 이것들은 그녀가 사랑하는 남자의 존재를 확인시켜 주었고, 그녀 자신의 존재도 덕분에 힘이 나고, 생명력을 얻곤 했다. 그녀가 저녁에 잠자리에 들어 휴식을 취하면서 달콤한 감정으로 비몽사몽 중일 때면, 마치 자기가 아주 환하고도 부드러운 불빛이 비추고 있는 어떤 공간 속을 들여다보고 있는 것만 같았다. 여기서는 에두아르트를 아주 뚜렷하게 볼 수 있었다. 그는 그녀가 평소 보았던 복장이 아니라 참전군인의 복장을 하고 매번 다른 모습으로 나타났다. 하지만 완벽하게 실제적인 모습이었다. 어떤 환상적인 요소도 들어 있지 않았다. 서있거나, 걷거나, 누워 있거나 말 탄 모습 등으로 나타났던 것이다. 형태는 세세한 부분까지 선명하게 표현돼 있었고, 그녀 눈앞에서 저절로 움직였다. 그녀가 그렇게 하도록 어떻게 행동한 것도 아니고, 힘들게 상상력을 작동시킨 것도 아니었다. 때로는 어떤 것, 특히 움직이는 어떤 것이 그를 둘러싼 모습도 보였다. 움직이는 것들은 밝은 배경과 대조를 이루며 다소 어둡게 보였다. 하지만 그녀는 이러한 환영들을 거의 구분할 수 없었다. 환영들은 때로 인간으로 나타나기도 하고, 말로 나타나기도 하고, 나무나 산맥으로 나타나기도 했다. 그녀는 대개 이런 현상을 보면서 잠들었다. 그리고 편안한 밤을 보내고 다음 날 아침 다시 잠이 깨면 기운도 회복되고 마음도 안정되어 있었다. 그녀는 느낌으로 확신했다. 에두아르트가 아직 살아있다는 것, 그리고 자기가 여전히 그와 가장 내밀한 관계를 맺고 있다는 것을.

제 9 장

봄이 왔다. 예년보다 좀 늦게 오긴 했지만 그만큼 더 신속하고, 더 반갑게 왔다. 이제 오틸리에는 그동안 정원에서 해온 일이 결실을 맺는 것을 보았다. 모든 것이 제때에 싹이 나고, 푸르러지고, 꽃을 피웠다. 잘 설비된 온실과 화단에서 준비해온 여러 가지 것들이 이제는 드디어 바깥으로 나오고 외부의 자연이 미치는 영향에 맞설 수 있을 정도로 커졌다. 그리하여 지금까지는 어떤 일을 하거나 준비해야 할 때 그저 언젠가는 이 일들이 결실을 보리라는 희망밖에 없었지만, 이제는 그 노력이 단순히 희망으로 머무는 것이 아니라 유쾌하게 즐길 수 있는 대상으로 성장해 있었다.

그러나 그녀는 루치아네의 마구잡이 행동으로 생긴 여러 결과, 예컨대 화분용 식물이나 단정하게 손질된 나뭇가지가 망가진 것에 대해서 정원사를 위로해 주어야 했다. 그녀는 모든 것이 곧 회복될 것이라고 용기를 북돋았다. 그러나 그에게 충분한 위로가 되기에는 그가 자기 일에 대해 가져온 애착이 너무 깊었고, 그의 생각 또한 너무 순수했다. 정원사가 다른 취미나 기호로 정신을 팔면 안 되듯이, 식물이 완전한 성장을 향해 나아가는 평온한 과정도 지속적이건 일시적이건 중단되면 안 되는 것이다. 식물은 고집스럽기는 해도 그들 방식대로만 다루어 주면 무엇이든 잘 내주는 인간과 비슷하다.

계절마다, 시간마다, 가장 적합한 일을 해내는 평온한 시선, 고요한 수미일관성은 아마 누구보다도 정원사에게 가장 요구되는 일일 것이다.

이 훌륭한 정원사는 이 점에서 뛰어난 자질을 지닌 사람이었다. 그래서 오틸리에도 그와 함께 일하기를 좋아했다. 그러나 이러한 본연의 재능도 앞으로 한동안은 예전처럼 편하게 발휘할 수만은 없는 상황이었다. 이러저러한 분야에서 다른 사람을 능가하는 사람처럼 그도 정원이나 텃밭에 관한 한 어떤 일이건 해낼 수 있었고, 심지어 옛날 방식의 관상용 정원에서 필요로 하는 일에도 얼마나 재주가 완벽했던지, 오렌지 나무를 다루건 꽃양파를 다루건, 아니면 패랭이를 다루건 앵초를 다루건 간에 그 식물의 본성이 스스로 표현되도록 할 수 있을 정도였지만, 새로운 관상용 나무나 최근 유행하기 시작한 꽃의 종류는 잘 알지 못해서, 철마다 끝없이 펼쳐지는 식물들과 그것들의 복잡하고도 낯선 이름을 대할 때마다 그는 일종의 거리낌을 느끼지 않을 수 없었고, 이 때문에 기분도 언짢아지곤 했다. 지난해 그의 주인들이 주문하기 시작했던 것도 그는 쓸데없이 비용만 낭비하는 것이라고 생각했다. 여러 비싼 식물이 죽는 것도 보았고, 그리 정직하게 장사하는 것 같지 않던 원예 상인과 특별한 관계가 있는 것도 아니어서 더욱 그랬던 것이다.

그는 정원일과 관련해서 여러 가지를 시도해본 후에 일종의 계획을 세웠다. 오틸리에는 정원사를 격려했다. 이 계획이 사실상 에두아르트가 돌아오는 것에 초점을 맞추고 있기 때문에도 더욱 그랬다. 그 정도로 사람들은 이번 일을 비롯해 여러 가지 면에서 에두아르트가 없다는 것이 얼마나 불리한지 매일매일 느끼지 않을 수 없었던 것이다.

이제 식물들이 점점 뿌리를 내리고 가지들도 점점 자라남에 따라, 이 공간에 대한 오틸리에의 애착도 그만큼 커져 갔다. 지금부터 꼭 일 년 전, 그녀는 이방인이자 중요치 않은 존재로 이곳에 왔다. 그 후로 얼마나 많은 것을 얻었던가! 유감스럽게 그 후로 다시 잃어버린 것은 또 얼마나 많았던가! 그녀는 그 어느 때도 지금처럼 부유한 적이 없었고, 그 어느 때도 지금처럼 가난한 적이 없었다. 이러한 두 가지 감정이 순간순간 번갈아 일고, 심지어 밀접하게 교차하기도 할 때마다, 그녀로선 당장 해야 하는 일에 계속 열심히, 가히 열정적으로 매달리는 것 말고는 다른 도리가 없었다.

에두아르트가 특히 좋아했던 것에 그녀가 가장 큰 관심을 기울였으리라는 것은 쉽게 생각할 수 있는 일이다. 게다가 그가 어서 돌아오기라도 하면 자기가 없는 동안 그녀가 자신을 위해서 세심하게 봉사해준 것에 고마워할 것이라는 희망도 품었을 것이다.

그러나 아직은 그를 위해 봉사할 수 있는 기회가 이와는 많이 다르게 주어지고 있었다. 그녀는 주로 아기 돌보는 일을 맡고 있었던 것이다. 아이에게 유모를 붙여 주지 않고 우유와 물로 키우기로 한 것도 그녀가 직접 아기를 맡는 계기가 되었다. 아기는 날이 좋으면 바깥공기를 즐길 수 있어야 했다. 그래서 그녀는 아이를 안고 직접 밖으로 데려가는 것을 가장 좋아했다. 잠에 푹 빠져 아무 생각 없는 아기를 꽃들 속에 데려가기도 했다. 이 꽃들은 아기의 유년시절 동안 아기를 바라보며 친절하게 웃어 줄 것이다. 또 어린 덤불이나 식물들 사이로 데려가기도 했다. 이것들은 아기가 자라는 동안 아기와 함께 하늘을 향해 자랄 것이다. 주위를 둘러볼 때마다, 그녀는 이 아이가 얼마나 위대하고 행복한 환경에서 태어났는가 하는 것을 느끼지 않을 수 없었다. 시야가 닿는 것은 전부 다 언젠가는 이 아이에게 속할 것이기 때문이다. 이 모든 상황에서 볼 때 이 아기가 아버지와 어머니가 보는 앞에서 자라고 부모가 다시 행복하게 결합할 수 있다면 그 이상 바람직한 일이 또 있을까!

오틸리에는 이 모든 것을 너무 순수하게 느낀 나머지, 그런 상태가 실제로 그렇게 확정된 것 같았고, 자신은 전혀 생각하지 않았다. 이 맑은 하늘 아래 이 밝은 햇살을 받으며 그녀에게 갑자기 분명해진 사실이 있다면, 자신의 사랑이 완전해지기 위해서는 자신의 이익은 조금도 생각하지 말아야 한다는 것이었다. 사실 그녀는 몇몇 순간에서는 자신의 사랑이 이미 이러한 높이에 도달했다고 생각했다. 그녀는 오로지 남자친구가 잘 있기만을 바랐고, 그가 행복하다는 것을 알 수만 있다면, 그를 단념할 수도 있다고, 심지어 두 번 다시 만나지 않을 수도 있다고 생각했다. 그러나 그녀가 자신을 위해 단호하게 내린 결심은 결코 다른 남자의 소유는 되지 않겠다는 것이었다.

가을을 봄처럼 화사하게 만들려는 작업은 이미 진척되었다. 이른바 여름식물이라 불리며 가을에도 계속 꽃을 피우고 추위에도 당당하게 자라나는 것들, 그중에서도 특히 과꽃 씨를 여러 종류대로 뿌려 놓았기 때문이다. 이제는 이것들이 곳곳에 옮겨 심어지며 땅 위에서 펼쳐지는 별들의 하늘을 만들어갈 채비를 하고 있었다.

오틸리에의 일기에서

우리는 우리가 읽은 좋은 생각이나 우리가 들었던 두드러진 표현들은 일기장에 옮긴다. 그러나 친구들이 보낸 편지 중에서 독특한 표현이나 독창적인 견해, 또는 번득이는 재치의 말도 마찬가지로 우대하려고 애쓴다면, 생각이 매우 풍요로워질 것이다. 우리는 편지들을 보관하지만 다시는 읽지 않으며, 결국에는 남이 보지 못하도록 없애버린다. 그런 식으로 우리뿐만 아니라 다른 사람에게도 가장 아름답고 가장 직접적인 삶의 숨결이 다시는 되돌릴 수 없게 사라져

버리는 것이다. 나는 이러한 태만을 다시 만회할 생각이다.

또다시 동화와 같은 계절이 멀리서부터 되풀이되고 있다. 우리는 이제 다시 이 동화의 가장 아름다운 단원에 이르렀으니, 얼마나 다행인가! 바이올렛과 은방울꽃은 이 단원의 제목이나 표지그림 같은 꽃들이다. 삶의 책장을 넘기며 이들을 다시 발견하게 될 때마다 우리 기분도 편안해진다.

우리는 가난한 사람들, 특히 미성년자들이 길거리에 누워 구걸하는 것을 보면 비난한다. 하지만 그들도 할 일만 있다면 당장에 활기를 띠게 됨을 보른난 말인가? 자연이 그 다정하고 보배로운 꽃들을 펼쳐 보이자마자 아이들은 자연의 뒤를 좇아다니며 일거리를 만들어 낸다. 어떤 아이도 더 이상 구걸하지 않고, 누구나 그대에게 꽃다발을 건넨다. 그 아이는 그대가 잠에서 깨어나기도 전에 꽃을 꺾었고, 그것을 선물처럼 내밀면서 친절한 눈빛으로 그대를 바라볼 것이다. 자기에게도 뭔가 요구할 수 있는 약간의 권리가 있음을 느끼는 사람이라면 누구나 결코 가련하게 보이지 않는 것이다.

어째서 일 년이란 세월은 때로는 그렇게 짧았다가 때로는 그렇게 길고, 어째서 기억 속의 그것은 그렇게 짧게 보이다가 또 그렇게 길어 보이는지! 내게는 작년이 그랬다. 빨리 사라지는 것과 영구적으로 존재하는 것이 얼마나 서로 맞물려 있는지를 정원보다 확실히 보여 주는 곳은 없다. 그 어떤 흔적도, 자신과 비슷한 그 어떤 것도 뒤에 남기지 않는 것처럼 덧없는 것도 없다.

사람들은 겨울도 참고 견딘다. 나무들이 유령처럼 앙상하게 우리 앞에 서있으면 우리는 우리 입지가 좀 더 커진 것처럼 생각한다. 그것들은 아무것도 아니며, 아무것도 덮어 버리지 못한다. 그러나 일단 봉오리와 꽃들이 나타나면, 사람들은 초조해진다. 잎사귀가 완전히 자라나고 풍경이 구체화될 때까지, 나무가 제 모습으로 우리 앞에 나타날 때까지 초조해한다.

어떤 방식으로든 완전해지려면, 자신이 속한 종류를 넘어서지 않으면 안 된다. 뭔가 다른 것, 뭔가 비교할 수 없는 것이 되어야만 하는 것이다. 꾀꼬리는 여러 음색을 내지만 여전히 하나의 새일 뿐이다. 그렇지만 자신의 종류를 넘어서는 꾀꼬리는 모든 날개 달린 동물들에게 도대체 노래한다는 것이 무엇인지를 가르쳐보이려는 것 같다.

사랑이 없는 삶, 사랑하는 사람이 곁에 있지 않은 삶은 그저 하나의 "Comédie à tiroir"[1], 즉 서랍 속에나 넣어둘 형편없는 작품에 불과하다. 사람들은 이런 서랍을 하나하나 열어 보지만 금방 다시 닫고 다음 서랍으로 넘어간다. 뭔가 훌륭하고 중요한 것처럼 보이는 것이 나와도, 서로 별 관련이 없다. 어디서든지 처음부터 시작하지 않으면 안 될 정도이며, 아무 데서나 끝내버리고 싶어진다.

1 전체적인 맥락이 제대로 갖추어지지 않은 채로 집필되어서 무대에서 공연하기에는 적합하지 않고 서랍에나 두는 것이 제격인 희곡을 의미하는 불어.

제 10 장

샤를로테는 나름대로 명랑하게 잘 지내고 있다. 튼튼한 사내아이를 보고 있노라니 기쁘다. 그녀의 눈과 마음은 장래가 촉망되는 아이의 용모에 매시간 빠져든다. 그녀는 아이를 통해서 세상과 재산에 대한 새로운 관계를 만들어 나가고 있다. 예전에 그녀가 가졌던 활동력도 다시 꿈틀거린다. 어디를 보건 작년에 해놓은 많은 일들이 결실을 맺고 있는 것을 보면서 기쁨을 느낀다. 이런 기분에 들떠 오틸리에와 아이를 데리고 정자로 올라간다. 그 안에 있는 작은 탁자가 재단이라도 되는 듯 조심스레 아이를 눕히다가 두 자리가 비어 있는 것을 보자, 지나간 시절이 생각난다. 그리고 그녀와 오틸리에를 위한 새로운 희망이 솟는다.

어린 처녀들은 이러저러한 젊은이를 둘러보면서 속으로는 이 남자가 신랑감으로 괜찮을지 검토할 것이다. 그러나 딸이나 여제자의 장래를 걱정하는 사람은 더 넓은 영역에서 살피게 된다. 지금 샤를로테도 그랬다. 그녀에게 대위와 오틸리에가 결합하는 것이 불가능해 보이지는 않았다. 이미 예전에도 이 정자에서 두 사람이 나란히 앉아 있었던 것처럼 말이다. 대위에게 좀 더 조건 좋은 결혼이 가능할 뻔했는데 지금은 다시 그러한 전망이 사라졌다는 것도 그녀는 모르지 않았던 것이다.

샤를로테는 계속해서 올라갔고 아이는 오틸리에가 안고 갔다. 샤를로테는 여러 가지 생각에 몰두하고 있었다. 단단한 육지에서도 위험은 도사리는 법이다. 그럴 때 가능한 한 빨리 원기를 되찾고 정신을 가다듬는 것은 아름답고 칭찬할 일이다. 하지만 인생이란 것이 오로지 손익만 따지는 것 아닌가! 어떤 일을 벌였다가 그 안에서 망하는 사람은 또 얼마나 많은가! 어떤 길을 들었다가도 그 길에서 벗어날 때는 또 얼마나 잦은가! 단단히 주시하고 있던 목표에서 벗어났더니 오히려 그보다 더 높은 목표에 다다르게 될 때도 얼마나 잦은가! 여행 도중에 바퀴가 빠지면 당사자는 매우 상심하지만, 이 불쾌한 우연으로 그의 전 인생에 영향을 끼치게 될 사람들과 친해지고 관계를 맺게 되어 즐거워질 수도 있다. 운명은 우리에게 우리가 바라는 것을 허용해 주지만, 우리가 바라는 것 이상으로 허용해 주기 위해 자신의 독특한 방식을 이용하는 것이다.

이런저런 생각을 하면서 샤를로테는 새 건물이 있는 정상에 다다랐다. 이곳에서는 모든 것이 완벽하게 진행되고 있었다. 그 주변은 사람들이 생각할 수 있었던 것보다 훨씬 아름다웠기 때문이다. 거추장스러운 것은 모두 사라졌고, 자연과 시간의 힘으로 만들어지는 풍경의 아름다움도 제 모습을 드러내면서 시선을 끌었다. 두어 군데 남아 있는 빈틈을 메우고 서로 떨어져 있는 부분도 보기 좋게 이어주기 위해 심었던 어린 식물들도 어느새 푸르러지고 있었다.

집은 조금만 더 마무리하면 사람이 들어가 살 수 있을 정도였고, 특히 위층에 있는 방에서 내려다보이는 전망은 가히 다채로웠다. 주위를 오랫동안 둘러보면 볼수록, 아름다운 것들이 많이 발견되었다. 하루에도 시간대마다 분위기가 달라지고, 달과 해에 의해 나타나는 계절적 변화도 얼마나 다양한지! 참으로 머물러 살 만한 곳이었다. 기본 작업은 끝낸 상태라는 것을 알게 되자, 샤를로테의 마음에는 이처럼 창조적이고 건설적인 작업을 재개하고 싶은 욕구가 세차고도 강렬하게 솟아올랐다! 목수와 도배장이, 그리고 물감통과 약간의 금박만으로 일을 처리할 줄 아는 화가, 이 정도의 사람만 있어도 충분했다. 그리하여 단시간에 이 건물이 서게 된 것이다. 지하실과 부엌도 신속하게 갖추어졌다. 성에서 떨어진 곳이라 모든 생필품을 가까이에 모아 놓아야 했기 때문이다. 그리하여 이제 여성들은 아기와 함께 위층에 살게 되었다. 새로운 중심점이 된 이곳에 계획에는 없던 산책로들이 조성되었다. 그들은 비교적 지대가 높은 이곳에서 자유롭고 신선한 공기를 화창한 날씨에 마음껏 즐겼다.

오틸리에는 산책을 혼자 다니거나 아이와 함께 다녔다. 그녀가 가장 좋아한 산책로는 플라타너스들이 있는 아래쪽으로 편안하게 내려가다가 다시 나룻배들이 묶여 있는 데까지 이어지는 인도였다. 사람들은 나룻배로 강을 건너곤 했다. 그녀도 가끔 나룻배 타는 것을 좋아했지만, 아이는 데려가지 않았다. 샤를로테가 그 때문에 몇 번 걱정한 적이 있어서였다. 그렇지만 오틸리에는 하루도 거르지 않고 성의 정원사를 방문했고, 그의 세심한 손길로 이제는 바깥바람을 즐길 수 있을 정도로 자라난 많은 식물을 애정 어린 눈으로 지켜보았다.

이 아름다운 시절에 한 영국인이 찾아왔다. 샤를로테는 그가 시기적절하게 왔다고 생각했다. 이 사람은 여행하다가 에두아르트를 알게 되어, 몇 번 만난 적이 있었는데, 이 정원에 대한 좋은 이야기를 많이 들어서 한번 보고 싶어 찾아온 것이었다. 그는 백작의 추천서도 가지고 왔다. 그리고 말수가 적으면서도 매우 호감 가는 한 남자를 동행이라고 소개했다. 그는 때로 샤를로테와 오틸리에와 함께, 정원사나 사냥꾼들과 함께 이 지역을 이리저리 돌아다녔다. 동행을 데리고 올 때도 자주 있었지만 가끔은 혼자 나타나기도 했는데, 그의 말을 들으면 그가 그런 시설을 좋아할 뿐 아니라 거기에 대해 식견이 풍부하다는 것을 알 수 있었다. 그도 여러 번 그러한 작업을 직접 해본 것 같았다. 어지간한 나이에도 불구하고 삶을 장식해줄 수 있거나 삶에 의미를 부여할 수 있는 것이면 무엇이건 반가워하면서 관심을 보였다.

여성들은 이 사람 덕분에 비로소 주위 환경을 보다 완벽하게 즐길 수 있게 되었다. 그의 숙달된 안목은 어떤 효과라도 바로바로 감지했다. 그는 이 지역의 예전 모습을 알지 못했기 때문에 인공으로 만들어 놓은 부분과 자연적으로 존재하는 부분을 거의 구별할 수가 없었던 만큼, 무엇이 새롭게 만들어진 부분이라는 것을 알게 되면 그만큼 더 반가웠던 것이다.

이 공원은 그가 하는 말과 더불어 성장하고 풍부해졌다고도 할 수 있을 것이다. 지금 자라나고 있는 저 식물들이 장차 어떻게 될지도 그는 미리부터 알아보았다. 이미 있는 아름다움을 조금이라도 더 돋보이게 하거나, 새로 아름답게 만들어줄 수 있는 곳임에도 그가 모르고 지나치는 경우는 없었다. 어떤 샘은 깨끗하게 치워 주기만 해도 덤불 숲 전체를 장식할 수 있다든가, 어떤 동굴은 안에 있는 것을 치워 내고 좀 더 크게 만들면 바람직한 쉼터를 제공할 수 있을 것이며, 그 앞에 있는 나무 두어 그루만 베어 내도 수려한 바위가 첩첩이 쌓인 광경을 전망할 수 있게 될 것임을 지적해 주기도 했다. 그는 이곳에 사는 사람들에게 여러 가지 추가 작업이 잘되기를 바라지만, 너무 서두르지는 말고, 지금 만들고 설치하는 이 작업을 앞으로 몇 년 동안의 작업으로 삼아 즐기면서 하도록 부탁했다.

그건 그렇다 치고, 그는 사람들과 함께 어울리는 시간을 제외하면 결코 남에게 부담이 되지 않았다. 하루 대부분을 휴대용 어둠상자[1]를 이용해 그림처럼 아름다운 공원 풍경의 실루엣을 뜨고, 이것을 바탕으로 그림을 그리면서 그가 해온 여행의 결실을 자신이나 남들

[1] 어둠상자는 카메라 옵스큐라(Camera obscura)라는 라틴어 명칭이 독일어로 번역된 것으로 사진기 이전 단계에 해당하는 장치. 괴테 시대에는 그림을 그릴 때도 선명한 본을 확보하기 위해서 이 장치를 이용했다.

이 함께 누릴 수 있게 하고 있었기 때문이다. 그는 이미 여러 해 전부터 중요한 지역마다 이 작업을 해왔고, 그렇게 해서 가장 마음에 들고 흥미로운 소장품을 확보하게 되었다. 그는 자기가 가지고 다니는 커다란 서류가방을 숙녀들에게 보여 주고 그림을 보여 주거나 말로 설명하면서 그녀들을 즐겁게 해주었다. 여성들은 적막강산인 이곳에서 그토록 편하게 세상을 두루 보고, 해안과 항구, 산맥과 호수와 강, 도시와 성, 역사적으로 유명한 많은 지역이 눈앞에 스쳐 지나가는 것을 보게 되어 기뻤다.

두 여성도 나름대로 각별한 관심이 있는 곳이 있었다. 샤를로테의 관심은 좀 더 일반적인 것으로 뭔가 역사적으로 눈에 띄는 장소에 쏠려 있는 반면, 오틸리에의 주된 관심은 에두아르트가 많이 이야기했거나 머물기 좋아했던 지역, 또는 그가 자주 되돌아갔던 지역들에 있었다. 가까운 곳이건 먼 곳이건 유달리 마음이 끌리는 특정한 지역이 있는 법이며, 성격, 첫인상, 어떤 사정이나 습관 등에 따라서 특히 좋아하거나 흥분되는 지역이 있기 마련이다.

그래서 오틸리에는 영국귀족에게 어디가 제일 마음에 드는지, 선택해야 한다면 어디에 집을 짓고 싶은지를 물었다. 그러자 그는 여러 아름다운 지역 이름을 대면서 그 지역들을 사랑스럽고 가치 있게 만들려면 어떤 일을 해야 하는지도 그 특유의 억양이 들어가는 불어를 이용하여 다정다감하게 설명해 주었다.

반면에 지금은 주로 어디에 머물고 있으며 가장 돌아가고 싶은 곳은 어디인가를 묻는 질문이 나왔을 때, 그가 아무런 거리낌 없이 들려준 이야기는 여성들로서는 예상치 못한 내용이었다.

"나는 이제 어딜 가든 고향처럼 지내는 습관이 붙었습니다. 어딜 가든 누군가 나를 위해 집을 지어 주고, 작물을 심어 주고 집안일을 해주기만 하면 그곳이 가장 편한 곳이라고 생각합니다. 굳이 내 재산이 있는 곳으로 돌아가고 싶지는 않아요. 왜 그런가 하면,

어느 정도는 정치적인 이유도 있습니다만, 중요한 이유는 이렇습니다. 사실 나는 아들을 위해서 모든 일을 해왔고 모든 준비를 했었습니다. 그래서 재산을 아들에게 넘겨주고 함께 즐기고 싶었는데, 내 아들은 그 모든 것에 아무 관심도 없이 그냥 인도로 가버렸어요. 그곳에서 다른 사람들처럼 자신의 인생을 좀 더 가치 있게 이용하거나 완전히 허비하기 위해서 말이죠.

확실히 우리는 살아가면서 무언가를 준비하는 일에 너무 큰 비용을 들이는 것 같습니다. 어느 정도 적당한 상태에 이르면 이제부터는 편히 살려고 하지 않고 항상 영역을 확대하기 때문에 우리 자신도 그만큼 더 불편해지지요. 내 소유의 건물이나 공원, 정원을 지금 누가 즐깁니까? 나도 아니고, 심지어 내 가족도 아닙니다. 낯선 손님, 호기심에 찬 사람, 불안하게 여행하는 사람이 즐기고 있습니다.

많은 재산이 있다고 해서, 삶이 안정되는 것은 아닙니다. 특히 시골에서 그렇지요. 도시에서 살 때 익숙했던 것 중에 많은 것이 부족한 곳이니까요. 가장 바라는 책은 수중에 없고, 하필 우리가 가장 필요로 하는 것은 잊어버리고 온단 말이에요. 우리는 항상 집안을 가정적으로 꾸밉니다만, 다시 이사를 하게 됩니다. 우리가 그것을 원치 않더라도, 상황이나 열정, 우연, 필연 등등의 것들이 그런 상황을 만들어 내지요."

이 귀족은 여성들이 이런 말을 들으며 얼마나 충격을 받았는지 알지 못했다. 누구든지 자기가 평소 처지를 알고 있는 사람과 일반론적인 이야기를 하다가도 자주 이런 위험에 처할 수 있는 것이다!

호의적이고 선의에 찬 사람들에게 그렇게 우연히 마음 상하게 되는 경험이 샤를로테로서는 전혀 새로운 것이 아니었다. 그렇지 않아도 세상은 그녀 눈앞에서 분명하게 모습을 드러내고 있었기 때문에, 설령 누군가가 무분별하고 부주의하게 그녀에게 이러저러한 즐겁지 않은 곳으로 시선을 돌리도록 강요하더라도 그 때문에 새삼 특별한 고통을 느끼지는 않았다. 반면에 오틸리에는 이런 이치를 확실하게 체득하기에는 아직 어렸고, 세상에 대해서도 직접 보았다기보다는 예감하는 정도였으며, 자기가 보고 싶지 않거나 보면 안 되는 것은 시선을 돌릴 수도 있고, 또 돌려야만 하는 나이였기 때문에, 이 슬픈 이야기를 듣고 엄청난 충격에 휩싸였다. 왜냐하면 이 이야기는 그녀 앞에 드리워 있던 우아한 베일을 폭력적으로 찢어놨기 때문이다. 그리고 지금까지 가정을 위해, 정원과 공원을 위해, 그 주변 환경을 위해 해왔던 모든 일이 정말 헛되게 느껴졌다. 왜냐하면, 그 모든 것을 소유하고 있는 사람이 그것을 즐기지 못하고 있으며 지금 여기 있는 손님처럼 세상에서 헤매도록, 그것도 가장 위험한 방식으로 헤매도록, 사랑하는 사람과 가장 가까운 사람들에게 내몰렸기 때문이다. 그녀는 남의 말을 들으면서 침묵을 지키는 것에 익숙했다. 그러나 이번에는 처지가 너무 고통스러웠다. 이 이방인의 계속되는 이야기를 들으며 고통이 덜해지기보다는 오히려 더 심해졌다. 그는 특유의 쾌활하면서도 신중한 어조로 이야기를 계속했다.

"이제는" 그가 말했다. "내가 올바른 길에 있다고 생각합니다. 나는 나 자신을 항상 여행자로 생각하고, 많은 것을 즐기기 위해서 많은 것을 포기하기도 합니다. 나는 변화에 익숙하고, 스스로 그런 변화를 요구하기도 합니다. 이미 오페라에서 수많은 무대 장식을 보아온 사람이 새로운 무대장식을 요구하는 것과 마찬가지죠. 가장 좋은 식당과 가장 나쁜 식당에서 기대할 수 있는 것이 무엇인지는 나도 잘 압니다. 그것이 아무리 좋건, 나쁘건 간에, 어디서고 나에게 익숙한 음식이 나오는 경우는 없습니다. 그리고 이 모든 것은 결국 단 하나의 결과로 귀결됩니다. 즉, 우리는 완전히 필연적인 습관에 의존하거나, 아니면 완전히 임의적인 우연에 의존하게 된다는 것이죠. 적어도 지금의 나는 어떤 것의 위치가 잘못되었거나 어떤 것이 없어졌다는 이유로 기분 나빠하지는 않습니다. 내가 평소 쓰는 거실을 수리 때문에 이용할 수 없게 되었다고 해서 기분 나쁘지도 않고, 내가 좋아하는 술잔을 누가 깨트려서 다른 잔으로 마시게 되면 한동안은 예전 술맛이 나지 않는다고 해서 기분 나쁘지도 않습니다. 이런 모든 것에는 초월한 상태입니다. 설령 위층에서 불이 나기 시작한다 해도, 내 하인들은 침착하게 짐을 쌀 것입니다. 그러고는 궁정이나 시내로 나가 살면 되는 것이지요. 그리고 이 모든 장점을 누려도 연말에 가서 정확히 계산해 보면 나와 살면서 드는 비용이 고향에서 들었을 비용보다 더 많지는 않더군요."

이러한 이야기가 진행되는 동안 오틸리에는 그저 에두아르트만 눈앞에 그리고 있었다. 그도 이제는 궁핍과 어려움을 견디며 도로도 닦이지 않은 곳에서 진군하고 있을 것이고, 위험과 곤궁을 겪으며 전쟁터에서 누워 있을지도 모른다. 그가 그렇게 많은 변화와 모험을 겪으면서도 집도 친구도 없이 오로지 전쟁에서 패하지 않기 위해 모든 것을 다 버리는 삶에 익숙해지고 있을 모습이 그녀의 눈에 선했다. 다행히도 이 모임은 한동안 흩어지게 되었다. 오틸리에는 고독 속에서 마음껏 울어볼 수 있는 공간을 발견했다. 그 어떤 암울한 고통도 지금 이처럼 명료하게 떠오르는 생각보다 더 폭력적으로 그녀를 엄습한 적은 없었다. 한번 고통을 겪게 되면 스스로 계속해서 그런 고통을 찾아내곤 하는 사람처럼, 그녀도 이러한 명료함을 더욱더 명료하게 만들려고 애썼다.

그녀는 에두아르트의 처지가 너무도 힘들고 불쌍하게 생각되어서 무슨 수를 쓰더라도 그를 다시 샤를로테와 결합시키고, 자신의 고통과 사랑은 어느 고요한 곳에 묻어 버리고, 무슨 일이라도 하면서 그 고통을 덜어야겠다는 결심을 하기에 이르렀다.

영국 귀족의 동행인은 분별력 있고 침착한 성격인데다 뛰어난 관찰력의 소유자였으므로, 이 이야기의 어떤 부분이 실수였는지를 알아챘고, 여성들의 상황이 지금 이야기된 상황과 비슷하다는 것을 귀족친구에게 알려 주었다. 이 친구는 이 집안의 사정을 전혀 모르고 있었던 것이다. 그러나 동행인으로 말할 것 같으면, 여행하면서 겪게 되는 사건 중에서도 자연적인 관계와 인위적인 관계, 법칙적인 것과 법칙적이지 않은 것, 이성 내지 오성과 열정 내지 편견의 갈등과 같은 것에서 일어나는 특별한 사건에 관심이 많다 보니, 여기 와서도 얼마 지나지 않아 그동안 이 집안에 어떤 일이 벌어졌는지, 그리고 지금은 이떤 일이 벌이지고 있는지도 다 알아내고 있었던 것이다.

영국귀족으로서는 유감이었지만 그 때문에 당황하지는 않았다. 어쩌다 그런 경우를 겪는 것까지 피하려면 사람들이 모인 곳에서는 완전히 입을 다물어야 할 터이니 말이다. 사실 중요한 언급뿐만 아니라 아주 사소한 말도 잘못할 경우에는 그 자리에 있는 사람들을 당황하게 할 수 있는 것이다.

"오늘 저녁에는 실수를 만회해 봅시다." 영국귀족이 말했다. "그래서 일반적인 이야기는 하지 말기로 하지요. 그 대신 당신이 이 모임의 분위기에도 맞고 나름대로 의미도 있는 일화나 이야기 같은 것들을 많이 들려주도록 하세요. 당신은 이번 여행을 하면서 그런 이야기를 잔뜩 기록도 해놓고 기억도 하고 있지 않습니까!"

그러나 이방인들이 이번에는 위험하지 않은 이야기로 여성들을 즐겁게 해주려던 이 최선의 계획도 성공하지 않았다. 왜냐하면 그 동행인은 이런저런 별난 이야기들, 의미심장하고 즐거우면서도 감동적이고 보람있는 이야기들로 여성들의 시선을 끌면서 관심을 극도로 고조시킨 후에 조금 별나기는 하지만 조금 더 부드러운 어떤 이야기로 마무리하려고 했던 것인데, 이 이야기야말로 듣는 사람에겐 얼마나 낯익은 이야기인 줄을 알지 못했던 것이다.

놀라운 이웃아이들 — 노벨레[2]

이웃해 있는 유력한 가문의 두 아이, 언젠가 배필이 되기에 어울릴 나이의 소년과 소녀가 전도양양한 환경에서 함께 자라고 있었다. 양쪽 부모는 장차 이 둘이 맺어지기를 바랐다. 그러나 사람들은 얼마 되지 않아 그런 기대는 잘못이었음을 감지했다. 소년과 소녀 모두 뛰어난 인물이었지만 두 사람 사이에는 희귀할 정도의 적대감이 자라고 있었기 때문이다. 어쩌면 이 둘은 서로 너무 닮아 있었는지도 모른다. 둘 다 내향적인 성격에 하고자 하는 바가 분명했고, 계획도 확고했다. 각자는 다른 놀이 동무들로부터 사랑과 존경을 받았다. 그러나 둘이 함께 있으면 서로 원수가 되었다. 혼자일 때는 항상 건설적이다가도, 둘이 만나면 서로에게 파괴적이었다. 한 목표를 향해 경쟁하지는 않았지만 한 가지 목표물을 차지하기 위해서라면 그 둘은 항상 싸웠다. 아주 착하고 사랑스러운 성격이었다가, 둘이 서로 관련되면 너무나 증오로 가득하고 못된 성격의 소유자로 변해 버렸다.

이 희한한 관계는 이미 어린 시절에 놀이하면서도 나타났지만, 나이를 먹어 가면서 점점 더 뚜렷해졌다. 소년들이 전쟁놀이를 하고 편을 갈라 서로 싸우는 것을 좋아하듯 고집스럽고 용감한 소녀도 한번은 어느 부대의 선두에 서서 상대와 싸우면서 어찌나 힘세고 무자비하게 싸웠던지, 만일 그녀의 유일한 적대자였던 소년이 아주 용감한 태도로 마침내 그녀의 무기를 빼앗고 붙잡아 놓지 않았다면 이 부대는 수치스러울 정도로 패배해서 달아났을 것이다. 그러나 그녀가 여전히 드세게 저항했으므로, 그는 자신의

2 단편 소설과 비슷한 독일문학의 장르 명칭. '전대미문의 사건'을 중심으로 이야기가 전개된다는 것이 노벨레 고유의 특색이다.

눈을 보전하고 적에게도 상처를 입히지 않기 위해 자기 비단 목도리를 찢어 내어 그녀의 두 손을 등 뒤로 묶어 놓지 않으면 안 되었다.

그녀는 그가 이렇게 한 것을 절대로 용서하지 않았다. 실제로 그녀는 여러 번 그에게 상처를 입히려고 남몰래 준비해서 그를 공격하곤 했다. 부모들도 이 희귀한 열정을 이미 오래전부터 주목해 왔던 터라, 서로 의견을 나누었다. 그리고 이 적대적인 두 인물을 떼어 놓고 예전에 가졌던 사랑스러운 희망도 포기하는 것으로 결정했다.

새로운 환경으로 옮긴 소년은 곧 두각을 나타냈다. 어떤 종류의 수업도 그에게는 효과가 나타났다. 후원자들의 생각이나 그의 취향을 고려해서 그는 군인이 되는 것으로 결정되었다. 그는 어디를 가건 사랑과 존경을 받았다. 그의 부지런한 천성이 이제는 다른 사람의 행복과 편안함을 위해서도 능력을 발휘하는 것 같았다. 그 자신도 분명하게 의식하지는 않았지만, 자연이 그에게 정해 주었던 그 유일한 적대자에게서 벗어나게 되어 내심 얼마나 행복한지 몰랐다.

갑자기 변화된 상황에 들어선 소녀는 그와 반대였다. 나이도 들고 교양도 쌓여 그렇기도 했지만, 그보다는 어떤 내적인 감정 때문에 그녀는 지금까지 소년들의 모임에서 같이 하곤 했던 격렬한 놀이에서 멀어졌다. 전체적으로 보면 그녀에게 뭔가가 결여된 것 같았다. 그녀 주위에는 그녀의 증오를 불러일으킬 만큼 가치 있는 것이 아무것도 없었던 것이다. 그녀는 아직 사랑할 만한 사람도 발견하지 못하고 있었다.

그녀의 예전 적대자보다 나이도 약간 많고, 지위도 있고 재산과 명망도 갖추어서 사람들로부터 사랑을 받고, 처녀들의 관심을 독차지하던 한 젊은이가 있었는데, 이 젊은이의 관심은 오로지 그녀에게 쏠려 있었다. 친구이자 연인이자 하인 역할을 하는 한 남자가 그녀에게 구애를 한 것은 이번이 처음이었다. 그녀는 자기보다 나이도 많고 교양도 많고, 더 빛나고 자신만만한 여자들도 있는데 그가 그런 여자들을 놔두고 자기를 택했다는 사실이 그저 좋을 뿐이었다. 그는 지속적으로 관심을 보내면서도 지나치게 친한 척하는 법도 없었고, 그녀가 우연히 이런저런 불쾌한 일을 겪을 때마다 진심으로 도와줬으며, 그녀가 아직은 너무 어려서 그녀의 부모에게 허락을 얻어낼 때도 분명하면서도 차분하고 희망찬 태도를 보여 주었다. 그래서 그녀도 그를 받아들였다. 인간이란 환경에 익숙해지기 마련이고, 세상이 그들의 관계를 기정사실처럼 여긴다는 사실도 그녀가 자신의 본마음을 속이는 데 일조했던 것이다. 그녀는 너무나 자주 약혼녀로 불리다 보니까 마침내 스스로도 자기를 약혼녀라 생각하게 되었고, 그녀건 다른 누구건 그렇게 오랫동안 약혼자로 간주하여온 사람과 그녀가 진짜로 반지를 교환하려면 앞으로 시험 하나가 더 필요할지도 모른다는 생각은 해보지 않았다.

이 모든 일이 서서히 진행되었고, 약혼 후에도 일을 서두르지 않았다. 양쪽 모두 일이 되어 가는 대로 놔두었다. 그들은 함께 살게 되는 것을 기뻐했고, 이 좋은 계절도 앞으로 더욱 진지해질 삶의 봄날에 불과하다는 듯이 그저 즐기고만 싶었다.

그동안 그녀와 헤어졌던 소년은 아주 훌륭히 자라, 인생의 목표로 정해 놓았던 단계에도 노력하여 올라가 있었다. 그리고 휴가를 받아 가족을 만나러 온 것이다. 매우 자연스러우면서도 묘한 느낌으로 그는 또다시 아름다운 이웃여인과 만났다. 그녀는 지난 세월 동안 얌전한 새 신부처럼 가정적인 여성으로 지내면서 자신을 둘러싼 모든 것과 화합을 이루고 있었다. 그녀는 자신이 행복하다고 생각했고 어떤 면에서는 실제로 그렇기도 했다. 그런데 이제 오랜만에 처음으로 그 무엇인가가 다시 그녀 앞에 마주 선 것이다. 그것은 이제 증오할 만한 그 무엇이 아니었다. 그녀는 이제 증오하는 능력도 상실했다. 사실 어린애다운 증오는 증오 대상에 뭔가 가치 있는 것이 들어 있음을 어렴풋하게나마 인식해야 생기는데, 이제는 그러한 증오가 아니라 놀라우면서도 반가운 느낌, 즐거운 마음으로 하게 되는 관찰, 기꺼이 상대방을 인정해 주는 마음, 상대에 대한 반쯤은 자발적이고 반쯤은 필연적인 관심이 나타났다. 그리고 이 모든 것은 상호적이었다. 오랫동안 못 봐온 터라 이야기도 비교적 오래 나눌 수 있었다. 심지어 옛날의 어린애다운 철없음에 대해서도 철이 든 두 사람은 추억처럼 떠올리며 농담할 정도였다. 그리고 그때의 유치한 증오에 대해서는 상호 우호적인 대접으로 서로에게 보상해 주어야만 할 것 같았고, 당시 심하게 오해했던 것도 이제부터는 서로 분명하게 가치를 인정해 주어서 풀어야만 할 것 같았다.

남자 쪽에서는 모든 것이 이성적이고 바람직한 상태로 머물러 있었다. 그의 신분, 그가 맺은 관계, 그의 노력, 그의 야심이 그를 정신없이 바쁘게 만들고 있어서, 아름다운 약혼녀의 친절함도 고마운 선물처럼 기분 좋게 받아들이긴 했지만, 그렇다고 해서 그녀가 자기와 특별한 관계라고 생각하거나 그녀를 그녀의 약혼자에게 넘겨주고 싶지 않을 정도는 아니었다. 덧붙이자면 그와 약혼자는 대단히 좋은 관계였다.

그러나 그녀는 사정이 전혀 달라 보였다. 그녀는 자기가 어떤 꿈을 꾸다가 깨어난 것 같았다. 그녀가 이웃 소년을 상대로 벌인 투쟁은 그녀로선 최초의 연정이었던 것이다. 그리고 그 격렬한 투쟁은 겉으로 보기에는 저항으로 보였으나 실은 격렬한 애정, 말하자면 타고난 애정이었다. 그녀 기억에도 자기가 항상 그를 사랑했다는 사실 외에는 달리 떠오르는 것도 없었다. 그 당시 손에 무기를 들고 그 적을 찾아다녔던 것을 생각하면 웃음이 나왔다.

그가 자기를 무장해제했을 때는 기분이 아주 좋았던 것 같았다. 그가 자기를 묶었을 때도 너무 행복해하지는 않았나 상상도 해보았다. 그러고 보니 자기가 그에게 상처를 입히고 기분 나쁘게 하려고 저질렀던 모든 일이 오로지 그의 관심을 끌어 보기 위한 순진한 행동이었던 것 같았다. 그녀는 그때 그와 헤어졌던 것을 저주했다. 자기가 잠에 빠져들었던 것을 애통해했고, 그 만성적인 몽상가적 습관을 저주했다. 이 습관 때문에 저 별볼일 없는 신랑감이 생길 수 있었던 것이다. 그녀는 변해 있었다. 앞을 보건, 뒤를 돌아보건 변해 있었다.

이런 감정을 그녀는 완전히 숨기고 있었지만 만일 누군가가 그 감정을 꺼내 그녀와 마음을 터놓고 이야기할 수 있었다면, 그도 그녀를 비난하지는 않았을 것이다. 그도 그럴 것이, 약혼자는 어느 모로 보건 이웃청년과 비교가 되지 않았다. 약혼자가 웬만큼 능력을 인정받는 편이라면, 그 이웃청년은 완벽한 신뢰를 불러일으키는 인물이었다. 약혼자가 같이 어울리고 싶은 정도의 사람이라면, 이웃청년은 동반자로 삼고 싶은 사람이었다. 더 높은 관심이 있는지, 그리고 더 특별한 경우에 대처할 능력이 있는지 등을 따져 본다면, 전자에게는 회의를 품었을 것이고, 후자에게는 전적인 확신이 들었을 것이다. 여성들은 대체로 이런 상황을 판단하는 데 특별한 감각을 타고났을 뿐 아니라, 그런 감각을 발전시킬 수 있는 이유나 계기도 갖고 있다.

아름다운 신부는 그런 생각을 혼자서 아무도 모르게 키워 나갔다. 그리고 누군가가 약혼자의 장점을 설명해 주거나, 상황이나 의무에 따라 하지 않으면 안 되는 것이 무엇인지, 이제 와서 바꿀 수도 없는 일이라 받아들이지 않으면 안 될 것 같은 일은 무엇인지 분명히 말해줄 기회도 점점 더 드물어져서, 그만큼 더 이 아름다운 여성의 마음은 한쪽으로 기울어 갔다. 한편으로는 세상과 가족, 약혼자,

그리고 약혼을 승낙한 사실에서 벗어날 수 없을 정도로 자신이 묶여 있다는 현실 때문에, 다른 한편으로는 점점 더 훌륭해지는 그 청년이 자신의 신념이나 계획, 전망 등을 조금도 숨기는 법 없이 이야기하고, 그녀를 대하는 태도도 그저 진실한 친구로서의 태도일 뿐 다정다감한 오빠 정도의 태도도 보여 주지 않고, 이제는 심지어 곧 떠날 거라는 말까지 하고 있다는 사실 때문에, 마치 그녀가 예전 어릴 적에 지녔던 못되고 난폭한 마음이 되살아나서 이제는 나이 든 상태에서 불쾌감으로 무장한 채 점점 더 심각하고 파괴적으로 작용하려는 것 같았다. 그녀는 죽음을 결심했다. 예전엔 증오했고 이제는 사랑하는 그 사람이 자신에게 무관심한 것을 벌하기 위해, 그리고 그를 소유할 수 없다면 적어도 그의 상상과 후회 속에서라도 그와 영원히 결합하기 위해서였다. 그는 그녀의 죽은 모습에서 헤어나지 못해야 하고, 자기가 그녀의 정념을 인정하지도, 알아내지도, 평가해 주지도 않은 것을 끝없이 후회해야 할 터였던 것이다.

이처럼 희한한 광기는 그녀가 어디를 가든 따라다녔다. 그녀는 이 광기를 온갖 형태로 숨기고 있었다. 설령 그녀의 행동이 이상하게 보였다 해도, 아무도 그 내적이고 참된 원인을 발견할 수 있을 만큼 주의력이 깊거나 똑똑하지 못했다.

그동안 친구와 친척, 지인들은 여러 가지 잔치를 준비하느라 지쳐 있었다. 거의 하루도 뭔가 새롭고 예기치 못한 일이 생기지 않고 지나간 적이 없었다. 이 지방의 아름다운 곳은 거의 죄다 장식되어 많은 잔치 손님을 환영할 준비가 되어 있었다. 우리의 젊은 청년도 고향을 떠나기 전에 할 일을 해놓아야겠다고 생각하고는 가까운 친척들을 물놀이에 초대하면서 약혼자 커플도 함께 불렀다. 사람들은 아름답고 잘 꾸며진 커다란 배에 올라탔다. 이 배는 작은 홀 하나와 방도 두어 개 갖추어서 물 위에서도 육지에서의 편안함을 누릴 수 있게 만든 요트 중 하나였다.

사람들은 큰 강 위에서 음악을 들으며 배를 몰았다. 더운 대낮이라 사람들은 아래층에 있는 선실에 모여 귀신놀이와 행운 잡기 놀이를 즐기고 있었다. 청년은 아무 일도 하지 않고 가만히 있지는 못하는 성미여서 키 앞에 앉아 선장 대신 키를 잡았고, 선장은 그 옆에서 잠이 들었다. 배는 마침 두 섬 사이로 들어서면서 강의 하단이 좁아지는 지점으로 다가가고 있었기 때문에 키잡이는 모든 주의를 기울여야 했다. 섬들 때문에 하상이 좁아지는데다, 자갈 기슭도 때로는 이쪽 때로는 저쪽에서 나타나면서 수로를 좁히고 있어서 위험수위도 높아지고 있었다. 신중하고 예리하게 상황을 관찰하던 키잡이도 여차하면 선장을 깨우고 싶을 정도였다. 그러나 청년은 용기를 내어 협로 쪽으로 배를 계속 몰아갔다. 그 순간, 그의 아름다운 적수였던 여성이 머리에 화관을 쓴 채 갑판 위에 나타났다. 그녀는 화관을 벗더니 키를 잡고 있는 사람을 향해 던졌다.

"기념으로 받아둬!"

"방해하지 마!" 그가 화관을 받으면서 그녀에게 외쳤다. "나는 지금 여기에만 완전히 정신을 집중해야 한단 말이야."

"앞으로는 나 때문에 방해받는 일은 없을 거야." 그녀가 외쳤다. "다시는 나를 보지 않게 될 테니까!"

그녀는 이 말을 하고 배의 앞부분으로 달려가더니 물속으로 뛰어들었다. 몇몇 목소리가 외쳤다. "사람 살려! 사람 살려요! 그녀가 물에 빠졌어요."

그는 너무도 놀라고 당황했다. 소음을 듣고 늙은 선장이 잠을 깬다. 선장이 키를 잡으려고 하고 젊은이는 그것을 건네주려고 한다. 그러나 키의 주도권을 바꿀 시간이 없다. 배는 가라앉고 있다. 바로 이 순간, 그가 성가신 옷가지들을 벗어던지면서 물속으로 뛰어내려 그 아름다운 적을 향해 헤엄치기 시작했다.

물은 물을 잘 알고 다룰 줄 아는 사람에게는 친절한 원소이다. 물은 그를 운반해 주었다. 그리고 능숙하게 수영할 줄 아는 젊은이는 물을 제압했다. 곧 그는 자신에게서 벗어나 있는 미인에게 도달했다. 그리하여 그녀를 붙잡고 옮겨가기 시작했다. 그러나 거센 강물은 두 사람 모두를 휩쓸고 내려갔다. 마침내 강변도 지나고, 섬들도 한참 지나고서야 강폭이 다시 넓어지면서 강물이 서서히 흐르기 시작했다. 그는 이제야 비로소 정신을 차렸다. 그리고 아무 생각 없이 그저 기계적으로 행동했던 처음의 위기상황에서 벗어나 기운도 회복했다. 그는 고개를 위로 향해 주위를 둘러보았다. 그리고 수심이 얕고 숲이 있는 한곳을 향해 있는 힘을 다해 팔을 내저으며 나아갔다. 그곳은 아늑한 평지가 강 쪽으로 비죽 나와 있었다. 그는 이곳에 이르자 그의 아름다운 포획물을 마른 땅 위에 눕혔다. 그러나 그녀에게서는 어떠한 생명의 숨결도 감지할 수 없었다. 그가 절망에 빠지고 있었을 때 사람들이 다닐 법한 길이 숲 쪽으로 나있는 광경이 그의 눈에 환히 들어왔다. 그는 다시 이 귀중한 짐을 몸에 걸머졌다. 곧이어 외딴 집 한 채를 발견하고 그곳으로 향했다. 그곳에 가보니 젊은 부부 한 쌍이 있었는데, 인심 좋은 사람들이었다. 청년은 어떤 불행과 위기가 있었는지 급히 이야기했다. 그들은 약간 생각해 보더니 그가 요구한 것들을 가져다주었다. 불이 환하게 밝혀졌다. 침상 위에는 양모로 된 담요를 깔고, 모피나 양모, 그 밖에 집안에 있는 것 중에서 몸을 따뜻하게 해줄 수 있는 것들도 신속하게 내왔다. 아름답고 반쯤 언 채로 벌거벗은 저 육체를 다시 소생시키기 위해서 할 수 있는 일은 전부 다 시도되었다. 시도는 성공했다. 그녀는 눈을 떴다. 친구를 알아보고는 그의 목을 아름다운 두 팔로 감았다. 그녀는 그런 모습으로 한동안 있었다. 그녀의 눈에는 눈물이 강물처럼 흘러내렸고, 이제는 그녀도 완전히 의식을 회복했다.

"나를 떠날 거니?" 그녀가 소리쳤다. "내가 다시 네 모습을 보게 되었으니까 나를 떠날 거니?"

"아니 결코" 그가 외쳤다. "결코 떠나지 않을 거야!"

그리고 그 자신도 자기가 무슨 말을 더 하고 무엇을 했는지를 알지 못했다.

"네 몸이나 잘 돌봐." 그가 덧붙였다. "몸을 돌보라고! 너를 생각해! 너와 나를 위해서."

그녀는 이제 자신을 의식하고는 비로소 자기가 어떤 모습인지를 감지했다. 자기가 사랑하는 사람이자 자기를 구해준 사람 앞에서 부끄러워할 수는 없었다. 그러나 그도 자신을 돌볼 수 있도록 그를 혼자 있게 해주고 싶었다. 왜냐하면 아직도 그가 입은 옷은 젖은 채 물을 뚝뚝 흘리고 있었기 때문이다.

젊은 부부는 서로 의논을 했다. 남자는 청년에게, 여자는 그 미인에게 결혼식 예복을 제공했다. 이 옷들은 아직도 이 젊은 남녀를 머리부터 발끝까지, 그리고 안에서 바깥쪽까지 뒤덮을 수 있을 정도로 완전한 상태로 걸려 있던 것이었다. 이 두 모험가는 어느새 옷을 다 입었을 뿐만 아니라 화장까지 했다. 그들은 너무도 사랑스럽게 보였다. 두 사람이 다시 마주했을 때는 서로가 놀란 눈으로 쳐다보았다. 그러고는 강렬한 애정을 느끼며, 서로의 분장에 대해서는 반쯤 미소를 지으며, 서로의 품으로 격하게 뛰어들었다. 청춘의 힘과 사랑의 활력이 그들을 금세 완전하게 회복시켜 놓았다. 그리고 음악만 있었다면 그들은 춤이라도 추었을 것이다.

물속에서 뭍으로, 죽음에서 삶으로, 가정의 울안에서 야생의 상태로, 절망에서 환희로, 무관심에서 애정으로, 애정에서 더 나아가 열정으로 바뀌어 가는 상황을, 그것도 한순간에 체험하는 이들의 심정이 어땠으랴 — 적어도 머리는 그것을 파악하기에 충분치 않을 것이다. 머리로 파악하려고 들었다가는 머리가 터지든가 돌아버리든가 할 것이다. 그러한 놀라움도 견뎌야 하는 것이라면 가슴이 최선을 다해야 하는 것이다.

그들은 이러한 상황에 완전히 넋이 빠졌다가, 한참이 지나서야 비로소 뒤에 남은 사람들이 느끼게 될 두려움과 걱정을 생각할 수 있었다. 그들은 사람들을 어떻게 다시 만나야 할지 생각하니, 스스로도 두려움과 걱정이 없을 수가 없었다.

"우리 도망갈까? 아니면 숨어 버릴까?" 청년이 말했다.

"함께 있어 보자." 그녀가 그의 목에 매달리며 말했다.

그들에게 난파한 배의 이야기를 들은 농부는 더 이상 캐묻지 않고 서둘러 강가로 갔다. 배는 다행히 물살을 가르며 오고 있었다. 사람들은 고생고생하면서 그것을 다시 가동시켰던 것이다. 실종된 사람들을 다시 찾게 되리라는 희망으로 정처 없이 배를 몰고 오는 중이었다. 농부가 소리도 치고 손짓도 하며 배에 탄 사람들의 주의를 끌고, 배가 정박하기에 유리한 장소를 향해 달려가며 계속 손짓하고 소리치자 배가 강변을 향해 방향을 바꿨다. 사람들이 배에서 내리는 광경은 실로 대단했다! 두 약혼자의 부모들이 맨 먼저 뭍으로 뛰어내렸다. 사랑에 빠진 약혼자는 거의 정신이 나가 있었다. 사랑하는 자식들이 구조되었다는 이야기를 듣는 순간, 자식들이 그 특이한 옷차림으로 숲에서 나타났다. 사람들은 이들이 완전히 가까이 다가오기 전까지는 알아보지도 못했다.

"아니 이게 누구야?" 어머니들이 외쳤다.

"아니 이건 뭔가?" 아버지들이 외쳤다.

구조된 사람들은 그들 앞에 엎드렸다.

"저희들입니다!" 그들이 대답했다. "한 쌍이 되었어요."

"용서해 주세요!" 소녀가 외쳤다.

"저희를 축복해 주세요!" 소년이 외쳤다.

온 세상이 놀란 나머지 말문이 막혔으므로, 두 사람은 이구동성으로 청했다. “저희를 축복해 주세요!”

“축복해 주세요!” 세 번째로 우레와 같은 소리가 터져 나왔다. 이러니 그 누가 축복을 내리지 않을 수 있었겠는가!

제 11 장

이야기를 하던 그 남자가 잠시 쉬었다. 아니 쉬었다기보다는 이야기를 빨리 끝내 버렸다. 샤를로테가 극도로 흥분해 있다는 사실을 감지하지 않을 수 없었기 때문이다. 실제로 그녀는 자리에서 일어나 묵례로 미안함을 표시하면서 방을 나갔다. 왜냐하면 그 이야기는 그녀도 알고 있었던 것으로, 대위와 한 이웃여자 사이에 실제로 일어난 일이었고, 이 영국인이 이야기한 것과 똑같지는 않으나, 그래도 주요 줄거리는 변한 것이 없고 몇몇 내용만 좀 더 다듬어지거나 덧붙여진 정도였다. 이런 변화는 그러한 이야기에서 흔히 나타나기 마련이다. 처음에는 많은 사람의 입을 거치고, 그다음엔 재치와 취향이 풍부한 이야기꾼의 환상을 거치면서 이야기들은 달라진다. 그리하여 대개 끝에 가서는 원래의 이야기에서 아무것도 남지 않게 되는 것이다.

오틸리에는 두 손님이 시키는 대로 샤를로테를 따라갔다. 이제는 영국귀족도 자신이 어쩌면 또다시 실수를 저질렀는지 모른다는, 뭔가 이 집안에서 잘 알려진 일이나 그와 비슷한 일에 대해 이야기한 것인지도 모른다는 생각이 들었다. "이거, 이제는 조심하지 않으면 안 되겠군요." 그가 말을 계속했다. "더 이상 폐를 끼치지 않도록 해야겠어요. 이곳은 우리에게 좋은 일과 편안함을 많이 누리게 해주는데, 우리는 여기 사는 여성들에게 별로 행복을 가져다주지 못하는 것 같으니 말입니다. 적당히 인사하고 떠나기로 합시다."

"말씀드려야 할 것이 있는데요." 동행인이 대답했다. "저를 이곳에 붙잡아 놓는 또 다른 이유가 있습니다. 그 일이 해명되고 더 자세한 내용을 알기 전에는 이 집을 떠나고 싶지가 않군요. 어제 우리가 그 휴대용 어둠상자를 들고 공원을 돌아다닐 때 당신은 실로 그림처럼 아름다운 풍경들을 찾아내는 일에 깊이 몰두하고 계셨기 때문에 옆에서 무슨 일이 벌어졌는지 모르셨을 겁니다. 당신은 큰길에서 벗어나 샛길로 들어가셨는데, 호숫가의 인적 드문 곳으로 가서 건너편의 매혹적인 풍광을 보기 위해서였겠죠. 그런데 우리와 함께 가고 있던 오틸리에가 그 자리에 멈춰서더니 더 이상 따라오지 않더군요. 자기는 나룻배로 그곳까지 갈 테니 허락해 달라는 것이었습니다. 저는 그녀와 함께 배에 올라타서 앉았습니다. 그리고 이 아름다운 처녀 뱃사공의 숙련된 솜씨를 즐기고 있었지요. 저는 그녀에게 이렇게 단언했습니다. 스위스는 가장 매력적인 소녀들도 뱃사공을 대신해서 노를 젓는 곳인데, 스위스 여행 이후로 지금처럼 편안하게 파도 위에서 흔들려본 적은 없다고 말이지요. 하지만 그녀가 왜 옆길로 들어서는 것을 거부했는지 물어보지 않을 수 없었습니다. 그 길을 피하려는 그녀의 태도에는 실제로 뭔가 겁에 질린 듯한 당황함이 배어 있었거든요. '저를 굉장히 비웃지만 않으신다면' 하고 그녀가 친절하게 대답하더군요. '어느 정도는 제 사정을 알려드릴 수 있어요. 비록 저 자신도 알 수 없는 어떤 비밀이 지배하고 있기는 하지만 말예요. 저는 어떤 샛길만 들어섰다 하면 매번 그때마다, 아주 독특한 전율에 사로잡히곤 했어요. 왜 그런지는 저 스스로도 설명할 수가 없어요. 그래서 저 자신이 그런 감정에 빠지게 될 것 같은 상황에서는 차라리 그런 상황을 피하려고 해요. 그리고 그런 곳에 있으면 당장 왼쪽에 두통이 생기기 때문에도 더욱 그렇고요. 두통은 평소에도 가끔 시달리긴 하지만요.' 우리는 배에서 내렸고, 오틸리에는 당신과 이야기를 했지요. 그동안 저는 그녀가 멀리서 분명하게 가리킨 그 장소를 조사하고 있었습니다. 그런데 제가 얼마나 놀랐는지 아십니까? 그곳에서 너무나도 뚜렷한 석탄의 흔적을 발견했으니 말입니다. 조금만 더 깊이 파보면 땅속에 있는 석탄 산지를 발견할 수 있겠다는 확신도 할 수 있었습니다.

죄송합니다만, 당신이 웃으시는 걸 보니, 당신 스스로는 이런 것을 믿지 않으시지만, 제기 그것에 대해 열정적인 관심이 있기 때문에, 현명하신 분으로서 그리고 친구의 입장에서 너그럽게 봐주시고 있다는 것을 잘 알겠습니다. 그래도 저는 그 아름다운 처녀에게 진자운동을[1] 시켜 보기 전에는 이곳과 작별하기 어려울 것 같습니다."

이 일이 논의될 때마다, 영국귀족은 그에 반대하는 근거를 다시 댔고, 동행인은 겸손하고 참을성 있게 그것을 받아들이다가도 결국에 가서는 자신의 견해와 소망을 고집하는 상황이 매번 반복되었다. 그는 그런 시도가 누구나 성공하는 것은 아니라는 이유 때문에 그 시도 자체를 포기할 필요는 없으며, 오히려 그래서 그만큼 더 진지하고 철저하게 조사해 봐야 한다고 거듭해서 설명했다. 비유기적인 물질 사이에, 비유기적인 물질과 유기적인 물질 사이에, 유기적인 물질들 상호간에 존재하는 여러 관계나 친화성에 대해 현재까지 알려진 바는 없지만, 그런 실험을 해보면 분명히 밝혀질 것이기 때문이라는 것이었다.

그는 항상 예쁜 상자에 넣어 가지고 다니는 금반지들과 철분, 백철광, 다른 금속 장치들을 어느새 펼쳐 놓고, 금속을 실에 매달아

1 진자운동(Pendelschwingungen)은 캄페티(Campetti)라는 이름의 사기꾼이 했던 실험이지만, 괴테가 높이 평가했던 물리학자 요한 빌헬름 리터(Johann Wilhelm Ritter, 1766-1810)도 시도한 적이 있다고 한다.

아래에 놓여 있는 금속 위로 드리우는 실험을 시작했다. "고소해하셔도 괜찮습니다." 그가 말했다. "당신 얼굴에 그렇게 써있네요. 결국 아무것도 움직이지 않을 테니 이 실험은 실패라고 생각하시는 거겠죠. 하지만 제 실험은 단지 구실일 뿐입니다. 숙녀분들이 돌아오시면 그분들은 우리가 어떤 기적 같은 일을 시작하려는가 하면서 호기심을 느낄 겁니다."

여성들이 돌아왔다. 샤를로테는 무슨 일이 벌어지고 있는지 금방 파악했다. "저는 이런 것들에 대해서 이야기는 많이 들었어요." 그녀가 말했다. "하지만 그 효과를 눈으로 본 적은 한 번도 없어요. 당신이 그렇게 모든 것을 잘 준비하셨으니, 그것이 나에게도 아무런 효과가 나타나지 않는 것인지 한번 테스트해 보고 싶네요."

그녀는 손에 그 실을 쥐었다. 그리고 그녀가 한 말은 진심이어서 그녀는 정서적인 동요도 보이지 않았고 움직이지도 않은 채 그것을 붙잡고 있었다. 그러나 조금의 미동도 느낄 수가 없었다. 그다음엔 오틸리에가 권유를 받았다. 그녀는 아래쪽에 놓여 있는 금속 위로 추를 좀 더 차분하고 스스럼없이 그리고 아무 생각 없이 드리우고 있었다. 그러나 바로 그 순간에 그때까지 흔들리고 있던 추가 결정적인 소용돌이 속으로 빨려들어가는 것 같더니 회전하는 것이었다. 밑에 깔린 것을 사람들이 이쪽으로 바꾸면 이쪽으로 돌고 저쪽으로 바꾸면 저쪽으로 돌고 하더니, 한번은 원을 그리면서 돌고, 다음엔 타원형을 그리면서 돌기도 하고, 또 펄쩍 뛰면서 직선으로 움직이기도 했다. 동행인이 기대했던 바로 그대로 돌았다. 아니 그가 기대했던 바 이상으로 회전하는 것이었다.

영국 귀족도 너무 놀라 한동안 가만히 있었다. 그러나 동행인은 의욕도 있고 호기심도 나서 끝낼 줄을 몰랐다. 계속해서 그 실험을 반복하고 여러 가지로 변화시켜봐 달라고 부탁하는 것이었다. 오틸리에는 너무 착해서 그가 요구하는 대로 하다가 마침내 자기를 보내 달라고 부드럽게 간청했다. 다시 두통이 와서라는 것이었다. 그는 이 말을 듣자 놀라고 심지어 황홀해하기까지 하더니만, 그녀가 자신의 치료법을 믿어만 준다면 그녀를 그 병에서 확실히 낫게 해주고 싶다고 힘주어 말하는 것이었다. 사람들은 한순간 무슨 영문인지 몰랐다. 그러나 지금 그 말이 무엇을 의미하는지[2] 금방 눈치챈 샤를로테는 그 선의의 부탁을 거절했다. 그녀는 자기가 항상 우려해 왔던 일이 자기 주변에서 일어나는 것을 용인할 생각은 없었기 때문이다.

손님들이 떠났다. 그들이 별난 인상을 주고 가기는 했지만, 남은 사람들은 어디선가 또다시 그들을 만나보고 싶기도 했다. 샤를로테는 이제 이웃에게 답례 방문을 하면서 아름다운 나날을 보냈다. 정말 관심이 있어서 그런 사람도 있고 단지 습관 때문에 그런 사람도 있었지만, 하여간 그 지방 전체가 열심히 그녀를 걱정해 주었기 때문에 답례방문도 도저히 끝날 것 같지 않았다. 집에서는 아이를 보는 것이 그녀에게 활기를 불어넣어 주었다. 이 아이는 확실히 모든 면에서 사랑과 관심을 받을 만한 아이였다. 이 아이는 놀라운 아이, 정말로 기적적인 아이 같았다. 몸의 크기, 골격 균형, 힘, 건강, 어느 모로 보건 간에 이 아이는 보는 사람에게 커다란 기쁨이었다. 그리고 이보다 훨씬 더 놀라운 것은 앞서 말한 것처럼 이중적인 닮음이었다. 게다가 이러한 특징은 점점 더 강해지고 있었다. 얼굴 특징이나 전체적인 형태는 점점 더 대위를 닮아 갔고, 두 눈은 점점 더 오틸리에의 눈과 구별하기가 어렵게 되어 갔다.

오틸리에는 이처럼 별난 친화력 때문에 아이에게 끌리기도 했지만, 그보다 더 큰 이유는 자기가 사랑하는 남자의 아이는 그 아이가 비록 다른 여자와의 사이에서 태어난 아이라 할지라도 부드러운

2 당시 격렬한 논쟁의 대상이 되었던 최면 요법을 의미한다. 이 요법을 창시했던 메스머(Franz Mesmer, 1733-1815)의 이름을 따서 메스머주의(Mesmerismus)라고도 한다.

애정으로 감싸 안게 되는 여성들의 아름다운 심성 때문이었다. 그리하여 오틸리에는 이 자라나는 피조물에게 어머니처럼 되고 있었다. 아니, 그냥 어머니라기보다는 또 다른 종류의 어머니처럼 되고 있었다는 것이 더 맞는 말일 것이다. 샤를로테가 자리에 없을 때면, 오틸리에는 아이와 유모만을 데리고 있었다. 나니는 언제부터인가 자기 여주인이 이 아이에게만 애정을 쏟는 것 같아 아이에게 질투가 난 나머지 고집을 부리며 그녀와 거리를 두다가 아예 자기 부모에게 돌아가고 말았다. 오틸리에는 지속적으로 아이가 시원한 바깥 공기를 쐬도록 데리고 다녔고, 그러면서 점점 더 멀리 산책하는 것에 익숙해져 갔다. 그녀는 아기가 먹을 것이 필요할 때 주려고 항상 우유병을 가지고 다녔다. 그럴 때면 대개 책도 한 권 같이 가져갔다. 그리하여 그녀는 아이를 팔에 안고 책을 읽는 모습으로 산책하면서 정말로 우아한 생각에 잠긴 펜제로자[3]의 모습을 보여 주었다.

3 Penserosa. '생각이 많은', '깊이 생각하는'과 같은 의미의 이탈리아어 'pensieroso'에서 차용된 독일어. 당시 회화나 문학에서 자주 등장하는 소재였다.

제 12 장

전쟁의 주목적은 달성되었고, 에두아르트는 훈장을 가득 단 모습으로 영광스럽게 제대했다. 그는 즉시 작은 정원으로 향했고, 이곳에서 가족 소식을 들었다. 가족들은 눈치채지도, 알지도 못했지만, 그는 사람을 시켜 가족을 자세히 관찰하게 했던 것이다. 그의 조용한 거처는 매우 살기 편한 곳이었다. 사람들이 그의 지시대로 그동안 여러 가지를 설치하고 개선해 놓았기 때문에, 시설이나 주위 환경이 폭이나 규모는 작아도 편하고 당장 사용할 수 있는 것들로 보완되어 있었다.

신속하게 추진되어야 하는 생활 속에서 단호한 조처를 하는 데 익숙해 있던 에두아르트는 그동안 충분히 오랫동안 숙고해온 일을 이제는 실행하기로 마음먹었다. 우선 소령[1]을 불러들였다. 재회의 기쁨은 컸다. 죽마고우나 한 핏줄이라는 사실이 지니는 강한 장점은 어떤 종류의 혼동과 오해가 생기더라도 결코 그 관계가 근본적으로 손상되지는 않으며 어느 정도 시간이 지나면 옛날 관계로 다시 회복한다는 것이다.

에두아르트는 친구를 반갑게 맞아들이고 나서 현재 처지가 어떤지를 물었고, 바라던 대로 행운이 따라주어 처지가 나아졌다는

[1] 예전의 대위는 그동안 소령으로 승진했다.

이야기를 들었다. 그러자 에두아르트는 반은 농담처럼 혹시 좋은 혼담이 오가고 있는 것은 아닌지 은근히 물어보았다. 그 친구는 의미심장하게 진지한 표정을 지으며 그렇지는 않다고 했다.

"나는 뭔가를 숨기고 있는 성질도 못 되고 또 그래서도 안 되는 사람이야." 에두아르트가 이야기를 계속했다. "내 생각과 계획을 자네에게 바로 털어놓아야겠어. 자네는 오틸리에와 나의 관계를 알고 있지. 그리고 나를 전쟁터로 밀어넣은 것이 그녀 때문이었다는 것도 오래전에 파악했겠지. 나는 삶을 포기하고 싶었다는 것도 부인하지 않겠어. 그녀가 없는 삶이란 내게 아무런 가치도 없었으니까. 하지만 정말로 완전히 포기하겠다는 용기는 차마 낼 수 없었다는 사실은 고백하지 않을 수 없어. 그녀와 함께 있을 때의 행복이 매우 아름답고 아주 마음에 들어서 그것을 완전히 포기한다는 것이 나로선 불가능했거든. 내게 위안이 되는 사실도 약간 알게 되었고 긍정적인 조짐도 여러 가지 있었어. 그 때문에 그녀가 내 것이 될 수도 있다는 신념, 아니지, 망상이라고 해야겠지, 그게 점점 더 강해졌던 것이지. 우리 이름의 이니셜이 새겨진 어떤 유리잔은 정초식이 있던 날 공중으로 던져졌는데도 깨지지를 않았어. 누군가가 그것을 받았거든. 그리고 내 손으로 들어왔지. 나는 이 고독한 장소에서 수많은 절망의 시간을 보내던 시절에 스스로 이렇게 외치곤 했어. '그렇다면 나는 그 유리잔이 아니라 나 자신을 표지로 삼아 우리의 결합이 가능한 것인지를 알아보겠다. 나는 떠날 것이다. 그리고 죽음의 장소들을 찾아다닐 것이다. 하지만 죽음의 여행자로서가 아니라 살아남기를 바라는 사람으로서 그렇게 할 것이다. 오틸리에는 나의 투쟁에 대한 대가가 될 것이다. 그녀는 내가 어떤 적과 싸우라는 전투명령을 받건, 어떤 참호에 있건, 어떤 요새에 포위되건 간에 내가 얻으려고, 아니 정복하려고 하는 대상이 될 것이다. 나는 오틸리에를 얻고 말겠다는, 그녀를 절대 잃지 않겠다는 뜻에서 나 자신도 다치지 않고 살아남겠다는 희망을 품으며 기적을 이뤄낼 것이다.' 이러한 감정들이 나를 인도해 왔고, 어디를 가든 내 편이 되어 주었어. 하지만 이제는 나도 정해 놓은 목표에 도달했다고 생각해. 모든 장애물도 극복했고 더 이상 방해하는 요인도 없어. 오틸리에는 내 것이야. 이러한 생각과 실천 사이에는 여전히 간극이 있을 수 있겠지만 그런 것은 조금도 중요치 않다고 봐."

"자네는 말이야" 소령이 대답했다. "사람들이 자네에게 제기할 수 있고 또 제기해야 되는 반론들을 미리부터 간단하게 제거하는군. 그래도 나는 반론을 되풀이할 수밖에 없어. 자네와 자네 부인과의 관계가 정말로 어떤 가치를 가지는지에 대해 다시 생각해 보는 일은 전적으로 자네에게 맡기겠어. 하지만 그 일을 무시하면 안 된다는 것은 자네가 자네 부인에게 빚지고 있는 것이나 마찬가지고, 자네 자신에게도 빚지고 있는 거야. 나는 자네들한테 아들이 하나 있다는 사실을 생각할 때마다 항상 분명하게 말할 수밖에 없는 게 있어. 자네들은 서로가 서로에게 영원히 속한다는 것, 자네들은 그 아이를 위해서라도 함께 살아야 할 의무가 있다는 거야. 그래야 자네들이 함께 그 아이의 교육과 미래의 행복을 위해 걱정해줄 수 있을 테니까 말이야."

"그건 단지 부모들의 착각일 뿐이야." 에두아르트가 대답했다. "자기들 존재가 아이를 위해 필요하다고 상상하는 것은 말이야. 살아있는 것은 무엇이든지 자기에게 필요한 양분과 도움을 발견하게 돼있어. 그리고 어떤 아들이 아버지가 일찍 죽어서 유년 시절이 편하고 유익하지 못했다면, 어쩌면 그 때문에 그 아이는 다른 사람과 잘 어울리지 않으면 안 된다고 하는 사실을 미리 배우게 되는 거야. 그것이야말로 사회생활에 필요한 교양인 동시에 우리 인간이 모두 조만간 배우게 될 사실이니까 말이야. 그런데 지금 이 이야기를 하자는 것은 아니지. 우리는 여러 아이를 키울 만큼 충분히 돈이 있는 사람이야. 그리고 그렇게 많은 재산을 단 한 아이를 위해서만 쌓아 올린다는 것은 결코 우리 의무도 아니고, 잘하는 짓이라고 볼 수도 없어."

소령이 샤를로테의 가치에 대해서, 그리고 에두아르트가 오랫동안 유지해온 그녀와의 관계에 대해서 간단하게 암시라도 해보려는 순간에 에두아르트가 황급히 말을 막으며 말했다. "우리가 어리석은 짓을 저질렀다는 것은 나도 잘 알아. 예전 어린 시절에 가졌던 소원이나 희망을 나이 들어서 실현해 보려고 하면 항상 자신을 기만하게 되어 있지. 인간에게는 십 년 단위로 그때그때에 걸맞은 행복과 희망, 전망이 있는 건데 말이야. 그런데도 상황에 의해서만 또는 망상에 빠졌을 때만 어쩔 수 없이 앞으로 나아가거나 뒤로 물러나는 인간들은 참으로 불행한 거야! 과거에 어리석은 짓을 한 가지 저질렀다고 해서 그것을 평생 유지해야 한다는 법이라도 있나? 시대 관습적으로도 허용되는 일인데, 우리 스스로 그 어떤 우려 때문에 그것을 삼가야 할 필요가 있을까? 살다 보면 원래의 계획이나 행동을 철회하는 경우도 정말 많아. 하지만 바로 지금 같은 경우엔 그래서는 안 되는 거야. 지금은 개별적인 사건이 아니라 전체가 문제되는 시점이기 때문에 그래. 다시 말해 삶의 이러저러한 조건들이 아니라 복잡다단한 삶 전체가 문제되고 있는 시점이란 말이야!"

소령도 에두아르트에게 부인과의 관계, 가족과의 관계, 세상과의 관계, 재산과의 관계 등, 그가 맺고 있는 여러 가지 다양한 관계들을 분명하면서도 요령 있게 거론했다. 그러나 그 어떤 공감도 불러일으키지 못했다.

"자네니까 하는 이야긴데, 그런 것들은" 에두아르트가 말했다. "전부 내 영혼을 거쳐 지나간 것들이야. 소용돌이치는 전쟁의 한복판에서 말이야. 대지는 멈추지 않는 포격소리에 흔들리고, 탄알은

윙윙거리며 휙휙 날아다니고, 좌우에선 동지들이 죽어갔어. 내가 탄 말이 총에 맞았고, 내 모자엔 구멍이 뚫렸어. 별들이 가득한 둥근 하늘 아래서 야전 포화가 일어나는데 눈앞이 어른어른해지더라고. 그러면서 내가 마음으로 맺어온 관계들이 내 영혼 앞에 보이더군. 나는 그 관계들을 철저히 생각했고, 철저히 느꼈어. 그런 것들에 순응하기로 했고 운명으로 받아들이기로 했어. 그것도 여러 번 거듭해서 되풀이했어. 이제는 영원히 그렇게 되겠지만.

그 순간에는 — 자네한테 이 이야기를 하지 않고 넘어가기가 힘들군 — 자네도 그 자리에 나타났어. 자네도 나의 가족이었다는 것이지. 우리는 이미 오래전부터 서로가 서로에게 속하는 존재였잖아? 내가 자네한테 뭔가 빚진 게 있다면 이제는 내가 그것에 이자를 붙여서 갚을 차례가 된 거고, 자네가 빚진 게 있다면, 자네도 알다시피 자네는 그것을 갚을 수 있어. 자네가 샤를로테를 사랑하고 있다는 것을 나는 알아. 그리고 그녀가 자네의 가치를 알아보지 못하리라는 법도 없단 말이야! 자네는 내 손에서 그녀를 데려가고 오틸리에를 내게 데려오도록 해! 그러면 우리는 이 지구상에서 가장 행복한 인간이 되는 거야."

"자네가 그처럼 고귀한 선물로 나를 매수하려 들기 때문에" 소령이 대답했다. "나로선 그만큼 더 조심하고 엄격해지지 않을 수 없군. 그 제안에 대해서 나도 마음속으로는 존경하는 바이지만, 그 제안이 사태를 해결해 준다기보다는 오히려 어렵게 만들 것 같거든. 자네 이야기가 나오는가 싶더니 내 이야기도 나오고, 운명에 대해 이야기를 하다가 우리 두 사람의 좋은 평판이나 명예에 대한 이야기까지도 나왔어. 우리 둘은 지금까지 욕먹지 않고 살아왔는데, 이 놀라운 행동 때문에 — 달리 표현할 수 없어서 놀라운 행동이라고 하는 거야 — 세상 사람들에게 몹시 희한한 인간처럼 보일 위험에 처하게 된 거야."

"우리가 욕먹지 않고 살아왔다는 바로 그 사실이야말로" 에두아르트가 대답했다. "우리도 한 번쯤은 욕먹고 살아도 될 권리를 주는 거야. 평생 믿을 만한 사람임을 입증하며 살아온 사람이라면 어떤 행동이든 믿을 만한 방식으로 하게 되잖아. 그런데 이것이 다른 사람 보기에는 이중적인 의미로 보일 수도 있겠지. 나에 대해 말하자면, 나는 나 스스로 부과한 마지막 시험들을 거쳤기 때문에, 그리고 그 어렵고 위험한 행동을 한 것은 다른 사람을 위해서였기 때문에, 이제는 나를 위해서도 뭔가 할 수 있는 자격이 생겼다고 생각해. 자네와 샤를로테에 대해 말하자면, 그것은 미래에 맡겨 두겠어. 하지만 내가 나의 계획을 실행하는 것은 자네건, 그 누구건, 막지 못할 거야. 사람들이 내게 손을 내밀겠다면 나도 다시 모든 사람을 친절하게 대하는 사람이 되겠지. 하지만 나를 못 본 체하거나 심지어 나에게 맞서겠다고 한다면 어떤 극단적인 상황이 생겨날 수밖에 없을 거야. 될 대로 되는 것이지."

소령은 에두아르트의 계획을 될 수 있는 한 오래 실행하지 못하도록 하는 것이 자기 의무라고 생각했다. 그리하여 현명하게 화제를 바꾸면서 자신은 마치 에두아르트의 생각에 승복하는 듯한 태도를 보였다. 그러고는 그처럼 이 사람과 헤어지고 저 사람과 결합하려면 어떤 형식과 어떤 일처리 과정을 거쳐야 할 것인지를 계속 화제로 삼았다. 그러자 여러 가지로 불쾌하고, 어렵고, 부적절한 상황에 직면하게 되리라는 것이 분명해졌고, 에두아르트는 극도로 기분이 나빠졌다.

"잘 알겠네." 에두아르트가 마침내 외쳤다. "적에게서뿐 아니라 친구에게서도 우리가 원하는 것은 강력히 쟁취하지 않으면 안 된다는 걸 말이야. 나는 내가 원하는 것, 나로서는 필수불가결한 것을 주시하고 있어. 나는 그것을 붙잡을 거야. 그것도 분명히 조만간에, 그리고 신속하게 말이야. 그런 상황들이 생겨나든지 없어지든지

하려면 이제까지 서있던 것들이 여럿 쓰러지고 버티려던 것도 무너질 정도로 상황이 변해야 한다는 건 나도 잘 알아. 하지만 그 같은 것들을 생각만 한다고 해서 문제가 해결되는 것은 아니야. 이성 앞에서라야 모든 권리는 평등해지지. 저울추가 한쪽으로 올라가려 하면 항상 다시 균형이 잡히게 돼. 그러니까, 이봐, 나를 위해서, 그리고 자네를 위해서 행동해야겠다는 결심을 좀 해봐. 나와 자네를 위해서 이러한 상태를 해결하고 해소하고 새롭게 결합해야겠다는 결심을 하란 말이야! 어떤 상황에 대해 생각해 본답시고 하면서 행동을 미루지는 말란 말이지. 그렇지 않아도 우리는 이미 세상 사람들이 우리 이야기를 하도록 만들어 놓은 사람들이야. 세상은 또 한 번 우리 이야기를 하겠지. 그러고는 더 이상 새롭지 않은 다른 모든 것과 마찬가지로 우리에 대해서도 잊어버릴 것이고 우리가 능력껏 하도록 내버려둘 거야. 더 이상 우리에게 관심을 가지지 않으면서 말이야."

소령으로서는 더 이상의 출구가 없었다. 결국 에두아르트가 단호한 태도로 이번 일을 이미 알려진 기정사실처럼 다루면서 앞으로 모든 일을 어떻게 하면 좋을지 하나하나 따져 가면서 이야기하고 미래에 대한 전망도 대단히 유쾌하게, 심지어 농담까지 해가면서 장황하게 늘어놓는 것을 두고 보는 수밖엔 별도리가 없었다.

에두아르트는 자기 이야기를 하고 나서도 다시 진지한 표정으로 이것저것 생각하면서 말을 계속했다. "만일 우리가 아무 일도 안 하면서 그저 모든 것이 저절로 다시 잘되겠지, 우연에 이끌려 가다 보면 뭔가 유리한 기회가 만들어지겠지, 하는 식의 희망이나 기대만 하고 있다면 그것이야말로 잘못된 자기기만일 거야. 그런 방식으로는 우리 자신을 구원할 수도 없고 어떤 의미에서건 평화를 회복할 수도 없어. 그 모든 일이 내 잘못 때문은 아니지만 결국은 내 책임인데, 내가 어떻게 가만히 있을 수 있겠나! 내가 급하게 몰아댔기 때문에 샤를로테도 자네를 우리 집에 오게 한 것이고, 오틸리에도 그런 변화의 결과로 우리 집에 오게 된 거잖아. 그로 인해 생겨난 일에 대해선 우리도 더 이상 통제할 수 없어. 하지만 이 상황이 위험한 방향으로 흐르지 않도록 하면서 우리 모두 행복해지는 방향으로 나아가도록 조절할 수는 있지. 내가 우리 앞날을 아름답고 좋은 방향으로 생각하는 것이 자네로서는 껄끄러울 수 있어. 자네는 나에게, 아니 우리 모두에게, 슬프지만 체념해야 한다고 말하고 싶을 거야. 그렇게 하는 것이 가능하다고 생각하는 한, 아니 그것이 가능하기만 하다면 말이지. 그렇지만 우리가 예전 상태로 돌아가기로 작정한다고 해서 상황이 달라질까? 그렇게 한다고 해서 뭔가 좋고 즐거운 결과가 생기는 것도 아닌데, 여러 가지 부적절하고 불편하고 화가 나는 것을 무작정 참겠다고만 해서 상황이 달라지는가 말이야. 자네가 지금 행복하다고 하지만 그 상태가 정말로 자네에게 기쁨을 주게 될까? 나를 방문하거나 나와 함께 사는 것이 힘들어지는데도? 이미 벌어진 일만 가지고 보더라도 상황은 점점 더 난감해질 거야. 샤를로테와 나는 그 많은 재산을 가지고도 서글픈 처지가 되겠지. 세상 사람들이 그렇게 말하듯이 자네도 세월이 지나고 떨어져 살다 보면 그런 감정도 무뎌지고, 그토록 깊이 새겨진 흔적들도 사라지기 마련이라고 생각하고 싶을지도 모르겠지만, 그 세월을 고통과 결핍 속에서가 아니라, 기쁨과 편안함 속에서 보내고 싶다는 생각도 마찬가지로 할 수 있는 거야. 자, 그러니 이제는 가장 중요한 사실을 이야기해 보는 게 어때? 우리 두 사람이야 안팎의 사정을 고려하면서 이 상황을 지켜볼 수 있다고 치자. 그런데 오틸리에는 어떻게 되지? 우리 집에서 나가야 할 거야. 우리가 보살펴줄 수 있는 모임에 참여하지도 못하겠지. 흉흉하고 차가운 세상에서 불쌍한 모습으로 여기저기 떠돌아다녀야 하겠지! 오틸리에가 나 없이, 우리 없이도 행복하게 살 수 있는 상황을 한 가지만이라도 댈 수 있다면, 그것이야말로 다른 어떤 논거보다 강한 논거가 될 거야. 자네가 그럴 수만 있다면, 설령 나 자신은 그것을 인정할 수 없고 그런 생각에 굴복할 수 없다 하더라도, 정말로 기꺼이 그 문제를 새로운 마음으로 생각해 보겠어."

이 문제는 그렇게 쉽게 해결될 수 있는 것은 아니었다. 적어도 이 친구에게는 어떤 만족할 만한 대답도 떠오르지 않았다. 그로서는 그 모든 계획이 얼마나 염려되는 일인지, 그리고 여러 면에서 얼마나 위험한 일인지에 대해서, 적어도 그 일을 어떻게 착수해야 할 것인지라도 철저히 생각해야 함을 거듭 지적하는 것 외에는 달리 할 수 있는 말이 없었다. 에두아르트는 친구의 말을 받아들이기는 했지만, 조건을 하나 달았다. 두 사람이 이 일에 대해 완전히 의견을 일치시키고 나서 그에 따라 최초의 발걸음을 내딛기 전에는 친구가 자기를 떠나면 안 된다는 것이었다.

제 13 장

서로 간에 전혀 모르고 피차 각자의 삶을 살아가면 그만인 사람들일지라도 한동안 같이 살다 보면 내면의 생각을 주거니 받거니 교감하게 되고, 그리하여 뭔가 속내를 털어놓아도 될 것 같은 분위기가 생기기 마련이다. 그렇다면 당연히 우리의 두 친구도, 다시 이웃해 살면서 매일 매시간 어울렸으니, 서로 숨길 만한 이야기는 아무것도 없게 되었으리라는 것은 기대해도 좋을 것이다. 그들은 옛 시절에 대한 기억들을 곱씹었고, 그 와중에 소령이 털어놓은 이야기에 따르면, 에두아르트가 여행에서 돌아왔을 때 샤를로테는 에두아르트와 오틸리에를 사귀게 해서 그 아름다운 아이를 에두아르트에게 시집 보내볼까 했다는 것이었다. 이 사실을 알고는 거의 정신이 혼미해질 지경으로 황홀해진 에두아르트도 주저하지 않고 샤를로테와 소령 서로간의 애정에 대한 이야기를 꺼냈다. 이러한 애정이야말로 에두아르트의 입장에서는 더할 나위 없이 위안이 되고 유리하게 보였던 만큼이나 열심히 윤색해 가며 자신의 상상을 생생하게 이야기했던 것이다.

소령은 그 사실을 전적으로 부인하기도 뭣하고 전적으로 인정하기도 뭣했다. 그러나 에두아르트는 점점 더 그것을 확신하고 단정지어 갔다. 그는 그 모든 이야기를 그럴 수 있는 정도가 아니라 기정사실화하고 있었다. 모든 단편들은 그들이 원하는 바에 따라 적절히 집어넣기만 하면 되었다. 이혼은 확실히 성사되어야 하고, 그 뒤를 이어 곧 새로운 결합도 생겨나야 하므로 자신은 오틸리에와 여행을 떠나겠다는 것이었다.

상상력을 동원해서 머릿속에 그려 보는 즐거운 일들 가운데 아마도 가장 매혹적인 것은, 사랑하는 사람들, 예컨대 젊은 부부가 그들의 새롭고 신선한 관계를 새롭고 신선한 세계에서 즐기면서 변화무쌍한 상황에서도 지속적인 결속이 가능한지 실험해 보며 확인해 나갈 수 있기를 희망하는 것 같은 경우가 아닐까. 그렇다면 에두아르트가 여행을 떠나 있는 동안 소령과 샤를로테는 무제한적인 전권을 가지고 소유와 재산, 현실적으로 바람직한 살림 장만에 관한 모든 것을 결정하고 준비하는 일, 모든 구성원이 만족할 수 있도록 올바르고 적절한 방식으로 그것들을 집안으로 들여놓는 일을 맡아야만 할 것이다. 그렇지만 에두아르트가 가장 의지하는 것, 가장 커다란 이익을 기대하는 것은 이러했다. 아이는 어머니 곁에 있어야 하기 때문에 소령이 이 아이를 교육하는 것, 즉 소령의 생각대로 인도하면서 아이 능력을 개발시켜 주는 것이었다. 아이의 세례식 때 두 사람 공통의 오토라는 이름을 그 아이에게 붙여준 것도 아무 의미가 없었던 것은 아니지 않으냐고도 했다.

에두아르트에게는 이 모든 것이 이미 성사된 것이나 마찬가지여서 이제는 단 하루라도 일의 진행을 미루고 싶지 않았다. 그들은 영지를 향해 가는 도중에 에두아르트 소유의 집이 한 채 있는 어느 작은 도시에 다다랐다. 그는 여기에 머물면서 소령이 돌아오는 것을 기다리고 있을 생각이었다. 그러나 그곳에 도착했을 때는 당장 말에서 내리고 싶지 않았기 때문에 말에 머물러 있다가 결국 내리지 않았다. 그리고 그 친구와 함께 그 지방을 좀 더 돌아다녔다. 그들은 둘 다 말을 타고 중요한 대화에 열중한 채 계속 나아갔다.

돌연 언덕 위에 서있는 새 집이 눈에 들어왔다. 이 집의 빨간 벽돌들이 처음으로 반짝이는 것도 보였다. 에두아르트에게 뿌리칠 수 없는 동경이 엄습했다. 오늘 저녁 안으로 모든 일이 처리되어야 할 것이다. 자신은 아주 가까운 마을에 숨어 있고, 소령은 사정을 샤를로테에게 시급히 알린 뒤에 그녀의 조심성이 발휘될 틈을 주지 말고 예기치 않은 결혼신청을 해서 그녀 생각을 털어놓도록 해야 한다. 왜냐하면 에두아르트는 자신이 바라는 바를 그녀의 처분에 맡겼기 때문에 그녀의 궁극적 소망을 따르는 것 외에는 달리 방법이 없다고 생각했고, 그녀가 신속히 동의해 주기만을 바랐다. 그로서는 다른 생각을 할 수 없었다.

그는 즐거운 마음으로 행복한 결말을 눈앞에 그려 보았다. 이러한 결과가 나오면 기다리고 있는 사람에게도 빨리 알려지도록 축포 소리도 몇 번 울리고, 밤이 되면 폭죽도 두어 대 하늘로 올라가야 한다고 했다.

소령은 말을 타고 성으로 갔다. 샤를로테는 없었다. 대신 그가 들은 바에 따르면 그녀는 현재 새 건물 위층에 살고 있는데 지금은 이웃을 방문 중이고 오늘은 아마도 그리 일찍 귀가하지 않으리라는 것이었다. 그는 말을 세워 두었던 여관으로 되돌아갔다.

그동안 에두아르트는 도저히 초조함을 이기지 못해 거처를 빠져 나왔고, 사냥꾼이나 어부들만 알고 있는 한적한 길을 지나 공원 쪽으로 향했다. 저녁 무렵 숲 속에 이르렀는데 그 옆에는 호수가 있었다. 이 호수의 거울 같은 수면이 완전무결한 모습으로 그의 눈에 들어온 것은 이번이 처음이었다.

오틸리에는 이날 오후 이 호숫가에 산책하러 나간 참이었다. 그녀는 아이를 안고 평소 습관대로 걸으면서 책을 읽었다. 이윽고 그녀는 강을 건너는 배들이 있는 곳 주변으로 참나무들이 서있는 곳까지 다다랐다. 어린 사내아이는 잠들어 있었다. 그녀는 자리를 잡고 앉아서 사내아이를 옆에 눕히고는 계속해서 책을 읽었다. 그 책은 사람의 부드러운 감정을 끌어당긴 후 다시는 놓아주지 않는 그런 종류의 것이었다. 그녀는 때가 가는 것도, 시간이 지나는 것도 잊었고, 뭍으로 해서 그 새 건물까지 돌아가려면 앞으로도 한참을 가야 한다는 것도 생각하지 않았다. 그러기는커녕 책에, 그리고 생각에 푹 빠져 있었다. 보기에 너무 사랑스러운 모습으로 빠져 있어서, 주위의 나무와 덤불도 생명을 얻고 두 눈을 부여받아 그녀의 모습을 찬탄하고 즐거워해야 하는 것이 아닐까 싶을 정도였다. 바로 그때 석양의 붉은빛이 그녀의 등 뒤로 떨어지며 그녀의 뺨과 어깨를 황금빛으로 물들였다.

에두아르트는 그때까지도 남의 눈에 띄지 않고 이렇게 멀리 나오는 것에 성공한데다, 공원도 텅 비었고, 일대가 적막한 것을 알고는 용기를 내어 계속 더 나아가고 있었다. 마침내 덤불을 지나 떡갈나무 옆에 이르자 그가 멈춘다. 그는 오틸리에를 보고, 오틸리에는 그를 본다. 그는 그녀에게로 달려가 그 발치에 엎드린다. 두 사람 모두 정신을 가다듬으려고 애쓰던 긴 침묵의 시간이 지나고, 그는 자기가 무엇 때문에, 그리고 어떻게 해서 이곳까지 오게 되었는지를 이야기한다. 소령을 샤를로테에게 보냈으니, 어쩌면 이 순간 둘의 운명이 결정되고 있으리라고도 한다. 자신은 그녀의 사랑을 한번도 의심한 적이 없으며, 그녀도 자신의 사랑에 대해서 그러했을 것이라고. 그녀가 동의해줄 것을 간청하노라고. 그녀는 망설였다. 그는 그녀에게 맹세했다. 그는 자신의 오래된 권리를 되살려 그녀를 품에 안으려고 했다. 그녀가 아이 쪽을 가리켰다.

에두아르트는 아이를 보고 흠칫 놀란다. "맙소사!" 그가 외친다. "내가 내 아내와 친구를 의심할 이유가 있다면, 이 아이 모습은 그들에 대해서 끔찍하게 불리한 증언을 하게 되겠군. 소령 모습 그대로잖아? 이렇게 똑같은 모습은 본 적이 없어."

"그렇지 않아요! 온 세상 사람이 이 애는 저를 닮았다고 하는데요." 오틸리에가 대답했다.

"과연 그럴까?" 에두아르트가 반문했다.

이 순간 아기가 눈을 떴다. 두 개의 커다랗고 또렷하고 검은 눈, 깊고 다정한 눈이었다. 이 사내아기는 벌써부터 세상을 아는 듯한 눈빛으로 바라보고 있었다. 아기는 자기 앞에 서있는 두 사람을 알고 있는 것 같았다. 에두아르트는 아기 옆에 몸을 굽혔다가, 오틸리에 앞에서 두 번 무릎을 꿇었다.

"너였구나!" 그가 외쳤다. "이건 너의 눈이야. 세상에! 하지만 너의 눈 좀 들여다보자. 이 녀석을 존재하게 만든 저 불행한 시간 위로 베일이라도 하나 덮어놔야겠다. 남편과 아내가 서로 남처럼 되었는데도 서로를 가슴에 끌어안고, 정당한 혼인관계의 성스러움을 격한 욕정으로 더럽힐 수도 있다는 비참한 사실을 알려주어 너의 순결한 영혼을 경악하게 만들어도 되는 건지 모르겠구나. 하지만 어쩌겠나, 우리가 지금 이렇게 멀리 떨어져 있고, 나와 샤를로테의 관계도 끝나는 마당인데, 게다가 네가 나의 것이 될 텐데, 그런 이야기를 하면 안 된다는 이유라도 있나? 내가 좀 심한 말을 하지 못할 이유도 없잖아? 이 아이는 이중적인 간통에서 생겨난 거야! 이 아이 때문에 우리 부부가 결합할 수 있었다고 한다면, 마찬가지로 이 아이 때문에 나는 내 아내와, 내 아내는 나와 헤어지게 되는 거야. 이 애가 나에게 불리한 증언을 해주면 좋겠어. 이 아름다운 눈이 네 눈에게 말해 줬으면 좋겠단 말이지. 나는 다른 사람의 팔에 안겨서도 너의 것이었다고 말이야. 오틸리에, 나는 오로지 네 품에 안겨서만 그때 내가 저지른 잘못, 내가 저지른 범죄를 속죄할 수 있다는 것을 네가 느꼈으면 해, 정말로 느꼈으면 해!

저 소리를 들어봐!" 그가 외치면서 벌떡 일어났다. 그는 소령이 신호로 보내기로 한 총소리를 들었다고 생각했기 때문이다. 그러나 총을 쏜 사람은 근처 사냥터에 있던 어떤 사냥꾼이었다. 총소리는 더 이상 울리지 않았다. 에두아르트는 초조해졌다.

이제 비로소 오틸리에는 해가 이미 산 너머로 기울어 버렸다는 것을 알았다. 조금 전까지만 해도 위쪽에 있는 건물의 창에서 해가 반사되고 있었던 것이다.

"이제 가세요, 에두아르트!" 오틸리에가 외쳤다. "그토록 오랫동안 우리는 서로를 아쉬워하며 살았고, 그토록 오랫동안이나 참아 왔어요. 우리 두 사람이 샤를로테에게 어떤 빚을 지고 있는지 생각하세요. 그녀가 우리 운명을 결정해야 해요. 우리가 앞서서 일을 저지르지는 말자고요. 저는 당신 것이에요. 그녀가 그것을 허용하는 한에서요. 허용하지 않는다면, 저는 당신을 포기해야죠. 조만간 결판이 날 거로 생각하신다면, 일단 기다려 보기로 해요. 마을로 돌아가세요. 소령님이 당신을 기다리고 있을 거예요. 사정이 어떻게 된 건지 설명해야 하는 경우도 자주 생기잖아요. 소령님이 대화를 성공적으로 끝냈다는 것을 알려 주는 대포소리가 과연 정말로 울릴까요? 어쩌면 그분은 지금 이 순간 당신을 찾고 있을지도 몰라요. 그는 샤를로테를 만나지 못했어요. 제가 알아요. 그는 그녀 있는 곳으로 갔을 거예요. 왜냐하면 사람들은 그녀가 어디로 갔는지 알고 있으니까요. 무슨 일이 생길지 모르는 거잖아요! 저를 붙잡지 마세요! 지금 틀림없이 그녀가 올 시간이에요. 그녀는 저기 위쪽에서 저와 아이가 오기를 기다리고 있다고요."

오틸리에는 서두르며 말했다. 그녀는 모든 가능성을 열거했다. 그녀는 에두아르트의 곁에 있어서 행복했고, 이제 다시 그를 떠나야 한다는 것을 느꼈다.

"부탁이에요, 사랑해요, 제발 제 말 좀 들어주세요!" 그녀가 외쳤다. "돌아가서 소령을 기다리시라고요!"

"그렇게 할게." 에두아르트가 외치면서 처음으로 뜨거운 눈빛으로 그녀를 바라보다가 그녀를 꼭 끌어안았다. 그녀도 두 팔로 그를 감고는 아주 부드럽게 가슴으로 끌어당겼다. 하늘에서 떨어지는 별처럼 그들의 머리 위로 희망이 스쳐 지나갔다. 그들은 서로가 서로에게 속한다고 생각했고, 그렇게 믿었다. 그들은 처음으로 마음껏 스스럼없이 키스를 나눴고, 고통스럽게 억지로 헤어졌다.

해는 이미 완전히 졌다. 어느덧 땅거미가 내렸고 호수 주변엔 젖은 향기가 났다. 오틸리에는 정신이 산란하고 감정이 동요된 채 서있었다. 산장 쪽을 바라보았다. 발코니에서 샤를로테의 흰옷을 본 것 같았다. 호숫가를 돌아서 가려면 한참을 가야 했다. 그녀는 샤를로테가 초조하게 아이를 기다리고 있으리라는 것을 알고 있었다. 그녀는 맞은편 플라타너스들을 바라본다. 그 건물로 바로 올라갈 수 있는 빠른 길이 있지만 그 길과 그녀 사이에는 호수가 가로막고 있다. 두 눈과 마찬가지로 머릿속 생각으로도 그녀는 이미 그곳에 가있다. 마음이 급하다 보니 아이를 데리고 물로 가는 것이 위험하지 않을까 하는 걱정도 사라진다. 그녀는 서둘러 나룻배 쪽으로 간다. 가슴이 두근거리고, 다리가 떨리고, 정신은 곧 나가버릴 지경이라는 것도 그녀는 느끼지 못한다.

그녀는 나룻배에 올라타서 노를 잡고는 내젓는다. 그녀는 힘을 주어야 한다. 거듭해서 노를 젓는다. 나룻배가 흔들리고, 한동안 호수 쪽으로 미끄러져 간다. 왼팔로는 아기를, 왼손으로는 책을, 그리고 오른손으론 노를 잡고있다 보니 그녀 자신이 흔들린다. 나룻배 안으로 쓰러진다. 그녀 손에 있던 노가 한쪽으로 빠져나가고, 그녀가 정신을 차리는 동안, 아기와 책도 또 다른 쪽으로 빠져나가, 모든 것이 물속으로 떨어진다. 가까스로 아기의 옷을 붙잡는다. 그러나 불편한 위치 때문에 그녀 자신이 일어서는 것조차 힘든 지경이다. 오른손은 자유롭지만 방향을 바꾸어 위로 일어설 수 있기에는 충분치 못하다. 그녀는 마침내 해낸다. 아기를 물에서 끌어낸다. 그러나 아기의 눈은 감겨 있다. 아기는 숨쉬기를 멈춰 버린 것이다.

바로 이 순간 그녀는 정신을 차린다. 그러나 그만큼 고통은 커진다. 나룻배는 거의 호수 한가운데로 나아가고 있는데, 노는 저 멀리 떨어진 곳에서 떠내려가고 있고, 주위를 둘러보지만 물가에는 아무도 보이지 않는다. 그리고 누군가를 보았다고 한들, 그녀에게 무슨 도움이 되었을 것인가! 그녀는 모든 것에서 외따로 떨어진 채로, 물이라고 하는 이 무심하고 어찌해 볼 수 없는 원소 위를 떠다니고 있다.

그녀는 자구책을 찾는다. 물에 빠진 사람을 구해낸 이야기를 얼마나 자주 들었던가! 그녀의 생일 저녁에도 그런 것을 체험했다. 그녀는 아기 옷을 벗기고 아기를 자기의 모슬린 옷으로 닦아서 말린다. 그녀는 옷을 찢고 젖가슴을 꺼내어, 그것을 처음으로 자유로운 하늘 아래에 드러낸다. 처음으로 그녀는 어떤 살아있는 존재를 그녀의 순결한 가슴에 갖다 대어 보지만, 아, 이 존재는 더 이상 살아있지 않다! 불행한 피조물의 차가운 사지가 그녀의 가슴에 싸늘하게 닿으면서 그녀의 마음 깊은 곳까지 싸늘하게 한다. 그녀의 두 눈에선 하염없는 눈물이 솟구쳐 나오며, 얼어붙은 아기의 피부에 마치 온기와 생기를 나누어 주고 있는 듯이 보인다. 그녀는 포기하지 않는다. 아기를 그녀의 숄로 덮어 주고, 쓰다듬고, 끌어안고, 숨을 불어넣고, 입을 맞추고, 눈물을 흘리면서, 이런 행위가 세상과 단절된 지금 처지에서는 사용할 수 없는 응급조치를 대신해줄 수 있을 거라고 믿는다.

모든 것이 허사다! 미동도 하지 않은 채 아기는 그녀 품에 안겨 있고, 미동도 하지 않은 채 나룻배는 수면 위에 떠있다. 그러나 여기서도 그녀의 아름다운 마음은 그녀를 그냥 내버려두지 않는다. 하늘을 바라본다. 무릎을 꿇고 다시 나룻배로 몸을 수그려, 아기를 두 팔로 들고 그녀의 순결한 젖가슴 위로 들어올린다. 그녀의 젖가슴은 대리석을 닮았다. 하얗다는 점에서, 그리고 유감스럽게도 차갑다는 점에서. 그녀는 젖은 눈시울을 하늘로 향하며 그곳에서 와줄 도움을 불러본다. 어디든 부족함이 만연할 때, 마음이 부드러운 사람들은 저 높은 곳에서 가장 커다란 충만함을 찾게 되기를 바라는 법이다.

그녀는 이제 별들을 올려다본다. 헛되지 않다. 어느새 별들이 하나둘 반짝이며 나타나기 시작한다. 부드러운 바람이 일어나, 플라타너스가 있는 곳으로 작은 배를 밀어 간다.

제 14 장

그녀는 새 건물로 서둘러 간다. 의사를 부른다. 아이를 넘겨준다. 만반의 준비를 항상 하고 있는 의사는 이 연약한 시신을 익숙한 방식대로 단계적으로 다룬다. 오틸리에는 그에게 도움이 되는 것이면 무엇이든 돕는다. 그녀는 행하고, 가져오고, 배려한다. 그러나 다른 세계에서 걸어다니는 사람 같다. 가장 커다란 불행은 가장 커다란 행복과 마찬가지로 모든 대상의 표정을 변화시키기 때문이다. 그리고 이 부지런한 의사가 모든 시도를 다해본 후에 고개를 내저으며, 희망에 가득 찬 질문들에 대해서 처음에는 침묵으로, 그다음엔 나지막하게 아니라고 대답했을 때야 비로소 오틸리에는 이 모든 일이 벌어진 샤를로테의 침실을 떠난다. 그리고 거실로 들어서자마자, 그녀는 소파에도 닿지 못한 채, 기진맥진하여 양탄자 위에 엎어진다.

바로 이즈음 샤를로테가 지나가는 소리가 들린다. 의사는 주위에 서있는 사람들에게 물러나 주기를 긴급히 부탁한다. 그는 그녀를 마중 나가 미리 마음의 준비를 시키려는 것이다. 그러나 샤를로테는 이미 방안으로 들어서고 있다. 그녀는 바닥에 오틸리에가 쓰러져 있는 것을 본다. 집안에 있던 한 소녀가 소리를 지르고 울면서 그녀에게 달려온다. 외과의사가 들어오고, 그녀는 갑자기 모든 것을 듣게 된다. 그러나 어떻게 그녀가 모든 희망을 단번에 그만둘 수 있단 말인가! 경험 많고 기술 좋고 똑똑한 이 남자는 그녀에게 아직은 아이를 보지 말라는 부탁만 한다. 그는 물러간다. 새로운 시도를 하는 척하면서 그녀를 속이기 위해서다. 그녀는 소파 위에 앉았고, 오틸리에는 여전히 바닥에 누워 있다. 그러나 샤를로테는 친구처럼 오틸리에를 무릎 위로 안아 올린다. 오틸리에의 머리는 아래로 수그리고 있다. 친절한 의사는 이리저리 왔다 갔다 하고 있다. 그는 아이를 위해서 애를 쓰고 있는 것처럼 보인다. 그렇게 자정이 다가오고 죽음의 정적은 더욱 깊어만 간다. 샤를로테는 아이가 다시는 삶으로 돌아오지 않으리라는 것을 사실로 받아들인다. 아이를 보여 달라고 한다. 사람들이 아이를 따뜻한 양모 수건에 깨끗하게 싸서 바구니에 넣은 후 소파에 앉아 있는 샤를로테 옆에 갖다 놓는다. 아이의 작은 얼굴만 밖으로 나와 있다. 아이는 그렇게 평온하고 예쁘게 누워 있다.

이 사건으로 마을은 곧 흥분에 휩싸였고, 소식은 당장 여관까지 퍼졌다. 소령은 알고 있는 길을 통해 위쪽으로 올라갔다. 그는 건물을 빙 돌아갔다. 별채에서 뭔가를 꺼내오려고 달려가던 하인 한 명을 붙들어 세워서 좀 더 자세한 소식을 듣고는 그 의사를 불러오도록 했다. 그 사람이 왔다. 그는 자기의 옛날 후원자가 나타난 것에 놀라며, 현재 상황을 전했다. 그리고 샤를로테에게 소령이 올 것을 미리 알려 주고 마음의 준비를 시키는 일을 떠맡았다. 그는 안으로 들어가 이런저런 이야기를 꺼내어 샤를로테의 상상력을 자극하다가, 드디어 그 친구를 생각하게 했고, 그가 해줄 것 같은 위로와 그가 곁에 있는 모습을 마음속에 그려 보게 하다가 이것이 곧 현실로 이어지게 했다. 요컨대, 샤를로테는 그 친구가 문 앞에 와있으며, 모든 것을 알고 있고, 안으로 들여보내 주기를 바라고 있다는 이야기를 들은 것이다.

소령이 들어왔다. 샤를로테는 고통스러운 미소로 그를 맞이했다. 그가 그녀 앞에 서있었다. 그녀는 시신을 덮고 있던 녹색 비단 보자기를 걷었다. 양초가 어둡게 비추는 가운데 얼어붙어 누워 있는, 자신을 닮은 아이를 보고 그는 매우 큰 충격을 받았다. 샤를로테가 의자 하나를 가리켰다. 그리하여 두 사람은 서로 마주 보며 앉아 있었다. 아무 말도 없이 밤새도록 그렇게 말이다. 오틸리에는 여전히 샤를로테의 무릎을 베고 평온하게 누워 있었다. 그녀는 부드럽게 숨을 쉬었다. 그녀는 자고 있었거나, 자고 있는 것처럼 보였다.

아침이 어슴푸레 밝아 왔다. 촛불은 다 타서 꺼져 있고, 두 친구는 어떤 둔중한 꿈에서 깨어난 것 같았다. 샤를로테는 소령을 물끄러미 바라보다가 정신을 가다듬으며 말했다. "소령님, 말씀해 보세요. 어떤 운명으로 이곳에 오셔서 이 슬픈 광경에 참여하게 되셨나요?"

그는 일단 에두아르트가 자기를 보냈다는 의미에서 그가 자기를 보낸 목적에 대해서 설명하고, 그래도 자기가 온 것은 자신의 관심 때문에 스스로 온 것이라고 자신의 목적도 침착하고 명료하게 설명했다. 그는 두 가지 이야기를 부드러우면서도 솔직하게 털어놓았다. 샤를로테는 차분하게 이야기를 경청했는데, 이야기를 들으면서 놀라워하지도, 언짢아하지도 않았다.

소령이 이야기를 끝냈을 때 샤를로테는 매우 나지막한 소리로 대답했기 때문에 소령은 의자를 샤를로테 쪽으로 좀 더 끌어당기지 않으면 안 될 것 같았다. "지금까지 한 번도 이런 경우에 처한 적이 없었어요. 하지만 비슷한 경우는 있었는데 그럴 때마다 저는 항상 자신에게 이렇게 말하곤 했지요. '내일은 어떻게 될까?' 저는 여러 사람의 운명이 지금 제게 달려 있다는 것을 충분히 느끼고 있어요. 제가 무엇을 해야 할지는 의심의 여지 없이 분명해요. 지금 당장 분명히 말하지요. 이혼에 동의합니다. 이런 결심은 예전에 이미 내렸어야 했어요. 제가 망설이고 저항하다가 아이를 죽이게 된 거예요. 운명이 어떤 일을 실행하겠다고 굳게 마음먹은 이상, 이성이니 미덕이니 의무니 하면서 오만가지 성스러운 능력을 다해 저항해봐야 헛된 일이에요. 운명이 보기에 올바른 일은 우리가 볼 때 올바르지 않더라도 필연적으로 일어나는 것이죠. 결국 운명은 우리가 어떤 태도를 취하건 간에 자신의 뜻을 기어이 이루고야 맙니다.[1]

이런, 제가 지금 무슨 말을 하고 있는 거죠! 따지고 보면 운명에 따라 제 소망과 계획이 다시 이루어진 건데 말예요. 저 자신은 생각도 없이 그것에 반하는 행동을 해온 셈이지만. 오틸리에와 에두아르트가 정말 잘 어울리는 한 쌍이라고 제가 말하지 않았던가요? 저 스스로 그 두 사람을 가깝게 만들려고 했잖아요? 소령님도 아시죠? 이 계획을 저와 같이 꾸민 적이 있으시죠? 그런데 왜 저는 한 남자의 고집과 진정한 사랑을 구별하지 못했던 걸까요? 왜 그의 청혼을 받아들였던 걸까요? 그냥 여자친구로 남으면서 그와 그의 또 다른 신부를 행복하게 만들어줄 수도 있었을 텐데 말이에요. 불쌍하게 잠이 든 이 아이 좀 보세요! 이 애가 반쯤 죽은 듯이 잠든 상태에서 의식이 들어 깨나게 될 순간을 생각만 해도 제 몸엔 전율이 일어요. 이 애는 우연이라고 하는 가장 놀라운 수단으로 에두아르트에게서 귀한 것을 빼앗아버린 셈이잖아요. 그러니 이제 이 애가 그에 대한 사랑으로 그것을 대신해줘야 한다는 희망마저 가질 수 없다면, 이 애는 어떻게 살아가야 하며, 무엇으로 자신을 위로할 수 있겠어요? 이 애는 에두아르트를 열정적으로 사랑하기 때문에 그를 위해서라면 무엇이든 다시 회복해줄 수 있을 거예요.

1 이러한 운명관은 고대 그리스의 '운명비극'에서 전형적으로 나타난다. 여기서는 운명이 비극의 동인으로 작용하지만 근대 비극에서는 주인공의 '의지'가 결정적인 역할을 할 때도 많은데, 이런 비극을 '성격비극'이라고 한다. 괴테의 문학에서 비극이 전개되는 과정은 고대 그리스적 운명론과 근대적 의지가 양극적으로 맞서는 구조를 보여준다.

사랑이 모든 것을 참을 수 있다지만, 그것은 그 이상으로 훨씬 많은 것을 할 수 있어요. 모든 것을 대체할 수도 있거든요. 이런 순간에는 저에 대해 생각은 하지 말아야 해요.

사랑하는 소령님, 아무도 모르게 이곳을 떠나세요. 에두아르트에게 말해 주세요. 제가 이혼에 동의한다고, 그와 당신 그리고 미틀러에게 그 일을 전적으로 위임한다고, 미래에 제 처지가 어떻게 될지는 전혀 걱정하지 않고 있으며 또 어떤 의미에서건 걱정할 필요도 없을 거라고 말해 주세요. 사람들이 어떤 서류를 제게 가져오든간에 저는 거기에 서명을 할 겁니다. 다만 저더러 함께 일을 처리하고, 같이 생각해 보고 이야기 좀 해보자는 요구만큼은 하시면 안 돼요."

소령이 자리에서 일어섰다. 그녀는 오틸리에의 몸 위로 손을 내밀었다. 소령은 이 사랑스러운 손에 입술을 갖다 대었다. "그런데 저는요? 저도 어떤 희망을 가져볼 수 있겠습니까?" 그가 나지막하게 속삭였다.

"그 대답은 나중에 드리기로 하지요." 샤를로테가 대답했다. "우리는 불행해야 할 정도로 잘못한 것도 없지만, 함께 행복해질 수 있을 만큼 공덕을 쌓아온 것도 없으니까요."

소령은 그 자리를 떠났다. 샤를로테에 대해서는 한없이 마음이 아팠지만, 불쌍하게 죽은 아이에 대해서는 안됐다는 마음이 들지 않았다. 그가 보기에 그러한 희생은 모든 사람의 행복을 위해서 필요한 것 같았다. 오틸리에가 그녀 자신의 아이를 팔에 안고 있는 모습이 그녀가 에두아르트에게서 빼앗은 아이에 대한 완벽한 보상이 될 것처럼 생각되었다. 그는 죽은 아이보다 더 떳떳하게 자기를 닮은 아들을 자기가 안고 있는 모습도 상상해 보았다.

그는 그렇게 기분 좋은 희망과 상상을 마음속으로 해보면서 여관으로 돌아가다가 에두아르트를 만났다. 에두아르트는 밖에서 밤새도록 머물며 소령이 오기만을 기다리고 있었던 것이다. 그에게서 일이 잘되었다는 것을 알리는 폭죽이나 총성이 들려오지 않았기 때문이다. 에두아르트도 그 불행에 대해서는 이미 알고 있었다. 그리고 그에게도 그 불쌍한 피조물이 안됐다는 마음보다는 오히려 어떤 섭리처럼 생각되었다. 물론 그 자신도 이런 생각을 완전히 인정하고 싶지는 않았지만, 이 경우는 왠지 그의 행복을 방해하는 모든 장애가 어떤 섭리로 한 번에 제거되어 버린 것처럼 생각되었던 것이다. 그래서 소령이 샤를로테의 결심을 알려 주고 나서 다시 마을로 돌아가자고 제안했을 때도 흔쾌히 받아들였다. 그들은 그곳에서 다시 소도시로 돌아갈 것이고, 그리하여 맨 먼저 해야 할 일이 무엇인지 생각하고 실행에 옮길 생각이었다.

소령이 떠나고 난 후, 샤를로테가 생각에 잠겨 앉아 있는 시간은 몇 분도 되지 않았다. 오틸리에가 바로 몸을 일으키면서 커다란 눈으로 친구 같은 샤를로테를 바라보았기 때문이다. 처음에는 그녀의 품에서 고개를 들고, 바닥에서 몸을 일으키더니, 이제는 샤를로테 앞에 서있었다.

"두 번째네요." 이 아름다운 아이는 고혹적이고도 진지한 모습으로 이렇게 말을 시작했다. "두 번째로 저에게 똑같은 일이 벌어지네요. 언젠가 제게 말씀하셨지요. 인생을 살다 보면 비슷한 일을 비슷한 방식으로, 그것도 항상 중요한 순간에 만나게 되는 일이 종종 있다고요. 이제는 그 말씀이 옳다는 것을 알겠어요. 그리고 고백할 게 하나 있어요. 제 어머니가 돌아가신 직후 어린아이였던 제가 등받이 없는 의자를 아주머니 쪽으로 갖다 댔지요. 그때 아주머닌 지금처럼 소파 위에 앉아 계셨어요. 저는 아주머니 무릎 위에 머리를 기대고 있었는데, 잠을 자는 것도 아니고 깨어 있는 것도 아니었어요. 선잠을 자고 있었던 거죠. 제 주위에서 벌어지는 일들을 전부 알 수 있었고, 특히 사람들이 하는 이야기는 전부 들을 수 있었어요. 그런데도 저 자신은 움직일 수도, 말을 할 수도 없었어요. 몸은 못 움직이지만 의식은 또렷하다는 것을 표현하고 싶어도 표현할 수 없는 상황이었어요. 그 당시 아주머니는 어떤 여자친구 분하고 저에 대해 이야기를 하고 계셨어요. 불쌍한 고아로 세상에 남겨진 제 운명을 딱해하셨죠. 제가 남에게 기대지 않으면 안 되는 처지라며, 뭔가 어떤 특별한 행운의 별이라도 제 위로 비추지 않는다면 앞으로 정말 불쌍하게 될 거라는 이야기를 하셨어요. 저는 모든 이야기를 제대로, 정확히 파악했어요. 그리고 어쩌면 저는 아주머니께서 저를 위해 바라시거나 저에게 요구하시는 것처럼 보이는 것을 너무 진지하게 받아들였던 것 같아요. 그래서 저는 부족하나마 제가 알고 있는 사실에 근거해서 어떤 계율을 정했답니다. 그리고 이 계율에 따라서 지금까지 살아왔어요. 아주머니께서 저를 사랑하시고 걱정하시는 마음으로 저를 아주머니 집으로 받아들였던 그 시점까지 저는 오로지 그 계율에 근거하여 무엇을 하고 무엇을 하지 말아야 할지 정하고 있었죠. 그리고 그 후로도 한참 동안은 그랬고요.

하지만 저는 저의 행로로부터 일탈했고 저의 계율을 깨뜨렸어요. 심지어 그런 감정조차 잃어버리고 있었거든요. 예전보다 훨씬 더 불행한 사건이 있고 난 지금 다시 아주머니께서는 저의 상태를 깨우쳐 주신 거예요. 아주머니 무릎에서 쉬면서, 반쯤은 굳어 버린 상태로, 마치 어떤 낯선 세계에서 들려오는 것처럼 아주머니의 나지막한 목소리가 제 귀로 울려오는 것을 들었어요. 제 처지가 남에게는 어떻게 보이는지를 들으면서, 저 자신에 대해서 전율하고 있었죠. 하지만 그때처럼 이번에도 저는 반쯤은 죽은 듯이 자고 있었지만 앞으로 제가 가야 할 새로운 길을 그려볼 수 있었어요.

예전에 그랬던 것처럼 지금도 결심을 하나 했어요. 그 결심이 어떤 것인지 지금 당장 말씀드리고 싶어요. 저는 결코 에두아르트의 여자는 되지 않을 거예요. 제가 어떤 범죄를 저지르고 있는지를 볼 수 있도록, 주님은 끔찍한 방식으로 제게 눈을 뜨게 해주셨어요. 저는 지은 죄에 대해 속죄할 생각이에요. 그리고 아무도 저의 이런 계획을 말릴 생각은 하지 말아야 할 거예요. 사랑하고 존경하는 아주머니, 지금 조처를 해주세요. 소령님을 돌아오시게 하세요. 그분에게 어떤 절차도 밟지 말라고 편지를 쓰세요. 그분이 나갔을 때 저는 제 몸을 꼼짝도 할 수가 없어서 얼마나 겁이 났는지 몰라요. 저는 자리에서 벌떡 일어나고 싶었어요. 그분에게 그렇게 당치않은 희망을 심어 주고 보내시면 안 된다고 소리치고 싶었다고요."

샤를로테는 오틸리에의 처지를 인식했고, 마음으로도 느꼈다. 하지만 그녀는 일단 이런저런 이의를 제기하면서 시간을 끌다 보면 그녀 마음이 어느 정도 가라앉을 것으로 생각했다. 그러나 샤를로테가 미래를 생각하게 하고 고통을 달래며 희망을 암시하는 말을 몇 마디 하기가 무섭게 오틸리에가 외쳤다. "아뇨! 저의 마음을 움직여보려고 하지 마세요. 저를 속이려고 하시지 말란 말예요! 아주머니가 이혼에 동의했다는 말을 듣게 되는 순간 저는 제가 저지른 잘못, 제가 저지른 범죄를 바로 그 호수에서 갚을 거예요."

제 15 장

행복하고 평화롭게 같이 살 때는 친척이나 친구, 집안사람들끼리 바로 지금 벌어지는 일이나 과거에 벌어졌던 일에 대해서 필요 이상으로, 그리고 그래야 하는 것 이상으로 이야기를 나누고, 서로의 계획이나 사업, 하는 일 등에 대해서도 자꾸 이야기하며, 서로의 충고를 받아들이지는 않더라도 항상 서로 협의하면서 전체적인 삶을 다루지만, 정작 남의 도움이 필요하고 남의 인정도 가장 많이 필요한 것 같은 중요한 순간에는 각자 자기 자신에게 되돌아가며, 누구나 자기 혼자 행동하고, 누구나 자신의 방식대로 일하려고 한다. 그리고 각각의 수단을 서로 숨기기 때문에 일의 결말이나 목표, 성과 같은 것들만 다시 공동의 것이 된다.

그처럼 놀랍고 불행한 여러 사건이 있고 난 후 이 여성들 사이에는 일종의 말없는 진지함이 찾아왔는데, 그것은 서로를 아껴주는 모습에서 표현되었다. 샤를로테는 아기를 예배당으로 보내면서 아무도 모르게 했다. 저 불길한 운명의 첫 희생물이 된 아기는 그곳에서 편히 잠들었다.

샤를로테는 간신히 다시 삶으로 돌아왔다. 삶으로 되돌아와 처음 발견한 사람은 자기가 곁에 있어줘야만 할 것 같은 오틸리에였다. 그녀는 주로 오틸리에에게 신경을 쓰면서도 오틸리에가 이것을 눈치채지는 못하게 했다. 그녀는 이 천사 같은 아이가 에두아르트를 얼마나 사랑하는지 알고 있었다. 샤를로테는 그 불행한 일이 벌어지기 전에 무슨 일이 있었는지를 차근차근 조사하면서, 모든 상황을 반쯤은 오틸리에 자신한테서 직접 듣고, 반쯤은 소령의 편지를 받고 알아냈다.

오틸리에도 나름대로 샤를로테의 현재 생활을 매우 편하게 해주고 있었다. 그녀는 자기의 마음을 터놓는 이야기는 곧잘 했지만, 현재 상황이나 직전에 일어났던 일에 대해서는 한 번도 말하는 법이 없었다. 그녀는 항상 주의를 기울이고 항상 상황을 관찰해 와서 아는 것도 많았다. 이제는 이런 사실이 전부 드러났다. 그녀는 샤를로테와 이야기하며 그녀의 관심을 분산시키려 했다. 그러나 샤를로테는 여전히 그 두 사람이 결합하는 것을 보고 싶은 은밀한 소망을 품고 있었다. 이 일은 여전히 그녀에게는 가치 있는 일이었던 것이다.

그러나 오틸리에는 사정이 달랐다. 그녀는 자신이 평생 간직하려 했던 비밀을 절친한 샤를로테에게 털어놓았다. 그녀는 이전의 제한된 삶에서 벗어났고, 항상 남을 시중드는 생활에서도 벗어났다. 참회와 결단으로 그 잘못, 그 불행의 짐에서도 해방되었다고 느꼈다. 이제는 더 이상 자신을 학대하지 않아도 되었다. 그녀는 마음속 깊이 완벽하게 체념한다는 조건으로 자신을 용서했던 것이다. 이 조건은 앞으로도 계속 지켜져야만 했다.

그렇게 얼마 동안의 시간이 흘러갔다. 샤를로테는 집과 공원, 호수, 바위, 나무 등이 그들 두 사람에게 매일같이 슬픈 기분만 더해 주고 있을 뿐이라는 걸 느꼈다. 그곳을 변화시켜야 한다는 것은 너무도 분명했지만, 어떻게 변화시켜야 할지는 쉽게 결정할 수가 없었다.

두 여성은 함께 살아야 하는 것일까? 에두아르트가 예전에 가졌던 의도는 그렇게 하라고 하는 것 같았고, 그의 설명이나 협박도 그것을 필요한 일로 만드는 것 같았다. 그러나 두 여성이 아무리 좋은 의도를 가지고, 아무리 이성적으로 행동하고, 아무리 노력한다고 해도, 서로 힘든 상태에 있다는 것은 의심의 여지가 없었다. 둘은 이야기를 해도 될 수 있으면 빨리 끝내고 싶어했다. 제대로 이해하려 들지 않을 때도 있었다. 이성적으로는 그렇지 않았지만, 감정적으로는 어떤 표현 하나 때문에 마음을 다치는 일도 점점 더 많아졌다. 서로 상대방의 마음을 다치게 하지 않을까 두려워했고, 바로 이 두려움 때문에 먼저 상처를 받기도 하고, 먼저 상처를 입히기도 했다.

장소를 바꿈과 동시에 어느 기간만이라도, 서로 떨어져 있으면 어떨까 생각도 해보았지만, 그럴 때마다 항상 오틸리에를 어디로 보내야 할 것인가 하는 오랜 숙제가 대두하였다. 저 세도도 있고 돈도 많은 가문의 전도유망한 상속녀를 위해서 말벗도 되고 경쟁상대도 되어줄 친구로 보내는 것도 시도해 보았지만 허사로 끝나기도 했다. 샤를로테는 이미 지난번 남작 부인이 있었을 때도 그랬지만 최근에는 편지를 통해서도 오틸리에를 그곳에 보내라는 주문을 받고 있었다. 이제 그녀는 그 일을 다시 화제에 올렸다. 그러나 오틸리에는 흔히 사람들이 넓은 세상이라고 부르는 곳으로 가는 것을 딱 잘라 거절했다.

"사랑하는 아주머니" 그녀가 말했다. "제가 속이 좁고 제 생각만 하는 것처럼 보이지 않을까 걱정되어 말씀드리지만, 아마 다른 경우였더라면 이런 이야기는 하지 않는 것이 도리였을 거예요. 기이한 불행을 겪은 사람은 설령 그렇게 된 것이 그 자신의 잘못이 아니더라도 끔찍하게 표가 나는 법입니다. 그 사람의 존재 자체가 그 사람을 보거나 알게 되는 모든 사람을 경악하게 만들지요. 누구나 그 사람이 듣던 대로 괴물이라는 것을 확인하고 싶어 합니다. 누구나 호기심도 느끼고 두려움도 느끼지요. 그렇기 때문에 어떤 끔찍한 일이 벌어진 가정이나 도시는 그곳에 들어서는 누구에게나 두려운 공간이 되죠. 그곳에서는 한낮의 태양이 들어와도 어두컴컴하고, 별빛이 들어와도 희미해지는 것처럼 보이니까요.

그런 불행을 겪는 여자에게 사람들이 아무렇게나 말하고, 어리석게 끼어들고, 촌스러운 방식으로 호의를 표현하는 것은 심하기는 해도 그냥 용서해줄 수도 있을 겁니다. 이런 말씀 드려 죄송하지만, 예전에 루치아네가 그 불쌍한 소녀를 그 집의 골방에서 끌어냈을 때 제가 그 소녀와 함께 얼마나 고통스러웠는지는 차마 믿지 못할 정도였습니다. 루치아네는 그 소녀에게 친절하게 대해줬지요. 그 소녀를 놀이와 춤으로 유도하려고 한 것도 정말로 선의였죠. 그렇지만 그 불쌍한 아이는 바로 그게 무서웠던 겁니다. 그래서 점점 더 겁을 먹는 것 같더니만 마침내는 도망가서 기절하고 말았어요. 제가 그 아이를 두 팔로 안았답니다. 거기 있던 사람들이 깜짝 놀랐어요. 그리고 이제 비로소 누구나 다 그 불행한 소녀에게 호기심을 가지게 되었죠. 그때만 해도 저는 그와 똑같은 불행이 제게도 닥치리라고는 생각하지 않았어요. 하지만 그때 저는 그 아이 처지를 정말 진심으로 공감했어요. 그 느낌이 아직도 생생히 살아있답니다. 지금은 그러한 연민을 저 자신에게로 돌려야겠죠. 그래서 그 비슷한 처지를 겪는 일이 없도록 해야 할 것 같아요."

"하지만 얘야" 샤를로테가 대답했다. "어디에 가서 살든지 다른 사람의 시선을 피할 수 있는 곳은 없단다. 우리한테 수도원이 있는 것도 아니잖아. 예전에는 그런 곳에서 마음의 피난처를 찾을 수 있었지만."

"아주머니, 고독이 피난처를 만들어 주지는 않지요." 오틸리에가 대답했다. "가장 가치 있는 피난처는 우리가 활동적일 수 있는 곳에서 찾아야 할 거예요. 불길한 운명이 우리를 뒤쫓기로 한 이상,

어떤 속죄, 어떤 금욕도 우리를 그 숙명에서 벗어나게 해주지는 못해요. 제가 하는 일이 없는 상태에서 세상의 구경거리가 되어야 한다면, 저는 세상이 싫을 거고, 세상은 저를 두렵게 하겠죠. 하지만 제가 기쁜 마음으로 일하며 지치지도 않고 의무를 수행하고 있을 때는 저는 어떤 사람의 시선이라도 견딜 수가 있어요. 신의 시선이라도 두려워해야 할 필요가 없으니까요."[1]

"내가 완전히 잘못 생각하고 있는 것이 아니라면, 너는 기숙학교로 돌아가고 싶어하는 것 같구나." 샤를로테가 말했다.

"그래요." 오틸리에가 대답했다. "부인하지는 않겠어요. 우리가 특별한 교육과정을 통해 성숙했다고 한다면, 다른 사람들을 평범한 과정에서 키워내는 것이 저의 행복한 소명이라고 생각하고 있어요. 역사책에도 나오잖아요? 도덕적으로 큰 잘못을 저지른 사람들은 사막에서 은둔생활을 해도, 그들이 원하는 것처럼 남들 모르게 숨어살지는 못했다는 이야기 말예요. 그들은 다시 세상으로 불려나왔어요. 길 잃은 사람들을 다시 올바른 길로 인도하도록 말이죠. 그리고 이미 삶의 미로에서 방황해본 사람이야말로 그런 일을 가장 잘 수행할 수 있지 않을까요? 그들은 불행한 사람을 도와주라는 부름을 받은 거예요. 이 세상에서는 더 이상 불행해질 수도 없었던 그들이야말로 그 누구보다도 그런 일을 더 잘 해내지 않았던가요?"

"너는 특별한 소명을 선택하고 있구나." 샤를로테가 대답했다. "너를 말리지는 않겠어. 다만 잠깐만 그렇게 했으면 좋겠다."

"진심으로 감사드려요." 오틸리에가 말했다. "제가 이런 시도와 경험을 하도록 허락해 주셔서요. 제가 주제넘은 생각을 하는 건지는 모르겠지만, 저는 그 일을 잘해낼 거예요. 그곳에 가게 되면 저는 얼마나 많은 시험을 그곳에서 치러야 했던가, 그리고 그 시험들도

1 여기에는 괴테의 인생관도 반영되어 있다. 항상 인간으로서 최선을 다하며 인간사의 범위를 넘어서는 일에 대해서는 신에게 맡겨놓자는 것인데, 동양식으로 표현하자면 '진인사대천명'이라고 하는 자세이다.

나중에 치러야 했던 시험에 비하면 얼마나 작고 하잘것없는 것이었던가를 생각하게 될 겁니다. 어린 새싹 같은 학생들이 겪는 당혹감에 대해서는 밝은 마음으로 관찰하고, 그들의 어린아이다운 고통에 대해서는 미소를 보내주며 조심스러운 손길로 그 아이들을 온갖 소소한 미로에서 끌어낼 겁니다. 행복한 사람은 행복한 사람들을 이끄는 데 적합하지 않아요. 받은 것이 많으면 많을수록, 자기 자신이나 남들에게도 그만큼 많이 요구하는 것이 인간의 본성이니까요. 불행을 극복하고 기운을 회복한 사람만이 자신을 위해서나 남을 위해서 어지간히 좋기만 해도 황홀한 마음으로 즐겨야 한다는 생각을 할 수 있거든요."

"네 계획에 대해서" 샤를로테가 약간 생각을 해본 후에 드디어 말했다. "한 가지만 이의를 달아 보자. 내겐 그것이 제일 중요하다고 생각되니까. 네 이야기가 아니라 제삼자에 대한 이야기란다. 그 선하고 이성적이고 경건한 조교의 신념에 대해서는 너도 알고 있잖니. 네가 그 길을 가다 보면 너는 그에게 나날이 더 가치 있고 꼭 필요한 존재가 될 거야. 그의 감정은 벌써부터 너 없이는 못 살 정도니까 말이다. 하물며 앞으로 네 협력을 받는 것에 익숙해지기까지 하면 더 이상 너 없이는 자기 일을 관리할 수 없는 지경이 되고 말지도 몰라. 처음엔 네가 그를 도와주는 셈이 되겠지만, 나중에는 결국 그 일에 대한 그의 즐거움을 빼앗는 격이 되는 거야."

"운명은 저를 부드럽게 대해 주지 않았어요." 오틸리에가 대답했다. "그러니 저를 사랑하는 사람도 그보다 훨씬 나은 상황을 기대하면 안 되겠죠. 그분은 친구로서 훌륭하고 이해심도 있어서, 저에 대한 내면의 감정도 순수한 관계에서 발전시키리라 생각해요. 그는 제 갈 길이 이미 정해져 있다는 것을 깨닫게 될 거예요. 자기 자신을 위해서나 다른 사람을 위해서 어떤 끔찍한 불행을 보상할 수 있으려면, 눈에 보이진 않지만 우리 주위를 감싸고 있는 저 성스러운 존재[2]에 몸을 바쳐야만 하는 사람이 저라는 것을 말예요. 성스러운 존재만이 저 끔찍하게 덤벼드는 숙명으로부터 우리를 보호할 수 있으니까요."

샤를로테는 이 사랑스러운 아이가 그토록 진실한 마음으로 하는 이야기들을 받아들이면서 속으로 생각에 잠겼다. 그녀는 오틸리에를 자극하지 않으려고 매우 조심하면서도 그녀가 혹시 에두아르트와 가까워지는 것은 생각해볼 여지가 없는지 여러모로 타진해 보았다. 그러나 이야기를 꺼내려고만 해도, 아주 가벼운 희망만 보여도, 그리고 아주 작은 의심만 해도, 그것이 오틸리에의 마음을 매우 깊게 건드리는 것 같았다. 이쯤 되면 샤를로테로서도 달리 방법이 없었으므로 자신의 의사를 분명히 밝히지 않을 수 없었다.

"에두아르트를 포기하겠다는 네 결심이 그렇게 확고하고 요지부동이라면, 그를 다시 만나는 위험은 피하도록 해." 샤를로테가 그녀에게 말했다. "사랑하는 대상과 떨어져 있을 때 우리의 애정이 열정적이면 열정적일수록, 그 열정이 밖으로 번지면서 폭력을 행사할 수 있게 만들 게 아니라 그것을 우리 안으로 향하게 해야만 우리는 우리 자신의 주인이라고 말할 수 있는 거겠지. 하지만 그 사람 없이도 살 수 있다고 믿었는데 그 사람이 다시 우리 눈앞에 없어서는 안 될 존재로 서있게 되면, 그런 미몽에서 깨나는 것도 순식간이야. 네 상태에서 가장 적합하다고 생각하는 일을 지금 하도록 하렴. 너 자신을 시험해 보는 거야, 아니, 너의 현재 결심을 바꾸도록 해봐. 하지만 너 스스로 자유롭게 원해서 그렇게 하는 것이라야 해. 어떤 우연이나 놀라운 사건에 의해서 다시 예전으로 되돌아가지는 않도록 해라. 그렇게 되면 정말로 네 마음이 갈가리 나뉘어서 더 이상 견딜 수 없게 돼버릴 수도 있어. 내가 이미 말했다시

2 괴테는 '신(神)'이라는 개념은 인간과 같은 유한한 존재가 사용하기에는 너무 거대하다는 입장이었다. 이 때문에 '신'이라고 바로 호칭하는 것을 피하고 '성스러운 존재'와 같은 우회적 표현을 사용하는 예도 적지 않다.

피 네가 나와 헤어져서 새로운 삶을 시작하기 전에, 다시 한번 잘 생각해 보고 그런 발걸음을 내딛기 바란다. 그 삶이 너를 어디로 끌고 갈지는 아무도 모르는 거잖아. 네가 정말 앞으로 영영 에두아르트를 포기할 수 있을지 잘 생각해 보라는 거지. 하지만 네가 그럴 결심을 이미 했다면, 우리 한 가지 약속하자. 너는 그와 관계를 맺지 않을 것이며, 심지어 그가 너를 찾아 헤매거나, 너에게 무작정 오겠다고 하더라도 설득당하지 않겠다고 말이야." 오틸리에는 한순간도 그런 염려는 하지 않았다. 그녀는 이미 자기 자신에게 했던 맹세를 샤를로테에게도 말해 주었다.

그러나 이제는 오틸리에가 샤를로테와 헤어지지 않는 동안만 오틸리에를 포기할 수 있다고 하던 에두아르트의 위협이 샤를로테의 눈앞에 맴돌았다. 그 후로 상황이 많이 변하기도 했고, 많은 사건이 생기기도 해서, 그때 순간적으로 그가 했던 말이 그다음에 이어질 사건들에 대해서는 효력을 상실했다고 생각할 수도 있기는 했다. 하지만 그녀는 그 어떤 의미에서건 그의 마음을 다치게 할 수 있는 일은 감행하고 싶지 않았고, 계획하고 싶지도 않았다. 그러므로 미틀러를 시켜 에두아르트의 생각을 알아보기로 했다.

미틀러는 아이의 죽음 이후로 비록 잠깐씩만 머무르긴 했지만, 샤를로테를 방문하는 일이 더 잦아졌다. 그에게 그 사건은 대단히 충격적이었다. 이 부부의 재결합도 극도로 비현실적인 것처럼 생각되었다. 그러나 그는 항상 자신이 생각하는 방식대로 희망하고 노력하는 사람이었으므로 이제 오틸리에가 그렇게 결단을 내린 것도 마음속으로 기뻐했다. 그는 굳게 먹은 마음도 시간이 지나면 누그러진다는 것을 믿었다. 그리고 여전히 이 부부를 합쳐 주려고 생각하고 있었고, 지금의 열정적인 동요도 오로지 결혼생활의 사랑과 신의를 굳게 다져줄 시련 정도로만 간주했다.

샤를로테는 소령에게도 오틸리에가 처음에 한 이야기를 편지로 알려 주면서 에두아르트에게 그 이상의 어떤 조치도 취하지 말고 조용히 있으면서 이 아름다운 처녀가 마음의 평정을 되찾을 때까지 일단 기다려 보도록 설득해 달라고 부탁했다. 그 이후의 사건이나 생각에 대해서도 필요한 부분은 알려 주었다. 이제 에두아르트의 상황을 변화하도록 하는 어려운 과제는 당연히 미틀러에게 맡겨졌다. 그러나 사람들은 아직 일어나지 않은 일에 동의하기보다는 기왕 일어난 일을 받아들이기를 더 좋아한다는 사실을 잘 알고 있는 미틀러는 오틸리에를 당장 기숙학교로 보내는 것이 최선임을 샤를로테에게 설득했다.

그리하여 그가 떠나자마자, 여행 준비가 갖추어졌다. 오틸리에는 짐을 쌌다. 그러나 샤를로테는 그녀가 그 아름다운 가방도, 그 안에 든 그 어떤 것도 가져가려 하지 않을 것을 다분히 알고 있었다. 절친한 친구가 그러듯이 샤를로테도 그것에 대해 아무 말도 하지 않았고, 이 말없는 아이가 하는 대로 내버려두었다. 출발일이 다가왔다. 샤를로테의 마차가 오틸리에를 태우고 첫날에는 잘 아는 숙소까지 갔다가 둘째 날에는 기숙학교까지 가기로 되어 있었다. 나니가 오틸리에를 따라가서 시중을 들기로 했다. 이 열정적인 소녀는 아이가 죽은 후에 바로 오틸리에에게 되돌아왔고, 이제는 평소처럼 매달리고 있었다. 그것은 소녀의 천성 때문이기도 했고, 오틸리에를 좋아하기 때문이기도 했다. 실제로 그녀는 이런저런 수다를 떨어 가면서 이제껏 소홀했던 것을 만회하고 사랑하는 여주인에게 완전히 헌신하려는 것 같았다. 게다가 이제는 미지의 곳으로 가는 여행에도 따라간다는 행운을 접하자 완전히 넋이 나가 있었다. 그녀는 아직 단 한 번도 태어난 곳을 떠나본 적이 없었기 때문이다. 그리하여 성에서 휭 하니 뛰어나가 마을에 있는 부모와 친척들에게로 달려가서는 자신의 행복을 알리며 작별을 고했다. 그러다가 불행히도 홍역환자가 있는 방에 들어섰고, 즉시 감염 증세를 보이고 말았다.

사람들은 그 여행을 연기할 생각이 없었다. 오틸리에 자신이 그것을 서둘렀다. 그녀의 마음은 이곳을 이미 떠나 있었고, 머물게 될 숙소의 주인들도 잘 알고 있었다. 성의 마부가 그녀를 태우고 갔다. 아무것도 신경 쓸 것이 없었다.

샤를로테는 말리지 않았다. 그녀도 이미 마음속으로는 이 주위환경을 벗어나고 있었다. 다만 오틸리에가 성에서 사용했던 방들은 다시 에두아르트가 쓸 수 있도록 정돈해 놓고 싶었다. 대위가 오기 이전의 모습 그대로 말이다. 옛날의 행복을 되찾을 수 있으리라는 희망은 항상 갑자기 불타오르는 법이다. 샤를로테도 그런 희망을 다시 한번 가질 자격이 있었다. 아니, 가져야만 했다.

제 16 장

미틀러가 그 일에 대해 이야기하려고 에두아르트에게 가보니, 그는 머리를 오른손에 괴고 팔은 탁자에 고인 채 혼자 있었다. 그는 매우 아픈 것 같았다. "또 두통이 괴롭히나?" 미틀러가 물었다. "그러네요." 에두아르트가 대답했다. "하지만 그것을 미워할 수는 없어요. 왜냐하면 그것은 오틸리에를 생각나게 하거든요. 어쩌면 그 애도 지금 시달리고 있을 겁니다. 그럴 것 같아요. 오른팔에 기낸 채 말이죠. 아마 저보다도 더 시달리고 있을걸요. 그런데 제가 그 애처럼 시달리지 말아야 할 이유가 어디 있겠어요? 이러한 고통은 저에겐 치료제 같아요. 거의 바람직하다고 말할 수 있을 정도예요. 왜냐하면 이럴 때일수록 제 눈앞에는 그 애가 고통을 참는 모습이 더욱 강렬하고 분명하고 생생하게 눈앞에 어른거리거든요. 그 애가 지니고 있는 다른 장점과 함께 말입니다. 고통을 겪을 때에만 비로소 우리는 고통을 참으려면 어떤 위대함이 필요한가 하는 것을 제대로 느끼게 되는군요."

미틀러는 에두아르트가 이 정도로 체념하고 있는 것을 보자, 주저하지 않고 하려던 말을 꺼냈다. 하지만 어떻게 해서 그 여성들이 그런 생각을 하게 되었으며 그것이 어떤 방식으로 차츰차츰 확고한 결심으로 무르익게 되었는지 차근차근 시기별로 설명했다. 에두아르트는 몇 마디 하지 않았지만 모든 것을 여성들에게 맡긴다는 생각인 듯했다. 그가 현재 겪는 고통이 그를 모든 것에 무관심하게 만들어 놓은 것 같았다.

그는 혼자 있게 되자마자 자리에서 일어나 방안을 이리저리 서성거렸다. 고통도 더 이상 느끼지 않았고, 완전히 생각에 몰두했다. 이미 미틀러의 이야기를 들을 때부터 이 사랑에 빠진 남자의 상상력은 격렬하게 발동하고 있었다. 그는 오틸리에가 혼자서, 거의 혼자나 다름없는 상태에서, 잘 아는 길을 걸어가는 모습을 그려보고, 자기가 종종 투숙했던 익숙한 여관에 있는 모습을 상상했다. 그는 생각하고, 곰곰이 숙고했다. 아니, 어쩌면 생각하였을 뿐, 숙고한 것은 아니었다. 그는 그녀를 보고 싶었다. 그래야겠다는 생각 외에는 다른 생각도 없었다. 그녀를 보아야 했다. 그녀와 이야기해야만 했다. 무엇 때문에? 왜? 그래서 어떻게 할 것인지? 그런 것은 문제가 될 수 없었다. 그는 이 욕구에 저항하지 않았다. 불가항력이었던 것이다.

그는 집사와 은밀히 의논했다. 집사는 오틸리에가 여행하는 날짜와 시간을 바로 알아냈다. 아침이 밝았다. 에두아르트는 지체하지 않고 혼자 말을 타고 오틸리에가 묵게 될 곳으로 갔다. 도착해 보니 너무 이른 시간이었다. 여주인은 뜻밖의 방문에 놀라면서도 기쁘게 맞아들였다. 그는 그녀 집안에 커다란 행복을 가져다준 사람이었기 때문이다. 그녀의 아들이 병사로 전쟁에 참여했을 때 매우 용감하게 행동했는데, 이것을 유일하게 목격한 에두아르트가 추천하여 훈장을 받게 되었던 것이다. 그는 이 아들을 사령관 앞으로까지 데려가면서 적극 추천하였고 몇몇 사람이 그 아들을 안 좋게 생각해서 방해하는 것까지도 막아주었던 것이다. 그녀는 에두아르트에게 어떻게 은혜를 갚아야 할지 몰랐다. 그녀는 신속하게 객실을 정리했다. 이 방은 탈의실 겸 창고로도 쓰이는 방이었다. 그러나 그는 어떤 여성이 이곳에 올 텐데 그녀에게 이 방을 주고 자신은 복도 뒤쪽에 있는 방 하나면 된다고 했다. 여주인에게는 이 일이 비밀스러운 것처럼 보였지만, 자신의 은인이 이 일에 지대한 관심을 보이며 몰두하고 있었으므로, 뭔가 그에게 좋은 일을 해줄 수 있을 것 같아서 기꺼이 그렇게 해주었다. 이제 그는 저녁이 될 때까지 그 긴 시간을 어떤 심정으로 보낼 것인가! 그는 이처럼 희한한 방식으로 집안에 있었지만 마치 천국에 머물고 있는 것만 같았다. 오틸리에를 놀라게 해주어야 할까, 아니면 그녀에게 미리 마음의 준비를 시켜야 할까, 오만가지 가능성을 다 생각해 보았다. 드디어 후자가 승리했다. 그는 자리에 앉아서 편지를 썼다. 이 편지가 그녀를 맞아들이게 될 것이다.

에두아르트가 오틸리에에게

"내 사랑, 네가 이 편지를 읽을 때면 나는 네 근처에 있을 거야. 놀랄 필요도 없고 경악할 필요도 없어. 나에 대해서 아무것도 두려워할 필요가 없어. 나는 너에게 억지로 다가가지는 않을 거야. 네가 허락하기 전에는 너를 만나지도 않을 거고.

먼저 너와 나의 상황을 잘 생각해 보기 바란다. 네가 아직 결정적인 조처를 할 생각이 없다는 것에 얼마나 감사하고 있는지 몰라. 하지만 그런 조처를 내린다면 심각한 일이다. 그렇게 하지는 말아줘! 이곳은 일종의 갈림길이 되는 거야. 이곳에서 다시 한번 잘 생각해봐. 너는 내 여자가 될 수 있겠니? 내 여자가 되고 싶으니? 제발, 우리 모두를 위한 선행을, 나에게는 과분한 선행을 베풀어다오.

너를 다시 보게 해주길, 너와 기쁜 마음으로 재회할 수 있게 해줘. 그 아름다운 질문을 내가 직접 할 수 있게 해주고, 내게 너의 아름다운 모습 그 자체로 대답해 주렴. 오틸리에, 내 품으로 와! 이리로 다가오렴, 네가 가끔 편히 쉬었고 네가 항상 속해있던 내 품으로!"

그가 편지를 쓰는 동안, 그가 가장 갈망했던 것이 다가오고 있다는 느낌, 이제 곧 그것이 현실의 모습으로 나타나리라는 느낌이 그를 엄습했다. 이 문으로 그녀가 들어올 것이다. 이 편지를 그녀가 읽을 것이고, 평소처럼 그렇게 그녀가 내 앞에 서있게 될 것이다. 얼마나 보고 싶었던 모습인가, 그녀는 여전히 똑같은 모습일까? 모습이나 생각이 변한 건 아닐까? 그는 아직도 펜을 손에 쥐고 있었다. 그는 떠오르는 대로 죽 써내려갈 생각이었다. 그런데 마차가 뜰 안으로 들어오고 있었다. 그는 편지를 서둘러 마치면서 간신히 이렇게 덧붙였다. "네가 오는 소리가 들리는구나. 잠깐 동안 안녕!"

그는 편지를 접고 겉에 서명을 했다. 도장까지 찍기에는 너무 늦었다. 그는 자기 방으로 뛰어들어갔고, 이 방을 통해 복도로 나갈 수 있었다. 그런데 그 순간 시계와 인장을 탁자 위에 두고 왔다는 생각이 났다. 그녀가 이것을 먼저 보면 안 되는 것이었다. 그는 다시 뛰어들어가 다행히도 그것을 치울 수 있었다. 이미 홀 쪽에서는 여주인이 손님에게 방을 보여 주기 위해 오고 있는 소리가 들렸다. 그는 서둘러 방문으로 갔으나, 문이 닫혀 있었다. 그가 뛰어들어오면서 열쇠를 아래로 던져놓았는데, 그것이 이제는 문 안쪽에 있었던 것이다. 자물쇠가 잠겨 있었다. 그는 갇힌 채로 서있었다. 황급히 문 쪽을 밀어 보았지만 문은 끄떡도 하지 않았다. 아, 그로서는 유령처럼 문틈으로 빠져나가고 싶은 마음이 굴뚝같았으리라! 헛수고였다! 그는 문기둥 쪽에 얼굴을 숨겼다. 오틸리에가 들어왔다. 여주인은 그가 있는 것을 보고는 물러갔다. 아주 잠깐 동안이라도 오틸리에가 그의 모습을 보지 못하게 하는 것은 불가능했다. 그는 그녀 쪽으로 돌아섰다. 그렇게 두 연인은 또다시 희한한 방식으로 마주 서게 되었다. 그녀는 그를 침착하고 진지하게 바라보았다. 앞으로 나오지도, 뒤로 물러서지도 않았다. 그리고 그가 그녀 쪽으로 다가가려 하자, 그녀는 몇 걸음 뒤로 탁자 쪽으로 물러섰다. 그도 다시 뒤로 물러섰다. "오틸리에!" 그가 외쳤다. "이 끔찍한 침묵에서 좀 벗어나면 안 될까? 우리는 그저 서로 마주 보고 서있는 그림자들에 불과한 건가? 하지만 먼저 내 말을 좀 들어봐! 네가 나를 지금 여기서 만나게 된 것은 우연이야. 네 옆에 편지가 한 통 있지. 너에게 마음의 준비를 시키려는 것이었이. 읽어 봐, 제발 부탁이다, 그걸 읽어 보란 말이야! 네가 무얼 할 건지는 그 후에 결정해도 되잖아."

그녀는 편지를 내려다보았다. 그리고 약간 생각해본 후에 그것을 집어들고는 열어서 읽었다. 그녀는 표정 하나 변하지 않고 편지를 읽었다. 그리곤 살며시 내려놓았다. 그러더니 두 손을 공중으로 들어올려 합장하고는 그것을 가슴 쪽으로 가져가면서 고개를 약간 앞으로 수그리며 에두아르트를 바라보았다. 그녀에게 무엇을 간청하던 사람도 그 시선을 보면 자기가 원하거나 바라는 모든 것으로부터 물러서게 만드는 바로 그 시선이었다. 그녀의 이런 동작은 그의 마음을 찢어 놓고 있었다. 그는 오틸리에의 그 시선, 그 자세를 견딜 수가 없었다. 그가 고집이라도 부리면 그녀는 무릎을 꿇으며 쓰러질 것만 같았다. 그는 절망에 빠지면서 문 쪽으로 달려나갔다. 그러고는 이 고독한 여인에게 여주인을 보내주었다.

그는 홀에서 서성이고 있었다. 밤이 되었고, 방안은 고요했다. 마침내 여주인이 밖으로 나와서 열쇠를 빼냈다. 이 선한 부인은 감동과 동시에 당혹감을 느끼고 있었다. 자기가 뭘 해야 좋을지 알지 못했다. 결국은 다시 밖으로 나가면서 에두아르트에게 열쇠를 건넸으나, 그는 거절했다. 그녀는 불을 끄고 물러갔다.

에두아르트는 깊은 근심에 사로잡힌 채 오틸리에의 문지방 위에 엎드려 눈물로 그것을 적시고 있었다. 그토록 사랑하는 사람들이 서로의 곁에서 그토록 비참하게 하룻밤을 보낸 적이 또 있었을까.

날이 밝았다. 마부가 마차를 몰기 시작했고, 여주인은 문을 열고 방안으로 들어갔다. 그녀는 오틸리에가 옷을 입은 채로 잠든 것을 보았다. 그녀는 다시 물러나와 에두아르트에게 이해한다는 듯이 미소를 보내며 이리로 오라고 손짓했다. 두 사람은 잠들어 있는 오틸리에 앞으로 다가갔다. 그러나 이러한 광경도 에두아르트로서는 견딜 수가 없었다. 여주인은 편히 쉬고 있는 이 아이를 감히 깨우지 못하고, 맞은편에 앉았다. 마침내 오틸리에가 그 아름다운 두 눈을 뜨고 자신의 발치 쪽을 바라보았다. 그녀는 아침은 먹지 않겠다고 한다. 그리고 에두아르트가 그녀 앞으로 다가선다. 그는 그녀에게 단 한 마디만이라도 해보라고, 무슨 생각을 하는지 제발 말 좀 해보라고 애원한다. 뭐든 그녀의 생각대로 따르겠노라고 맹세도 한다. 그러나 그녀는 침묵한다. 그는 다시 사랑스럽고 절절한 어조로, 그녀에게 자신의 여자가 되고 싶은 생각이 있느냐고 묻는다. 그러나 눈을 내리깔고 고개를 부드럽게 흔들면서 아니라고 하는 그녀의 모습은 그 얼마나 사랑스러운가! 그는 그녀에게 기숙학교로 갈 생각이냐고 묻는다. 그녀는 무관심한 표정으로 아니라고 한다. 그러나 그가 그녀를 샤를로테에게로 다시 데려가도 되느냐고 묻자, 그녀는 안심한 듯 고개를 끄덕이며 그것을 받아들인다. 그는 창가로 급히 가서 마부에게 명령을 내린다. 그러나 그녀는 그의 뒤에서 번개처럼 그 쪽방으로 빠져나가, 계단을 내려가서, 마차에 올라타 있다. 마부는 왔던 길을 되돌아 성으로 향한다. 에두아르트는 말을 타고 어느 정도 떨어져서 그 뒤를 따른다.

제 17 장

마차를 탄 오틸리에가 앞서서 들어오고, 곧이어 에두아르트도 말을 탄 모습으로 성의 안뜰로 들어오는 것을 보았을 때 샤를로테는 깜짝 놀랐다. 그녀는 문간으로 서둘러 갔다. 오틸리에가 마차에서 내리며 에두아르트와 함께 다가온다. 그녀는 부부의 손을 잡고 한데 모아 힘껏 잡아주고는 자기 방으로 서둘러 간다. 에두아르트는 샤를로테의 목에 매달리며 눈물을 쏟아낸다. 그는 자신의 심정을 말로 할 수가 없다. 그저 자기에 대해서 인내심을 가져달라는, 오틸리에의 후원자가 되어 그녀를 도와달라는 부탁만 할 뿐이다. 샤를로테가 오틸리에의 방으로 서둘러 간다. 방에 들어서자, 그녀에게는 전율이 인다. 이미 방은 완전히 물건들을 다 들어낸 상태여서 텅 빈 벽들만 휑하니 서있었다. 방은 불쾌하리만치 넓어 보였다. 모든 것을 다 내어갔으나, 작은 트렁크만은 그것을 어디에 세워야 할지 결심을 못 내리고 방 한가운데에 세워 둔 모양이었다. 오틸리에는 팔과 머리를 트렁크 위에 기댄 채 바닥에 누워 있었다. 샤를로테는 그녀를 걱정하면서, 무슨 일이 있었냐고 묻지만 아무 대답도 듣지 못한다.

그녀는 원기를 돋울 만한 것들을 들고 들어오는 소녀를 오틸리에에게 붙여 주고 서둘러 에두아르트에게로 간다. 그녀는 홀에서 그를 발견한다. 그도 그녀를 설득하지 않는다. 그는 그녀 앞에 엎드려, 그녀의 두 손을 눈물로 적신다. 그는 자기 방으로 달아난다. 그리고 그녀가 그의 뒤를 따라가려 하다가 집사와 마주친다. 집사는 아는 대로 자초지종을 설명한다. 그녀는 나머지 사정도 미루어 짐작하면서 즉시 이 순간에 필요한 일을 해야겠다고 결심한다. 오틸리에의 방은 곧 세간으로 채워졌다. 에두아르트는 자기가 쓰던 물건들과 다시 만났다. 그가 쓴 마지막 편지도 그가 떠났을 때와 마찬가지로 제자리에 있었다.

세 사람은 다시 함께 사는 것 같지만, 오틸리에는 계속 침묵하고 있고, 에두아르트가 할 수 있는 일은 아내에게 인내심을 가져달라는 부탁뿐이지만, 정작 그에게도 인내심은 부족해 보인다. 샤를로테는 미틀러와 소령에게 사람을 보낸다. 미틀러는 만날 수가 없었고, 소령이 온다. 그를 만나자 에두아르트는 자기의 마음을 털어놓고 자기 상황을 시시콜콜하게 이야기한다. 그래서 샤를로테는 어떤 일이 있었으며, 무엇이 상황을 그렇게 별나게 변화시켰는지, 그리고 무엇이 사람들의 마음을 그렇게 흥분시켜 놓았는지를 알게 된다.

그녀는 남편과 아주 사랑이 넘치는 말로 이야기한다. 그녀가 그에게 할 수 있는 부탁이라고는 오로지 지금 오틸리에에게 충격을 주면 안 된다는 정도다. 에두아르트는 자기 부인의 가치와 사랑과 이성을 느낀다. 그러나 그의 마음을 지배하는 것은 그 자신의 열정뿐이다. 샤를로테는 그에게 희망을 불어넣는다. 이혼에 동의하겠다고 약속하는 것이다. 그는 믿지 않는다. 그의 마음은 병이 들 대로 들어 희망과 믿음도 모두 사라져버렸던 것이다. 그는 샤를로테에게 소령의 구혼을 받아들여야 한다고 졸라댄다. 일종의 광기 같은 울화가 그를 엄습했던 것이다. 샤를로테는 그를 달래고 그의 마음을 붙잡기 위해서 그가 요구하는 대로 한다. 그녀는 오틸리에가 에두아르트와 결합하겠다고 한다면 자기도 소령의 구혼을 받아들이겠다고 한다. 다만 분명한 조건은 두 남자가 잠깐 동안 함께 여행을 떠나야 한다는 것이다. 소령은 궁정을 위해 외지에서 처리해야 할 일이 있는데, 에두아르트는 그를 따라가겠다고 약속한다. 준비가 차려진다. 적어도 뭔가가 행해지고 있다는 점에서 마음도 어느 정도 진정된다.

그동안 오틸리에는 먹을 것도 마실 것도 입에 대지 않고 계속 그녀의 침묵만을 고수하고 있다는 사실을 사람들도 알게 된다. 사람들이 그녀를 설득하려고 하면 그녀는 겁을 먹고 움찔한다. 결국 사람들은 설득하는 일을 그만둔다. 당사자에게 최선이 되는 일이라도 당사자가 괴로워하면 삼가게 되는 것이 인지상정이기 때문이다. 샤를로테는 모든 방법을 모색해 보았다. 마침내 그녀는 조교를 기숙학교에서 불러내어 이곳으로 오게 해야겠다는 생각을 하게 되었다. 조교는 오틸리에를 위해 많은 일을 할 수 있는 사람이었다. 조교는 오틸리에가 기대와 달리 기숙학교에 돌아오지 않자 매우 친절한 편지를 써보냈지만 아직 답장을 받지 못하고 있는 중이었다.

사람들은 오틸리에가 놀라지 않도록 그녀가 있는 자리에서 이러한 계획을 이야기한다. 그녀는 동의하지 않는 것 같다. 그녀는 생각해 본다. 마침내 어떤 결심이 그녀 마음속에서 무르익는 것처럼 보인다. 그녀는 자기 방으로 서둘러 간다. 그리고 저녁 시간이 되기 전에 그곳에 모여 있던 사람들에게 다음과 같은 글을 보낸다.

오틸리에가 친구들에게

"사랑하는 친구들이여, 너무나 당연한 일을 왜 제가 일부러 말해야 하는지 모르겠군요. 저는 제 행로에서 일탈했습니다. 그리고 저는 다시 그 행로로 들어가서도 안 됩니다. 제가 다시 본래 제 모습으로 돌아와 살아 보겠다고 하는데도, 저에게 들러붙은 마신이 여전히 저를 방해하는 것 같네요.

에두아르트를 포기하고 그에게서 떠나겠다는 제 결심은 전적으로 순수한 것이었어요. 그분을 다시는 만나지 않게 되기를 바랐고요. 그러나 상황이 달라졌지요. 그분 스스로 그분의 의지와는 반대로 제 앞에 나타났던 것입니다. 그와의 어떤 대화에도 말려들지 않겠다던 제 약속을 저는 아마도 너무 문자 그대로 받아들였고 해석했던 것 같습니다. 그렇기 때문에 그 순간에도 제 감정과 양심에 따라 침묵했던 것입니다. 그분 앞에서 아무 말도 하지 않았지요. 지금도 저로서는 더 이상 뭐라고 드릴 말씀이 없군요. 수도원에서도 엄격한 맹세를 할 때는 곰곰이 생각해 보고 하고 그래도 뭔가 두려움이 느껴져서 마음이 불편해지기도 하는데, 저는 우연히도 감정에 좌우되어 그런 맹세를 감히 하고 말았던 겁니다. 제 양심이 그렇게 하라고 명령하는 동안은 그 약속을 지킬 것입니다. 어떤 중재자도 부르지 말아 주십시오! 배려와 인내심으로 제가 이 시기를 넘기도록 도와주세요. 저는 젊습니다. 젊음은 눈 깜짝할 사이에 다시 원기를 회복합니다. 제가 여러분과 함께 있는 것에 대해서 아량으로 봐주시고, 여러분의 사랑으로 저를 기쁘게 해주시고, 여러분의 대화로 저를 가르쳐 주세요. 하지만 제 마음은 저 자신에게 맡겨 주십시오!"

오래전부터 준비되어온 남자들의 여행은 이루어지지 않고 있었다. 왜냐하면 소령의 외지 업무가 지연되고 있었기 때문이다. 에두아르트로서는 얼마나 바람직한 일이었겠는가! 이제 오틸리에의 편지로 다시 용기를 얻고, 그녀가 위로와 희망을 주는 말을 하고 있다는 사실에 고무되어 당당하게 버티기로 작정하고는 자기는 떠나지 않겠다는 선언까지 떡하니 내놓는 것이었다. 그가 외쳤다. "꼭 필요한 어떤 것을 의도적으로 미리 내던져버리는 일처럼 어리석은 일이 또 있을까! 얼마 안 가서 잃어버리게 될 것 같기는 하지만, 그래도 아직은 계속 가지고 있을 수 있는데 말이야. 그런 것이 뭘 의미하는지 알아? 인간이 뭔가를 원하고 선택하는 능력이 있는 것처럼 보이지만 그건 단지 인간들의 생각일 뿐이라는 거야! 나도 그런 우매한 생각에 사로잡혀서 미리 몇 시간 전부터, 심지어 며칠 전부터 친구들과 헤어진 적이 많았어. 마지막 순간까지 버티다가 어쩔 수 없이 헤어져야 하는 사태를 겪기 싫어서 그랬던 거지. 하지만 이번에는 떠나지 않고 남아 있을 거야. 왜 내가 떠나야 하는데? 그녀는 이미 내게서 떠나가지 않았나? 그녀의 손을 잡고 그녀를 내 가슴에 안아 보겠다는 생각은 나지 않아. 심지어 그런 생각도 안 되겠지. 생각만 해도 전율이 일지만 말이야. 그녀는 내게서 사라져간 것이 아니라, 나보다 높이 올라가버린 거야."

그는 머물렀는데, 그것은 그가 원하는 것이기도 했고 그렇게 하지 않으면 안 되는 것이기도 했다. 그러나 그가 그녀와 함께 있을 때의 만족감에 비할 만한 것은 아무것도 없었다. 그리고 그녀에게도 동일한 느낌이 남아 있었다. 그녀도 이처럼 행복한 필연을 거부할 수는 없었던 것이다. 예나 지금이나 그들은 형용할 수 없는, 거의 마법적이라고 할 만한 매력을 서로에게 발산하고 있었다. 그들은 한 지붕 아래서 살았다. 그러나 상대방을 생각하고 있는 것이 아니라, 다른 일에 몰두하고 다른 사람들에게 이리저리 끌려다니는 순간에도 그들의 마음은 서로를 향하고 있었다. 그들이 서로를 한 홀에서 보게 되면 오래지 않아 그들은 나란히 서있거나 앉아 있었다. 그저 가장 가까이 있는 것만이 그들을 진정시킬 수가 있었다. 그리고 이러한 가까움만으로도 충분했다. 어떤 시선, 어떤 말, 어떤 동작, 어떤 접촉도 필요치 않았다. 필요한 것은 오로지 순수하게 가까이 있는 것이었다. 그러고 나면 이제 그들은 둘이 아니라, 무의식적으로 자신과 세계에 대해서 완전하게 만족하는 단 하나의 인간이었다. 그렇다, 두 사람 중 한 명을 그 집의 한쪽 구석에 붙잡아놓았더라도, 다른 한 명도 서서히 저절로, 아무런 계획도 없이, 상대방을 향해 움직여 갔을 것이다. 삶은 그들에게 하나의 수수께끼였다. 두 사람은 오로지 함께 있을 때만 그 해답을 발견했다.

오틸리에는 아주 명랑하고 침착했으므로, 사람들은 이제 완전히 마음을 놓을 수가 있었다. 그녀가 사람들 모임에서 멀어진 적은 별로 없었지만, 식사만은 혼자서 하겠다고 했다. 나니 외에는 아무도 그녀의 식사를 거들지 않았다.

누구에게나 흔히 생기는 일은 생각보다 훨씬 더 자주 반복된다. 가장 흔히 벌어지는 일이 그 사람의 본성에 가장 가깝기 때문이다. 성격이나 개성, 애정이나 취향, 장소, 환경, 습관 같은 것이 합하여 하나의 전체를 이루고, 그 안에서 인간 각자는 어떤 원소나 대기 속에 있는 것처럼 헤엄치는 것이고, 그 안에 있을 때만 그의 상황이 편안하고 안락하다. 그렇기 때문에 그렇게 잘 변한다고 그토록 많은 비난을 들었던 사람들이 수년이 지났는데 놀랍게도 변한 것이 없다든지, 외적으로나 내적으로 무한한 자극을 받았음에도 불구하고 불변의 상태로 있는 경우를 보게 되는 것이다.

우리의 친구들도 일상을 함께하다 보니 거의 모든 것이 다시 옛날 궤도대로 움직였다. 여전히 오틸리에는 이런저런 친절들을 말없이 베풀면서 남을 도와주는 본성을 드러내고 있었고, 그런 식으로 모든 것이 각자의 방식대로 진행되었다. 이렇게 해서 집안의 흐름은 마치 지난 삶에 대한 환영처럼 진행되었고, 어쩌면 아직도 모든 것이 옛날 그대로인지 모른다는 망상이 들더라도 용서할 수 있을 정도였다.

가을이었지만 하루 길이가 봄과 같다 보니 야외에 나갔다가 집에 돌아오는 시간대도 봄과 같은 시간대였다. 이 시기에 어울리는 과일과 꽃 장식들은 마치 지금이 첫봄이 지나고 바로 이어지는 시기가 아닌가 하는 느낌이 들게 했다. 그 중간에 있었던 시간은 망각 속에 파묻혔다. 왜냐하면 그때 뿌려졌던 씨들이 이제는 꽃을 피우고 있었고, 그때 꽃을 피웠던 나무들은 이제 열매를 맺고 있었기 때문이다.

소령은 가끔 외출했다. 미틀러도 훨씬 자주 모습을 보였다. 저녁 모임은 대개 규칙적이었다. 에두아르트는 보통 책을 읽었는데, 굳이 말하자면 그 어느 때보다도 더 생동감 있고 감정을 풍부하게 넣어가며 잘 읽었고, 심지어 톤도 더 명랑했다. 그는 마치 그렇게 명랑하게 감정을 실어 읽어서 오틸리에의 얼어붙은 마음에 다시 생기를 불어넣고 그녀의 침묵을 깨보려는 것 같았다. 그는 예전의 자리를 잡고 앉았기 때문에, 그녀도 다시 그의 책을 들여다볼 수 있었다. 심지어 그는 그녀가 책을 들여다보지 않거나, 자기가 읽는 내용을 그녀가 눈으로 잘 따라오고 있다는 확신을 할 수 없으면 불안해지고 산만해지기도 했다.

그간에 있었던 불쾌하고 불편한 감정은 모두 사라졌다. 아무도 더 이상 다른 사람을 원망하지 않았다. 모든 종류의 냉정함도 사라졌다. 소령은 바이올린으로 샤를로테의 피아노 반주에 맞춰 연주를 했고, 에두아르트의 플루트는 다시 옛날처럼 오틸리에의 현악기 연주와 만나고 있었다. 그런 식으로 사람들은 에두아르트의 생일에 가까이 가고 있었다. 작년에는 생일잔치를 하지 못했다. 이번에는 잔치를 요란하게 벌이지 않고 조용하고 기분 좋게 편안한 가운데 축하할 생각이었다. 여기에 대해서는 반쯤은 암묵적으로, 반쯤은 분명한 말로 합의되어 있었다. 하지만 이 시기가 다가오면 다가올수록, 오틸리에의 본성에 있는 화사함도 더 많이 나타났다. 물론 그녀의 이런 모습을 사람들이 보았다기보다는 느꼈다고 하는 편이 옳을 것이다. 그녀는 종종 정원에서 꽃들을 살피고 있는 것 같았다. 정원사에게 여름식물들은 어떤 종류건 잘 보살피라는 언질을 주었었지만, 그녀는 무엇보다도 과꽃에 관심을 기울였다. 이 꽃들은 특히 올해에는 끝도 없이 피어나고 있었다.

제 18 장

친구들이 말없이 주시한 것 중에서 가장 중요한 사실은 오틸리에가 트렁크를 처음으로 열었다는 것이었다. 그녀는 트렁크에서 여러 가지 옷감을 고르더니 한 벌의 정장을 만들기에 넉넉한 양만큼 잘라냈다. 잘라낸 나머지를 나니의 도움을 받으며 다시 가방에 집어넣으려던 오틸리에는 몹시 당황했다. 이미 조금은 밖으로 꺼냈는데도 가방은 여전히 물건으로 꽉 들어차 있었던 것이다. 욕심 많은 나니는 가방 안을 아무리 들여다봐도 싫증나지 않았다. 특히 정장뿐 아니라 정장에 맞춰야 하는 여러 물품이나 액세서리도 빠짐없이 갖춰 있었기 때문이다. 구두, 양말, 경구가 든 대님[1], 장갑, 그 외에도 여러 가지가 들어 있었다. 나니는 오틸리에에게 이 중 몇 가지만이라도 자기에게 선물해 달라고 졸랐다. 오틸리에는 그것을 거절했다. 그러나 곧 장식장 서랍을 하나 열고는 그 아이에게 골라 가지라고 했다. 소녀는 급하게 아무거나 움켜쥐고는 그것을 가지고 곧바로 뛰어나갔다. 집안사람들에게 자기의 행복을 알리고 과시하기 위해서였다.

마침내 오틸리에는 모든 것을 조심스럽게 다시 가방에 정리했다. 그러고는 이어서 뚜껑 안쪽 부분에 눈에 띄지 않게 만들어진 주머니

1 괴테시대에는 양말에 문학적 시구나 격언 등을 적어 주는 것이 유행이었다고 한다.

하나를 열었다. 그녀는 여기에 에두아르트가 보낸 작은 쪽지들과 편지들, 이전에 산책할 때 그가 꺾어 주었던 여러 꽃을 기념 삼아 말려놓은 것들, 그리고 연인의 고수머리 한 올 등 여러 가지를 보관해 오고 있었다. 이제 또 한 가지를 보태고 — 그것은 그녀 아버지의 초상이었다 — 가방 전체를 잠갔다. 그러고는 이 조그만 열쇠를 금목걸이에 매달아 다시 가슴에 걸었다.

그동안 친구들의 가슴에는 온갖 희망이 솟아나고 있었다. 샤를로테는 그날[2]이 다가오면 다시 오틸리에가 말하기 시작할 것이라고 확신했다. 왜냐하면 그녀는 지금까지 남모르게 뭔가에 몰두하면서 쾌히 만족하고 있는 것 같았고, 말하자면 사랑하는 사람에게 주려고 뭔가 기분 좋은 선물을 숨기고 있는 사람처럼 미소를 띠고 있는 것 같았기 때문이다. 그러나 사람들이 몰랐던 것은, 오틸리에가 몇 시간씩 극도로 허약한 상태로 보내면서도 남 앞에 모습을 드러내는 시간에는 그러한 모습을 보이지 않으려고 모든 정신력을 다하고 있다는 것이었다.

미틀러는 최근 들어 좀 더 자주 모습을 나타냈고 평소보다 오래 머물렀다. 이 집요한 남자는 경우에 따라서는 쇠뿔도 단김에 빼야 한다는 것을 너무도 잘 알고 있었다. 오틸리에의 침묵과 거부에 대해서도 그는 자기에게 유리한 쪽으로 해석했다. 아직까지는 이 부부의 이혼 절차가 한 가지도 취해진 것이 없었다. 그는 이 착한 아이의 운명도 어떤 다른 방식으로 인도해 보고 싶었다. 그는 귀를 기울여도 보고, 물러서도 보고, 조심스럽게 의사를 표명하기도 하면서 나름대로는 충분히 사려 깊은 방식으로 처신했다.

그러나 그는 자신이 보기에 대단히 가치 있는 이야기를 할 기회가 왔다는 생각만 들면 그만 자제력을 잃어버리는 것이었다. 그는 오랜 시간을 혼자서만 살았고, 남들과 함께 있어도 보통은 그들에

2 에두아르트의 생일을 의미한다.

반대하는 태도로만 살아왔다. 그는 친구들과 함께 있는 자리에서 일단 연설을 시작했다 하면, 우리가 자주 보아왔다시피, 듣는 사람은 전혀 배려하지 않고 자기 이야기를 계속하는 것이었다. 그리하여 그가 하는 이야기는 상황에 따라서 남에게 상처를 주기도 했고, 상처를 치유해 주기도 했으며, 이익이 되기도 하고 해가 되기도 했다.

에두아르트의 생일 전날, 샤를로테와 소령은 말을 타고 나간 에두아르트를 기다리며 함께 있었다. 미틀러는 방에서 서성이고 있었다. 오틸리에는 자기 방에 머물면서 내일 쓸 장식들을 하나씩 꺼내놓고, 나니에게 이것저것 지시를 하고 있었다. 소녀는 그것을 빠짐없이 알아듣고 말없는 지시도 능숙하게 따랐다.

그때 마침 미틀러에게는 자기가 좋아하는 소재 하나가 생각났다. 그는 아이들을 교육하거나 국민을 이끄는 데에 금지조처나 금지명령, 지시 같은 것처럼 미련하고 야만적인 것도 없다고 즐겨 주장하곤 했다. "인간은 원래가 활동적인 존재입니다." 그가 말했다. "그리고 인간에게 뭘 하라는 명령만 제대로 한다면, 그는 당장 명령에 따라 제대로 행동합니다. 나 자신으로 말할 것 같으면, 내 영역에서 어떤 잘못이나 범죄라고 생각되는 일이 있을 때 내가 그것을 없애기는 했지만, 그렇다고 해서 어떤 올바른 행동이 들어서는 것도 아닐 바에야 차라리 그 잘못을 허용하는 것이 더 좋다는 생각입니다. 그 잘못에 반대되는 미덕을 보이도록 명령할 수 있을 때까지는 말이죠. 인간은 좋은 일이나 목적에 맞는 일은 할 수만 있다면 기꺼이 해냅니다. 그가 그것을 하는 이유는 뭔가 할 일이 생겼으니까 그렇게 하는 것이지, 그가 게으르거나 지루한 나머지 멍청한 짓거리를 할 때보다 더 많이 생각해서 그러는 것은 아니거든요.

어린이를 위한 교리 시간에 십계명을 반복하는 것을 들으면 정말로 짜증날 때가 많아요. 네 번째 계명만 하더라도 아직은 전적으로 훌륭하고 이성적입니다. 뭔가를 하라고 하는 명령이니까요. '네 부모를 공경하라.' 아이들이 그것을 제대로 머릿속에 써넣기만 하면 아이들은 종일 그것을 실행하게 될 것입니다. 그런데 다섯 번째 계명, 이건 도대체 뭡니까? '살인하지 말라.' 꼭 인간은 누구나 조금이라도 살인하고 싶은 충동이 있다는 투 아닙니까! 인간이 누구를 미워하고, 분노하고, 지나치게 성급하고, 그리고 그러저러한 이유로 경우에 따라서는 누군가를 때려죽일 수도 있겠죠. 하지만 어린아이에게 살인하지 말고 남을 때려죽이지 말라고 하는 것은 야만적인 처사 아닙니까? 만약 그 내용이 예컨대 '다른 사람의 생명을 걱정하라, 그에게 해가 될 수도 있는 것은 멀리하고, 너 자신의 위험을 무릅써서라도 그를 구해라. 네가 그 사람에게 해를 끼치면, 너는 너 자신에게 해를 끼치는 것임을 명심해라.' 이런 식으로 하는 것이라야 교양 있고 이성적인 국민들에게 있을 법한 명령이 되는 것이고, 교리문답시간에도 '그것은 무엇인가'라는 관점에서 따져볼 만한 것이지만 실제로 교리문답시간에는 거의 그렇게 하지 않지요.

그런데 여섯 번째 것, 이것이야말로 내가 아주 끔찍하게 싫어하는 것이에요. 세상에, 이게 뭡니까? 앞날에 대한 상상력이 풍부한 아이들의 호기심을 자극하여 위험한 미스터리를 연상하게 하고, 아이들의 상상력을 흥분시켜 쓸데없는 이미지와 생각에 빠져들게 하는 것 이상으로 뭐냔 말이죠. 이런 것들이야말로 사람들이 멀리하려는 것을 폭력적으로 가까이 가져오는 법입니다. 교회나 교구민 앞에서 그런 짓들에 대한 헛소리를 늘어놓게 하느니, 차라리 그런 사람들을 비밀재판에서 자의적으로 처벌하는 편이 훨씬 나을 거예요."

이 순간 오틸리에가 들어왔다.

"'간음하지 말라!'" 미틀러가 계속했다. "얼마나 조야하고 얼마나 문란한 표현인지! 그게 아니라, 이렇게 말한다면 훨씬 달리 들리지 않겠어요? '너는 혼인으로 이루어진 결합에 존경심을 가져야 한다. 서로 사랑하는 부부를 보면 기뻐해야 하며 그들의 사랑이 지속되도록 기꺼이 도와줘야 한다. 그들의 관계에서 뭔가가 흐려지고 있다면, 너는 그것을 밝게 만들려고 노력해야 한다. 너는 그들에게 잘 대하고 그들을 진정시키며 그들에게 서로의 장점을 분명하게 해주어야 하며, 아름다운 이타심으로 다른 사람의 행복을 촉진해야 한다. 모든 의무를 다할 때 어떤 행복이 나타나는지, 특히 남자와 여자를 떨어질 수 없게 만들어 주는 의무를 다할 때 어떤 행복이 나타나는지를 그들이 분명하게 느낄 수 있게 해야 하는 것이다.'"

샤를로테는 뜨거운 화덕 위에 앉은 기분이었다. 그리고 그녀가 보기에 미틀러는 자기가 무슨 말을 하는지, 그리고 어떤 장소에서 그런 말을 하는지 전혀 모르고 있다는 확신이 들어서 그만큼 그녀는 두려웠다. 그리고 그녀가 미틀러의 말을 끊기 전에 이미 오틸리에가 안색이 변하면서 방을 나가는 것이 보였다.

"일곱 번째 계명까지 저희가 듣는 것은 면제해 주셨으면 좋겠네요." 그녀가 억지로 미소를 지으면서 말했다.

"나머지 것들도 전부 면제해줄 수 있지. 모든 계명의 근거가 되는 것만 구제할 수 있다면 말이지." 미틀러가 대답했다.

나니가 놀라운 비명과 함께 뛰어들어오면서 소리쳤다. "그녀가 죽어요. 아가씨가 죽어요. 와보세요! 어서요!"

오틸리에가 휘청거리며 그녀의 방으로 돌아갔을 때, 내일 아침 쓸 장신구들이 몇몇 의자에 쫙 펼쳐져 있었고, 나니는 이것들을 바라보고 경탄하면서 방안을 왔다 갔다 하고 있다가 환호성을 올리며 소리쳤다. "이것 좀 보세요, 아가씨, 이건 신부의 장식이에요. 완전히 아가씨한테 어울리는데요!"

오틸리에는 이 말을 듣고 소파 위에 쓰러졌다. 나니는 그녀의 여주인이 창백해지며 몸이 굳어 가는 것을 본다. 그녀는 샤를로테에게 뛰어가고 사람들이 온다. 집안의 주치의가 서둘러 온다. 그가 보기에는 그저 탈진 정도로 생각된다. 그는 뭔가 기운을 낼 만한 고깃국물 같은 것을 가져오게 한다. 오틸리에는 질색을 하면서 그것을 거부한다. 사람들이 잔을 그녀의 입가로 가져가자 거의 경련을 일으킬 정도다. 의사는 진지하면서도 빠른 어조로, 이런 상황이 어찌해서 생겼으며 오틸리에가 오늘 먹은 것이 무엇인지를 묻는다. 소녀는 말을 못하고 머뭇거린다. 의사가 질문을 되풀이한다. 소녀는 오틸리에가 아무것도 먹은 것이 없다고 고백한다.

그는 나니가 겁을 먹고 있는 정도가 예사롭지 않다고 생각한다. 그는 그녀를 옆방으로 거칠게 끌고 간다. 샤를로테가 따라 들어간다. 소녀는 무릎을 조아리고 있다. 그녀는 오틸리에가 이미 오래전부터 거의 아무것도 먹지 않은 것이나 다름없었다고 실토한다. 오틸리에가 닦달하는 바람에 자기가 그녀 대신 음식을 먹었고, 여주인이 애원도 하고 위협도 했기 때문에 자기는 아무에게도 그 말을 할 수 없었으며, 게다가 음식이 매우 맛있어서 그러기도 했다는 고백까지 순진하게 하는 것이었다.

소령과 미틀러가 왔다. 그들은 샤를로테가 의사를 돕고 있는 것을 보았다. 창백하고 하늘나라에 있는 것 같은 오틸리에는 소파 한구석에 앉아 있었는데, 겉으로 보기에는 의식을 되찾은 것 같았다. 사람들은 그녀에게 누우라고 사정한다. 그녀는 그것을 거부한다. 그러나 손짓으로 트렁크를 가져다 달라고 한다. 그녀는 발을 그 위에 걸치고 반쯤 누워 자세를 편하게 한다. 그녀는 작별하려는 것처럼 보인다. 그녀의 몸짓은 주위에 서있는 사람들에게 가장 부드러운 애정, 사랑, 감사, 애원, 그리고 가슴 속 깊은 곳에서 우러나는 석별의 정을 표현하고 있다.

에두아르트는 말에서 내려 이 상황을 전해 듣는다. 그는 방으로 뛰어들어와 그녀 옆에 엎드리고, 그녀의 손을 잡고 말없는 눈물로 그것을 적신다. 그는 한동안 이 자세로 머문다. 마침내 그가 소리친다. "네 목소리를 다시는 들을 수 없는 거니? 나를 생각해서라도 다시 말을 하며 생으로 되돌아오면 안 될까? 좋아, 좋다고! 나도 네 뒤를 따라서 저세상으로 가겠어. 그곳에서 우리 다른 언어로 이야기해 보자!"

그녀는 그의 손을 힘껏 잡는다. 그녀는 그에게 잘 있으라는 인사를 하듯이 사랑스러운 눈빛으로 바라본다. 그리고 깊은 한숨을 내쉬고, 가없이 아름답고 부드럽게 입술을 움직이더니 사랑스럽고도 나직이 힘이 들어가는 목소리로 "살아있겠다고 약속해 주세요!" 하고 소리친다. 하지만 곧이어 뒤로 쓰러진다. "약속하지!" 그가 그녀에게 대답한다. 하지만 그는 그녀의 뒤를 따라서 소리칠 뿐이다. 그녀는 이미 영원한 작별을 고했던 것이다.

눈물로 가득한 밤을 보내고, 사랑스런 유품을 매장하는 일은 샤를로테에게 맡겨졌다. 소령과 미틀러가 그녀를 도왔다. 에두아르트의 상태는 애처롭기 그지없었다. 그는 절망에서 벗어나 어느 정도 생각을 가다듬게 되자 오틸리에를 성에서 내보내면 안 된다고, 보살핌도 받고 간호도 받으면서 살아있는 사람으로 대해져야 한다고 주장했다. 왜냐하면 그녀는 죽은 것이 아니며 죽을 수도 없기 때문이라는 것이다. 사람들은 그의 뜻을 따라 그가 하지 말라는 것은 하지 않았다. 그는 그녀를 보게 해달라는 요구는 하지 않았다.

또 다른 놀라움이 친구들을 엄습하고 또 다른 걱정거리가 이들을 바쁘게 만들었다. 나니가 의사에게 심한 질책과 위협을 받고 사실을 실토하지 않을 수 없었는데, 이제는 그 실토 때문에 엄청난 비난을 듣게 되자 집에서 나가버린 것이었다. 사람들은 오랜 수색 후에 그녀를 다시 찾아냈다. 그녀는 제정신이 아닌 것 같았다. 그녀의 부모가 그녀를 다시 데려갔다. 어떤 처방도 효과가 없는 것 같았다. 사람들은 그녀가 다시 도망칠 것 같아서 가둬놓지 않을 수 없었다.

사람들이 에두아르트를 가장 깊은 절망에서 단계적으로 끌어내는 것은 성공했지만, 그 결과는 그에게 불행을 의미하는 것일 뿐이었다. 왜냐하면 이제 삶의 행복은 영영 사라졌다는 사실이 그에게는 분명해지고 확실해졌기 때문이다. 사람들은 오틸리에를 예배당에 안치하는 것이 그녀를 여전히 살아있는 사람들 속에 머무르게 하는 것이며 그렇게만 하면 이 친절하고 고요한 거처를 포기하지 않아도 된다는 것을 에두아르트에게 납득시키려고 했다. 그러나 그의 동의를 끌어내는 일은 어려웠다. 그녀를 뚜껑을 닫지 않은 관에 안치하여 실어나가고 교회에서도 어떤 경우든 유리 뚜껑만 덮을 것이며 계속해서 촛불을 켜둔다는 조건으로 에두아르트는 상황을 받아들이고 모든 것에 따르려는 듯이 보였다.

사람들은 그녀 스스로 준비한 장신구들로 그녀의 고귀한 몸을 감쌌다. 그녀의 머리에는 과꽃으로 된 화관을 씌웠다. 꽃들은 슬픈 별들처럼 운명의 빛을 가득 발하며 빛나고 있었다. 관과 교회와 예배당을 장식하느라 정원의 장식품들이 총동원되어야 했다. 정원은 황폐해 있었다. 벌써 겨울이 와서 화단의 모든 즐거움을 없애버린 것 같았다. 오틸리에는 이른 아침에 뚜껑을 덮지 않은 관에 넣어져 성에서 밖으로 운반되었다. 떠오르는 태양이 다시 한번 그녀의 천상적인 얼굴을 붉게 물들였다. 구경꾼들이 관을 나르는 사람 주위로 몰려들었다. 아무도 먼저 가거나 뒤에서 따라오려 하지 않았고, 모든 사람이 그녀 주변에 둘러서서 이제 마지막으로라도 그녀와 함께 있고 싶어했다. 소년이건 어른이건 어느 누구도 마음이 동요되지 않은 사람이 없었다. 그녀를 잃었다는 것을 가장 직접적으로 느껴야 했던 소녀들에게는 그 어떤 것도 위로가 되지 않았다.

나니는 그 자리에 없었다. 사람들이 그녀를 뒤에 남겨 놓았거나, 어쩌면 장례식 날짜와 시간을 그녀에게 가르쳐 주지 않았을 것이다. 사람들은 그녀를 부모 집에 있는 어떤 방에 두고 감시하고 있었는데, 이 방은 창이 정원 쪽으로 나있었다. 그러나 그녀는 종소리가 울리는 것을 듣고는 무슨 일이 벌어지고 있는지를 곧 깨달았다. 그녀를 지키고 있던 여자가 운구행렬을 보고 싶은 호기심에서 그녀를 두고 나가자, 그녀는 창문으로 빠져나가서 어떤 통로에 이르렀고, 여기서 모든 문이 잠겨있음을 알고는 지붕 쪽으로 올라갔다.

바로 그때 유구는 깨끗하게 치워지고 꽃잎으로 뒤덮인 길을 따라 마을 쪽으로 흔들리며 가고 있었다. 나니는 창 아래로 그녀의 여주인이 지나가는 모습을 보았고, 운구행렬을 따르던 그 누구보다도 더 분명하고 더 완전하고 더 아름답게 볼 수 있었다. 그녀는 현세를 떠나 구름이나 파도를 타고 가는 사람처럼 자신의 하녀에게 손짓하고 있는 것 같았다. 그리고 하녀는 정신이 아득해지고 몸이 흔들흔들, 휘청휘청하다가 아래로 떨어졌다.

군중은 놀라 소리를 지르며 사방팔방 흩어졌다. 군중이 서로 밀치며 혼잡한 양상을 보이자, 관을 나르던 사람들은 어쩔 수 없이 관을 내려놓아야 했다. 소녀는 바로 그 옆에 누워 있었다. 모든 사지가 다 으깨진 것 같았다. 사람들이 소녀를 들어올렸다. 그리고 우연인지 아니면 어떤 특별한 섭리가 있어서 그랬는지 간에, 사람들이 이 아이를 오틸리에의 시신 위로 건네게 되었다. 그러자 그 아이는 마지막 남은 삶의 기력을 발휘하며 자기가 사랑하는 여주인에게로 닿으려는 듯이 보였다. 그러나 그녀의 덜덜거리는 사지가 오틸리에의 옷을 건드리고, 그녀의 힘없는 손가락이 오틸리에의 포갠 손에 닿자마자 소녀는 벌떡 일어나 두 팔과 두 눈을 하늘로 향하더니, 관 앞에 무릎을 꿇으며 주저앉아서는 경건하고 황홀한 표정으로 그녀의 여주인을 올려다보는 것이었다.

드디어 소녀가 뭔가에 홀린 사람처럼 벌떡 일어나 성스러운 기쁨을 느끼는 목소리로 이렇게 외쳤다. "그래요, 아가씨가 저를 용서해 주셨어요. 어떤 사람도 용서해준 바 없고 저 자신도 용서할 수 없었는데, 주님은 아가씨의 시선과 몸짓, 그리고 그 입을 통해서 저의 죄를 용서해 주신 거예요. 이제 아가씨는 다시 저렇게 조용하고 부드럽게 누워 있네요. 하지만 여러분은 보셨지요. 아가씨가 일어서서 손을 벌리며 저를 축복해 주시고 저를 친절하게 바라보시는 모습을 말예요. 여러분도 전부 들으셨지요. 여러분은 아가씨가 저에게 '너의 죄가 사해졌다'고 말한 것에 대한 증인이세요. 이제 저는 여러분 가운데서 어떤 살인자도 아니에요. 아가씨가 저를 용서해 주시고, 주님이 저를 용서해 주셨어요. 그리고 앞으로는 아무도 저에게 해를 끼치지 못할 거예요."

그녀의 주위에는 군중이 몰려들어 있었다. 그들은 놀랐다. 귀를 기울였고 서로를 바라보았다. 그리고 거의 아무도 이제 어떻게 해야 할지 모르고 있었다.

"아가씨를 데려가서 편히 쉬게 하세요!" 소녀가 외쳤다. "그녀는 자신의 사명을 다했는데도 고통을 받았어요. 더 이상 우리 가운데서는 살 수 없어요."

관이 다시 움직였고 나니가 맨 먼저 그 뒤를 따랐으며 사람들은 교회에, 예배당에 도착했다.

이제 오틸리에의 관이 자리를 잡았다. 머리맡에는 아기의 관이 있었고, 발치에는 튼튼한 참나무로 된 용기에 넣고 잠근 트렁크가 있었다. 사람들은 처음 얼마 동안 시신을 지킬 관리인도 한 명 알아보았었다. 시신은 지금 유리로 된 뚜껑 아래서 그토록 사랑스럽게 누워 있었다. 그러나 나니는 이 직위를 빼앗기려고 하지 않았다. 그녀는 동반자 없이 혼자 남아 있다가 막 켜진 램프를 열심히 챙기겠다고 했다. 그녀가 이것을 너무 열성적이고 집요하게 요구했기 때문에 사람들은 그녀에게 지고 말았다. 더 큰 정서장애가 나타나지 않을까 겁이 나던 참이라 그런 상태만은 막아 보기 위해서였다.

그러나 그녀가 오랫동안 혼자 머문 것은 아니었다. 왜냐하면 밤이 들어서고 흔들거리는 불빛이 완전한 권리를 행사하며 밝은 빛을 퍼트리자마자, 문이 열리더니 건축사가 예배당 안으로 들어왔기 때문이다. 경건하게 장식된 예배당 벽들은 그토록 부드러운 빛을 받게 되자 건축사가 예전에 생각할 수 있었던 것보다 훨씬 더 고풍스럽고도 숙명적인 분위기를 풍기면서 그를 향해 다가오는 것이었다.

나니는 관의 한쪽 옆에 앉아 있었다. 그녀는 그를 즉시 알아보았다. 그러나 그녀는 아무 말도 하지 않고, 창백한 여주인 쪽을 가리켰다. 그리하여 그는 관의 다른 쪽에 자리를 잡았다. 청년다운 힘과 우아함을 보여 주면서도, 이제 다시 혼자 남았다는 느낌으로 표정은 굳어 있었고, 생각에 잠겨 두 팔은 내린 채, 연민의 표정으로 두 손을 포개고 있었지만, 머리와 시선은 저 혼이 빠져나간 시신을 향하고 있었다.

그는 예전에도 그런 자세로 벨리사르 앞에 서있었던 적이 있었다. 의도하지도 않았는데 이제 그는 같은 자세를 취하게 된 것이다. 그리고 이번에도 그 자세는 얼마나 자연스러웠던가! 이곳에서도 뭔가 가치를 평가할 수 없을 정도로 품위 있는 존재가 그 본래의 높이로부터 추락해 있었던 것이다. 벨리사르를 보며 연민을 느끼는 이유가 한 남자에게서 볼 수 있는 용기나 명민함, 힘, 지위와 능력 등이 회복할 수 없을 정도로 상실되었다는 것과, 국가나 제후가 결정적인 순간에 지니고 있어야 할 특성들이 그 당시에는 평가를 받지 못하는 정도가 아니라 오히려 비난받고 배척되었다는 사실 때문이었다고 한다면, 지금 오틸리에의 경우에는 그토록 조용한 미덕이 저 풍요롭고 심오한 기원으로부터 자연에 의해 잠깐 이 세상으로 불려 나왔다가 다시 무심한 자연의 손에 재빨리 사라져 버린 것 같은 느낌이었다. 그것은 실로 드물고 아름답고 사랑스러운 미덕이었다. 이러한 미덕의 평화스러운 작용이야말로 언제나 궁핍한 세계를 희열에 찬 만족감으로 감싸는 것이다. 그리하여 이 세계는 동경과 슬픔으로 가득한 마음으로 그러한 미덕을 그리워하는 것이다. 청년은 침묵했고 소녀도 한동안 말이 없었다. 그러나 소녀는 그의 눈에서 눈물이 빈번히 솟구치는 것을 본데다가, 그가 고통 속에 완전히 녹아들어가 버릴 것처럼 보이기도 해서 진지하고 힘차며 선의로 가득한 확실한 어투로 그에게 말을 걸었고, 그는 그녀의 말의 홍수에 놀라 정신을 차릴 수 있었던 것이다. 그의 눈앞에는 저 아름다운 여자친구가 보다 드높은 곳에서 살아가는 모습이 떠올랐다. 그의 눈물이 마르고 고통도 누그러들었다. 그는 무릎을 꿇고 나니가 진심으로 내미는 손을 잡으며 오틸리에와 작별했고, 그 밤중으로 말을 타고 그곳을 떠났다. 그리고 아무도 더 이상 그를 보지 못했다.

의사도 소녀가 알지 못하는 가운데 밤새 그 교회에 머물러 있었다. 그리고 아침에 그녀를 방문해 보니, 그녀는 기분도 명랑하고 슬픔도 풀린 것 같았다. 그는 소녀가 여러 가지 착란 증세를 보여줄 것이라 각오하고 있었다. 그녀가 간밤에 오틸리에와 그 비슷한 형상들과 대화했다고 이야기할 것이라고 짐작했던 것이다. 하지만 그녀는 자연스러웠고, 침착했으며 완전히 제정신이었다. 그녀는 이전 시간과 모든 상황을 완벽하고 정확하게 기억했고, 그녀가 하는 말 중에 어떤 것도 현실 세계의 일반 행로에서 벗어나는 것이 없었다. 다만 그녀가 기쁜 표정으로 자주 반복하는 장례식 때의 사건에서만은 예외였다. 오틸리에가 자리에서 일어나서 그녀를 축복해 주었으며, 그로써 그녀를 영원히 진정시켜 주었다는 그 이야기 말이다.

여전히 아름다웠고 죽음보다는 잠에 더 가까웠던 오틸리에의 상태는 많은 사람의 관심을 끌었다. 이 지역이나 인근 주민들은 여전히 그녀를 보고 싶어했고, 모두들 기꺼이 나니의 입으로부터 그 믿을 수 없는 이야기를 듣고 싶어했다. 몇몇 사람은 그에 대해 비웃기 위해서 왔고 대부분의 사람은 거기에 대해서 의심하기 위해서 왔지만, 신앙 때문에 그에 반대하기 위해서 온 것 같은 사람은 별로 없었다.

실제로 실현되기 어려운 모든 욕구는 신앙을 필요로 한다. 온 세상이 보는 앞에서 사지가 으스러졌던 나니가 경건한 몸과 접해서 다시 건강해졌다지 않은가. 그와 비슷한 행운이 다른 사람에게 나타나면 안 된다는 법이라도 있단 말인가? 우선 자상한 어머니들이 그 어떤 화를 입은 자녀들을 남들 몰래 데리고 왔다. 그리고 그들은 어떤 갑작스러운 차도를 감지했다고 믿었다. 신뢰가 늘어났다. 그리고 결국에는 나이가 들고 허약한 사람치고 이 자리에서 어떤 원기회복이나 마음의 가벼워짐을 빌어 보지 않은 사람은 아무도 없게 되었다. 점점 더 많은 인파가 몰려들었다. 그리하여 사람들은 미사 보는 시간을 제외하고 예배당뿐만 아니라 심지어 교회도 문을 닫아야만 했다.

에두아르트는 영영 떠난 연인을 다시 볼 용기를 내지 못했다. 그는 그저 혼자서 멍하니 살아가고 있다. 그는 눈물도 더 이상 없고 어떤 고통도 이제는 느끼지 못하는 사람 같다. 그가 대화에 관심을 보인다든가 먹고 마시는 것을 즐기는 경우는 날이 갈수록 줄어든다. 다만 아직도 두어 가지 음료만은 그가 그 잔에 따라 홀짝거리는 것 같다. 그러나 이 잔도 더 이상 미래를 진지하게 예언해 주지는 않는다. 그는 여전히 그 잔에 두 사람 이름의 이니셜이 뒤얽힌 모습으로 새겨진 부분을 주시하기 좋아하고, 그럴 때 그의 진지하고 밝은 시선은 그가 아직도 어떤 결합을 희망하고 있음을 보여준다. 행복한 사람에겐 어떤 주위상황도 호의적으로 보이고 어떤 우연도 다 자신을 높여 주는 것처럼 보이듯이, 불행한 사람에게는 아무리 사소한 사건이라도 마음의 상처를 주거나 망치는 것으로 이어질 수 있다. 어느 날 에두아르트가 그 좋아하는 잔을 입에 가져가다가 깜짝 놀라며 그것을 다시 입에서 떼는 일이 있었기 때문에 하는 말이다. 그것은 예전과 같은 잔이기도 하고 아니기도 했다. 그는 어떤 작은 표시가 이 잔에는 없다는 것을 알게 된다. 집사를 불러다 다그치자, 이 사람은 진짜 잔은 얼마 전에 깨졌고, 그 대신 에두아르트가 어린 시절부터 가지고 있었던 비슷한 잔 하나를 가져다 놓았다고 실토한다. 에두아르트는 분노할 수도 없다. 이 사건은 그의 운명을 분명히 말해준 것이기 때문이다. 이 일을 굳이 그 자신과 관련시킬 필요는 없는지도 모른다. 하지만 이 사건은 그를 심하게 압박한다. 이제 그는 마시는 것도 거부감을 느끼는 듯하다. 그는 작심하고 음식이나 대화를 삼가는 것처럼 보인다.

그러나 때때로 일종의 두려움이 그를 엄습한다. 그는 다시 뭔가 즐길 것을 요구하고, 다시 말하기 시작한다.

"아!" 그가 한번은 소령에게 말했다. 소령은 그의 곁을 떠난 적이 거의 없었다. "나는 정말 불행한 인간이지 뭔가, 나의 모든 노력이 항상 그저 하나의 모방이거나 잘못된 노력에 불과한 것이라니 말이야. 그녀에게 더할 나위 없는 행복이었던 것이 내게는 고통이 되고 있어. 하지만 그 행복을 얻기 위해서라도 나는 이 고통을 떠맡지 않으면 안 되는 것이지. 나는 그녀를 따라가야 해, 이 길을 따라가야 한단 말이야. 하지만 내 본성 때문에 내가 한 약속이 잘 지켜지지 않는군. 모방할 수 없는 것을 모방해야 한다는 것은 정말 끔찍한 과제야. 친구야, 어떤 일이건 재능이 있어야 하지만 순교하는 데도 재능이 필요한 것 같아."

이처럼 희망이 없는 상황에서 에두아르트의 식구들이 배우자로서, 친구로서, 의사로서 한동안 애쓰며 왔다 갔다 했던 것을 생각한들 뭣할 것인가? 마침내 그가 죽은 채로 발견되었다. 슬픈 그의 모습을 가장 먼저 발견한 사람은 미틀러였다. 그는 의사를 부르고, 그의 평소 방식대로 사람들이 죽은 사람을 만났던 상황들을 면밀히 관찰했다. 샤를로테가 뛰어들어왔다. 그녀의 마음속에는 자살한 것이 아닌가 하는 의심이 들었다. 그녀는 자신이나 다른 사람들이 용서할 수 없을 정도로 부주의를 범했기 때문이라고 질책하려고 했다. 하지만 의사는 자연적인 근거에서, 그리고 미틀러는 윤리적인 근거에서, 그녀에게 곧 자살이 아니라고 확신시킬 수 있었다. 에두아르트가 스스로 전혀 의식하지 못하는 상태에서 자신의 종언을 맞았다는 것은 아주 분명했다. 그는 자기가 지금까지 조심스럽게 숨겨왔던 것, 즉 오틸리에가 남겨놓고 간 것을 조용한 시간에 상자와 서류함에서 꺼내어 펼쳐보고 있었던 모양이었다. 한 올의 고수머리, 행복한 시간에 꺾었던 꽃들, 그녀가 그에게 썼던 편지들, 그의 부인이 그렇게 우연히도 불길한 전조처럼 건네주었던 첫 번째 편지 등, 전부가 펼쳐져 있었다. 누군가가 이 모든 것을 우연히 발견하도록 그가 의도적으로 그렇게 놔두었을 리는 없을 것이다. 좀 전까지만 해도 그렇게 무한한 움직임 속에서 흥분되었던 그의 가슴도 이제는 방해받지 않는 휴식을 취하며 잠들어 있었다. 그가 저 성녀를 생각하면서 잠들었던 만큼 사람들은 그에 대해서도 다분히 지복한 사람이라고 부를 수가 있었다. 샤를로테는 그의 자리를 오틸리에 옆으로 정하고 앞으로는 아무도 더 이상 이 궁륭 아래 안치되는 일이 없도록 했다. 그녀는 이러한 조건으로 교회와 학교, 성직자와 교사들 명목으로 상당한 액수의 헌금을 기부했던 것이다.

그리하여 그 연인들은 이제 나란히 누워 쉬고 있다. 그들이 누워 있는 곳 위로는 평화가 감돈다. 모습이 닮은 천사들이 해맑은 표정으로 아치 모양의 천장에서 아래를 내려다보고 있다. 그리고 그들이 언젠가 다시 함께 깨어난다면, 그 얼마나 정겨운 광경이 될 것인가.

친화력

해설

괴테의 생애와 문학세계

'낭만적 사랑'을 둘러싼 담론들:
《친화력》의 현대성에 대하여

괴테의 생애와 문학세계

괴테(Johann Wolfgang von Goethe, 1749-1832)가 살았던 18세기 중엽은 계몽주의의 시대였다. 근대철학사를 뒤흔드는 위대한 계몽주의 사상가들의 시대였고, 군주들도 스스로 '계몽된' 군주임을 자처했다. 독일에서는 '국가 제1의 종복'을 자처했던 프리드리히 대왕이, 오스트리아에서는 마리아 테레지아가, 러시아에서는 예카테리나 여제가 '계몽절대군주'로서의 위력을 발휘하고 있었다. 그러나 계몽시대의 본질이 최고조로 발휘된 것은 정치와 경제 분야에서 시민주도로 진행된 혁명들이다. 괴테가 살았던 18세기 중엽에서 19세기 초까지 서구를 주도했던 시대정신은 영국에서 시작된 산업혁명과 프랑스에서 타오른 시민혁명으로 특징 지워진다.

영국과 프랑스의 시민계급이 주도적인 영향력을 발휘했던 것에 비하면 독일의 시민계급이 가진 정치적 영향력은 미미한 편이었다. 그 대신 이들이 몰두했던 것은 문화였다. 독일어권의 문화사 중에서 괴테시대처럼 문학과 예술, 그리고 사상의 대가들이 가득 들어찬 시기도 드물다. 문학에서는 괴테와 쉴러가 활동했고, 음악에서는 모차르트와 베토벤, 슈베르트와 베버, 그리고 멘델스존이 있었으며, 철학에서는 칸트와 셸링, 피히테, 그리고 헤겔이, 미학에서는 빙켈만이 불후의 저작들을 남기면서 이 시대의 정신에 영향력을 행사했다.

괴테시대의 문학과 예술은 이 시대의 철학과 더불어 이 시대를 주도하는 이념들과 정신의 흐름에 결정적으로 이바지했다. 이 시대의 예술은 삶에서 고립된 그 무엇이 아니라 때로는 삶에 저항하고 때로는 삶을 이끌면서 자신의 역할을 구현해 나갔다. 이 시기는 예술가들이 삶에 대해 보내는 메시지가 나름의 역할을 할 수 있었던 시기였다. 하이네는 이러한 의미에서 괴테시대의 특징을 '예술시대'라는 개념으로 요약하기도 했다.

괴테가 태어났을 때 독일의 가장 강력한 군주는 프리드리히 대왕이었지만, 괴테가 태어난 도시 프랑크푸르트는 프리드리히 체제에 속하지 않고 신성로마제국의 직속 지배를 받는 자유도시였다. 제국과의 관계로만 보자면 프랑크푸르트와 프로이센은 동등한 위치였던 것이다. 제국 직할 자유도시로서 영주의 지배를 받지 않았고, 명망가 시민들에 의해 주도되던 시의 평의회가 시의 성격을 좌우했다. 평의회의 의원으로 진입하는 것이 정치적 야심을 가진 시민계급의 목표였고, 이 목표를 추구할 때 결정적인 역할을 하는 것이 경제력이었다. '예술시대'의 주역들을 키워내고 그 성과들을 향유하면서 이 시대의 정신문화를 뒷받침했던 것도 이러한 경제력을 가진 시민들이었고, 괴테도 이러한 상류 시민 가정에서 태어났다.

괴테의 할아버지 프리드리히 게오르크 괴테(Friedrich Georg Göthe)는 프랑스의 리용에서 직조업에 종사하던 장인이었다. 구교도 중심인 프랑스 사회에서 신교도에게도 어느 정도의 자유를 보장했던 낭트칙령이 폐지되자 신교도였던 그는 프랑스를 떠났고 프랑크푸르트에 재단사로 정착하게 된다. 첫 번째 부인이 죽은 후 상당한 재산을 소유한 여성과 재혼하면서 여관업계로 들어서게 되고, 사업을 확장해 가면서 프랑크푸르트의 유지로 자리 잡는다. 첫 번째 부인과의 사이에서 태어난 아들은 평의회로 진출시켰고, 두 번째 부인과의 사이에서 태어난 아들 요한 카스파 괴테에게는 10만 굴덴이라는 당시로는 막대한 금액을 유산으로 남겼다. 괴테의 아버지 요한 카스파 괴테가 나이 마흔에 외부 활동을 접고 예술품 수집과 자녀교육에 몰두하면서 전형적인 교양시민의 여유를 누릴 수 있었던 것도 이러한 경제력 덕분이다. 친할아버지가 경제력을 가지고 있었다면 외할아버지 요한 카스파 텍스토르는 뛰어난 지적 능력으로 사회적 영향력을 행사했던 시민계급의 전형을 보여준다. 그는 당시 시민으로서 올라갈 수 있는 최상위 자리는 전부 거쳤다고 이야기되는 인물로서 제국직속도시였던 프랑크푸르트의 법조계 요직을 두루 거치며 프랑크푸르트 시장(1738~1739)으로 선출되기도 했다. 괴테가 태어날 무렵에는 사법부의 수장이며 훗날의 시장과 비슷한 집정관(Stadtschultheiß)의 위치에 있었다. 괴테의 할아버지 세대가 귀족처럼 태생적으로 주어진 특권에 의존하지 않고 자력으로 성공해간 근대시민의 전형적인 예라면, 괴테의 아버지는 이러한 성공의 결과였던 재력에 의존해 '교양'을 쌓고 예술을 향유할 수 있었던 '교양시민'의 전형을 보여준다고 할 수 있다. 그는 화가들과 지속적으로 교류하고, 다양한 악기들을 다뤘으며, 이탈리아여행기를 이탈리아어로 집필하기도 했다. 추밀고문관을 끝으로 직업을 그만둔 후에는 아들인 괴테와 딸인 코르넬리아의 교육에 전념하면서 다양한 외국어와 음악, 미술 수업에 힘을 쏟았다. 자신의 아들도 자신처럼 교양시민의 길을 걸어가도록 준비시켰던 것이다. 동시에 자신에게는 거절되었던 세속적 지위도 아들에게는 가능하기를 바랐다. 그런 의미에서 아들 괴테가 고전 문헌학을 전공하여 학자의 길을 가겠다고 했을 때 아버지는 보다 현실적인 전망이 확고한 법학을 전공하여 세속적으로 안정된 직업을 가지도록 강권했고, 다른 선택의 여지가 없었던 열여섯 살의 괴테는 아버지의 뜻에 따라 라이프치히 대학에 진학한다.

괴테는 라이프치히의 법학 강의에 대해 흥미를 느끼지 못했다.

괴테가 관심을 둔 쪽은 문학 강의였다. 그러나 기대가 컸던 만큼 실망도 컸다. 프랑스의 고전주의를 역할모델로 내세우며 독일에 전기 계몽주의의 발판을 마련했던 문학이론가 고트셰트가 여전히 대학에서 강의를 하고는 있었지만 그의 이론은 더 이상 새로운 것이 아니었던 것이다. 당시로써는 내로라하는 우화작가이자 시인으로서 각국어로 작품이 번역되기도 했던 겔러트의 강의도 괴테를 매료시키지 못했다. 이미 대학에 들어오기 전부터 다양한 문학고전들을 섭렵했던 괴테의 눈에는 기성 문단의 이론들이 너무 식상했고, 미래의 작가로서 추종할 만한 역할 모델이 없었던 것이다. 새롭게 떠오르는 별처럼 젊은이들의 시선을 사로잡았던 것은 후기 계몽주의를 이끌어갈 레싱이었다. 레싱도 한때 라이프치히에서 신학을 공부한 적이 있었다. 그러나 괴테가 태어나기 이전이었고, 괴테가 라이프치히 대학에 있을 때 레싱의 활동영역은 베를린이었다. 레싱이 라이프치히로 강연을 온 적도 있었지만, 대학생 괴테는 이 기회도 놓쳤다. 괴테는 라이프치히 대학 생활을 중도에 포기하고 고향에 내려왔다가 다시 스트라스부르 대학으로 옮겨 학업을 계속했다. 이곳에서 괴테는 그의 작가 입문에 결정적인 영향을 미치는 헤르더를 만난다.

반골기질의 대명사였던 헤르더와의 만남은 아직도 로코코풍의 댄디로 머물던 괴테를 질풍노도운동의 투사로 바꿔놓는다. 질풍노도운동의 대표작처럼 이야기되는 괴테의 희곡 《괴츠 폰 베를리힝엔》은 헤르더의 영향력 없이는 생각하기 힘든 작품이다. 인간의 문화와 역사를 다양한 관점에서 바라보도록 자극한 사람도 헤르더였다. 괴테는 헤르더와 만나면서 비로소 거시적 역사의 흐름에 대해서, 민족에 대해서, 그리고 각 민족 고유의 소리를 담고 있는 언어에 대해서 진지하게 사유하게 된 것이다. 역사의 합목적성과 언어의 기원에 대해서, 인간의 원초적인 감각에 대해서, 그리고 구약성서의 세계와 호메로스의 서사시, 북방민족의 신화, 그리고 셰익스피어의 의미에 대해서도 활발하고 격정적인 이야기가 오갔다. 괴테가 가졌던 세계관의 폭이 급작스레 커지면서 청년 괴테가 독일 문단의 총아로 등장하게 될 기반이 마련되었던 것이다.

스트라스부르 대학 법대를 졸업하고 고향에 돌아온 괴테는 아버지의 주선으로 변호사 생활에 들어서지만, 이 분야에 큰 애착을 느끼지는 못한다. 아버지의 희망대로 번듯한 직업을 갖기 위한 발판 정도에 불과했다. 어영부영 변호사 생활을 하다가 다시 아버지의 권유로 가게 된 곳이 제국법원이 있던 베츨라였고, 여기서 알게 된 여성이 샤를로테 부프, 즉 《젊은 베르터의 슬픔》의 여주인공인 로테의 모델이다. 괴테는 이 소설을 통해 단순히 청춘남녀의 사랑이야기만 그린 것이 아니라 이 시대에 시민계급으로 태어난 청년들의 고뇌와 우수도 담았다. 이 소설로 일약 유명해진 청년 괴테를 독일 동부의 조그만 도시 바이마르로 초빙해간 것은 이제 열여덟 살의 나이로 바이마르 궁정을 지배하게 된 칼 아우구스트 공작이었다. 괴테 나이는 스물여섯이었다.

바이마르에서의 삶은 질풍노도의 청년 괴테를 불철주야 업무에 몰두하는 관료 괴테로 바꿔놓는다. 1776년에 추밀원 공사관 참사관으로 임명되었고, 바이마르에서는 두 번째로 높은 연봉도 받았다. 그러나 다른 대도시에 비하면 미미한 수준이었다. 아우구스트가 통치하는 이 공국은 아주 작은 공국이었던 것이다. 괴테의 주된 관심 중의 하나도 바이마르의 재정을 확충하는 일이었다. 일메나우 광산에서 은을 채굴하는 프로젝트를 추진하기도 했고, 스위스 베른 은행에 가서 자금 지원을 받아온 적도 있다. 1779년에는 추밀고문관으로 승급하고, 군사위원회의 장이며 육군 장관의 역할도 맡는다. 서른 살에 현직 추밀고문관 자리에 오름으로써 시민계급으로서는 최고 지위에 이른다. 괴테는 다양한 개혁을 시도하고, 거의 모든 중요사업에 가담하면서 정신없이 10년을 보냈다. 그러나 기대했던 광산은 허탕으로 끝났고 바이마르의 개혁은 이렇다 할 성과를 내지 못한다. 정무에 시달리느라 창작에 전념할 기회도 별로 없었다. 의욕을 가지고 들어섰던 정치가의 삶이었으나 피로감이 쌓여갔다. 유일한 위안이라고는 교양이 풍부했던 슈타인 부인과 교류하는 것, 그리고 정무와 관련해서 본격적인 관심을 가지게 된 자연과학 분야의 공부였다. 그러나 괴테 자신의 본령이었던 예술분야에서는 이렇다 할 성과물이 없었다. 20대 중반에 야심차게 시작했던 《파우스트》도 초고에 머무르고 있었다. 이제는 나이도 30대 후반으로 들어섰다. 괴테는 프랑크푸르트에서의 삶이 지지부진해질 무렵 바이마르의 궁정세계로 옮겨갔듯이, 바이마르의 궁정생활에 회의를 느끼면서 또다시 새로운 세계로의 탈출을 꿈꾼다. 바이마르에 온 지 10년이 되는 1786년 가을에 괴테는 화가 장 필리페 묄러라는 가명으로 역마차에 몸을 실었다. 이로써 괴테가 작가로서 걸어갈 삶에 결정적인 역할을 하게 될 이탈리아가 괴테의 문학세계 속으로 그 자태를 드러내게 되었다.

이탈리아 여행의 의미는 무엇보다도 예술가로서의 괴테가 자신의 정체성을 근본적으로 재확인할 수 있었다는 것에 있었다. 어린 시절부터 가끔씩 꿈꿔온 화가의 삶에 대해서도 충분히 검토해볼 수 있었고, 미술사와 미술비평에 대한 지식도 해박해졌다. 자연과학에 대한 인식도 더욱 심화되어 괴테의 사상에서 굉장히 중요한 역할을 하는 '원형식물'의 개념도 이때 확립된다. 앞으로는 작가로서의 길을 흔들림 없이 가겠다는 의욕도 새로워지고, 한동안 손을 떼다시피 했던 작품들도 다시 꺼내어 어느 정도의 진척을 본다. 이탈리아 르네상스의 영향은 괴테의 작품들에 고도의 형식미가 들어서는 중요한 계기였다. 《괴츠》와 《젊은 베르터의 슬픔》이 20대 청년기의 주관주의적 혈기로 질풍노도의 격정을 드러냈다면 이제는 주관과 객관의 균형을 강조하는 고전주의 작품들 — 《에그몬트》, 《타소》, 《이피게니에》 등 — 이 등장하는 것이다. 이탈리아 여행을 끝내고 다시 바이마르에 돌아왔을 때는 괴테의 나이도 마흔을 바라보고 있었다. 생활방식도 예전과는 달라졌다. 여행 이전에는 궁정의 정무 위주로 살았다면 이제는 정무생활의 양을 줄이는 대신 문화와 예술, 창작에 힘을 쏟는 생활이 시작되었다. 1795년에는 괴테의 장년기 장편소설을 대표하는 《빌헬름 마이스터의 수업시대》가 발표되었다. 이 시기에 핵심적인 역할을 한 사람이 쉴러였다. 청년기에 초고를 써놓고 진척이 지지부진했던 《파우스트》에 괴테가 다시 열성적으로 매달릴 때도 쉴러의 자극과 격려가 적지 않은 역할을 했다. 1805년 쉴러의 이른 죽음은 괴테에게 크나큰 충격을 주었지만, 창작활동과 자연연구는 이후에도 쉬지 않고 진행되었다. 1807년부터 《빌헬름 마이스터의 편력시대》 집필이 시작되고, 1808년 《파우스트 제1부》가 발표되고, 1809년에는 《빌헬름 마이스터의 편력시대》에 삽입하려던 《친화력》이 독립적인 소설로 발표되었다. 이후에도 괴테는 여든을 바라볼 때까지 중요한 작품들의 집필이나 출간에 매달렸고, 그의 문학을 총결산하는 《파우스트》는 그가 죽기 일 년 전인 1831년까지도 계속 고쳐가며 썼다. 1832년 3월 22일 "더 많은 빛을!"이라는 마지막 말과 함께 숨을 거둘 때까지 괴테의 일생은 문학을 위해 태어났고 문학을 위해 살았던 일생이었다.

《젊은 베르터의 슬픔》에서 《파우스트》에 이르기까지 60여 년에 걸쳐 축적되어온 괴테문학의 주제는 다양하지만, 거의 모든 작품에서 중요한 소재로 등장하는 것은 '사랑'이다. 특히 《친화력》은 '사랑'을 집중적으로 다루는 작품으로, 《젊은 베르터의 슬픔》에서 드러냈던 사랑의 비극을 잇고 있다. 《친화력》에 나오는 사랑 담론의 핵심은

'낭만적 사랑'이라는 개념으로 요약할 수 있는 것이다. 독자의 이해를 돕기 위해 《친화력》에 나오는 '낭만적 사랑'을 주제로 역자가 2005년 발표한 글을 첨부한다.

'낭만적 사랑'을 둘러싼 담론들: 《친화력》의 현대성에 대하여[1]

사랑 — 고전문학과 통속문학의 애매한 경계

흔히 문학사에서 비중을 차지하는 고전문학과, 주변부적 위치를 차지하는 — 또는 언급조차 되지 않는 — 통속문학의 경계를 가장 애매하게 만드는 지점은 '사랑', 더 정확히 말하자면 개인 간의 '성애'가 주된 소재로 나타나는 경우이다. 괴테의 소설 《친화력》도 가장 심오한 사유와 가장 범속한 사유가 서로 맞물리는 지점이 바로 사랑담론임을 보여준다. 이 글은 이 소설에 나타나는 '낭만적 사랑'을 둘러싸고 진행되는 사랑 담론의 폭과 깊이가 어디까지인가를 살펴봄으로써 괴테 시대와 우리 시대의 친화력을 가늠하게 될 것이다.

사랑담론 — 고전문학과 통속문학의 친화력

괴테의 소설 《친화력》은 원래 장편 소설인 《빌헬름 마이스터의 편력시대》에 삽화처럼 들어갈 짧은 이야기(노벨레)로 구상된 것이었는데, 써내려가다 보니 분량이 한없이 불어나는 바람에 독립된

1 《괴테 그리고 그의 영원한 여성들》(안삼환 엮음, 서울대학교출판문화원, 2005)에 발표된 글을 부분적으로 수정했다.

소설로 발표된 것이다. 이에 대해 괴테는 작품의 소재가 "너무나도 의미심장하고, 너무나도 내 마음 깊숙이 뿌리를 내리고 있어" 그렇게 쉽게 끝내지 못했다고 설명했다. 그렇다면 괴테에게 그토록 의미심장하고 그토록 그의 마음속 깊이 뿌리를 내리고 있었던 문제란 무엇일까. 우선 작품의 줄거리를 간추려보자.

사회적으로 상당한 지위와 재력을 갖춘 지긋한 나이의 남성과 아름답고 청순한 젊은 여성이 만나 서로 사랑에 빠졌다. 그런데 남성은 유부남이고 여성은 처녀이다. 이 사랑 때문에 한 가정의 행복이 위기에 처한다. 그렇다면 이 둘은 헤어져야 할 것인가, 말 것인가……. 갖가지 갈등과 해법이 제시된다. 어느 것도 해답이 되지 못한다. 결국 이 사랑은 비극으로 끝난다.

위의 구절만 놓고 보면 괴테의 고전과 요즘의 텔레비전 드라마에서 볼 수 있는 통속문학 간에는 아무런 차이가 없다. 필자가 독일명작을 소개하는 강의에서 이 작품을 읽혔을 때 많은 학생들의 첫 반응도 이 소설이 텔레비전 드라마 같다는 것이었다. 그래서 재미가 있었다는 학생도 있고, 텔레비전 드라마 같은 소설이 어째서 '명작'이라는 건지 모르겠다는 학생도 있었다. 고전은커녕 전형적인 통속문학 아닌가 하는 반응을 보이는 학생도 적지 않았다.

이 소설의 끝은 어떤가. 자신의 사랑 때문에 가정이 파탄에 이르렀다고 생각한 여주인공 오틸리에가 참회하는 심정으로 식음을 거부하다가 죽자, 남자주인공인 에두아르트도 더 이상 살 의욕을 느끼지 못하고 죽는다. 불륜의 주인공이 고통스러운 비련의 주인공으로 바뀌면서 불륜에 대한 독자들의 비난도 주인공들의 고통에 대한 연민으로 변한다. "처음엔 오틸리에가 싫었어요. 그런데 소설의 제2부에 들어가면서부터는 왠지 오틸리에가 좋아지기 시작했어요." 필자의 수업을 들었던 한 학생의 반응이다. 괴테의 문학작품에 나오는 주인공에 대해서 이 소설처럼 독자들이 즉자적으로 호불호를 드러내는 경우도 드물다. 그만큼 이 소설의 테마는 현대의 독자들에게도 익숙한 테마라는 이야기다.

21세기의 독자들에게 익숙한 이 소재가 당시의 독자들에게는 어떻게 받아들여졌을까. 소설이 발표된 해가 1809년이므로, 당대의 독자와 지금의 독자 사이에는 약 200년이라는 세월의 간극이 있다. 그러나 전반적으로 볼 때 독자들의 반응은 그때나 지금이나 크게 다르지 않다. 차이가 있다면 지금은 흔한 이야기처럼, 그때는 충격적인 이야기처럼 받아들였다는 것이다. 소설의 내용이 충격적이라는 데에는 대부분 동의하면서도 이러한 충격에 대한 평가는 긍정적인 평가와 부정적인 평가로 첨예하게 엇갈렸다. 괴테와 친했던 사람들 간에도 의견은 서로 달랐다. 괴테가 흠모했던 여성인 샤를로테 폰 슈타인은 이 소설에 매료되었고, 괴테와 친했던 친구인 프리드리히 야코비는 이 소설에 대해서 화가 난다고 했다. 이 소설을 긍정적으로 평가하는 사람들은 이 소설이 인간의 기본 속성을 아주 잘 그려냈다고 보았으며, 부정적인 평가를 내린 사람들이 주로 문제 삼았던 것은 이 소설에서 '결혼의 신성함'이 침해되고 있다는 것이었다. 긍정적이건, 부정적이건, 독자들의 관심을 사로잡은 것은 오틸리에의 존재와 그녀의 사랑 방식이었다. 이 소설을 탐탁지 않게 생각했던 소설가 장 파울도 오틸리에만큼은 흥미롭게 여겼고, 시인이면서 정치가였던 라인하르트도 오틸리에가 사람들의 관심을 자석처럼 끌어당기고 있음을 갈파했다. 급기야는 괴테가 작품에서 묘사한 것처럼 오틸리에를 성스러운 존재라고 예찬하는 서평도 나오기 시작한다.

> 미덕을 통해서 저급한 세계를 극복하는 사람들을 우리는 성자라고

부르는데, 이 세상과 절연하는 오틸리에도 이러한 성자의 면모를 우리에게 보여준다. 그리하여 하늘이 스스로 그녀를 변용시키고, 그녀가 기적적인 일들을 할 때는 성스러운 후광이 그녀를 둘러싼다. 그리하여 필멸의 존재들은 그녀 곁에서 위로와 치유를 받게 된다. (〈교양인을 위한 조간신문〉, 1810년 1월 22, 23, 24일 자에 실렸던 서평의 일부)

소설 안에서도 에두아르트뿐만 아니라 많은 등장인물이 오틸리에에게 호감을 보인다. 오틸리에의 흡입력은 제1부에서는 서서히 개별적으로 드러나다가, 제2부에서는 여러 사람에 의해, 다양한 차원에서 입증된다. 시간이 지날수록 증폭되는 사람들의 관심은 연극무대에서 주인공의 동선을 따라가는 스포트라이트의 역할을 하면서 독자들의 관심을 오틸리에에게로 집중시킨다. 에두아르트의 사랑은 이러한 집단적 끌림이 하나의 점으로 집중되면서 햇빛을 모은 볼록렌즈처럼 불타오르기 시작하는 지점이고, 이 지점에서 비로소 낭만적 사랑에 내포된 치명적 친화력의 실체도 분명해진다.

에두아르트의 생각이나 행동에 더 이상 절제라는 것은 존재하지 않는다. 사랑하고 사랑받고 있다는 의식이 그를 무한으로 몰아간다. 모든 방과 모든 주위 환경이 이제는 얼마나 다르게 보이는가! 그는 더 이상 자신의 집에 있지 않다. 오틸리에의 존재가 그에게서 모든 것을 삼켜 버린다. 그는 완전히 그녀에게 빠져 있다. 어떤 다른 생각도 눈앞에 떠오르지 않는다. 어떤 양심도 그에게 말을 걸어오지 않는다. 그의 본성에 억제되어 있었던 모든 것이 터져 나와, 그의 전 존재가 오틸리에에게 흘러간다.

괴테 이후의 시대에도 《친화력》에 대한 관심은 오틸리에를 중심으로 맴돌았고, 이 추세는 20세기에도 이어졌다. 토마스 만이 볼 때 오틸리에는 "자연이 낳은 가장 사랑스러운 아이"였으며, 벤야민도 오틸리에의 신비적 아름다움에 집중했다. 처음에는 오틸리에가 싫었는데, 소설을 읽어갈수록 왠지 좋아지더라는 한 학생의 반응은 200년에 가까운 독자들의 반응을 한 마디로 압축하고 있었던 것이다. 그도 그럴 것이, 괴테 시대에서 지금에 이르기까지 거의 200년 동안이나 반복되어온 테마가 바로 이 소설에서 다루어지고 있는 '낭만적 사랑'의 문제이기 때문이다.

결혼 – 사랑 – 불륜 – 이혼

한 개인이 한 개인을 만나 좋아하고 사랑해서 가정을 이루는 것이 결혼이라고 한다면 당연한 이야기처럼 들리겠지만, 18세기만 하더라도 이것은 당연지사가 아니었다. 예컨대 이 시대를 살았던 괴테의 여동생 코르넬리아가 요한 게오르크 슐로써와 결혼한 것도 그를 정말로 사랑해서가 아니었다. 자신이 좋아하는 남자와는 맺어질 가망이 없고, 독신으로 살자니 사회의 시선이 따가운 상태에서 집안도 괜찮고 직업도 번듯한 남자의 구혼을 뿌리칠 수 없었기 때문이다. 코르넬리아의 남편이 쓴 편지에 의하면 그는 그녀를 사랑했지만 그녀는 그의 사랑에 "구역질을 느끼고 있었다". 코르넬리아는 결혼 직후부터 아프기 시작하다가, 첫딸을 낳고 4주 후에 죽었다. 이때가 결혼한 지 4년이 되던 1777년, 그녀의 나이 스물여섯의 일이었다. 괴테는 이로부터 50여 년이 지난 1831년 3월 28일 에커만과의 대화에서 여동생의 결혼생활을 이렇게 술회했다.

> 내 동생은 여자가 한 남자한테 헌신해야 한다는 생각에 거부감을 느꼈어. 이런 성격 때문에 결혼생활이 불편했을 거야. 내 동생과 같은 거부감을 느껴봤거나 남편을 좋아하지 않는 여성들이라면 이 말이 무슨

말인지 이해할걸. 그래서 나도 결혼한 여성이라는 관점에서 내 동생을 생각해본 적이 없었어. 어쩌면 수도원의 원장 같은 것을 하는 것이 내 동생에게는 어울렸을지도 몰라.

18세기를 살았던 코르넬리아는 사랑하지 않는 남편과 산다는 것 때문에 고민했지만, 17세기를 살았던 그녀의 할머니에게는 그런 고민 자체가 낯설었을지도 모른다. 17세기의 사람들에게 결혼은 사랑의 결과물이 아니었기 때문이다. 사랑이 아니라면 무엇이 이 시대의 혼례에 중요한 것이었을까. 다음에 인용하는 기록은 이 시기 프랑스의 어느 귀족이 쓴 혼사 이야기인데, 이 시대의 풍속도를 잘 보여준다.

나는 그에게 나의 재산 상태, 그리고 현재 하고 있는 일에 대해서 설명하고, 혹시 또 가능하다면 그의 딸과 함께 행복하게 사는 것에 대해서도 허락해 달라고 했다. [...] 대공은 내가 말하고 있는 동안 꼼짝도 않고 나만 쳐다보았다. 그러더니 내가 구혼해줘서 고맙고, 솔직하고 신뢰감을 준 것도 고맙다고 했다. 그리고는 일단 이 문제에 대해서 자기 부인과 상의할 시간을 달라고 했다. 그러고 나서 그는 가족관계에 대해 알려 주었다. 딸이 여덟인데 장녀는 지금 막 15세가 되었고, 차녀는 불구라서 결혼하기 어려울 것이며, 그 아래 동생은 아직 열세 살도 안 되었고, 더 어린 동생들은 전부 어린이들이라고 했다. [...] 자기가 가진 재산이 너무 없어서 이 결혼을 승낙해도 될지 모르겠지만, 만약 해도 된다면, 자기로서는 나를 위해 할 수 있는 일이라면 뭐든지 하겠다고 확실하게 말하는 것이었다. 나는 이미 분명히 밝힌 것처럼, 그에게 온 것은 재산 때문도 아니고, 전에 한 번 본 적도 없는 그 딸들 때문도 아니며, 나를 매료시키는 사람은 오히려 대공이고 나로 하여금 결혼하고 싶게 만드는 사람도 대공과 그 부인이라고 했다. "하지만 내 딸이 수녀가 되어 버리면 어쩌지요?" 하고 대공이 물었다. "그렇게 되면 세 번째 딸을 주십시오." 하고 나는 대답했다. (루이제 F. 푸쉬 편, 《유명한 남성들의 누이들》, 프랑크푸르트 암 마인, 1985년, 69쪽에서 재인용.)

장인 될 사람이 마음에 들어 결혼하는 것은 이상할 것이 없지만, 상대방 처녀가 마음에 든다는 이유만으로 결혼하려 하는 것은 이상하게 보이던 시대, 다시 말해 외적 조건에 의한 결합이 정상이고, 사랑에 의한 결합은 오히려 절제되지 않은 충동에 의한 결합으로 간주되던 시대가 17세기였던 것이다. 결혼에 사랑은 중요한 것이 아니라는 사실은 괴테의 할머니 세대가 살았던 17세기에는 당연한 것처럼 전제되었고, 괴테의 누이가 살았던 18세기 중엽에는 토할 것 같아도 참고 살아야 하는 것이었다.

그러나 괴테가 《친화력》을 쓰던 19세기 초는 프랑스 혁명의 자유주의 사상의 영향을 받으면서 이러한 제도로서의 결혼생활과 가정의 울타리에서 뛰쳐나오는, 말뜻 그대로 자신의 욕망과 함께 커밍아웃하는 여성들이 문학의 주인공으로 등장하기 시작한 시대였다. 독일 여성 최초로 박사학위를 받았던 도로테아 멘델스존, 독일의 낭만주의를 이끌었던 카롤리네 슐레겔 등 많은 여성이 원하는 사랑을 찾아 가정을 떠나면서 '연애결혼'을 이 시기 문학의 화두로 만들었다. 엥겔스가 지적했듯이 '자유연애'라는 것의 등장은 다른 혁명들과 마찬가지로 19세기를 이끌었던 진보의 물결이었던 것이다. 그런 의미에서 그녀들의 불륜은 개인적으로는 도덕적 비난의 대상이 되었을지라도, 시대사적으로 보자면 신분제적 결혼제도가 지니는 문제점을 드러냈다는 점에서 '정치적 올바름'의 표현이기도 했다. 조건 대 조건, 신분 대 신분이 아니라 개인 대 개인 간의 사랑에 의한 결합을 명제로 내세우면서 근대적 개인주의를 가장 강렬하게 표방한 것이 바로 이 낭만적 사랑이었기 때문이다. 바로 이러한 낭만적 사랑의 현실적 가능성이 괴테의 《친화력》에서도 문제되고 있는 것이다. 이 소설은 '친화력'이라는 제목으로 잘 알려져 있지만 독일어 제목을 정확하게 번역하자면 자연과학에서 말하는 '선택적 친화력'으로서, 이러한 제목부터가 이 소설의 주제를 드러내주고 있다.

> 같이 모이기만 하면 얼른 서로를 붙잡으면서 상호간에 영향을 끼치는 자연물질들을 가리켜 선택적 친화력이 있다고 합니다. 알칼리와 산은 비록 서로 대립하고는 있지만, 또 어쩌면 서로 대립한다는 바로 그 사실 때문에, 서로를 열렬히 찾고, 붙잡고, 변화시키면서, 함께 새로운 물체를 만드는데요, 이런 알칼리와 산의 경우에 친화력이 가장 두드러지게 나타나는 것이죠.

알칼리와 산처럼 속성상 서로 대립하면서도 서로 합쳐져 안정을 이루는 관계가 (선택적) 친화력이 있는 관계이다. A라는 원소와 B라는 원소가 서로 친화력이 있으면, 두 원소는 결합되어 있어야 안정한 상태를 이루며, 결합되어 있지 않은 상태에서는 불안정하다. 게다가 산과 알칼리처럼 결합해서 안정을 이루고 있는 경우라도 좀 더 친화력이 높은 원소를 만나는 상황이 되면 원래의 안정된 결합은 해체되고 보다 더 안정되고 견고한 결합관계가 새롭게 형성된다. 예를 들어 A와 B라는 원소로 이루어진 AB 분자와 C와 D라는 원소로 이루어진 CD 분자가 만났을 때 친화력의 정도에 따라 AC와 BD가 될 수도 있고, 혹은 AD와 BC가 될 수도 있다. 이 소설에서 문제가 되는 것은 이러한 친화력의 법칙이 인간관계에도 적용되는가 하는 것이다. 물려받은 성과 장원을 관리하며 행복하게 살고 있는 에두아르트와 샤를로테 부부는 일단 선택적 친화력을 성공적으로 보여 주는 경우이다. 그런데 이들이 살고 있는 성에 에두아르트의 친구인 대위와 샤를로테의 양녀인 오틸리에가 들어오면서 부부의 안정된 친화력은 해체되고 새로운 친화력이 등장하는데, 에두아르트는 오틸리에와, 샤를로테는 대위와 선택적 친화력을 느끼기 시작한다. 다시 말해 선택적 친화력은 화학반응처럼 자연의 법칙 안에서는 필연적인 결론이지만, 결혼처럼 사회적인 제도 안에서는 위기의 시작이 되는 것이다. 이 소설의 관건도 이러한 위기를 어떻게 다룰 것인가 하는 문제다. 그러나 이 위기가 단순히 정서적, 정신적 차원에만 국한되는 것은 아니다. 샤를로테나 에두아르트는 좋아하는 사이였지만, 각자 다른 사람과 결혼했다가 배우자와 사별하고 나서 다시 합쳐진 사이이다. 각자의 첫 번째 결혼이 배우자에 대한 사랑이 아니라 배우자의 물질적 조건을 우선시한 결혼이었다는 데서도 알 수 있듯이, 이 소설은 결혼이라는 것을 오롯이 사랑만으로 이루어지는 정신적인 그 무엇으로 미화하지는 않는다. 원래 일부일처제의 성립 자체가 자본주의의 발전과 역사적으로 궤를 같이해온 것이기 때문이다.

> 일부일처제는 거대한 부(富)가 한 사람의 수중에 — 정확히 말하자면 한 남성의 수중에 — 집중된 데서, 그리고 이러한 부를 다른 사람이 아니라 바로 그 남성의 자녀들에게 상속시키려는 욕구로부터 발생했다. (엥겔스, 《가족, 사적 소유, 국가의 기원》, 마르크스 엥겔스 전집, 제21권, 77쪽)

이 소설에서도, 남편인 에두아르트가 가정으로 돌아오기를 기다리면서 미래의 상속자인 아들을 애지중지 키우는 샤를로테, 자신이 없을 경우 상속권이 없는 오틸리에가 겪을 어려움을 걱정하는 에두아르트, 그리고 상속할 아들에 대한 희망을 버렸다는 영국귀족의 이야기 등 상속관계의 모티브는 지속적으로 나타난다. 특히 이곳저곳 돌아다니면서 사는 영국귀족의 사례는 아들에 의한 재산상속과 더불어 유지되는 일부일처제의 기반이 절대로 견고하지 않음을 보여준다.

나는 이제 어딜 가든 고향처럼 지내는 습관이 붙었습니다. 어딜 가든 누군가 나를 위해 집을 지어 주고, 작물을 심어 주고 집안일을 해주기만 하면 그곳이 가장 편한 곳이라고 생각합니다. 굳이 내 재산이 있는 곳으로 돌아가고 싶지는 않아요. 왜 그런가 하면, 어느 정도는 정치적인 이유도 있습니다만, 중요한 이유는 이렇습니다. 사실 나는 아들을 위해서 모든 일을 해왔고 모든 준비를 했었습니다. 그래서 재산을 아들에게 넘겨주고 함께 즐기고 싶었는데, 내 아들은 그 모든 것에 아무 관심도 없이 그냥 인도로 가버렸어요. 그곳에서 다른 사람들처럼 자신의 인생을 좀 더 가치 있게 이용하거나 완전히 허비하기 위해서 말이죠.

결혼은 사랑하는 남녀가 결혼해서 아이를 낳고 정착하면서 공동의 재산을 가꾸고 그것을 아이들에게 물려주는 것이라는 전통적인 관념이 들어맞지 않는 사례는 소설 전반에 걸쳐 자주 등장한다. 물질적인 이유건, 정신적인 이유건, 제도로서의 일부일처제가 보장해온 친화력의 기반이 더 이상 유효하지 않다는 사실이 광범위하게 공유될 때 등장하는 것이 제도로서의 이혼이다. 《이혼의 역사》를 쓴 로더릭 필립스에 따르면 프랑스 혁명정부의 진보적 이혼정책으로 1792년 이혼법이 통과된 이후 제1차 세계대전에 이르기까지 스페인, 이탈리아 같은 소수의 나라를 제외하면 대부분의 유럽에 이혼제도가 법적으로도 확립된다. 흔히 19세기를 사랑담론의 세기라고 하지만, 이 이야기를 제도적인 차원에서 바꾸어 표현해 본다면 19세기는 흔들리기 시작한 결혼제도의 세기이자, 정착되어 가는 이혼법의 세기도 되는 것이다. 괴테가 《친화력》을 썼던 유럽의 19세기 초는 한편으로 진보적인 이혼제도들이 나타나기 시작하고, 다른 한편으로는 보수적인 우려의 목소리가 높던 시대였다는 점에서, 이 소설의 동시대적 파장을 추측해볼 수 있을 것이다. 이혼제도가 빠른 속도로 퍼져나가는 와중에 이를 정면으로 제지한 세력은 성직자들이었다. 엥겔스의 말처럼 "어떤 경우에도 이혼을 하면 안 된다는 생각은 부분적으로는 일부일처제를 성립게 했던 경제적 조건의 결과이며, 부분적으로는 이러한 경제적 조건과 일부일처제와의 연관관계가 아직도 제대로 이해되지 못하고 종교적으로 과장되었던 시대의 산물"이었던 것이다. 괴테의 소설에서 이혼에 대한 종교적 금기시를 대변하는 인물은 '미틀러'라는 전직 성직자로서 그의 이름도 중재자라는 의미를 지니고 있다. 그가 중재하기 시작한 이후로 이혼한 부부는 한 쌍도 없었다고 할 정도로 결혼제도의 파수꾼 역할을 하는 사람이 미틀러인 것이다. 화학반응에서 A와 B가 친화력이 있을 때 이들의 친화력이 빨리 작동하도록 영향을 끼치는 제3의 물질을 정촉매라고 하고, 친화력이 작동되지 못하게 하는 물질을 부촉매라고 하는데, 가정불화의 중재자인 미틀러는 결혼에 의한 친화력의 정촉매 역할을 하고 있는 셈이다.

> 결혼은 모든 문화의 시작이자 정점이지. 그것은 거친 사람을 부드럽게 만들고 아무리 교양 있는 사람이라도 자신의 부드러움을 증명하기에 그보다 더 나은 기회는 없어. 결혼은 파기할 수 없는 것이라야 해. 왜냐하면 결혼은 많은 행복을 가져오니까. 모든 개개의 불행은 거기에 비하면 상대가 안 돼.

미틀러가 결혼제도의 신성함을 옹호하는 보수적 목소리를 대변하고 있는 동시에 이 소설에서 문제되고 있는 친화력의 정촉매 역할을 하고 있다면, 이혼에 대한 진보적 목소리를 내는 백작은 부촉매로서 결혼제도에 대한 신뢰를 비웃는다.

> 유감스럽게도 결혼이라는 것은 전반적으로 — 제가 좀 더 격한 표현을 쓰더라도 용서하시길 — 뭔가 미련한 짓입니다. 가장 부드러운 관계들도 망쳐 놓거든요. 결혼이라는 것에 어떤 의미가 있다면 어설픈 안전성이라

는 것뿐입니다. 적어도 한쪽한테는 그런 것이 어떤 의미가 있을 수도 있겠죠. 그래봐야 뻔한 겁니다. 그렇게 맺어져 있어도 결국은 각자 자기 길을 가게 되어 있으니까 말예요.

백작이 말하듯이 각자가 자기의 길을 가는 것, 다시 말해 남편은 남편대로, 아내는 아내대로 낭만적 사랑의 대상을 따로 갖는 것의 문제는 개인적 갈등의 표현인 동시에 사회제도적 모순의 결과이기도 하다. 일부일처제의 명분과 실천상의 간극을 뚜렷하게 드러내는 것이 바로 '매춘'과 '간통' 문제이기 때문이다. 특히 19세기 후반부로 갈수록 이러한 문제의 사회사적 맥락이 다양한 담론을 통해 다루어졌다. 플로베르의 《보바리 부인》(1857), 톨스토이의 《안나 카레니나》(1875-1877), 폰타네의 《에피 브리스트》(1894) 등에서 보듯이 겉보기에 아무런 문제 없는 가정의 여성들이 간통으로 빠져드는 상황이 이 시대 문학에 포착된 주요 징후였던 것이다. 이러한 소설들보다 반세기 전에 발표된 괴테의 소설은 여성의 성적 욕망 자체에 대해서는 19세기 후반의 문학들처럼 노골적으로 문제시하지 않는다. 성적 욕망이 문제시되더라도 꿈과 현실이 어둡게 교차됨으로써 도덕적 판단이 들어설 지점이 어디인지 애매해지는 것이다.

부부가 잠자리에 들지만, 각각은 다른 사람을 욕망하며 잠을 잤다는 이야기가 이 소설의 첫 번째 클라이맥스를 이룬다. 그런데 더한 문제는 그렇게 태어난 아기가 부부를 닮은 것이 아니라 각자가 원하는 상대를 반반씩 닮았다는 사실이다. 샤를로테와 에두아르트 사이에 태어난 아기가 오틸리에와 대위를 닮았다는 것은 일반적으로 가능하지 않은 이야기인데, 문제의 4인 중 아무도 이 야릇한 상태가 어찌해서 가능한 것인지를 묻지 않는다. 이 아기를 보면서 자신들의 욕망을 확인할 뿐이다. 특히 샤를로테와 이혼하고 오틸리에와 결합할 문제에만 골몰하는 에두아르트에게는 아기의 생김새조차도 이혼의 필연성을 말해 주는 것처럼 보인다.

> 이 순간 아기가 눈을 떴다. 두 개의 커다랗고 또렷하고 검은 눈, 깊고 다정한 눈이었다. 이 사내아기는 벌써부터 세상을 아는 듯한 눈빛으로 바라보고 있었다. 아기는 자기 앞에 서있는 두 사람을 알고 있는 것 같았다. 에두아르트는 아기 옆에 몸을 굽혔다가, 오틸리에 앞에서 두 번 무릎을 꿇었다. "너였구나!" 그가 외쳤다. "이건 너의 눈이야. 세상에! 하지만 너의 눈 좀 들여다보자. 이 녀석을 존재하게 만든 저 불행한 시간 위로 베일이라도 하나 덮어놔야겠다. 남편과 아내가 서로 남처럼 되었는데도 서로를 가슴에 끌어안고, 정당한 혼인관계의 성스러움을 격한 욕정으로 더럽힐 수도 있다는 비참한 사실을 알려주어 너의 순결한 영혼을 경악하게 만들어도 되는 건지 모르겠구나. 하지만 어쩌겠나, 우리가 지금 이렇게 멀리 떨어져 있고, 나와 샤를로테의 관계도 끝나는 마당인데, 게다가 네가 나의 것이 될 텐데, 그런 이야기를 하면 안 된다는 이유라도 있나? 내가 좀 심한 말을 하지 못할 이유도 없잖아? 이 아이는 이중적인 간통에서 생겨난 거야! 이 아이 때문에 우리 부부가 결합할 수 있었다고 한다면, 마찬가지로 이 아이 때문에 나는 내 아내와, 내 아내는 나와 헤어지게 되는 거야. 이 애가 나에게 불리한 증언을 해주면 좋겠어. 이 아름다운 눈이 네 눈에게 말해 줬으면 좋겠단 말이지. 나는 다른 사람의 팔에 안겨서도 너의 것이었다고 말이야. 오틸리에, 나는 오로지 네 품에 안겨서만 그때 내가 저지른 잘못, 내가 저지른 범죄를 속죄할 수 있다는 것을 네가 느꼈으면 해, 정말로 느꼈으면 해!

제1부에서 과학적인 실험처럼 시작된 소설이 제2부에 가면서 극도로 비과학적 환상과 욕망의 뒤얽힘 속으로 빠져드는 것은 괴테 자신이 이 문제에 대한 도덕적 가치판단을 유보하고 있기 때문이다. 심지어는 소설의 결말부분도 죽음과 장례식을 둘러싼 초현실적 분위기로 뒤덮인다. 현실적, 도덕적 가치판단이 내려질 것이라고 기대되던 결말부에 초현실적이고 환상적인 죽음의 메타포가 들어

서게 되었으니, 괴테도 "이 작품의 결과에 대해서 나 자신도 책임을 지지 못하겠다."라는 말을 했던 것이다. 낭만적 사랑에 대한 근대인의 욕망과 이러한 욕망을 통제하는 제도로서의 결혼 사이의 모순 사이에서 어느 한 쪽을 택할 수 없었던 괴테의 딜레마가 결국에 가서는 '오틸리에와 에두아르트의 죽음'을 통해 해소되고 있는 것이다. 사랑이 없는 부부는 이혼하는 것이 좋은가, 아닌가 하는 문제는 21세기인 오늘날에도 대답하기 어려운 문제이다. 법률적으로 보더라도, 기왕 파탄 난 가정이라면 파탄의 책임이 누구에게 있는가를 물을 것 없이 파탄을 기정사실로 받아들이고 이혼하게 해주는 것이 좋다는 '파탄주의'와, 파탄의 책임이 있는 쪽은 이혼을 요구할 수 없다는 '유책주의'가 맞서고 있는 형편이다. 독일의 경우에는 1970년대에 이혼법이 파탄주의 쪽으로 개정되기도 했지만, 한국에서는 하급심에서 파탄주의에 입각한 판결이 난 사례가 대법원에 와서 '유책주의'에 의해 판결이 뒤집히는 경우들도 있었다. 과연 어떤 선택이 올바른 것인가 하는 문제는 괴테 시대건 우리 시대건 단정적으로 답할 수 있는 문제가 아니다. 괴테는 결혼의 신성함과 낭만적 사랑이라고 하는 양립 불가능한 두 개의 원칙을 시종일관 평행하게 내보이다가 이 둘이 궁극적으로 부딪히려는 찰나 죽음을 들여보냄으로써 창과 방패가 맞붙는 모순을 피해 나간다. 도덕적 가치판단이 있어야 할 자리에 죽음을 둘러싼 신화적 환상과 원형적 욕망이 들어섬으로써 시대와 공간에 국한된 도덕률이 아니라 어느 시대에도 재구성될 수 있는 열린 결말로 끝이 나게 되는 것이다.

탄생과 죽음, 자연과 예술, 신화와 진실

괴테의 소설이 '친화력'이라는 개념을 빌려 논의에 부치고 있는 것은 일차적으로 낭만적 사랑과 결부된 결혼의 위기라는 — 괴테 자신의 체험과도 완전히 무관하지만은 않은 — 시대사적 화두이지만, 이 소설의 근본적인 주제는 이러한 만남과 헤어짐, 탄생과 죽음, 자연과 예술처럼 서로 대립하는 원칙들 간에는 근원적인 친화력이 존재하고 있다는 것이다. 그러므로 이 소설을 읽는 것은 위기에 처한 어느 커플의 속내를 들여다보는 것으로, 그리고 그것의 시대사적 의미를 진단하는 것으로 끝나는 것이 아니라, 그 모든 대립들의 원초적 공속성(共屬性)을 확인하는 과정까지 포함하는 것이다. 특히 새로 태어난 아이의 세례식에 아이를 축복하러 와있던 늙은 성직자가 죽는 사건은 이 소설 전체에 삶과 죽음이 서로의 꼬리를 물고 있는 두 마리의 뱀처럼 뒤얽혀 있음을 극명하게 보여 주는 사건이다. 이러한 친화력의 낯설음에 적응해가는 과정을 역설적으로 보여 주는 것이 오틸리에의 변화이다.

> 탄생과 죽음, 관과 요람처럼 끔찍하게 대립하는 상황이 함께 나타나는 것을 보고 생각하기란, 그것도 상상으로가 아니라 두 눈으로 직접 보면서 파악하기란 주위에 있는 사람들에게 어려운 과제였다. 갑작스럽게 제시된 과제여서 그만큼 더 어려웠다. 친절하고 따뜻한 표정을 지니고 잠들어 있는 사람을 보면서 오틸리에 혼자만 일종의 질투를 느끼고 있었다. 그녀의 영혼도 이미 생명이 끊어진 상태였다. 그런데 왜 여전히 육체는 유지되고 있어야 한단 말인가?

오틸리에의 영혼이 내세를 향할수록 정원에는 죽음을 상징하는 과꽃들이 흐드러지게 피면서 "지상에서 펼쳐지는 별들의 하늘"을 만든다. 생명의 열기를 내뿜으며 싱싱하게 자라나는 이 꽃들이 나중에는 죽은 오틸리에의 관을 휘황하게 뒤덮게 됨으로써 삶과 죽음의 공존이 회화적으로 재현된다. 무엇보다도 자주 등장하는 연못이나 호수의 분위기는 생의 근원이자 회귀 장소라는 물에 대한 원초적 표상을 이 소설의 배경음악처럼 반복적으로 내보내면서, 이 소설의 사랑이야기가 한시적이고 개별적인 에피소드가 아니라 인간 존재의 근원적인 동경과 연관되는 그 무엇처럼 느껴지게 하는 것이다. 오틸리에 때문에 샤를로테의 아기가 물에 빠져 죽게 되는 상황에서 화자는 인간의 행불행과 무관하게 유유히 흘러가는 자연의 속성에 초점을 맞추면서도 인간이 근원적으로 자연에 귀속되는 존재임을 신비적으로 드러낸다.

> 그녀는 나룻배에 올라타서 노를 잡고는 내젓는다. 그녀는 힘을 주어야 한다. 거듭해서 노를 젓는다. 나룻배가 흔들리고, 한동안 호수 쪽으로 미끄러져 간다. 왼팔로는 아기를, 왼손으로는 책을, 그리고 오른손으론 노를 잡고있다 보니 그녀 자신이 흔들린다. 나룻배 안으로 쓰러진다. 그녀 손에 있던 노가 한쪽으로 빠져나가고, 그녀가 정신을 차리는 동안, 아기와 책도 또 다른 쪽으로 빠져나가, 모든 것이 물속으로 떨어진다. 가까스로 아기의 옷을 붙잡는다. 그러나 불편한 위치 때문에 그녀 자신이 일어서는 것조차 힘든 지경이다. 오른손은 자유롭지만 방향을 바꾸어 위로 일어설 수 있기에는 충분치 못하다. 그녀는 마침내 해낸다. 아기를 물에서 끌어낸다. 그러나 아기의 눈은 감겨 있다. 아기는 숨쉬기를 멈춰 버린 것이다.
>
> 바로 이 순간 그녀는 정신을 차린다. 그러나 그만큼 고통은 커진다. 나룻배는 거의 호수 한가운데로 나아가고 있는데, 노는 저 멀리 떨어진 곳에서 떠내려가고 있고, 주위를 둘러보지만 물가에는 아무도 보이지 않는다. 그리고 누군가를 보았다고 한들, 그녀에게 무슨 도움이 되었을 것인가! 그녀는 모든 것에서 외따로 떨어진 채로, 물이라고 하는 이 무심하고 어찌해 볼 수 없는 원소 위를 떠다니고 있다.
>
> 그녀는 자구책을 찾는다. 물에 빠진 사람을 구해낸 이야기를 얼마나 자주 들었던가! 그녀의 생일 저녁에도 그런 것을 체험했다. 그녀는 아기 옷을 벗기고 아기를 자기의 모슬린 옷으로 닦아서 말린다. 그녀는 옷을

찢고 젖가슴을 꺼내어, 그것을 처음으로 자유로운 하늘 아래에 드러낸다. 처음으로 그녀는 어떤 살아있는 존재를 그녀의 순결한 가슴에 갖다 대어 보지만, 아, 이 존재는 더 이상 살아있지 않다! 불행한 피조물의 차가운 사지가 그녀의 가슴에 싸늘하게 닿으면서 그녀의 마음 깊은 곳까지 싸늘하게 한다. 그녀의 두 눈에선 하염없는 눈물이 솟구쳐 나오며, 얼어붙은 아기의 피부에 마치 온기와 생기를 나누어주고 있는 듯이 보인다. 그녀는 포기하지 않는다. 아기를 그녀의 숄로 덮어 주고, 쓰다듬고, 끌어안고, 숨을 불어넣고, 입을 맞추고, 눈물을 흘리면서, 이런 행위가 세상과 단절된 지금 처지에서는 사용할 수 없는 응급조치를 대신해줄 수 있을 거라고 믿는다.

모든 것이 허사다! 미동도 하지 않은 채 아기는 그녀 품에 안겨 있고, 미동도 하지 않은 채 나룻배는 수면 위에 떠있다. 그러나 여기서도 그녀의 아름다운 마음은 그녀를 그냥 내버려두지 않는다. 하늘을 바라본다. 무릎을 꿇고 다시 나룻배로 몸을 수그려, 아기를 두 팔로 들고 그녀의 순결한 젖가슴 위로 들어올린다. 그녀의 젖가슴은 대리석을 닮았다. 하얗다는 점에서, 그리고 유감스럽게도 차갑다는 점에서. 그녀는 젖은 눈시울을 하늘로 향하며 그곳에서 와줄 도움을 불러본다. 어디든 부족함이 만연할 때, 마음이 부드러운 사람들은 저 높은 곳에서 가장 커다란 충만함을 찾게 되기를 바라는 법이다.

그녀는 이제 별들을 올려다본다. 헛되지 않다. 어느새 별들이 하나둘 반짝이며 나타나기 시작한다. 부드러운 바람이 일어나, 플라타너스가 있는 곳으로 작은 배를 밀어 간다.

호수의 물이나 밤하늘의 별처럼 원초적으로 존재하는 것이 '자연'이라면 원초적으로 존재하는 것에 대해 인간이 인위적으로 손을 대는 것은 '인공' 즉 광의의 '예술'이다. 특히 이 소설의 공간적 배경인 '정원'의 기본 구조는 이러한 자연과 예술의 관계를 은유적으로 보여준다. 이 소설이 발표된 시점은 괴테 자신뿐 아니라 시대 전체가 고전주의적 균형감각에서 낭만주의적 도취로 변해가는 시대였기도 한데, 이를 대표적으로 보여 주는 것이 이 소설에서도 기본 배경을 이루는 정원스타일의 변화이다. 프랑스식 정원이 베르사유 궁정의 정원처럼 기하학적으로 좌우 대칭을 이루면서 단정하고 세련되게 균형 잡힌 스타일, 다시 말해 인위적·예술적 냄새가 물씬 풍기는 스타일이라면, 영국식 정원은 자연 풍경 같은 분위기를 자아내는 정원으로서 초목과 개울이 생겨나고 흘러가는 그대로 둔 것처럼 보이도록 꾸며놓은 스타일이다. 프랑스식 정원 스타일이 너무 인공적이고 기교적이라는 사실에 대한 반발로 등장한 것이 험프리 랩튼의 정원 스타일인데 이것이 18세기 중엽에 영국에서 유행했던 것이다. 1789년에 만들어진 뮌헨의 공원 이름이 '영국식 정원'인 것처럼 18세기 후반에는 독일에서도 많은 지역에서 영국식 정원 스타일이 유행했다. 《친화력》 안에서의 줄거리도 에두아르트의 선친이 좋아했던 프랑스식 정원 취향이 에두아르트가 좋아하는 영국식 정원 취향으로 넘어가는 시점에서 전개된다. 영국식 정원에 대한 관심은 이 시대의 취향이 프랑스식 정원으로 상징되는 엄격한 고전주의 미학에서 영국식 정원처럼 자연스러움을 추구하는 낭만주의 미학으로 넘어가고 있음을 말해준다.

정원 공사에서 영국 스타일을 주도적으로 끌어들이는 에두아르트가 낭만주의의 미학을 이끌어갈 위치에 포진된다면, 여성들끼리만 있을 때는 불어만 쓰도록 한다든가 영국식 정원 스타일에 대해서도 처음에는 당황하다가 나중에는 따라가는 샤를로테는 고전주의의 미학을 고수하면서도 결국은 낭만주의에 자리를 내주는 역할을 맡고 있다. 절제와 균형감각, 이것이 샤를로테에 의해 주도되는 고전주의적 원칙이고, 자연스러움과 추동력, 이것이 에두아르트에 의해 대변되는 낭만주의적 열정이다. 욕망을 절제하고, 항상 전체를 생각하며, 최대한 합리적으로 일을 풀어나가 보려는 샤를로테의 고전주의적 태도가 극명하게 드러나는 것은 앞에서 거론한 것처럼 오틸리에가 데리고 나갔던 그녀의 아들이 물에 빠져 죽는 사고가 났을 때이다. 그녀는 유모처럼 자신의 아이를 돌보는 오틸리에에게 이미 여러 번 아이를 데리고 야외로 산책하러 나가는 것은 위험하다고 경고한 바 있다. 그러나 에두아르트가 샤를로테와의 이혼을 마침내 확정지으려던 그날, 에두아르트를 만나고 집에 돌아오다가 아이가 물에 빠져 죽는 사고가 발생하는데, 샤를로테는 죽은 아기의 어머니로서 흔히 할 법한 원망을 한마디도 하지 않는다. 소문을 듣고 찾아온 소령과 함께 샤를로테는 서로 마주 보고 말없이 앉아서 뜬눈으로 밤을 새우고, 샤를로테의 무릎을 베고 오틸리에가 자는 듯 마는 듯 조용히 있다. 샤를로테 처지에서 보자면 극한 감정이 교체되는 순간이다. 자신의 아기는 죽어 있고, 남편은 이 자리에 없다. 오틸리에는 넋이 나간 상태로 엎드려 있고, 적어도 한때는 사랑했던 것이 분명한 소령 — 예전의 대위 — 도 이제는 눈앞에 있다. 이 지점에서 괴테는 이제까지 흔히 있었던 화자의 설명이나 장광설 대신에 침묵이 들어서게 함으로써, 아기의 죽음에 대한 원망, 비난, 슬픔, 후회, 자책 등 있을 수 있는 모든 감정이 침묵 속에 용해되도록 한다. 간결하고도 압축적인 침묵의 광경 안에 서늘하게 정제된 고전주의 미학이 오롯이 담겨 있는 것이다.

> 소령이 들어왔다. 샤를로테는 고통스러운 미소로 그를 맞이했다. 그가 그녀 앞에 서있었다. 그녀는 시신을 덮고 있던 녹색 비단 보자기를 걷었다. 양초가 어둡게 비추는 가운데 얼어붙어 누워 있는, 자신을 닮은 아이를 보고 그는 매우 큰 충격을 받았다. 샤를로테가 의자 하나를 가리켰다. 그리하여 두 사람은 서로 마주 보며 앉아 있었다. 아무 말도 없이 밤새도록 그렇게 말이다. 오틸리에는 여전히 샤를로테의 무릎을 베고 평온하게 누워 있었다. 그녀는 부드럽게 숨을 쉬었다. 그녀는 자고 있었거나, 자고 있는 것처럼 보였다.

욕망의 미학에서 보자면 샤를로테의 침묵은 스러져가는 고전주의의 침묵이며, 자는 듯 마는 듯 누워 있는 오틸리에의 모습은 현실과 환상 사이를 부유하면서 여명처럼 떠오르게 될 낭만주의의 모습이다. 낭만주의의 욕망을 시종일관 이끌어온 것은 에두아르트지만, 그것을 완성시키는 것은 오틸리에의 죽음인 것이다.

무수한 고통의 삶을 살다가 죽은 후에 기적을 일으켰다는 숱한 성녀들의 일화를 연상시키는 사건들이 오틸리에의 죽음 후에도 발생하고, 이로써 사랑의 순교자라는 오틸리에의 이미지 위로 성녀의 이미지까지 덧씌워지면서 낭만(주의)적 사랑에 대한 판타지의 스펙트럼도 '문제적인 것'에서 '성스러운 것'에 이르기까지 광범위한 폭을 확보하게 된다.

> 여전히 아름다웠고 죽음보다는 잠에 더 가까웠던 오틸리에의 상태는 많은 사람의 관심을 끌었다. 이 지역이나 인근 주민들은 여전히 그녀를 보고 싶어했고, 모두들 기꺼이 나니의 입으로부터 그 믿을 수 없는 이야기를 듣고 싶어했다. 몇몇 사람은 그에 대해 비웃기 위해서 왔고 대부분의 사람은 거기에 대해서 의심하기 위해서 왔지만, 신앙 때문에 그에 반대하기 위해서 온 것 같은 사람은 별로 없었다.
>
> 실제로 실현되기 어려운 모든 욕구는 신앙을 필요로 한다. 온 세상이 보는 앞에서 사지가 으스러졌던 나니가 경건한 몸과 접해서 다시 건강해졌다지 않은가. 그와 비슷한 행운이 다른 사람에게 나타나면 안 된다는 법이라도 있단 말인가? 우선 자상한 어머니들이 그 어떤 화를 입은 자녀들을 남들 몰래 데리고 왔다. 그리고 그들은 어떤 갑작스러운 차도를 감지했다고 믿었다. 신뢰가 늘어났다. 그리고 결국에는 나이가 들고 허약한 사람 치고 이 자리에서 어떤 원기회복이나 마음의 가벼워짐을 빌어 보지 않은 사람은 아무도 없게 되었다. 점점 더 많은 인파가 몰려들었다. 그리하여 사람들은 미사 보는 시간을 제외하고 예배당뿐만 아니라 심지어 교회도 문을 닫아야만 했다.

이쯤에서 기독교 성인숭배 전통에 대해 알고 있는 독자라면 오틸리에라는 이름의 유명한 성녀가 실제로 존재했다는 사실을 떠올리게 될 것이다. 성녀 오틸리에를 연상시키는 구절이 작품의 여기저기에 나타나기도 할뿐더러, 오틸리에가 독일 독자들에게는 대단히 잘 알려진 성녀이므로 괴테도 이러한 연상을 기대했을 것이다. 진실과 전설이 뒤얽히면서 오틸리에가 성스러워지는 정도에 따라 통속적 간통의 이야기는 성스러운 체념의 전설로 전도된다. 이 소설에서도 알 수 있지만, 지극히 통속적인 소재에 범속하지 않은 종교적 아우라를 덧씌우는 것은 괴테 시대 사랑담론의 주요한 패턴이었다. 그리하여 낭만주의의 대표작가인 노발리스의 《푸른 꽃》처럼 개인의 성애와 종교적 엑스터시가 농밀하게 겹쳐지는 결과가 빈발하기도 했다. 그러다가 현대에 이르기까지 낭만적 사랑으로 인한 비련의 스토리들이 한도 끝도 없이 떠올랐다 사라지는 동안 사랑담론은 자신의 근원적 뿌리인 종교와 형이상학에 작별을 고해 왔던 것이다.

이루어질 수 없는 사랑을 죽음으로 끝내는 것은 현대 안방 드라마의 전형적인 패턴이지만, 그 뿌리는 괴테시대를 넘어 고대의 신화로까지 소급된다. 고대의 유명한 사랑 이야기 중에서 가장 선명한 인상을 남겨온 것은 필멸의 인간이 사랑 때문에 직접 저승까지 들어가는 경우로서, 대표적인 경우가 오르페우스와 에우리디케의 이야기다. 우아한 숲의 님프로 오르페우스와 결혼했던 에우리디케는 결혼식 날 친구들과 초원을 걸어가고 있었는데 이 모습을 보고 욕정에 불탄 아리스타이오스에 쫓겨 도망가다가 독사를 밟는다. 독은 점차로 퍼져나가, 결혼식이 끝난 지 얼마 되지 않아 에우리디케가 죽는다. 오비디우스의 《변신이야기》에 의하면 오르페우스는 죽은 신부를 잊지 못해 몇날며칠을 비탄에 빠져 초췌해가다가 그녀를 다시 찾아오기 위해 저승세계로 내려간다. 이때 저승을 지배하는 하데스와 페르세포네의 마음을 돌리기 위해 오르페우스가 들려주는 음악소리가 얼마나 애잔했던지, 끊임없이 바위를 굴려 올리는 시시포스도 이때만은 바위 굴리기를 멈추고 바위 위에 앉아 울었고 복수의 여신들도 울었다 한다.

> 저 옛날 태곳적에 있었던 약탈의 전설이 꾸며낸 이야기가 아니라면
> 당신들도 사랑으로 맺어진 사이겠지요. ― 이 경악할 장소에 맹세코,
> 강력한 카오스에게 맹세코, 이 거대한 왕국의 침묵에 맹세코
> 간청합니다. 에우리디케의 끊긴 운명을 다시 이어 주십시오!
> 무슨 일을 해서라도 은혜를 갚겠습니다. 잠깐 나가살다가 다시
> 이 유일한 공동 거주지로 돌아오겠습니다.
> [...]
> 그가 이렇게 노래를 부르면서 노래에 맞춰 현악기를 울리는 동안
> 피도 없는 영혼들이 눈물을 흘렸고, 탄탈로스도 더 이상
> 잦아드는 물줄기를 향해 손을 뻗지 않았다...
> 아, 시시포스여, 이 순간만큼은 그대도 바위 위에 앉아 있었구나.
> 복수의 여신들도 처음으로 뺨이 눈물에 젖었다고 한다.
> 노래에 압도되어 그랬던 것이다. 저승 주인의 부인도,
> 저승세계를 조종하는 주인도 이렇게 간청하는 사람을 당해낼 재간이 없었다.
> 더 이상 시간을 끌지 않고 당장 에우리디케를 부른다. (오비디우스, 《변신이야기》 X)

죽어서도 못 잊는 애절한 사랑이야기의 원형처럼 전해져온 오르페우스의 신화는 근대에 이르기까지 서구의 주요한 사랑의 고전들에 영향을 끼쳐왔다. 오틸리에가 죽은 후 오틸리에의 뒤를 따라가겠다고 울부짖다가 결국에는 자신도 죽은 모습으로 발견되는 에두아

르트에게서도 근대적 오르페우스의 흔적을 읽어낼 수 있을 것이다. 고대의 신화는 애절한 오르페우스의 사랑 노래를 듣고 즉시 에우리디케를 다시 내보내줄 수 있었지만, 근대의 괴테로서는 그들이 내세에는 언젠가 행복하리라는 모호한 전망으로 끝맺을 수밖에 없다는 사실이 양 시대의 차이라면 차이인 것이다.

> 그리하여 그 연인들은 이제 나란히 누워 쉬고 있다. 그들이 누워 있는 곳 위로는 평화가 감돈다. 모습이 닮은 천사들이 해맑은 표정으로 아치 모양의 천장에서 아래를 내려다보고 있다. 그리고 그들이 언젠가 다시 함께 깨어난다면, 그 얼마나 정겨운 광경이 될 것인가.

이루어질 수 없는 사랑과 죽음의 결합이 오랜 세월에 걸쳐 반복되면서 사랑에 붙어 있던 고전적 요소가 통속적 상투어로 바뀌어 온 과정이 근대문학에 나타난 사랑담론의 역사이다. 하여 오르페우스와 에우리디케, 로미오와 줄리엣, 에두아르트와 오틸리에의 무수한 후예들이 "사랑밖에 난 몰라"를 외치며 21세기의 안방극장을 점령하게 된 것이다. 하이데거의 지적처럼 "가장 심오하게 사유된 것"도 시간이 지나면 상투화되는 법이다. 그러므로 19세기 초에 쓰인 에두아르트와 오틸리에의 사랑이야기가 현대의 독자들에게 통속적인 사랑이야기처럼 읽히는 것도 무리는 아니다. 그러나 지금 범람하는 통속물의 전형을 200년 전에 그려냈다는 사실에 의해서 괴테 소설의 위치는 지금의 통속물들과 구분된다. 그러나 이 소설의 의의가 이러한 시대적 선점에서만 주어지는 것은 아니다. 오늘날에도 문제되고 있는 '낭만적 사랑과 결혼의 위기'를 일찌감치 간파하고 있었을 뿐 아니라 이 문제와 관련된 다양한 담론들을 사회구조적 측면에서 고찰하면서 소설의 허구 속으로 끌어들이고 있다는 점이 이 소설을 명작으로 만든다. 다시 말하면, '불륜'과 같은 일견 비속한 주제를 다루면서도 비속함에 대한 말초적 호기심이나 부박한 탐닉에 머물지 않고 시대사적 담론의 맥락에서 크게 보면서 풀어나가고 있을 뿐 아니라, 시대사를 뛰어넘는 인간관계의 보편적인 문제로까지 확대시키고 있다는 점에서 괴테의 대가다운 면모를 읽어낼 수 있다는 것이다.

21세기 사랑담론

21세기 사랑담론에서도 중요한 것은 '결혼'과 '가족'과 '사랑'의 다양한 방식이다. 이 문제가 괴테의 소설 안에서는 오틸리에의 죽음으로 종결되고 말았지만, 오틸리에의 죽음 이후 200년 동안의 역사는 이 문제가 결코 '아주 오랜 옛날에' 살았다는 어느 성녀의 이야기가 아님을 말해준다. "독일 문학 중에서 가장 복잡한 문학"에 들어간다는 평가를 받아왔던 이 소설의 내용이 텔레비전 드라마처럼 익숙하게 느껴지는 이유는 이 소설의 주제가 아직도 현재진행형임을 말해 주는 것이다. 고대의 신화에서부터 괴테 시대를 거쳐 현대의 사랑이야기에 이르기까지 끊이지 않고 내려온 문학의 소재가 있다면, 그것은 사랑과 죽음을 둘러싼 담론이다. 그렇다면 그 오랜 세월 동안 말도 많고 탈도 많았던 '낭만적 사랑'의 문제를 어이할 것인가. 그 대답은 바로 독자들이 실제 삶 속에서 찾아내야 할 것이다.

옮긴이 소개

오순희(吳順姬)

서울대학교 인문대학 독어독문학과를 졸업하고, 독일 뒤셀도르프 대학교에서 괴테의 《파우스트》에 관한 논문으로 박사학위를 받았다. 1998년 9월부터 서울대학교 인문대학 독어독문학과 교수로 재직 중이다. 〈괴테와 카프카 문학의 오디세우스와 사이렌 형상 연구: 주체와 예술의 관계에 대한 근대문학의 접근방식에 대하여〉, 〈예술과 권력에 관한 근대 서구의 담론 연구: 괴테와 부르크하르트를 중심으로〉, 〈바벨탑에 대한 기억과 망각의 역사: 구약의 창세기, 브뢰겔의 그림, 그리고 카프카의 문학에 나타나는 '바벨탑 쌓기'의 모티브를 중심으로〉, 〈괴테의 문학과 라테르나 마기카의 만남: 예술의 매체성에 대한 근대적 성찰〉 등, 괴테와 카프카 문학을 중심으로 한 다수의 논문과 《검은 백조》, 《에로스의 탄생》 등의 역서가 있다.